复旦大学外国语言文学学院
致敬大师系列

复旦大学外国语言文学学院·编

伍蠡甫先生
120周年诞辰纪念文集

复旦大学出版社

编委会

主　　任：高永伟

主　　编：罗英华　薛海霞

执行主编：朱　彦　赵　昕

编　　委：(按姓氏音序排序)

范　烨　高永伟　刘　炜　罗英华　汪洪章
薛海霞　赵　昕　郑咏滟　朱建新　朱　彦

前　言

复旦大学外国语言文学学院是复旦大学最早建立的系科之一，其前身外文系与学校同龄，至今已有一百多年历史。在学院发展的历史上，曾经涌现出一批杰出的学术大师和育人楷模，如全增嘏、林同济、戚叔含、伍蠡甫、徐燕谋、葛传槼、杨岂深、杨烈、潘世兹、董问樵、余日宣、余楠秋、孙大雨、黄有恒、姚善友、李振麟、杨必、刘德中、董亚芬、陆国强、陆谷孙等。他们为我国的外语教育事业、外语学科发展、中外文化交流等做出了极其重要的贡献。他们是教书育人的楷模，师德师风的典范，为复旦大学师生留下了弥足珍贵的精神财富。

今年是伍蠡甫教授诞辰120周年。学院决定出版复旦大学外国语言文学学院致敬大师系列文集，由学院党政班子全体成员和教授代表组成编委会，一方面通过系统的文献资料整理，梳理延续大师的学术脉络，另一方面通过文集的出版，彰显弘扬大师的高尚师德。《伍蠡甫先生120周年诞辰纪念文集》便是该系列的首发之作。

本文集分为上、下两部。文集的上部收录了24篇伍蠡甫先生的论文，其中包括18篇关于文艺研究的论文和6篇关于文学研究的论文。文集的下部收录了16篇研究伍先生的文章，其中9篇是对伍先生作品及其学术思想进行评论的文章，7篇是对伍先生学术贡献和师德师风的评论文章。这些文章中有39篇曾经发表在学术刊物或者报纸上，有1篇是从未发表过的作品。

本文集的出版得到了复旦大学党委教师工作部陈玉刚部长和陈洁副部长的殷切关怀，得到了复旦大学出版社的鼎力支持，在此编委会表示由衷的感谢。同时，外文学院研究生李浩、丁静雯、郭靖、梅斌在本项目中承担了繁重的文稿整理和校对工作，向四位同学表示诚挚的谢意。由于时间仓促，难免有遗漏谬误之处，还望读者指正。

外国语言文学学院致敬大师系列文集编委会

2020年7月

伍蠡甫先生夕阳下的诗意侧影

汪洪章

今年是伍蠡甫先生诞辰一百二十周年。作为复旦大学原外文系教授、博士生导师，伍先生有着众多令人尊敬的头衔：绘画艺术家、画学理论家、翻译家、西方文论研究及中西文学、艺术理论比较研究家。复旦大学校、院两级拟为伍先生诞辰举办隆重的纪念活动，复旦大学出版社将出版《伍蠡甫先生纪念文集》即为纪念活动之一。应邀为文集撰写以下文字，既感到十分荣幸，又感到十分忐忑。

感到荣幸是因为，我虽由于某种原因，未能成为伍先生的入室弟子，但大学时懵懵懂懂捧读伍先生主编的《西方文论选》，隐约中已经规范了我后来的学业方向；1988年来复旦求学、工作的32年里，又不断认真研读过伍先生的若干著作，对自己所从事的教学和研究工作启发不断。因此，能应邀为文集写点东西，表达对伍先生的敬仰和感激之情，同时叙述一下自己自大学以来求学的心路历程，自然是件令人高兴的事。感到忐忑是因为，伍先生作为画家的艺术成就及其独到的中外画论研究，一直使我这个从未学过绘画也不懂画论的人，徒有高山仰止的感觉，从未敢妄赞一词。在这种复杂心情下，考虑再三，觉得不如先就个人记忆所及，谈一下自己几次面见伍先生及在复旦求学、所遇师长和同学的情形，接着根据个人理解，谈谈伍先生的家学渊源及其在艺术创作、文学翻译及学术研究等方面的贡献。

一

1982年，我英语专业本科毕业于徐州师范学院（现名江苏师范大学），后在一所中专学校教过六年英语，1988年5月评上讲师。当年秋，考取复旦大学外文系比较文学专业硕士研究生，师从张廷琛先生。伍蠡甫先生当时已经八十八岁高龄，除指导博士生，已不给硕士生开课。伍先生所指导的博士生如徐贲（现任美国加州圣玛丽学院英文系教授）、汪耀进（现名汪悦进，任美国哈佛大学东亚艺术学院教授）等，也都先后以联合培养身份去了哈佛等美国高校。曾协助过伍先生及翁义钦先生编辑《西方古今文论选》的硕士研究生程介未，也已毕业分配至华东理工大学文化研究所工作，后来去了英国。留在复旦继续跟伍先生攻读西方文论的，仅剩博士生韦遨宇。遨宇兄曾担任过外文系研究生辅导员，我由于入学不久被推选为外文系研究生团学联主席，所以与遨宇兄比较熟悉。初次见到伍先生，就是在韦遨宇博士学位论文答辩会上。

当时我和88级硕士生同学如王腊宝、郑海遥、张慧民等，还有其他年级的硕、博同学，一起去旁听答辩会。答辩会于1989年12月下旬举行，地点是文科楼四楼外文系会客室，电梯一出来不用拐弯，开门即可进入。会客室的东墙上，挂着伍蠡甫先生创作的巨幅山水，西墙上挂着的，则是复旦艺术教研室喻蘅先生的一大幅书法作品。当时文科楼除外国专家所用11楼装有空调，其他楼层均无。天气寒冷，答辩会开始前，系里弄来一台取暖炉，放在身穿大棉袄、头戴大棉帽的伍先生坐的单人沙发前。答辩委员会成员中，有从上海社科院请来的王道乾先生，本系夏仲翼先生、翁义钦先生、陆谷孙先生，另一位成员记不得了。按规定，导师在自己学生答辩时是不发言的，所以直到答辩结束，都未曾听到伍先生讲话。答辩前伍先生与委员会成员寒暄及介绍韦遨宇学业情况的话，现在也记不清了。

韦遨宇原定留在外国文学教研室，后因故未留成，毕业后分配至中国社会科学院外文所工作（后去法国，现在巴黎索邦大学任教）。1990年寒假前，我和师弟李茭一起去北京调研，去了北图、北大及社科院。为节省开支，两人住在北大研究生宿舍。李茭在华师大二附中读书时的同学杨继东（现任斯坦福大学东亚图书馆馆长），本科保送北大历史系，1988年毕业后师从北大历史系中亚交通史专家张广达教授攻读硕士学位。他们宿舍当时有两人外出调研，正好空出两张床位，我们俩就寄居其间数日。那间宿舍隔壁，住着北大 88 级硕士生陈跃红、程巍、米佳燕,他们正师从乐黛云教授攻读比较文学。经杨继东介绍,得以结交同道,调研更有了方向,收获因而较大。经韦遨宇兄介绍,我们携介绍信又至社科院图书馆。在那里,我查找到不少海德格尔英文研究资料,并复印一些带回上海,对我后来完成硕士论文《海德格尔与庄子艺术论之比较》帮助很大。回上海前,遨宇兄托我带一本挂历回沪,让我转交伍蠡甫先生。于是,调研结束返沪后马上去了伍先生居住的复旦第一宿舍。当时上海小区大门口大多设有门房,访客需先在门房登记,主人级别高的家里装有电话,门房会打电话给主人核实访客身份。普通家庭没电话,值班师傅通常拿着白铁皮话筒,走近主人住处扯着嗓子叫几声。伍先生级别高,家里当然有电话。于是门房接通电话,将话筒递到我手里,我在电话里向伍先生说明来意,接着门房放行,还告知门牌号码,示意我走大门右首一条弯曲小路。我顺着那小路走到伍先生楼下,进门面交挂历,记得没说什么话就告辞回了南区研究生宿舍。这算是我第二次面见伍先生。

二

在学期间,我因有点科研成果发表,翻译福柯《性史》(张廷琛主译)五万余字,参撰《比较文学史》(曹顺庆主编)三万余字,因此可以直博。我有意直升伍先生博士研究生,于是 1990 年近深秋时,我给伍先生写了封信,表达读博心愿。约两天后,收到伍先生亲笔回信。信的内容不长,大意表示欢迎我读博,并约了大致面谈的时间。一天下午约 4 点,我如约再次前往一宿拜见伍先生。伍先生住的小楼相当于双拼别墅,不过没现在寻常可见的双拼别墅高大。来到楼下,伍先生将我引进楼下客厅,面谈了一个多小时。其间,承蒙伍先生女儿以一杯热牛奶和一小碟芝麻饼干相招待。我当时带薪读研,每月 75 元生活费,是应届考取硕士生同学的两倍多,去拜访伍先生前,买了瓶吉林长白山葡萄酒和一些水果,算是正式登门拜访的一点礼物。和伍先生谈话一个多钟头,现在仍能忆及的大致情况如下。

我首先向伍先生汇报了自己的学业,包括从师情况。我谈到自己 1988 年入学时师从的是张廷琛先生,张先生 1989 年 7 月去美后,年底前和师妹郑海遥、师弟李荧一起，转投夏仲翼先生门下。夏先生小伍先生31岁，是伍先生的晚辈、学生，1949年前入读沪江大学英文系。1952年秋，沪江大学在院系调整中被裁撤，有关系科并入复旦大学及新成立的华东师范大学、上海财经学院等，于是夏先生又入复旦外文系，但改读了俄文专业，1955年毕业留校工作，曾教授过陆国强、陆谷孙、翟象俊三位先生研究生俄语，后响应号召，调往解放军张家口外语学院工作十余年，转业后在工厂当过约8年工人。高考制度于1977年恢复后，夏先生重返复旦，在外国文学教研室与伍蠡甫先生又同事多年。[1] 夏先生个人经历，我曾听夏先生亲口讲过很多，伍先生当然也知道不少。我向伍先生解释说，我虽是夏先生指导的研究生，但作为英语类比较文学方向的学生，不便直升夏先生指导的俄文专业博士生，所以想拜在他的门下，继续研习西方文论。按中国传统的算法，当时伍先生已过鲐背之年，正在往期颐之年奔，却很健谈，谈话涉及内容也较多。记得他在谈到韦遨宇时，为他未能如期留在外文系工作而深感惋惜，说留美的徐贲、汪耀进学成回来的可能性不大。谈话中，伍先生突然问我学过绘画没有，我说没有。他说应该学些，说学习文论如有艺术或文学创作做底子，效果会更好。至今想来，我仍觉得伍先生说的话很有意义。他们那一辈从事文艺理论研究的学者，不少都具备文艺创作功底，因而鉴赏力特别强，做起理论研究写出文章来，很少作凿空的理论推演。这是晚伍先生几辈的相关领域学者所不易企及的。

那次登门拜访，伍先生热情地表示愿意接受我为西方文论博士生，但遗憾的是，我后来未能成功升博。外文系当时考虑到伍先生年事已高，无意让他继续招生。据说，为此事，伍先生曾在保姆陪同下，拄着拐杖去了赵校长室，说明自己继续招生的意愿，结果获批，西方文论研究方向又列入1991年博士生招生目录。对伍先生的努力争取，我至今仍心存感激。

---

[1] 我入复旦读研时，夏先生可招收世界文学专业硕士生和俄罗斯文学博士生，兼任中国社科院外文所俄罗斯文学研究方向的博导。中国社科院外文所研究员、著名巴赫金研究、符号学研究专家董小英，就是1989年秋来复旦外文系师从夏先生攻读俄罗斯文学博士学位的，她1992年毕业后，分配在社科院外文所理论室工作，直至退休。

三

  1990年年底，系里在五教阶梯教室召开研究生会议，坐我前排的外文系总支书记王沂清先生扭过头来，问我毕业是否愿意留校到大学英语部工作，我当时未加思索就说愿意，心想留校后在职读博会更方便，将来可以继续从事自己喜爱的文学专业教学和研究。就这样，1991年春，经董亚芬先生、李荫华先生以及余建中老师、孙静霞老师四人面试通过决定录用后，我7月毕业就直接留校了。伍先生为我争取到的招生名额，后用来招进洛阳中国人民解放军外国语学院教师白济民。记得白兄报考前，还曾向外文系继韦遨宇之后担任研究生辅导员、程雨民先生的博士生张亚非（南京理工大学前任校长）打听，问复旦有无教师或硕士生参与竞争。白济民入学第二年秋，伍先生不幸仙逝，享年九十三岁。白济民博士论文在夏仲翼先生指导下于1994年11月完成，论文封面指导教师栏填写：伍蠡甫教授、夏仲翼教授。白兄毕业后去了军事科学研究院工作。

  算起来，我因事面见伍先生不过三次，但春夏秋冬四季，夕阳西下之时，伍先生端坐寓所楼下的侧影，我倒是有幸常见。具体情况如下。

  张廷琛先生去美国后，他复旦的一宿寓所空着，张先生来信让我住过去，一来可以代收各类邮件，二来可经常开窗透气。于是，我在1991年春季开学不久，从南区带着书籍等物品就住了进去。寓所位于一宿东北角，地势较低，是一楼101室，建筑面积很小，只有33平方米，一室一小厅，厨、卫则更小，进去仅够一人转身，这还是张先生1985年哈佛燕京学社访学一年归来，评上了副教授才分到的。我的硕士论文因原先构想较大，当年5、6月间未能完成，虽7月份就算留校了，但未能去人事处报到，论文答辩申请延至年底举行。正是在张先生寓所里，我得以充分利用其丰富藏书，于11月完成五万余字论文初稿，并在夏仲翼先生指导下反复修改，成三万余字终稿，于12月底答辩通过。令我至今仍感自豪的是，夏先生为我邀请到贾植芳先生担任答辩委员会主席，另两位委员是同为学界翘楚的翁义钦先生和朱立元先生，担任答辩秘书的就是研究生辅导员张亚非兄。答辩结束的第二天上午，去校人事处履行了正式报到手续。

我在一宿住了前后有十个多月，算是经历了四季。

在一宿张先生寓所住的十个多月，虽算跟伍先生做着邻居，但伍先生高龄，因而无特殊事情，未敢轻易上门打搅过他老人家。其实，张先生101寓所离伍先生住的那幢小楼不远，也就是三四十米远的样子，中间隔着一片空地，空地上蜿蜒着几条小径，伸向不同楼栋。开窗伸出头去，可看到伍先生那幢小楼。天气晴好临近傍晚时分，沿着一宿东北角蜿蜒至西大门的小径进出时，常可看见伍蠡甫先生拐杖拄在胸前，坐在自家小楼北门口小径上放着的一把椅子里，先生双眼望着西下的夕阳，身前身后是面积不大的菜畦兼花圃。在我眼里，伍先生这一侧影，饱含诗意。这侧影浓缩着一位寄寓自然、世间的艺术家、学者一生的漫长求索，本身就是一幅艺术的人生写照，因而至今这侧影仍然活在我的记忆中。

四

耄耋之年前后约15年间，伍蠡甫先生画作及各种文字著述仍不断面世，可说是喷薄而出，这是极其耐人寻味的，值得我们在研究伍先生生平事迹、艺术人生、学术生涯时加以高度重视。从二十世纪八十年代起至先生仙逝约十二三年间，除培养了一批后来成为国际知名学者的博士生外，伍先生在国内顶级刊物发表论文10余篇，出版各类大部头著作10余种。先生在鲐背之年及奔期颐之年，还在《文艺研究》上相继发表了《中国山水画的诞生》、《巴罗克与中国绘画艺术》，同时画笔不辍，创作了若干幅绘画作品。伍先生的一生，几乎见证了整个二十世纪，留下了一大笔艺术创作、文学翻译及学术研究的宝贵遗作。我个人觉得，应该设立一研究所或研究中心，以利于组织开展各类学术活动，从而更好地搜集、整理并分门别类地系统研究伍先生留下的大量画作、译作、文论、画论、书信、序跋以及中西文论、画论比较研究方面的著作。

伍蠡甫先生出身名门，其父伍光建先生晚清时奉派前往英国皇家海军学院留学，后又转入伦敦大学研习物理、数学、文学等科，学成回国后曾任北洋水师学堂助教，后曾作为大使随员出使日本，随"五大臣"出洋考察宪政，后擢升大清学部二等咨议。宣统元年参与留学生廷试，赐文科进士出身。大清海军处成立，任顾问兼一等参赞。海军处改称海军部后，又任海军部军法司、军枢司、军学司司长。宣统三年，中国教育会成立，伍光建先生被推为副会长。民国成立后，历任财政部参事、顾问，盐务署参事、盐务稽核所英文股股长。北伐军兴，伍光建先生南下任国民政府行政院顾问，外交部条约委员会委员。后定居上海，专事西方文学、哲学翻译，所译作品总量惊人。伍蠡甫先生一生所以能做出大量的、多方面的贡献，与其所承继的家学，有着极深的渊源关系。他本人在民国时期创办过书局、期刊，在各类书刊里发表过大量西方文学翻译作品及评论文章，无疑是承其父之影响。这些译作及各类评论文章，对中国现代文学、文学批评和文化发展，产生了怎样的影响，仍需我们加以系统、完备地研究。和伍蠡甫先生一样，其胞弟伍况甫先生在复旦外文系教授英语语言文学期间，也翻译介绍过众多西方文、史、哲等学科的著作。如将伍氏父子三人的译作、著作加在一起，总量将是十分惊人的，仅仅在商务印书馆一家出版社出版的，数量已很可观。我们今天回顾现代中国学术、文化史，可见伍氏家族在引进西方各科新学，推进中国现代教育制度的成立和发展以及文化现代化的过程中，做出的贡献十分巨大。这些都是我们全面研究伍蠡甫先生时，需要一并加以考虑的。

附录一：伍蠡甫先生小传

伍蠡甫（1900.9—1992.10），广东新会人，1900年生于上海。早年就读于圣约翰大学附中，1923年毕业于复旦大学文科，后去北平求职，曾在故宫博物院观摩研习中国历代名画数年。1928—1936年在复旦大学教授英文，1936—1937年间赴英国留学，前往意大利等国考察欧洲艺术，出席1937年于法国巴黎召开的国际笔会年会。1930—1937年担任与人合作创办的黎明书局副总编辑，《世界文学》月刊主编，《西洋文学名著丛书》主编，《文摘》主编。其间在中国公学、暨南大学兼授英文、国画、文学。1938年至1949年任复旦大学教授、文学院院长，兼任外文系主任、中文系代主任。1942—

1949年聘为故宫博物院顾问，兼任国际笔会中国分会秘书，出版研究委员会主任委员。1949年起，历任复旦大学外文系外国文学教研室主任、外国文学研究室主任，兼任圣约翰大学教授，讲授文学理论。应聘担任上海画院兼职画师，《辞海》编委及美术学科主编，中华全国美学学会、中国外国文学学会、全国高等院校外国文学教学研究会顾问，上海社联、上海文联委员，上海作家协会主席团成员、主席团顾问，国际笔会上海中心成员，《中国大百科全书》中国文学卷、外国文学卷编委等职务。1991年，国务院为表彰伍蠡甫教授在发展我国高等教育事业中所做突出贡献，为其颁发荣誉证书。伍蠡甫教授于1992年10月去世，享年九十三岁。2018年，伍蠡甫教授入选为上海市社会科学界联合会首批"上海社科大师"。（复旦大学外文学院根据调阅复旦大学档案馆材料整理而成）

附录二：伍蠡甫先生著作简目

（说明：除1947年出版的《谈艺录》外，新中国成立前伍先生的画作及大量译作、书评等文字未录，新中国成立后的期刊论文、译文等，仅以中国知网收录并可查考者为限。）

专著、论文集、编著：

1.《谈艺录》（1947）

2.《西方文论选》上、下册（1979）

3.《现代西方文论选》（1983）

4.《中国画论研究》（1983）

5.《西方古今文论选》（1984）

6.《伍蠡甫山水画辑》（1984）

7.《山水与美学》（1985）

8.《欧洲文论简史》（1985）

9.《西方文艺理论名著选编》上、中、下册（与胡经之先生合作主编，1985、1986、1987）

10.《伍蠡甫艺术美学文集》(1986）

11.《中国美术辞典》(邵洛羊主编，伍蠡甫副主编，1987）

12.《名画家论》(1988）

13.《中国名画鉴赏辞典》(1993)

期刊论文：

1.《中国的画竹艺术》，《复旦》，1959年12月27日。

2.《试论我国古代山水画对自然美的处理》，《学术月刊》，1962年4月1日。

3.《艺术形式美的一些问题》，《学术月刊》，1963年8月29日。

4.《西方唯美主义的艺术批评》，《文艺理论研究》，1981年3月2日。

5.《再谈艺术的形式美》，《学术月刊》，1981年4月1日。

6.《现代西方文论漫谈》，《文艺研究》，1981年12月27日。

7.《文人画艺术风格初探》，《文艺理论研究》，1982年3月1日。

8.《西方文论中的非理性主义》，《外国文学研究》，1982年7月2日。

9.《试论艺术抽象和艺术形式美》，《文艺研究》，1983年第1期。

10.《现代西方文论简评》，伍蠡甫，程介未，《外国文学研究》，1984年4月1日。

11.《赵孟頫论》，《文艺研究》1984年4月30日。

12.《评马蒂斯〈笔记〉》，《文艺理论研究》，1984年4月30日。

13.《赵孟頫论（续前）》，《文艺研究》，1984年6月29日。

14.《漫谈〈文心雕龙〉和南朝画论》，《文艺理论研究》，1985年3月2日。

15.《苏珊·朗格的情感形式合一论与中国绘画美学》，《文艺研究》，1987年8月29日。

16.《略论传统与创新、再现与表现》，《文艺理论研究》，1987年12月27日。

17.《寄情笔墨 静水流深——论林曦明的中国画》，《美术》，1988年12月26日。

18.《中国山水画的诞生》，《文艺研究》，1989年8月29日。

19.《巴罗克与中国绘画艺术》,《文艺研究》,1990 年 5 月 1 日。

20.《张桂铭的艺术》,《美术之友》,2006 年 7 月 5 日。

译文:

1. 马里坦,《艺术和诗的创造直觉》,伍蠡甫译,《现代外国哲学社会科学文摘》,1961 年。

2. 吉尔桑著,《绘画与实在》,伍蠡甫译,《现代外国哲学社会科学文摘》,1961 年。

3. 威廉·温舍特、克利安斯·布鲁克斯著,《文学批评中的神话和原型学派》,伍蠡甫译,《现代外国哲学社会科学文摘》,1964 年。

目　录

1 / 前　言
1 / 伍蠡甫先生夕阳下的诗意侧影

1 / 《伍蠡甫先生120周年诞辰纪念文集》（上）

3 / 第一部分　文艺研究

4 / 中国的画竹艺术
25 / 绘画与实在
39 / 试论我国古代山水画对自然美的处理
51 / 艺术形式美的一些问题
63 / 诗与画——形象思维漫谈
67 / 西方唯美主义的艺术批评
86 / 再谈艺术的形式美
95 / 文人画艺术风格初探
129 / 试论艺术抽象和艺术形式美
140 / 赵孟頫论
174 / 赵孟頫论（续前）
196 / 漫谈《文心雕龙》和南朝画论
201 / 苏珊·朗格的情感形式合一论与中国绘画美学
227 / 略论传统与创新、再现与表现
239 / 寄情笔墨　静水流深——论林曦明的中国画
242 / 中国山水画的诞生
258 / 巴罗克与中国绘画艺术

270 / 张桂铭的艺术

275 / 第二部分　文学研究

276 / 艺术和诗的创造直觉
285 / 文学批评中的神话和原型学派
300 / 现代西方文论漫谈
327 / 西方文论中的非理性主义
346 / 现代西方文论简评
355 / 评马蒂斯《笔记》

365 / 《伍蠡甫先生120周年诞辰纪念文集》（下）

367 / 第一部分　伍蠡甫先生作品及思想评论

368 / 伍蠡甫的《欧洲文论简史》
371 / 艺术：《伍蠡甫艺术美学文集》
372 / 伍蠡甫先生的绘画艺术
384 / 伍蠡甫佚札（六通）
388 / 浅谈中国绘画的意境——读伍蠡甫《论中国绘画的意境》有感
392 / 伍蠡甫的古典画论研究及其启示——以《董源论》为例
402 / 伍蠡甫的"世界文学"观念与实践
411 / 浅谈伍蠡甫画论研究与山水画创作中的传统与创新
419 / 论贯中西，艺通古今：伍蠡甫的艺术研究之路

425 / 第二部分　伍蠡甫先生大师风采

426 / 伍蠡甫与西方文论
430 / 赛珍珠作品最早的译评者伍蠡甫
441 / 著名画家伍蠡甫情系辞书

446 / 伍蠡甫学案

467 / 外文系的第一位博士生导师——回忆伍蠡甫教授

473 / 伍蠡甫先生的学术思想

488 / 纪念伍蠡甫先生

《伍蠡甫先生120周年诞辰纪念文集》(上)

第一部分　文艺研究

中国的画竹艺术

画竹是中国绘画特有的一个专科，为了整理和评价我国艺术遗产，中国画竹艺术是一个值得研究的问题。本文分为三部分：一、简单叙述画竹的起源和发展，介绍一些画竹理论；二、试论"成竹"和有关的理论问题；三、探索一下今后的画竹问题。

一

东晋王徽之[1]爱竹，曾寄居人家的空宅，广种竹树，对竹啸咏[2]，还指着竹说："何可一日无此君！"他在吴中时，知道某一士大夫家有好竹，便径自去到那里，对竹啸咏，主人把地方洒扫干净，请他坐下，他就坐下，尽兴而去。南北朝时，宋袁粲遇见竹总要逗留一下。北宋诗人苏轼曾写道："可使食无肉，不可居无竹；无肉令人瘦，无竹令人俗。"这些事例说明中国古代的文人对竹有特别的感情。

关于最早的画竹，传说有三：（1）后汉关羽始画竹；（2）唐王维始画

---

[1] 名书家王羲之之子，尝雪夜泛舟访戴逵，到门即返，人问其故，答曰："乘兴而来，兴尽而去，何必见！"

[2] "啸"为东晋士大夫的生活艺术之一，他们有感于物而啸，认为可以"离俗"。所谓"啸"的艺术是：蹙（紧缩）口而吟（《说文》）；啸时其气激于舌端，故音清（《啸旨》）；啸时声不假器，用不借物，动皆有曲，发声成音（成公绥《啸赋》）。啸的故事很多，除王徽之外，阮籍也乐酒善啸，声闻数百步（《竹林七贤编》）；他曾在苏门山遇过孙登，和登谈到，登不应，他长啸而退，走到牛岭，听见有声发于岩谷，原来又是孙登的啸（《晋书·阮籍传》）。

竹，开元问有刻石；（3）五代十国时，蜀李夫人月夜独坐南轩[1]，轩外竹影婆娑，映在窗纸上，夫人用笔就窗纸摹写竹影，觉得"生意具足"，这是墨笔画竹的开始。

但是一般说来，唐代画竹已为独立题材，开始出现专门画竹的名家如萧悦。他工于画竹，一色[2]而有雅趣；他很珍重自己的艺术，有人求他只画一竿一枝，求了一年还未求到。有一次，他却画了十五竿竹，送给诗人白居易，白感谢他的厚意，也赞叹他的艺术，写了一首"画竹歌"："植物之中竹难写，古今虽画无似者，萧郎下笔独逼真，丹青以来唯一人。人画竹身肥臃肿，萧画茎瘦节节竦。……"唐代还有程修己，于文宗李昂大和间（827—840）在文思殿画竹幛，李昂题诗："良工远精思，巧极似有神，临窗时乍睹，繁阴合再明。"[3]此外，更有无名画家单画竹根的脱壳笋，也很逼真。

五代、北宋间，画竹一科逐渐发展，有不同的风格。后蜀黄筌常以墨染竹，李宗谔见他的墨竹图，大加叹赏，作"黄筌墨竹赞"，在序上说：画设色花竹的人，连一蕊一叶都须着色，黄筌却不如此，而以墨染，看去好像有些儿寂寞，却写出生意，表现了"清姿瘦节，秋色野兴"，于是设色反为多余之事了。南唐较多画竹名家。徐熙有"崔竹图"，画一丛小竹，下有两雉，用浓墨粗笔画竹的根、竿、节、叶，略用青绿二色点拂栀比，而竹梢有"肃然拂云之气"。[4]丁谦初学萧悦画竹，后来改为对竹写生，当时称第一。他有一幅竹图，描绘竹生崖上，竹叶倒垂，根瘦，节缩，有凋瘁之状，而笔法快利，乃是给病竹写貌。李颇画竹，不在小处求巧，而落笔便有生意，作折竹、风竹、冒雪踩篁等景。解处中画竹，能表现竹的色态美，所作雪竹，带冒寒之意，更于竹间点缀禽鸟，或相聚成群，或独自一个，却都有畏寒之

---

[1] 李夫人善文章和书画，后唐招讨史郭崇韬征蜀，蜀主王衍降，崇韬尽收蜀中宝货，并强占李夫人，夫人闷闷不乐，时常独坐南轩。

[2] 可能纯用青色或绿色；不杂它色，故曰"一色"。

[3] 后两句描写程修己把竹画得繁密而又生动，所以凭窗观画，最初的一刹那会觉得窗外真的栽着竹，那茂盛的枝叶随风摆动，方才合拢，眼前一暗，随即分开，露出天空，眼前一亮。

[4] 因为把竹梢位于画面顶端，而又写出竹梢摇曳生动之势，就像高可拂云了。

意。后主李煜善书,以战掣的笔势[1]画竹,北宋诗人黄庭坚题记煜画竹,认为其特征是由根到梢,都用勾勒,名曰"铁钩锁"。唐希雅学煜书法,也用战掣的笔势画竹。

北宋更多画竹名家。阎士安画墨竹,掌握竹在风、烟、雨、雪中不同之势,分别写成景致,所以形态很多变化。他的墨竹,笔势老劲,时常画在大卷、高壁之上,喜作不尽之景。刘梦松亦善墨竹,画"纤竹图"[2],很精致。

北宋时文同尤为杰出,任洋州[3]太守,在筼筜谷[4]中筑披云亭,从亭里观赏筼筜,画竹的艺术更进。他原不珍视自己的画竹,后来求者过多,他不耐烦了,把送来的画绢掷在地上,骂道:"吾将以为袜。"他到某一地方,倘见安排笔砚,便避开了,免得人家强他画竹。但是朝中有个小官叫张潜,为人小心翼翼,文同却主动地画纤竹送给他。文同还在一丈多长的绢上画设色偃竹,送给诗人苏轼。他死后,苏轼看见他的纤竹图的摹本,便想见他生前屈而不挠的风节。[5]苏轼和米芾给文同的作品写过不少诗、跋、题记,[6]指出他有四个特征。(1)作为艺术家的文同有四绝:一诗,二楚词,三草书,四画;特别是沟通诗画,互相启发,"与可所至,诗在口,竹在手。"(2)他在

---

[1]《书苑菁华》载唐太宗《笔法诀》云:"为竖(按即丨)必努(须用力)贵战而雄";又云:"磔(按即乀)须战笔"。同书载《永字八法详说》中《磔势第八》云:"磔者,不徐不疾,战行欲卷,复驻而去之。"大致说来,"战"字通"颤",战的笔势是要求从战颤中求遒劲;"掣"原有拖住、牵曳的意思,掣的笔势在于"顺"中"逆",以增沉着之感。"战"与"掣"结合,则可避免把字写得薄弱流滑、甜软无力。李煜将书中的"战""掣"之法用于画竹,特别双画钩竹,主要是企图通过画中沉着遒劲的笔势,捉取竹的坚挺形态。

[2] 不直、弯曲曰"纡"。竹本直生,但生不得所,曲而不直,则称"纡竹"。《津逮秘书》本《东坡题跋》卷五《跋与可墨竹》:"纡竹生于陵阳(今名待考)守居(指文与可为陵阳守时的居处)之北,盖岐竹也。其一未脱笔(笋壳)为蝎所伤,其一困于嵌岩,是以为此状也。……"《宣和画谱》卷二十"刘梦松"条,把纡竹称为"物之不幸者"。

[3] 文同字与可,以画墨竹名,但也画山水、人物,兼善草书。洋州用为今陕西南部洋县。

[4] 在洋县西北,谷中多筼筜。筼筜是一种高大的竹,《异物志》:"筼筜生水边,长数丈,围一尺五、六寸,一节相去六、七尺或一丈。"

[5] 见《东坡题跋》卷五《跋与可墨竹》。

[6] 苏轼"书文与可墨竹绝一首并叙":"……与可尝云'世无知我者,唯子瞻一见识吾妙处。'"所以文同给"知我者"苏轼所画的竹,都是精品。苏轼称文同艺术的文字也很多,单就"东坡题跋"说就有"跋文与可草书"、"跋文与可'论草书'后"、"跋文与可墨竹、李通书篆"、"跋与可纡竹"等。

6

画面上综合表现竹、木、石，特别发展了墨竹一科。（3）他的墨竹的特点是：善画成林竹；善画折枝竹；首创竹叶的处理，以墨深为叶面，墨淡为叶背。（4）更重要的是，他总结了画竹的基本原则："必先得成竹于胸中。"苏轼并用诗的语言解释这个原则："与可画竹时，见竹不见人。""其身与竹化，无穷出清新。"元代画竹名家李衎则认为文同的风格"豪雄俊伟"。

文同的外孙张嗣昌得其传授，每画竹必乘醉大呼，然后落笔。他的作品也不可强求，有人强求，他便大骂走开了。文同的弟子程堂喜画凤尾竹，既表现出竹梢重量使得竹身回旋，又把竹叶的正反两面，画得十分清楚。他虽师文同，却没有忘了自然。他到四川峨眉山，看见有菩萨竹，枝上结花，"茸密如裘"，便在中峰乾明寺僧堂的壁上，画其形态，俨然如生。他又在象耳山[1]见苦竹、紫竹以及风中、雪中的竹，也给它们写真。他在成都笮桥观音院画竹，还题绝句一首："无姓无名逼夜来，院僧根问苦相猜。携灯笑指屏间竹，记得当年手自栽。"此外，赵士安也画墨竹，但好写笙竹[2]，很是秀润。

在北宋，还须提到苏轼，因为他在一定程度上丰富了中国的画竹艺术，史籍所载有这样一些资料。他在黄州时，画竹赠给章质夫和庄敏公，并附短札，说他本来只打算画墨木[3]，可是墨木画完，尚有余兴，所以又画竹石一张，一同寄去，竹石是以前未有的画体。[4]米芾路过黄州，两人初次见面，畅饮之下，他便画两竿竹、一株枯树、一块怪石，送给米芾。元丰七年（1084）七月，他偶过郭祥正所居的醉吟庵，一时兴起，便在壁上画竹石。元丰八年四月六日，他路过灵璧[5]，看见刘氏园中有一石状如麋鹿弯颈，从各面看去，形态都好。灵璧产石多半只有一面可观，所以他特别喜爱这石，为

---

［1］在今四川彭山县东北，去峨眉县不远。
［2］屈大均《广东新语》：笙竹多生吴、越，叶细，节疏，宜作药丝。
［3］用墨笔画竹。
［4］事实上苏轼是从文同那里学来的，他给文同艺术所作的小结，可以说明这一点。
［5］在安徽北部泗县西北，古代以产石著名，其石宜于制磬，《禹贡》所谓"泗滨浮磬"；宋赵希鹄《洞天清录》："灵璧石在深山中，掘之乃见，色如漆，间有细白纹如玉，叩之声清越，以利刃刮之，略不动。"

了求得这石，便在当地临华阁的壁上画了一幅"丑石风竹图"[1]，那个姓刘的很是高兴，便把这块石送给他了。苏轼虽然兴画竹，却能运思精细，如"万竿烟雨图"，便有许多竿竹，下端画飞白石[2]，远处作烟霭之景。他曾阐述文同教他的画竹道理：如果"节节而为之，叶叶而累之，岂复有竹乎？"接着就指出"画竹必先得成竹于胸"这一基本原则，并加引申，认为画竹应"执笔熟视，乃见其所欲画者，急起从之，振笔直遂，以追所见，如兔起鹘落，少纵即逝矣。"苏轼虽善谈画竹理论，但是实践起来，他感到自己是"内外不一，心手不相应"，因此他又说，"凡有见于中而操之不熟者"，是"不学之过也"。他虽自知学力不够，还是兴到即画，有时甚至一笔上去，中间并不分节，米芾问他这是怎么一回事，他回答道："竹生时何尝逐节生？"而且还自以为可与文同比美。不过，他心里究竟明白赶不上文同，于是兜个圈儿说："吾竹虽不及（文同），而石过之。"

苏轼的兄弟苏辙虽不能画竹，却能谈出画竹的理论，在他的《墨竹赋》中这样写道：墨竹画家既须"朝与竹乎为游，暮与竹乎为朋，饮食乎竹间，偃息乎竹阴"，这样来"观竹之变"，更须体会到"竹之所以为竹"，特别喜悦竹的"苍然于既寒之后，凛乎无可怜之姿"，于是就感到非画不可，也就是"忽乎忘笔之在手，与纸之在前，勃然而兴，而修竹森然"了。

苏轼的密友黄庭坚也不能画竹，但能论画竹。黄与迪给他画了五幅墨竹，他以诗为谢："吾家墨修竹，心手不自知。"他题李汉举墨竹，作这样的

---

[1] 怪异曰"丑"，不一定"难看"。
[2] 用写字的"飞白"法画石。"飞白"法创自东汉末，据唐李约、崔备《壁书飞白萧字记》，张怀瓘《书断》卷上"飞白"条以及宋黄伯思《东观余论》《论飞白法》等所说，大致归纳如下。灵帝熹平间（纪元172—176）粉饰宫中的鸿都门，书家蔡邕见工人用粉刷写字，得到启发，创飞白法。其特征是：运笔轻快（并非飘浮）灵活，墨色富于浓淡，所以写出的字气势飞舞，由于这样地写，笔毫（指笔尖的主毫和副毫）并不全部触及纸面或壁上，笔画中留了一些空白；"飞白"的"飞"是指飞舞的笔触，"飞白"的"白"是指由这种笔触而相应产生的笔画中的空白；"飞"和"白"是这种书法的组成部分，但两者之间的关系并不固定，写时或飞多于白，或白多于飞；蔡以后，许多书体都应用过飞白法，所以有飞白"虽创于八分，实穷于小篆"之说。我国山水画中的石法相当多样化，以飞白画石虽未必始于苏轼（待考），但以飞白法画的石和墨竹之间保持着相当统一的笔墨情趣。

赞美："如虫蚀木，偶尔成文；吾观古人绘事妙处，类多如此。"张耒也论画竹，他的外甥杨吉老画竹学文同，但张耒说他的这位外甥"本不好画竹"，乃是"一旦顿悟，便有作者风气[1]，挥洒奋迅，初不经意，森然已成，惬可人意；其法有未具，而生意超然矣"。

元代画竹名家则有赵孟頫、倪瓒、吴镇、柯九思、李衎等。倪瓒在给张以中所画的《疏竹图》上题道："以中每爱余画竹。余之竹聊以写胸中逸气耳，岂复较其似与非，叶之繁与疏，枝之斜与直哉？或涂抹久之，他人视以为麻为芦，仆亦不能强辨为竹，真没奈觉者何。不知以中视为何物耳。"[2]

李衎少时见人画竹，便从旁窥其笔法，起初觉得可喜，但看了些时，又觉得那人画得不对头，不想再看了。他看过几十个人画竹，直到遇见了黄澹游，才以为澹游画竹与以前几十个人完全不同，决心向他学习。后又知道澹游是学其父黄华，而黄华则学文同。这时有人提醒他：黄华虽学文同，但常用灯照着竹枝，对影写真，和那些撇开实物的不同，至于澹游则只晓得临摹父亲的画本，有如战国时赵国的赵括只能死读父亲赵奢所著的兵书，所以澹游的画是不必学的。李衎听了，很以为然。他又想起以前苏轼和黄庭坚等都盛赞文同画竹，可与造化争美，于是开始以未见文同的作品为憾事。至元乙酉（1285）他在钱塘，才见到十多幅文同作品，但觉得对自己无甚启发，后来友人王子庆告诉他这些都非真迹。后来他终于借到一幅文同真迹，原来画着五竿竹子，"浓淡相依，枝叶间错，折旋向背，各具姿态，曲尽生意"；接着又获得三幅真迹，就专心学习文同了。久而久之，他对画竹渐多悟介。这时候鲜于枢又向他建议："以墨写竹，清矣，未若传其本色之为清且真也"，鼓励他于墨竹画法中试加青绿的颜色。他接受意见，但画来觉得不很满意，认为鲜于之见还值得讨论。后来李衎接连看到唐开元间石刻的王维画竹以及五代、北宋的作品，互相比较，觉得惟有南唐李颇画竹，才是形神俱备，技法完美，而北宋文同的风格，则可称"豪雄俊伟"。他于是作出"画竹师李，

---

[1] 指画竹成家。
[2]《式古堂书画汇考》之《画考》卷二十著录。倪瓒别号云林子，遁隐不仕，山水竹石均以"幽淡"为宗，明初年已七十余，被召不起。画史推为逸品。

墨竹师文"的论断。

此后，李衎因为官职调动，到过东南许多地方，对于竹的"族属、支庶、形色、情状、生聚、荣枯、老嫩、优劣"等，作了精细的观察。他又因出使交趾[1]，更有机会深入竹乡，接触到许多奇异的品种，悉心研究。这使他对于竹的类别、形态的掌握以及用笔、用墨、用色的技法，比前更有提高，成为元代画竹的大家。

他把自己的学习、经验、心得等加以整理，写成《竹谱》一书，综合李颇画竹、文同墨竹的成法和自己的心得，提出了命意、位置、落笔、避忌许多问题。此书以《知不足斋丛书》本最为完全，分为四个部分。（1）《画竹谱》，讲画竹法的五个方面：位置、描墨、承染[2]、设色、笼套[3]；（2）《墨竹谱》，讲墨竹法的四个方面：画竿、画节、画枝、画叶；（3）《竹态谱》，强调先须知道竹的种种名目和相应的动态，然后研究下笔之法；（4）《竹品谱》，分为六个子目：全德、异形、异色、神异、似是而非、有名而非，是他考察实物的忠实记录。书中关于画竹之道，坚持文同所谓"画竹必先得成竹于胸中"的原则，同时也强调学习实物的重要，反对"不思胸中成竹自何而来，慕远贪高，逾级躐等，放驰情性，东抹西涂"。

明代墨竹画，首推宋克、王绂、夏昶三家。

宋克兼擅草书，所画多半是细竹，寸岗尺堑，布置稠密，而又带雨含烟，使观者意远。王绂画山水竹石，须兴到落笔，如以金帛强求，他便不应，不合他意的人登门求画，他更闭门不纳。有一天，他曾在月下听到箫声，引起画兴，写了一幅《竹石图》，第二天带了这幅画去寻昨晚吹箫之人，把画相送。那吹箫的是个商人，向慕王绂之名，当下收了画又送他一张红色地毯，请他再画一幅，好配成一对。王绂笑道：我为了箫声才访问你，原想以箫材[4]为报，不料你是这样一个庸俗的人；跟着索还那张画，把它撕了。夏昶所画墨竹，偃卧、挺立、浓淡、烟姿、雨色等都合一定的矩度，是一位

---

[1] 今越南北部。

[2][3] 李衎《画竹谱》论承染、笼套甚详，可参看。

[4] 箫有多管、单管，其材都取于细竹；这里指面中之竹或画竹艺术。

讲求法则的画家。作品流传国外，当时有这样的歌谣："夏卿一个竹，西凉十锭金。"

此外，还有屈衍。衍初从夏昶学画墨竹，但昶素不喜欢当众落笔，因此衍无从未看到昶是如何挥毫染素的。有一次衍把一幅绢张在墙上，和昶饮酒，希望昶畅饮之后，自会在这绢上画竹。不料昶喝醉后便走开了。衍便用泼墨法在绢上画了几竿风雨竹。后来昶见此画，好生诧异自己怎会有这样的作品，衍就骗他说，这是他醉后所作。昶注视许久，说道：当时喝醉，忘了那结束的几笔。于是在画的上端，扫了数笔，补上几片竹叶，顿时觉得"雨骤风旋，竹情备增"了。衍这才悟道：他所画的终究不是他自己的竹，至多不过是夏昶的竹罢了。

末了，也须提一下朱竹。画史有以下一些资料。（1）传说蜀国关羽画朱竹；（2）传说苏轼在试院兴到画竹，适案头无墨，便以手中朱笔来画，有人问他：世上难道有朱竹吗？他反问那人："世上难道有墨竹吗？"（3）文同也曾画过朱竹；（4）元代柯九思、倪瓒和明代宋克等也画过朱竹；（5）明戴凯之则说，湖南沅（陵）醴（陵）一带产赤竹、白竹，白竹薄而曲，赤竹厚而直，那么，朱竹原属客观存在，不过戴说也还待今天植物学家的考证。

【以上的画竹简史的料是根据以下各书：《世说新语》、《晋书王徽之传》、《历代名画记》、《唐朝名画录》、《白氏长庆集》、《五代名画补遗》、《圣朝名画评》、《图画见问志》、《宣和画谱》、《画史》、《画品》、《宋史》、《文同传》、《画继》、《东坡题跋》、《集注分类东坡先生诗》、《山谷集》、《乐城集》、《式古堂书画汇考》、《画考》、《梣弘简录》、《竹谱》、《丹青志》、《六研斋笔记》、《明史》、《王绂传》、《昆山人物传》、《画史汇传》、《莫廷韩集》、《习苦斋画絮》。】

二

晋王朝自纪元317年南渡后，国势更加削弱，统治阶级的士大夫们对这偏安之局感到苦闷，但又没法挽救，于是厌世思想日趋浓厚，或崇尚清谭，生活在概念世界中，或游山玩水，从自然找寻安慰。江左原是我国产竹地区，竹便成为他们的欣赏对象之一。在这方面，除了王徽之和袁粲是两个突出的代表之外，还有山涛、阮籍、嵇康、向秀、刘伶、阮咸、王戎七个名士也经常在竹林里饮酒清谈，称为"竹林七贤"。中国绘画史上出现画竹专科，是与士大夫们的爱竹、对竹啸吟、和竹林生活分不开的。因为必待生活中添了爱竹这项新内容，作为生活反映的绘画才会产生画竹专科。于是经过东晋、南朝的宋、梁、陈，到了唐代，画史上逐渐出现画竹的名家。

在画竹艺术发展过程中，唐代多系着色，五代始用墨染，北宋开始流行墨竹，影响及于元、明，于是墨竹形成了悠久的传统。但无论色竹和墨竹，都是由于画家本人首先爱竹，要求以艺术来表现这心爱的事物。画家这种不能自已，必待画竹而后快意的心情，在中国艺术史上是相当突出的。他们必须兴到方始落笔，轻易不为人画竹，人亦不能强他们画竹。唐之萧悦、宋之文同和张嗣昌、明之王绂的那些故事，都说明这一点。张嗣昌醉后落笔，倒也不是故为癫狂，而是以酒助兴；文同愿为知己苏轼画竹；苏轼每次画竹，都有个"兴"字在推动他。他们为什么要爱竹？为什么要画竹？画竹的"兴"从何而来？竹又"美"在哪里？关于这一系列的问题，王徽之和竹林七贤的行径提供了解答的线索。

我们知道作为自然的客观存在和现象的竹，其本身原无士大夫们所谓的竹"美"，竹之所以会被他们感到"美"，乃是由于他们对竹的看法，乃是决定于他们从竹所联想到的他们自己生活中的理想的"美"，因而这"美"就含有一定的阶级性。在中国古代统治阶级的士大夫这个阶层里，个人和社会之间的关系以及由此形成的内心活动，都是相当复杂的。他们对于所谓"出处进退"的问题，一直在大伤脑筋，有以下这些思想情况：想做官而做不到；做了官更想不断升官而升不上；想做做不到，想升升不上，而都故作"高蹈"；退而"隐居"却又心里不甘；官已不小，升得也很高，但天天生怕丢掉，却又满口"退隐"，来自鸣"清高"，等等。可以说，不论"得意"或"失意"，他们的内心总有疙瘩，心情一直不很"舒畅"（失意时当然更不舒畅）。但是，另一方面也还有这样的情况，虽然做官，但并不骑在人民头上，而是比较接近人民，同情人民的苦痛，想做点对人民有利的事，因此和同僚以及最上级的皇帝，发生矛盾，结果或挂冠而去，或继续斗争，遭到处罚。此外，也还有讲求民族气节的，以遁世高蹈作为反抗异族统治的表示。这样一些就不应和上面那些混为一谈。不过，在封建社会的士大夫阶层的汪洋大海中，这样的人是不多的。

总的说来，在他们的审美观念中，就滋生了所谓"节操""坚贞不屈"之为美，"屈而不辱"、"偃"而犹"起"之为美，"凌云""清拔"之为美，等等。当他们与一定的自然对象发生关系时，他们便把这些"美"的观念赋予自然对象，例如面向竹时，就认为竹具有这些"美"。于是他们之中便有王徽之、袁粲、竹林七贤等人感觉竹是美的，而大爱其竹，"不可一日无此君"；他们之中更有些人不仅爱竹，还要画竹，写竹之"美"以表现自己之所谓"美"。不过正如方才所说，这种生活的美和画竹的美，时常由于作者处于不同的历史时期，从个人进退、人民利害，或民族存亡的不同角度出发，而有其不同的内容和实质。总而言之，在中国士大夫画家的笔下，竹被人化了，他们画竹就是为了画人，为了写出自己种种"美"的思想感情。

但是，另一方面也须指出，当他们面向自然、赋予自然以人格而进行创作时，他们还是注意学习自然的客观形象，而加以掌握；仍须真实地反映客观，通过艺术的反映来表现自己的主观。所以中国画竹史上出现了不少面向自然的画竹名家，对于竹的品种、生活、形态作过深刻的钻研，发现竹的规律，在画中掌握了它，反映了它，元代李衎就是突出的代表。

因此，结合上述两个方面来看，中国士大夫画竹既写出自己的思想感情，也写出竹的生动形象，而就画竹整个过程来说，则和中国古代绘画其他专科一样，存在着意境和表达意境的理论原则，也就是今天我们所说的思想性和艺术性的关系问题。在中国画竹史上，这些原则乃是以下面这类的说法提出来的："先得成竹于胸中"，"见其所欲画者"，"有见于中"（文同和苏轼语）；"朝与竹乎为游，暮与竹乎为朋"，"观竹之变……竹之所以为竹"，"忽乎忘笔之手，与纸之在前，勃然而兴，而修竹森然"（苏辙语），"心手不自知"，"如虫蚀木，偶尔成文"（黄庭坚语），等等。下面就古人这些说法，试作初步分析。

我国悠久的绘画历史积累了丰富的创作经验和理论，其中最最基本的理论，据个人体会，恐怕要推唐代张彦远在他的《历代名画记》中所说"意存笔先，画尽意在"这八个大字。"意"就是画家的意境，"意"的"存"在，就是画家的意境的创立，"笔"就是执笔作画的创作实践过程，"意存笔先"是说画家执笔作画之前，已经创立自己的意境，"画尽意在"是说一幅完成的画面充分表现画家的意境。这八个字概括了艺术创作的全程，由思想内容的建立而艺术形式的运用而思想内容的体现；用今天的话来说，就是思想性决定艺术性，艺术性为思想性服务。至于"意"之必须"存"于"笔"先，也正如我们今天把思想性看作第一性的，只不过历史时代的不同，张彦远所看到的"意"和今天我们所提出的思想性，有着不同的内容，有着质的区别。

谈到这里，何谓"意"或"意境"，仍须进一步加以探讨。目前研究中国绘画艺术中"意境"问题的文章渐渐多起来，就个人所读过的来说，觉得李可染先生《漫谈山水画》一文所论，最为明确。[1]"画山水最重要的问题是'意境'，意境是山水画的灵魂。意境就是景与情的结合；写景即是写情。"山水画"当然要求包括自然地理的准确性"，但"不是地理、自然环境的说明和图解"，而是"表现人对自然的思想感情，见景生情，景与要情结合。""写景是为了写情。"这里，似乎还可补充一下"见景生情"的问题。

首先，必须肯定景是客观存在的，是自然本有的现象，但画家所以会见景而生情，则须经过几个步骤：他和自然接触，有所感而生情，或者说得更确切些，有所感而联系到或触动了自己的"情"；画家则在此接触中，比一般人更易发现"好景"，认为这景可以使他联系到他意识中某种值得写出或必须写出而后快的"情"。其次，在画家看来，这"情"也必须是"美"的，然后他才会从自然现象中发现与这"情"相互映发的"好景"，而乐于描画下来。再次，仍须重复一句，这情又必然以一定社会历史时期的一定阶级、阶层的意识作为它的内容。谈到这里，也不妨再归结到上文那句话：中国画家的画竹，是为了画人，因而以竹之景写人之情。也许有人要问，像苏轼咏

---

[1]《美术》1959年5月号。

文同画竹的两句诗:"见竹不见人,其身与竹化。"又似乎是在画竹,而非画人了。我的体会是,这两句是在着重描写文同以情摄景、使景合情,非常成功,于是觉得自己见景而不见情,见竹而不见人,但并非否定以景写情这个根本要求,并非真的见景而不见情。

下面想谈谈与意境有关的几个问题。

第一,学习自然的问题。

中国古代画竹,诚然都从爱竹出发,先有观竹之兴,再有画竹之兴,并没有不爱观竹而只画竹的艺术家。早在唐代,已有人在画竹根的脱壳笋,这说明画家是怎样钻研对象,连竹的这一细节都不轻易放过。白居易赞美"萧郎下笔独逼真",李昂称许程修己能使观者感到"繁阴合再明",所有这些艺术效果,都和观察自然、学习自然分不开。再如丁谦对竹写生,文同筑亭观赏篔筜,程堂和赵士安给某一地方的某一种竹写真,李衎考察吴越、交趾的各色各样的竹,也都是先学会了描写自然形象,然后才谈得上表现自己的意境。至于黄筌、李颇、解处中、阎士安等或得竹的一般生意,或写竹的临风、冒雨、出没烟雨种种活泼的意态,也都不是背离现实,闭门臆造所能做到的。可见面向自然,深入钻研,乃是古代画竹名家创立意境的必要途径,是下笔以前的不可缺少的重要环节。倘若以为士大夫画竹纯凭主观,不学而能,那就不符合我国古代画竹的历史真实了。

第二,写生、记忆、默写与"成竹"的关系问题。

由于士大夫并不以描写竹的现象为画竹的目的,他们画竹是为了画人,所以他们就在这一定程度的写生基础上,争取熟悉并掌握对象在某些时间、空间条件下的一般生活规律。他们有了这项本领之后,便不一定要求面对实物的形状,亦步亦趋地进行创作,而是可以通过记忆和想象,把竹在其一般规律中所表现的形象[1],有机地联系到他们的思想感情,做到文同、苏轼所谓的"先有成竹于胸"了。例如阎士安能得竹在风烟雨雪之势的这个"势",

---

[1] 我国每种竹谱所列从枝、节、叶到一竿竹、成林竹等的各式形象都反映了竹的一般规律;其他画谱(山水、花鸟等)亦然。

便意味着竹在不同气候或不同季节的条件下的形象规律,而阎士安笔下之所以能传此"势",则更决定于他落笔之前和落笔之际,胸中都在盘算着有机联系,使这形象规律不断地能为一定的感情服务。换言之,所谓"成竹"一方面意味着客观形象的规律的掌握,另方面也体现了主观世界的内容,使得画家见到了他"所欲画者";而客观形象的规律的掌握又必须通过熟练的技法使得画家能够在"见其所欲画者"的当儿,"急起从之,振笔直逐,以追其所见"了。所以每当兴到落笔,"成竹"便奔赴腕下,指挥笔墨,使它不断服从"成竹"的控制。在这过程中,笔墨的运行是一贯的,一气呵成的,苏轼所以反对"节节而为之,叶叶而累之",也就是这个意思。倘要掌握节与节、叶与叶之间的关系,体现节、叶的生意,避免孤立地处理节与节和叶与叶,那么,没有"成竹"贯彻在笔墨运行的始终,是不可能做到的。我想苏轼的话含有以上这些意思,他并不是不要求画家去描写每一个节和每一片叶,因为任何一幅竹图的画面都由节和叶来组成(当然还有竿和枝),问题在于这些组成部分被画家放在怎样的有机联系中。

更广而言之,画家倘若同时也是诗人,也是书家,那么"成竹"既可使他画竹,也可使他咏竹,使他题竹,文同、苏辙都是如此,而苏轼所称文同四绝之中的草书一绝,其创作过程中也有类如"成竹"的"成书"存于胸中。再进一步看,画家既可因爱竹而画竹,也可因爱石而画石,苏轼送给米芾的"枯树竹石图"、在灵璧所作的"丑石风竹图"以及他自认为前所未有的"竹石"这一画体,都使我们更为广泛地懂得中国画家如何处理自己和自然的关系,来进行创作。而画石也须先有"成石",同样可以理解了。

如此看来,"成竹"的问题乃是画竹艺术中的意境的问题;而有了"成竹",从而"急起从之、振笔直遂",则是表达意境的问题。中间经过以下这些步骤:以一定的感情去爱竹、友竹、观竹;通过观竹和写生来发现并掌握竹的规律;使形象规律为一定感情服务;使景与情相结合,景为情服务;这时候成竹存在胸中,亦即意境被创立;于是画竹就是写成竹,达意境。这样看来,景与情的这一结合始终贯彻在画竹过程中,也就是成竹、意境支配着画竹艺术。

最后，在这问题上还可补充一点。中国画竹名家诚然有对景生情的，但也有以情合景更有通过记忆、掌握对象规律来抒写感情的。在成熟的画竹艺术中，第三种情况似乎比较普遍，而且符合他们的创作实际，但是也并不排斥第一、第二两种情况。

第三，文、苏、黄等人的画竹理论的评价问题。

自从文同提出"胸中成竹"，苏氏兄弟加以引申，黄庭坚予以补充，就开始形成一套画竹理论，指导画竹实践。这套理论突出了这样几个论点："成竹"，"勃然而兴"（包括"振笔直逐"、"兔起鹘落"），"心手不自知"（包括"如虫蚀木，偶尔成文"），始于"学而后能"，止于"臻于化境"。后来的士大夫画竹虽都不免受这套理论的影响，但他们之中对于景和情的结合关系不是人人都能掌握得好的，有的士大夫可能对立景、情，舍景取情，于是这孤立的情就无从形成意境，实际上胸中并没有成竹，因而造成主观片面发展的偏向，正如李衎所说的"不思胸中成竹从何而来，慕远贪高，逾级躐等，放驰情性，东涂西抹"了。对此偏向，文、苏的理论本身似乎不能负责。

这里，试结合三个例子来谈谈。（1）杨吉甫"画法不讲"，而张耒却誉为"生意超然"，说明杨的创作和张的批评都没有体会文、苏理论的精神实质。（2）便是苏轼本人还不能在自己的画竹实践中完全应用自己的画竹理论。他的画竹在学力上原不及文同，这一点他自己也知道，有时画得不耐烦了，索性来它一个一笔直上，不分竹节，却还要给自己强辩："竹生时何尝逐节生"；他有时更自命画石胜于画竹。所有这些，不外乎想掩盖自己的"不学之过"。可见随意抹涂的文人习气，早在北宋已经萌芽。李浴《中国美术史》说苏轼含有"发泄意气的思想"[1]，这一看法是很有启发的。可见"成竹"的理论必须结合观察、写生等实际来应用，否则就会把"振笔直逐"混同于"东涂西抹"了。（3）倪瓒画竹写"胸中逸气"，而不求形似，现代的

---

[1] 李浴：《中国美术史》，第250页。德国诗人歌德学画，对技法的勤修苦练，很不耐烦，他比较感兴趣的是观察对象，提取突出的形象，获得关于对象的完整的认知和感受。但他拿起笔来，时常不画完，来个不终而罢，陷入苦恼。这种情况也很像苏轼，病在有情无景，还不能具有情景结合的"意境"。

中国绘画史家常以此作为"东涂西抹"的一个突出例子。不过，也还可以从另一角度来看。他所谓的"逸气"含有他所处的那个历史时代的意义，与缅怀南宋、反对异族统治的爱国主义感情分不开；并且从现存的他的画竹真迹来看，也没有一幅不求形似、信手抹涂的作品。我们不必执住他画竹这段题词，来否定他的创作实际，正如我们不必以苏轼的不分竹节的几幅画竹来否定他的画竹理论。

末了，关于黄庭坚评李汉举画竹所提出的"臻于化境"之说，我觉得可以这样来理解。在景、情结合和景为情用的前提下，客观丰富了主题。但是等到两者之间真的统一无间，那么从现实生活中所形成的主观——以一定的感情去爱竹、观竹——仍然在这统一中居于主导地位，而表现主观时、处理客观形象时所须的技法，则在这统一中居于从属地位。既然主观和客观保持着这样的关系，于是在画家的意识和感觉中出现了一个"心手不自知"、"如虫蚀木，偶尔成文"的境界。不过这种境界仍然先须经过钻研对象、讲求表现技法、争取景情结合等的勤修苦练，并非一蹴即至。凡是有一定成就的画家都有此体会，而张耒以"无法"来取"生意"的看法，与黄庭坚的"化境"之理应该有所区别。试看元代吴镇自题画竹的一首绝句："始由笔砚成，渐次忘笔墨，心手两相忘，融化同造物"，就可以懂得这是他在创作上"臻化于境"时的一段自白，而文、苏理论的实践也正是导向这么一种境界的。所以，倘若认为黄氏"化境"之说完全无视客观钻研、抛弃技法锻炼、片面强调主观的唯心主义，那就值得商榷了。

第四，"生意"与"无尽"的问题。

上面说过，我国古代画家画竹所取的"意境"情与景相结合的"情"，大都是郁结的，不很舒畅的，然而我们还应看到另一方面：他们也曾为了自己所缺乏的是生意而去爱竹的生意，要画竹的生意来补充自己的精神食粮。对这一方面，我们也不能不加以考察。当他们画纤竹或雪竹的时候，他们也还是欣赏竹处于逆境或严寒之中为了自己的生命所作的挣扎。文同不轻易为人画竹，但主动地画纤竹送给胆小怕事的官员，也未尝不是希望他们见景生情，发达一些，把日子过得舒畅些，这里，并没有忘记了个人"生命的自由"。丁谦写病竹,而笔法快利;他也不是为快利而快利,因为这样的笔法或表现形式,适应着一种斗争的思想内容——带着病还得活下去,竹犹如此,更何况人。至于程修己的"繁阴明合"、徐熙的"肃然拂云"、李夫人的"窗上竹影"等等,更是说明画家对竹的生命、生意的爱好了。这里,关于徐熙的画境,我觉得杜甫"严郑公宅同咏竹"一诗[1]也可相互映发,诗中欣赏"出墙"的"新梢",感觉到"雨洗娟娟静,风吹细细香"之后,更希望"但令无剪伐,会见拂云长",说明诗人和画家都曾为了歌颂生意而创作。至于李宗谔在"黄筌墨竹赞"中也表示他所欣赏的是"生意",是生命的表现,因而不嫌墨竹的单调寂寞,相反地,认为用墨比用色更能写出"清姿瘦节、秋色野兴"。他从"清"、"瘦"、"秋色"之中体会不灭的生意,这正如刘秀向王霸所说的"疾风知劲草"[2],也可联想到十九世纪英国诗人雪莱在《西风颂》[3]中的辩证发展的看法:人应该像西风那般强烈,激进,扫落树叶正是为了明春的新叶的生长,在思想行动上来个推陈出新。画家所以要写"清姿瘦节,秋色野兴",倒不是欣赏竹的摇落凋残,而是歌颂竹在秋天虽"瘦"而"清"的劲挺的丰神,就像劲草因疾风以自见,思想从推陈而出新。画家为了歌颂生意、生命,既可描绘盛夏之竹,也可描绘深秋之竹以及冒雪之竹。李宗谔这样的看法,不是中国古代个别鉴赏家的什么癖好,而是诗人、画

---

[1]《严正公宅同咏竹得香字》:"绿竹半含箨,新梢才出墙。色侵书帙晚,阴过酒樽凉。雨洗娟娟静,风吹细细香。但令无剪伐,会见拂云长。"

[2]《后汉书·王霸传》:"光武(光武帝刘秀)谓王霸曰:'颍川从我者皆逝,而子独留努力,疾风知劲草。'"

[3] 这段的原文:

"Be thou, Spirit Fierce,
My Spirit! Be thou me, impetuous Oae!
Drive my dead thoughts over the universe,
Like withered leaves, to quicken a new birth;"

郭沫若译文:

"严烈的精灵哟,请你化成我的精灵!
请你化成我,你个猛烈者哟!
请你把我沉闷的思想如像败叶一般,
吹越乎宇宙之外促起一番新生。"

家、鉴赏家关于画中"生意"的共同观点。我还记得，新中国成立初期上海国画界曾谈起枯树能画与否的问题，我想这样的问题也可以从荣枯的辩证发展这个道理来理解。

其次，古代画竹家在处理生意这样一个课题时，也曾采用不同的途径。例如李颇不在小处求巧，而落笔便有生意，也就是用抓西瓜、丢芝麻的办法来画出竹的生命和人对于生命的感觉。又如阎士安专找大卷高壁，在足够宽裕的画面上作不尽之景，来唤起观众的生意无尽的感觉。至于李煜和唐希雅所以援用书法中战掣之笔来画双钩竹，也未尝不是为了增强双钩之中线条的律动来传达生命的节奏。解处中则画畏寒的禽雀，聚散于竹林之中，来衬托竹不畏寒，生意盎然。徐熙和夏昶虽相隔四个世纪，却都将生动之意集中体现在竹梢上，着重描写竹梢摇曳飘举的姿态，与人以生命的感觉。进一步看，夏昶补了几笔，才完成一幅画竹，使几竿竹树因梢头在"雨聚风旋"之中，虽摇曳而不折，这才更能增强生命感觉的真实。这个例子告诉我们，生命之"意"原是"存"于"笔先"，如果不补上这几笔，则显然"画"有未"尽"，而这"意"也就不存"在"了。我们可以说，张彦远的那八个大字在夏昶这一创作实践中经过检验，而得到了证实。

这里，话又得说回来，虽"画尽"而"意在"，但这"意"却暗示着生命的"无尽"，古代批评家关于阎士安所得的"生动""无尽"这个说法，实际上可以应用到任何有高度造诣的画竹作品。对观众来说，"无尽"之感有助于对"生意"的想象；对画家来说，则贵能唤起而又控制观众的这种想象。上面所举的那些例子，说明古代画家们在表达生意这个问题上是各具匠心的。

第五，色竹与墨竹的问题。

最后这个问题，关系着士大夫画竹采取多样的艺术形式来表达自己的意境。

首先，从墨和色的区别这一角度来说，色竹包括青绿竹和朱竹，青绿竹针对自然色彩作直接的反映，朱竹则和墨竹相同，并不反映自然所有的色彩，但又和墨竹不同，乃以朱代墨。古代画家之所以逐渐地舍色竹而尚墨竹，则是由于他们不斤斤于对象色彩的再现，而更多地着重在景情的结合、意境的表达。从这个要求出发，则或朱或墨，都无不可；苏轼反问那人"难道世上有墨竹吗？"也正是这种看法。但就绘画器材的质量对绘画技法所可产生的效果而论，就深浅浓淡或光度、明度的变化与掌握而论，则墨是有胜于朱的。我们探究"或朱、或墨"的问题时，也应考虑这个客观原因。

其次，我国古代色竹的真迹流传较少，但根据我国绘画传统，则墨笔轮廓和设色相结合、亦即"六法论"中"骨法用笔"和"随类赋彩"相结合，乃是一个基本的原则，没骨画——如梁张僧繇的"凹凸花"或北宋徐崇嗣的彩色没骨花——毕竟是很少的。徐熙画竹，先墨后色，仍是传统的画法；黄筌以墨染竹，也是先以墨画轮廓，再以墨染出阴阳，似乎可以说是灵活掌握上述的基本原则，将"骨法巧笔"和"随类赋'墨'"（"墨"指墨彩——墨的光度、明度）相结合，乃是向着不作轮廓的、未用勾勒的墨竹过渡的一种形式。后来这两种的墨竹形式还是并存的，不过黄筌一式较少见了。再看鲜于枢建议李衎画色竹那段史料，则可明确以下几点。鲜于枢所谓色竹，系指徐熙一式，先墨后色；李衎同意鲜于枢的看法而说"画竹师李（李颇），墨竹师文（文同）"那句话时，他心目中是把徐、李看作一路，因为李衎是把李颇"画竹"和文同"墨竹"作为两个不同类型提出的，可见两者原有区别；而李颇的画竹显然是画色竹，并且是徐熙先墨后色的色竹。这一点，鲜于枢的看法就是很好的证明。他认为徐熙一式的先墨后色的色竹之所以可贵，在于它的"清"而且"真"；也就是说，以墨笔勾勒竹的轮廓，首先写出竹的清（劲），再施色彩，则可增加形象的真（实）。因此，我们似乎可以说，在元代而提出这样的色竹，意味着恢复或强调画竹的较旧的传统，而北宋文、苏等人的墨竹——不勾勒的墨竹，则是从"六法论"的"骨法用笔"这一法出发所作的革新。

末了，也不能把墨竹——不勾勒的墨竹看作单纯是画竹史上一种技法革新的问题，这里面实存在着"振笔直遂""兔起鹘落"地来表现意境的问题。由意境创立、成竹在胸到表达意境、写出成竹，中间是一个很短的过程，因为这个"短"是有利于"急起从之""以追所见"；那么，放弃细笔（细线）

勾勒的传统技法，改用宽线条、粗线条来直取对象的面、体，也是完全可以理解的。我想画家倘若没有迫不及待的心情去"追其所见"的话，便不会要求尽量缩短创意和达意之间的过程，也不会创造出这个不勾勒的墨竹画法了。不过，话还须说回来，画勾勒竹并不意味着胸无成竹。这两种画法并非相互排斥，而是殊途同归，都是为了表现画家的意境，正如工笔和意笔都可表现意境。

第六，李衎的创作道路。

北宋画竹虽文、苏并称，但是论到学习钻研，苏不及文，而元代李衎则比文同更有发展。他的《竹谱》自叙由学习开始直到成家的经过，使我们知道一位艺术家怎样在处理古代传统、当前现实、自己创造这些问题之间的关系，走着迂回艰难的道路。他的发展大致可以分为三个阶段。第一阶段是：逢人便学，赶上之后，又觉不满。第二阶段是：专学当时名家，也接触古代真迹，其中对他最有启发的是某人和鲜于的建议。某人提醒他去比较黄氏父子的艺术，丢开纸上谈兵的赵括，改学有作战实践的赵奢，亦即从临摹父亲画本的黄澹游，转到面向自然的黄华。鲜于枢则劝他兼画色竹，除上面提到的那些道理外，更给他防止了文人墨戏的偏向。换而言之，某人劝他的是师造化，鲜于枢劝他的是善学古人，而他自己则在古人和造化之间，似乎更多地倾向于古人，所以从钱塘收得文氏真迹后，便奉为至宝，专心学文了。第三阶段是：出门走了许多产竹地区，见到无数品种，"知其名目，识其态度"（见《竹谱》中的《竹态谱》），才恍然大悟，觉得在表现的真实上，黄华、文同以及更早的李颇，都还是很不够的，于是决心以现实的体会来弥补前人的这个缺憾。因而他才开始有了一个取之不尽、用之不竭的创作源泉，他的"成竹"以及可以结合情的景，才能常新而不枯窘，也就是说，不断地体现着唐代张璪的名言至理："外师造化，中得心源。"

总之，李衎的第一和第二两个阶段意味着迂回曲折、进退失据的过程，第三阶段方始突破模仿因袭的形式主义，走上健康发展的道路。从暗中摸索到豁然开朗，其关键在于学习自然来丰富意境；并且不仅画竹才是如此，画兰、画梅、画菊以至画山水而能成家，都由于解决了这个关键性的问题。

本文第二部分所提出的问题，到此可以暂告一个段落。在这一系列的问题中，我想强调一点：中国古代画竹实践和画竹理论贯串着一个原则，那就是"意存笔先，画尽意在"；"外师造化，中得心源"；"成竹在胸，追其所见"；说法虽然不同，其旨则一：描绘自然，是为了抒写画家自己的意境。

三

上文试图结合史料，进行采讨我国古代士大夫们画竹的社会历史根源，思想根源，画竹实践，画竹理论，理论应用等问题。广义地说，这些问题不是画竹一科而是中国古代各个自然画科的共同问题。最后，想结合探讨这些问题时的一些体会，进一步谈谈今后的画竹问题。在今天的新社会里，画竹一科还有必要么？倘有必要，它将为谁服务呢？对于画竹艺术的传统，又将如何去批判吸取和发扬呢？等等。限于水平，只能说得笼统一些。

首先，我们今天的绘画艺术也跟社会主义文化建设的其他部门一样，为无产阶级政治服务，因此首先须强调思想性，要发挥最大可能的思想力量，起着教育作用。这样看来，直接反映生活、歌颂社会主义革命建设的人物画科，毫无疑问地应居于绘画的主流，而花卉（包括画竹）、鸟兽、山水等画科应退居次要地位，扭转我国宋元以来绘画发展的趋势。今天广大劳动人民欢迎更多的国画家投入人物画中，反映他们的劳动创造的热情，歌颂他们的空前的成就，而人物画家也必然要求自己能描写新的自然景物，来满足人物画画面的需要。但百花齐放的原则当然并不排斥自然画科的存在和发展，因此竹也未尝不可画，问题在于：怎样画？表现什么意境？以怎样的"情"去结合怎样的"景"？

关于这些问题，我们可以作一个总的回答。从劳动人民的立场出发，以健康壮旺、干劲十足的精神和热爱社会主义社会生活的心情、意境，去结合祖国各地多种多样的竹的景色，进行创作，做到通过画竹来画新人、来写新人的感情；在接触祖国画竹艺术的遗产时，批判那些一味抒写抑郁之情的作品，接受那些歌颂生意的作品；对古代画竹丰富的技法，可兼收并蓄，使它们都服务于新人意境、新人感情的表达；画面题辞，不论是散文或是韵文

（最好应该都是语体），力求能够说明作品的新意境，因为对自然画科来说，题辞有一定的相辅作用，也可以说是画中意境表达的组成部分。这样的回答诚然过于笼统，还待实践来做充实和提高。

  本文作者限于水平，所根据的史料不够充分，从而探讨的问题也不够全面，不够深入，所得的初步结论更不免错误，希望读者批评指教。

本文发表于《复旦》1959 年第 12 期

绘画与实在[1]

引 言

  绘画的研究只有一条正当的途径：这条途径既不是考古学，也不是历史学，也不是科学，也不是艺术批评，也不是哲学；它乃是绘画作品的本身。我这样说，并不是为了预先戒备。我所希望成立的主要结论之一，是必须通过绘画作品来研究绘画。……

  ……我的意图……是从绘画的角度来研究哲学。我自己的问题是：一位哲学家应从绘画学到什么？因此，这一本书乃是一个哲学家向他自己提出他对某种艺术作何理解的若干哲学问题。正如我们能够对科学、历史或宗教作哲学的理解一样，我们也能对艺术作哲学的理解。……

  ……读者将会发现，我的一些结论来自两个完全不同学科的交叉点：形而上学和绘画作品中具体的实在底交叉点。……

  在艺术方面，我们已经亲眼看到……艺术家们都已尽了他们最大的努力，把创始的精义向他们的群众解释，……在形而上学方面，本书作者则经过一个纯属个人的演变，那就是从1915年的"艺术和形而上学"一文出发，进而再度发现托马斯·阿奎那所解释的、关于"实在"的古典形而上学中确实的、脚踏现实的现实主义。

---

  [1] 本文是吉尔桑《绘画与实在》(*Painting and Reality*，1957) 一书引言和第四、六、七、九各章的摘要。——编者

绘画作品的本体论

形式和转化

让我们回到亚里斯多德在关于认识事物如何产生这一问题所抱的看法。他指出的第一点是：对任何一个可得而理解的事物说来，转化就是"产生于另一事物"（《物理学》Ⅰ，7，189b，33）。所以产生的那一事物被称为物质。

……物质并非实在底不存在。相反地，在转化的任何过程中，转化的事物时常是一个高度复杂的实体，犹如生物生殖中的胚种和种子。……同时，在上述过程中，每一生殖或转化先行假定某一事物底不存在——也就是，先行假定行将产生的事物底不存在。这一观念诚然简单明了：凡已存在的事物便不是产生出来的事物，换句话说，所有的转化乃是产生某一事物，而在转化过程开始时，这事物原不存在。

这一论点把亚里斯多德引向一个奇特的想法，后者在艺术的生产上充分显出了它的意义。那就是对于不存在的理解。

……亚里斯多德的意思是这样的：假如我们要获得一个有颜色的面，那么这一过程的起点应是一个无颜色的面，……正如一个人要成为音乐家，他必然在开始时对音乐技巧一无所知。……

这一种消极的看法会取得积极的意义，只要我们问问自己：究竟是什么东西不存在呢？因为，确是如此，这样的一问立即引导出关于转化的另一原则的认识，那就是形式。在任何转化过程的根源上总存在着一个将要产生的形式底缺少或不存在。换句话说，作为某一转化的原因的，并不真是从绝对的虚无之中产生某物，而是在最低程度上从这一个应被产生的形式底虚无之中，产生某物。

……亚里斯多德既已掌握了物质、形式、不存在三个要素，来说明转化这一现象，他就看到不可能在形式中找到关于这一现象的解释，因为形式本身已被赋予界限，不再有所要求；他也不可能在缺乏中寻求解释，因为缺乏并不具有属于它自己的实体，不可能成为任何的愿望的活动场所；那么只剩下物质，可以作为这种愿望、要求底唯一可能的源泉，这就是亚里斯多德所说的："物质要求着形式，犹如女性要求着男性以及丑求着美，这是真理"（《物理学》Ⅰ，9，192a，20—25）。

……"然而亚里斯多德的学说也并不那样简单。它描写了一个复杂的经验，在这个经验里某一物质本身的造形天职，被一个像艺术家那样人的精神所知觉，……"

亚里斯多德关于这一论点所给我们的教导，可以归纳为：物质具有对于任何形式的渴望，这种形式能够把它所缺少的转变为存在底某种积极方式。显然地，虚无底少或作为缺少的基地的物质，都不能满足这一渴望；所以这项任务必须由形式来担负，而关于形式的理解则有待于我们的叙述。

……每一存在通过形式而有存在。例如，木材是自然界的一个东西；只有从其潜在性、转化形态来看，它才是一张床；如要使它成为一张实际的床，就要由木工赋予它以床的形状，但是当它被赋予了这个形状时，我们所考察的木材便转化为一个床架了；简言之，它是一张床了。因此床只有通过它的形式而存在（《物理学》Ⅱ，2193a，30—35）。

我们的这一问题是：形式如何提供实际的存在物？这是由于它在物质的内部隔离了或孤立了一个整体，而这整体又因为被赋予了空间的一定尺寸、形状和位置，所以就能成为另一个存在物。……

凡使某一事物所以成为某一事物的，就是形式。在上述的意义下，正如方才说过的，形式对于每一事物来说，乃是它的存在的原因。

由于把一个事物作为一个有限的存在而加以安排，形式便将这事物从那不属于它的一切之中区别开来。形式的这种区别是不难观察到的，特别是在素描的艺术中，后者仅凭少许的线条，就足以把空间的某一部分从周围的其他若干部分隔离开来，从而描写出一个轮廓分明的存在物：天使、人或兽。……

形式的这种区别力，假如活动于空间，便以描写来显现自己；假如活动于抽象的、理性的知识系统，则以定义来显现自己。"定义"一词表示着界说和区别这两种活动之间的关系。界说就是"标明限度或界限"。因此关于一个观念的定义，就标明限度或界限，这限度或界限则将这个观念从另一观念中区别出来。这种双重活动，或者说，同一活动的双重效果，也就是古典哲学所谓形式是事物的"理性"。既然如此，形式就是任何实在中所以使实在成为可得而理解的（那么一种力量）了（韦伯斯特《大学字典》第828页）。这种"理性"能通过感觉而被经验到，……

……诚然，物质的唯一机能是作为某一形式的接受者，接受理性向它所提供的一切，因而给一个较高类型准备了条件。从这一过程的开始到终结，形式是能动的力量，满足物质所隐藏着的愿望，从内部刺激这愿望，并产生一些结构完备的存在物。

……自然作为一个被决定了的和无意识的艺术家，而工作着，艺术家们则作为自由的和或多或少地有意识的自然性，而工作着。这种关于存在的哲学同时也是关于自然的哲学和关于艺术的哲学。

……每当我们讲到种种的物质、形式以及"种种形式生命"时，我们的意识就再度获得在今天依旧生效的那古代的直觉。无论如何，没有理由来先天地决定：这些直觉作为绘画本体论的一个引言，是不值得加以证实的。

虚无和创造

……不论是帆布、木板，或墙壁，画家首先要做的事就是在它的面上涂一层东西——给它加上一层外衣或使它经过一番制造，从而保证它以后在所接受的线条和颜色底任何可能的组合之中，能取得后者与它本身之间的最为理想的一致性和中间性。画面上的毫无形象，相当于乐队开始演奏时指挥者所创造的沉寂，或毫无声响。在某种意义上，绘画像似音乐，可以说是从虚无之中被创造出来的。

……这种创始性活动的结果，就是使"某物"在原来"无物"的场所出现。（这一原则）被应用到艺术作品时，就形成了"创造"一词的涵义。在造形艺术中，例如打草图、素描、雕版画、或绘画，（这一）事实特别明显。

……（然而）绘画是一种活动，特别不同于科学和形而上学的认识。

……对自然美的最敏锐的感觉所需要的，既不是科学，也不是哲学，更不是任何一种的一般性知识修养；介于自然的魅力和我们自己之间，不存在任何东西，而介于我们的感觉和我们所要作的绘画之间，则存在着艺术。单就绘画而论，艺术并非通过个人气质而见到的自然；它乃是一种能力，用来创造人在自然中所不曾见到的新事物，而这种新事物只有画家的艺术才能使其存在。

……许多人现在能够体会和欣赏一些绘画作品，但是除了艺术家本人以外，却没有旁人能够使这些作品存在。……对我们来说，创造性的艺术家提供了唯一的、依据经验而可以观察的范例：他具有类似那个更加神秘的自然的创造力。

……用神学来作个比较，是有帮助的，……因在某些情况下，神学把它的推理放在艺术家的经验和艺术本质的基础上。关于创造的看法，特别是这样。

……严格讲来，只有一种存在能成为其他种种存在的存在的原因——那就是"上帝"，他，由于自己是纯粹的存在的行为，必然能够十分出色地给予实际的存在。显而易见，有一个艺术家能够像"上帝"那样，从一个绝对的无存在之中，创造他的作品。在他开始他的工作之前，必须要有某些素材听候他的处理；即如他所创造的那些形式，也都是某些事物的某些形式，并且在开始创造之前，他已在自然中或他的前辈的艺术中看到了它们。不仅如此，一个艺术家所给予自己作品的那种存在，总是预先假定着他自己的存在，而这种存在，跟"上帝"的存在不一样，乃是一个被接受了的存在。

……因为只有"上帝"是纯粹的存在的行为，所以就没有第二性的原因能够从整个无存在中想象出新的存在。至于艺术家本人，他的艺术，他所加以运用的物质和若干形式，都必须从"主因"出发，才能接受一个实际存在，并享受着这一存在。

……神学家由看得见的世界出发，从而竭尽所能来认识"上帝"底不可得见本质。当此之时，他们首先从艺术中假借到一种组象（pattern），这种组象是决定于人类经验所给予的最为完备的因果律；他们接着使这组象超越化，从而使它归因于"上帝"。神学家们在对这项工作所付出的努力中，使我们看到了一个绝对的艺术的创造所构成的"观念"：也就是一种行为，由于表现了艺术家的智力、能力、意志和艺术是跟他自己存在的行为相一致的，所以就包括全部效果底全部原因。艺术的创造则不是这样的一种行为，而只是神学家所谓创造的最最不完备的形象罢了。

形式和存在

……当代的艺术家们和批评家们对于区别再现的艺术和抽象的艺术，意见是一致的。再现的艺术底形式，模仿视觉所获的事物现象；抽象的艺术（非再现的艺术）底形式，除了它们自己以外不代表任何事物。从我们的问题的观点出发，在这两种情况之间，并不存在任何的区别。因为，即使从它们本身以及脱离任何可能的意义来考虑，凡属直线、角、对角线、三角形、长方形、曲线、圈线、螺形线——一句话，所有可能的几何图形——本身都是形式，因此也都是有限的事物。抽象的画家和再现的画家都在创造形式，并且通过同一的表征，创造存在物。

形式所运用的这种区分机能，含有某些神秘的东西。或者应该说，成为一个形式的话，主要包含用轮廓来占有一定的空间，而这轮廓就把这一形式从周围分开。……明确一个存在，把它区别出来，把它抽取出来以及把它产生出来，是同一性质的活动。

……事物因其所接受的形式而存在着。……存在通过形式而及于事物。假若这是真实的，那么我们就可以很正确地提出，艺术家，特别是画家，进行着一种近以创造行为的活动，这不仅由于他们传达了实际的存在，而且由于赋予了他们所使之存在的这一事物以状态和性质。……在画家们中间，有些具有完全清醒的头脑的人，他们毫不犹豫地把自己的作品说成来自虚无的许多创造物。

……接着产生这一问题：绘画作品是语言的一个特殊形式，其功用在于给予知识；或者相反地，一幅作品的元素是一个自我表意的实体，是对已经存在的实在总和的一个附加物。

……自然并不进行什么解释；自然也不进行知识的给予；自然只不过存

在着，我们看得见它。同样地，绘画并不给予我们以语辞，使我们有所理解，它只不过把种种实在放在我们眼前，使我们有所冥想。

……由于画家创造一个形式，通过它给予一个新的存在物以存在，所以他应负的全部责任乃是对于他所创造的这一形式以及他的艺术所要给予存在的那一新的存在物而言，不是对于任何外在的目的事物，或他可以试图模仿的风景而言。……

所以，画家的有意识或无意识的企图，在于完成他的艺术所给予存在的那一新的存在物。对他来说，成功就是创造了这一存在物，犹如失败就是没有创造这一存在物。除了下面这一金箴外，没有其他的关于绘画艺术中成功或失败的标准：一幅画，当它作为艺术所能形成的、结构完备的存在物而存在，它就是好的；反过来说，一幅画当它不能完成作为一个结构完备的存在物底实际存在，它就是不好的。这正如向来正确的说法：真的艺术品乃是"存在本身"。换句话说，倘若在于把绘画作品当做艺术品来加以判断的话，那么就不应该用道德的标准或任何一种历史的、科学的、哲学的，或其他知识的标准，而应该"只用本体论的标准"，来加以肯定成否定。以上的话表现了这一基本的真理：一切关于绘画作品的问题，最后必须用存在来回答。

艺术批评直接关系到对于这一真理的认识。艺术批评可以是积极的。不论赞美一幅作品的结构、色彩或手法，积极的批评总是关系着某一实际存在的实在，这种实在能被批评家所知觉，所指出，接着为群众所见到。与此相反，沉溺在消极批评之中以及企图肯定这种批评，则是最困难、最无益的事情。倘若遇到一幅不好的作品，它不能够形成实际的存在，那么消极批评所能做的，至多不过是或者无视批评者眼睛所漏掉的那一个实在的存在，或者企图指出虚空的场合，在那里本应存在的某物却未被发现。然而，并不存在的某物，原是无法指出的，在人所未见和实际并不存在之间，是不容易划分界限的。……

……每一幅画，倘若符合一件真正的艺术品的条件的，必然是一个自己完全充实的体系，其内在的诸关系由它自己的法则所支配。在这样的意义下，若干绘画作品是不能相互加以缩减的东西，此中的每一幅画须从其自身结构的观点来加以理解和判断。画家时常表示这个特点，纵然艺术批评家和艺术史家很少承认这个特点，但是我们能够说，在此情况中，关于艺术的真理仍然在艺术家的一面。

……种种形式都具有神秘的力量；从而创造种种有机的本体单元，也就是存在物。犹如所有的概念是和存在的原始观念不可分，也不能减缩形式的概念为任何其他概念，而加以解释。探讨形式概念的唯一途径，除了通过形而上学的思辨外，就是去问画家本人：当他们从自己的艺术的具体观点去直觉这一概念时，这一概念给予他们以什么意义。

绘画作品的世界

存在和美

……艺术主要是一个知其如何。它不是灵感本身，而是对灵感的明智的控制。"巧妙"一词所意味着的全部特征，都导源于画家对他的作品的这种控制。

不同流派和不同时代的艺术家为了保证对自己作品的这种控制，会诉诸不同的手段。一般说来，他们在灵感和实践之间插入一个方法，一个学说或理谕，……

一个真正大师的手法的头一个标志，就是哲学家、神学家甚至某些艺术家所共同称为的绘画的"完整性"。……应用在绘画作品时，"完整性"的意义是指这作品是一个完全的整体，对于作品的存在的完整性来说，并不缺少任何的结构。这样理解一幅画的完整性跟这幅画的存在，是成为正比的。倘若在它的结构中，主要的因素一无缺少，那么这一幅画便享有完整性，结果也享有着存在的充分。……（至于）有些绘画作品在观者的视觉世界中，唤起了关于现实事物的显著实感，这并不就等于作品的完整性。……

有了完整性，也就有了和谐，因为艺术作品中部分与部分之间的相互适应以及所有部分对整体的全面一致，是作品统一性的必要条件。……美底第三亦即最后要素就是……"放射"自己的光芒。……这一种放射或闪烁，并不指色彩、或形式、或线条的任何特殊组象；……（而是指的）我们感到对象的物质因素被彻底地精神化了。在这里，并非山、树、动物和人的色彩、形状、态度和运动，而是构成这种绘画作品的全部感觉性质，一齐服务于画家艺术所追求的唯一目的。这一目的的性质是精神的——也就是说，向着我们的种种领会力以及根据它们自己的行动，提供了一个构造完整的对象。一幅画所放射的光芒，是一种光荣的物质底光芒，被人的艺术提高到具有纯粹目的的认识境界中去。在自然界中（进行认识）是不存在这种目的的，但是我们看一看 D. 威尼齐阿诺的"《在沙漠中的圣约翰》或 P. 乌克西罗的《圣乔治和龙》就已足够领会什么是真正艺术品的素质了。画家已完全脱离自然底物质的实在，而他所获得的则是产生了一种特殊不同的感觉实在，在那里物质的属性使感觉到的智性得到了发展。实现了这样一种可以感觉的存在，才真正是一件美的事物和一件艺术作品。

……（以上这几个关于美的概念）犹如美的本身，它们全都参与了存在底先验性、超绝性的统一。

对美的探索

……我们已积累了画家在强调他们活动中创造一方面时所写下的许多文字，并且也能引证不少的传统定义，其中关于模仿和再现的概念具有很大的重要性。……

倘若画家在实在中寻找美，从而在他的艺术中再产生美或解释美，那么他必须对实在和美有一定认识。……他的问题的意义仅仅是：什么是可以收入画面的实在？换句话说，他不过是惊讶地认识到在可见的实在中，什么是他能够以及应该试图加以再现或模仿的。然而，因为对所有的人来说，实在是同一无异的，所以画家们就很容易记忆或重新发现哲学家们对于相同问题所曾给予的某一解答了。

倘若实在既不是一个柏拉图所谓的"理念"，也不是亚里斯多德所谓的种类，那么仍然只有一条道路放在画家和哲学家面前。在中世纪的一些学派中（凡不持上述两种信仰的），把实在和一些具体的个人等同起来。……

……在画家中，由于同一问题所引起的另一争辩不休的问题是：模特儿有何用处？倘若美须在既定的现实中去寻找，那么所有的前面提过的问题又发生了。倘若他只运用模特儿来引起对"理念"的认识，而把具体实在作为"理念"的影子，那么他的作品又会缺乏本质或实体。倘若他把他的模特儿减缩为某一抽象类型，那么他即便不去面向模特儿，也可以这样做。倘若他以密切注意和奴隶般的忠实，尾随着模特儿，那么他很难避免俗恶的陷阱。

我们读到任何遵循传统的画家底著作，几乎都会发现他跟这些困难在搏斗。……问题之所以不能解决，乃是由于错信了艺术美是被发现的，而不是被形成的。当这一幻想消灭了，所有这些困难都一同消灭了。

……每一真实的存在都与导致喜乐有关。每一件艺术品……也都使我们在看见它的时候有所享受，并诱导我们对这享受加以冥想。自然并产生艺术品，自然产生艺术家，艺术家产生艺术品。

……美学的思辨并没有资格去决定创造的动机或原因。这是神学的任务。……人是过于微小和软弱的创造物，不能创造自然的其他事物，他只有在物质的制约之中，才能从一个精神的目的出发，来赋予自然的若干部分以形式，而自然本身似乎并不着意于这个目的。分配给人的那份工作不过是如此而已；……

绘画和语言

语言和美的经验

……画家是这样一些人，他们选择了一个无声的媒介；他们用形象表现自己，而所有的人则用语言表现自己。……

……用莫里斯·德·符拉明克自己的话来说，"当一幅画能被解释，能使人理解或通过言辞而被感受时，这就与绘画无关了。"

作为这个结论的一个推论就是，当一幅画须许多叙说时，我们就有理由去担心这件作品较少地属于绘画，而较多地属于文学了。倘若一幅画鼓舞人们力求把它翻译成文学，那么对那幅画来说，这是一个凶兆。……

……被承认的美一经存在，便创造了一种特殊的静默，我们都知这种静默；但是人是一种说话的动物，并且迟早必然有某一个人为了表现他的赞赏而打破静默。这样做是最最自然的，只要赞赏者不企图用言语去论证他的感受，而且这也不是一桩有害的事。倘若，相反地，他开始告诉我们，为什么大家所赞赏的那幅画确实是一幅大可赞赏的画，那么他的这些评论必然摧毁了艺术的魅力。纵然人们对美是一致的，但是他们对美的原因，或者至少对那些用来阐明原因的言辞，则很少一致。假使一位画家在场的话，他就常会和群众不一致。……

……既然美的经验发生在语言以外的那个世界里，它又如何能通过言辞传达它自己呢？

……真的艺术爱好者们在不断探索那些还未被认识的美的形式时，能以善良的心去追随着所有时代、所有国家和所有风格的艺术家。他们并不因为没有提供论证来支持他们关于美的判断，而感到了惭愧。

画家和说话的世界

我们通过"说话的世界"，或语言的世界，理解非画家的世界，其中包括画家本身，当他们是在说话而不是在作画的时候。……然而，……一位画家在写作的时候，毕竟是一位作家，不是一位画家。最坏的情况则是，画家不去分析自己的经验，却从事于哲学的论说。……

在对于绘画的种种研究中，除了画家自己所作的研究外，要推哲学家所作的研究最为广泛了。如果有一个人认为画家并不理解哲学家在研究中所讲的话，那么画家就会同意这个人；无论如何，画家不能相信哲学家所谈论的，就是关于他们所叫做的绘画。

……哲学家所说的不是艺术，而是哲学。无怪乎艺术家不会在哲学家的话中认识自己。

……暂且不提艺术批评，……假如小说家在所写的小说中描写画家，这些小说就给小说家一个机会去表现他自己对于绘画艺术的意见；然而被小说家这样描写的画家，至多不过是假装作画的小说家，而他关于绘画的意见也只是一个不熟悉绘画专业中特殊问题的人的意见。

……把形式和颜色翻译成言辞是不可能的。这种不可能却产生多骇人听闻的后果，其中最最常见的就是，那些艺术史家或早或迟地不得不赶走他们的历史主角，用他们自己的作品去代替这位主角的作品。特别是关于"种种主题"的无止无休的描写。他们愿意耽溺在这些主题之中，因为他们在艺术的易位中找到了一个有趣味的技巧操练；然而结果却是关于一个背景的文学描写，不是关于一幅画的描写。

……（现在再提一下艺术批评）……德拉克洛瓦（写道）："批评跟随着思想的活动，犹如影子跟随着身体。"假如艺术批评本身知道这一事实，造成的害处就会小一些；不幸的是，艺术批评由于它自己的本质所决定，认为自己是艺术底合格的裁判者。关于这一点，许多误解的根源在于看法上的一个错觉，这个错觉使影子想象着自己走在它所跟随的身体的前面了。

这种错觉原是不可避免的。画家所关心的问题是，使某一胚种的形式充分地意识它自己。……画家本人并不十分明确他自己的工作将是什么。甚至于在工作完成之后，他也不明确这就是应完成的工作。……由于批评家并不参与这种创造性的工作，他便不得不从别的画家们已完成的作品中汲取知识，并从这知识中借用某些法则，来判断这个新的绘画。……

……画家所固有的立足点，是在存在的可能事物之中；批评家所占的地方，则在抽象的可能事物之中。批评家头脑里的绘画作品是他的想象底若干梦境；然而他却毫不犹豫地使这梦境向着导源于画家艺术的具体现实，展开斗争。……

……文学批评家创造了关于文学的文学；他们进行了关于写作的写作。但是艺术批评家并不通过音乐写作或绘画来批评音乐和绘画；他们在言辞之中表现自己关于一种艺术的意见，而这种艺术本身却不是言辞的艺术。

我们每一个人关于公众对待绘画作品的态度，都已有了第一手的资料。公众的独断主义在表示赞成和反对时的自满和敏捷，又十倍于艺术批评家的自信。每个人已有多少次听到这个古典的公式："我对绘画一无所知，但是……"艺术家们对这公式是太熟悉了——是这样地熟悉，以致他们当人们开始判断时，大都充耳不闻。

现代绘画的意义

……现代画的共同志愿就是使艺术比以前更加接近自然，认为绘画本身是通过思辨对真理所作的一种探索，因此在认识和制作之间，开始表示了对前者的袒护。许多画家现在都倾向于把自己当作自然的力量，把自己的作品当作自然通过他们的艺术而产生的许多存在物。……

……从外部观察，艺术品的特征在于它们惊人的多样性、分歧性。不同的文明、国家、流派、个别画家——这一切留下了许多绘画作品，它们具有种种风格和种种来源的标志。从内部观察——也就是说，从画家们的观点来看——这些绘画作品的特征在于它们的不可预知性、不可预见性。诚然，历史毫不犹豫地解释，绘画作品的艺术如何以及为何循着它的演变道路。但是有一点却从未被谁看到过：一位画家能够预言他的艺术的未来演变或者他自身事业的可能发展，或者甚至一张画完成之后是怎样的面貌。除非我们被误解，艺术家们著作中的"创造"一词的涵义确实就是艺术生产中最为典型的"崭新"所具的特质。……

……倘若在产生崭新的世界中存在力量或动力的话，那么能够直接传达它们的唯一规律就是艺术，……

形而上学者们和神学家们时常说，由于果与它们的因相似，所以被创造出来的存在物与它们的"创造者"相似。因为"上帝"的本是纯粹的存在的行为，所以被"上帝"所创造的世界存在着。因为世界的这种存在决定于作为原因而活动着的神圣力量所具有的效能，所以我们看到"上帝"的创造行为所包括的全部存在物在那里造着因、活动着，以及按照它们的不同性质和各异方式产生影响。阿奎那喜欢说，一切事物对上帝的模仿，表现在它们的存在以及它们所具有的原因或起源里。画家也是如此，他们的作品增加世界的美。画家是新的可见的形式底制作者，这些形式的固有功能在于使（对上帝创造的）这种领会，能被人的视觉所认识。

……当每一位艺术家在艰苦努力下，将存在物的新型增加到自然世界之中，他必须意识到他的美术跟神圣力量所具的无限完美的效能之间的相似。所有真正的创造性的艺术在它自己的权力方面，乃是宗教性的。

因此，画家所生活于其中的创造性的世界，仍然是一个不完美的世界。画家带着一颗充满忧惧的心认识到自己乃是命运所已选出的人们中间的一员，须要用新的存在物去丰富世界。在他之前，已有别的人由于接受了同样的使命而感到光荣，并且他们的作品都证实了他们已完成这一使命。

作者吉尔桑，伍蠡甫译
本文发表于《现代外国哲学社会科学文摘》1961 年第 1 期

试论我国古代山水画对自然美的处理

一

画家感觉到山川之美,加以描绘,产生了山水画。对他的创作来说,必先有自然美的客观存在,其次,当体会和表现自然美时,一定的社会历史时代和一定的阶级意识,都起着作用。本文从以上两点出发,试论我国古代山水画对自然美的处理表现了哪些特征,以及这些特征对我国山水画发展史产生了什么影响。

就从东晋顾恺之谈起。他是著名的人物画家,但也画山水,对自然美很有感受。他在桓温幕时,到过江陵、荆州等地,又曾去会稽,回来之后,"人问山川之美,顾云:'千岩竞秀,万壑争流,草木蒙茏其上,若云兴霞蔚。'"[1]不过四句话,却生动地概括了一个地区的自然美的丰富形象。他画过《雪霁望五老峰》、《云台山图》等,还写了一篇《画云台山记》,可惜"自古相传脱错,未得妙本勘校"[2],今天不能全部理解。但文中不少地方讲到如何构图,如何生动地捉取对象的特征,例如"西去山,别详其远近,发迹东基,转上未半,作紫石如坚云者五六枚";"画丹崖临涧上,当使赫巇隆崇,画险绝之势"等语,都说明了作者对自然美的观察和感受。

南朝宋,出现专画山水的宗炳和王微,他们都写下山水画论。这些文献使我们了解画家的主观与自然美的关系,以及在这种关系下,我国山水画如

---

[1]《世说新语·言语》。
[2] 张彦远:《历代名画记》注。

何形成专科。

《南史·宗少文传》说他"妙善琴书图画，精于言理，每游山水，往辄忘归。……凡所游履，皆图之于室，谓之抚琴动操，欲令众山皆响。"我们可以联系他对山水的热爱，来看他的《画山水序》中一些说法。"圣人含道应物，贤者澄怀味象。至于山水，质有而趋灵。……圣人以神法道而贤者通，山水以形媚道而仁者乐。……（余）画像布色，构兹云岭。……身所盘桓，目所绸缪，以形写形，以色貌色也。……披图幽对，坐究四荒，余复何为哉？畅神而已；神之所畅，孰有先焉？"这段话主要的意思是，山水画家有他一定的主观或思想感情，从此出发去接触自然，探索与这主观相契合的自然美，而加以描绘；通过这种借物写心的过程，追求画中的物我为一，从而达到"畅神"的目的。对他来说，没有比山水画创作更能达到这一目的的了。不难看出，宗炳的创作动力，在于"万物与我为一"的道家思想，后者使他强调在选择和反映自然美时的主观能动作用。文中两用"形"字、"色"字，前面的"形"、"色"是被他主观融会了的东西，后面的"形"、"色"才是自然所本有。换言之，宗炳所谓"貌"，不是机械地描绘客观景物，而是主观能动地反映它，其中必得有个"我"或"我"的思想感情。这篇文章是我国最早的、比较完整的山水画论，很值得进一步分析研究。本文限于篇幅，就不多说了。

至于王微，《宋书·王微传》说他"少好学，无不通览，能书画，兼解音律"，……答何偃书云："吾性知画缋，……兼山水之爱，一往迹求，皆仿象也。"他的《叙画》一文，提出"画之情"，主张山水画家须对自然美发生感情，有所激动，所以说："望秋云，神飞扬，临春风，思浩荡。"正是这种飞扬浩荡的神思，推动了他的创作。《文心雕龙·神思第二十六》所谓"登山则情满于山，观海则意溢于海，"虽是论文，可给王微的"画之情"作注脚。

宗、王的"神"、"情"之说，都具有一定社会历史的和阶级的根源。近年来关于六朝山水诗形成问题的讨论，对这种根源的探讨，很有帮助。这里只想说明一点。宗、王的"神"、"情"是由自然美本身和画家对它的认识、感受所唤起的，它一经唤起之后，便对创作起着主导作用。或者说，他们在借物写心的山水画制作中,心始终处于主导地位。正是这样的一种主观与自然美的关系,促进了我国山水画科的创立,并推动了这一画科的发展。

至于我国山水画与书法、音乐的关系,在这画科创建之始,便已明显,宗、王传中已经说到。这也是一个应该深入分析研究的问题,而且资料丰富,作者对书、乐二艺,知道得太少,所以从略了。

到了唐代,山水画创作和理论继续表明上述的关系,而在理论的提法上,比前清楚。诗人而兼画家的王维"信佛理,以水木琴书自娱",晚年得宋之问在辋口的蓝田别业,辋川绕于舍下,有华子冈、竹里馆、辛夷坞等胜景。他和"道友裴迪浮舟往来,弹琴赋诗,啸咏终日"[1]。朱景玄《唐朝名画录》说,他曾在京都千福寺壁画《辋川图》,"山谷郁盘,云水飞动,意出尘外,怪生笔端"。后人假托王维所作的《山水论》细述如何描绘不同时、地的自然美,以及如何构图,才符合自然景物的组织规律。文中充满山水画家的口头禅,但开头两句"凡画山水,意在笔先",却很重要。这话原本于唐代张彦远。张氏《历代名画记·论画六法》说:"夫象物必在于形似,形似须全其骨气,骨气形似皆本于立意,而归乎用笔。"同书《论顾、陆、张、吴用笔》又说:"意存笔先,画尽意在,所以全神气也。"如从"象物"与"形似"出发,来理解这话,不难看出"立意"是主宰了"象物"与"形似"的。对山水画家来,这个"意"不是什么脱离客观世界或自然美而超然独立的主观世界,而是本于一定的态度,吸取自然美,把它融入主观,从而构成的一种情境、意境。画家必先立此"意",才能运用自然的种种景物,来抒发情意。不过,立这意,必须通过自然美,尤其是接触自然美。朱景玄关于王维《辋川图》的评语使我们理解,图中那些山、谷、云、水的最终目的,乃是为了传达"出尘"之"意"的。也就是说,王维不仅歌颂辋川之美,更重要的,还在于写出辋川之美符合了他所自命"一尘不染"的意境。王维这种意境正确与否,另是一个问题,但他却是意存笔先,以意命笔的。张彦远的那两段话和伪托王维的《山水论》的头两句,可以说是总结了我国山水画

---

[1]《历代名画记》,《旧唐书·王维传》。

家创作实践中一条重要经验或原则。

继王维之后，更有张璪。《唐朝名画录》说："张璪员外，衣冠文学，时之名流，画松石山水，……松树特出古今。"他所著的《绘境》一书，虽已失传，画史上却留下他的两句名言："外师造化，中得心源。"结合宗、王的山水画论传统来看，张璪的意思是山水画家为了丰富内心世界，须学习钻研自然美，掌握其规律，方能绘出自然美的形象，而表达自己的内心世界。唐人符载的《观张员外画松石序》说：张璪的创作乃是"物在灵府，不在耳目，故得于心，应于手。孤姿绝状，触毫而出，气交冲漠，与神为徒"。所谓"在灵府"的"物"，意味着"得于心"的"物"，或被融于内心世界的自然美。这样的"物"虽源于客观，却不完全等同于自然美本身，它已成了后来董其昌所谓"内营"的"丘壑"[1]，而涌现到画面上来。所以从创作的过程看，只有这样的"物"，才是"应于"画家之"手"的。但与此同时，张璪并不排斥客观的"物"或自然美；相反地，他让自然美频仍地接触感官，来丰富"心源"，提供主观融会的对象。张氏之言，说明了单有造形而无抒情，或单有抒情而无造形，对艺术创作来说，都是不可想象的。由宗、王的"神"、"情"，到张璪的"心源"，再归结为上面所引张彦远的两段话，形成了我国古代山水画家处理自然美的理论传统。一面强调"立意"，一面也不轻视接物。特别是彦远之言，交待了绘画中意与笔、思想性与艺术性、内容与形式的辩证关系、主从关系。由于以"意"命"笔"，借"笔"达"意"，所以既可防止被动地描画自然的自然主义，也可杜绝片面强调笔墨的形式主义。这确实是一个基本原则，凡在前进发展之中的艺术，都体现了它，在西洋也不例外。意大利文艺复兴时期杰出艺术家达·芬奇就曾说过："一个画家如果让笔墨的活动走在思想的活动的前面，那么他必然是一个很不高明的画家。"[2]芬奇也正是强调尊意原则的。

接下去谈谈宋、元的画家如何应用这个原则，处理自然美。北宋范宽

---

[1] 董其昌：《画禅室随笔》，"……气韵……亦有学得处。读万卷书，行万里路，胸中脱去尘浊，自然丘壑内营，立成鄄鄂，随手写出，皆为山水传神矣。"

[2] 麦克兑氏所编芬奇《笔记》，1960年。

先学李成，后来感到不满足了，说道："前人之法未尝不近取诸物，吾与其师于人者，未若师诸物也，吾与其师于物者，未若师诸心。"他于是"舍其旧习。卜居于终南太华岩隈林麓之间，而览其云烟惨淡、风月阴霁难状之景，默与神遇，一寄于笔端之间。"[1]范宽的创作道路是经过一番曲折的。由学习旁人的作品转为学习自然美，由艰苦钻研一定地区的自然美，进而在师"物"之中找到了"心"所资取的"物"，终于借物写心，而形诸笔墨。也就是说，他最后归到尊"意"的路上去，符合了上述的创作原则。所谓"默与神会"，是指由心、物契合以到达物为心用这一过程。可是当他学习李成或不在心的主导下去师造化的时候，则未必会"默与神会"的。又如元代倪瓒给陈以中画竹时，曾写道："以中每爱余画竹，余之竹聊以写胸中逸气耳，岂复较其似与非，叶之繁与疏，枝之斜与直哉？或涂抹久之，它人视以为麻为芦，仆亦不能强辨为竹，真没奈览者何。但不知以中视为何物耳？"[2]我们当然反对把竹画成麻、芦，但倪瓒所提出的"逸气"，却值得注意。它并非什么玄秘的东西，而是他画竹时所不可缺少的一种精神动力，也就是上文所提到的"意"、"情"、"神"、"思"。这"逸气"包含着对一定的自然美（竹的美）的喜爱，自己的感情与对象交融，构成了竹、我为一的境界。可以说，他画这境界，便是画竹了；他为了描写这一境界，才去画竹的。设无此"逸气"，便会成了为竹而画竹，为人而画竹——这样的作品将不成其为艺术品，而只是植物挂图了。

不过，从宗炳到倪瓒这些例子还说明一点：他们所尊之"意"，都表现了封建士大夫的思想，不外乎"脱离尘俗"、"冥合自然"、"物我为一"、"逍遥自得"的一套。如前所说，他们含有道家、佛家的世界观，又都过着"隐士"生活。倪瓒的情况，又和宗、王不同。他本是一个大地主，红巾军的起义，使他几次逃避到太湖，官吏催租，又使他弃家隐于江湖。他在《素衣诗》自序说："素衣内自省也。督输官租，羁縶忧愤，思弃田庐，敛裳宵遁

---

[1]《宣和画谱·范宽条》。
[2]《倪云林先生诗集·附录》，四部丛刊本。

焉。"[1]因此，关于倪瓒所谓"逸气"，还可以补充说明，乃是这种忧愤和冥合自然的交织。然而，由于历史的发展，时代的变革，画家对自然美的主观能动作用，就不会都落在道、释的艺术思想范围里。今天我国的山水画家则以自己的新"意"，来对待自然美，因此在他们看来，继承我国古代艺术中尊意的创作原则，是一回事，而批判当时士大夫的"意"的阶级内容，另是一回事，两者不能混为一谈。这一点应该说是十分重要的。

二

下面想谈谈，尊意原则曾给我国山水画带来哪些特点，从而形成它的民族特征。大致说来，有这样一些：（一）一笔画、（二）水墨画、（三）皴法、（四）丘壑内营的构图法、（五）手卷形式、（六）题画。它们都和这条总的原则有血肉相连的关系，前三点体现了笔法、墨法方面的特点，（四）、（五）则说明独特的构图法和它所产生的画幅的独特格式。由于这些特点，我国的山水画，看上去总和西洋的风景画不相同。诚然，西洋风景画也须达意，但这画科创立于资产阶级上升时期，画家的意也不同于我国道、释的一路，因此在创作实践中，就产生了自己的某些特点，形成西洋风景画上各个民族的特征。我对西洋绘画知道得很少，具体的例子举不出来。不过，一笔画西洋应该也有，因为它是尚意的产物；此外，西洋风景画（水彩、油画）的笔触、刀法，也似乎有相当于我国皴法的地方，但是否也像我国这样地分为若干类型，形成若干家数，我就不清楚了。至于作为独立一体的水墨山水画，以及后面三个特点，则西洋风景画中都不存在。上面所说，只是个人极不成熟的看法，作为问题提出，希望大家来讨论。本文限于篇幅，只谈谈我国山水画中（一）、（二）、（四）三个特点，其余当另文论之。

一笔画不是说只凭一笔，就能画尽一幅画中的全部形象。它意味着画家以情思、意境为主导，来用笔运墨，所以陆续落纸的无数笔墨（线条），都为意所统摄，因而连绵相属，气势一贯。笪重光《画筌》所谓"得势则随意

---

[1] 郑拙庐：《倪瓒》引，《四部丛刊》倪集未收。

经营，一隅皆是，失势则尽心收拾，满幅都非"，正说明了画家之意，须通过一笔画所造成的一贯气势，而表达出来。因此，画家（不仅山水画家）能否以他的笔墨始终为自己的情思、意境服务，就取决于他有否掌握这个始终达意的一笔画了。我国的书法也是达意的艺术，所以也有一笔书。张彦远《历代名画记·论顾、陆、张、吴用笔》就王子敬（献之）的一笔书和陆探微的一笔画，作了理论上的阐说，归结到"意存笔先，画（书）尽意在"的两句名言。由此可见，一笔画是尊意的产物。吕凤子《中国画法研究》曾论及此，是很值得我们参考研究的。

至于水墨一体，其出现在我国山水、人物、花鸟画中的时代，皆后于设色。当山水画开始成为专科的时候，它的表现技法正如宗炳《画山水序》上所说的"画象布色，构兹云岭"，乃是先以墨笔勾取物象的轮廓而后设色的。传为顾恺之的《女史箴图》、《洛神赋图》中的山水部分，以及后于宗炳一百多年的隋代展子虔的《游春图》，其技法也都是如此的。到了盛唐，开始有了水墨山水画，并发展为独立一体，与当时的青绿山水和后来的浅绛山水，形成鼎足之势。《历代名画记》说，吴道子曾学草书于张旭，于李思训细笔重色的密体之外，创为笔势纵恣的、"离披点画、时见缺落"的疏体。又说："吴生每画，落笔便去，多（翟）琰与张藏布色。"唐末、五代荆浩《笔法记》则评吴氏"有笔而无墨"。从这些资料似乎可以推测，吴氏有此一体：用墨笔很快地勾出物象的轮廓，而形神已备，无须再行布色或用墨渲染。并且他认为既凭墨笔取得形神，设色之事，不妨让他人去干。此所以，同画嘉陵江三百里的山水主题，吴氏一日而就，李思训累月方毕，而唐明皇同加赞美[1]，这也说明盛唐时水墨疏体的山水画已取得它的地位。

但水墨山水画体的完全建立，还有待于"破墨"和"泼墨"的出现。《历代名画记》"王维"一条说："余（张彦远）曾见（王维）破墨山水，笔迹劲爽。"同书"张璪"条说："予家多璪画，曾令画八幅山水障，在长安平原

---

[1] 朱景玄：《唐朝名画录》。近来有人怀疑这段故事，认为在时间上是错误的。见《文物》，1961年第6期；金维诺：《李思训父子》。这里用它来说明疏、密二体，似乎还是可以的。

里，破墨未了，值朱泚乱，京城骚扰，璪亦登时逃去，家人见画在帧，仓忙掣落，此帧最见张用思处。"关于"破墨"，自来解释很多，但大致看来，它是强调墨的光彩，反对死墨，要用活墨，在笔的统摄下，做到笔墨互济，生动地捉取对象的神采，从而传出画家的情思、意境。"破"含有"分别出来"的意思。画家须针对对象，运用墨法，掌握多种的、不同程度的浓墨、淡墨。或先浓后淡，即以淡破浓，或先淡后浓，即以浓破淡，相互掩映，显出墨采。这墨采既被注入作者所融会的对象，故能表达作者的神思。换而言之，破墨乃是用墨的采代替色的采，因此，广义地说，"破墨"似乎就是"墨法"的同义词。不过，更重要的则是，它被统摄于用笔，用笔则更本于立意。当时张彦远很欣赏这种精微的墨法，支持这种新创的水墨画体（包括山水画中的水墨体），所以说："草木敷荣，不待丹碌之采；云雪飘扬，不待铅粉而白。山不待空青而翠，凤不待五色而綷。"（当时花鸟画也已有水墨体，故云。）又说："是故运墨而五色具，谓之得意。"后人假托梁元帝萧绎的《山水松石格》，把"破墨"和"丹青"并列，认为"高墨犹绿，下墨犹赪"。就是说，墨色的浅深，可相当于颜色的明暗，墨采可与色彩争胜，补充了张氏之言。而张氏所谓"得意"，更强调了作者主观与对象交融、借对象而表达出来的作者的"意"。所以他说家中那八幅张璪破墨山水障是"最见张用思处"了。后来荆浩《笔法记》更说："张璪员外树石，气韵俱盛，笔墨积微，真思卓然，不贵五彩，旷古终今，未之有也。"这也解释了意或思想性是水墨、破墨一体的决定因素，所谓"积微"，则点明了墨色的淡、浓相破的复杂过程。

　　至于"泼墨"一体，似乎是在"破墨"基础上发展起来的，唐末王默被称为它的创始者。[1]《历代名画记》说，王默早年学郑虔，后师项容，而"风颠酒狂，画松石山水……好醉后以头髻取墨，抵于绢上"。《宣和画谱》所说的王洽，则"善能泼墨成画……每欲作画之时，必待沈酣之后。介衣磅礴，吟啸鼓跃，先以墨泼图幛之上，乃因似其形象，或为山，或为石，或

---

[1]《宣和画谱》有王洽，一般认为就是王默。

为林，或为泉者，自然天成，倏若造化"。与这些资料相联系的，还有荆浩《笔法记》中对项容的批评："项容有墨而无笔。"这里，似乎又可推测，王洽也好，王默也好，其泼墨一体大致有这样一些特征：（一）习于醉后为之；（二）泼出之墨，其痕象可供造形、表意的暗示或参考；（三）泼墨之后，仍须运笔取象，但这时候不免受到绢上墨迹的一些牵制。从第三点看来，平日对用墨比用笔更多讲求的画家，似乎较多可能采用泼墨法，所以王默所师的项容，被评为"有墨而无笔"了。不过，泼墨一体也有发展，后来"凡是用墨特别多而用笔豪放的，称为'泼墨'"[1]，这称泼墨已不再是先"泼"后"画"了。

我国山水画中水墨以及破墨、泼墨的创立经过，略述如上，也许很多地方还是臆测的。接着谈谈水墨一体与尊意原则的复杂关系。古代山水画家从借物写心出发，以处理自然美时，可能有几种情况。一种是：既然要表意，就必求其集中突出，而且表现的形式、技法也力求其洗练、简捷，那么水墨显然胜于轮廓、填色。所以水体一经创造出来，便能和轮廓、填色相抗衡。更就疏、密二体而论，疏体一方面比较更为敏捷地达出画家之意，另方面与水墨的关系也较为密切，那么就有理由来推断，水墨是尊意的产物之一，虽非唯一的产物，因为李氏精细、重色的密体，也并非无"意"可写[2]。另一种情况是：表意的力求集中突出，也有可能促使画家尽量争取减少自然对象对他的主观能动的约束。对于具有道家、佛家世界观的山水画家，这一看法似乎是讲得通的。而自然美所表现的丰富色彩，以及它们在阴、晴、朝、暮之间的变化，便是一个最最显著的约束，结果画家们以墨代色，也是相当自然的事情。还有一种情况：那就是"畅神"、"得意"的山水画原是排斥自然主义的，所以对自然美本身的形与色，根本上就不作亦步亦趋的描绘，而尽可权宜处理，更何况必先不为物使，才能物为我用、物我为一，达到畅神、得意。那么，对先前用惯了的更多服从自然现象的着色法，为什么不能来它一

---

[1] 谢稚柳：《水墨画》，第10页。
[2] 较晚的浅绛山水，也是如此。

个革命,改用水墨法呢?以上三种情况或多或少符合创作的实际情况都有助于说明水墨之兴起,而第三种情况似乎是基本的,因为它涉及画家思想、感情的表达效能,是创作的关键之一。此外,与一笔画相通的一笔书,尤其是草书,对便于达意的水墨画,也有一定的关系。《历代名画记》曾说吴道子"学书于张长史旭、贺(秘书)监知章,学书不成,因工画。"张、贺都特工草书,而草书中气势一贯特别显著,这不能不有助于吴道子的一笔画,并促使他单凭墨笔以取形神了。当然吴道子也还有"落笔雄劲","轻拂丹青"的一体,所谓"吴装"便是如此。

总之,水墨一体为我国绘画的特色,为民族艺术的重要组成因素,在山水、花鸟、人物各门绘画中都占有十分重要的地位。本文所作探讨很不全面,希望大家深入研究。

到了今天,水墨山水画已不是什么新鲜的东西,它对于描写当前祖国河山新貌,传达画家喜悦之情,也越来越显得有不足之处。它在今后我国山水画中的地位,应如何估价,也是一个大可探讨的问题。

三

下面谈谈丘壑内营的构图法。我国古代山水画家以心接物,借物写心,实际上必然内营丘壑,而不采取描摹实景。这种丘壑就是被他主观融会了的自然美。吕凤子《中国画法研究》认为画家在这融会中,须兼备自然美的自相和类相,亦即对自然美进行艺术概括,而不像自然主义者那样,仅作机械的反映。不过这种艺术概括对我国后来因袭、模仿的画风有否关系,也是一个值得研究的问题,这里提出一些不成熟的看法。

我国古代山水画家在借物写心的创作过程中,以心为主导,统一心和物的矛盾。同时,他在师物、师造化的过程中,则掌握了自然美的自相和类相之间的关系,从无数自相概括出类相。但是,如上所述,由于士大夫唯心主义世界观的支配,山水画家尽管发挥他的主观能动作用,但以心接物的实践却愈来愈少,终于不以造化为师,心源日趋枯竭。于是心完全脱离了物,对画家来说,造化被挤掉,自然美被毋视,心物的矛盾也就不复存在。矛盾原为发展的动力,既然出现一个有心无物的局面,山水画也就不可能向前发展了。山水画家不去接触自然美,那么后者的无数自相及其所含类相都脱离笔端,前人描绘二相时所运用过的构图、造形,便乘虚而入。这时候,他将古画中的经营位置以及山川草木的形象,当作固定的、绝对的东西,全盘接受下来。他以程序化了的造形,代替对自然美的观察和概括。模古的山水画不可能接触客观存在的丰富的自相,而类相也由于失去基础,不可能存在,于是模古主义者所谓的类相,只不过是虚假的类相。明、清两代一部分的山水画中,上述情形比较严重。这样看来,模拟风尚的根源,并不在于尊意原则本身,也不在于这个原则所导致的丘壑内营、兼备二相的构图,而是在于"意"所含的阶级局限性、唯心主义的作祟了。

四

但是尊意原则放在今天社会主义新中国的山水画家面前,情况就完全不同了。他们依旧要尊意,可是这个"意"换上新的内容。因为我们的社会主义建设不断改造自然,使画家们看到古人所不可能看到的河山新貌。同时交通不断发展,画家们被送到古人不曾去过的地方,大大地打开了眼界。他们深入生活,所接触的自然美,比古代画家所接触的愈加丰富多彩,因而对它起了无比的热爱,同时,对社会主义的优越性也有深刻的认识。他们迫切要求用创作来表达这种心情,以崭新的山水画来赞美祖国的河山新貌,歌颂新的社会制度和新的时代。由于他们被时代赋予了这种崭新的"意",对自然美的认识力量又空前加强,认识范围也空前扩大,于是他们提出了"笔墨当随时代"的口号。这个新的"意"走在笔墨之前,使得笔墨也非创新不可。传统悠久的水墨、青绿、浅绛诸体和旧有的皴法、点法,都显得不够,须在原有基础上,进行种种创新。至于古人兼备二相所产生的构图、造形,更不能照样搬用。与此同时,还有吸取西画的一面。换言之,内容总是先于形式的;时代新了,意不得不新,意新了,自然美的处理方式也不得不新。在这一系列的变革中,基于现实的"意"的决定作用、主导力量,还是十分明显的。这又完全证明了尊意仍然是今天我国山水画创作和自然美处理的一个根本原则啊!

以上所论,定有很多错误,请读者指教。

本文发表于《学术月刊》1962年第2期

四

艺术形式美的一些问题

近一年多来关于艺术形式美的讨论涉及了许多问题，例如：艺术形式美是构成艺术形象时所凭的方式，它不等于艺术形象本身；艺术形式美的构成因素为线条、颜色等；艺术形式美具有比例、平衡、对称、虚实、奇正、节奏、多样统一、不齐之齐等规律，这些规律本身并不含有阶级性；艺术形式美具有相对独立性，但考察某一具体作品的艺术形式美时，也还须联系作品的主题、内容以及作家的审美观点、艺术风格。对于这些问题的看法并不完全一致，本文试结合我国古代画和书法，就上列部分的问题谈点不成熟的意见，作为抛砖引玉罢了。

一

一般说来，卓越的艺术家总有他自己的独特风格，他这风格又与他的审美观点、创作技法有联系。在创作过程中，艺术形式美以创作技法为物质基础，并受着审美观点、艺术风格的指导和影响，共同地为内容服务。一位艺术家总是代表着一定的社会阶段、历史时代和一定的阶级的，他的审美观点、美学理想、艺术风格都带着阶级和时代的烙印，因此在这种观点、理想、风格影响之下所产生的艺术形式美，也不可能没有这样的烙印。布封说："风格即人。"佐拉说："我在画上所最后追求的，是人而不是画。"今天我们在探讨艺术形式美时，也会遇到这个"人"的问题。但是布封、佐拉对人的看法都是超阶级的，我们则应就我国封建社会各个历史时代，从士大夫阶层画家们带着上述烙印的审美观点、艺术风格，以及创作技法等方面，来探讨他们作品中的艺术形式美。

现在且从我国古代绘画谈起。我们有以房屋（术语称"屋木"）为题材的"界画"这一专科，它是在技工营造房屋（如帝王宫室）时所用图样、蓝图这个基础上发展起来的粉画艺术。蓝图讲求规矩准绳，关于建筑物的形以及各个部分高、低、广、狭的相互比例等，都丝毫不能差错，所以说："宫室有量，台门有制，而山节藻棁……不得以滥……一点一笔，以求诸绳矩。"[1]作为艺术的界画也有此要求，因此又说："画之屋木，盖一定之体，必在端谨详备，然后为最，"[2]"盖一枅一拱，有正有反，有侧二分、正八分者，有出梢、飞梢，有尖头、平头者，若使差之毫厘，便失之千里，岂得称全玩？"[3]然而，这门艺术在发展过程中，原来的要求逐渐放松，情况就有些不同了，须"游于规矩准绳之内，而不为所窘"[4]，同时画面的范围扩大，加上了人物，主要是宫室的主人——帝王、后妃，以及侍从，着重描绘宫廷生活和宫室周围的自然景物。所以界画的代表作家，如唐尹继昭、五代卫贤、北宋郭忠恕等的画题有《汉宫图》、《秦楼吴宫图》、《避暑宫殿图》、《行宫图》等。[5]卫、郭更逐渐越出宫室建筑、宫廷生活的范围，兼画统治阶级中所谓"高人逸士"的别墅风景和别墅生活，如《溪居图》、《雪江高居图》、《山居楼观图》、《滕王阁王勃挥毫图》等。[6]画家们描写宫廷生活时，其画风着重端庄严谨，运笔讲求工致细密；而描写别墅生活时，其画风偏于纵逸潇洒，并改用意笔，避免刻板，而转向疏放自由了。关于这一转变，笪重光说得很简明："界画之工，无亏折算；写意之妙，颇擅纵横。"[7]再往后来，南宋院体山水画中的房屋，有的继承严谨风格，如阎次平《四乐图轴》中的台榭，有的继承放逸风格，如夏珪《溪山清运图卷》中的

---

[1][4]《宣和画谱》卷八，《宫室叙论》。
[2] 刘道醇：《圣朝名画评》。
[3] 唐志契：《绘事微言》。
[5]《宣和画谱》卷八，尹继昭、卫贤、郭忠恕条。
[6] 同上书，卫、郭条。
[7] 笪重光：《画筌》。

寺宇。元代文人画家山水中的房屋，则更大大地发展了放逸的一面，如陆广《丹台春晓图》、黄公望《芝兰室图》，其处理房屋都是行笔简略，草草而成，但仍不失端正。这种风格正如明末龚贤所说："画屋不宜板，然须端正，若欹斜，使人之不安。"[1]明代文人画风高涨，情况就不同了，画房屋可以随便，不求形似，东倒西歪，例子很多，不胜枚举。试看宋、元、明三代山水画中房屋的线条和线条画法，可以说是由"工笔"转向"意笔"，由"详备"转向"简略"，由"齐"转向"不齐之齐"；这是指的放逸一面的发展。至于谨严一面，当然也还有继人，如明之仇英，清之袁江、袁耀的楼阁山水，但已非主流了。再从画面上屋木、人物生活和周围景物三者的协调来看，房屋的"不齐之齐"与表现人和自然的那些变化复杂的"曲线"取得很好的配合、融会，以符合艺术形式美的多样统一的规律。然而，更加值得注意的是，这种发展反映了画家的审美观点。封建时代的画家们对纯粹的宫室画，贵能"取易之大壮"[2]；对山水之间的别墅、寺院，须写出清幽之致；对田庐茅舍则尚野逸之趣。这些不同观点分别要求画家在处理屋木时，运用着工笔或细笔、直线或似直而曲的线、严密的或疏散的线条组织等不同的艺术形式，而这些不同形式又分别被认为是美的，是各自符合他们的审美观点的。由此可见，在考察我国画史上房屋所表现的艺术形式美时，会追溯到画家的审美观点，而线条和笔法则是从属于这观点的。

我国的人物画的艺术形式美突出地表现在人物衣褶、衣纹的处理上。自东晋顾恺之到唐阎立本、吴道子，都各有其法。大致说来，顾用游丝描，行笔细劲，衣纹飞舞；阎用铁线描，行笔凝重，衣纹沉着；吴用柳叶描（亦称莼菜描），行笔雄浑圆厚，衣纹飘举。唐时还有韩滉，更用战笔、曲线，衣纹方折。五代张图的《紫微朝会图》则以浓墨粗笔画衣纹，颤动如草书，势极豪放。南宋梁楷则放弃了线条匀取衣纹的传统技法，改用浓、淡相济的泼墨法，通过阔笔所涂出、刷出、皴出的"面"，来表现衣纹。这些画家处理

---

[1] 龚贤：《画诀》。
[2] 《宣和画谱》卷八，《宫室叙论》。

衣纹时所采取的种种艺术形式,与其说是为了忠实地描绘衣服的不同质料,或要求符合于一个客观的、物质的现象(即因人体动作而形成的不同质料的衣服的褶纹),毋宁说是为了体现封建士大夫们所崇尚的精微(顾)、严谨(阎)、雄强(吴)、豪放(张)等不同风格,从而带来了与它们各相适应的线、皴、涂、刷等不同技法。所以,画家处理衣纹时所产生的种种艺术形式美,最后也可以归结到画家各自的审美观点和风格尚好。

山水画为我国高度发展的专科,其中艺术形式美的表现就比较复杂多样,这里只谈谈设色细笔和水墨意笔关于"虚"、"实"的问题。首先,所谓虚、实和布局的疏、密并不一定成为正比,丘壑重叠可与人以疏的感觉,小景一角也可与人以密的感觉。其次,并非设色细笔才是实,水墨意笔一定虚。这两种山水画体在技法运用上,可以各有虚、实。就设色细笔而论,倘轮廓、皴法大都率略,设色较为素淡缺落,亦可生虚散之感;倘轮廓、皴法大都周全,设色较为浓厚饱满,亦可生凝实之感。就水墨意笔而论,皴法粗密,层层渲染,则偏于实;只作轮廓,而意已足,则偏于虚。石涛于乙酉(1645)秋八月所作扇面,题曰"粗笔头,大圈子"[1],可以说是属于虚的。此外,一幅之中还可虚、实互用,在布局方面也可繁简对照、疏密相济;而画面空白,更有助于虚、实的掌握,所谓"无画处皆成妙境"[2]。以上这些情况,归结起来就是在虚或实的主导下谋求虚实互济、虚中带实、实中有虚,而不是一味偏虚,流为浮薄佻率,或一味偏实,成了迫塞顽木;而上两种画体都有这种情况。这里不妨联系到我国的美学术语——"疏体"或"密体",也就是两种不同的风格。张彦远说:"顾(恺之)陆(探微)之神,不可见其盼际,所谓笔迹周密也。张(僧繇)吴(道子)之妙,笔才一二,像已应焉;离披点画,时见缺落,此虽笔不周而意周也。若知画有疏密二体,方可议乎画。"[3]宋郭若虚论黄筌和徐熙的花鸟画,也暗示"黄家富贵",属于密体,"徐熙野逸",属于疏体,认为他们两人是"各言

---

[1]《神州国光集》第四辑、名画法书扇面之二,有影本。
[2] 笪重光:《画筌》。
[3] 张彦远:《历代名画记》卷二,《论顾、陆、张、吴用笔》。

其志。"[1]这不同风格要求画家采用不同方式来构成艺术形象,结果就表现为两种艺术形式美。试观董源的《夏山图卷》;它是画平远之景,而满布山峦,相互映带,几乎上不见天,中间林麓卵石、坡岸堤滩,溪水萦回,景物极为稠密,但无处不以"虚"出之。也就是说,作者用浓、淡的水墨,疏皴散点,错落之间,遂觉窈霭幽远,有一片空灵缥缈的气象,而无迫塞之病。再看倪瓒:他好作疏林断岸,浅水遥岑,景物萧瑟,但笔意却处处沉着,遂觉虽淡犹浓,似虚而实了。在艺术手法上,董以虚御实,倪以实御虚;在艺术形式美上,董实中带虚,倪虚中带实;在风格上,董较多密体,倪较多疏体。董以艺事南唐、北宋;倪入元不仕,寓意丹青。若把董、倪的情况与"黄家富贵、徐熙野逸"联系起来,则又可看出,作为艺术形式美的虚、实以及作为风格的疏、密,最后还是关系到画家本人的进退、出处,以及由此可能产生的对于自然景物的不同感受。我国封建时代的山水画家在反映自然、抒写不同胸臆时,他们的风格好尚可以改变自然结构原来的虚、实和虚、实的关系,表现为画面上的虚、实和虚、实的关系,从而产生以虚或以实为基本的艺术形式美。

二

讲到艺术形式美的构成因素,有的意见把它归结为物质材料,主要是线条和颜色,并指出它们是物质世界、客观现实本有的东西。但对我国绘画来说,线和色是否同等重要,似乎还可研究。颜色是客观存在着的,线条却不是;客观物象本身有体和面,而没有轮廓线,后者乃画家从对象抽取出来、概括出来的,是基于现实的想象的产物,尽管画面上的线条已是物质的了。绘画中线条的运用,关系着画家的抽象、想象以至概括的能力,而线和色孰为更重要的形式因素这一问题,在国画方面似乎早就解决了。我国绘画与含有高度的线条艺术的书法关系密切。水墨画尤其是白描画成为独立专科。这些情况都足以说明有线而无色,是无损于画的。西方对这问题则一直在争

---

[1] 郭若虚:《图画见闻志》卷一,《论黄徐体异》。

论。早在古代希腊，亚里斯多德就曾说过："用最鲜艳的颜色随便涂抹而成的画，反不如在白色底子上勾出的素描肖像那样可爱。"[1] 十九世纪末，英国诗人兼画家的布莱克便是著名的尊线论者。法国盎格尔在尊线的同时，还反对卢本斯用色故为灿烂，而赞成拉斐尔的平淡质朴。他们都曾经探讨过线条为艺术形式美主要因素的问题。

此外，我国画史还进一步阐明线重于色的问题，使我们得懂得线帮助加强色的效果以及整个画面的艺术效果。《论语·八佾》："绘事后素。"《考工记》："凡画缋（绘）之事，后素功。"据郑玄注："缋，画文也。凡缋画先布众色，然后以素分布其间，以成其文。"这也就是说，在描绘物象时，先用众色平涂出它的各个部分（如系众物而又各异其色，则分别以一色涂一物），再用粉色勾出它的（或它们的）主要轮廓，使物之众色（或每物之色）都被纳入物象的轮廓中，而愈加分明、突出。众色只被用来表现物的若干的"面"，而素色则通过线、轮廓的形状、动态，把这些"面"组织得更好，从而表现物象的整体。这里，素色虽后于众色，但因为它被纳入线的形式，并赋予了提纲挈领的表现机能，于是我们就不难领会线条原是可以独立使用，来描写物象的。下文所举甲骨文的象形字，便说明这一点。等到水墨画成为专科，以墨所画的线条便进一步发展为钩、勒、皴、斫等表现形式，助成形象的立体感，发挥更大的作用了。水墨画中笔墨情趣的形式因素也主要是线条，线条及其运用导致了水墨画的艺术形式美。与此同时，笔墨情趣和画家的思想感情分不开，后者又体现着他的审美观点和艺术风格，因此，也就很难脱离它们，单独地考察画中作为艺术形式美构成因素的线条了。

我国的特有艺术是书法。书家通过一定的笔法，赋予字的笔画（线条）和结体以一定的形式特征，这些特征产生一定的艺术形式美，反映了书家的审美观点，体现了他的独特面貌和风格。例如书家可以采用"方"笔或"圆"笔来处理线条，在笔的使转以及收住（收锋）方面，带来不同的结果。方笔以"折"为使转，在写出每个字的诸画，亦即组织线条、结成字体

---

[1] 亚里斯多德：《诗学》，罗念生译，人民文学出版社，第22页。

时，行笔断而复起，其收锋为"外拓"。圆笔以"转"为使转，行笔换而不断，其收锋为"内擫"。由方笔所产生的线条，状如"折钗股"，由此产生的字体使人感到一种形式的严峻美、雄峻美。由圆笔所产生的线条，状如"屋漏痕"，由此产生的字体使人感到一种形式的和厚美、浑穆美。例如汉碑中《张迁》、《景君》为方笔，《石门颂》、《杨淮表》为圆笔；钟繇、颜真卿、苏轼用外拓，王羲之、虞世南、黄庭坚用内擫；《天发神忏》是折钗股，泰山经石峪《金刚经》是屋漏痕。此外亦有形体似"方"，使转仍"圆"的，如《郑文公》、《爨龙颜》等。[1]我们如果不去识别这些不同的笔法技巧，便难以领会由此产生的不同的线条美、结体美，以及通过这种线条、结体而表现的形式的严峻美、和厚美。至于这些艺术形式所以当时被认为是美的，则还须追溯到我国封建时代书家们的思想情感和审美观点。

三

关于艺术形式美的规律，近来的讨论已列举许多，这里不再重复，只想结合我国画学、书学，谈谈"骨"与"势"和这些规律的关系。

南齐谢赫论画六法时，提出"骨法用笔"。唐张彦远加以说明："夫象物必在于形似，形似须全其骨气，形似、骨气皆本于立意，而归乎用笔，故工画者多善书。"[2]宋韩拙则说："笔以立其形质。"[3]他们从立意出发，求形似、全骨气，也就是立形、质，而归结到用笔。至于笔下产生的形式则首先是线，再拓而为面。这个道理虽在六朝和唐被提出来，然而我国较古的图画——甲骨文中的象形字（金文亦然）早已这样做了。从下面所举的数字，不难看出，如何粗识线条来表现对象的形、质：

猿[4]：头，身，手，足，尖嘴，尾；

---

[1] 胡小石：《中国书学史绪论》，《书学》，1943年7月第1期。
[2] 张彦远：《历代名画记》卷二，《论顾、陆、张、吴用笔》。
[3] 韩拙：《山水纯全集》、《论用笔墨格法气韵之病》。《说郛》本，"质"作"体"。
[4] 叶玉森：《铁云藏龟拾遗》，第6页之九。

🦌[1]：头，身，长颈，短尾，歧角，偶蹄；
🐖[2]：口，巨腹，尾，足；
🐁[3]：嘴，细腹，长尾，旁边的食物。

  古代这些书家、画家一方面能够观察这些动物，对它们的形状和特征，都各有比较完整的认识，也就是先"立"下了"意"；然后他们"本于"此"意"，赋予艺术形象，也就是使这形象具备了"形似"和"骨气"；另一方面形象赋予离不开如何以笔画线这个途径，所以又"归乎用笔"，因而用笔的目的，最后还在于"立"物象之"形"、"质"了。这里，基本的道理是，通过线条的运用来表现"骨"。所谓"骨"或"骨气"是指艺术形象方面最为基本和特征的东西，艺术形象倘若无骨，犹如动物或人没有骨架，失其结构，立不住，也产生不出动态。而古代画家则是通过笔下的线条，来处理对象的结构、结体以至轮廓、动态的，所以线条之于艺术形象，也犹如骨之于动物或人，线条不洗练，组织不严整，便很难突出形象的本质和特征。"骨"这一美学术语在涵义上既具有生理的比喻，更强调着捉取本质、刻画特征，而后者有赖于笔下的线条及其运用。因此，艺术形式美以线条为构成因素的同时，还须让这个作为结构力量的"骨"来统摄全部的线条的运转。这样看来，"骨"也就似乎是先于线条运转时所服从的对称、平衡、多样、统一等形式美的规律。可以说"骨"比这些规律具有较为内在的性质，与作者的思想保持更加密切的关系。书家、画家如不首先掌握"骨"的原则，就无从体现那些规律了。

  金文、甲骨文以后，我国书学继续发展，尚骨的理论得到了愈加深刻的阐明。唐张怀瓘说："夫马筋多肉少为上，肉多筋少为下，书亦如之。……若筋骨不任其脂肉，在马为驽胎，在人为肉疾，在书为墨猪。"[4]唐孙过庭提

---

[1] 罗振玉：《殷墟书契前编》卷三，第31页。
[2] 同上书，第39页。
[3] 罗振玉：《殷墟书契前编》卷一，第36页。
[4] 张怀瓘：《评书药石论》，《佩文斋书画谱》卷六引。

出尚骨可能造成的偏向，但认为有骨总比无骨好："假令众妙攸归，务存骨气。骨气存矣，而遒润加之，亦犹枝干扶疏，凌霜雪而弥劲，花叶鲜茂，与云日而相晖。如其骨力偏多，遒丽盖少，则若枯槎架险，巨石当路，虽妍媚云阙，而体质存焉。若遒丽居优，骨气将劣，譬夫芳林落蕊，空照灼而无依；兰沼漂萍，徒青翠而奚托。"[1]他们都强调筋骨，也就是首先争取体、质，使脂肉、风神有所依附，这样每个字都能首先站得住，各自表现应有的结构力量；这里就首先要求笔力和线条的劲健，而风神的味都以此为前提。换言之，正是先质后妍的主张，才使"骨"的涵义更加深刻了。

然而，站得住、有力量的本身还非目的，它是运动（生命）的基础，而运动须有动向、节奏、韵律，因此我国书学又讲求由字而行、由行而全幅——由部分到整体都须得"势"了。作为另一美学术语的"势"，也是先于艺术形式美诸规律的，并且与"骨"密切相关。

书法之"势"始于每字的结体、结构，如果字中每画，其用笔都得势，结字也得势。《永字八法》以侧、勒、努、趯、策、掠、啄、磔八个字来说明八种基本笔法时，在每个字后面加上一个"势"字（如"侧势"、"勒势"等），并指出："备八法之势，能通一切字。"[2]王羲之提到："晋太康中，有人于许下破钟繇墓，遂得《笔势论》"[3]，可见当时书家对"势"的着重；而早于钟繇的蔡邕则在他的《九势》中指出："凡落笔结字，上皆复下，下以承上，使其形势递相映带，无使背势。""势来不可止，势去不可遏。"[4]蔡邕的话更揭示"势"的基本精神在于显得自然而不造作，所谓"背势"，就是违反自然之势，因此，势并非书家主观臆测的产物。它一方面决定于字体结构的客观条件，在这条件下从笔势以表字势，另一方面又与书家的生活体会、观察自然不可分，谋求字、行以至全幅的势。在草书方面，唐张旭见担夫争道，又闻鼓吹，遂得笔法；复观公孙大娘舞剑器，而下笔有神。唐怀素

---

[1] 孙过庭：《书谱》，据包世臣《艺舟双楫》、《删定吴郡书谱序》。
[2] 《永字八法》，《佩文斋书画谱》卷三引。
[3] 王羲之：《题〈笔阵图〉后》，《佩文斋书画谱》卷三，引《王右军集》。
[4] 《佩文斋书画谱》卷三，引陈思：《书苑菁华》。

喜欢观云随风变化。宋雷太简说他自己的字不及颜真卿那样的自然（也就是得势），但是后来他在雅州，"昼卧郡阁，因闻平羌江瀑涨声，想其波涛番番迅快、掀搕高下、蹶逐奔去之状，无物可寄其情，遽起作书，则心中之想尽出笔下矣。"[1]这些书家都借助自然界若干物质运动和动势，以产生"心中之想"，也就是启发、鼓舞他们的艺术创作。可见书家所谓"势"，乃导源于"心"对"物"的感受，所以古代书论拈出"心"、"志"、"意"等字，则说明它们和"骨"、"势"之间的关系。例如，关于书法的根源，有扬雄所谓："夫言心声也，书心画也。"[2]关于志与笔的关系，有孙过庭所谓："乖合之际，优劣互异，得时不如得器，得器不如得志。"[3]关于心与骨的关系，有李世民所谓："夫字……以心为筋骨，心若不坚，则字无劲健也。"[4]关于意、骨、势之间的关系，有李世民所谓："今吾临古人之书，殊不学其形势，惟在求其骨力，而形势自生耳。吾之所为，皆先作意，是以果能成也。"[5]关于意与势的关系，有孙过庭所举"五乖"之二："意违势乖，二也。"[6]这几段话使我们看到了比艺术形式美的那些规律更为内在的东西。

我国绘画也是如此。在心师于物、借物写心的前提下，画家须由"骨法用笔"进而讲求得"势"。吴道子观裴旻将军舞剑，而"挥毫益进"，因为他在旁人舞创的启发下，落笔才够"意气而成"，不同于"懦夫"之作。[7]这"意气"是先于艺术形式美诸规律的，也是先于骨、势的，它既能立"骨"，也能助"势"。

总之，书和画都首须因物立意，次讲骨、势，而又必骨中带势，势中见骨；这样方能通过笔法技巧，掌握并应用艺术形式美的那些规律。所以"意在笔先"成为书、画通则。张彦远说："意存笔先，画尽意在，所以全神气

---

［1］雷太简：《江声帖》，《佩文斋书画谱》卷六，引朱长文：《墨池篇》。
［2］扬雄：《法言》。
［3］［6］孙过庭：《书谱》；据包世臣：《艺舟双楫》，《删定吴郡书谱序》。
［4］李世民：《指意》，《佩文斋书画谱》卷五，引《王氏法书苑》。
［5］《佩文斋书画谱》卷五，引张彦远：《法书要录》。
［7］张彦远：《历代名画记》卷九，《吴道玄（子）》："……是知书画之艺，皆需意气而成，亦非懦夫所能作也。"

也。"[1]黄庭坚说:"王氏书法以为如锥画沙,如印印泥,盖有藏锋笔中,意在笔前耳。"[2]由于骨、势相须,俱本于立意,所以又产生了"一笔书"和"一笔画"。张彦远说:"昔张芝学崔瑗、杜度草书之法,因而变之,以成今草书之体势,一笔而成,气脉通连,隔行不断。唯王子敬明其深旨,故行首之字往往继其前行,世上谓之一笔书。其后陆探微亦作一笔画,连绵不断。故知书画用笔同法。"[3]这里,试将上文所论,归纳为如下的一个过程或公式:

$$
物 \rightleftarrows 心、志、意、气 \cdots\cdots (笔) \cdots\cdots 骨 \cdots\cdots 势 \begin{cases} 比例 \\ 平衡 \\ 对称 \\ 虚实 \\ (其他) \end{cases}
$$

在这过程中,反映客观世界的"心"、"志"、"意"、"气"有其一定的时代和阶级内容,并表现一定的审美观点,由"骨"而"势"则在上面的内容、观点指引下表现一定的艺术风格;所有这些都成为运用比例……奇正等艺术形式美的规律的前提。

我国书、画艺术历史悠久,创作和技法的十分丰富,这笔遗产给艺术形式美的研究提供了宝贵资料。歌德曾说:"题材人人看得见,内容只有费过一番力的人可以寻到,而形式对于大多数人是一个秘密。"又说:"形式也要像内容那样被消化掉,呵,它甚于更难消化。"[4]今天看来,"消化"并不等于不分菁华、糟粕,全盘接受,问题首在学习马克思列宁主义的艺术理论和毛主席《在延安文艺座谈会上的讲话》,以取得艺术批评的思想武器。内容和形式是辩证统一的,因此很难想象只能"消化"内容或只能"消化"形式,这两者并不存在孰难孰易的问题,如果说难,则两者都难。就我国书、画遗产而论,"消化"内容,意味着站在无产阶级立场,根据社会主义需要,剔除其糟粕,批判地取其菁华,这便是一桩相当艰巨复杂的工作;"消化"形

---

[1][3] 张彦远:《历代名画记》卷二,《论顾、陆、张、吴用笔》。
[2] 《佩文斋书画谱》卷六,引黄庭坚:《山谷文集》。
[4] 歌德:《箴言与回忆》;借用宗白华先生译文。

式,意味着熟悉古代书家、画家的例作和技法的经验,这也同样是艰巨复杂的工作。然而,这两"难"总是可以克服的,只要我们掌握了上述的武器和有关的知识。事实上,必须在内容决定形式、形式为内容服务这个基本原则下,进行我们的艺术批评工作,而书法、绘画的艺术形式美的研究也并不例外。如果我们这样做,那么,我们古代书家、画家的创作和技法的丰富经验,方能对这一研究发挥它应有的作用。

本文只好算是极其初步的研究,错误、肤浅,都在所不免。至于艺术形式美、艺术风格、艺术手法、艺术性等之间的关系究竟如何,近一年多来的讨论也还没有完全明确,本文也存在这种情况。以上这些,都希望同志们指教。

本文发表于《学术月刊》1963年8月

诗与画——形象思维漫谈

"形象思维"这个术语,是十九世纪初在西方的美学和文艺理论中开始出现的。有不少文献,都论说到诗中形象和画中形象,以及形象思维的过程,今天还有一定的参考价值。

北宋诗人苏轼有过这样一段话:"味摩诘[1]之诗,诗中有画,观摩诘之画,画中有诗。"所谓"诗中有画",是说诗人的思想感情或诗中的意境,通过他对事物的生动形象的描绘,而表达出来。所谓"画中有诗"是说画家不仅仅画出事物的生动形象,而且通过这样的描绘表达了他的思想感情或画中的意境。王维描写他的辋川[2]别墅的那些诗,诚如苏轼所说,善于刻画自然和园林景物,做到了诗中有画。他的画以《辋川图》最为著名,但早已失传,只可以从记载中体会"山谷郁郁盘盘,云水飞动"的丰富形象。至于北宋以来一直被认为是他所画的《雪溪图》,描绘屋顶、树枝、坡石,水面残雪未消,溪中一人撑舟横渡,岸上一人赶猪回圈。通过这些形象的描摹、组织和结构,使观者看到一个雪天劳动的场景,以及作者对事物的感受,觉得画中有诗。

北宋山水画家郭熙的儿子郭思,为了总结他父亲一生的创作经验,整理过一本书叫《林泉高致》,里面有两句话:"诗是无形画,画是有形诗。"这里的"形"是指形象,它以不同方式体现在诗和画中。"无形画"是说诗人

---

[1] 唐代王维,号摩诘。
[2] 在今陕西,蓝田境内。

用比喻、明喻、暗喻来暗示事物的形象，表达诗中的意境。"有形诗"是说画家描绘事物的轮廓、色彩、明暗等，直接显现事物的形象，表达画中的意境。前者产生"诗情"，后者产生"画意"，但都和形象分不开；而郭熙的山水画，则可当"有形诗"，是充满"画意"的。他的代表作《早春图》，确实写出了作者对早春山景的喜悦之情。

在西方也有类似的说法。希腊抒情诗人西蒙奈底斯（公元前556—前496）说过："诗是有声画，画是无声诗。"罗马讽刺诗人、文论家贺拉斯（公元前65—前8）在《诗艺》一书中提到："诗如画"。法国画家弗列斯诺埃（1611—1665）在《绘画艺术》一诗中写道："诗像一幅画，……诗是能言画。"他们都强调诗须把生活、事物描写得具体、生动，富于形象，如画一般。到了俄国批评家别林斯基，就把形象在诗中的作用，说得十分清楚了："诗人用形象和图画说话。"[1]

伟大领袖和导师毛主席在《给陈毅同志谈诗的一封信》中指出：诗要用形象思维，不能如散文那样直说，所以比、兴两法是不能不用的。毛主席的话，对于今后研究古典诗论和古典画论，都有指导的意义，我们应该认真学习，深刻体会。

我国以往的诗话中，多读到形象思维，尽管没有用这个术语。王国维（1877—1927）在《人间词话》中说，诗和词描写生活、景物，贵在"不隔"，"语语都在目前，便不是隔。"他举了宋代欧阳修的《少年游》，描写长途旅行中感到寂寞，不用"谢家池上"，"江淹浦畔"那类陈词滥调，而说"晴碧远连云，二月三月，千里万里，行色苦愁人。"做到了"不隔"。"隔"和"不隔"是指诗中运用逻辑思维和形象思维所产生不同效果。

德国作家歌德（1749—1832）也有相似的看法。"有些事物的表现，宜用文字而不宜用图画，也有些事物的表现，宜用图画而不宜用文字，都应该听其自然。……但是错误就时常发生在：应该用图画时却用了文字，结果便

---

[1]《一八四七年俄国文学一瞥》。

出现了用符号、象征来搞神秘主义的一群魔鬼,给文艺带来很大危害。"[1]歌德这话是反对以概念代形象、以直说代暗示,从而削弱文艺的想象和感染。

在我国绘画艺术中,形象的作用可以追溯到殷商奴隶社会的"文字画"。殷商的甲骨文以及青铜器的款识(金文)含有丰富的事物形象,既生动地刻画事物的形象和特征,也完成了高度的艺术概括,这些"文字画"可以称为我国古代无名艺术家的形象思维的产物。

当然形象思维、艺术概括也并不容易。秦代韩非和西汉张衡论画时,先后指出:现实的事物有着具体的、复杂的形象,而且这些形象又是"旦暮于前",人人都能看得到,画出后须经得起视觉的检验,"故难";而"鬼魅无形",谁也没有真见过,画来"故易"。至于通过形象,起暗示作用,唤起观者的想象,以增强艺术感,不为形象而形象,那就更不容易了。宋代晁悦之曾写道:"诗传画外意,贵有画中态。"[2]诗和画都要通过形象,唤起想象,做到耐人寻味,有弦外之音。在画的方面,这叫画外意,而对诗来说,便是传达像画那样的画外意了。记得清代画家恽寿平(南田)在《瓯香饭画跋》中曾说:作画应"使人疑",所谓"疑"当然不是怀疑,是令人揣摩、想象画外之意。

此外,我国文艺理论也给形象思维以恰当的地位,指出它并非脱离思想而单独存在。南朝梁刘勰在《文心雕龙·物色》中提出:"岁有其物,物有其容。情以物迁,辞以情发。"意思是说:一年四季,景物不同,各有具体的形象。作家接触景物,他的思想感情随着这些景物、形象的变化而起变化,并通过丰富的语辞表达出来。

唐代的画学史家张彦远在《历代名画记》中则把绘画创作的全过程,概括为"意存笔先,画尽意在,所以全神气也"。即落笔之前,先有一定的思想、意境,描绘事物的种种形象,每一笔都是在造形之中帮助反映这个意境,体现画家对事物的全部思想感情。实质上,他既讲到艺术创作中逻辑思

---

[1]《关于艺术的格言和感想》。
[2]《景迂生集》。

维和形象思维的关系，也论说了画家世界观或思想意境指导着他的形象思维的实践。

在张彦远之前，南朝宋代王微的《叙画》中就已说过"登山则情满于山，观海则意溢于海"，也是强调世界观（情和意）对形象思维的指导作用的，而且没有忽视客观的山、海对情、意的作用。不"登山"，便没有"满于山"的"情"；不"观海"，又哪来"溢于海"的"意"。

今天我们讨论形象思维，要防止把它绝对化，必须强调正确的世界观的指导作用。在这点上，我国古代文艺理论也可以起些借鉴作用，但这些理论著作中所谓的"情"、"意"等等，反映了封建地主、士大夫、文人的阶级意识，应该加以批判。

本文发表于《上海文学》1978年第2期

西方唯美主义的艺术批评

十九世纪下半叶的欧洲，自由资本主义向垄断资本主义过渡，资产阶级知识分子处境日益困难，彷徨苦闷，精神空虚，有的甚至把生命看作死刑的缓刑期。[1]他们没有出路，只好追求官能享乐，纵情声色，在他们的文学艺术方面出现了颓废主义思潮。七十年代中期，法国的巴那司派[2]公开宣传诗歌不应涉及政治，须脱离社会斗争，强调"为艺术而艺术"，在法、英等国逐渐形成唯美主义的批评流派，其代表人物有戈狄埃、波德莱尔、裴特、王尔德等，活动于十九世纪最后二十年间。在西方批评界产生深远影响。他们毋视艺术的社会教育作用，主张艺术的目的在于丰富艺术的形式美，认为后者是艺术欣赏或审美的唯一对象，推而至于人生的涵义也只是尽量充实所谓死缓期内的刹那的美感享受。但是另一方面，由于他们的批评注意到艺术实践中表现方法和造形美紧密关系，强调艺术的形式美是艺术创作的一个重要环节，并具体分析形式所具有的艺术效能，这些在今天仍有一定参考价值。下面试就四个批评家的重要论点作初步分析和评价，最后结合我们当前的艺术理论研究，对其中较为突出的若干问题，谈点个人的粗浅看法。

戈狄埃（1811—1872）是法国小说家、批评家，首先提出"为艺术而艺术"，这一口号后来成为巴那司派的美学纲领。早在1832年他就写道："艺术意味着自由、享乐、放浪——它是灵魂处于逍遥闲逸的状态时开出的花

---

[1] 见下文裴特部分。
[2] 亦称高蹈派。

朵"。艺术家"对制作或手法异常关心，因为'诗人'这个词字面上是指制作者；作品总是由于制作精美而存在的"。这种看法不始于戈狄埃，在古代希腊，诗的概念为制作、创作，并被应用于一切艺术。这一概念在西方广泛流行，戈狄埃却片面强调创作的技法，对作品内容则不感兴趣。1853年他在《珐琅和雕玉》中赞美以严谨的技巧处理细小题材："在金或铜的上面镶嵌闪光的珐琅，或在宝石、玛瑙、红玉髓或石华的上面使用刻工的转轮。每件作品都做得像一个珍宝盒的盖子或一颗镂刻图像的印章戒指那样，极精美之能事——会使人联想到画家和雕刻家陈设在自己工作室中的古代勋章。"换句话说，艺术所贵在形式，它从精雕细凿中来，尤其是仅仅诉诸感觉，而没有更多要求。因此，他宣称"音乐有什么益处？绘画有什么益处？""凡属真正美的东西，都不是为了任何目的的。每件有用的东西都是丑的。""一般说来，事物一有用，便不美了。"他所谓的美，是不涉及道德的、无关实用的美。他还通过小说人物之口描写他的审美活动："我一直是垂涎欲滴，却不知道究竟渴望的是什么，正像没有睫毛的眼睛盯住太阳望，又像手触火焰，尽管疼得可怕，却忍耐住了。然而美的极致是不可能到达的，对它也不希望有所摄取，更不要为使旁人也感觉到美而想方设法加以复制。"在他看来，美不仅局限于每一个人的感觉范围而又不可言传，甚至有时还须付以痛苦的代价才能获得，竟是苦中寻乐的滋味了。于是美感止于感性阶段，而且必须是细微的、个人的、独特的，有时还伴随痛感以及不可知性，并与道德判断毫无关系。后一点和康德的美与崇高同利害感无关说是一脉相承的。这些特征，反映了十九世纪末欧洲资产阶级知识分子孤独、忧郁等颓废情绪。因此，戈狄埃特别欣赏"为艺术而艺术"的另一代表波德莱尔和他的诗集《恶之花》。

波德莱尔（1821—1867）是法国诗人、批评家，以诗集《恶之花》而得名。这部诗集描写心灵与官能的狂热、变态心理，抒发厌世情绪，甚至歌颂死亡。他长期过着放浪生活，死于酗酒和吸食鸦片。他进一步宣扬为艺术而艺术，戈狄埃所谓的美与苦痛相联系，被发展为美与邪恶不可分，戈狄埃赞美精细的技巧，波德莱尔则大谈艺术的形式美的威力，从而提出一套比较完整的唯美主义艺术观,被称西方颓废主义的首要代表。他和浪漫派画家德拉克洛瓦(1799—1863)、印象派画家马奈(1832—1883)、讽刺画家杜米埃(1808—1879)往还甚密,熟悉他们的表现形式和技法,这有助于他对艺术形式的功能的探讨,形成唯美主义批评的特征,下面提到的英国的裴特,也是如此。至于给波氏的思想以深刻影响的,除戈狄埃外,还有美国的"纯诗论"者爱伦·坡(1809—1849)。波氏的主要论著有《美学探奇》,包括1845年、1846年、1849年、1851年的《沙龙画评》和《浪漫主义艺术》,包括《德拉克洛瓦论》等。

他从画家的气质和感觉出发,考察艺术技巧和艺术的形式美之间的关系。他常常联系艺术实践、特别是创作技法及其运用,研究审美问题,不大在书本或概念上转来转去,因此他在西方文艺批评史上有"当代(指十九世纪末)第一美学家"之称。那时候,印象派画家德加(1834—1917)曾坚决反对艺术批评家们倾向于发明理论,以掩盖他们对于绘画的实践过程的一无所知,而波德莱尔却无此病,在技法甘苦上是个内行,同时也有理论,只不过他的理论存在不少错误。十九世纪末摄影术已很流行,影响及于艺术,产生了复制自然的倾向,而法国绘画则处于浪漫派向印象派过渡期间,正意味着从主动表现理想转为被动接受印象,以技法的创新逐渐代替表现所想象的境界。因此感觉和感受力被提到首位,描写感觉、印象成为创作的目的,描写技法必须革新乃主要课题。当然这一转变不只是因为摄影术,它和社会现实的丑恶日益暴露以及理想的破灭,更是紧密联系着的。而波德莱尔则在艺术如何对待自然、现实的问题上,提出自己的看法。他宣称"自己的首要任务就是向自然抗议,并以人代替自然"。又说:"一位艺术家应首先把人放在应有的地位,与自然相抗衡。"[1]因为"是自然指使人们同类相残、相食、相囚禁、相虐害。"[2]对艺术家来说,就须凭自己的感觉经验,通过作品以揭示自然的丑恶本质,反映出自然的规律。因此"一位健康的艺术家的首

---

[1] 《美学探奇》,第168页。
[2] 拙编《西方文论选》下卷,第229页。

要条件,就是相信经验乃安排好了的一个整体",它表现为"生命、现实的模型",体现了"自然的规律"。艺术家不应背离这模型和规律。"假如一篇小说或一个剧本写得很好,那只能因为它没有引诱读者、观众违反自然规律"。但是他所谓的模型、规律却限于生活的暗面,而且形成作品的一主题。在波德莱尔看来,只有回避丑恶,不敢描写因而产生"有害"的作品,却不存在敢于描写丑恶而成为"不道德"的作品。于是他得出结论:"经过艺术的表现,可怕的东西成为美的东西;痛苦被赋予韵律和节奏,使心灵充满镇定自若的快感。""艺术的陶醉掩蔽了恐怖的深渊:因为天才能在坟墓旁边演出喜剧。"[1]因此"道德并不以呆板的口号出现,而是渗透艺术,和艺术混为一体。""诗人不由自主地也是道德家,这是由于他具有那样充沛、丰满的人性。"换句话说,艺术家描写苦痛、邪恶、败德,不仅是描写美,表现人性,而且阐明了十九世纪末的道德观,倘若还有道德可言的话。不难看出波德莱尔的这些论点,主要是为他的《恶之花》或者说"丑中美"寻找理论根据的。

波德莱尔认为讲论道德不能忽视败德,谈美不能丢开丑,并从而论述十八世纪和十九世纪的欧洲文学。"十八世纪流行着虚伪的道德观,从而产生的美的概念也是虚伪的。当时人们以为在自然中所看到的,是一切善和一切可能善的基础、根源与原型。其实,否定原始罪恶的存在,是一个十分错误的伦理观,而他们却对此视而不见,所以十八世纪是一个普遍盲目的时代。"[2]意思是启蒙主义文学家宣扬自由、平等、博爱等的正面道德说教,而丢了与美好相对的丑恶,看法不够全面。另一方面他又认为:"对艺术的狂热感情,适足以腐蚀和毁灭其他一切。……这意味着艺术本身的消亡。人性的完整也就瓦解了。"[3]这说明他对十九世纪初崇尚热情的浪漫主义也表示不满,因为不写丑恶就无从揭示人性的全貌,也不能完全实现艺术的目的。关于十九世纪三四十年代开始的批判现实主义,则有这样的评语:"如今一切

---

[1]《美学探奇》,第165页。
[2]《面脂颂》,载《费加罗报》,1861年12月3日。
[3]《浪漫主义艺术》,第296页。

能够分析问题的人们都对'现实主义'一词深为憎恶，觉得它简直是对他们的侮辱，因为这个词已落在庸俗的艺术家手中，变得涵义隐晦、太富于弹性、不够明确，它已经不是什么新的创作方法，仅仅成为对非本质的事物作些细致的描写罢了。"[1]因为批判现实主义作家尽管揭露现实，但是由于没有颓废派那种忧郁、阴暗的气质，就不懂得美寓于丑的秘奥，对人世的丑恶本质只能是视而不见了。总的看来波德莱尔对十八世纪以来的文学采取否定态度，实际上是给自己的《恶之花》或"丑中美"的美学观再一次进行辩解。

与此同时，他在大西洋彼岸却发现了善于描写"第二"自然、具有恐怖逼人的风格的爱伦·坡（1809—1849），赞美坡具有"特殊天才"和"特殊气质"，能"按照自然的正常状态，展示了参差不一的形象"，认为文学史上"谁也不曾在刻画人类畸形上取得比坡更为不可思议的成功。"[2]他很欣赏坡能捕取并利用"每一顷间，事物和思想之间的多种多样的结合"[3]，很钦佩坡的胆量，把畸形与丑怪纳入审美对象，并不因为害怕有损完美而丢了丑怪。波德莱尔肯定爱伦·坡，实际上也还是为了肯定自己的《恶之花》或"丑中美"观点。他还在1859年称颂戈狄埃的一文中写道："我们的审美本能使我们不得不端详尘世，并抓住它的能见度。"[4]为的是获取创作中物质和精神之间的"对应"、"符合"、"一致"。在这以前，他写有一首以《对应》为题的十四行诗（1857年），把整个大自然描写成一座神殿，它以树木为支柱，当风吹过这些"象征的丛林"时，发出似乎混乱无章的语言，而诗人由于特殊的禀赋，却能领会其中的意思。作者是从颓废主义者立场出发，探寻并描绘和自己主观相"对应"[5]的、相"一致"的东西，即丑怪、奇特的事物，因为它们特别投合颓废、阴暗的心理；作者最感兴趣的是丑恶的可见性。与此同时，作者还借助客观事物的描写，以象征超越现实之美、即心灵与神明的契

---

[1]《浪漫主义艺术》，第399页。

[2]《论爱伦·坡》。

[3] 源于瑞典哲学家史威顿堡（1688—1772）的"对应说"。他崇信基督教新教，著《神爱与智慧》，宣传神的世界和人世之间相互对应，密切契合。波氏这诗加以发扬。

[4]"能见度"也可译"可见性"，原文为拉丁语。

[5] 引自爱伦·坡《诗的原理》。

合，把唯美主义引向象征主义了。

更值得注意的是，他还曾否定过为艺术而艺术，说它："带有幼稚的空想主义，妄图回避道德问题……注定不能结出果实。它向人性挑战，更是臭名昭彰。我们根据生命本身的更高的普遍原则，判它为异端邪说，并且是有罪的。"[1]他难道是自相矛盾吗？不是的。因为有时候他也不免心虚，感到描写丑和描写美同样地离不开一定的主题，艺术既然接触主题那么艺术除为本身以外显然另有目的，不可能仅为艺术本身了，而且他把丑加以美化的时候，也难矢口否定毫无外在目的，于是不能不对"艺术"有些微辞，作点表面文章。更何况所谓生命的最高的普遍原则，在颓废主义者的心目中已包括犯罪、丑恶在内，并且要求艺术家把后者作为对象，进行美的创造，因此他绕了一个弯，最后还是回到丑中之美。波德莱尔还仿效爱伦·坡，把这种创造称为"实现另一个类似艺术家（按：即颓废派艺术家）的心灵与气质的自然"[2]。这个"自然"就是上文提到的那个"第二"自然，都是和戈狄埃所谓"忧郁"、"苦闷"的心情是一脉相承而又加以发展的，下面的一番话就说得很清楚："美是这样一种东西：既带有热忱，也含着愁思。……一个女人的面容……一个美好迷人的头颅——我指的是女人的头颅——呈现出迷离的梦境，能够满足感官，同时也引起一番惶惑；它或者暗示忧郁、疲倦、厌腻，或者唤醒对生命的热烈向往；于是愿欲和绝望、苦闷、怨恨熔合为一了。"[3]他公然赞扬这种死亡之美，而且表示："我并不主张'欢悦'不能和'美'结合，但我的确认为'欢悦'乃'美'的装饰品中最庸俗的一种，而'忧郁'似乎是'美'的光彩出众的伴侣。"[4]他的丑中美的观点可谓发挥得淋漓尽致了。但他犹嫌不足，在评价德拉克洛瓦的作品时，再作补充。"我要指出德拉克洛瓦的最为极端的德性——最突出的品质，那就是他的全部作品具有一种独特的、一贯的忧郁，表现在选材和人物的面容，形成一种风格。"[5]

---

［1］《浪漫主义艺术》，第184页。
［2］《美学探奇》，第111页。
［3］［4］《西方文论选》下卷，第225页。
［5］《西方文论选》下卷，第229页。

他还从此得出结论:"德拉克洛瓦所以爱好但丁和莎士比亚,正是因为这两位也是人生苦恼的伟大画手。"然而我们今天却很难从德氏的代表作中发现什么忧郁情绪。例如《希奥岛的屠杀》,尽管战场上有几具尸体,确是一幅歌颂1821年希腊人民反抗土耳其侵略的英勇斗争的历史画。再如《但丁和维吉尔》,则是但丁《神曲》的一幅很生动的插图,描写罗马诗人维吉尔领着意大利文艺复兴运动的先驱者但丁经历地狱时的一段情景——画中他俩站在小船上,驶过苦海的惊涛骇浪,那些被投入苦海而仍然作最后挣扎的"罪犯",个个双手紧抱船舷,跟随他俩一同走向新生。应该说画家十分同情中世纪人民反对教会僧侣的黑暗统治、向往光明的斗争,哪里有什么忧郁苦闷的感情。实际上德氏画中的思想境界全被他歪曲了。

　　从英勇奋斗中引出忧郁、抑闷的感情——这原是颓废派的主观想象,这里不妨看看波德莱尔对于想象的一些说法。"想象力既是分析,又是综合,……尤其是一种敏感",可以"创造一个新世界,产生一种新感觉"。如果接着上文来理解,那就是说颓废的气质赋予艺术家以一种特殊的想象力,使他能敏锐地感觉到或辨别出世界存在丑中之美,而加以描绘,实现了物质、精神的合一,亦即前面提到的"对应"、"一致",终于从丑恶中创造出美来。他还说自己并不打算排斥想象而呆板地、单纯地模仿自然,因为本来就不应该"把这枯燥无味的、不生不育的职务派给艺术。……明明是装点门面,却偏想掩盖,生怕戳穿,这是毫无道理的"[1]。一句话,对于唯美主义艺术来说现实的丑恶已不是修修补补的问题,而是应该敢于想象,化丑为美。正是这种大胆想象使波德莱尔写出《恶之花》,并宣布唯美主义的美学纲领就是丑中美。他的文艺批评的总则就包含在下边一句话中:"诗不可同化于科学和伦理学、道德学,它一经同化,便死亡或衰歇。诗只是它自己。"[2]他重复了爱伦·坡的纯诗论。

　　波德莱尔宣扬为艺术而艺术,给唯美主义增添了丑中之美的美学原则以

---

[1]《面脂颂》。
[2]《西方文论选》下卷,第226页。

及象征主义的因素，掀起颓废主义思想的恶浪，影响比较深远，直到当代，因而在西方还得了颓废主义理论家的称号。

比波德莱尔略晚一个世代的裴特（1839—1894）是唯美主义在英国的重要代表。他进一步宣传感觉、印象产生纯美，纯美才是真实等论点。他出身医师家庭，在牛津大学受过教育，与前拉斐尔派画家往还，和波德莱尔一样，对造形艺术的技法也有丰富的感性认识，因此他在艺术鉴赏和理论分析方面比较具体，较少抽象化、概念化。主要著作有《文艺复兴：艺术和诗的研究》（1873）、《伊壁鸠鲁的信徒马略：他的感觉与思想》（1885）、《鉴赏篇，附风格论》（1889）等。《文艺复兴》评论意大利画家波蒂切利、达·芬奇、米开朗基罗，乔尔乔尼画派，以及德国的艺术史家、古典主义者温克尔曼等，在艺术欣赏方面特别强调刹那间的美感，其《结论》可作为唯美主义的宣言。裴特主张艺术美是脱离社会现实的、孤立的、独特的；艺术评论是对艺术表达方式的探讨；取得卓越成就的艺术都具有一种活力，它形成艺术作品的动力，这活力和动力都开始于感觉、印象的生动丰富，而归结为无关现实的形式之美或纯美。

关于充实刹那的美感享受，裴特有许多描述。"只有在某一顷刻，手和面部的某些形状比较完美，山峰和海面的调子比较可取，某些激情或思想的震撼更加真实动人。""凡属现实的实在的东西，只有一刹那间的存在，我们刚想抓住它，它已消逝了。"这是说感觉的特征在于它的极端的短暂性。与此同时，感觉、印象更有高度的个别性。"感觉经验被分解为一大群的印象。……在观察者的心灵中，每一对象则呈现出颜色、气味、结构等种种印象，而每印象都属于彼此孤立的个人的印象，因为每一个人的心灵就像被隔离的囚犯，各自保持个人所憧憬的世界。"因此色、味、结构所唤起的感觉也就会因人而异了。裴特所谓的个别性或独特性，也还值得探讨，不宜匆匆否定。例如清人谢樵题《八大山人画册·水萝菔（罗卜）》："人皆爱其叶，我独爱其根，根好有余味，叶好何足论？"既说明对于根和叶的美感，各人不相同，也论证了美感的个别性。裴特更结合所谓美感的二性，大肆发挥："个人的各个印象不断消失，经验也在萎缩。""正因为运动不息，感觉、印象、形象总在新旧交替，方始会有我们的成毁相因，而人类的生命真实才日趋精纯。"而在每一个人看来，这短暂、个别的感觉、印象，毕竟是最最真实的、最最可贵的东西了。裴特还提到雨果关于人不免死亡的一句话："人人难逃死刑，不过缓刑期或长或短，未可预卜。"并加以引申："仅此间歇为我们所有，以后我们就不知所在了。有的人没精打采、有的人感情冲动，便度过了这段时间，而最有智慧的人……则在艺术和歌声中度过。因为我们毕竟还有机可趁，那就是延长这一间歇，在有限的时间里尽量增加脉搏的次数。"这番话可作享乐主义者的自白，于是人生唯一的道路就是借艺术来充实刹那的美感享受。裴特还说："艺术坦率地承认：当无法计量的刹那掠过我们的一生时，艺术却做了一桩事，那就是赋予每一刹那以最高的美，而且这样做不是为了别的，只是为了无数刹那本身。"[1]在颓废派看来，艺术的目的、功用仅为了丰富瞬刻的美感，所以问题就不在于感受什么，而是如何增强这种感受力了。裴特接着论说，艺术批评不可忽视感受力和人的气质的关系。"对批评家来说，重要之点并非凭智力以取得一个准确而抽象的定义，而在于他本人须具有某种气质，始能面向美的事物时深受感动。而且他还须永远记住，美存在于多种形式中。"[2]所谓气质，是指颓废派的阴暗心理、悲观情绪等，须由此出发，把握艺术的形式美。"各门艺术的感性因素原不相同，……各门艺术的感性材料带来各个具有独特性质的美，并且不可能为其他任何的形式美所代替，———一切真正的审美批评应从这里入手。""一位真正的美学研究者的目的，不是抽象地而是用最为具体的措词来解释美，在讨论美的时候不要凭一般化的准则，却必须最最恰当地揭示出美的这一或那一特殊现象。"[3]也就是说，艺术批评家有必要通晓各门艺术所特有的表现技巧和手法，要有丰富的感性认识的基础。这种要求可以避免批评的概念化或教条化，今天看来还是可取的。在国画艺术中，这"具有独特性质的美"就表现在线条、轮廓、设色、水墨等的具体运用方式和方法，对不同画派、不同

---

　　[1] 以上均见《文艺复兴·结论》。
　　[2]《文艺复兴·序言》。
　　[3]《文艺复兴·乔尔乔尼画派》，第130—131页。

画家则各有变化，各具特色。例如同是画竹而风格各异：李衍（息斋）刻画，柯九思（丹邱）沉酣，顾安（定义）澹逸，这固然由于境界不相同，但也和各人的笔墨技法分不开，即李锐勒锋利，柯阔笔饱墨，顾淡墨轻拂，而观者可以从中各得所好，但是如何具体地感觉艺术的形式之美，对他来说，仍然是必须打通的一关。石涛曾题所画山水"过关者自知之"[1]，也正是此意，不过他指的是山水画而非竹石。

裴特接着说："须观察到对象（按：指艺术形象）本身，这一向被公正地认为是一切批评的目的；在审美批评中，首须清楚明确地认识对象所给予的真正印象"，并且发现"这些对象犹如自然的产物，蕴藏着这样巨大的力量"。这力量究竟是什么呢？裴特用一系列问句来回答，并仍旧归结到人的气质上去。他的问句是："对我来说，这首歌或这幅画，以及生命和书中所呈现的那一迷人的独特个性，究竟是什么？它对我产生什么影响？它给我快乐吗？那又是怎样一种快乐？其程度如何？这种快乐的存在及其影响，更是怎样对我的本性起了修饰润色的作用？"换而言之，艺术作品或美感对象所具的迷人特性，恰巧符合人的本性或气质，从而产生力量这和波德莱尔所谓物质和精神的"对应"，是同一意思。但裴特更进而论说美感教育的效能，"是和我们对于美感、印象的深度和变化，成为正比的。……从事审美的评价，应当识别和分析这种效能，把它从一切附属物中区分开来，并指出这种特殊印象的根源以及在什么条件下人们会感觉到。"然而，裴特并未到此为止，却还往下说，批评或鉴赏："没有必要在形而上学的问题上自找麻烦，例如美的本质是什么？美和真或经验的关系如何？……这些都可从略了，回答或不回答，是毫无兴趣可言的。"[2] 这就显然不对头了。一面谈美育效能，一面却无视美的本质和真、善、美的统一，结果必然丧失美育的现实

---

[1] 故宫博物院影印本《石涛画册》第七幅题语。该册出版说明提到石涛画论曾有一则："笔枯则秀，笔湿则俗，今云间笔墨，多有此病。总之，过于文何尝不湿？过此关者知之。"云间或华亭，即今上海市松江县，董其昌为华亭派代表，山水喜用湿笔，石涛对董提出批评，鉴赏家如果懂得干笔、湿笔的不同艺术效果，也可以说是过了一关。

[2]《文艺复兴·序言》。

意义，这才真地把批评引向形而上学，更何况刹那的感觉印象已不仅仅作为审美活动的第一步，而是代替了它的全部，必把艺术批评局限于艺术的形式一方面了。

裴特还论说形式或艺术外形的能动作用："一切艺术的共同理想就是……外形和内质融合而不可分。"[1]"如果一幅画只描一桩事件的实际细节、一处风景的原来位置、丘壑，在艺术处理上却缺少一种形式、一种精神，那么它就等于什么都没有了；这种艺术形式和方式应当渗透到主题内容的各个部分：——所有的艺术都始终不懈地以此为目标，并取得了不同程度的成功。"[2]意思是艺术须改造客观事物形象以创造艺术形象，改造的途径是将高度结合的精神、形式注入艺术形象，凡与内容契合的形式，无不寓有艺术家的心灵，所以成功的艺术作品有了"一种形式"，同时也有了"一种精神"。在西方艺术理论中，研究形式作用的并不始于裴特。例如德国启蒙主义者席勒（1759—1805）就曾说过："一位大师所特有的秘奥，就是以形式来抹去物质的痕迹。"当"物质和形式真正结合并互相渗透"时，这种形式称得起是"活的形式"[3]。就国画来说，运用皴法（形式）描写自然美（物质）时，也可以做到形、质交融，"天衣无缝"，标志着山水画家高度的技法水平。"劈斧（皴法名称）近于作家，文人出之而峭（雄健超脱），鬼脸（亦作鬼面，皴法名称）易生习气，各手为之而遁"[4]，"作家习气"便是形、质结合生硬，未臻圆融精纯的境界。至于如何做到这一步，裴特则认为决定于艺术家的想象。他说想象的功能就是"将自然事物的种种印象加以锤炼，凝铸于艺术家所赋予的形式中"，以"达到形象和思维二者的完全熔合"[5]。这里，我们也许会想到黑格尔的那句名言"想象是创造的"，"最杰出的艺术本领就是想象"[6]，而裴特则看到了艺术形式在创造性想象中的功用：改造自然形象，

---

[1]《鉴赏篇》，第37—38页。

[2]《文艺复兴·乔尔乔尼画派》，第135页。

[3]《席勒全集》第18卷，第83，100，55页。

[4] 笪重光：《画筌》。

[5]《希腊研究》(1895)，第32页。

[6] 黑格尔：《美学》第1卷，第348页。

制造艺术形象，抒发作者的情思。这种形式、精神一致说，实质上同我国晋代大画家顾恺之所说的"以形写神"相类似，而顾氏的"迁想妙得"，则可相当于裴特所说：凭想象去锤炼印象，凝为艺术形象。此外，裴特还有一番话，其前半段是："艺术总是力图不单单依靠理智、智力，以便专心致志于感觉之事，不对主题或题材负责。"[1]我们如只看这半段，必然指责作者是为感觉而感觉。但他接着又说："在诗和绘画中，凡属理想的模范（按：指成功的作品）都把全部结构所有的组成要素，融为一体，既不使题材或主题仅仅触及理智，也不使形式单单诉诸耳和目；而是以形式和内质的契合，来打动'善于想象的思维'，产生独特的、唯一的效果；必须是依靠这种契合的本领，每一思想、每一感情才能和它的类似物、它的象征一同出现。"[2]这整段话意在突出艺术想象以及象征的作用：它使艺术家有所见便有所感（不是感觉而是感情），思想、形式统一，内质、外形熔合，而难以区分，这时候艺术的效果或功用也就不会停留在形象塑造，还要有所寄托，有所象征。讲到想象和象征相联系，我们会想到艺术史上的若干例子。宋遗民龚开画"瘦马"表达自己的身世之感，画"高马小儿"暗示"小人乘君子之器，盗思夺之矣"，即宋亡之后，蒙古的统治不会久长。[3]元倪瓒给卢山甫画江干六树，黄公望题了七绝一首，后二句是："居然相对六君子，正直，特立无偏颇。"[4]黄公望正是从艺术造形的象征作用，来欣赏倪瓒这幅画的。至于元王冕题所画梅花"宁可枝头抱香死"，则以托出自己最安居贫困，不甘落魄的心情。

至于这一契合，裴特则以其程度的多少来衡艺术的高低，认为抒情诗不及音乐。"我们几乎不可能把抒情诗的内质和它的外形截然分开而无损于内质，从艺术的角度看，至少可以认为抒情诗是诗中最高的和最完整的形式。"[5]但他又说："音乐艺术最全面地实现艺术的理想——形式和题材的绝对一致。这一理想实现了无数的完美无憾的瞬间，而从每一刹那的艺术来看，

---

[1][2]《文艺复兴·乔尔乔尼画派》，第138页。
[3] 元吴师道：《吴礼部集》卷十一，《〈高马小儿图〉赞》。
[4] 此图藏上海博物馆。
[5]《文艺复兴·乔尔乔尼画派》，第137页。

目的和手段、形式和题材、主题和表现都彼此难分,相互依存,相互渗透;因此音乐及其无数完美的刹那构成一种境界,为其他各门艺术所向往。能够作为完美艺术的真正典型或衡量标准的,毕竟是音乐而不是诗。"[1]裴特反复强调艺术作品的形、质合一,这是无可非议的。但是我们还须看到问题的另一面:他所特别感兴趣的是每刹那间的这种合一,而后者又和追求感官享乐、紧抓瞬刻美感的浓度、强度分不开。裴特认为音乐最能满足这一要求,所以赋予最高地位。

最后,我们更须明确:裴特所谓与形式、外形相对待的内质、实质,究竟是什么?因为这是裴特的唯美主义批评的核心问题。他说过:艺术作品必须具有"诗一般的刺激和超味","美加上不可思议的奇妙,可以构成艺术的浪漫的特质"[2]。那么,所谓"刺激"、"奇妙"、"浪漫特质"的根源又在哪里呢?裴特最后毫不讳言,是在"一个避难所"中,"一种避难式的修道院,可以脱尘世的粗鄙伧俗"[3]。因为"它比现实世界稍须好些,如果讲到想象和修饰美化,那里胜过现实世界"[4]。而且在那里,"另有一番新景象,创造出新理想。"[5]尤其是"为了仅仅欣赏而欣赏"[6]。至于导致这种论断的根本原因,可以看《文艺复兴·结论》最末一节里的那段自白:"我们都是有罪的,诚如雨果所说:'我们都被判死刑,不过缓刑期或长或短,未可预卜。'"[7]唯美主义者裴特由于回避现实,生活空虚,精神颓废,终于在绝望中叫嚷开辟纯艺术的新天地了。

总之,裴特的艺术批评可归结为:以纯美充实每一刹那的感官享受,在死的、短促的一生中谋求安慰。至于他对形、质关系的看法,则还有一些可取之处,但毕竟是瑕不掩瑜。

---

[1]《文艺复兴·乔尔乔尼画派》,第138—139页。
[2]《鉴赏篇》,第246页。
[3] 同上书,第18页。
[4] 同上书,第219页。
[5] 同上书,第218页。
[6] 同上书,第62页。
[7]《文艺复兴·结论》,第238页。

在裴特之后的一个世代里,唯美主义批评论继续发展,并特别增强了形式主义观点,其代表则为英国的王尔德。王尔德(1856—1900)是名医之子,写过剧本、小说、理论批评等。他不满资本主义制度,幻想所谓"绝对健康机构所具有的天然状态",认为"把它称作社会主义或共产主义也未尝不可"[1]。这只不过是空想,实际上他向往充满官能享乐的"美",认为即使在痛苦中也还可追求一种具有更大的"精神价值"的"美"。他自己过着极为放浪的生活,企图实现所谓超越道德的唯美主义理想,终于以败坏社会风化而入狱两年。他的文艺理论著作有《谎言的衰落》、《批评家即艺术家》等,收入论文总集《意想集》中[2]。王尔德打着审美修养的旗帜,鼓吹为艺术而艺术、艺术高于一切,其理论的核心则是对立美与真,以美否定真,并从美而不真的观点出发,宣称艺术等于"撒谎",把关心生活与道德的艺术说成是"谎言的衰落",亦即艺术的死亡。于是"撒谎"的艺术,则只剩下形式或形式之美。可以说,王尔德的唯美主义批评愈加突出了颓废色彩和形式主义。

王尔德认为"生活对艺术的模仿,远远多于艺术对生活的模仿",因此世界乃艺术的产物。"一个伟大的艺术家创造一个典型之后,生活便试去模仿这个典型。""自然不是诞生我们的母亲。相反地,自然是我们创造出来的。由于我们的才智,自然才变得如此生意盎然。"王尔德还以特纳[3]的创作作为标准艺术,而以自然、现实与之相比,认为自然给我们观看的东西,竟是"特纳的第二流作品,属于低水平的特纳。"既然艺术远远地高出现实,当然"文学也总是抢在生活的前面。文学不模仿生活,却按照自己的意图来塑造自然。"这主要是因为"在生活中,形式之贫乏是十分惊人的"。"全靠艺术为生活提供了一些美的形式,……通过这些形式,生活就可表现它的那种活力。"王尔德还自我吹嘘:"这是一个从来没有人提出的理论,它给艺术史投了一道崭新的光辉。"因此,艺术的关键问题在于艺术的形式。我们

---

[1]《社会主义制度下人的灵魂》,1891年。
[2] 下文关于以上诸篇的引言,不一一注明出处。
[3] 特纳(1775—1851)是英国水彩画家、油画家,主要作品为风景写生(海景较多),强调光线和空气的表现效果。

今天并不否认艺术形式美的作用，但王尔德的看法则有两点是值得研究的：（一）自然和艺术孰胜？（二）艺术是否以它的形式美来胜过自然？关于前一点，向来存在分歧。北魏郦道元《水经注·渐江水》："若耶溪水至清，照众山倒影，窥之如画。"自然山水之所以美，因为它像一幅山水画，言外之意，是主张艺术胜过自然的。英国文艺批评家赫斯列特（1778—1839）说："一切都在自然中，艺术家只不过加以发现。""人并不增添自然的宝库或另有创新，而只能从中抽取一个贫弱的、不完整的副本。"这样，艺术却又低于自然了。而明代书画家董其昌说得似乎中肯一些："以径之奇怪论，则画不如山水，以笔墨之精妙论，则山水决不如画。"明代画家查士标题龚贤（半千）山水："丘壑求天地所有，笔墨求天地所无。"都指出艺术不仅本于自然而有所补益，更应加以改造，有所创新。董、查实际上表达了鉴赏家，尤其创作者的审美要求和标准。至于后一点，回答可以是正面的。唐元稹《画松诗》："纤枝无满洒，顽干空突兀。……我去浙阳山，深山看真物。"他从反面阐明，倘若艺术作品没有提供美的形式，那就反而求诸自然吧。当然这种看法毕竟片面，因为除形式外，艺术还可在意境上比自然更美。换而言之，关于以上两点，值得进一步研究。

王尔德对艺术形式的问题还有一些看法。首先，艺术家凭视觉以感受形式之美，所以："事物是因我们的视觉而存在，至于我们能够看见什么以及怎样看见，则完全取决于那些影响我们的种种艺术了。朝着一件事物看，并不等于真的看见那一事物。所谓看见事物，是指看见它的美。一个人并未看见什么，直到他看见了对象之美。"至于美的感觉能力，首先属于艺术家；至于观赏者则："首须拜倒在形式的脚下，这样，艺术的任何微妙才会对你公开。"总之，"形式就是一切。它是生命的秘奥。"本来形式或形式美在艺术创作中其一定的地位，不容忽视，马克思就曾指出："人类也是依照美的规律来造形的。"问题在于正确对待，王尔德则片面地予以夸大了。但是，另一方面他认为必须看到物之美才算看到物，这一论点却对审美感受、审美教育的研究有些启发，尽管语气偏激一些。比方说绘画展览会中观众熙来攘往，好不热闹，但是真能认识与形式美密切相关的技法特征、笔墨甘苦从而对作品领会更深的人为数不会很多，然而他们看到的东西、他们的收获毕竟比一般观众多一些。裴特上面所说审美判断从作品的形式美入手，也正是这个意思。这里不妨联系十七世纪意大利批评家马可·波希尼的一句话："画家用无形以造形，说得更确切些，他改变了现象的原来的形式结构，从而探索形象生动的艺术。"这句话在西方曾被认为是美的形式、富有画意的形式的一个很好的定义。[1] 王尔德还就形式的"秘奥"讲了一个比喻："人们目前看见雾，并非由于雾的存在，而是因为诗人们、画家们已教导人们去领会雾景的神秘与可爱。多少世纪以来，伦敦不是没有雾，……而且我们敢说雾一直是有的，但是倘若我们未见雾之美，我们便是对雾一无所知了。所以，雾并不存在，直到艺术家创造了雾。"意思是须待艺术赋予雾以美的形式，而后雾才值得一看，所以艺术显得高于自然了。其次一点是，既然形式美是决定性的，那么，真正的艺术家并不是从他的感情到形式，而是从形式到思想和激情。"他从形式，纯粹从形式获取灵感。""形式成为种种事物的开端。""形式既可诞生激情，也可消引苦痛。"结果，形式美、艺术风格、艺术家的个性，完全是一码事了，而独独抽掉那指挥形式、风格以及表现个性特征的思想感情与美学原则，于是王尔德的唯美主义最后只能是形式主义了。因此，艺术不得不脱离人民、脱离时代，"除了表现自己之外，不表现任何别的。""一位真正的艺术家丝毫不去理睬群众"，也不可能"和人们生活在一起"，而且"在任何情况下，艺术都不去复制它所处的时代"。王尔德还指责"历史家们所犯的最大错误，就在于沟通某一时代的艺术家和这时代本身"。"唯一美的事物，……是使我们毫不关心的事物。如果一个事物对我们有用或不可缺少，使我们感到痛苦和快乐，那么它就不属于艺术的正当范围了。因为我们对艺术主题应该漠不关心。""一切艺术都无实用。"[2] 可以说，王尔德的这些看法和戈狄埃一样，也是重复康德的美与利害感无关说。十九世纪末西方资产阶级颓废作家们回避客观现实，陶醉于个人主观世界，王尔

---

[1] 意大利艺术史家莱奥涅罗·图温利（1885—1961）的《艺术批译史》英译本，1964年，第126页。

[2]《格雷画像序言》。

德也不例外,而他的唯美主义艺术批评也就离不开康德的主观唯心主义美学的影响。

王尔德将美和真、拆开,那么美还保持一些什么呢?回答是"装饰"、"韵"、"显现"等。他既然主张美是不关心的,艺术是为了创造纯美,那就必然反对模仿自然的美,而追求纯粹装饰性的美。他盛赞阿拉伯式图案艺术,因为后者"蓄意否定美属于自然这一概念,并抛弃普通画家的模仿方法"。王尔德更从装饰谈到韵:"在真正的艺术家手中,韵不仅成为韵律美的物质因素,也是思想、激情的精神因素,……韵能将人的语言转化为诸神的谈话。"他认为艺术只有丢开客观,才能体现心灵、个性,他的话中虽然也有"思想"字样,指的却是和诸神冥合的心灵境界,跟我们所说作品的思想性毫不相干。为此,王尔德更拈出"显现",以区别于"表现"或对客观世界的反映。他说:"美显现一切,正因为它从不表现什么。美是种种象征的象征。"意思是表现的对象在外界事物中,象征的对象在内心世界里;前者以主观与客观的统一为范围,后者以(人的)心灵与神明的冥合为范围,决不逾越主观世界;反映、表现乃主观借助于客观,与外在的尚未绝缘,是有待的,而显现、象征则纯属主观独运,完全是内在的、自足的。由此可见,王尔德手中的王牌不外乎:美是主观的,美源于心灵,并象征心灵的最高境界——与神的契合,因而高踞现实之上,睥睨生活之美。和波德莱尔相比,王尔德使唯美主义更加接近十九世纪末的象征主义了。

末了,不妨看看王尔德对文艺批评所提的要求。"只有丰富、增强自己的性格和个性,批评家方能阐明他人(作家)的性格、个性和作品。"因此,"批评家不可能做到通常所谓的公正。那种看问题定要看双方的人,往往是一无所见的人。只有拍卖商才必须均等地、无偏地崇拜所有的艺术流派。"按照他的逻辑,美是主观的,进行美的创造的艺术就体现艺术家主观世界中独特的东西——个性,欣赏或批评则应领会或阐明作家和作品的个性;批评者或欣赏者倘若随波逐流、人云亦云,那么也就说不上是真正的艺术鉴赏或美的判断了。王尔德还进一步认为,个性是每一个人的独特属性,不同的个性都有存在的理由,犹如个人与个人之间地位对等,因此,"凡是根据美而创造出来的一切东西,对欣赏者来说,其意义是相等的,是无可轩轾的。"换句话说,美的主观性贯串于作家与作品的个性以及欣赏者与批评者的各自个性中,遂使文艺鉴赏、文艺批评不可避免地有偏执,有癖好,因而批评家也决不会混同于拍卖商。这样,王尔德的唯美主义批评又和当时的法朗士所代表的印象主义批评合流了。

以上几人所涉及的某些问题,对我们当前的美学和艺术理论研究也有关系,值得进一步探讨,这里附带提出,并谈谈自己不成熟的想法,以就正于读者。

第一,"丑中美"似乎还是可以议论的美学课题。我们对于西方批判现实主义大师揭露资本主义社会的丑恶、刻画反面典型形象的作品,是很赞许的,因为它表现了艺术的真实,它所给予的审美感受是真而且美,或真、美的统一。至于"寓美于丑"的《恶之花》,它所反映的是资产阶级颓废生活和精神危机这类东西,其本身也是客观存在的,那么这样的作品中也具有艺术的真实,但是倘若以真、美统一的标准来衡量,能否通过好像是有问题了。近来读到一篇文章,其中有这样一段:"艺术美首先来自艺术家对现实生活(不管这生活本身是美的还是丑的)美的反映,即艺术的反映,这包括反映的真实性和形式美的创造等。"觉得也是讲的同一问题。而根本的一点,还是美和现实的关系,人对现实的审美关系。这里,现实包含着真、善、美的统一,也包含程美丑对比、美战胜丑。艺术歌颂的,是那足以克服丑的美,而非以丑为美。

第二,西方文艺批评为了阐明上述关系,采取多种方式,由于多看了几个方面,多作了一些比喻,倒可活跃一下思想,避免僵化,对理解有帮助。至于把艺术说成是撒谎,以艺术中的雾才算真雾,乍听之下确是荒谬已极,然而从这类的话里却可以使人想到也许不曾想过的问题:一幅国画山水为什么和自然真景有那么大的差距?为什么漫画中的人物形象,从体形到五官、四肢以及各部分的位置,被大大地歪曲了呢?一切显得怪怪奇奇,尽管其中并非全是反面人物?为什么舞蹈的种种姿势,在人们日常生活中并不存在?倘若平时也动辄浑身打转、下颚抵地、一脚朝天,日子又如何过呢?为什么雕像可以截去半个身子和双臂，只留脑袋和胸膛，而画像又不可以这样呢？这类的艺术形象跟客观具体形象之间都有极大距离，若从绝对写实的角度看，它们太不忠实于"原形"、"本样"了，然而和艺术为"谎言"相比，是否名异而实同呢？我们不妨这样理解：在艺术家眼里，艺术形象是真，自然形象是假；他所生产的是艺术形象，而非自然形象，是美的事物，而非物，是雾的艺术形象，而非必伦敦之雾。这样看来，问题更牵涉到艺术想象和艺术处理了。

第三，讲到艺术处理，它和实现艺术的形式美原是分不开的。然而，倘若只把艺术形象理解为比客观事物形象更集中、更突出、更典型，而忘了艺术形象本身同时还须是美的形象，那么造形艺术岂不等于对自然的机械的复制品了。因此唯美主义强调艺术的形式美也就不足为奇，只有当它赋予形式以绝对独立性时，那就沦为形式主义。不过，同样叫做"形式"，对于唯美主义和抽象主义来说，涵义并不一样。在前者，形式须联系并反映客观具体事物，在后者，形式可以摆脱任何客观具体事物。从西方艺术理论发展史看，抽象主义的形式绝对独立性，在唯美主义中已见端倪。

本文发表于《文艺理论研究》1981 年第 1 期

再谈艺术的形式美

一九六三年我曾就艺术的形式美问题写过文章[1]，谈到我国绘画艺术在因物立意、笔中寓骨、骨中见势的过程中表现形式的美，文中有些看法还待商榷。近年来我们批判地继承中外美学遗产，也时常涉及形式美问题，现在试选择西方文艺批评史上某些有关看法，谈谈个人的粗浅体会。

西方在公元前四世纪已有关于艺术形式的文献。德谟克利特（前460—前370）指出"那些偶像的穿戴和装饰，看起来很华丽，但是，可惜！它们是没有心的。"[2]批评了形式和内容的不统一。色诺芬（前430—前355）写道："一个雕像应该通过形式表现心理活动。"[3]主张形式和内容的统一。柏拉图（前427—前347）则提出形式美的问题，认为直线和圆所构成的形体美并不具有事物美的相对性，"而是按照它们的本质就永远是绝对美的"[4]，"许多个别形体美中见出形体美的形式"[5]。而这"形式"并不反映客观事物，却依存于所谓的独立存在的绝对的"理式"，因此艺术的形式美并不源于客观事物，而是先验的"理式"所决定，充分表现了客观唯心主义的美学观点。他的弟子亚里斯多德，则将形式作为事物组成的原因之一，称为"形式因"[6]。

---

[1]《学术月刊》，1903年第8期。
[2] 拙编《西方文论选》上卷，第5页。
[3] 同上书，第10页。
[4] 朱光潜译：《柏拉图文艺对话录》，第298页。
[5] 同上书，第271页。
[6] 亚里斯多德：《后分析篇》，其他"三因"为质（材）料因、动力因、目的因，总称"四因说"。

创作因能使材料因和形式因相结合,即今天所谓赋予内容以形式,但创造因和目的因实质上是指万能之神的力量和意图,因此亚里斯多德并未克服老师的客观唯心主义观点。亚氏认为悲剧的模仿对象,是具有一定长度的行动,强调"事之有头、有身、有尾"[1],后三者属于对象的构成形式,因而形式的关键在量而不在质。他更进而论说事物之美:"一个美的事物……的各部分应有一定的安排,……体积也应有一定的大小;因为美要依靠体积与安排,一个非常小的活东西不能美,因为……不可感知……,以致模糊不清;一个非常大的活东西,例如一个一千里长的活东西,也不能美,因为不能一览而尽,看不出它的整一性。"[2]这是主张形式美决定于视觉对象本身的生动性和完整性,而数量仍然是重要条件。罗马时代的贺拉斯(前65—前8)认为形式是由内容所决定,例如,"有了材料,文字也毫不勉强地跟随而至。""到生活中到风俗习惯中去寻找模型,从那里汲取活生生的语言。"[3]这种语言乃是诗篇的形式之美,并植根于现实生活中,因此在古代有关形式的理论中,贺拉斯的看法应该说是切合实际的。更值得注意的是,公元三世纪,有一位同贺拉斯并称的语法学家和诗人尼奥托勒密,他属于亚里斯多德的逍遥学派,提出了内容、形式、诗人的三重分法[4],以诗人和他的创作动机代替了创造因和目的因,从而摆脱了古希腊的形而上学的框框。

进入中世纪,形式这个概念基本上成为唯心主义和宗教神学的俘虏。新柏拉图主义创始人普罗提诺(204—270)将柏拉图所谓的最高的理念称为太一或神,提出神秘的流溢说;当理念流入到混乱的事物中并赋予整一的形式时,就产生了美。他认为美是艺术所塑造的形式:"假设有两块云石,一块未经雕刻赋予形状,一块已成为神或人的雕像。……后者被艺术给以美的形式,便立刻显得美了。这并非因为它是云石,……而恰恰是由于它具有艺术所产生的一种形式。事实上这一形式不是物质材料本身所有,它先已存在作

---

[1] 亚里斯多德:《诗学》,罗念生译,第25页。
[2] 同上书,第25—26页。
[3] 贺拉斯:《诗艺》322,杨周翰译;《西方文论选》上卷,第112页。
[4] 阿特金斯:《古代文学批评》第1卷,第170—173页。

者心灵之中。"[1]他把艺术形式看作先验的，由主观加于客观事物。中世纪基督教神学的早期代表圣·奥古斯丁（350—430）用新柏拉图主义论证基督教教义，并从僧侣立场批评自己早年具有世俗的美学观，是犯了罪的。"我的眼睛爱上了多种多样的形式美，特别是那些光辉的、悦人的色彩。快让这类的东西不来占有我的灵魂吧！上帝啊，恳求您占有它们吧！因为是您创造它们，并赋予它们以极度的新鲜和健康。"[2]这里，形式美仍然是上帝的赐予；然而，另一方面奥古斯丁却描写了世俗的人对于形式美的感受："光，是众色的王后。在白昼，我到处所见的一切事物，都充满着光。当它以其种种的变化掠过我的眼帘，我就着迷了，即使我忙于别的事情而没有注视它。因为光如此有力地打动我，假若它骤然离去，我是如何渴望它，如果它去得太久了，我真感到悲哀。"[3]他在忏悔中却对形式美采取了现实主义观点，并且可以说给文艺复兴或近代西方绘画以光、色为审美主要对象，开辟了道路。中世纪末，最后一位神学家托马斯·阿奎那（1225—1274）继承柏拉图和普罗提诺的传统，主张共相，亦即柏拉图的理式和普罗提诺的太一先于个别事物，也就是上帝创造出万物和万物的形式；认为由于上帝的万能，"美（才能）存在于万物的多种多样中"[4]。因此物的形式也具有精神价值。他还作些具体分析外，例如，"肉体美则在于肢体匀称、仪容清俊。"[5]他总括地说："美的条件有三：完整性或全备性；适当的匀称和调和光辉和色彩。"[6]对整一、调和、鲜明这三个形式的因素，他特别强调后者，除了"光辉"，他还用过"光芒"、"照耀"等字眼[7]，因为基督教教义以"活的光辉"为上帝的代称，正是这"光辉"放射出人世万物的形式之美。但是这"光辉"显然不同于八百多年前奥古斯丁所谓世俗喜爱的"光、色"，后者是自然的产物，和上帝毫不相干。综上所述，中世纪的一千年间，神学或经院哲学认为形式美

---

[1]《九章集》第五部分，第八章，第一节；《西方文论选》上卷，第140页。
[2]《忏悔录》，英译本，弗兰西斯·希德译，X.34。
[3]《忏悔录》。
[4]《神学概要》。
[5][6][7]《神学大全》，《西方文论选》上卷，第149—154页。

决定艺术美，而艺术本身则为上帝所创造，于是形式美的根源仍在上帝，而不在物。

十四世纪欧洲文艺复兴运动兴起，在资产阶级人文主义思想指引下，艺术形式美开始脱离宗教神学的桎梏，而为表达人的思想感情的艺术服务了。十三世纪的人文主义先驱者但丁（1265—1321）则以诗人而非神学家的立场，从善为内容、美为形式的创作出发，讲究形式的功用。他说："作品的形式是双重的，即文章的形式和处理的形式。"也就是有属于文体的形式，有属于表现的形式，后者可以"是诗的、虚构的、描写的、散论的、譬喻的"[1]。这里，艺术的形式从神学宣传转到创作经验上来。但丁还生动地描写了内容和形式的统一。"形式和素材（内容）契合无间，一片精纯，无懈可击，犹如三支箭从三弦宝弓上同时射出，竟像似一支箭。"[2]又可比作"晶体或玻璃器皿焕发光芒，从其出现以至普照四周，看不到一丝儿的间歇。"[3]这两段话是说形、质二者融合得毫无痕迹，臻于化境了。此外，造形艺术的理论也把对形式的感觉，提到日程上来。十四世纪末意大利的申尼诺·申尼尼认为："对艺术家来说，面向自然作素描，是一扇无往不胜之门，因为能使他获得最为完善的指导和最为卓越的南针。"申尼尼将艺术造形的本领，从上帝手中夺回，交还给艺术家，并作为检验艺术家对形式美的感受能力的一条准则。正在同时，达·芬奇提出绘画科学的两条原理。"第一条原理：——绘画科学首先从点开始，其次是线，再次是面，最后是由面规定着的形体。……第二条原理：——涉及物体的阴影，物体靠此阴影表现自己。"[4]达·芬奇从感受物形转到了表现物形，而后者不外乎点、线、面所组成的体，归根结底是主张对形式须有敏锐感觉和审美能力。然而在资产阶级的人文主义运动中，由于思想的活跃和想象力的增强，艺术的形式的作用也随着发展、扩大，艺术家逐渐不能满足于类似达·芬奇所坚持的形式和客观事物之间的对应，而赋予形式以相对的独立性了。蒙田（1533—1562）曾写道：

---

[1]《致斯加拉大亲王书》9,《西方文论选》上卷，第160页。
[2][3]《神曲》,《天堂篇》XXIX, 13, 散译。
[4]《达·芬奇论绘画》, 人民美术出版社, 1979年, 第14—15页。

"谁也不能使我相信：正当的劝告不可能被错用，主题的权利决不为形式的权利所侵犯。"[1] 主张给予形式以较多的自由。莎士比亚（1564—1616）则从艺术想象的角度，提取无名事物的形式，扩大的形式的概括力：

> 诗人的眼睛在神奇的狂放的一转中，便能从天上看到地下，从地下看到天上。想象会把不知名的事物用一种形式呈现出来，诗人的笔再使它们具有如实的形象，空虚的无物也会有了居处和名字。[2]

换言之，艺术的形式在于人的妙用，是属于人工的。但想象离不开现实基础，因此人工毕竟本于天工，或者说天工不可夺，客观事物原来的形式仍然是根本：

> 不是方法[3]使自然显得更美好，
> 而是自然本身产生了方法。
> ……
> 修饰自然、改造自然的艺术固然是有的，
> 但这种艺术本身仍旧属于自然。[4]

可以说莎士比亚关于形式美的观点，是现实主义的。

到了十七世纪，批评家们越来越注意对形式美的欣赏，以及艺术形象和事物（自然）形象之间的区别。一位罗马的修道院院长基安·彼得·别洛尼很有感慨地说："把事物描绘逼近自然，便博得一般群众的好评，因为他们只习惯于看这样的东西，他们欣赏的是鲜艳的色彩而不是变化多端的美的形式，后者他们是不了解的；倘若商家画得很有韵致，他们会感到不够劲，而

---

[1]《散文集》Ⅲ，13，关于经验。
[2] 朱生豪译：《仲夏夜之梦》五幕一场。
[3] 指表现艺术形式美的手法。
[4]《冬天的故事》四幕三场，参照朱生豪译本。

且相当厌恶,只有以新奇的手法处理流行的题材,才能使他们满意。"[1]这不仅是指人们的审美能力有差距,而且把形式美作为审美的主要对象了。其实这情况不单单存在于十七世纪的西方,也不限于西方艺术批评,我国宋代就已提到了,"萧条澹泊,此难画之意,画者得之,览者未必识也。故飞走迟速、意浅之物易见,而闲和严静、趣远之心难形。若乃高下向背、远近重复,此画工之艺耳。"[2]倘若认为作画、看画有"雅、俗"之分,措辞未免欠当,但审美水平的高下却是客观存在,须经过一番审美教育,人们才会进一步要求艺术的形式美,而不满足于复制自然的美。威尼斯艺术评论家波希尼[3]曾提出"画中的形状",以别于自然的原来形状。"画家不凭客观形式来创造艺术的形式美,更确切地说,他以自己的形式来摆脱外表形象的拘束,从而探索形象生动的艺术。"温特利认为:"自有绘画形式的定义以来,这也许是最好的一个。"因为:"画中形式毋宁说是损坏自然形式,以达到发现一个新形式的目的。……假如马奈和雷诺阿[4]知道这条纲领,他们也许会接受。"[5]波希尼和别洛尼的话触及艺术批评可能存在的一些情况:不懂形式美,无法加以分析;研究作品的艺术性却不谈艺术的形式美;单独议论作品的主题思想,都不免片面,是形而上学的。到了十八世纪,艺术形式美继续为评论家所重视。学习过绘画的歌德曾于1772年写过一篇关于哥特式建筑的散文,文中有这么一段:"哥特式不仅显现有力和粗犷,它还表现美,……因为艺术天才决不死守着模特儿和种种规则,也无须他人的庇护,而只凭自己。"也就是艺术的形式美不限于反映现实,也可以是艺术家心灵的产物。然而,当形式美的独立性被过分夸大,由相对转向绝对,在理论上便不可避免地成了十九世纪末唯美主义和形式主义的先驱,这种迹象在歌德身上也可发现。他于1788年评论卡尔·莫里兹的一文中就认为:"在各门艺术中,美

---

[1] 《现代画家·雕刻家·建筑家传》,1672年。
[2] 《试笔》。
[3] 著有《画廊巡礼》(1660)、《丰富的威尼斯绘画宝库》(1674)等。
[4] 都是十九世纪末法国印象派著名画家。
[5] 温特利:《艺术批评史》,英译本,第126页。

的呈现同作品可以引起的善或恶,是毫无关系的;美的呈现完全为了它自身、为了美。"推而至于十九世纪的作家也有类似的看法,尽管他们并非唯美主义者。例如雨果写道:"形式永远是主人,……对表现来说,思想是手段而非目的。"[1]瓦莱利则说:当我的心情最舒畅的时候,我会让内容服从形式——我总喜欢为了后者而牺牲前者。"[2]雨果是浪漫派作家,瓦莱利是象征派诗人,他们的文艺思想不相同,却都强调艺术形式的重要性。我们今天当然不宜接受这种片面观点,但也不应否认艺术的形式不等于单纯的技巧,它有血有肉,表达艺术家的思想、感情和个性,体现作品的风格。一句话,它富有生命,不是僵死刻板的东西。

  至于现代西方文艺批评也还有些是结合内容来谈形式的,不无参考价值,限于篇幅只举几个例子。克罗齐说:"这一事实是永远被承认的:内容因形式而组成,形式由内容来充实,感觉是具有形象的感觉,形象是能被感觉的形象。"[3]瑞恰兹说:"形式和内涵紧密合作,是构成诗的风格的主要秘奥。"[4]奥斯邦指出:"形式和内容不可能相互排斥,……因为缺这方,那方就不存在,而且抽象化足以扼杀双方。"[5]他们都强调艺术的魅力在于以真实的、具体的、形象的东西感染人、打动人。因此内容也好,形式也好,都不能架空,玩弄笔墨而无真实感情,是内容的抽象化,主题思想不错而笔下描写不出,是形式的抽象化,因此,艺术批评的任务不能止于研究作品表现什么?还须研究如何表现?须作出全面评价。倘若懂得艺术创作的一些具体手法,能够体会艺术家在这基本功上的辛勤劳动及个中甘苦,就能帮助阐明作品的艺术形式对表达作品思想主题所起的作用。换而言之,由于把再创作寓于批评之中,批评才深刻、中肯、有说服力。英国唯美主义者王尔德曾提出"批评家即艺术家"的口号,还以此为题写过一本书。我们倘若不牢牢攥住他的

---

  [1] 威列克:《文艺批评诸概念》,耶鲁大学出版社,1963年,第58页引。
  [2] 《和我有关的话》。
  [3] 克罗齐:《美学》,1948年。
  [4] 瑞恰兹:《实用批评》,1949年。
  [5] 奥斯邦:《美学和批评》,1955年。

"唯美派"这项帽子，也许可以同意他对批评界所提的这一要求吧！

上文简单回溯了西方奴隶社会、封建社会和资本主义社会的文艺理论关于形式美的部分看法，大致是徘徊于唯心论和唯物论之间，有的可引为教训，有的足资借鉴，对于我们研究如何掌握批评武器，发挥积极作用，以及提高群众审美能力、欣赏水平，也许不无参考价值吧！

接着想谈谈个人的随想，以就正于读者。

形式有属于事物或材料本身所固有、由本身来表现的，如面、体、光、色、明暗浅深；我们被动地加以感受。形式有非对象所固有而为我们的想象所赋予的，如线条、轮廓线；艺术家主动地从对象抽取而加以表现，东方画系则以此作为重要的形式美。前后二者有抽象和具象之分，对一般的审美感受来说，也就有难易之别。

就感染方式说，同属线条，有具体的和抽象之分的。画中形象的轮廓线，是具体存在的。至于贯串着或组织起画中细节，从而构成全图布局，则有赖于另一种线条，它足以引导或左右观者视线，可称其为抽象的线条，即西方术语所谓"倾向线"、"假想线"。这种线条对于画家可以说是预为虚拟，亦即"意存笔先"的"意"，对于观者则是在他的不知不觉中起了作用。

如就线条的感染作用说，则以我国的书学最为独特，乃中国美学专有课题。除早期的图画字外，书法的线条并不反映什么客观事物形象，却与书家的精神、情致相契合，帮助构成作品的意境，并且主要通过线的笔法来表达。例如折钗股用笔的"使转为折，断而后起，收锋外拓"，又称"方笔"，有严峻、雄峻之感，如张迁碑、景君碑；屋漏痕用笔的"使转为转，换而不断，收锋内擫"，又称"圆笔"，有和厚、浑穆之感，如石门颂、杨淮表。[1]

至于色的形式，有与自然环境相关的，更有和主观精神相通的。前者如古代埃及妇女造像，皮肤多用黄色，这并不为了如实描写对象，也不是主观以黄色为美，而是由于黄赭石这种矿物颜料近在手边，容易弄到。[2] 说明使

---

[1] 宗白华：《论书》，《时事新报·学灯》1938年；六十年代《哲学研究》一文中继续发挥。

[2] 伊丽莎白·华莱士：《荷马和古代艺术中的色彩》，威斯康辛1927年，第49页。

用黄色不一定出于审美要求。后者则纯属艺术审美问题，决定于艺术家的个性或情操；例如安格尔（1780—1867）曾借以衡量绘画中色的形式之美与不美，认为不事夸张、不强求辉煌灿烂，才能用色恰到好处。拉菲尔（1483—1520）和提香（1488—1576）做到了，鲁本斯（1577—1640）及其助手凡·戴克（1599—1641）则反之；而从我国文人画的角度看，近乎"雅"、"俗"之分或"静"、"躁"之别。

本文发表于《学术月刊》1981年第3期

文人画艺术风格初探

中国历代绘画艺术都具有一定的审美意识，而历代有成就的画家在作品中表现他的审美意识时，也有规律可循。那就是：力求意与法、内容与形式的统一，物与我、景与情的交融；通过笔墨的运用，融合作品的意境与形象；终于产生艺术美。这艺术美包蕴着画家个性和技法的特征，并赋予作品以艺术风格，至于和个性紧密联系的情思意境，则又含有一定的社会的、阶级的内容。因此艺术风格可以多种多样；不仅因时、因人而异，同一画家也可有所不同，而从创作和欣赏双方说，艺术风格都属于审美范畴。我们观看历代佳作，进行审美判断，以获取审美享受，就必须深入到每位画家如何掌握意和法的辩证关系，怎样以意使法，如何法为意用，以及每位画家所特有的"法"或笔墨与造形手法上的个性特征，等等，方能具体领会、欣赏每一佳作有血有肉的艺术风格。因为，艺术风格自来就是富于艺术家个性、个人特色反映他精神世界的，所以我们常说"文如其人"，或"诚于中而形于外"。法国自然科学家布封（1707—1788）的一句名言："风格即人。"黑格尔曾引用并加以发挥："法国人有一句名言：风格就是人本身，风格在这里一般指的是个别艺术家在表现方式和笔调曲折等方面完全见出他的人格的一些特点。""风格就是服从所用材料的各种条件的一种表现方式，而且它还要适应一定艺术种类的要求和从主题概念生出的规律。"[1] 这里包括了画家针对一定的主题，从意境出发，运用一定的材料、工具，在以意使法的法则下，

---

[1] 黑格尔：《美学》第1卷，朱光潜译，第362页。

进行创作，并表现出个人的艺术特征。如果说得简明浅近一些，那么不妨引用德国画家 M. 里伯尔曼的一段话："首先是对自然有所感受，引起想象，提供了一位艺术家的条件，其次是把这感受、想象艺术形象化，形成了他的艺术风格。"[1]话虽不多，但在涵义上，和我们所说意、法关系还是相通的。至于中国历代绘画佳作，一般观众由于并不从事创作，对画中的笔墨技法、形象结构等缺乏实践经验和了解，不大容易抓住法为意用乃艺术风格的这个关键，结果在审美判断上不免遇到困难。西方唯美派的艺术批评诚然是形式主义的，但是强调欣赏的过程，并且认为它无异乎再创作，[2]这种看法对探讨国画风格也还有一定的参考价值。中国历代绘画创造出丰富多彩的艺术风格，本文想就士大夫或文人的绘画所比较多见的风格，以及画家如何具体地表现它们、鉴赏家如何评价它们等问题，试作初步探讨，同时就不同的风格、若干风格之间的联系等，来分别阐说审美意识既有个性差异，也有共同标准。大致说来，文人画的艺术风格有"简"、"雅"、"拙"、"淡"、"偶然"，以及"纵恣"、"奇崛"等，但是在分别论说之前，有几点似应明确。

  首先，我国历代绘画的风格都各具有强烈的作者个性特征，而且贵在创新，突破藩篱窠臼，故能传诸后代，有较久的生命。《易·系辞》说："变则通，通则久。"《文心雕龙·通变第二十九》说："文辞气力，通变则久。""变则可（堪）久，通则不乏。""通变"见于文章内涵，也关系文章风格，而画学也不例外。石涛的《苦瓜和尚〈画语录〉》强调："古之须眉不能生在我之面目，古之肺腑不能安入我之腹肠，我自发我之肺腑，揭我之须眉，纵有时触着某家，是某家就我也，非我故为某家也。"[3]正是指出画家的意境新，风格就不得不新。其次，风格和意境、意境的表达、表达的技法分不开，同时又反映意与法之间的主从关系，若反其道而行之，即为法而法，而非以意使法，那就只能是玩弄技法，流为形式主义，也就无风格可言。《文心雕龙·声律第三十三》："器写人声，声非学器"，也可向画中为法而法之徒敲

---

[1] P. 桑涅：《现代德国艺术》引，《企鹅丛书》，伦敦版，1938 年。
[2] 见本刊《西方唯美主义的艺术批评》。
[3] 《变化章第三》。

响警钟。相应地，郭熙也提醒画家们："一种使笔，不可反为笔使；一种用墨，不可反为墨用。笔与墨，人之浅近事，二物且不知所以操纵，又焉得成绝妙也。"[1]画家不能本于意境来运用笔墨，反而为笔墨所驱使，这样的笔墨实际上切断了它和画家的情思、意境之间的紧密联系，因而表现不出画家的个性特征，也就无助于风格的建立。第三，"风格即人"的"人"，就当时的论人标准说，未必都是正面的，未必都具有高尚的品德，画史上就有过不少例子。赵孟頫为宋宗室，宋亡仕元；董其昌纵子行凶，迫害农民，但他们的画仍各有风格。书法史上也不例外，蔡京结交童贯，做了四次宰相，称为"六贼之首"，而书法不恶。这里涉及审美标准中美、善一致与否的问题，值得进一步研究。推而广之，历代文人画家的精神面貌和情思、意境，如用我们今天的审美标准来衡量，也无非是封建地主阶级的一套，和赵、董比较，有时候不过是程度之差，十步、百步之别。[2]如果因此而否定他们的艺术风格，进而否定他们的作品，那么中国绘画史势将留下许多空白，而有些各不相同的艺术风格也就不值得去介绍和评价了。元好问曾有一首论诗绝句：

> 心画心声总失真，
> 文章宁复见为人，
> 高情千古《闲居赋》，
> 争信安仁拜路尘。

意思是晋潘岳（安仁）作《闲居赋》以鸣清高，但却向权贵贾谧百般诏媚，时常等候贾谧出门，望尘而拜。我们回转来看看文人士大夫的一些绘画风格，也都带着"清高绝绘"、"一尘不染"的味儿，而他们之中也不乏潘岳之流，今天看来都应严加批判。但是艺术风格不因人而废，文人画的风格也还是可以纳入审美范畴而进行研究的啊！

---

[1] 郭熙：《林泉高致》。
[2] 真的不想做官，或对农民有好感的，为数也许不多。

简

　　文人画的尚简风格，比较突出，但它并非孤立的现象，而主要是反映儒家和道家的思想，并受文论的影响。儒家把礼和乐当作辅助政教的艺术。《论语·八佾》："礼，与其奢也，宁俭。"礼必须简单易行，方能产生更大的政治作用。我国最早的美学著作《礼记·乐记·乐论篇》主张"大乐必易，大礼必简"。据孙希旦所撰《集解》："乐之大者必易，一唱三叹而有遗音，而不在乎幻眇之音也。礼之大者必简，玄酒腥鱼而有余味，而不在乎仪物之繁也。"力求简易，正是为了发挥审美教育的政治效果。老子《道德经》第二十二章更指出："少则得，多则惑。"宣扬："以圣人抱一为天下式"，说明了少取或可多得、贪多反而受惑的处世原则。同时，简约的概念也进入生活实践，并反映在文论中。东汉王充《论衡·艺增》[1]反对经学中的夸张，指出"世俗所患"在于"言事增其实"，"辞出溢其真"，也就是文章风格须简要素朴。晋陆机《文赋》："夸目者尚奢，惬心者贵当"，力主去浮艳而归贴切："要辞达而理举，故无取乎冗长"。说清道理，何须洋洋万言。陆云《与兄平原书》[2]也强调"文实无贵乎多"，"文章实自不当多"。梁时刘勰《文心雕龙·物色第四十六》称赞《诗》三百篇"以少总多，情貌无遗"。南宋姜夔更发挥《乐记·乐论篇》的所谓"余味"："若句中无余字，篇中无长语，善之善者也。"[3]补充以上诸说，认为文章长些倒也无妨，贵在有味可寻。总之，我国古代关于礼、乐、诗、文的尚简观点，旨在善于观察、识别、抽取对象的最为本质的东西并概括出来。影响所及，绘画的表现形式和风格，也讲求要而不繁、切中肯綮，树立了减削迹象以增强意境表达的审美准则。也就是说，风格素朴简约，则作品自多生意。至于思想理论上对文人画尚简风格产生很大影响的，也许可以回溯到唐代南宗禅学所谓："诵经三千部，曹溪一句亡。""自得曹溪法，诸经更不看。"[4]

---

[1]　"艺"指《六经》，"增"指夸张。

[2]　陆机曾官平原内史，又称陆平原。

[3]　《白石道人诗话》。

[4]　参见钱锺书：《旧文四篇》，上海古籍出版社，1979年，第11页。曹溪水，源出广东曲江（韶州）；南方禅宗六祖慧能（638—713）居此，柳宗元有《曹溪第六祖赠谥碑文》。

绘画虽然不能像禅宗那样不立文字而废除形象，但是笔墨尽量从简，方能突出意境，寄寓深遥。

就山水画而论，画家为了摄取自然的精英，集中表现自己对自然的感受，须以洗练的方式，单刀直入，虽笔墨寥寥，却能一以当十，是大有助于借物写心、以景抒情的。但这种风格并非一蹴而就，因为中国山水画史表明，画家首先要求"应目"，对自然有所感受，而"会心"或画中见我的程度，则由浅入深，逐渐趋于成熟[1]。试观北宋董源、巨然、范宽之作以及现存的荆浩、关同、李成的山水摹本，或咫尺重（chóng）深而笔墨谨密，或实处求工而形势迫塞，并不要求以少胜多，集中表现画家的感受、情思、意境。前文提到的南宋马远，始将结构简化为"一角"，所谓"一角"虽略含贬义，但简约的风格终于形成，为山水画开创新貌。但简中而能见我，则还有待于元人。如果说，从文人画尚意观点出发，认为简约更能体现物我为一的审美原则，从而给元代山水画风以较高地位，那么也还是持之有故、言之成理的。另一方面，倘若我们回溯北宋时关于山水画家的评价，更可看出尚简之风，由南宋到元这段时期已在萌芽。郭若虚《图画见闻志》说，山水画家许道宁"老年唯以笔画简快为己任，故峰峦峭拔，林木劲硬，别成一家体"。故张文懿（士逊）赠诗云：

李成谢世范宽死，
惟有长安许道宁。

郭氏将"简"，"快"并列，这也值得注意。讲到画家的真迹，李成的早佚，范宽尚有《溪山行旅》和《雪景寒林》，许道宁则有《渔父图卷》[2]，范氏无处不谨密，自然难为许氏之爽朗轻松，其关键就在运笔还未能简而且快。《宣和画谱》卷十八"葛守昌"条，强调："形似少精，则失之整齐，笔墨太简，

---

［1］"应目会心"，见宗炳：《画山水序》。
［2］另有《试论画中有诗》一文涉及此卷，可参阅。

则失之阔略,精而造疏,简而意足,唯得笔墨之外者知之。"末了一段留在下文"淡"的一节中再谈;但《画谱》拈出的"疏"、"简"、"意足",却耐人深思,因为点明了一条创作规律:去粗存精,凭借虽少,却更有效地表现画家的精神感受,这样非但无损于意境的抒发,反而使它更集中、更突出。宋代科学家而兼艺术批评家沈括则从反面赞许文艺的简约风格:"意景纵全,一读便尽,更无可讽味;此类最易为人激赏。"[1]用今天的话说,这种激赏含有一定的自然主义因素。入元以后,倪瓒师法董源,兼学荆浩、关同,但笔墨渐趋简率,他自称:"仆之所谓画者,不过逸笔草草,不求形似,聊以自娱耳。"[2]又说:"余之竹聊以写胸中逸气耳,岂复较其似与非,叶之繁与疏,枝之斜与直哉。"[3]我们当然不能忽视他以逸笔所写的逸气,是具有阶级内容的。倪瓒原为无锡的大地主,生活奢侈糜烂,由于元代农民战争以及元朝官吏的征索,他的家道中落,终于破产,不得不"屏虑释累,黄冠野服,浮游湖山间"[4]。我们应从这方面来理解他所谓"逸气"的精神实质,并在画中以逸笔反映出来。但是如果就笔墨的繁、简论,不妨把倪瓒和他所师法的荆浩[5]相比较。现在传为荆浩的《匡庐图》巨幅[6],"千岩万壑",确是花了无数笔墨,而倪画大都是疏林坡石,远水遥岭,着笔不多,每于枯涩中见丰润,似疏略而实遒劲,还是相当耐看,文人评画,称之为"使人意远"。这种艺术风格,乃从千锤百炼中来,非率尔操觚者所能到,倘若没有创作经验,不解笔墨甘心,就很容易把疏淡[7]等同于枯死,从而全盘否定倪瓒的风格了。此外,倪瓒对后代山水画发展也有贡献,而受其影响并有所创新的,则为原济(石涛)。倪瓒用笔从拗涩中见骨,故沉着而不浮,于动转处见筋,故灵活而不滑,所谓元四家中,黄公望、王蒙、吴镇在这方面都不及他。而石涛

---

[1]《梦溪笔谈》卷十四。
[2] 倪瓒:《清閟阁全集》卷九,《跋(为以中)画竹》。
[3] 同上书,卷十,《答张藻仲书》。
[4]《清閟阁全集》卷十一,拙逸老人周南老《元处士云林先生墓志铭》。
[5] 倪瓒曾自题所作《狮林图》:"余此画深得荆、关遗意,非主蒙辈所能梦见也"。
[6] 台北故宫博物院藏。
[7] 参看本文关于"淡"的部分。

的风格虽以郁勃、纵恣[1]为一大特色，却是筑基于倪瓒的这种沉着而又空灵之上的。石涛有段题画，可当佐证："倪高士画如浪沙溪石，随转随注，出乎自然，而一段空灵清润之气，冷冷逼人，后世徒摹其枯索寒俭处，此画之所以无远神也。"[2]与此同时，在书法上石涛也脱胎于倪瓒，这当然比他画中学倪的迹象容易识别一些。我们知道，中国古代的大画家每不愿直说自己的溯源，石涛也不例外。

我们对倪瓒之"简"讲了不少，但首先提倡这种风格的，却不是倪瓒，而是元代画坛领袖赵孟頫，只不过他的作品更多地表现为秀润而能密、厚、深、远[3]。赵孟頫向往于古代的素朴风格，称之为"古意"，提出了"古"和"简"的统一。他于大德五年三月十日自跋画卷："作画贵有古意，若无古意，虽工无益。今人但知用笔纤细，傅色浓艳，便自为（谓）能手，殊不知古意既亏，百病横生，岂可观也？吾所作画，似乎简率，然识者知其近古，故以为佳。……"[4]指出纤细、浓艳和简率、素朴风格不同，而以后者为贵，因为琐碎支离，不足以取象、造象，五彩缤纷，未必真能传神，倘若逸笔草草而能达意的话，那么又何须一丝不苟，这番功夫，荀卿称其为"伪"与"人为"："凡礼义者，是生于圣人之伪。""故圣人……所以异而过众者，伪也。"[5]然而长期以来不犯上、不忤物被视作一种修养或美德，受到赞扬。例如《唐书·杜黄裳传》："性雅淡未尝忤物"，俨然是说"人为"即"雅"了。关于"雅"，不妨先看郑玄《〈周礼〉注》："雅，正也，言今之正者，以为后世法。"雅正、雅淡，意味着士大夫的政治态度、处世哲学和人生修养；"雅致"、"雅兴"、"雅怀"，等等，标志着文人生活的特色；而"雅"更成为儒家审美准则之一，只不过"作伪"的因素却被掩盖以至完全"消失"罢了。再看为政治服务的音乐，则早就规定雅、郑之分，将歌词"典雅纯正"、音

---

[1] 参看本文关于"纵恣"部分。
[2] 《大涤子题画诗跋》卷一，《美术丛书》本。
[3] 这四字，依据虞集《道园学古录》卷四十六《送吴真人序》中评论赵画之语。
[4] 张丑：《清河书画舫》波字号。
[5] 《荀子·性恶》。

乐"中正和平"称为"雅乐",以区别于"谣邪之音"的郑声。接着,在评论文章风貌时,也以雅为首。刘勰《文心雕龙·体性第二十七》标举八体,首曰"典雅",因为它"方轨儒门";同时指出"(典)雅与(新)奇反",但对于"奇"并不否定;认为"奇正虽反,必兼解以俱通"。但雅与正则不相通,是互相排斥的,所以《定势第三十》说:"雅、郑而共篇,则总一之势离",并且指出"旧练之才,则执正以驭奇,新学之锐,则逐奇而失正"了。用今天的话说,雅和郑是敌对的,正和奇则是相对的,而且有主从之分,应以"雅"或"正"为主导以御"奇",只有"旧练之才"方能做到这一步。这就更须熟悉、掌握雅正的悠久传统,方可谋求新奇,而不至于逐奇失正了。刘勰所说的雅、正统一,成为评论文章风格的主要原则。至于文人画论中所谓的"雅",则涉及雅与俗;雅正与传统;正与奇等的相互关系问题,都属于画家的艺术风格,并反映画家的思想、意境与审美标准。试分别论之。

雅与俗之分,比较突出地表现在绘画题材上。描画现实生活和眼前事物等,首先要求形似,艺术形象同客观事物形象之间几乎没有距离,而作品是否寓有画家的思想感情,则是次要的。这种题材及其描绘方法,对文人画家来说,是不屑为之的,同时艺术批评家也认为俗不可耐,而加以否定。例如宋张择端《清明上河图》描写北宋首都汴河两岸人民生活场景,这种写实的风格却赋予作品以历史参考价值。但明代张丑认为:"所画皆舟车城郭桥梁市廛之景,亦宋之寻常品,无高古气也。"[1]因为张丑说得明白,他编这部《书画舫》的宗旨,就是要把历代法书名画"传诸雅士,不令海岳庵书画史独行也。"[2]这里所谓"高古"也就是"高雅"的意思,张择端此图既然不高古、不高雅,势必沦为俗工之事了。文人惯于指摘"俗恶"来反证"雅"的审美标准,不仅张丑如此,宋代朱熹也自诩鉴别高雅,试看他的《题祝生画》:

---

[1] 张丑:《清河书画舫》莺字号。
[2] 《清河书画舫引》。海岳庵为宋代著名书画家鉴藏家米芾的庵名,他曾著《宋氏书史》、《米氏画史》还在满载书画真迹的"行舸"上挂一牌,牌上写"米家书画舫",张丑的书名仿此。

> 裴侯爱画老成癖，
> 岁晚倦游家四壁。
> 随身只有万叠山，
> 秘不示人私自惜。
> 俗人数看亦不识，
> 我独摩挲三太息。

换而言之，画中之"雅"，只有满腹诗书，文化修养极高，方能领会，俗人只能是看而不识。除题材外，收藏画迹也分雅、俗，例如作品的数量是单一的，还是成对的，也都有讲究。宋代邓椿说："大抵收藏古画，往往不对，或断缣片纸，皆可珍惜，而又高人达士（按即雅人）耻于对者，而俗眼逆以不成器目之。"[1]俗人买画，要配对成双，高人则连断片都不放过。不过最后还得看内容和笔墨，倘若斤斤于成对或单一，哪怕是在今天，也确够庸俗的了。

鉴赏、收藏也讲究"雅"，这是和创作尚雅紧密配合的。对文人画家来说，则表现为书卷气和笔墨二者的高度统一，而笔墨又须继承一定传统，这也就是文人画风格上雅正与传统的问题。我们觉得在这方面，北宋李公麟（字伯时，号龙眠，1043—1106）可称典型代表，倘若从他的学养、画题、笔墨几方面作些分析，是有助于具体理解文人画风格之"雅"或"雅正"的。

李公麟的生平和画风，《宣和画谱》记叙颇详，张丑《题李公麟〈九歌图〉》作了删节和补充[2]，现在整理改写如下。他在汴京和外地做了三十多年的官，但职位不高，止于御史检法朝奉郎，是文臣而兼业余画家的身份。他学识渊博，喜欢收藏并临摹古代书画，所作人物画主要学吴道子，书体如晋、宋间人，同时善于识辨钟鼎古器，循名考实，无有差谬。他在汴京时，不游权贵之门，佳时胜日，同二三友好载酒出城去逛名园，坐石临流，悠然

---

[1] 邓椿：《画继·论远》。
[2] 张丑：《清河书画舫》尾字号。

终日。富贵人求他的画，他不应酬，至于名流胜士，虽然素昧平生，却乘兴落笔，毫无难色。总之，他是一个风流儒雅的画家。其次，就题材论，他的名作《君臣故实图》《慈孝故实图》歌颂封建制度下的政治秩序和道德观念，称得起绘画中"方轨儒门"，属于"典雅"一类；因为所画的故实有沛公礼遇郦食其，张释之谏汉文帝，冯婕妤为汉元帝挡熊，王猛对桓温扪虱谈当世事，唐明皇赦回忤旨的杨贵妃，等等，其主题思想都可归结为"雅正"，所以元代俞焯题云："此画或以气节，或以任达，或以智略，或以情致，各极其妙。"明代吴宽题云："龙眠此画，实与史笔相发明，可谓画家之良史，但非工于艺术而已……后之有天下者，宜有鉴于斯。"俞、吴二评都主张"雅正"可维系封建秩序，从而全盘肯定此图，足以说明李公麟是先从画题来表现风格之"雅"的。

其次，李公麟更在艺术构思和笔墨运用上完成"雅"的风格，后者包括对传统技法的继承。因此，除题材外，笔墨技法上也可以有"雅"的表现。《宣和画谱》评述李公麟画《陶渊明归去来兮图》："不在于田园松菊，乃在于临清流处；作《阳关图》，以离别惨恨为人之常情，而设钓者于水滨，忘形块坐，哀乐不关其意。"在前一幅画中，如果强调渊明急于归去观赏"故园"中"犹存"的"松菊"，未免流为一般的表面现象，公麟则选择了"临清流而赋诗"，以描写主人公罢官归来，正是心无一累才能咏吟雅怀，从而点出诗人本色。公麟高人一着，就在于捉取最能表达渊明内心世界的场景。关于后一画题，一般是描写行者和送行者双方形象，以表达依依惜别之情，公麟则想象开阔，添上一位襟怀旷达、悠然自得的钓者，这实质上反映了嵇康的《声无哀乐论》的思想，以"率然玄远"[1]作为画中以高超境界。《画谱》的这两段话，正是说明公麟运思精微，不同流俗，力求"高雅"。至于公麟的笔墨，历代的评论都认为形似之外，更能古雅。元汤厚说："李伯时画人物，吴道子后一人而已，犹未免于形似之失，盖其妙处在于笔法、气韵、神采，形似末也。"[2]明张丑记叙公麟的《九歌图》："不止人物擅场，而

---

[1] 见《晋书·嵇康传》。
[2] 汤厚：《古今画鉴·杂论》。

布景用笔，尤为古雅。"又说他的《五百应真图》："树石奇怪，人物生动，而中间烟云龙水殿宇器具，精细之极，又复古雅。"[1] 具体说来，这"古雅"大致表现在线条和笔致两方面。中国古代绘画描写人物衣折纹所用的线条，主要可分为：晋代顾恺之的高古游丝描，唐代阎立本的铁线描，唐代吴道子的莼菜条[2]，前二者运笔精微，用力均匀，线条的宽度一致，行笔的速度也一致，后者笔势豪放，用力不一，迟速不一，因而线条中间较粗、两端较细。就线条所唤起的感觉言，游丝敛约而偏于静，莼菜奔放而偏于动。照文人画家、评论家的审美标准，后者笔力刻露，少含蓄，带作家习气，又称霸气或纵横习气。在文人画论中，米芾首先对吴道子表示异议。他写道："李公麟病右手三年，余始画"，而感到李公麟"尝师吴生（道子），终不能去其气（习气）"，自己因此"取顾（顾恺之）高古（游丝描），不使一笔入吴生"[3]。米芾自己认为吴不足学，并批评学吴的李公麟，而李公麟完全接受批评，关于这一点邓椿曾有记载："吴笔豪放，不限于长壁大轴，出奇无穷，伯时痛自裁损，只于澄心堂纸上运奇布巧，未见其大手笔，非不能也，盖实矫之，恐其或近众工之事。"同时认为米芾所作："古忠贤像，其木强之气亦不容立伯时下矣"[4]。邓椿把文人画审美标准说得愈加明白了：以含蓄蕴藉之"雅"，反对纵横习气之"俗"，所谓裁损，就是矫吴之"俗"，抑制着豪放的笔势，目的则是为了免"俗"，为了求"雅"，结果纵横习气被"木强之气"取而代之。所谓"木强"并非僵死、呆板，而是如张丑所说："板实中有风韵，沉着内饶姿态。"[5] 用现代语说：似呆实活，质朴带味；它所产生的艺术效果，并非一览便得，而须要"疑而得之"[6]，思而得之，这样才耐人寻味。但是，要达到这一步，还须从悠久的技法传统中慢慢地走过来，倘若起

---

[1] 张丑：《清河书画舫》尾字号。
[2] 窦蒙：《画录拾遗》：吴道子笔法"早年精微细润，如春蚕吐丝，中年……挥霍如莼菜条"。
[3] 米芾：《画史》。
[4] 邓椿：《画继·论远》。
[5] 张丑：《题李公麟〈九歌图〉》，《清河书画舫》尾字号。
[6] 借用清恽格（南田）语。

先没有吴笔的挥霍、豪放，那么"裁损"之后，也许就所余无几了。在这方面，后来的画论总结出"熟而后生"之"生"，也就是过熟则"俗"，"熟而后生"则"雅"[1]。我们可以从现存李公麟真迹《六马图》的山水部分，作些印证。图中坡石的运笔，不取流畅而故为粗毛艰涩，[2]用笔从逆中得势，落墨则于干枯中带润；坡上树木直立，分枝不求参差有致，但由于垂叶细细点出，复又摇曳生姿；石畔枯枝则盖上几个大浑点：从整体来说，这些部分乍看似乎很不协调，细看则彼此仍有呼应。古代山水画，到了李公麟的时代已有高度发展，董源、巨然，特别是巨然，运笔纯熟，线条灵活、流畅，用墨浓、淡、干、湿相当和谐，但公麟却有意回避，力图创造出虽稚拙、木强却很质朴的风格特征，好像回到了唐代壁画的树石上去。这里不妨参看出土的唐章怀太子李贤墓壁画中"观鸟捕蝉"或懿德太子李重润墓壁画中"纨扇仕女"等的树石，便可悟出公麟之"雅"乃是离开时代步伐，回抱唐代传统不放，而张丑之所以连称李画"古雅"，也就不难理解了。因此，可以说文人画的雅，意味着与其师今人的精熟，毋宁追古人的生拙。李公麟的古雅风格固然是从传统中来，不过这个传统是比较古了些。

再次，文人的画风、画论本身也在发展。李公麟提倡古雅于北宋，入元以后还有赵孟頫和他共鸣，认为："作画贵有古意，若无古意，虽工无益……吾所作画似乎简率，然识者知其近古，故以为佳。"[3]但是到了明代，董其昌便大不以为然了，他提出批评："向见伯时《潇湘图卷》[4]，最为精绝，及观董北苑所作[5]，其间山水奇峰笔趣，又复过之，乃知伯时虽名家，所乏苍茫之气耳。"[6]董其昌本人的画并不见得苍茫，但他的这段画论却相当精辟，

---

[1] 详本文关于"拙"的部分。

[2] "涩"同时也是书法用笔术语，与"滑"相对立。唐韩方明在《授笔要说》中指出："便则须涩"，"便"指行笔自在，因此"涩"并非停滞不前，而是留得住、不浮滑，"浮滑则为俗也"。因此，李公麟用笔艰涩，正是"雅"而不"俗"。

[3] 其实赵孟頫并不完全是"古"而且"拙"，明代鉴赏家詹景风说得很对："画一入松雪（赵号松雪斋），便涉精巧，无唐人浑古意致，此最宜辨也。"见詹景风《东图玄览》卷一。

[4] 已佚，日本博文堂曾印行李伯时《潇湘图卷》乃伪品。

[5] 董其昌曾藏董源《潇湘图卷》，现藏北京故宫博物院。

[6] 张丑：《题李公麟〈九歌图〉》所引。

指出了裁损豪放则失去苍茫，而作为艺术风格，豪放和苍茫（苍莽）不仅相通，而且与奇崛相对峙。这里，我们就进入第三问题：从雅正与奇崛的关系来领会以正御奇的风格，亦即"雅"的更高阶段。

正和奇是辩证的，相反相成的，书论中首先拈出这个道理。明代项穆《书法雅言·奇正》说："奇即连于正之内，正即列于奇之中，正而无奇，虽庄严沈实，恒朴厚而少文，奇而弗正，虽雄爽飞妍，多谲厉而乏雅。"他认为："逸少（王羲之）一出，揖让礼乐，森严有法，神采攸焕，正奇混成也。"也就是以雅正、素朴为基础而兼有豪放、神奇，则正而不板，奇而不野，深合儒家"中和"之旨。书法中所谓正、奇关系，也体现在文人画风、画论里，明末清初的石涛颇具正奇混成的风格。他广泛汲取前代传统笔法的精髓，做到功力深稳，归于雅正，但同时又以倪瓒涩中见骨之笔为基础，再加锤炼和突破，终于解脱出来，化为奇崛以至险峭，他的这一特色既寓于布局、也见诸笔墨。[1] 换言之；他在正奇关系上掌握得巧妙恰当，便毫无粗野狂怪等习气了。扬州八家继承这种风格，有的却走向反面，特别是黄慎（瘿瓢），并未从传统笔法练出真实功夫，而徒慕新奇，就不免因奇失正，专以怪诞骇俗，结果笔笔皆俗，可谓"大雅云亡"了。

此外，近人王国维关于"古雅"的论点[2]也很值得研究。他认为优美和宏壮乃艺术天才之事，只有第一流的艺术家能为优美，第二流的艺术家能为宏壮，而古雅则属第三流。他显然受了康德的主观唯心主义思想影响，把天才和美、壮看作先验的超越现实的。他还本于康德所谓美无关利害之说，提出："天下之物有决非真正之美术品，而又决非利用品者，又其制作之人决非必为天才，而吾人之视之也，若与天才所制作美无异者，无以名之，名之曰古雅。"[3] 接着，他以清代画家"四王"之一的王翚为例，指出："苟其人格诚高，学问诚博，虽无艺术上之天才，其制作亦不失为古雅。……今古第三流以下之艺术家，大抵能雅而不能美且壮者，职是故也。……王翚……固无

---

[1] 参见本文"纵恣"与"奇崛"部分。
[2] 王国维：《古雅之在美学上之位置》，见《海宁王静安先生遗书·静庵文集续编》。
[3] 同上书，第23页。

艺术上之天才，但以用力甚深之故，故摹古则优，而自运则劣，岂不以其舍其所长之古雅，而欲以优美宏壮与人争胜也哉？"[1] 王氏的话使我们更能体会"雅"是缺乏豪放、苍茫之气的。李公麟笔下的古雅是他的博修、修养分不开，而董其昌对李画的评语，毕竟很有见地的。

最后，从其发展来看，"雅"在敛约、裁损、除霸气的过程中，总或多或少削弱了意境和技法的开创，而陶醉于古拙。然而事实却并不如此简单，我们还须看到另一方面，因为生拙、古拙和士大夫或文人画家的一定的境遇、情思，颇有一段姻缘，从而孕育文人画的另一艺术风格——拙。

拙

文人画家看来，生拙、古拙意味着不逞才、不使气，它贵在敛约，而敛约比较纵恣更合乎儒家"中和"之道。由宋而元，大致如此，明末、清初，纵恣方始逐渐和生拙并驾齐驱，石涛可作代表，上文已约略提到。但是古代艺术由于实践和经验的不足，其风格生拙是出于无意，因而是真实的，而文人画的生拙则出于有意，亦即荀卿所谓"人为"或"伪"，这一点首须辨明。我们不妨看看原始艺术由于条件限制而形成的雅拙的风格，例如格罗色所指出："描写的题材相当单纯，即使最好的作品，其构图、布局，也欠完整。但其艺术形象却成功地反映生命的真实，而文明发达的民族，经过细心推敲的艺术造像，在后一方面反而有所不及。原始艺术的主要特征，就在于生命真实和形式粗率合而为一。"[2] 原始艺术凭借很少的媒介，运用媒介的技法也还不够成熟，但以全副精力去认识自然，钻研现实，造形达意，这种十分诚挚的创作意图，通过简单粗略的图像，却表现了相当生动的稚拙美。我国新石器时代的彩陶上所画人体舞蹈、鱼纹、太纹、羊纹等，便具有这种风格。降而至于魏晋山水画，也还没有完全克服生拙，所以"群峰之势，若钿饰犀栉，或水不容泛，或人大于山，率皆附以树石，……列植之状，则若伸

---

[1] 王国维：《古雅之在美学上之位置》，见《海宁王静安先生遗书·静庵文集续编》，第26页。

[2] 格罗色：《艺术的起源》，蔡慕晖译，商务印书馆，第197页。译文略加修改。

臂布指"[1]。但是这和彩陶图纹一样，都非有意为之。然而文人画的生拙则有所不同，是从敛约之为雅或中和之为美的审美观点出发，故为生拙，专事裁损精力，消除霸气，却看不见古人的生拙是由于认识现实和反映现实之间差距，乃条件所限制。不仅如此，文人画家还脱离内容，把生拙看作纯属笔墨技法、艺术形式之事，而不懂得古画的生拙，乃源于认识和表现之间的矛盾。至于后来所谓"熟而后生"的"生"，基本上也是专就技法形式而言的。

我国画论和书论关系密切，而书论先于画论崇尚生拙的风格。宋黄庭坚说："凡书要拙多于巧，近世少年作字，如新妇妆梳，百种点缀，终无烈妇态也。"[2]不过他本人的书法却体势尚偏、尚侧，行笔颤抖，不免造作，故为姿态，倒似乎巧多于拙了。苏轼说："笔势峥嵘，文采绚烂，渐老渐熟，乃造平淡，实非平淡，绚烂之极也。"此语既论文，也可论书，但他的出发点和黄氏不同，不以生拙表示倔强，而是赞美伴随老熟而来的，自然而然的疏放或生拙。所以说，黄说近于有意之拙，苏说近于无意之拙。以上是从艺术形式来论说书法之拙；此外，拙还同道德观念相联系，主要是关系到改朝换代中文人士大夫的气节问题。明代书家傅山（青主）主张："宁拙毋巧，宁丑毋媚，宁支离毋轻滑，宁真率无安排。"他说这是自己学书时，从书家的品德上体会出来的。"弱冠学晋、唐人楷法，皆不能肖。及得松雪[3]墨迹，爱其圆转流丽，稍临之，则逐乱真矣。已而乃愧之，曰：'是如学正人君子者，每觉其觚棱难近；降与匪人游，不觉其日亲者'。"傅山的观点比黄庭坚、苏轼更深一层，不以"艺"而以"人"论书法中生拙和巧媚的风格，在审美认识中接触到美、善一致的问题，并冲淡了形式主义色彩。

关于论画尚拙，不妨也从黄庭坚开始。他写道："余初未尝识画，然参禅而知无功之功，学道而知至道不烦，于是观画悉知其巧、拙，工、俗，造

---

[1] 张彦远：《历代名画记·论山水树石》。
[2] 《山谷文集》。
[3] 赵孟頫，宋宗室，入元出仕。

微入妙。然此岂可为单见寡闻者道哉？"[1]这和他论书一样，主张无意地、自然而然地于"拙"中见出画的奥妙，反映了当时文艺理论上的儒、道思想的结合，以天真稚拙为美。明代顾凝远《画引》则愈加鲜明地站在士大夫立场来阐明生拙："生则无莽气，故文，所谓文人之笔也；拙则无作气，故雅，所谓雅人深致也。"反映了文人画的审美思想以及美和丑的区别：一方面生拙同文雅相一致，另方面生拙同匠气相对立。他还结合元代绘画，从画家人品来论拙以及巧与拙的区别。"元人用笔生，用意拙，有深义焉。善藏其器，惟恐以画名，不免于当世。"意思是元代画家不投时好，故为生拙，免得画名大了，要出来坐官。他特别提到赵孟頫："惟松雪翁裒然冠冕，任意辉煌，与唐宋名家争雄，不复有所顾虑耳，然则其仕也未免为绝艺所累。"[2]顾氏之论也是糅合儒、道，特别是道家以拙保身的处世哲学，正如老子所说："祸莫大于不知足。咎莫大于欲得。故知足之足。常足矣。"[3]知道满足的这种满足，才是永久的满足。作为画家，也应该有这样的修养。可以说，顾凝远和傅青主分别以因巧而失拙的观点，来评价赵孟頫的绘画和书法，都是主张"拙"乃道德品质在艺术风格上的反映，而且这"拙"是有意为之的。不过顾氏所说，未免笼统一些，须结合元代画史作具体分析。元代画家除了赵孟頫，未必都是不阿权贵，绝意仕途。例如黄公望和倪瓒，其画笔虽兼有生拙的风格，却也未能免"俗"。黄公望和元朝有名的贪官张闾（亦作章闾、张驴）来往，张闾倒台，他被牵连入狱，倪瓒的应酬性诗文，也证明他和元朝的总管、秘监、府判、同知、县尹等各级官吏都有往还。[4]由此可知，风格生拙，有时固然可以说明画家的政治立场，但也反映士大夫的传统思想：不及总比过甚是更接近儒家中和之道的。此外，顾氏《画引》还有两段话，值得研究："惟吉人静女仿书童稚，聊自抒其天趣，辄恐人见而称说是非，虽

[1]《山谷题跋》卷三，《题李公佑画》。"工"指精致，不是指"匠气"。
[2] 顾凝远：《画引》。
[3]《道德经》第46章。
[4] 陈高华编著：《元代画家史料》，上海人民美术出版社，1980年，第二十九章、第三十九章。

——未肖,实有名流所不能者,生也,拙也。彼云'生拙',与'入门'更是不同,盖画之元气,苞孕未泄,可称混沌初分,第一粉本也。""既工矣,不可复拙。惟不欲求工,而自出新意,则虽拙亦工,虽工亦拙也。"由拙而工,原是学画、作画的一般规律。入门时的生拙和儿童画一样,都是无意的。入门之后,笔法成熟,舍工而拙或寓拙于工,则是有意的;既不鄙弃儿童画的天真烂漫,又能在生拙中表出自己的新意,有此新意,则虽拙亦工、虽工亦拙,二者趋于统一了。因此画家必须掌握前人传统技法,进行改造,化有己有,法能于"拙"中见出雅正而新奇,否则画家之拙将等同于儿童画家之拙了。这里不禁联想到法国野兽派代表马蒂斯(1869—1954)的一段话。曾经有人指责他画得像似五岁的孩子,他回答说:"这正是我在努力去做的事,我要夺回非常年轻时所特有的想象力,对一切事物都感到新鲜。"然而马蒂斯毕竟不是儿童画家,是工而后拙,拙而后新。他和顾氏的论点可以相互辉映。

下面试从若干古代作品中举出生拙风格的具体表现。元代钱选(舜举)的《羲之观鹅图》,[1]坡石用大青绿,轮廓用细线条,石面的凹凸处也用细线条,行笔像似稚弱,而实遒劲,有节奏感,并不使人觉得浮、滑、飘、脱。这显然是学唐人笔法和笔力,而加以裁损。坡石设色只一遍,不层层渍染,看上去笔、墨、色三者若不经意,似有未尽之处,却又显得一片空灵,引人入胜。如果把此图和宋摹唐人画本《明皇幸蜀图》[2]相对照,不难发现:后者一味求工,线条过于凝重,并以墨染和设色来突出明暗,使人感到刻露而少内蕴;前者以拙为工,耐人寻味,倘若也可称为"单线平涂的话",那么它是以"清"、"空"取胜的,而顾氏所谓的"新意"也许就在此了。其次,可以看看石涛《黄山八胜图册》中的《汤池》和《山溪道上》[3]。前图右半幅枯树右倚,树身顽梗,分枝笨拙,树下几叠瀑布,波纹分布均匀,看去颇嫌生

---

[1] 见美国加利福尼亚大学艺术史教授J.凯希尔的《中国绘画》,日内瓦司卡拉公司,1977年,第102页。
[2] 藏台北故宫博物院。
[3] 见日本泉屋博古:《中国绘画书》19—1,19—6,昭和五十六年。

硬；右半幅汤池中浴者三人，半身裸露，振臂欢呼，形态极为生动、轻松。观者不难领会左半之生拙衬托出右半之灵活，这样的气氛对比，增加了全图生动之势，这可以说是出于作者的"新意"的。后图写一老人（石涛自己）站在小山顶上，横杖遥望隔溪那堆乱石，大大小小，配合得相当生硬，行笔也松松散散；老人身后两峰对峙，中间飞瀑直下，笔墨复又非常紧凑；合而观之，则有苍茫无限之感，但是关键却系于那堆乱石的用笔。如此构思和技法运用，确也寓有"新意"。再次，可看弘仁（渐江上人）的山水画，他的那管笔好像总是放不大开，如同初学，只是规行矩步、拘谨、僵硬，但却能把大片大块的峰峦崖石组织起来，虽然参差突兀，却显得嶙峋岩峣，极有气势。比起清初王鉴和清末戴熙，以饱满圆润之笔，把自然结构一律画得天衣无缝，渐江要高明得多了。可以说渐江之"新"在于笔拙取势。又如扬州八家之一的金农，五十年岁后开始作画，可称中国的亨利·卢梭[1]。笔行纸上，如婴儿学步，歪歪斜斜，很不稳健，造形生硬，时常疏漏、歪曲，却能时出新意。例如《荷塘新凉》斗方，[2]画一年轻人右脚踏着小圆凳，左脚荡空，右臂凭栏，左手持蒲扇（半露），在欣赏一池秋色。人物的姿势挺别扭，衣纹的线条很笨拙；荷叶、莲花俱为没骨，以色染出，形似多失，屋檐、窗格、栏杆、亦行笔草草。作者非不能画，而是力图打破完美、工整、细润的造形传统，从都不经意、无所着力中，追求美感，反映一定的情思、意境，也就是画上自题的末句："曾那人同坐，纤手剥莲蓬。"作者不忘年少风流，却以稚拙疏略的笔调写之。一般画家处理这种题材，恐怕都要仔细地刻画，方始惬意，而金农却相反，这也可算他的"新意"了。

巧妙、新颖，乍看是和生拙不相侔，但文人画家却力图缀合两者。这是生拙风格的一个特点，所以不嫌唠叨，介绍多了一些。

淡

士大夫和他的画都标榜着超越自然、不囿于物，然而这是不可能的，事

---

[1] 亨利·卢梭（1844—1910），法国后期印象派画家，学画较迟，亦以稚拙取胜。
[2] 现在美国，为王季迁先生所藏。

实上其人、其画都表现为一套十分灵活的、适应自然的方式，形成画中另一艺术风格——自然而然、不着意、平淡、天真，归总起来，就是一个"淡"字。自然而然或"自然"，比"淡"好懂一些，不妨就从"自然"开始，至于它的思想根源则是士大夫的几种处世方式。

庄周宣扬："依乎天理……因其自然。"[1] 司马迁《史记·太史公自序》讲到道家时说："其术以虚无为本，以因循为用，无成势，无常形，故能究万物之情，不为物先，不为物后，故能为万物主。"概括地说，就是听其自然。晋王弼对《老子》第二十七章，有这么一段注释："顺自然而行……顺物之性，因物自然，不设不施。"他注第五十四章时，也标出这个"因"字："因其根而营其末，"就是说认识并针对事物的本性而有所安排。意思都强调适应自然或现实，以立于不败之地。所谓"因"的作用，吕不韦也看到了："因也者，因敌之险以为己固，因敌之谋以为己事。"[2]"因者无敌。"[3] 而管仲更直截了当："因也者，舍己以物为法者也。"以上诸说不外乎在物、我关系上要求我能应物，以与物游，方才活得下去，归根结底就是为"我"。联系西方，则英国唯物论者培根（1561—1626）也有类似看法："非服从自然，则不能使令自然。"[4] 也是强调因其固然以取胜[5]。这种顺适自然，"不设不施"的主张，先后见于我国的文论、诗论、书论和画论，逐渐导致绘画中"淡"的艺术风格。而前三者之"淡"，有助于理解画中之"淡"。

首看看文论。南朝时，宋范晔（398—445）修《后汉书》，因彭城王刘义康阴谋篡政，连累入狱，他的《狱中与诸甥侄书》曾提到："常耻作文士，文患其事尽于形，情急于藻，义牵其旨，韵移其意，虽时有能者，大较多不免此累，政（正）可类工巧图绘，竟无得也。"[6] 著文须在形、藻、旨、意上力求天真自然，以免华而不实，好像专尚工巧的绘画。梁刘勰继范氏之后，

---

[1]《庄子·养生主》。
[2]《吕氏春秋·决胜》篇。
[3] 同上书，《贵因》篇。
[4]《新工具》第一卷，第129条。
[5] 参看钱锺书：《管锥篇》第一册，第311—312页。
[6]《宋书·列传第二十九》。

也强调素朴自然的文风:"云霞雕色,有逾画工之妙;草木贲华,无待绵匠之奇;夫岂外饰,盖自然耳。"[1]"若远山之浮烟霭,娈女之靓容华。然烟霞天成,不劳于妆点;容华格定,无待于裁镕。"[2]总之,文章须本乎自然,即使是华彩奇丽也都从自然本质中来,不像出于画工巧匠之手。在诗的方面,唐司空图《二十四诗品》中列"自然"为第十品,称之为"俱道适往,着手成春。"这里,我们如果回到《论语·子罕》:"可与共学,未可与适道。"《庄子·天运》:"道可载而与之俱也。"便知道上述文论、诗论之所本。孔子和庄子的政治立场不同,但都讲求适应自然的生活方式或处世哲学。而朱熹则加以综合,说得愈加清楚:"既与道俱而再适往,自然无所勉强,如画工之笔,极自然之妙,而着手成春矣。"[3]到了清代,叶燮也还坚持这个标准;"盖天地有自然之文章,随我之所能而发宣之,必有克肖其自然者,为至文立极。"[4]从以上诸说,我们不难明白,文和诗一样,都须力求自然,造作不得。至于书论和画论,也有崇尚平淡自然的,不过书论走在画论的前面。

传为蒙恬[5]的《笔经》,曾讲到秦李斯论用笔之法:"先急回,后疾下,如鹰望鹏逝,信之自然,不得重改。"是说行笔须迅速而无造作,方得自然生动之致。唐孙过庭《书谱》:"心不厌精,手不忌(后改'忘')熟,若运用尽于精熟,规矩闲于胸襟,自然容与徘徊,意先笔后,潇洒流落,翰逸神飞。"则强调思精技熟,心手相应,下笔飞动自然。颜真卿曾问书学于怀素,"素曰:'吾观夏云多奇峰,辄常师之,其痛快处如飞鸟出林,惊蛇入草;又遇坼壁之路,一一自然,真卿曰:'何如屋漏痕?'素起握公手曰:'得之矣!'"所谓"坼壁之路"和"屋漏痕",形象地描写行笔自然的状态,虽属平淡,却有真趣。苏轼更加以发挥,认为"书初无意于佳,乃佳。草书虽是积学乃成,然要是出于欲速;古人云:'匆匆不及草书',此语非是。若'匆

---

[1] 《文心雕龙·原道第一》。
[2] 同上书,《隐秀第四十》的缺页,这部分为明时抄补,虽属伪作,也还值得参考。
[3] 朱熹:《论语集解》。
[4] 叶燮:《原诗》卷二,《内篇下》。
[5] 秦始皇的大将,相传造兔毫竹管的笔。

匆不及'乃是平时亦有意于学,此弊之极。"[1]写草书要如此迅速,几乎无暇着意、笔笔留心,方显得活泼、天真、自然,而迅速的前提,还是平时功力。宋李之仪也说:"事忙不及草书,此特一时之语耳;正(书)不暇则行(书),行不暇则草(书),盖理之常也。"他还加以引证:"《法帖》二王(王羲之、王献之)部中,多苦哀问疾、家私往还之书,方其作时,亦可谓迫矣,胡不正而反草,何邪?此其据也。"[2]总之,士夫到家,掌握法度,行笔自然,而无造作,形成了书法的"平淡"风格。

至于绘画,文人主张状物须得其天(天然、本性),画才生动活泼,而无造作。试以唐代画水名家为例。苏轼赞美孙位,董迪认为孙位不及孙白,我们不妨把两人的论点,加以比较。苏轼说:"古今画水,多作平远细皱,其善者不过能为波头起伏,人至以手扪之,谓为洼隆,以为至妙矣。然其品性特与印板水纸争工拙于毫厘间耳。……处士孙位始出新意,画奔湍巨浪与山石曲折,随物赋形,尽水之变,号称神逸。"[3]指出画家假于外物,从水、石的矛盾中写水的动态。董迪则认为"唐人孙位画水,必杂山石为惊涛怒浪,盖失水之本性,而求假于物,以发其湍瀑,是不足于水也。……近世孙白始瓶意……不假山石为激跃,而自成迅流,不借滩濑为湍溅,而自为冲波,使夫萦迂回直,随流荡漾,自然长文细络,有序不乱,此真水也。"[4]这是主张,内自足而不假外物,始能写出水的形态。其实,苏、董二说各有偏执;水既可平流,也可激跃,须看有无山石暗礁。不过比较而言,似乎董迪更多近于道家"不设不施"的"淡"。以上是讲勾取自然形象,可以平淡出之。此外,人物画中也有平淡自然的风格。苏轼在这方面,所见却又和董迪论画水相同,讲求"内自足"了。他说:"传神与相一道,欲得其人之天,法当于众中阴察其举止。今乃使人具衣冠坐,注视一物,彼敛容自持,岂复

---

[1]《东坡题跋》。
[2] 李之仪:《姑溪集》。
[3]《东坡集》。
[4] 董迪:《广川画跋》卷二,《书孙白画水图》。

见其天乎？"[1]这个"天"，是指对象的内心世界或"神"的自然流露，不容摆布巧饰，而损其真，以致无"神"可"传"。关于人物画的设色，文人的观点也倾向素淡，反对浓丽。苏轼《跋〈北齐校书图〉》："画有六法，赋彩拂澹其一也，工尤难之。此画本出国手，止用墨笔，盖唐人所谓粉本，而近岁画师乃赋彩，使六君子者皆涓然作何郎敷粉，画故不为鲁直所取。"[2]所谓"工尤难之"，是说一般画工不善淡设色；至于面部也敷粉，那就使六位学士都成了何晏，丰仪甚美，却还嫌不足，而终天粉不离手了。上文提到的南宋诗人陈与义的名句"意足不求颜色似"，可谓苏论的遗响。其实在两宋之前，在设色上已崇尚素朴、平淡，唐张彦远提出墨可胜色的论点："草木敷荣，不待丹碌之彩，云雪飘飏，不待铅粉而白，山不待空青而翠，风不待五色而䌽，是故运墨而五色具，谓之得意，意在五色，则物象乖矣。"[3]这里的"得意"和"意足"，使我们回想到绘画意境这个大前提或审美根本准则，它支配而又统摄简、雅、生、淡一系列的文人画艺术风格，为了创造这些风格，大都无须设色而纯以墨笔便可达成借物写心的共同目的。这一点十分重要，标志着中国绘画所独具、世界其他绘画所罕见的风格特征。

下面试以五代北宋间的董源和巨然为代表，对山水画科的平淡风格，作些探索。董源的山水画，"水墨类王维，着色如李思训"[4]，从而风格上有平淡和雄浑之别。关于后者，《宣和画谱》说："下笔雄伟，有崒绝峥嵘之势，重峦绝壁，使人观而壮之。"题为董作的《洞天山堂》、《龙宿郊民》[5]，看上去都近于这一风格。关于前者，北宋米芾《画史》首先指出："董源平淡天真多，唐无此品，在毕宏[6]上，近世神品，格高无与比也。峰峦出没，云雾显

---

[1]《苏轼论传神》。

[2] 按黄庭坚（鲁直）曾题宋兆吉所芷唐阎立本《校书画》："观此图叹赏弥月……此笔墨之妙，必待精鉴，乃出示之。"并无贬词，可见苏和黄所见，不是一图，而阎图摹本，乃摹者自己加上重色。

[3]《历代名画记·论画工用搨写》。

[4] 郭若虚：《图画见闻志》。

[5] 又名《龙袖骄民》，二图均藏台北故宫博物院。

[6] 毕宏为唐天宝中御史，以树石擅名，"树木改步变古，自宏始"(《历代名画记》)。杜甫诗云："天下几人画古松，毕宏已老韦偃少"米芾记叙："苏舜钦子美家中有毕宏一幅山水，奇古，题数行云'笔势凶险'，是也。"(《画史》)

晦,不装巧趣,皆得天真;岚色郁苍,枝干劲挺,咸有生意;溪桥渔浦,洲渚掩映,一片江南也。"首先,根据文人画审美观点,"凶险"和"平淡"是对立的,而董源平淡胜于毕宏凶险。其次,所谓"一片江南"的气氛,存世董作《潇湘图》、《夏山图》(分藏北京故宫博物院和上海博物馆)以及《寒林重汀图》(在日本),都有所体现。同书又说:"余家董源雾景横披,全幅山骨隐显,林梢出没,意趣高古。""董源山顶不工;绝涧危径,幽壑荒迥,率多真意。"此外,还合论董源和巨然:"巨然师董源……岚色清润,布景得天真多。巨然少年时多作矾头[1],老年平淡趣高。"明董其昌也指出巨然的基本风格是"平日淡墨轻烟。"[2]此外,北宋沈括则说董源:"尤工秋岚远景,多写江南真山,不为奇峭之笔。"[3]对于以上几段话,我们可从概括(抽象)的和具体的两方面来领会"平淡","天真"的山水画风格。"有生意"、"多真"、"多真意"、"趣高"、"格高"等,是概括言之。"岚色郁苍"、"岚气清润"、"峰峦出没"、"林梢出没"、"山骨隐显"、"云雾显晦"以及"一片江南"等,则提供具体生动的艺术形象。同时,也还可从正面和反面来领会"平淡":从"有生意"到"格高",都属正面;而"装巧趣"、"笔势凶险"、"奇峭之笔"、"多矾头"、"山顶不工",则从反证"淡"之贵,其中第一、第二、第三为概括而言之,第四、第五指具体形象。如果把这些特点综合起来,便不难看出"平淡"、"天真"不在自然景物或自然美本身,而决定于画家对自然美的艺术处理,画中的峻岭奇峰也可具有"平淡"风格,并不限于"溪桥、渔浦、洲渚",即使是"一片江南"之景,也会由于"装巧趣"、"奇峭之笔"、"笔势凶险";而失"平淡"。尤其是"平淡"和"天真"相提并论,乃是关键:如果山水画家通过丘壑、结构以创造艺术形象时,善于掌握大自然中物与物、部分与部分之间的微妙关系,因而写出了"出没"、"隐显""显晦"、"掩映"种种动态,却又处处"不装巧趣",那才真是表现了"生意"、"真意",由此可见必须有"天真"之"趣",方可称为"趣高"、"格高"或风格

---

[1] 山顶小石。
[2] 董其昌:《容台集》,《题宋释巨然〈山寺画〉》。
[3] 沈括:《梦溪笔谈》。

高了。此外,米芾的这些论断,并非臆造,而是赞美山水画发展所带来的一种新风格。五代、北宋间山水画名家辈出,郭若虚认为主要是李成、关同、范宽"鼎峙百代,标程前古",李成"气象萧疏,烟林清旷",关同"石体坚凝,杂木丰茂",范宽"峰峦浑厚,势状雄强"。关于关、范,还有其他论说,如关同"上突巍峰,下瞰穷谷,卓尔峭拔者能一笔而成,其疏擢(zhuó,耸起)之状,突如涌出"[1];范宽"落笔雄伟老硬,真得山骨"[2]。这三人中,以李成的风格较多"淡"的因素,而董源则加以发展,并为元代士大夫山水画开辟道路。与此同时,米芾本人的山水画和他的画论或审美观,则对后来"平淡"风格的形成也起了很大作用。上文提到他为了克服纵横习气,"不使一笔入吴生",此外他还自称"山水古今相师,少有出尘格,因信笔为之,多以烟云掩映,树木不求工细。……无一笔关同、李成俗气"[3]。这里,值得注意的是:李成在三家中虽较平淡,但米芾仍觉得其"淡墨如梦雾中,石如云动,多巧,少真意"[4]。按照文人的审美标准,"巧"原含贬义,与"淡"相对立,而且未免"俗"气,而邓椿觉得李成不能脱"俗",则和米芾的看法相同。总之,董源和米芾都对文人画的平淡风格产生影响,尤其是米芾,从实践到理论,力图消除着意、刻画、巧饰、斧凿痕、纵横习气等,平淡、简、雅兼而有之,尽管元明以来文人画家并非个个采用他的技法。

　　入元以后,山水画中"淡"的风格大为发扬,和简、雅、拙等交织而成文人画的审美观,影响及于明、清。这里,试以倪瓒、黄公望、吴镇为例,分析平淡风格的表现。倪瓒多"画林木平远竹石,殊无市朝尘埃气"[5]。这是他的一般面貌。他"初以董源为师,及乎晚年,愈益精诣,一变古法,以真幽淡为宗,……若不从北苑(董源)筑基,不容易到耳"[6]。则点出他的淡,源于董源,是从董氏笔法提炼出来。明董其昌认为:"云林山水无纵

---

[1] 刘道醇:《五代名画补遗》。
[2][5] 夏文彦:《图绘宝鉴》。
[3] 引自邓椿《画继》对米芾山水画的记叙。
[4] 米芾:《画史》。
[6] 金赉:《画史会要》。

习气,《内景经》云:'淡然无味,天人粮殆于此发窍。'此图是已。"[1]乃借道家语描述倪画风格。倪瓒传世作品较多,可以印证以上诸人对他的评论。至于笔墨苍劲而寓平淡之趣,则他的《春山图》或可代表。[2]淡而有力,淡而能厚,合起来方始苍劲见出功力,尤其是山间空勾白云,最为难能。此图的风格,不仅淡、简、雅混为一体,而且还有生拙之趣,在元人山水画中最为突出。我们看了此图,觉得明王世贞评倪之语比较恰当:"元镇极简雅,似嫩而苍,宋人易摹,元人难摹,元人犹可学,元镇不可学也。"[3]接着谈谈黄公望(大痴道人)。他的艺术风格大致是:"设色浅绛者为多,青绿、水墨者少;虽师董源,实出于蓝。"[4]"水墨者皴纹极少,笔意尤为简远。"[5]此外,黄氏的大小浑点,则脱胎米芾。总之,黄氏比董源之"淡"愈加"淡"了。试看他的传世名作《富春大岭图》,特别是"大岭"部分,用笔简率,若不经意,而又无皴染,但线条运转回旋、节奏自然,既抒发作者的感情,也勾出主峰的体貌气势。图下隔水有清代鉴赏家李佐贤题:"此图声希味淡,无迹可寻,《诗品》所谓'羚羊挂角'、'香象渡河'者其斯之谓欤。"[6]"声希味淡",本于《道德经》第四十章"大音声希"[7],这里比喻大痴此图清虚幽淡的风格。佛家有"香象之力,持所未胜"。宋沙门道原《传灯录》谓听佛说法,领味有深有浅,"譬如兔、马、象三兽渡河,兔渡而浮,马渡及半,象彻底截流。"这里以"香象渡河"比拟大痴此图虽若平淡无迹,却寄寓深遥,其妙处亦如"羚羊挂角"。这样的评论很中肯綮。至于吴镇(仲圭)也有悠淡

---

[1] 董其昌:《题倪瓒〈双松画〉》,见汪珂玉:《珊瑚网》。道家的书《黄庭内景经》讲养生之理,认为得道的人生活淡泊。现藏台北故宫博物院。安歧:《墨缘汇观录》卷四著录,有倪瓒自题七律,其首联为"狂风二月独凭栏,苍海微茫烟雾间。"

[2] 王世贞:《艺苑卮言》。

[3] 夏文彦:《图绘宝鉴》。

[4] 张丑:《清河书画舫》绿字号。

[5] 藏北京故宫博物院。

[6] 李佐贤:《书画鉴影》,于画迹的内容和笔墨技法,所记甚详。"羚羊挂角",见严羽:《沧浪诗话》,李氏误为唐司空图《诗品》。

[7] 参召蒋孔阳:《评老子"大音希声"和庄周"至乐无乐"的音乐美学思想》,见蒋孔阳主编:《中国古代美学艺术论文集》,上海古籍出版社,1981年。

的一格，例如《渔父图卷》[1]，布置疏落，洗尽铅华，也大可一观。到了明代，倪元璐（鸿宝）、邵弥（瓜畴）、张风（大风）以及上面提到的弘仁（渐江）等，也大都以平淡见长。明代画论，关于这一风格的评价，也有不少警句。例如恽向（道生）说："至平至淡，至无意，而实有所不能不尽者。"[2] 意思是平淡、无意，乃表达方式，并不等于无须把意境充分体现出来；这样就批判了对平淡采取虚无主义观点。李日华（君实）认为："凡状物者"须"得其性"，"性者自然之天，技艺之熟，照极而自呈，不容措意者也。"[3] 他虽未拈出"淡"字，却说明这一风格要求画家在情思和表现上都能任其自然，既不失物的本性，又熟练地、毫不经意地见之于形象，结果呈现出混然天成的艺术风格。董其昌更结合诗、文、书法来论画中之"淡"："诗文书画，少而工，老而淡，淡胜工，不工亦何能淡。"[4] 继承了苏轼的一段文论："凡文字，少小时须令气象峥嵘，彩色绚烂，渐老渐熟，乃造平淡；实非平淡，绚烂之极也。"[5] 苏、董所说，更清除一些误解：平淡可毫不费力，一蹴而就；平淡竟如无本之木、无源之水。董氏更就文人画的发展经过，突出米芾之"淡"和倪瓒之"淡"，认为"元之能手虽多，然禀宋法，稍加萧散耳"，而黄、吴、王（蒙）三家尚不免"纵横习气，独云林古淡天然，米痴（米芾）后一人而已"[6]。意思是在"淡"的风格发展中，倪瓒乃由宋而明的一位关键人物，这一看法是很值得进一步研究的。

综合上述，淡和简、雅、拙之间的关系，还值得进一步研究。假如就无意为工这一点而言，则淡跟拙比较相近，并导致文人山水画的另一艺术风格——偶然。

在结束本节之前，不妨提一下西方的风格论也有类似"自然"、"平淡"之说。罗马诗人、批评家贺拉斯（公元前65—前8）的《诗艺》认为写诗

---

[1] 商务印书馆曾有影印本。
[2] 《宝迂斋书画录》引。
[3] 李日华：《六研斋笔记》。
[4] 董其昌：《容台集》。
[5] 苏轼：《与赵令畤（德麟）书》。
[6] 董其昌：《画眼》。

宜说"此时此地应说的话"[1]方显得自然而无造作。贺氏的《诗艺》篇幅很长，全用韵文写，不事雕琢，流畅自然，因此意大利艺术批评家J.J.斯凯里杰（1540—1609）则把贺氏这篇长诗称为"若无艺术的艺术"或"至艺无艺"[2]现代美国文学批评史家M.K.温姆色特（1907—1975）则赞许贺拉斯懂得一条道理："疏略无意却优美动人，不想方设法，而能使人领悟"。温氏并且主张："偶然凑合，本来就是诗的一种结构……诗很少被用来发表声明或箴言。"[3]以上诸论点，都是强调诗须平淡，偶尔得之，也有参考价值。

偶　然

　　文人画有时进入了物我为一、心手相忘之境，似乎毫不经意、偶然得之。这种风格可以说是平淡的升华，和平淡一样，也是文人画的审美标准。关于偶然，我国古代美学曾经涉及。西汉刘安写道："夫宋画吴冶，刻镂刑法，乱修曲出。"[4]高诱注曰："宋人之画，吴人之冶，刻镂刑法，乱理之文，修饰之功，出于不意也。"意思是春秋战国时期，宋国和吴国的刑法条文，刻在铜器上面，并饰以花纹，图纹和文字双方配合得好，精工之至，却又像出于无意似的。这段话说明我国古代工艺美术已具有"出于不意"的审美效果，同时体现了"偶然"这一审美准则。等到文人艺术风格的发展由雅而淡，由淡而偶然，对这准则更有不少阐说，并且首先见于书论。正如陶潜的"云无心而出岫"或江总的"云无情而自合"，偶然生出、偶然凑合的境界，为书家所向往。苏轼自论书："书初无意于佳，乃佳尔。"黄庭坚自论书："老夫之书本无法也，但观世界万缘如蚊蚋聚散，未尝一事横于胸中，故不择笔墨，遇纸则书，纸尽则已，亦不计较工拙与人之品藻调弹，如木人舞中节拍，人叹其工，舞罢则萧然矣。"[5]这里关键在于"无意"或"未尝一

---

　　[1]　贺拉斯：《诗艺》第45节，杨周翰译，人民文学出版社，1962年。此段英译文为："a place for everything and everything in its place"。
　　[2]　此段英译文为："an art written without art."
　　[3]　与C.布鲁克斯（1906—　）合著《文学批评简史》，纽约版，1957年，第91页。
　　[4]　《淮南子·修务训》。
　　[5]　《山谷文集》。

事横于胸中",行笔若无其事,而动中绳墨,合乎节奏,搁笔之后则有"舞罢萧然"之感,好像不曾写过什么似的。可以说黄氏对"偶然"作了形象的描绘。明代鉴赏家詹景凤评苏轼所书《黄州寒食诗卷》[1],也说出同一情况:"英爽高迈,超入神妙,盖以之内观其心,心无其心,外观其笔,笔无其笔,即坡(东坡)亦不知其手之所以至。"[2]"内观",以及"心无其心","笔无其笔",等等,是指意、笔交融,心、手两忘,一切出于偶然的那种风格。此外,黄庭坚在题李汉举《墨竹图》时,则进而描写画中的偶然风格:"如虫蚀木,偶尔成文;吾观古人绘事妙处多如此,所以轮扁斵车不能以教其子。近世崔白笔墨几到古人不用心处,世人雷同赏之,但恐白未肯耳。"[3]今天说来,这"不用心处"当然也不限于古人,有较高成就的画家都能达到,因为它乃工而后淡的结果;但观者对这风格,不是人人都能领会,先须懂得笔墨甘苦,方始看得出工在何处,工而后淡又在何处。宋代花鸟画家崔白"性疏阔","临素多不用朽,复能不假直尺界笔","以败荷凫雁得名"[4],我们从这段记叙不难想象,他唯其能工,而后笔墨方能有"不用心处",可惜观众见不及此,把他当作工笔画家,使他难以接受了。清代石涛更深入一步,把诗的偶然和画的偶然合而论之!"诗中画,性情中来者也,则画不是可拟张拟李而后作诗。画中诗,乃境趣时生者也,则诗不是使生吞生剥而后成画。真识相触,如境写影,初何究心?今人不免唐突诗画矣。"[5]"识"指主观,"真"属客观,二者"相触",即前者反映后者;画家须从性情中生境趣,使艺术形象如镜中之影,出于无心,不过偶尔呈现;如果舍天然之妙,而侈奢谈诗中画、画中诗,便都无是处了。不妨说石涛此语给偶然的风格作了很好注脚。到了清末的戴熙(醇士),其画步伍石谷(王翚),名盛一时,但笔墨呆板,看不出多少性情、境趣,但他论画时却能窥见偶然是难能可贵的风格:

---

[1] 真迹在日本,国内有影印本多种。
[2] 《东图玄览》卷一。
[3] 《山谷题跋》卷三。
[4] 郭若虚:《图画见闻志》。
[5] 《大涤子题画诗跋》,《美术丛刊》本。

"有意于画，笔墨每去寻画。无意于画，画自来寻笔墨。有意盖不如无意之妙也。"[1] 给予笔墨自来、如出偶然的风格以很更高的地位。

这个"偶然"、"自来"，意味着平淡天真，毫无造作，没有斧凿痕，也叫得"天趣"。因此士大夫作画时，还可借助事物的一些偶然现象来激发他的艺术想象和构思，来谋求天趣。关于这一方面，唐、宋人有几段记载，可供参考。唐段成式曾写道："范阳山人请于后厅上掘地为池，方丈，深尺余，泥以麻灰，日没水满之。候水不耗，具丹青墨砚，先援笔叩齿良久，乃纵笔毫水上，就视，但见水色浑浑耳。经二日，揭以缣素四幅，食顷，举出观之，古松怪石，人物屋木，无不备也"[2]。这位山人面对池水，执笔构思之后，便在水面挥毫，看去一片模糊，隔了两天，用绢揭出水面的图纹，竟然是一幅山水画了。"候水不耗"说明水平如镜，便于落笔，但两天来被风吹绉，原作的图像经过歪曲，乃见偶然之趣或天趣了。宋邓椿《画继》所记郭熙的影壁，另见《论意境》一文，也是以偶然现象触发艺术想象。此外还有类似的故事。

"小窑村陈用之善画，迪[3] 见其画山水，谓用之曰：'汝画信工，但少天趣。'用之深服其言，曰：'常思其不及古人者正在于此。'迪曰：'此难耳。汝当先求一败墙，张绢素讫，倚之败墙之上，朝夕观之，观之既久，隔素见败墙之上，高卑曲折，皆成山水之象；心存目想：高者为山，下者为水，坎者为谷，缺者为涧，显者为近，晦者为远；神领意造，恍然见其有人禽草木飞动往来之象，了然在目。则随意命笔，默以神会，自然境皆天就，不类人为，是谓活笔。'用之自此画格日进。"[4] 宋迪启发陈用之，凭自然的偶然暗示，来活跃想象，也活跃笔端，遂能突破前人窠臼，在作品中表现意所不及的天趣。西方绘画也有从偶然获取暗示以丰富想象的，和宋迪的建议很相

---

[1] 戴熙：《习苦斋画絮》卷一。
[2] 段成式：《酉阳杂俎》。
[3] 宋迪，字复古，北宋山水画家，苏轼评他所画"山川草木，妙绝一时"。
[4] 沈括：《梦溪笔谈》。《佩文斋书画谱》第五十卷画家传六《宋迪》，也有此一段，系引自江少虞：《皇朝事实类苑》，而错字较多。

像。达·芬奇《笔记》第 2038 条:"假如你凝视一堵污渍斑斑或嵌着各种石子的墙,而正想构思一幅风景画,那么你会从墙上发现类似一些互不相同的风景画面,其中点缀着山、河、石、树、平原、广川,以及一群群的丘陵。你也会看到各式各样的格斗,许多人物的疾速动作,面部的奇异表情,古怪的服装,以及无数的事物,这时候你就可以把它们变化为若干个别形象,并想象出完美的绘画。"[1]我们把以上四个例子比较一下,不难发现这偶然或寓于客观,或从客观而影响主观。范阳山人画好之后,把偶然的作用留给吹绉一池死水的风,他的想象并未参与两天之后池中画面的偶然。郭熙就不同了,经过两个阶段,第一,枪泥于壁时,已有所想象,并进行形象思维;第二,随后因凹凸以勾取形象,则是再度运用想象;就偶然而论,前一阶段似乎多于后一阶段。陈用之和芬奇都借败壁所寓的偶然以推动想象,而这想象则与我国所谓胸中丘壑或西方所谓记忆表象[2]是不可分的。达·芬奇的几幅人物画——《蒙娜丽莎》,《圣母与小耶稣》,《圣母在岩间》[3],都有山水背景,但其艺术风格不相同。前两者比较空灵,富于想象,后者比较拘泥于客观形象,亦步亦趋。意大利艺术批评家安东尼娅·凡伦丁关于《蒙娜丽莎》的背景有一段描写,不妨把它结合芬奇《笔记》第 2038 条来领会。"悬崖峭壁之间,溪谷连绵,远接天迹,一望无尽,展示一个广阔的境界,充满了光与大气,却不见一人,这是艺术史上(按:指四方)脱离故事情节,单独为自身而存在的第一幅山水画。"[4]芬奇所以能突破窠臼,放开画笔,创造自然美的艺术形象,也许跟他所谓面壁构思,得偶然之趣,分不开吧!

中西绘画史都曾涉及"偶然",中国文人画论更把"偶然"作为难能可贵的风格。然而在西方,现代派绘画却不经想象,直接以事物的偶然凑合,当作艺术品了。对美学研究来说,这种风格演变,还是一个值得探讨的问

---

[1] E.麦克迪编译的英文本,伦敦达克渥斯公司版,1906 年,第 172—173 页。同时参看戴勉编译:《芬奇论绘画》,人民美术出版社 1979 年,第 44—45 页。

[2] 参看本书《试论画中有诗》中关于"表象—记忆—想象—创造性"的想象。

[3] 第三幅一般认为是摹本。

[4] 凡·伦丁:《达·芬奇评传》副标题《对完美境界的惨淡碎营》,狄克斯英译本,伦敦:哥朗克兹出版公司,1939 年。

题。不过，还须看到另一方面：文人画中偶然风格的源头是很远很远的，先后经过接触自然、创立意境、钻研自然、掌握自然形象的规律、锤炼艺术造形的种种技法。画家通过这么许多环节，做到意笔契合，心手两忘，物我为一，尤其是物为我化，终于有了偶然得之，天成、天就之趣。这些环节，一个扣着一个，相互关联，其中存在着规律性、必然性。因此，文人画的无意为之的偶然，实际上是以有意为之的必然为基础的。正如东坡所谓"无意为佳"的书法，毕竟是来自"有意为佳"的勤修苦练啊！单靠败壁上的偶然现象，而不经过艺术想象、形象思维，不借助熟练的造形技法，是不可能导致创作中的偶然风格的。西方现代主义的造形艺术，直接地把偶然状态中的事物当作艺术品，例如自行车前轮被倒竖在一块石头上，或者颜料被洒在画布上，便算雕刻或绘画，这在我们看来，等于把败壁本身当作一幅画，和偶然的艺术风格可谓风马牛不及了。

纵恣，奇崛

五代、北宋间，人物、释道人物、鬼神等画科开始出现崇尚奇崛、纵逸的艺术风格，代表画家有前蜀释贯休，北宋石恪，南宋梁楷等。贯休号禅月大师，有诗名，兼善草书，所画罗汉像，"庞眉大目，朵颐隆鼻"，形象夸张，而行笔坚劲，自称是"梦中所睹"[1]。石恪"性不羁，滑稽玩世，故画笔豪放，出入绳检之外，而不失其奇，所以作形相或丑怪奇崛，以示变"[2]。梁楷本是画院待诏，"赐金带，不受，挂于院内，……自号梁风（疯）子"，行笔"飘逸"，"信手挥写，颇类作草书法，而神气奕奕，在笔墨之外"，"谓之减笔"[3]。传世的石恪《调心图》[4]和梁楷《泼墨仙人》[5]等，造形奇怪，笔法粗放，只留心一二细处，并求迹外之象，善于计白当黑。以上这种风格，北

---

[1] 黄休复：《益州名画录》。
[2] 《德隅斋画品》。
[3] 夏文彦：《图绘宝鉴》；厉鹗：《南宋院画录补遗》。
[4] 在日本，见《中国名画宝鉴》。
[5] 藏台北故宫博物院。

宋已逐渐萌芽，并影响及于山水画，于平淡、生拙之外，别谋创新，为部分评论家所称许。例如刘道醇从这风格总结出"六长"，也就是六条新的审美标准："所谓六长者，粗卤求笔一也，僻涩求才二也，细巧求力三也，狂怪求理四也，无墨求染五也，平画求长六也。"[1]乍看似乎与由简而雅而淡的中和、蕴藉，完全背道而驰，其实也不尽然。第二、第五、第六都含有一定的简约、生拙、平淡，第四则仍旧是雅中的奇、正统一，即怪，须怪得有理。依照文人画的观点，无论是雅、淡、拙，或者是奇崛、纵恣，都以"畅神"[2]，达意为共同目的，不过比较而言，前者求之于敛约，后者出之于放逸，是殊途同归的。以元代和明末为代表的文人画家倪瓒和董其昌，基本上偏于前者，明中叶和明末清初的徐渭和石涛，清乾隆年间部分的扬州画家，偏于后者，而华喦（新罗山人）的风格则近于第三"细巧求力"。但是，我们也不可书生气地以为文人画家好为纵恣、奇崛，是由于读了刘道醇的"六长"之说。

至于能把这一风格解释清楚的，应推石涛。他单刀直入，拈出"快其心"乃放或奇的根本原因，犹如宗炳以"畅其神"为画的主旨。他写道："人为物蔽，则与尘交，人为物使，则心受劳。劳心于刻画而自毁，蔽尘于笔墨而自拘。此局隘人也，但损无益，徒不快其心也。"[3]指出了绘画创造和审美意识的基本原则，在于钻研自然，认识自然美，将审美感受升华为神思、意境，主动地以意使笔，创造艺术美，这样的作品既非被动地描摹自然，也非玩弄笔墨，于是乎随着心大大地解放了，冲破成规，而变化生发，使山水画艺术达到了快心、畅神的目的，而在艺术风格上也就不是拘谨的、平庸的，而是纵恣的、奇崛的了。这个过程，实际上也反映在审美意识的活动中。关于这种风格，石涛作了不少具体描述，例如对立意—运腕—行笔的过程则概乎言之："腕受变，则陆离谲怪，腕受奇，则神工鬼斧。"[4]腕

---

[1] 刘道醇：《圣朝名画评》。
[2] 这里可归结到文人画远祖宗炳的"畅神"说。
[3] 《苦瓜和尚画语录·远尘章第十五》。
[4] 《苦瓜和尚画语录·运腕章第六》。

禀承意境以指使行笔,乃意、笔之间的中介,如果命意常新,则变化多端,扫尽凡庸,怪怪奇奇,出乎腕下,而笔若天成。又如就画树画石、画山的笔法说,则有:"吾写松柏古槐古桧之法,如三五株,其势似英雄起舞,俯仰蹲立,蹁跹排宕,或硬或软,运笔运腕,大都以写石之法写之。……其运笔极重处,却须飞提纸上,消去猛气,所以或浓或淡,虚而灵,空而妙。大山亦如此法。"[1]正由于腕受变,才能由意新而笔新,所以思如泉涌,必然笔墨如飞,形象异常生动,神采焕发,绘画就犹如舞蹈一般了。另一方面,对这样豪放奇纵的笔法,特别拈出"飞提"而不"猛",更是把奇崛的艺术风格,同一味狂野的邪门外道划清界限,不使逾越文人画内蕴、深藏的审美准则。此外,石涛还告诉我们,他表现这一艺术风格时所享受到的物我两忘、快心畅神之乐:

> 吾写此纸时,
> 心入春江水。
> 江花随我开,
> 江水随我起。[2]

并且肯定了同一风格所赋予的"陆离谲怪"却又真实的艺术形象:

> 变幻神奇懵懂间,
> 不似似之当下拜。[3]

此外,石涛更写下几条很可宝贵的实践经验:"此道见地透脱,只须放笔直扫,千岩万壑,纵目一览望之,如惊电奔云,屯屯自起。"[4]意思是创意

---

[1] 《苦瓜和尚画语录·运腕章第六》。
[2] 《大涤子题画诗跋》,《题〈春江图〉》,《美术丛书》本。
[3] 同上书,《题画山水》。
[4] 同上书,末署"癸未二月青莲草阁"。

新颖,画笔自然放得开,生出种种动人的艺术形象。但更重要的是,使物而不为物使,方能臻于化境,所以他又补上一段:"山水真趣,须是入野看山时,见他或真或幻,皆是我笔头灵气,不论古今矣。"[1]必从奇境求奇笔,使笔的"起"和"止"都几乎难辨,方是大家的手笔。

对文人画艺术风格的探讨,是我国古代美学的重要课题。本文所述,不够全面,在名称、涵义和分析上也不免有错误。不过,随着时代的变化,上面所举简、雅、淡、拙、偶然、纵恣、奇崛,等等,今天可能依然存在,但被纳入审美意识的新领域,赋予新的阶级内容。今天从事国画创作,未尝不可讲求简、奇、放,从而更好地为社会主义建设服务。至于雅、淡、拙和偶然,倘若经过一番实践和理论研究,或者也会逐渐被广大观众所接受。这样看来,美学界和艺术理论界似乎有不少的工作要做啊!

本文发表于《文艺理论研究》1982年3月

---

[1]《大涤子题画诗跋题〈春江图〉》,《美术丛书》本,末署"阿长,济"。

试论艺术抽象和艺术形式美

近来报刊发表的美学和艺术理论文章中,提到抽象艺术和艺术抽象两个概念既有区别,又有联系,这一点是相当重要的。我国的书法艺术似乎可以说明这一点:作为我国特有的艺术在其发展中,逐渐减弱物象的反映而增强书家的意境的表达,发挥了我国特有的艺术抽象亦即艺术概括的功能,因此不能把它和现代西方抽象艺术等量齐观。倘若我们将艺术抽象,连同艺术概括、艺术形式美、艺术典型塑造,加以探讨,倒是很有必要,因为既可比较正确地对待西方抽象艺术,也好进一步说明艺术形式美是从艺术抽象出发,并以典型塑造为最终目的。此外还有助于认识现代西方资产阶级以抽象艺术代替艺术抽象的一系列形式主义美学和文艺批评的实质。下面试谈谈个人体会,以就正于读者。

一

"抽象"一词原是外来的。如就拉丁语而论,它有"抽取"与"汲引"双重意思。在英语中,作为形容词,是指"脱离物质的"、"不具体的",用作动词或名词,解为"取其本质"或"摘要"。而用于艺术创作,则可包含两种不同的活动。(一)艺术家脱离生活实践,自发地、自我表现地运用点、线、面、体和色彩,以创造不反映任何现实物象的作品;这也就是西方现代的抽象艺术。(二)艺术家抽取客观事物的形象,通过艺术形式美而进行艺术概括,以表达事物的本质和艺术家的感受、情思、意境,从而塑造艺术形象、艺术典型;这又可称为艺术抽象,在西方有浪漫主义和现实主义两大主流。艺术抽象和抽象艺术之间的矛盾,今天在西方相当尖锐,而作为现代派的抽象艺术对我国的影响也渐扩大。这里面存在一些关键性问题,例如不通过艺术形式美,艺术概括能否表现事物的本质和作者的情思?脱离生活的艺术,能否构成艺术形式美?具有艺术形式美的花纹、图案,是抽象艺术,还是艺术抽象?如此等等,都有待分析研究。此中头绪诚然纷繁,但不妨在艺术抽象和艺术形式美的有机关系下,首先明确"形式"的涵义和作用。因此很有必要重温列宁的指示:"形式是本质的。本质是具有形式的。不论怎样,形式还是以本质为转移的。"[1] 这段话使我们深刻理解到抛开事物的内容、本质和具体形象去追求艺术形式美,是不能随意苟同的。西方抽象艺术也自称有它的艺术形式美,实际上乃是违反艺术抽象、艺术概括而侈谈形式美的绝对独立性,并没有什么奥秘可言。但是我们翻开西方美学史或艺术史,关于"形式"的理解并非一开始就如列宁所说的那样,而是经历了一个漫长的,或是或非的曲折道路。下面试举若干有代表性的、有影响的论点,作为参考,对于理解艺术抽象和艺术形式美之间的关系,也许有些帮助吧!

柏拉图(公元前427—前347)脱离现实与客观世界,使"形体美的形式"依存于所谓超越一切的绝对"理念"或"理式",割断了艺术形式美和客观事物形象之间的联系。他说:"形式美指的不是多数人所了解的关于动物或绘画的美,而是直线和圆以及用尺、规和矩作出直线和圆所形成的平面形和立体形。……这些形状的美不像别的事物是相对的,而是按照它们的本质永远是绝对的。"[2] 这里的"本质"是指"理念"而言,和客观现实的本质毫不相干,是违反唯物主义原则的,所以单纯的形式就可产生快感,因而艺术形式美只限于抽象美了。柏拉图的弟子亚里斯多德(公元前384—前322)和老师不同,将艺术形式之美从"理念"、"理式"的形而上学桎梏中解放出来,重新和客观事物形象相结合。他从悲剧的情节或行动这一具体事物中来考察艺术形式的结构因素,即"事之有头、有身、有尾"的。[3] 他还谈到形

---

[1] 列宁:《哲学笔记》,人民出版社,1956年,第125页。
[2] 柏拉图:《文艺对话录·斐力布斯篇》,朱光潜译,人民文学出版社,1980年,第298页。
[3] 亚里斯多德:《诗学》第七章,罗念生译,人民文学出版社,1962年,第25页。

式之"美"与均衡性分不开:"一个鼻子的形式可以多样,从笔直而弯勾而平扁,看上去都很顺眼;但是如果直、勾、扁太过分了,失去匀称,那么鼻子也就不成其为鼻子了。"[1]更重要的是,他提出事物的"四成因":形式因、质料因、动力因和目的因;[2]并以建造房屋为例,说明动力因属于造屋的艺术,目的因有关房屋的功用,质料因指泥土和石块,而形式因则"对房屋作出全面的规定"[3]。在他看来,"形式"只能居留于具体事物中,而"形式因"则对事物的构成起重大的,甚至决定性作用。如果把后世强调艺术形式美的相对的或绝对的独立性溯源于亚氏,也是不无理由的。

到了罗马时期,语法家和诗人尼奥托勒马斯(约公元3世纪)[4]主张内容、形式、诗人的三重分法,对亚氏的"四因说"有所调整,把动力因和目的因综合为"诗人",点明了诗的创作动机之所在,突出了诗人、艺术家的能动作用,不仅预示了布封(1707—1788)所谓"风格即其人"那句名言,更赋予艺术形式美以作家的个性。这一论点不妨说是西方对艺术形式美的认识的一个发展。至于罗马时期新柏拉图主义者普洛提诺(205—270)以及中世纪经院哲学重要代表托马斯·阿奎那(1226—1274)等也侈谈形式美,但都把它归诸神或上帝的创造,体现了上帝的光辉,和柏拉图以形式美为"理念"、"理式"的表现,是一脉相承的。[5]

从文艺复兴到十八世纪,西方美学和文论继续涉及艺术形式美,限于篇幅,暂且不谈。[6]至于十八世纪后期至十九世纪初期,康德(1724—1804)和黑格尔(1770—1831)的有关论点,影响深远,今天还有现实意义。讲到诗及其形式时,康德认为,"诗……开拓人的心胸,因为它给想象力以自由,……提供一种形式,这种形式把概念的形象显现和语言所能完全表达的丰富思想结合在一起。"换句话说,在诗中,凡能统一艺术形象和情思意境

---

[1] 亚里斯多德:《政治学》,1309b23。
[2] 亚里斯多德:《分析后篇》,94a20。
[3] 亚里斯多德:《形而上学》,996b5。
[4] 曾和贺拉斯的名字相关联。
[5][6] 拙文《再读艺术形式美》(见《学术月刊》1981年第3期),曾作简单介绍,这里就不重复了。

的，必然借助于艺术形式美。康德虽然主张无关利害之"美"，但毕竟没有抛开诗人的思想感情而片面地空谈诗的形式之美。黑格尔强调："艺术的内容就是理念，艺术的形式就是诉诸感官的形象。艺术要把这两方面调和成为一种自由的统一的整体。"[1]我们倘若以社会现实、人类生活来取代"理念"，便可避免黑格尔的头脚倒置的文艺观，并在我们今天所说的"统一体"中将艺术形式美包括进去了。黑格尔还说："遇到一件艺术作品，我们首先见到的是它直接呈现给我们的东西，然后再追究它的意蕴或内容。前一因素——即外在的因素……（它的）用处就在指引到这意蕴。"[2]意思是艺术作品的形式之美是为艺术作品的内容之美服务的，从而区别于脱离意的抽象美或纯形式美。

二

十九世纪末，欧洲的颓废主义文艺兴起，"为艺术而艺术"的形式主义开始泛滥，鼓吹形式美的绝对独立性，在绘画方面终于导致抽象派和抽象美的理论，以抽象艺术取代了艺术抽象；其演变过程相当复杂，下面简单介绍印象派、后期印象派以及形式主义、抽象主义、结构主义等的一些例子。

印象派首要代表马奈（1832—1883）展出他的《日出印象》，引起观众的惊讶，当时的批评界曾给这一画派下了定义："依据绘画的调子，而不是依据题材本身来处理题材，这就是印象主义者之所以区别于其他画家的地方。"[3]换句话说，在印象派看来，艺术形式美主要依靠掌握并运用户外光色的变化。

后期印象派三位代表对艺术形式美也各有看法。塞尚（1839—1906）主张从自然、真实而不从幻想、虚构来进行创作，同时避免倾向于"文学的东西"。艺术家应直接钻研自然，"对画家来说，只有色彩是真实的。""假如表现扭曲着的树木，使山崖做出怪相等……这一切仍然是'文学'。"塞尚认为

---

[1] 康德：《判断力批评》，商务印书馆版，第53节。
[2] 黑格尔：《美学》第一卷，朱光潜译，第87、24页。
[3] 陈允鹤：《马奈》，人民美术出版社，1979年，第19页。

自然现象本身原无所谓线条，而只有色和色的对比，但"这些不是黑和白的对比，而是各种色彩的运动"。所以绘画艺术的"形象塑造不外乎色调关系的正确。如果这些色相并安置着，而且一个不缺，那么，形象就会自我塑成"。他还说："月光下松林的色蓝味苦的气氛，须和草地的绿色以及遥望中圣维克托山峰岩石的气氛结合起来。这些是人们须再现出来的，并且只在色彩里面，不要沾染文学。"[1] 他的结论是"不应把线条从色彩分开"，也就是说，倘先勾轮廓而后赋彩，或以线条为主、以色彩为辅，都是不允许的。在他的作品中，艺术形式美的主要任务是通过色彩的运用以及其变化与对照，来表现出运动的感觉。但是这不等于忽视轮廓、线条的功用。弗莱对此曾有比较细致的介绍。"塞尚运用一种引起错觉的艺术手法来表现画面上轮廓的持续，那就是每段极小长度的轮廓都存在形状的变化。我们哪怕细察最小的曲线时，都发现它不是一律的、一样的。由于这种不断的差异，……和无限的质变，画面才会如此生气勃勃。"[2] 换言之，塞尚力图使线条或隐或显地、若断若连地盘绕于多种色彩的组合中，论者每每欣赏塞尚的作品形象坚实，富于质感，其奥妙也许就在此吧！至于塞尚公然打起"不要文学"的旗帜，使艺术领域中诗和画彻底分家，这不仅在西方可算惊人之论，而且和我国推崇"画中有诗"，亦大相径庭了。梵高（1853—1890）比塞尚有所发展，进一步看到了线条、轮廓在艺术形式美中的作用。他说："我常常在现场作画，试图在描绘对象时紧抓它的本质的东西，对轮廓线所环绕的各个平面，平均地赋予简化的色调，同时我有意识地过分强化色彩的明暗配合。"[3] 梵高不像塞尚以色取线，而是使色线并行，这是受了日本浮士绘，而非中国绘画的影响。在梵高看来，从色、线并重中追求色的效果，不失为艺术形式美的一种表现。高庚（1848—1903）更不同于塞尚和梵高。他承认："我只理解一个手续，……从简单的色彩以及光和形的分布里产生印象，并奏出画面的

---

[1] 赫斯：《欧洲现代画派画论选》，宗白华译，人民美术出版社，1980年，第17、19、21—22页。文字略有修改，下同。

[2] 弗莱：《塞尚：对他的发展的研究》，第十章，伦敦版，1927年。

[3] 《欧洲现代画派画论选》，第33、38—39、44页。

音乐。在观赏者尚未知道画中所表现的事物之前，就立刻被画面色彩的魔术式的乐奏所抓住了。"[1]高庚认为画家争取到这种魔术式的效果，就是"完成一个创造性的作品"，因为他"不应模仿自然，而必须吸取自然的元素以创造出新的元素来"[2]。他批评"印象派只用他们的眼睛去探索，而没有进入想象的神秘领域；结果他们回到了科学的推理上去"。在他看来，"艺术家不是过去、现在、自然以至自己的伙伴的奴隶。应该是他自己，永远是他自己。"结果他把自然固有的色彩升华为具有作家个性的色彩，创造了新的艺术形式美。

我们回顾由马奈到高庚，他们所追求的艺术形式美主要表现于色彩的运用，间或是色与线条的交融，但都从钻研自然出发，植根于客观现实中；换而言之，都是环绕着自然的本质来探索这个问题，并以艺术形式美作为塑造艺术形象的手段，因此可以说，他们是走艺术抽象的道路的。

三

但是到了二十世纪的二十年代，在现代派艺术中，形式开始脱离生活内容而独立，所谓造形艺术之"形"，已不是对自然的本质的反映，不再表现对事物形象的感受，不再体现画艺术中物我的交融。画面中还存在点、线、圈、体和色彩，但它们都和事物形象及其审美感受毫无联系，只是抽去事物形象的东西，然而却被称为"突破"[3]，也就是冲垮了艺术内容、艺术形象和艺术形式美的有机结合，抛弃了艺术抽象，并把艺术形式美局限于抽象美，当然这后者和我国书法的抽象美是没有什么共同之处的。一般认为是抽象派艺术铺路人之一的康定斯基（1866—1944），主张这种抽象可以表达主观情感，满足"内在需要"，产生艺术形式美。这里需要附带说明的是：我国书法中字的形体，虽有一部分反映事物，但更为基本的是寄寓情思意境于点、线、圈等的结构以及笔法与墨法之中，为世界上独一无二的艺术抽象的方

---

[1]《欧洲现代画派画论选》，第33、38—39、44页。

[2] 指文艺复兴时期，特别是达·芬奇。

[3] 理德：《现代绘画简史》，刘萍君译，上海人民美术出版社，1979年，第20页。

式,因此我国美学界对书法美学的探讨的成就,应该说是美学研究的一大贡献啊!

但是,介于后期印象派和抽象派之间,还出现了形形色色的形式主义的审美观点,给这个"突破"提供理论基础,而其实质则是新柏拉图主义的继续。这里也有必要介绍一些,特别是英国的贝尔(1881—?)和弗莱(1866—1934)的观点,而贝尔所论"有意义的形式"(也译"有意味的形式")则产生较大的影响。意思是,"线条、色彩在特殊方式下组成某种形式或形式关系,激发我们的审美感情。这种组合所产生的美感形式,我们称之为有意义的形式。""艺术是有意义的形式的创造。""一件艺术品所表现的要素可能是有害的,也可能是无害的,然而这永远是题外的话,同艺术毫不相干。""我们不能使艺术去迁就群众;群众必须来迁就艺术。"[1]贝尔完全抹煞审美感情的生活源泉和道德标准,从而肯定所谓艺术形式美的绝对独立性,也就是大搞其形式主义。接着,弗莱坚持"艺术作品的形式乃最为基本的特质,我深信这种形式导源于一种特殊的领悟,从而暗示一定的超然独立的境界"。他还不胜感叹:"艺术愈加纯化,了解艺术的人就愈少。它仅仅诉诸美感,而大多数人在这方面是比较薄弱的。"[2]至于王尔德(1856—1900)则更加赤裸裸地宣传:"形式就是一切。它乃生命的奥秘。""倘若以崇拜形式为起点,那么任何的艺术奥秘都会向你展示的。"[3]此外,还有俄罗斯的形式主义论,用的是"延伸法"(或"外延法")和"吞并法"。前者无限度地扩大"形式"的范围,使艺术形式等同于艺术形象或整个艺术作品,例如维克特·施克罗夫斯基说:"形式主义的方法并不否定意识形态或艺术内容,不过承认所谓内容乃形式的一个方面。"[4]这显然是本末倒置,以形式为主导,以内容为附庸。又如维克特·舍孟涅斯基说:"在诗中,爱、忧愁、内在的悲剧性冲突以及某种哲学观点,都只能作为若干具体的形式而存在。"罗门·耶可

---

[1] 贝尔:《论艺术》,纽约版,1913年,第8、25、3页。
[2] 弗莱:《艺术的想象与构思》,《企鹅丛书》本,1937年,第237、10页。
[3] 王尔德:《批评家即艺术家》,《意想集》,第201—202页。
[4] 维克特·爱尔里奇:《俄罗斯的形式主义》,海牙版,1955年。

伯逊说："把思想和感情强加于诗人，这种做法是荒谬可笑的，就好比中世纪的观众把扮演出卖耶稣的犹大，痛打一顿。……观念的东西，犹如油画布上的许多颜色，它们乃是达到共同目的的手段，帮助构成一个艺术整体，这整体我们称为形式。"[1]换言之，艺术形式取代了整个艺术作品。至于"吞并法"，就是形式一张口，内容便被吞了进去；认为文艺研究的唯一合法的课题是"设计"，而在设计中，"形式"最重要，如果缺乏它，那么设计对象所包含的种种要素或组成部分将是一盘散沙；也就是说，决定艺术作品的是形式而非思想、内容。这里意味着亚里斯多德的"形式因"的深远影响。同时，也须提到克罗齐（1866—1952）的直觉主义美学的重大影响。在他看来，一切直觉都是"抒情的表现"，即赋予物质以形式，即艺术创作。因此"美实质上就是形式，除了形式别无其他"。[2]他认为："将艺术说成是内容或形式，只不过是术语上求其方便，因为我们总会懂得所谓内容是由形式构成的、是被装满了的形式，感觉乃形象的感觉，形象乃被感觉的形象。"[3]由此可见，"艺术批评没有什么可做的事，除了从诗人描写的形式去探求诗人的真正情操。"也就是关键在于形式。"对于艺术进行美学上的等级区分，都是荒谬可笑的企图。……一切关于艺术评级的书全部烧了，也无损失可言。"[4]克罗齐的这些论点，给西方抽象艺术通过点线、圈、面、体等以产生抽象美，提供了理论根据，但是和我国作为艺术抽象的书法及其形式之美是没有什么相同之处的。

四

我们介绍了这一系列的形式主义审美观点之后，再回到抽象艺术理论的重要代表康定斯基。他陆续发表《论艺术里的精神的东西》(1912)、《论形式问题》(1912)、《点与线对于面》(1925)等，赫斯《欧洲现代画派画论选》

---

[1] 维克特·爱尔里奇:《俄罗斯的形式主义》，海牙版，1955年。
[2] 克罗齐:《美学》，英译本，第16、114页。
[3][4] 克罗齐:《美学导论》，英译本，第31页。

给它们作了综合介绍,本文限于篇幅,试概括为以下几点。[1]康定斯基从上文所述的"内在需要"出发,把绘画创作比诸音乐,心灵达到一个"无物象"的颤动,构成绘画中"无物象"的表现形式,使"抽象"比"有物象"更广阔、更自由、更富于内容。为了增强抽象,必须删除内在音响的"现实性"。因此在绘画艺术的实践中,画面的一根线也就必须从模写实物的目的解放出来,它自身才能作为"一种物"起作用,它的内在音响才能不被旁的任务所削弱,而获得完满的"内在"力量。正因为如此,"内在需要"、"内在音响"就没有什么"目的性"了。说得再具体些:(一)直线、直的窄的平面:硬,不动摇,毫无顾忌地坚持着自己,像已被体验的命运。(二)弯曲线:在无定地颤抖着,像那等待我们的命运。(三)小点:或大或小,都深深地钻进紧张之中。(四)圆圈:黑色的,像雷声回旋,返回自身而终于结束,红色的,在流动中占有一切、越过障碍,放射到极远的角落,如此等等。康定斯基认为,就凭上列这些形式及其组合,足以使"整个的画幅成为一个唯一的'我在此'"。他所谓的点、线、面的形式,构成了素描,而素描则是"一种符号",并且"只有当符号象征'我在此'的时候,现代艺术才能产生"。综上所述,抽象派的或现代派道路是:赋予抽象以象征作用,将象征的对象规定为这个"我"的内在的、必然的、阴暗的心理或痛苦精神;在无可奈何的命运前,仍旧要挣扎下去。由此可见,抽象派画家所处的精神境界是十分残破的,正如康定斯基自己所说:声音的争斗,失去的平衡,突袭的鼓响,似乎无目的的努力,破碎的冲动——真是四面楚歌。然而,他却心力交瘁地在自我打气,于是乎宣称"画面的历程不应在画布面上,而应在虚幻的空间里"。最后他总结一条抽象派的纲领:"真实应从不真实里、从抽象里说出来。作为核心的健康的真理就叫做:'我在此'。"这真可谓现代西方资产阶级已经病入膏肓,虚弱万状,而仍在自我陶醉的典型画论了。

最后,不妨提一下当代相当流行的结构主义理论又是如何进一步扩散抽象艺术的影响,力图摧毁艺术抽象的原则。结构主义的重要代表加拿大的诺

---

[1] 限于篇幅,对原译文略有删改。并予简化。

斯罗卜·弗莱叶（1912— ）企图创立一种新的、"全面"的诗论，宣称要"使这门学问能够成为具有系统的一种结构"[1]。"一件艺术作品本身所具的统一的结构，不仅是批评家对它进行分析的基础，而且是不可能完全产生于艺术家的绝对的意志的。艺术家的任务只在于使构成作品的形式因发生效果：结构统一的艺术具有形式，因而也具有形式因。"[2]在他看来，文学并不直接模仿生活，因为"文学只能从它本身的结构中取得它的形式：这种形式不能不存在于文学之外，犹如音乐中的奏鸣曲（sonata）和赋格曲（fugue）等形式不能不存在于音乐之外"[3]。结构主义和抽象主义一样，从文学、艺术之外的"虚幻空间"谋求一种"形式"，借以破坏基于客观事物的感受的艺术抽象、艺术概括，同时架空艺术形式美，把十九世纪末以来形式主义推向极端。

从客观事物及其形象的感受到艺术概括：运用艺术形式美，以塑造艺术形象、艺术典型，并表达艺术家的意境、个性与风格——这是东方和西方所共具有的艺术抽象、艺术创作过程。阴暗的"我"或"内在音响"——将不反映客观物象的点、线、面体，布置于"虚幻的"空间，以满足"内在需要"——这是现代西方抽象艺术的道路。这样对照下来，东方的艺术抽象的传统显然是和现代西方抽象艺术迥然不同了。同时也更明确了：艺术形式之所以美，是因为它既改造、提高了事物形象之美，又使之结合艺术家本人的情思意境，表达了作品的个性特征和艺术风格。艺术形式之美决非片面地玩弄技法所能获得，片面地玩弄技法，只能流为形式主义，只能削弱艺术抽象和作品的感染与效果。艺术形式美是具有生命的，它沟通了艺术作品中的形象和意境。对并不从事艺术创作的观众来说，艺术形式美乃是他在审美享受上的一个关口；他须通过这道关，方能具体地、深刻地领会艺术家在艺术抽象、艺术创作过程上所付出的艰苦构思、辛勤劳动和种种甘苦；至于技法如何为内容服务？尤其是艺术欣赏逃避不了的问题。相反地，倘若此关未过，那就只能停留在认识作品主题或概念阶段，而不容易懂得究竟什么才是

---

［1］查理·卡管兰：《批评的主要论述》，纽约版，1975年，第547页。
［2］弗莱叶：《文学的若干原始模型》第二章，1951年。
［3］波克隆德：《当代的批评家》，纽约版，1977年，第216页。

主题的艺术处理？什么才是概念的感性显现？如果不能捉取艺术抽象的涵义和方法、方式，也就抓不住艺术作品的生命而起共鸣，从而获得真正的审美享受。根本的原因就在于他还未能把握艺术抽象和艺术形式美的有机的统一啊！

最后，我们也须看到西方抽象艺术对我国的影响逐渐扩大，我们的工艺美术，包括花布设计、书籍装帧、商品包装等，表现了大量的抽象美，但是对于抽象艺术的涵义和运用，我们和康定斯基之间还是有区别的，不容混淆的。康定斯基是俄国画家，在第一次世界大战期间对资产阶级政治感到失望，精神痛苦，宣称"自己的心灵升起了对'冷静'的要求。"一九一七年十月社会主义革命后，他待在德国和法国，对无产阶级专政更是吓破了胆，他彷徨失措，走投无路，只能以"无物象"、"虚幻的空间"作为艺术家的"内在需要"。

一句话，他的抽象主义理论不过是资产阶级的悲观绝望在艺术中的反映罢了。我们今天也搞抽象艺术，表现抽象美，则是为了丰富社会主义精神文明，并且符合百花齐放的方针，乃健康的而非颓废的，是适应人民大众的审美要求，而不是发泄个人的不满；两者不可同日而语啊！

本文发表于《文艺研究》1983年第1期

赵孟頫论

一

元代著名画家、书家赵孟頫，字子昂，生于南宋理宗宝祐二年（1254），卒于元英宗至治二年（1322），年六十九岁。他是宋太祖子秦王德芳的后裔，南宋孝宗时，其族获赐第于湖州，故为湖州人。他在南宋生活了二十五年，做过小官——真州司户参军，在元朝度过四十四年，官至翰林学士承旨。兄弟八人，老大孟頔，老八孟籲，他是老七。他的生母邱夫人教诲他："圣朝必收江南才能之士而用之，汝非多读书，何以异于常人。"因此，"益自力于学。"有《松雪斋文集》十卷和《外集》（即《附录》）一卷，《〈尚书〉集注》，以及《琴原》、《乐原》各一篇，他的门人杨载曾编《松雪斋谈录》，已佚，仅存文集。他的生平见于《元史·赵孟頫传》，而以杨载所作《大元故翰林学士承旨、荣禄大夫、知制诰兼修国史赵公行状》所记较详。下面酌引几段。

元世祖至元二十三年（1286）"丙戌一月，行台治书侍御史程钜夫奉诏搜访江南遗佚，得二十余人，公居首选，又独引公入见"；"丁亥（1287）六月，授奉训大夫、兵部郎中"（从五品），他的书法作品《庄子·马蹄篇》，"乃初被召为兵部郎中时书"[1]。至元二十九年（1292）出任济南路总管府事[2]。元成宗大德三年（1299）"己亥八月，改集贤直学士（从二品）、行江浙

---

[1] 文徵明跋赵孟頫《小楷尚书·洪范》，见张丑：《清河书画舫》波字号。
[2] 见下文《鹊华秋色图·题语》。

等处儒学提举,"元仁宗延祐元年(1314)改翰林侍讲学士,迁集贤侍讲学士,资德大夫,三年(1316)拜翰林学士承旨,荣禄大夫。他死后,追封魏国公,谥文敏。由于声名显赫,画史称他为赵魏公、赵荣禄、赵文敏、赵承旨等。他的家乡又名吴兴,他的松雪斋中有鸥波亭,因此又称赵吴兴、赵鸥波。元朝几个皇帝对他"圣眷甚隆"。仁宗曾说:"文学之士,世所难得,如唐李太白、宋苏子瞻,姓名彰彰然,常在人耳目。今朕得赵子昂,与古人何异!"但是也有人表示不满,仁宗"作色视之曰:'汝言赵子昂乃赵太祖子孙,岂家世不若汝邪!'其人惶惧趋出"。不久,又有人说:国家大事"不宜使公与闻",仁宗大怒曰:子昂乃"世祖皇帝所简拔,以为帷幄之臣,朕置之于馆阁之间,使之讨论古义,典司述作",如再有人"呶呶,非加罪一二,无以戒来者。于是谤者始息"。仁宗还:"与左右论公,有人所不及者数事:帝王苗裔,一也;状貌昳丽,二也;博学多闻,三也;操履纯正,四也;文词高古,五也;书画绝伦,六也;旁通佛老之旨,造诣玄微,七也。"仁宗收藏子昂所书《千字文》多至十七卷,延祐三年四月二十七日下了一道圣旨给李叔固大学士:"赵子昂写来的《千字文》手卷一十七卷,教秘书监里裱褙好了,好生收藏者,合用的裱褙物料,与省家文书应付:者么道,圣旨了也,钦此。"[1]子昂的夫人管道昇(号仲姬)也受命写《千字文》,仁宗大加赞叹:"今后世知我朝有善书妇人,且一家皆能书,亦奇事也。"并"敕玉工磨玉轴,送秘书监装池,收藏"[2]。元英宗登位后,子昂体力渐衰"畏寒不出",英宗"敕御府赐貂鼠翻披"。元朝最高统治者意在笼络汉族上层,尤其是江南文人,而子昂则感到皇恩浩荡,当然有所表现。例如皇太后想给自己所住的隆福宫换上更好的名称,交群臣商议,子昂提出"光天"二字,一位大臣认为"光天"曾见于陈后主诗中[3],未免不详,不如"光被",子昂说:"'帝光天之下'出《虞书》(《尚书》),何曰不详?"最后还是用了"光天"。子昂踌躇满志,写出了《宫中口号》:

---

[1] 王士点等修:《秘书监志》卷五,《秘书库》广仓学宭丛书本。
[2] 《魏国夫人管氏墓志铭》,见《松雪斋诗文外集》。
[3] 南朝陈的末代皇帝陈叔宝,能诗。

> 日照黄金宝殿开，雕阑玉砌拥层台。
> 一时侍御回身立，天步将临玉斧来。
> 殿西小殿号嘉谟，玉座中央静不移。
> 读罢经书香一炷，太平天子正无为。[1]

以歌颂新朝的至尊本于儒家精神，以治理中国，因而出现了太平盛世。

子昂和元朝权贵往还亦密，如七律《赠脱帖木儿总管》：

> 将军铁马拥珊弓，壮岁分符镇越中。
> 山水多情留贺监，儿童拍手爱山公。
> 紫髯似戟君犹健，白发如丝我已翁。
> 悦礼敦书殊不忝，看君真有古人风。[2]

称道总管早年镇守江浙一带留下"功德"，又借唐代诗人贺知章官至秘书监而回家乡做道士的故事，比喻这位以越中为故乡的大官儿如何同当地小孩、老人，当然也包括诗人在内，亲热得很，颇有古代儒将之风。

但是我们还须一分为二，看到子昂也有内疚的时候，不免故国之思，好比京剧中的杨延辉，虽入赘萧辽，还会偷偷地回宋营探母。不妨先看他的诗句：

> 在山为远志，出山为小草。[3]

意思是，不仕元还可保持高远的情操，而仕元则卑如草芥了。还有一些散句：

> ……　　　重嗟出处寸心违；
> 往事已非那可说，且将忠直报皇元。[4]

---

[1][2][3][4] 见《松雪斋文集》。

表示良心谴责之余，想帮助元朝行点仁政，有益于人民，以赎自己的罪愆。他说："士少学之于家，盖欲出而用之于国，使圣贤之泽沛然及于天下。"[1]确是道出他的心事。至于他的故国之思，则集中表现在以下的诗、词中：

岳鄂王墓

鄂王坟上草离离，秋日荒原石兽危。
南渡君臣轻社稷，中原父老望旌旗。
英雄已死嗟何及，天下中分遂不支。
莫向西湖歌此曲，水光山色不胜悲。

浪淘沙

今古几齐州，华屋山丘。杖藜徐步立芳洲，无主桃花开又落，空使人愁。
沙上往来舟，万事悠悠。春风曾见昔人逝，惟有石桥桥下水，依旧东流。

诗的意思比较明显，词写得婉转，"无主桃花"隐喻异族入主中华，失了真宰；清代朱彝尊《词综》卷二十七收入此词，所引邵长蘅评语，比较恰当："公以承平王孙而婴世变，黍离之悲有不能忘情者，故长短句深得骚人意变。"此外，他也还关心人民的疾苦。元武宗至大三年（1310）北京地震，"地陷，黑沙水涌出，死伤数万人。……公素与阿剌浑撒里公（平章）善，密告之曰：'今理算钱粮，民不聊生，地震之变，实繇于此。宜……大赦天下，尽与蠲免，庶几天变可弭。'阿剌浑撒里奏如公言，上悦，从之。"他还间接参与清除残害人民的桑哥丞相的活动。

然而他的内心世界究竟不很平静，时常出现思想矛盾。例如已仕新朝，而仍宣扬高蹈；甘居荣禄，却又歌颂不畏权贵，不恋名位；又如，等同贫富，以掩盖自己的名利之心；甚至深信贵贱决定于骨相和世变，非人力所能左右，以此为自己的出处进行辩解，等等。下面举些例子。

---

[1] 见《松雪斋文集》。

他在唐代韩滉《五牛图》上写过一段跋语："右唐韩晋公《五牛马》神气磊落，希世名笔也。昔梁武帝欲用陶弘景，弘景画二牛，一以金络首，一自放于水草之际，梁武叹其高致，不复强之。此图殆其意云。"[1]实际上陶弘景并非绝然不涉政治，武帝遇到国家大事，经常向他请教，因而有"山中宰相"之称。子昂此跋颇具弦外之响，殆向往弘景的"高致"耳。

他画过《子贡见原宪图》（又名《瓮牖图卷》）。子贡和原宪乃孔老夫子的阔学生和穷学生，子昂加上这么一段题语："右子贡见原宪图，要见贫无谄、富无骄之意，乃为尽其能事耳。然二子同出夫子之门，以道德为悦，岂以贫富为嫌哉！"[2]可见他这幅画的创作动机，是强调或富或贫，都无所谓，态度超然，以自鸣高。

柳贯曾有一段记载：南宋时期，"士气渐已萎苶，端明殿学士陵阳牟公"不容于朝，"公（子昂）审知之，作《高力士为太白脱靴》、《黄太史（庭坚）罢郡返櫂》二图，且自为赞。当是时，公之气固已高揖李、黄而与之肩。"[3]换言之，子昂感叹南宋王朝不能任贤，终于灭亡，他的画和赞都反映了故国之思。但是，袁桷对子昂这个作品也有一段跋语，意思却不同了："念昔至元乙酉（1285），尝从子昂承旨公于钱塘，于时年少气锐，各欲以文墨自见，此图之作，实在是岁，鼋头之兆，殆表于是。"[4]末了两句，点出了子昂和他自己一样[5]，都是官瘾不小，元、宋都可，而一年之后（1286），子昂果然接受程钜夫的推荐，仕于新朝了。

商朝末代贵族箕子因进谏纣王而被囚，周武王灭商后，释放箕子，《尚书·洪范》有箕子和武王一篇对话[6]。赵孟頫特意书此对话并画这段故事，合

---

[1] 此图及赵跋，现藏北京故宫博物院，有影印本。
[2] 见卞永誉：《式古堂画汇考》。
[3] 《跋赵松雪重画牟公〈脱靴〉、〈返櫂〉二图》，柳贯：《柳待制文集》卷十八，第4—5页，《四部丛刊》本。据《宋史·本传》，南牟子才，字存斋，历仕宋宁宗、理宗、度宗三朝，时常上书言"朝政之阙失，臣下之蔽蒙。"曾忤贾似道，累疏辞归，度宗时"进端明殿学士"。
[4] 见袁桷：《清容居士集》，《四部丛刊》本。
[5] 袁桷在元朝从翰林国史院检阅官，逐渐升为侍讲学士。
[6] 这是后人拟作。

成一卷。明代文徵明跋云:"……画既古雅,而小楷精绝,殆无遗恨。……公以宋之公族,仕于维新之朝,议者每以为恨。然武王伐纣,箕子以至亲既受其封,而复授之以道,千载之下不以为非;然则公独不得引以自盖乎!公素精《尚书》,尝为之集注,今皆不出,而独此一篇,不可谓无意也。"[1]子昂这个书画合卷,意在表白自己出处之间皆合"君子之道",这样的辩解还赢得后代文人画家的赞许。

他有时更借相术为自己解说,曾向一位相面先生表示:

> 我生瘦软乏骏骨,浪许腾骧防失真。[2]

意思是我的相貌平平,官运却还不差,但恐真命并非如此。他接着给自己辩解:

> 我昔放浪江湖间,举头开眼看青山。
> 安知世故不相舍?坐受尘土凋朱颜。

我本来落得安闲,谁料终于出仕,劳累之至,面孔都消瘦了;世势如此,我将奈何。然而事实并非如此。他在《致希魏帖》中就曾说过:"官曹虽闲,而应酬少暇,以故欲作数字,道区区之情,而不可得。"[3]

推而至于评品书画,他有时也很圆通。当时画家何澄官至秘书监,笔墨气息都很平庸,但名盛一时,他给何澄的《归庄图卷》写了这样一段话:"何澄年九十,作此卷,人物树石,一一皆趣,京师甚重其迹。……延祐乙卯(1315)九月七日吴兴赵孟頫书。"十一年后,也就是泰定乙丑(1325)二月,虞集也题一段:"吴兴赵公松雪鉴裁精严,而不与物忤……。"[4]所谓"不与物忤",就是随大流,不愿说出真话,得罪一位虚有其名的艺坛庸手。

---

[1] 张丑:《清河书画舫》波字号,赵孟頫条。
[2] 见《松雪斋文集》。
[3] 见《式古堂书汇考》。
[4]《艺苑掇英》第六辑,有影本。

像何澄这样的画家，古今中外画史上都曾有过，真正的艺术批评还是应该予以指出啊！

最后，不妨看看赵孟頫的经济情况和晚年境遇，因为这和他的艺术也有一定联系。他是宋室苗裔，本有领地，但"入国朝后，田产颇废，家事甚贫，往往有人馈钱米肴核，必作字答之"。而且"必得钱然后乐为之书"[1]。有这样一段故事，"一日有二白莲道者造门求字。门人报曰：'两居士在门前求见相公。'松雪怒曰：'甚什居士？香山居士（白居易）、东坡居士耶？个样吃素食的风斗巾，甚什也称居士？'管夫人闻之，自内而出曰：'相公不要恁地焦躁，有钱买得物事吃。'"[2]最后还是为了钱而落笔。此外，他也曾在一封信里婉转地说出生活贫困，难以白写、白画的苦衷："所恨贫家无可将接……知我最深，必不见咎。别后贱体老病交侵，药裹不离左右者一年于兹，独坐空斋，惯闷无聊。承谕《三皇庙碑》及《光福寺铭》，托爱如此，其敢不书，但恐笔墨芜秽，不堪上石耳。漫尔书付去人，更在裁之。外蒙润笔之赠，子诚何必邪？不敢引辞，领次愧惶之极。"[3]至于他的老境也很可怜："为官八年，告老回乡后，管夫人随即逝世：哀痛之极，几欲无生。忧患之余，两目昏暗，寻丈间不辨人物，足胫瘦瘁，行步艰难，亦非久于人世者。"[4]

赵孟頫对于自己的一生，也有一些看法，不妨引作本节的收场：

齿豁头童六十三，一生事事总堪怜，

唯余笔砚情犹在，留与人间作笑谈。[5]

所谓"笔砚情"，实际上并非什么"笑谈"，而是标志着他的艺术观，并体现在他的艺术创作中。这种"情"，不妨看作他的审美感情，下文试作初步分析与评价。

---

[1][2] 孔行素：《至正直记》卷一。
[3][4] 见《式古堂书汇考》。
[5] 见《松雪斋文集》。

二

赵孟頫的艺术观,表现在诗、书法和绘画三方面,本文以后者为主,但首先须谈谈他对诗的看法,因为是跟他的书论、画论相通的。他认为:"今之诗虽非古之诗,而六义则不能尽废,由是推之,则今之诗犹古之诗也。"又说:"必得其才于天,又充其学于己,然而能尽其道。"[1]意思是诗之道首在崇古,其次天才和学力并重。他的诗作在元代可与元好问相埒:"元诗承宋、金之季,西北倡自元遗山好问,……粗豪之习,时所不免。东南倡自赵松雪孟頫,……时际承平,尽洗宋、金余习,而诗为之一变。"[2]也有人认为:元初的赵孟頫,元末的萨天锡"皆有可观"[3]。实际上,他由于一味学古人,虽有一定功力,但才情不足,只好舍豪放而求温婉,不免逊于元、萨了。

赵孟頫对于书学,主张以古帖(而非古碑)为师,讲求笔法、字形,而用笔最为重要。"学书在玩味古人法帖,悉知其用笔之意,乃为有益。""书法以用笔为上,而结字亦须用工,盖结字因时相传,用笔千古不易。"[4]"学书有二,一曰笔法,二曰字形。笔法弗精,虽善犹恶,字形弗妙,虽熟犹生。"[5]子昂为了讲求笔法,而勤修苦练,他曾说:"仆二十年来写《千(字)文》以百数。"有客曾对另一书家康里巎巎说:"闻赵学士(孟頫)言:'一日可写万字。'"[6]延祐七年,即去世前二年,他还在两天内书就大篆、小篆、隶、章草、楷、今草六体《千字文》[7]。至于学古他总感到古人不可及,他"偶得米海岳(芾)书《壮怀赋》一卷,中阙数行,因取刻本摹搨以补其缺,凡易五、七纸,终不当意,乃叹曰:'今不逮古多矣。'"[8]他更赞美鲜于枢勤学古人书法:

---

[1] 见《松雪斋文集》。
[2] 顾嗣立:《寒厅诗话》。
[3] 宋荦:《漫堂谈诗》。
[4] 《兰亭跋》。
[5] 《佩文斋书画谱》,引方鹏:《崑山志》。
[6][8] 见陶宗仪:《辍耕录》。
[7] 北京文物出版社、上海古籍出版社有影本。

刻意学古书，池水欲尽黑。[1]

此外，子昂的苦苦学书是为了能传后代：

学书工拙何足计？名世不难传后难。
当有深知书法者，未容俗子议其间。[2]

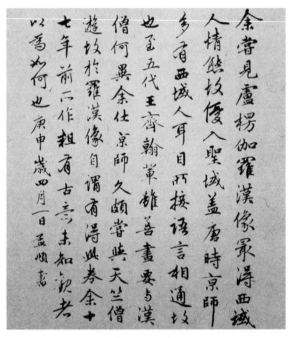

图1　赵孟頫书法

也就是书法艺术须经得起历史考验，求得后代有知音，对俗子或时论的阿谀则不必理睬。赵孟頫确是经得起这一考验，赵书的影响至今未衰，为画所不及（详后）。至于子昂的书法学过哪些古人，明宋濂曾予指出："公之字法凡屡变，初临思陵（南宋高宗赵构），后取则锺繇及羲、献，末复留意李北海。"[3] 但清初孙承泽认为："陆司谏所书《文赋》全摹《禊帖》(王羲

---

[1] [2] 见《松雪斋文集》。
[3] 见《式古堂书汇考》。

之《兰亭叙》），而带有舅氏虞永兴（世南）之圆劲，遂觉韵、法双绝。唐初诸公仿晋，率涉板直，如此妙腕未见其匹。赵文敏晚年书法全从此得力，人鲜见司谏书，遂不知文敏所自来耳。"[1] 这可作宋说的补充，如果细察用笔转折处，则赵确曾学陆。子昂的书法负有盛名，当时和后世的评价，也不妨谈谈。虞集认为子昂虽学晋人书尚未"入室"："元初士大夫多学颜书，虽刻鹄不成，尚可类鹜。……自吴兴赵公子昂出，学书者始知以晋名书。然父执姚先生曰：此吴兴也，而谓之晋，可乎？此言盖深得之。"[2] 这大概是指他的行草，至于他的楷书，则称许者较多。郭畀（天锡）说："子昂百技过人，就中楷书大妙绝。"[3] 鲜于枢认为："子昂篆、隶、正、行、颠草，俱为当代第一，小楷又为子昂诸书第一。"[4] 明张亚则和郭、鲜于所见相同："子昂好迹，传世者十不得一，余录其目睹之精美者而品第之，自当以《过秦论》为小楷之冠云。"[5] 鲜于枢的题跋还提到：子昂写这篇《过秦论》时，"笔力柔媚，备极楷则，岂知下笔神速，如风雨邪？又古今之一奇也。"袁桷也指出："承旨公作小楷，着纸如飞，每谓欧、褚而下，不足论。"[6] 元人黄潜则作了广泛的论说："赵公用意楷法，穷极精密，故其出而为行草，纵横曲折，无不妙契古人。不善学者，下笔辄务为倾侧之势，而未尝窥其用意处，是以愈工而愈不及也。"[7] 综观以上诸说，主要一点是经过勤修苦练，最后做到笔随心转，于是行笔迅速而意不走，在这基础上从柔媚的楷书，转为纵横曲折的行草。也就是说，赵书纯从功夫中来，而功夫主要用在楷书上。至于他的书品，不妨看看当时和明清的评论。当时由于元仁宗的大力吹捧，一般评论也就随风倒。除上述的鲜于、袁、黄等外，更有姚安道跋赵书小楷《过秦论》值得注意："字，心画也。松雪斋此书，……风格整暇，意度清和，可以观公之心矣。"所谓"整暇"、"清和"，反映了温顺的品格，元仁宗所赏识的也正在

---

[1] 陆柬之：《书陆机〈文赋〉》，影印本，上海书画出版社，第22页。
[2] 虞集：《道园学古录》，《四部丛刊本》。
[3][4][7] 见《式古堂书汇考》。
[5] 张丑：《清河书画舫》波字号。
[6] 袁桷：《清容居士图》，《四部丛刊》本。

此，实际上缺乏雄劲奔放的气势。但是元人的评语，也有褒贬各半的。"李西臺书名重一时而东坡乃谓'虽可爱，终可鄙，虽可鄙，终不可弃'。吾尝妄意借为子昂方寸大字之用，闻者瞿然，因难为浅见寡闻者道也。至其尺牍挥洒，奕奕有晋人一种风气，亦不可掩，且未易及哉！"[1]到了明代，赵书的政治支柱不复存在，出于真心的评语逐渐多了。王世贞说得相当率直："赵承旨各体俱有师承，不必己撰，评者有书奴之诮，则太过。"实际上指出他没有自家面目，无甚独创精神。接着又说："小楷《黄庭经》、《洛神赋》于精工之内，时有俗笔。碑刻出李北海，北海虽佻而劲，承旨稍厚而软。"[2]这"俗"和"软"正是雄劲奔放的反面。董其昌则从侧面说出赵书不足之处："书家以险绝为奇，此窍唯鲁公、杨少师（凝式）得之，赵吴兴弗解也。"[3]这话不啻前引姚安道一跋的注脚，因为"观公之心"，不难发现最怕的就是"险绝"，当然也就无从领会鲁公、少师书法艺术的境界了。张丑认为赵书"过为妍媚纤柔，殊乏大节不夺之气"[4]。将其书法风格归结到政治立场上去，亦即以文论书了。此外清代傅山主张"作字先作人"，对于赵孟頫书品，则"薄其为人，痛恶其书浅俗"，同时指出，"赵却是用心于王右军者，只缘学问不正，遂流软美一途，心手之不可欺也如此。危哉！危哉！""宁拙毋巧，宁丑毋媚，宁支离毋轻滑，宁直率毋安排，足以回临池既倒之狂澜矣。"[5]说得也很深刻，并可联系到对孟頫画品的研究。包世臣更从笔法论赵学王书："以吴兴平顺之笔而运山阴矫变之势，则不成书矣。"[6]这里的"平顺"，实质上也和赵的为人分不开。

我们看了上面的评论和赵书真迹，可以得出这样的结论：赵书首重古人笔法，次讲古人笔意，但由于自己的政治地位和气质都倾向折衷、调和，于

---

［1］ 元泰定甲子（1324）蜀梁子寅跋《赵魏公二帖》，《式古堂书汇考》卷十六。宋初书家李建中，学唐欧阳询、徐浩书，因多次想做西京留司御史台，人称李西台。

［2］ 王世贞：《艺苑卮言》。

［3］ 汪之元：《天山有山堂画艺》引，西泠印社石印本。

［4］ 张丑：《清河书画舫》波字号。

［5］ 傅山：《作字示儿孙》。

［6］ 《艺舟双楫·答熙载九问之四》。

古人雄强奔放的境界格格不入，所以只剩下自家的温润细谨，结果是得古法而失古意，终于沦为"妍媚纤柔"。他以一身而兼擅书法和绘画，这两门艺术彼此互通，我们既已看到赵书的基本面貌和审美感情，那么赵画亦不会例外了。

我们首先引他的几则画论。第一，是旗帜鲜明的复古主义："作画贵有古意，若无古意，虽工无益。今人但知用笔纤细，傅色浓艳，便自为（谓）能手，殊不知古意既亏，百病丛生，岂可观也？吾所作画，似乎简率，然识者知其近古，故以为佳。此可为知者道，不为不知者说也。"古意是指古代绘画相当质朴的意趣，绝不追求表面的华饰，而不知者以为过于简单率直，无甚可观了。其次，对于历代遗产，他总是以为近不及古："宋人画人物，不及唐人远甚。余刻意学唐人，殆欲尽去宋人笔墨。"如果学得唐代人物画的笔墨，便可心满意足，不求创新了。再次，关于运笔取象，不应停留在形似："吾自少好画水仙，日数十纸皆不能臻其极，盖业有专工，而吾意所寓，辄欲写其似。若水仙、树石，以至人物、牛马、虫鱼、肖翘之类，欲尽得其妙，岂可得哉？"也就是说，如果要"专工"一个画科，必须从其形似进而得其神似，这样才算"能臻其极"，但任何一位画家又怎能做到每科都是"专工"呢？最后，就画科而论，则强调竹石一科的用笔通于书法："石如飞白木如籀，写竹还应八法通；若也有人能会此，方知书画本来同。"赵氏这几则论画，似乎可以总结如下。一味追求古人意趣，认为这就是绘画的目的，而为了达到这个目的，须从摹拟古人笔墨入手，因此统摄意、笔的，必然是古代的质朴无华，而非后代的雕凿文饰了。就人物画而论，唐代质朴自然，胜于宋代矜持造作。因为自己又是书家，所以能够以书入画，经过一番尝试，感到竹石较易综合书画的古趣。所有这些看法都无可非议，但是问题在于质朴、凝重不限于古代作品，今人何尝不能质朴，贵在脱去前代窠臼，从自己的创作实践中争取真实感情的表现。至于以书法入画，除了技法，还可深入到情思意境的相互影响。赵孟頫不像宋代郭熙或清代原济，创作之余写出大量理论著作，但以上这几段话毕竟是他的经验小结，而且可以作为他的绘画美学，其核心在于求古人意趣。倘若进一步分析，就不难看出，他是以士大夫的身份来提倡崇尚古代法变的文人画，反对讲求创新的文人画，如南宋的梁楷；同时，还把矛头直指南宋马、夏的院体画。关于这个特点，启功先生《论戾家》一文值得参考[1]，现在转述其中一些有关部分。明代朱权《太和正音谱》曾引赵孟𫖯论杂剧："良家子弟所扮杂剧，谓之行家生活，倡优所扮者，谓之戾家把戏。"据启功先生考证，"戾"字通于"隶"字，这就联系到子昂和钱选所论"隶家画"的真正涵义，在于标举士大夫的创作，以区别于画院中职业画家的作品。这一论点，见于明人抄集的《唐六如画谱》："赵子昂问钱舜举曰：'如何是士大夫画？'舜举答曰：'隶家画也。'子昂曰：'然。观王维、徐熙、李伯时皆士大夫之高尚画，盖与物传神。在尽其妙也。近世士大夫画者，其谬甚矣。'"钱、赵都在绘画方面替士大夫争取"行家"称号，而赵的补充则进而强调：士大夫画如不学古人，将与流俗为伍，犹如杂剧中的"戾家把戏"。由此可见，在子昂看来，不仅士大夫画、文人画才算是绘画，师法古人，求其古趣，更为绘画的美学原则。对于这一原则，我们评述他的作品时，应加注意。

下面就从他的人物画开始。

三

赵孟𫖯的人物画大致有写生、写真和写意、想象两个方面。关于前者，以《红衣罗汉图》较有代表性。他于十七年后补题："唐时京师多有西域人，耳目相接，语言相通。"所以"卢楞伽罗汉像最得西域人情态"。接着，他批评五代人物画家王齐翰"虽善画（罗汉），要与汉僧何异"，因为不曾钻研西域僧的具体形象。最后说"余仕京师久，颇与天竺僧游，故于罗汉像自谓有得。此卷余十七年前所作，粗有古意，未知观者以为何如也。"描写罗汉，原有梵（西域、天竺）像和汉（中土）像之别，应分别表现民族的特征，卢、王二氏的罗汉像之所以不同，是由于所取的对象不同。佛教传入中国后，中国佛教画里的罗汉形象逐渐汉化，而赵孟𫖯却坚持只画早年的梵像

---

[1] 见《启功丛稿》，中华书局，1981年。

罗汉，自称"粗有古意"，今天看来，就未免顽固守旧了，因为，"今意"的汉像罗汉何尝不可入画呢？另一方面，他力求忠实地刻画梵像罗汉，却表现了现实主义精神。但是，子昂也有变通的时候。董其昌跋此图，特别提到这一点："赵文敏曾画历代祖师（几位禅宗祖师）像，皆梵、汉相杂，都不着色（即皆用白描），不若此图尤佳，其自题知为得意笔也。"意思是梵、汉相杂，毕竟有损艺术的真实，白描也不如着色能较多反映对象的特征，而赵氏此图正是在梵像与设色两方面取得成功；可以说董氏是主张写实的。试看面部和左手着深褐色，深目、隆准、厚唇、浓须，以及深红袈裟等，都是为了突出梵僧的形象和衣着。至于线条十分凝重，是学唐代阎立本，诚如他所说："余刻意学唐人，殆欲尽去宋人笔墨。"此外，坡石间点缀花草，间以米色嫩瓣，则纯粹为了装饰效果，明代陈洪绶也时常如此。

图2　赵孟頫《红衣罗汉图》

赵孟頫的写意或想象的人物画见于著录的有袁安、陶潜、谢鲲等图，这里只介绍现存而有影本的《陶渊明故事图》[1]和《谢幼舆丘壑图》[2]。

《陶渊明故事图》卷末署款，"至大元年二月望识，子昂。"为五十四岁

---

［1］　此图不在国内，影本见日本东京大学东洋文化研究所户田祯佑教授主编的《中同绘画总合图录》第二卷。
［2］　此图《式古堂画汇考》卷十六著录，现为 E. 爱略特家族藏，影本见《中国绘画总合图录》第一卷，户田祯佑教授寄赠此图照片。

时作，纸本，墨笔，全卷共六段。第一段右题"渊明先生像"。渊明袒胸，趺坐席上，面向左，左足裸露，左手执图卷，卷反折而握其两端，卷中略见图迹。右手援笔舐砚，砚后有一水盂。席左置一大盂，中有巨勺，盂左一酒杯，则甚小，席右稍远有一大坛酒。席左端置竹简两卷，席外一卷则较大。这一段着重描写渊明生活的两个重要内容——饮酒与赋诗，面部颇有沉吟自得的神态。试读渊明《饮酒·并序》："偶有名酒，……顾影独尽，……既醉之后，辄题数句自娱。"或渊明《读山海经》："泛览《周王传》，流观《山海图》。俯仰终宇宙，不乐复何如？"再对照画中的艺术结构，不难看出子昂对主人公的诗、酒生涯，是怎样进行形象思维和高度概括的。第二段为群像，题曰："先生为彭泽令，遣一力（佣人）给其子书，嘱曰：'汝旦夕之费，自给为难，今遣此力助□□水之劳。此亦人子也，可善遇之。'"图左为渊明，左手执家书一卷，右手略举，作叮咛状。图右一僮，向渊明拱手，表示接受使命。主仆间呼应自然，而渊明面容和蔼。第三段亦为群像，题曰："每岁终，郡守遣督邮至县。吏跪曰：'应束衣带见之。'先生叹曰：'吾岂能为五斗米折腰，俟乡里小儿！'即日辞绶去职。"渊明赤足着草鞋，顾视小吏，同时双手从腰间解下印绶，面容愤懑交集，写出了诗人弃官归隐的决心。第四段是单人像，题曰："解绶弃职，赋《归去来兮辞》以见志。"渊明头戴葛巾，束以长带，左手持竹杖，右手提裙，腰间系长带，赤足着草鞋，向左行去，而巾带、腰带和袖缘都向右飘举，复用墨染，显得突出，既有"风飘飘而吹衣"之感，复以急遽的步伐，托出归隐情切，尤其是面容于严肃中略带舒畅，揭示了"实迷途其未远，觉今是而昨非"的思想主题。第五段是群像，题曰："郡守尝候先生，值酒热，取头上葛巾洒酒毕，复着之。"画渊明蹲身，两手倒持葛巾，露出双髻，一僮捧酒坛，倾酒入巾中，巾下承以巨盂。渊明则面有喜色。这几段里，主人公的面貌基本一致，而神情各别，由于画家运思精微，行笔谨细，所以写出了诗人不同时期的内心活动。可以说是继承发扬顾恺之所谓"以形写神"的理论传统，亦即子昂自谓的"粗有古意"了。至于衣折、器皿，笔墨凝重，线条细劲，用而力均，衡无顿挫扬抑，乃师法唐人的静穆，而去"吴生之习"（米芾语，意思是纵横习气）。赵氏另有一幅《陶渊明像》，虞集跋云："盖公之胸次，知乎渊明者既深且远，而笔力又足以达其精蕴，是以使人见之，可敬、可慕、可感、可叹而不忍者若此。"[1]值得注意的是"可感、可叹"：虞集虽也仕元，但他和子昂不同，非宋室后裔，对于子昂以丹青赞扬高蹈，觉得比他自己更有难言之隐，所以不胜感慨了；至于"笔力达其精蕴"，则点出子昂的人物画的艺术成就。这里，不妨联系孟𫖯所画《扣角图》[2]谈谈。《艺文类聚》引《琴操》：卫人宁戚"饭牛车下，叩角而歌，……齐桓公闻之，举以为相"。宁戚以言语投合人主而登显要，孟𫖯却作为画题，可以想见他的官瘾也不小；而且既写渊明，又画宁戚，反映了他的思想矛盾。

图3 赵孟𫖯《陶渊明故事图》

《谢幼舆丘壑图》，据卞氏《式古堂画汇考》卷十六，有二本，甲本作《赵文敏谢幼舆丘壑图卷》无款，卞氏注："仿赵千里着色横卷。"后有王琦、赵雍、倪瓒、董其昌等跋；乙本作《赵魏公幼舆丘壑图并题卷》，题有两段："予自少小爱画，得寸缣尺楮，未尝不命笔模写。此图是初傅色时所作，虽笔力未至，而粗有古意。""右之迹来苦心学道，不畜长物，故此卷亦复弃置姑苏，金实之收而藏之，诚好事哉。"卞氏注云"严氏（嵩）藏"，但只有赵雍一跋，而无王、倪、董等跋。日本出版《中国绘画总合图录》所印一卷，

---

[1] 见虞集：《道园学古录》，《四部丛刊本》。
[2] 张丑：《清河书画舫》波字号第52页著录，评为"绝妙，人物山水皆可爱。"

无赵二题，而有甲本诸跋。现在根据照片，参考甲本诸跋，作些探讨。先谈谈谢鲲（幼舆）：东晋庾亮历仕元帝、明帝、成帝三朝，任中书令，执朝政，谢幼舆则是当时的儒臣、名士，明帝曾问他："君自谓何如庾亮？"他回答："端委庙堂，使百僚准则，臣不如亮，一丘一壑，自谓过之。"后世便以"一丘一壑"这个短语比喻淡于仕进、寄情山水，赵孟頫画此题材，而且不止一幅，其思想动机可能和画渊明像、渊明故事相同，是故为高蹈以自解耳。我们知道东晋大画家顾恺之先于孟頫画过谢鲲像，把他位置在岩壑里，人问其故，恺之回答："幼舆一丘一壑自谓过之（指庾亮），故宜置此子丘壑中也。"那么，赵氏图此，殆将与恺之争胜乎！其次，两本都有孟頫次子赵雍（仲穆）跋语，前一本是："先承旨早年所作，真迹无疑，拜观之余，悲喜交集，不能玄乎"，后一本是："先平章初年所作……至正十七年……拜观之余，悲喜交集，不能玄乎？"但没有说"真迹无疑"。所谓"早年"、"初年"，可能还在仕元之前，感到真州司户参军没啥做头，也可能在仕元之始，五品的兵部郎中不很够味，忽萌入山之想。再次，董其昌题语涉及此图的艺术，我们最应注意。"此图乍披之，定为赵伯驹（千里）。观元人题跋，（特指赵雍一跋）知为鸥波笔，犹是吴兴刻画前人时也。诗、书、画家成名以后，不复模拟，或见其杜机矣。"用今天的话说，绘画从临摹古人入手，亦步亦趋，笔墨拘谨，未免杜塞生机，而少真趣；必须摆脱前人窠臼，反复实践，而后丘壑内营[1]，技法熟练，心手相应，有个人创造，方成名家。董氏这段评语，是很恰当的。至于孟頫于若干年后重览旧作所写跋语："初傅色时……虽笔力未至，而粗有古意。"我们把这段话结合卞注和董跋，知道孟頫是在悉心模拟赵千里的设色山水。赵千里的真迹罕见，北京故宫博物院所藏《江山秋色图卷》，称为千里作品，台北故宫博物院所藏《明皇幸蜀图》，称为唐代小李将军昭道作品的摹本，如果将二图和子昂此卷对照一下，似乎后图在技法风格上更相近，这是因为赵千里原有学李昭道处。因此我们可以从此图摸索千里的艺术风格。下面试行分析此图的一些艺术特征。卷首，近处坡岸上一

---

[1]"丘壑内营"乃董氏论画名言，这里借用，可作为"意存笔先"的注脚。

松向右斜出,松下溪水,水中碎石聚散有致。对岸山势起伏萦回,石层交错,上不见顶,下临溪水,水中亦多碎石,是为卷之中部。其右方松树或成双或单一,挺立于山麓。其左方,山顶始露,而势直落,下接平坡,在坡上,四松、三松各为一丛,坡后溪水从深壑流出,一人临流而坐,回首谛听水声,他便是谢幼舆了。卷末,远山一带和近处石上三松相呼应,引出了像外之境。全图山石均用勾勒,设色之外,无皴,无点,树木只有松,不杂其他,比《明皇幸蜀图》、《江山秋色图》都简练得多,笔墨厚重、生拙,而无甜、软之病。子昂自题"粗有古意",我们正可从这里体会。然而细玩全图,对结构的开合、交错、衔接、疏密曾惨淡经营,大动脑筋。尤其是抓住主题的特质:不仅仅是人,而是人与自然的关系,既有美好的丘壑环抱主人翁,更有主人翁在美好的丘壑中的审美享乐,从而赞扬这位胸中自有丘壑的东晋名流,点出了"幼舆丘壑"的涵义。大致说来,赵孟頫这一图卷虽为早年习作,却是成功的。倘若从观者的欣赏过程说,也有值得大书特书之处。作品的主人公既然有山水之癖,所以屋宇、台、榭、楼、阁等等为大、小李将军和赵千里所重视的素材,全被作者略去,不让它们分散观者的视线。至于主人公,须待展卷过半之后方始出现,使观者先去大量接触松、石、溪、涧种种自然形象,充实了对自然的审美感情,等到倚山傍水、席地而坐的谢鲲进入眼帘,于是他便和画中人物的审美观一拍即合,精神上起了共鸣,而作者的创作意图也就完成了。以上的评述,涉及山水画方面比较多,本可移至下文关于赵氏山水的部分,但是作者是借自然背景的安排,来突出图中的人物形象,所以就提前讲了。

图4　赵孟頫《谢幼舆丘壑图》

此外,还有几幅赵氏人物画,只见著录,如《玄帝像》、《高士图》、《游春图》,也不妨谈谈。

《玄帝像》[1]有临本传世。虞集曾写道："《玄帝像》吴兴赵公子昂写其梦中所见者，而上清羽士（道士）方壶子（方从义）之所临也，青城山樵虞集述赞之曰：

'吴兴赵公，前代公族。
神明气清，静处贞独。
乃梦天人，披发跣足。
玄衣宝剑，坐临崖谷。'"

这位"天人"并对子昂说：

"'尔善绘事，追步顾、陆。
凡吾真仪，子善记录。
……
旁有介士，玉版金镂。'
曰：'帝告汝，锡尔荣禄。'
冉冉而升，梦亦遂觉。"[2]

原来老子托梦给子昂，要他画像，并通过一位武士之口，许以荣禄，子昂一梦醒来，居然为老子写真了。虞和赵是同僚好友，彼此之间无所不谈，这段话谅非捏造，而赵画的动机也未免幼稚可笑，以"天人"赐禄为仕元辩解。至于在艺术处理上，不过是披头散发，穿黑衣，持宝剑，赤足坐在崖谷里，比起描绘"幼舆丘壑"要简单容易得多吧。

《高士图卷》[3]有子昂自题两段，八弟孟籲一题能说明一些问题。子昂题

---

[1] 玄帝即玄元皇帝，唐正元二十年正月追崇老子为玄元皇帝。
[2] 见虞集：《道园学古录》，《四部丛刊本》。
[3] 卞永誉：《式古堂画汇考》卷十六。这是中国人物画的流行题材，亦作《卧雪图》，赞美汉代袁安志行高洁。

云:"袁安……严重有威,见敬于州里。时大雪,洛阳令自出案行……至安门,无有行路,谓安已死。令人除雪入户,见安僵卧,问何以不出,安曰:'大雪人饥,不宜干人。'令以为贤,举安孝廉也。大德癸卯二月二十五日,姑苏寓舍制。孟頫。"子昂画完,补此长题,也许意在暗示:苟能清高,官运自来,至于做哪朝的官乃次要问题,同时给自己解释:我本无心仕元,乃程钜夫奉诏举贤,犹如洛令阳之荐袁安耳。子昂还在卷后再跋:"余为通甫(袁静春)作此图,正以通甫好修之士,使之景慕其高节耳。然予自谓颇尽其能事,此难与不知者道也。明年四月七日子昂重题。"这里未免自我标榜,而所谓"尽其能事"不一定指艺术处理上功夫到家,而是假设:若非真心景慕高节,哪能画出此画啊! 至于孟籲一跋尤为腐朽昏昧:"袁氏自司徒安后(袁安任司徒)世为上公,猗欤盛哉,斯其积德累行有以致也。而传者又以得葬地之故,岂其然乎?"意思是七兄孟頫出仕新朝,赵氏一门都得到光彩,而引以自豪了。

《游春图》[1],绢本,挂幅,设色,作于至大庚戌春日,想来是工细之笔。元杨维桢题云:

……
白头乌啄延秋门,渔阳尘起天地昏。
珊瑚宝玦散原野,空令野客哀王孙。
平原公子五色笔,俗史庸工俱辟易。
写成图画鉴兴衰,未必奢淫不亡国。

赞许孟頫此图的创作动机:希望元朝君主吸取唐明皇奢淫误国的教训,励精图治,庶几国祚久长。明代王穉登一跋,先肯定作者绘事的成就,如"人物都冶,裘马蹁跹,宛有东风芳草驰逐之态,而松株石涧萧闲野逸,又不为町畦所缚",但却提出问题:"吾独慨赵王孙者,画成绝代,而无黍离麦

---

[1] 卞永誉:《式古堂画汇考》。

秀之感,何邪?"矛头终于指向孟𫖯的出处问题。

孟𫖯的人物画也还有描写宫廷生活的,如《官女啜茗图》,清王士禛《渔阳诗话》卷上,曾引孔和(节之)所题二绝,和杨维桢不同,全是贬辞了:

> 秋官肃肃古衣裳,静女无愁黛亦苍。
> 不点疏萤和月色,绢头已作百年凉。
> 厓山遗恨卷黄沙,彩笔王孙不忆家。
> 忍向卷中摹旧事,直须羞煞后庭花。

看了此图,不禁要问:张世杰、陆秀夫背着南宋末代皇帝赵昺,在中国南端广东新会的厓门投海而死,誓不降元,但是宋室王孙赵孟𫖯竟忘了家国之恨,入仕新朝,甚至忍心描绘宫女啜茗这样歌颂承平的图景啊!

赵孟𫖯的政治生涯,始终影响着他的绘画创作以及当时和后代的评论,那种难以解开的思想疙瘩,不仅反映在他的人物画中,推而至于鞍马、竹石、山水等,也不例外。

四

赵孟𫖯于鞍马一科很有成就,连不大懂画的人也知道他善画马。他自己曾说:"幼好画马,每得片纸,必画(马)而后弃去。"[1]他对这画科学得最早,而且着重观察,勤学苦练,态度认真,管夫人曾从牖中窥见他"据床学马滚尘状"[2],赵孟𫖯更以唐代画马名家韩幹为师。他曾跋韩幹画马图卷:"吾自小(少)年便爱画马,迩来得见此韩幹真迹,乃始得其意云。子昂题。"[3]他还写道:"吾自幼好画马,自谓颇尽物之性。友人郭佑之尝赠余诗云:

---

[1] 宋濂:《题赵子昂马后》,《宋文宪公全集》卷三。
[2][3] 卞永誉:《式古堂画汇考》。

> 世人但解比龙眠，那知已出曹韩上。

曹、韩固是过誉，使龙眠无恙，当与之并驱耳。"[1]不过，孟頫也曾自谦，说五代梁时赵岩画马胜过他："赵岩所画之马，深得曹、韩笔法。余亦好画，何能及也？"[2]但实际上，他对自己的画马艺术是相当得意的。宋濂曾说："郭佑之作诗，至以'出曹韩上'为言，公闻之微笑不答，盖自负也。"[3]也就是不仅与龙眠并驱，实已超越龙眠，胜过曹、韩，赵岩更不在话下了。谈到这里，还须介绍他自己关于画马经验以及对曹、韩画马艺术的看法。他的经验是："马前足不过眉，后足与肩相对（以上是指马在跑动时）；水墨远观意，着色辨精神；走马看传神，举动看体势（以上是着重马的精神和动势）。"[4]他有两段话评价曹、韩画马："唐人善马者甚众，而曹、韩为之最，盖其命意高古，不求形似，所以出众工之右耳。""此卷（《人马图》）曹笔无疑，圉人、太仆，自有一种气象，非俗人所能知也。"所谓"高古"，是指形似之外，更求写出马的精神，而圉人、太仆也不例外。至于历代评论孟頫的画马，也和其他画科一样，涉及他的出处或政治立场。例如黄泽诗云：

> 黑发王孙旧宋人，汴京回首已成尘。
> 伤心忍见胡儿马，何事临池又写真？

无名士诗云：

> 塞马肥时苜蓿枯，奚官早已看貂狐。
> 可怜松雪当年笔，不识檀溪写的芦。

---

[1] 陶宗仪：《辍耕录》卷七，宋李公麟（龙眠）善画马，存世有《五马图》；唐曹霸、韩幹皆画马名家，后者有《照夜白》、《牧马图》，现均藏台北故宫博物院。
[2][3] 卞永誉：《式古堂画汇考》。
[4] 《赵氏家法笔记》，《涵芬楼秘笈》第四集，1949年前商务印书馆。

徐渤诗云：

宋室王孙粉墨工，银鞍金勒貌花骢。
天闲十二真龙种，空自骄嘶向北风。[1]

以上二诗大致有这样一些意思。或者问子昂：元灭宋时，胡儿马曾立战功，你本宋室王孙，怎末忍心以它作为范本？或者责怪子昂：只知描摹塞外的肥马和披着貂狐的马官，却从未想起那匹使刘备越过檀溪、保全性命、延长汉祚的好马——的芦，而写其精神？或者全盘否定子昂摹拟唐明皇的名马（如玉花骢）那类作品，因为这适足证明他虽为宋室王孙，却还不如宋朝御马尚有故国之思。总之，这些批评都是相当严肃的。我们就以子昂的画马经验、对曹、韩的看法以及后代评论家侧重政治的观点，作为分析孟頫鞍马作品的主要参考资料。限于篇幅，只选了五幅有影本的：《人马图》、《古木散马图》、《秋郊饮马图》、《浴马图》和《调良图》，分述如下。

《人马图》作于元贞二年（1296），时四十三岁。马身痴肥，马面无神，只腿、蹄尚见筋力，圉人亦形象平庸，用笔细软，殊少刚劲。

《古木散马图》，大德四年（1300）作，年四十六岁，平坡细草，枯树两株，树左右各一马，分作正面站立和侧面俯身吃草之状，均无鞍、勒，显得悠闲自适。马身轮廓细若游丝，虽不失遒劲，但体状平平，绝非神骏。有王宾一跋，谓马"不作腾骧之状，乃散行于萧疏古木之下，从平原而息力，就野草以自秣，鞭策之弗加，控勒之无施"，认为文敏殆有所喻："士大夫鞅掌之余，宁无休逸之思耶？！"结尾则说："物各有时，又奚可齐耶？"也就是看到了画中的马疏放自得，又安知画家本人不作引退之想？但出处之间各有其时，原当各是其是。换而言之，想为孟頫仕元开脱。

《秋郊饮马图》作于皇庆元年（1313），年五十九岁，绢本，设色，下

---

[1] 均见明《徐兴公笔精》，载1949年前《故宫周刊》第90期：兴公名㶿，附《明史·郑善夫传》中。

永誉所记较为确切,特引如下:"秋林疏树,野水长堤,一朱衣奚官持竿驱马就饮。马凡十,立水者一,踏沙者三,在陆者三,一为奚官所乘,隔岸驰逐者二。笔简意闲,古秀溢目。"卷后柯九思跋,认为气韵可比韦偃《暮江五马图》、裴宽《小马图》,"林木活动,笔意飞舞,设色无一点俗气;高风雅韵,沾被后人多矣。"韦偃和裴宽画马真迹早佚,现存李公麟临韦偃《牧放图》尚可参考。韦图有马一千二百多匹,圉人将近二百,笔意造形高度统一,堪称杰作;而孟𫖯此卷虽人、马之数不及韦图的什一,但也是形象生动,精神饱满,可谓以少胜多了。倘若我们细看影本,还可补充一些:马首都向左方,偶有回顾者;涉水就饮的,行动舒缓,饮后上岸的,奔驰竞赛;既寓分歧于统一,更写出马的性情。至于清溪宽广,坡岸逶迤,长堤回抱,林木交错;对岸丛林只见树根,树后又是一湾溪水;这样,就把自然环境画得十分开阔,而十匹马就在这宽广的空间里过着自由的生活。子昂的种种艺术处理,不仅增强画面的节奏感和整体美,并且寓主题于自然的描绘,犹如在丘壑缜密中写出谢鲲形象,其审美效果就远胜于单画马、单画人了。这一特征,和子昂的多面手不可分,而非一般画马者所能及,是应该予以指出的。

图5　赵孟𫖯《秋郊饮马图》

《浴马图》,绢本,重设色,描绘奚官九人在岸边、树下和溪水中洗马情状。马共十四匹,黑、白、灰、褐、黄或花斑不一,有卧、立、涉水、饮流、顾盼、嘶鸣、昂首、俯身诸态。奚官或立水中,裸上身,以盆勺水;或骑在马上而手提湿巾;或仰身整理缰勒;或牵马入溪就浴;或浴后,系马林间,袒胸脱靴,稍事休息。人和马各有动势,而彼此呼应,结构整一,无零星散漫之病。倘若把唐代佚名《百马图》和孟頫此卷相比，便觉前者罗列现象，动态杂呈，类似马谱，而非艺术作品了。

图6　赵孟頫《浴马图》

《调良图》，纸本，墨笔，署款"子昂"。《淮南子·说林训》："马先驯而后求良。"子昂描绘"求"得了一头"良"马的情况。画中狂风大作，吹得马鬃、马尾和圉人的长须、长袖都向右方飘扬；圉人吃不消了，高举右袖以掩面，站立也不稳，但马却若无其事，四蹄着地，低头吹草，这一对照，形象地、成功地表达了"调良"的主题。在结构上，人和马之间是通过马尾和缰绳而互相联系的，使我们看到了孟頫高度的艺术手法，值得仔细描写：马的长尾向前蹄扫去，成一弧线形，缰绳从马首向右引去，亦成一弧线形，但绳却握于圉人左手，而左手搁在身后；先由前蹄隔开长尾和缰绳，复由衣服遮断了缰绳和左手；这样，人和马便在两个弧线形的虽断而实连之中互相结合了。若使庸手为之，未必会想象出这前蹄的间隔作用，却让缰绳经过衣前而全部暴露了。读者不妨玩味此图影本，庶不辜负作者的匠心独苦啊！至于马身和靴、帽、腰带，以深墨染；鬃、尾和长须，用细线描而淡墨笼罩；四蹄和衣服则勾勒，不复渲染，留出白地。浓淡之间配合得当，对此，观者亦不可等闲视之。

另一方面，赵氏画马也有不足之处。由于竭力求古，写马的轮廓时，只用唐人的铁线描，力量均匀，凝重有余，而生动不足。看上去似乎不及李公麟不怕"吴生习气"，舍铁线描而取莼叶描，例如他的《五马图》中的"好赤头"的躯体，以具有顿挫、起伏、宽狭的线条，表现出马身的质感、立体感。此外，赵氏的圉人、奚官的形象，也因为用笔讲求细整，放不开来，局限了线条的造形功能。至于像李氏《五马图》中"凤头骢"的马官，从其面貌可以看出久经风霜而富于经验，或"好赤头"的圉人，洗马完了，握刷索缰而从容不迫的神态,子昂都有所不及,就围人面貌说,《浴马图》似乎逊于《秋郊饮马图》。

最后,可读孟𫖯《双马图卷》[1]的自题七绝:

> 飞腾自是真龙种,健笔何年貌得来?
> 照室神光欲飞去,秘图不敢向人开。

先是谦逊,随后又十分自负。而董其昌跋此卷云:"赵吴兴画马,直与曹、韩抗衡,此卷尤为合作。"也很加赞许。我们不妨说,在赵氏的绘画中,鞍马的成就不亚于人物。

五

竹石一科大都出于文人墨戏,而以人论画,更成了画竹理论的基调,对于赵孟𫖯的竹石,画史所作评价也是如此。本节先引用这方面的部分资料,再介绍赵孟𫖯对画竹的看法,并选几幅有影本的作品,试行评述。虞集关于赵氏竹石的介绍,讲得比较全面,使我们先有一个轮廓,例如《子昂画竹》七律:

> 高崖数竹凌风雨,老可当年每画之。
> 修影自怜流水远,虚心如待出云时。
> 纵横鸿爪留沙碛,宛转鹅群向墨池。
> 百年湖州仍见此,故知王子善参差。[2]

第一句说此图局势开阔,层次较多,并且写出竹的斗争精神,使我们联想到这幅画竹和疏淡、恬静的小品不相同。第二句、第七句讲子昂成功地

---

[1] 卞永誉:《式古堂画汇考》。
[2] 虞集:《道园学古录》,《四部丛刊本》。

继承北宋文同（与可）的墨竹传统。第三句、第四句是写子昂画此图时的心境：好比水中竹影，顺流而逝，不复返了，那么只有效虚心之竹，胸无芥蒂，方能自由自在，即便是入仕新朝，也只当作"云无心而出岫"了！观者若以人论画，那么这一幅上，竹中之"我"便是如此。第五句、第六句、第八句才是子昂画竹的艺术特征：运笔沉着，如鸿爪划沙，而又异常灵活，好比王羲之观鹅颈转动而笔法愈加矫变[1]，又仿佛《诗·周南·关雎》"参差荇菜，左右流之"，面面生姿了。虞集此诗把子昂画竹的主题——自喻、自解，以及全幅结构和技法传统等，讲得相当明白。此外，虞集《送吴真人序》[2]，对孟頫写赠吴真人的《古木竹石之图》更作了生动深刻的描写："乃合两卷大幅……竹并立如铁石，枝叶交错，深不可测，而历历可数。老木参植其间……苍然，真有以共夫千岁之冰雪者。石脉缜密，八面具备，蔚乎高深而坚润，有以见其所托之固而且厚者焉。"我们读后，如见两根身躯坚挺的巨竹，枝叶重深，若无边际，而又一一可辨；它们和苍然的古木，一起生长在磐石间，共同经历了无数寒冬，使人感到由于根深，生命力方始坚强。最后，虞集写道："盖其翰墨法度深稳，能极古人神巧之所至而兼之，固数百年之寥寥者矣。"又归结到子昂的笔墨功力上去。虞集这段描述相当重要，因为我们倘若以为子昂的竹石都像现有之作，率皆清简平淡，而不能以凝厚的笔力，表现幽深的境界和磅礴的气势，那就是未窥全豹。至于虞序所谓"八面"和"坚润"，则可从下文介绍的子昂几幅竹石中领会到。

除虞集外，前人关于子昂竹石、木石的创作思想，以及他对这些自然景物的审美感受，也有不少评论。元袁桷《题子昂枯木竹石图》：

亭亭木上坐，楚楚湘夫人。

因依太古石，融夜无边春。[3]

---

[1] 这里借用清包世臣《艺舟双楫·答熙载问》："山阴（羲之，山阴人）矫变之势。"

[2] 虞集：《道园学古录》卷四十六。道士吴全节，号全德真人。

[3] 袁桷：《清容居士图》，《四部丛刊》本。

古代诗人常以竹比湘水的女神,如白居易请萧悦给他画竹十五竿,分东西两丛,并作《画竹歌》为报,有"东丛八茎疏且空,忆曾湘妃雨中看"之句。袁诗则分析此图的构思有两个重要的组成部分:或者竹木相依,而湘妃的鲜明形象出于林端;或者竹石结伴,而湘妃又如与石为伍,石寿无疆,湘妃也就处于无限的生命中了。这诗描写观者可能引起的一番浮想,而画家落笔时也未必没有一种浪漫主义的感伤之情:竹能生得其所而作者的归宿又将如何!又如虞集《为欧阳学士(玄)题子昂墨竹》,其二:

> 先生归到归鸿阁,阁下应生此竹枝。
> 定有凤凰来共宿,可怜翡翠立多时。[1]

诗人援引宋玉《招魂》所谓"翡翠珠被"[2]以喻归鸿阁下的竹,犹如翡、翠比翼,凤、凰同栖,主人与竹结下不解之缘,点出了赞美隐逸、高蹈乃子昂此图的主题。当然,竹喻清高,石喻坚贞,从而形成竹石一科的自然人化的思想源泉,也不仅子昂之作才是如此。

至于一年四季中,秋天木叶摇落,容易唤起艺术家悲秋之感,并结合思乡、怀旧、身世,等等,有时也成为画竹的主题思想。虞集另一首《子昂竹》绝句说明这一点:

> 忆昔吴兴写竹枝,满堂宾客动秋思。
> 诸公老去风流尽,相对茶烟扬鬓丝。[3]

我们还记得晋时吴人张翰,感到晋王朝的政局混乱,急想南归避祸,就托辞秋风已起,想尝尝故乡莼菜和鲈鱼的滋味,于是挂冠归去。骚人墨客便以莼羹鲈脍为士大夫归隐的美谈,诗人则更称道秋思乃悲秋的"净化"途

---

[1][3] 虞集:《道园学古录》,《四部丛刊本》。
[2] 翡翠本为鸟名,其羽有赤、青、棕、绿诸色,雄赤曰翡,雌青曰翠。

径。因此虞集赞美子昂写竹而能引起座上诸公大动秋思,真乃艺苑的风流韵事;尤其是人到老年,回忆往者不可再,而只见茶烟飘绕于霜鬓间,心情将比悲秋更加恶劣了。可以说虞集这种相当消极的情怀,子昂这位末代王孙也未尝没有。虞集还有一首《子昂竹石》,似乎说得愈加明白了:

> 数尺琅玕近玉阶,连昌宫苑少人来。
> 庚庚苍石如人立,恐有题名上紫苔。[1]

连昌宫是唐王朝的一座行宫,安史乱后,行宫荒废,诗人元稹(微之)并未到过此宫,却凭想象写出七古长篇《连昌宫词》,刻画宫中盛衰之景。虞诗把子昂此图的景物,比作宫中一处荒凉的园林,虽人迹罕至,而竹石依然,尤其是石质坚硬,所以石上的前人题名还在。这样,画竹石与吊古相结合了。其实,人们首先须怀古,然后才能吊古。前面所说,子昂满脑子的"粗有古意",这是指艺术风格而言,至于子昂这幅竹石的主题,虞集认为有故国之思,也许没有说错吧。

以上所引,都是他人评论赵画竹石的审美感情。但更为重要的是孟𫖯本人关于画竹的主题以及表现的方式、方法。因为这些是第一手资料。他指出墨竹应以"寄兴"为目的,而宋代文同与苏轼最为能手:"墨竹者所以游戏寄兴者,然而造妙者不多。唐王右丞维皋平石本,既经重刻,甚不足观。而文石室(文同)独能超绝今古,东坡谓此枝乃推广其意者,虽曰推广,或者过之。"[2]他曾题元代李仲宾《野竹图》,道出了他的画竹艺术的审美观:"吾友李仲宾为此君(竹)写真,冥搜极讨,盖欲尽得竹之情状。二百年来以画竹称者,皆未必能用意精深如仲宾也,此《野竹图》尤诡怪奇崛,穷竹之变,枝叶繁而不乱,可谓毫发无遗恨矣。然观所题语,则若悲此竹之托根不得其地,故有屈抑盘蹴之叹。羲尊清皇,木之灾也,拥肿拳曲,乃不夭于斧

---

[1] 虞集:《道园学古录》,《四部丛刊本》。
[2] 卞永誉:《式古堂画汇考》。

斤，由是观之，安知其非福耶！？乃赋小诗以寄意云：

> 偃蹇高人意，萧疏旷士风；
> 无心上霄汉，混迹向蒿蓬。"[1]

李仲宾，名衎，号息斋道人，也仕元，官至吏部尚书，是当时画竹名家，但和子昂异趣，侧重写生，而非完全寄兴。他曾去产竹甚多的交趾（今越南北部）就地考察，著《竹谱详录》[2]。他除墨竹外，常用双钩和青绿设色等法，于元代文人画竹外，别树一帜。子昂所谓"写真"、"深得竹之情状"、"诡怪奇崛，穷竹之变"，是说仲宾能画其所"见"，并悉本原状，故"毫发无遗恨"。但子昂真正欣赏的并非这些，而是仲宾还能进一步写出感想："屈抑盘蹙"乃叹息士大夫托根非所啊！子昂更补题一绝，表示宁愿安于"野竹"的身份，不求显贵，虽混迹蓬蒿，仍不失高雅。这里，子昂道出了自己画竹也是为了赞扬孤芳傲世的精神，或者说，以"寄兴"为目的。他曾自题画竹，表明同样的思想动机：

> 怪石太古色，丛篁苍玉枝。
> 相看两不厌，自有岁寒期。[3]

换而言之，竹嫩而石老，却都能不畏寒冬，互相砥砺，何况人乎，更应以节操自守了。这里也反映出子昂的思想矛盾。

我们在简单介绍元人论赵画竹石以及孟頫自论的基础上，试行评述现存的、有影本的孟頫竹石三幅。

---

［1］ 见《松雪斋文集》。
［2］ 《丛书集成》有影印本，图谱都全。
［3］ 见卞永誉：《式古堂画汇考》。

《秀石疏林图》[1]，纸本，墨笔。卞氏所纪构图："平坡秀石间，古木三株，小竹数丛，笔意萧闲，云林之蓝本也。"所谓倪瓒本此，似欠斟酌，因为二人画竹究有区别，赵以法度为先，着意经营，倪若出于无意。且看孟頫自书七绝：

石如飞白木如籀，写竹还应八法通。
若也有人能会此，方知书画本来同。

图6　赵孟頫《秀石疏林图》

是说自己运用汉代飞白书中枯笔露白的宽线条，来画石的轮廓，并继承周时一位名叫史籀的史官的笔法，来勾取树身与树枝，希望观者能从图中领会画和书原为一家眷属。主要是讲求笔法，和云林重在传神，毕竟不相同。我们细察此图的枯木、垂藤、修篁、小草，笔笔皆用中锋，而且"劲直如矢，宛曲如弓，铦利精微"[2]，籀文的笔法一一可辨。再看近处小石二，坡上大石二，坡后大小石各一，多用阔笔取其轮廓，有几处铺毫而能留出空白；左面大石，有数笔向下直落，扫出皱纹，复又互相间隔，发挥了"飞白"的妙用。但见白、黑、虚、实，交错舞动，诚如张怀瓘所谓"轻微不满"，"微露其白"，而"浅如流露，浓若屯云"[3]，这两种书体的特征，子昂基本上掌

---

[1]《中国绘画史图录》上卷，第332页影本；《式古堂画汇考》卷十六，第55—56页。有《赵鸥波古林竹石图》，所记构图和所录王行、柯九思、危素三题都与此卷相合，但无孟頫自书七绝，而解放前《神州大观》的影本则有全部题跋。

[2] 张怀瓘：《书断》神品、史籀。

[3] 张怀瓘：《十体书断》，《法书要录》。

握而用之于竹、石。尤其是石的粗轮廓,如果只见几处空白,它们之间却无联系或呼应,便不能汇成线条的运转,托出空白的动势,那么只有一块块的"死"白,而无"飞"白,未尽飞白之妙,正如梁武帝所说:"王献之白而不飞,萧子云飞而不白"了[1]。我们细玩子昂所画数石,笔法却是亦"飞"亦"白",倘非精于书学技法,难以办到,可以说他自题一诗,并非虚语了。不过,元代艺术史家汤垕则认为子昂飞白石法,是学自赵孟坚(子固,1199—1267),并说"览者当知其高下"[2],言外之意子昂仕元,应以人论画(其实,子固曾作贾似道的幕僚)。接着,再看卷后几段跋语。王行的六言绝句:

> 玉署当年雅度,苕川晚日高居。
> 每向诗中见画,今于画里观书。

玉署即官署,也叫玉堂,唐宋以后称翰林院为玉堂,这一句是想见子昂任新朝的翰林学士承旨时的风度。次句则写子昂晚年回到故乡苕川(湖州附近有苕溪),更有一番高逸之致。末两句称赞子昂平生兼擅诗、书、画,复能一以贯之,从这个画卷可以欣赏诗、书双妙。总之,是针对这一作品,肯定孟頫的出处和艺术的。柯九思所题七绝:

> 水晶宫里人如玉,窗瞰鸥波可钓鱼。
> 秀石疏林秋色满,时将健笔试行书。

水晶宫指四面环水的屋宇,孟頫的家乡湖州也多水道,陶宗仪说:"赵魏公刻私印曰'水晶宫道人'。"[3]柯诗首句的"人如玉",是重述元仁宗赞许这位道人有"人所不及者数事"之一,"状貌肤丽";次句描写这如玉之人望

---

[1] 张怀瓘:《十体书断》,《法书要录》。
[2] 汤垕:《画鉴》。
[3] 陶宗仪:《辍耕录》。

见窗外鸥波亭畔鱼儿往来可供游钓;末两句则说,到了秋天,木石疏秀最堪入画,何况兼擅八法,遂能画中参以籀文飞白,而题诗则用行书了。孟𫖯的题语和以上二诗,都讲到竹石、木石一科和书法艺术相通。这本是我国艺术史上一大特色,倘若不能领会两者的内部联系,懂得从造形到达意,端赖亦画亦书的线条,那末还是难解其中的奥秘啊![1]

《怪石晴竹图》,纸本,墨笔,自识"子昂为成之作"。卷的中部一大石,势向左,卷左卷右各一石,略小,右者倚大石而势向左,左者与大石略有距离,势则相若,合而观之,颇得参差、聚散之致。下作平坡、棘、草。大石上端生出细竹三株,间以枯树大小各一,前者笔墨丰满,后者出以籀文笔法。石的皴法则披麻与解索交错,而略施斧劈、刮铁。全图线条轮廓无不经意,稍嫌刻露耳。《中国绘画史图录》认为"从苏轼画法中变出",这一点很值得研究。按苏轼之作仅存《枯木竹石图》卷,据俞希鲁跋:"今观坡翁此画,连蹻偃蹇,真有若鱼龙起伏之势,盖此老胸中磊砢,落笔便自不凡。"这种"起伏之势",实为作品生命所在。我们试分析如下:苏轼大胆运用近乎圈状(或环状)的、平行的粗线条和细线条,以及枯、润、浓、淡的墨色,来描写石的皴纹和树枝的转折,而疏密、顿挫,有墨处、无墨处相互作用,遂觉画面充满生机,其中奥秘也许就在于若不经意,平平淡淡,却有意趣。而孟𫖯此图,石法虽类似东坡,但笔笔求好,反少参差与节奏,过于矜持,也就没有纵逸之趣了。这和他的书法,笔笔交代清楚,反伤刻露,不无关系,都是用法反为法用,而其根子则在于胸中原无磊砢吧!

图7 赵孟𫖯《怪石晴竹图》

[1] 兰石也是如此。

《墨竹轴》，墨竹一根，无石、坡、棘、草以为点缀。主干从左下端向上生发，中间微向左斜，复又朝右，整体呈长S型，结构上打破对角线的平板。由干而枝，由枝而叶，以及叶的分布，疏密交错，但俱作仰势，使全图有整一之美，若非意存笔先，是办不到的。尤其是笔法峭劲，细看右下枝梢的"回笔"和右上一叶的"折笔"，更可想见当时运笔流畅的自得之乐。倘若撇开木、石而单论竹，此图可以说是所举三幅之中最为熟练之作了。

最后，想提一下子昂曾谈到画竹时，缣素的尺寸关系着构思和布局："竹石狭纸不可作。"[1]这一经验是可取的。

图8　赵孟頫《墨竹轴》

（未完待续）

本文发表于《文艺研究》1984年第2期

---

[1]　见《式古堂书汇考》。

赵孟頫论（续前）

六

现存的子昂绘画，山水之数仅次于鞍马。本节试结合子昂山水画的艺术论点和旁人对他的山水画的评论，对现存而有影本的《江村渔乐》、《洞庭东山》、《水村》、《鹊华秋色》、《重江叠嶂》等图，作些介绍，探寻其基本面貌和艺术特征。

师古以至继古、泥古，原为赵画的基本原则，他的山水画当然也不例外。但另一方面，他偶尔也学习自然，师法造化，写过实景，如《洞庭东山》、《鹊华秋色》等，有时还在诗中加以强调，例如所题《苍林叠岫图》七绝：

> 桑苎未成鸿渐隐，丹青聊作虎头痴；
> 久知图画非儿戏，到处云山是我师。[1]

意思是绘画可寄隐逸之怀，但同时也要学习自然。至于师法古人，则全在笔法，他曾有段自白："仆自幼学书之余，时时喜弄小笔，然于山水独不能工。盖自唐宋以来，如王右丞（维）、大小李将军（李思训和李昭道）、郑广文（虔）奇绝之迹，不能一二见，至五代荆（浩）、关（仝）、董（源）、范

---

[1]《松雪斋文集》卷五；此图《式古堂画汇考》卷十六，第29页，"岫"作"嶂"。

（宽）辈，皆与近世笔意辽绝。仆所作者，虽未敢与古人比，然视近世画手，则自谓少异耳。"[1]他为了求古，就必须舍近，所以南宋的李唐、马远、夏圭，少碰为妙，而唐代的几位山水画家可谓古了，无奈真迹太少，那么剩下来的只有唐代之后，南宋之前的五代、北宋间那四位大师可作楷模，进而想象唐代的风范了。倘若依据这段自述，参考现存的作品，那么可以看出他的山水画的主要面貌大致如下：远师董源，兼学与唐代二李及王维相似的赵令穰（大年）、赵伯驹（千里），近法当代的钱选；至于树法，则折衷董源和李成、郭熙；而南宋李唐、马远、夏圭的斧劈皴，只偶尔用之。子昂的山水画可以说大都从前辈的笔墨技法中讨生活，而真正自运之作毕竟罕见。但是善于融合古法，也是他的长处，这一点应予指出。下面先简介历代有关子昂山水的评论。

在元代，张雨认为："吴兴公蚤（早）岁得画法于舜举（钱选）"。[2]黄公望说得较全面："雪溪翁（钱选）吴兴硕学，其于经史贯串于胸中，时人莫知之也。……而赵文敏公尝师之，不特师其画。"[3]到了明代，文嘉指出子昂的《渊明归田图卷》："青绿设色精妙，师伯驹而杂以士气，非止于伯驹也。"[4]董其昌评论赵画山水特多，大都见于《画旨》，我们引用较为重要的几段："钱舜山水师赵令穰。……赵文敏尝从之问法。""赵令穰、伯驹、承旨（赵孟頫）三家合并，虽妍而不甜。""李昭道一派为赵伯驹、伯骕[5]，精工之极，又有士气。"[6]"赵吴兴已兼工二子（赵伯驹、赵大年），余所学则吴兴为多也。"此外，董其昌还从王维谈到赵孟頫，虽牵涉的面较广，但对于孟頫山水画法渊源的探索有些帮助，也照录如下："王维《雪江图》都不皴擦，但有轮廓耳。赵大年临右丞（王维）《湖庄清夏图》亦不细皴，稍似《雪

---

[1] 自题《双松平远图卷》，安岐《墨缘汇观录》卷三。
[2][3] 均见钱选：《浮玉山居图卷》跋，上海博物馆藏。
[4] 《式古堂画汇考》卷十六，第7页。此卷虽以人物为主，文氏则讲其山水背景，故放在这里。
[5] 伯驹弟，字希远，有《万松金阙图卷》，赵孟頫鉴定为真迹，见《中国绘画史图录》上卷，第207—208页。
[6] 董氏所见和文嘉不同，认为伯驹亦有士气。

江卷》。……赵吴兴《雪图》小帧，颇用金粉，闲远清润，迥异常作，余一见定为学王维。"理由是："文敏此图，行笔非僧繇，非思训，非洪谷（荆浩），非关仝，乃至董、巨、李、范皆所不摄，非维而何？"董氏此语虽讲不出王维山水的面貌，但使我们联想到一些情况。（一）今天要想知道王维山水究竟如何，只好看那幅无款而由宋徽宗题为《王维雪溪图》[1]，图上端有董氏一题，但无关画法，而安歧所记却很有参考价值："以焦墨作画，傅粉为雪，渍墨成阴，笔法高古，树石奇异。其溪桥、篱舍、野店、村居、坡陀、远岸，皆具天真。溪面一舟，二人撑渡。篱边作大小四豕，一人驱逐，更为奇绝。"[2]如果以安歧所记对照影本，则石的轮廓隐约可见，而"渍墨成阴"也相当明显，因此董氏说王维无皴，只有轮廓，是有一定根据的。[3]（二）现存唐人无款的《明皇幸图》[4]，其石法亦为渍（淡）墨成阴，而后敷以青、绿，一般认为此图风格似赵伯驹，并渊源于李思训。（三）《式古堂画汇考》卷八载《大李将军（思训）明皇幸蜀图》，附有宋叶梦得《石林避暑录话》关于此图摹本的记载，则和现存《明皇幸蜀图》大致相同："方不盈尺，而山川、云物、车辇、人畜、草木、禽鸟，无一不具。峰岭重复，径路隐显，渺然有数百里之势。……明皇作骑马像，前后宦官、宫女、导从略备。"（四）张丑《清河书画舫》波字号，也载赵伯驹《明皇幸蜀图》："绢本，重色，虽小幅，甚妙，秀雅超群，绝无皴法。"张氏还著录赵伯驹《访戴图》，指出"笔意全师李思训《御苑采莲》山水"。（五）现存传为李思训的《江帆楼阁轴》，则石阴略施皴斫[5]。综合上述，使我们认识到，李思训、王维、李昭道以至赵伯驹，他们画石，基本上都以渍墨、渍色写其阴面，而尚未大量用皴，而赵孟𫖯的《谢幼舆丘壑图卷》[6]则摹仿了这种较为早期的技法。因此董其昌从

---

[1] 现藏台北故宫博物院，影本见《中国绘画史图录》上卷，第35页，但模糊难辨。
[2] 安歧：《墨缘汇观录》卷四。
[3] 不过，董氏此说亦非绝对，因为他跋王维《江干雪意图》："自右丞始用皴法，用渲晕法。"见《式古堂画汇考》卷九，王维七。
[4] 台北故宫博物院藏，有多种影本。
[5] 台北故宫博物院藏，见《中国绘画史图录》上卷，第25、26页。
[6] 还有下面介绍的赵氏《江村渔乐图》。

孟頫山水画的笔法中窥见了王维、李昭道、赵伯驹的痕迹，而加以条贯，还是很有眼力的。到了清代，恽格对子昂山水的看法，比较切合实况："观摹赵伯驹，小变刻画之迹，归于清润，此吴兴一生宗尚如是，足称大雅。"[1] 这也就是学古而兼求士气了。至于另一方面，子昂兼师董源画法，这也不容忽视。这里不妨先提一下，他自己对董画颇能道出一些妙处，如所题董之《溪岸图》[2] 五古：

> 石林何苍苍，油云出其下。
> 山高蔽白日，阴晦复多雨。
> 窈窕溪谷中，遭回入洲溆。
> 冥冥猿狖居，漠漠兔雁聚。
> 幽居彼谁子，孰与玩芳草。
> 因之一长谣，商声振林莽。[3]

若非深刻玩味画中林壑幽深，溪云掩映，一片浑厚郁苍，是写不出这样一首诗的。至于上文所举他的《扣角图》，董其昌认为是"仿关全用笔，皆用横皴，如叠高坡"，则知子昂画石兼学关全。

从以上一些资料，我们可以归纳出赵孟頫山水画的基本特征：第一，学钱选进而学钱所师的赵令穰，遂能清润；第二，学赵伯驹并上溯李昭道，但力戒院习，而得其士气；第三，学董源树法与披麻皴，以浑厚补救千里、昭道的刻露；第四，以上一切，就是为了不入南宋马、夏的窠臼，而达到"粗有古意"的目的。总之，孟頫的山水画风与笔墨，是周旋于前辈的厚重、工稳、秀润、清丽之间，至于抒发真情，或苍浑豪放，或平淡天真，而意味深遥，则非其所长，倘若在他和黄大痴、王叔明、倪云林之间画上等号，那是值得商榷的，尽管他们同为元代山水名家。换而言之，黄、王、倪等不像子

---

[1] 沈子丞：《历代画论汇编·南田论画》，第356页。
[2] 影本见《艺苑掇英》第十五，第9页。
[3] 《松雪斋文集》卷二，第9页。

昂多方面地学习古法，所以比较容易突出士气了。

下面试评介孟頫的山水画迹。《谢幼舆丘壑图卷》的山水部分，上文提过，就从略了。

《江村渔乐》[1]：团扇，绢本，青绿设色，构图可分三重。一重：近处坡岸、窠石、长松三，枯树二，江中二人分立艇首，举臂投网，作捕鱼状。二重：江流右注，上架木桥，对岸大片平原，村舍、疏林，舍旁一棚，棚下置一缸，一人牵牛就食，一人倚门而望，其左二树。三重：平原外又是一段江景，江上众山起伏，坡岸萦回，山外远峰左高而中、右相平。综观全图布局，由右下方推向左上方，中间坡岸逶迤，约有几叠，平添江流婉转之趣。虽是小幅，而经营位置，颇具匠心。

就艺术技法说，近处大树学李（成）、郭（熙），但枝干布叶，均无复笔。窠石勾轮廓而线条极细，不加皴擦，只淡墨染过，再敷重青，避免郭熙《早春图》、《窠石平远》那种层叠繁复。中部小树之叶，似用隋展子虔《游春图》高峰上的大苔点法，先以淡墨染出，后施汁绿，但不似展氏再用细线圈出。坡脚均先勾轮廓，后略加皴斫，再设赭石、朱膘。岸上大都平画数笔，而分出远近，复以石绿染过。上部群山的轮廓也用细线条，左面的较浓，右面的较淡，以至于无。山不用皴，但于山阴稍渍淡墨，近者敷石绿，远者、高者敷石青，其浓郁处使色稍稍渍出，以增山石体、质之感。山、石、坡、岸皆无苔点，保持了李昭道、赵伯驹的遗法，比之《洞庭东山》、《水村》、《鹊华秋色》等以点辅皴，显得更符合子昂所谓的"粗有古意"了。清吴其贞记子昂《松溪》一图："画法有勾无皴，丰姿妍媚，复有古雅之气。"[2] 想来和此团扇的风格相似。远峰纯为没骨，轻淡中仍见浅深，而其势更远。至于众山合抱的江水与坡岸，则横拖几根很长的线条，便见曲折回旋之趣，而且水陆衔接，了无痕迹。江水都不画波纹，和下述的《洞庭东山图》迥异，却自具平远开辟之势。

---

[1] 美国明德堂藏。日本户田祯佑教授主编的《中国绘画总合图录》第一卷，有影印本。

[2] 吴其贞：《书画记》第一卷，第1页。

就笔力论，树身轮廓虽然劲细，终嫌纤弱，尤其是枯木的枝干。坡脚平沙的线条和皴斫，落笔厚重，更参以董源长披麻，凝练、疏宕结合，皴、染交融，干、湿互破，十分自然，极见功力，乃子昂最得意处。人牛屋宇，虽用细笔，而不求劲利，形象也就隐约一些，这部分本是江村生活场景，观者反须细索而后得之，遂觉更有意味，可见子昂所以笔力特轻，是不为无故啊！

读者如果也画山水，对上述诸点，自然体会较为亲切，然而一般观众，也不难感觉到作品的若干艺术效果。首先，景物布置由近及远，曲曲折折，层次较多，很能引人入胜，去逐段欣赏，视线最后落在左边那座远峰的尖上。其次，在山重水复的大自然中，岸上的牧者和江面的渔夫各自操作，而遥为呼应，共同组成生活场景，既表现真实感，也点出了画题。再次，清润疏秀之气扑人眉宇，而且没有背离现实，能与人以十分亲切的审美享受。

《洞庭东山图》：立轴，绢本，淡青绿。据安岐《墨缘汇观录》卷四，东洞庭和西洞庭二图乃是对幅，各有子昂题语（今只存前图），前图题云：

洞庭波兮山崨嶪，川可济兮不可以涉。

木兰为舟兮桂为楫，渺余怀兮风一叶。

后图题云：

山水凹兮水之汇，沙棱棱兮石礌礌（磊磊），

有嬿（美）人兮如彼兰茝，思不来兮，使我心瘵。

安氏详叙二图布局，值得参考："前图山自右出而高，缘岸老树数株；后图山自左出而小，愈见湖天空旷之势。"现存《洞庭东山图》的结构与题词，和安氏所记皆合。我们首须明确"洞庭"这个地名，既指山，也指湖，江苏省境内的太湖有洞庭山，分东西两部分。东山古名莫釐山、胥母山，元、明以后山和陆地连接。西山又名包山，明代吴门派画家陆治居于包山自号包

山子。湖南省有洞庭湖，西纳湘水、沅水，古代传说，湘水有配偶神——湘君和湘夫人。《离骚》的作者屈原"怀忧苦毒，愁思沸郁"，就湘、沅一带民间祭神乐歌加工改写，遂成楚辞《九歌》[1]，其中《湘君》和《湘夫人》描写神的恋爱故事，借以抒发诗人怀念楚国的深情。赵孟頫有感于屈原的忧思，因而糅合湘水神话主题和太湖自然景色，进行想象与艺术构思，写成山水对幅，题辞亦沿用骚体，借以表达宋王孙黍离之思和内疚心情。这也许就是此图的创作动机吧，因此我们不宜把它看做完全描绘洞庭湖或太湖的某一实景。其次，试就此图的技法、布局、艺术处理和艺术风格等，作些分析。子昂崇尚师古，下笔都有来历，山、石、木、叶、苔点，均师董源；皴法以董氏披麻为主，兼用解索；山石的向背渲染较多，则本于巨然；水波若鱼鳞，安岐认为"水法唐人"，其实传为隋代展子虔《游春图》已有网状水纹，或为赵氏所祖[2]。至于结构，近处坡岸错落，岸上树木数株，其居中者直立，左、右者向外倾斜，并稍稍下垂，以取摇曳之势，落笔时似乎较多着意于点叶，而非枝干分布。图之中部，或为胥母山（？），湖水绕其左侧，而山势则从右边斜出，湖、山合抱，全图呈现出由右向左上升的对角线。山间的向背、浅深，波纹的疏疏密密，使山影湖光相互映发，颇得浩瀚缥缈之趣。水上一人驾扁舟，岸上一人伫立，乃待渡情景，点明题词的次句"川可济兮而不可以涉"，衬托出作品的主题思想。至于这座斜出的山，其势高峻，既左右抱合，又起落自如，山间岩石层叠，小径萦回，并转入山后，增添了空间的深度。山上小树和山脊、石隙的苔点，用笔简略，而且恰到好处；山上虚多于实，阳面突出，和湖上的波光相映发，使得山与水、静与动融为一体了。山麓点叶树一丛，亦左右取势，但与近处主树未免雷同耳。图之上部，山势落而复起，成马鞍形，其后一片云气，云端更淡淡地显出远峰数重。再看图之中部，由远峰而胥母山（？）而近处坡岸，感觉到全图结构又呈现出从左向右直落的另一对角线。这里，联系待渡的部分，不难发现二人之间暗

---

[1] 王逸：《楚辞章句·九歌序》。
[2] 传为唐李思训《江帆楼阁图》也有网状水纹。

示着一条"横线",正是它打破了上述两个对角线的交叉,使整幅的布局趋于稳定,对视觉给予一种舒缓与安静的反应。这就正如郭熙所谓"山水有可居者"[1],从而突出创作意图:寄故国之思于山水间了。刘勰曾说,"山林皋壤,实文思之奥府……屈平(原)所以能洞察风骚之情者,抑亦江山之助乎。"[2]我想这番话正可说明子昂此作以骚入画,于湖山清旷、水波荡漾的环境中,借待渡之景,抒发"木兰为舟兮桂为楫,渺余怀兮风一叶"的思致,以为自我写照。总之,这是一幅画中有我的山水。

《鹊华秋色图》:短卷,纸本,淡青绿,作于元贞元年乙未(1295),年四十二岁,是赠给周密(公谨)的,描绘山东济南东北的华不注(山)和鹊山一带秋天景色。《左传》成公二年传:"齐师败绩,逐之,三周华不注。"[3]据《春秋地理考实》此山"孤秀如华跗之着水也",有花萼临水之状。《古今图书集成·方舆编·山川典》卷二十三,《山部汇考》:"华不注山,单椒独秀,不连丘陵以自高,虎牙桀立,孤峰特拔以刺天,青岸翠发,望同点黛。"总之,其主要特征是秀拔多姿。赵孟頫自题云:"公谨父(甫)齐人也。余通守齐州,罢官归来,为公谨说齐州之山川,独华不注最知名,见于左氏[4],有足奇者,乃为作此图,其东则鹊山也。命之曰《鹊华秋色》云。"隔水有董其昌题,卷后有张雨、杨载、范梈、虞集[5]、董其昌等跋。周密和赵孟頫都是湖州人,但周的原籍为齐州(济南),却未去过,而孟頫则为宦齐州,熟悉当地景物,特写此图相赠。至于此卷的布局、笔法、笔意、设色等,大致如下。

在布局上,水岸相接处多作芦苇,岸上推出一片平原。其右方,以溪水隔断,汀岸萦回,两小舟东西相向,出没其间。复右,平沙数叠,一舟向东撑去。沙岸之后,耸立华不注山,其正面主峰;状如两等边三角形,其左以

---

[1] 郭熙:《林泉高致·山水训》。
[2] 《文心雕龙·物色篇》。
[3] 绕山三匝。
[4] 《春秋·左丘明传》。
[5] 虞集的跋,乃明钱溥所录,见《石渠宝笈》初稿第25册。

侧面衬托，山麓环植柏树。左方平原，远近屋宇凡四，均以树林隔开。近处一屋，一妇人倚门而望，门外柳荫之下一渔人正扳起鱼网，其旁泊一小舟。左上一屋，门内置长几，屋外有五牛，三牛东向，二牛回首。右上一屋，窗间一人只见半身，屋外晒一鱼网，网前一人策杖东行，和五牛相距不远，似为放牧者。左方二屋之后，一带丛林，林后一山作半圆形，即鹊山也。综观全图，平原之上两山遥峙，溪流、村树、芦苇映带其间，而捕鱼、放牧、荡舟、起网、倚门种种形态，复互相呼应，可以想见子昂当时经营位置是煞费苦心的。

就笔法而论，平原、汀岸用董源长披麻皴，而较多干墨和淡墨。树身皴纹类董源《溪山行旅》(半幅)，运笔精细灵活，而又重叠往复，以增质感，更间以枯枝疏叶，并能于枯硬中透出秀润，比之董氏树法多在厚密处下功夫，似乎有所突破。几株垂柳，全学董氏《夏景山口待渡图》与《寒林重汀图》[1]，而树身皴法虽多旋转，却能沉着，枝叶分布则较为疏朗。芦苇学董源《潇湘图》，但更加精细。主树之旁，芦苇丛中，黍稷杂生，俱用垂头小点，沿茎而上，疏密有致；此法后世少用，曾于文徵明《拙政园图册》中偶尔见之，盖文氏本有学赵处也。

图1　赵孟頫《鹊华秋色图》（部分）

至于树的点叶，则参用垂头点、胡椒点、芝麻点、介字点、小圆点和半

---

[1]　详下一节《水村图》。

圈点等。后者先作∩状，复于上下左右之间作同一状，使相互交叉，如 ⋀⋀，有灵活透风之感，为前人所未有。在设色方面，华不注山为淡青绿，鹊山为花青和墨，平原上有赭黄屋顶、粉衣、黄牛，树叶于墨青中间用朱膘，芦苇先染墨绿，再淡青笼罩，下映碧水，合而观之，深得北方秋景明净和萧索的调子，与江南相比，就不尽同了。

从笔意、笔势来说，溪岸、平原均用长披麻，线条交错起伏，疏密有致，复层层推去，由近而远，笔笔到底，极见腕力，沉着而不呆板，显得一片空灵，为董源画中所少见。平原之上位置两山。华不注的正面主峰，解索、荷叶二皴并用，其势直下，左面侧峰，皴染较重，以托出主峰，但其势向左徐徐下落，遂和主峰保持一定均衡，也就是说，正面虽状如两等边三角形，却不嫌板刻了。至于林、屋、人、畜、捕鱼、荡舟等，虽很仔细，却都见笔踪、笔力，而又力求含蓄，无刻画之病。董其昌跋语，认为子昂此图"兼右丞、北苑二家画法，有唐人之致去其纤，有北宋之雄去其犷。"倘若我们这样理解：得右丞（王维）之法，而去唐人之纤，是指笔墨清润，而力戒刻画，得北苑之法而去北宋之犷，是指化厚重为劲细，也许符合董氏的原意吧。此外，张雨所题七律，"鹊华秋色翠可餐，耕稼陶渔在其下"二句，是赞美子昂讲求笔意，但本于实景。

此外，我们观赏子昂此图时，还可联系元代诗人王恽的《游华不注山记》[1]："自历下[2]登舟东行，约里余……水渐弥漫，北际黄台，东连叠径，悉为稻畦莲荡，水村渔舍，间错烟际，真画图也。于是绿萍荡桨，白鸟前导，北望长吟，华不注之风烟胜赏，尽在吾前矣。"王氏这段描写，有助于领略子昂图中许多艺术形象之美，不过画家是采取宏观、综合、概括的构图法，所以和诗人泛舟所得，也就未必相同，但所谓"风烟胜赏"，子昂却有所领会而尽收笔底了。

如上所述，此图在技法上颇有创新。但是由于学古人胜于学自然，有些

---

[1] 王恽：《秋涧文集》。
[2] 亭名，在今济南市大明湖西。

地方不免为法所用，例如华不注下的平原和坡脚效董源披麻，而线条交错之间，距离几乎相等，复不厌层叠，遂嫌过于匀称，未免造作了。

《水村图》：手卷，纸本，墨笔。卷首，赵自书"水村图"，卷末自题："大德六年十一月望日为钱德钧作。子昂。"时年四十九岁。卷后另纸复题："后一月，德钧持此图见示，则已装成轴矣。一时信手涂抹，乃过辱珍重如此，极令人惭愧，子昂题。"据张丑《清河书画舫》波字号赵孟頫部分，卷后有四十八人题咏，现在将卞永誉《式古堂画汇考》卷十六，十三至二十七页著录，摘要叙述如下。

图2　赵孟頫《水村图》（部分）

通川钱德钧（名重鼎）是吴郡陆季道翰林的门客，在卷后所写的《水村隐居记》、《水村图赋》和《依绿轩记》中提到：陆季道有别墅在"松江之南，分湖之东"，而他自己也想一舒"城市委巷偪仄之怀"，因此"季道悉余念，为卜筑于其别墅之旁"，让他移居水村换换空气。德钧对新居环境之美有一段描写："聚书其中，以自怡悦。屋前流水清澈鉴毛发，居人类汲以饮。时有鸥鸟舞而下，若相忘于江湖，可以玩也。异时，子昂赵集贤为作水村图。"图中景物大致如下："林樾荫乎茅屋，略彴[1]横乎荒湾，秋风鸿雁，夕阳网罟，短棹延缘苇间，不闻挐音[2]。"子昂的八弟赵孟籥（号子俊）题五古一首：

---

[1] 小木桥。
[2] 挐，船桨。

> 暧暧水边村，萧条绝尘滓。
>
> 钱君贤者徒，而后能乐此。
>
> 平生丘壑情，所尚政在是。
>
> 问谁为此图，吾兄固能尔。

诗虽不佳，而意在赞美德钧隐逸之情和子昂写景之功。子昂的侄儿赵由儁（号仲时）也有题识："德钧先生隐居之志，适与家叔子昂所画《水村图》相符合。"大德八年，更有高克恭一题："夏五，还自江西，过虎丘，舟中子敬（何人？待考）携此卷见示，俗客以恶酒相挠……构诗不成，遂书途中所作（七绝八首），少答雅意。"（诗略）高克恭对子昂的画是很钦佩的，因为来不及题咏，深感遗憾。明代吴宽一题，则曾谓："过独树湖，泊船苇间，阅此景物宛然，益叹松雪翁画手之妙。"点出了这幅《水村图》是写真景。卞永誉还录明陈继儒语："子昂《水村图》学摩诘（王维）。"按：王画真迹传世极少，上文说过子昂也未曾见到，陈语出于穿凿附会，不可轻信。我们从以上诸跋可以了解三点：（1）此图大致上描绘真景，和《鹊华秋色图》相类似，至于"水村"之名，则是画家从现实环境中想象得之。（2）题者（如赵由儁）认为子昂落笔之际，对于德钧的心情颇有同感，故通过自然景物的描绘，反映出德钧、子昂二人的主观世界，做到了以形写神。（3）由于隐逸高蹈是元代文人的共同意趣，因此《水村图》在子昂的山水画中被给予较高的评价。

下面想谈谈此图的一些艺术特征。首先，在学古方面最为突出的，是垂柳的画法，一如《鹊华秋色图》里的几株，我们可以从董源的《夏景山口待渡图》和董其昌题为《魏府收藏董北苑画天下第一》[1]中看到，其形状几乎一模一样，可谓笔笔都有来历。右半幅，远山披麻略带解索，山下坡岸

---

[1] 张丑：《清河书画舫》溜字号第69页，云：此图"真极笔也，与元宰家藏《潇湘图》沈巨然《秋山图》二卷皆是无上神品。"现在日本，有多种影本，名曰《寒林重汀图》，笔墨气韵远胜董氏其他作品。但有人见其近处枯树状若南唐赵幹《江行初雪图》卷首数株，而不辨笔墨高下，遂目为赵作或后人伪作。暇当为文论之。

长披麻，笔力深稳。左半幅，作全图的主峰，约五个开合，起落有致；山的皴法，披麻而带渍染，尤以后者墨法精微，颇具神采；山间小圆点或疏或密，都从石碑中出。通过这种种的艺术处理，遂能于形势、凹凸、浅深中赋予山的质感，在现存的子昂山水画中，最见功力；但皆本于董源，特秀润过之。其次，全图作鸟瞰之景，水村位于远山与近岸之间，而层层推出，使人意远，如此结构颇具匠心。仔细观察，则由几个方面组成：湖水数湾，环抱村舍，村中水道萦回，架以长桥，小径盘绕于杂树丛中，由近而远通往三处屋宇，或即德钧别墅；路旁柳林聚散，高下横斜，各有意趣，而最远者俱列于屋后，也许是别墅中的消夏胜地；德钧如果从这里观赏山景，势必以子昂所精心描绘的那个主峰为对象了。复次，局部的结构也极为经意，如近处汀岸，于苇间立数石，石后作柳二株，一直上，布叶较匀，一右斜，叶左密右疏；柳后一枯杨向左横出——这部分线条交错，变化多端，自身便是一幅结构不凡的小景。至于桥畔高柳三株，柳荫小舟荡漾，远处林舍错落，衬托出消夏这个主题。此外，因系湖山横看之景，故由近而远，特多水陆相接处，若使庸手为之，只知道分层画去，必伤于平板，而子昂深解重叠、参差、聚散、掩映、萦回之趣，所以紧抓不放，既长披麻而参解索，徐徐取之，复渍墨间枯墨分施于要害，故能清旷幽静，而富生意。再看他的那些绵延的横线条，运笔凝重而又空灵，可以说是对北苑的优良传统有所发展了。

此图虽描写实景，但多在"意匠惨淡经营中"[1]，尤其是以澹远为基本情调，但笔墨必须厚而不浊、秀而不佻，方入画品，子昂在这方面是很成功的。但也须看到图中一些程式化，如卷端近处的丛树，和《东洞庭图》下端的丛树，都作"左右开弓"之势，而且形象雷同。不过，在元代山水画家中，子昂此病尚属轻症耳。

《重江叠嶂图》：纸本，手卷，作于大德七年二月六日，时年五十岁。卷端，近处坡岸芦苇与卷末近处双松、枯树，遥相呼应。江水约占全卷的下半，澜汗而多曲折，写出了"重江"的气势。卷的上半群山起伏，岗岭层

---

[1] 借用杜甫《丹青引》句。

叠,主峰左侧点缀寺宇,寺前一人刚走到桥上。其左坡岸沙碛,虚实相间,一船溯流而上,岸上三人"拉而牵之,其绳一笔写成"[1]。这三人和桥上的人,距离虽远,好像有条虚线把他们连接起来,可见子昂用心处。群山后面,远峰亘带,都用淡墨而有深浅,显出远中有近,得辩证之理。树石学李成、郭熙,山石皴染比郭熙《早春图》简化,但略嫌单薄。双松、枯木的植根与分枝,与《江村渔乐》同属一个程式。山间小树的点叶用大墨块,微露枝梢,和展子虔《游春图》相似,只有几个模样,轮流使用,未免单调。

图3　赵孟頫《重江叠嶂图》(部分)

总之,此图虽刻意求工,终嫌浅薄,在子昂的山水画中,可谓最乏苍茫之气了。卷后虞集所题五绝,其中

百年经济尽,一日画图开。

意谓对民生的疾苦已无可奈何,只好以丹青自遣,点出子昂当时的心情;而

萧条数株树,只有海潮来。

则借卷末与江水结伴的苍松、枯树,以喻画家孤寂之感。明末吴宽题七古一首,回忆自己十年前北方之行,满目疮痍,因此写道:

归来已是十年事,看画偶然思旧游;

---

[1] 录吴其贞所记。

进而想象子昂的境况：

苕溪影落鸥波亭，王孙弄笔何曾停？

于是深深地感到：

北来戎马暗江浒，千古遗恨归沧溟。

言外之意，这位王孙抚今思昔，如何还有图山摹水的雅兴，而且乐此不疲呢？虞集仕元，所以同情子昂，吴宽则出于汉民族的爱国精神，而批评了子昂。这位毕生纠缠在出处问题的画家，如果只作点小景，而不描写像重江叠嶂这类壮丽雄伟的题材，也许不会招致一番微辞吧！实质上，这是审美标准中善、美一致的老问题。

总的看来，赵孟頫的山水画在艺术和风格上大致折衷于北苑和大年、千里，而力求秀润、清和、恬静，并且学古法而稍能自运；但因鄙弃马、夏的粗放，苍茫之气亦随之而去。另一方面，也偶有精心设计、风骨奇崛的作品，可惜只见于著录，而未能流传，这里应予补充，以保持赵画山水的全貌。例如《溪山仙馆图》册页："水墨兼淡色，重峦叠嶂，万木森深……山势奇伟，墨气沉着，观之骇然。"[1]又如《五湖溪隐图》："青绿绢画，气色尚佳。下段之右，画一地坡，上有藤萝古木，大小六株，半为夹叶，半为平叶，各自不符。树之后则水也。中起平坡，连络于左，上有树木，下有路径，桥梁过去，便是高山。重峦列嶝，势若奔腾，石若虎豹。山上有乔松，中有工细楼台。山下皆为水痕，各尽其处而止。水中有二舟，每舟上有二人捕鱼，身长不满寸。桥之上有二人看捕鱼者。桥之旁有一道水气布在水上，宛若白云。桥内树后有一山，不设青绿，盖用墨水，为其夕阳不到之意。其松有苔绿色，有石绿色，其山有披麻皴，有解索皴，有鬼脸皴，有荷叶皴，

---

[1] 录吴其贞所记。

皆随其山势而皴之。至用笔粗细柔健相间,无不臻妙……为松雪生平神品第一。"[1]再如《临川图》:"青绿重色,法唐人。……上面山亦披麻皴,而下面巅崖峭壁,乱石参差,或巨或小,并作刮铁,兼小劈斧。此处苔,先用墨中锋正点,极细,仍复加苦绿点。至上面山,苔乃不用墨点,纯用淡苦绿横点。中一山,乃以胭脂和苦绿,饱笔中锋正点,与人浑然层层以状秋景。"[2]这三段资料贵在不作空洞语、门面语,而讲出了子昂攻坚御难的真功夫、真本领。所谓"石若虎豹"、"水气宛如白云"、"上披麻、下乱石",以及"随其山势"而诸皴兼用,等等,表现了艺术处理和审美效果的多样化、丰富化,但在本文所述四幅山水画中都看不到,尤其是"观之骇然"更不可得。至于刮铁、劈斧乃南宋院画的看家本领,子昂也化为己用,而詹氏所记多种颜色的多样苔点,也未必都是前人陈法。除了这些技法的创造外,我们更应从"观之骇然"中来探讨一些问题:例如子昂的山水画和当时高克恭以及黄、王、倪、吴诸家之作相比较,是否于士气之外,另有所得呢?又如子昂既尚士气,而能法度谨严,这样的文人画和讲求纵逸的文人画,是否可以等量齐观呢?

七

关于赵孟頫在画史上的地位和影响,先引前人几种论点,再谈自己的粗浅看法。

赵孟頫仕至翰林学士承旨(一品),高克恭是吏部尚书,并称赵承旨、高尚书,他俩和在野的黄公望、王蒙、倪瓒、吴镇地位迥异,当代和后代大都把高、赵列于四家之外,以示在朝和在野之别,评品也互不相犯。到了明初,片面吹捧高、赵者,以张雨的二诗比较突出:

房山尚书多事米,晚自各家称绝美。

---

[1] 吴其贞:《书画记》。
[2] 詹景凤:《东图玄览》卷一。

艺高一代谁颉颃，只数吴兴赵公子。[1]

近代丹青谁最豪，南有赵魏北有高。
风流浑厚各臻妙，下视刘、商儿女曹。[2]

孟頫和克恭南北对峙，为一代高手，刘、商固不足道，那么四家又当如何，却避而不谈，不妨说在这位批评家的心目中，官职重于艺术。到了明末，董其昌却所见不同，把高、赵和四家放在一起，进行比较，分别与以适当地位，这比张雨高明多了，但其评价，先后也不一致。他有时特尊黄公望，并对元四家关于高、赵的评价表示怀疑："元季四家以黄公望为冠，而王蒙、倪瓒、吴仲圭与之对垒。此数公评画，必以高彦敬配赵文敏，恐非耦也。"[3]有时以子昂为元画之冠，但又不同意倪、赵共同推崇高克恭："赵集贤画为元人冠冕，独推崇高彦敬，如后生事名宿。而倪迂题黄子久画云：'虽不能梦见房山，特有笔意。'则高尚书之品几与吴兴埒矣。高乃一生学米，有不及无过也。"[4]有时又认为黄、王有不及高处，而且子昂也难达到："胜国名手以赵吴兴为神品，而云林以鸥波为房山所称许者，或有异同，此由未见房山真迹耳。余得《大姚村图》，乃高尚书真迹，烟云淡荡，格韵俱超，果非子久、山樵所能梦见也。"[5]董氏更进而分析："元时画道最盛，唯董、巨独行外，皆宗郭熙画……其十不能当倪、黄一，盖画风使然，亦由赵文敏提醒，品格眼目皆正耳。"[6]则认为传董、巨衣钵者，首先是赵孟頫，而非大痴、仲圭。倘若细究董氏诸说，基本上是折衷子昂、子久，而稍稍左袒子昂，但董氏自己却感到学黄易于学赵，这一点可从董氏山水画中领会得到，因为赵的

---

[1] 张羽：《静居集》卷三，赵画《青弁云林图》。
[2] 同上书，卷三《临房山小幅，感而作》；商指商琦，山水师李营丘；刘可能指刘贯道，山水宗郭熙。
[3][5] 董其昌：《画旨》。
[4] 董其昌：《画禅室随笔》。所谓学"米"，应指小米，因大米真迹本希。赵子昂则所学广于高克恭。
[6] 董其昌：《画禅室随笔》。

艺术技法比黄复杂多样，董氏入黄较深，自然离赵就远一些了。在明代，除董氏外，顾凝远对子昂的看法，也值得注意："元人用笔生，用意拙，有深义焉。善藏其器，惟恐以画名，不免于当世。惟松雪翁哀然冠冕，任意辉煌，与唐宋名家争雄，不复有所顾虑耳。然则其仕也未免为绝艺所累。"[1] 所谓"深义"，指不仕元，不求闻达，四家是也；所谓"争雄"、"以画名"，子昂是也。笔者试下一转语：子昂所"争"，在于以"古"胜"古"，而非若三家[2]能自运而更多创新；这样来评论子昂的地位，也不为无理吧！

此外，不妨连带提一下子昂和钱选（舜举）的关系。他俩都是吴兴八俊，但子昂早年曾问道于舜举（见上文"论戾家"），画法上亦受舜举影响。舜举远师唐人，山石仅勾轮廓，而不用皴，树法力求质朴而不忌生拙以至板滞；近师赵千里，淡墨渍染与青绿设色相结合，以增华彩；如此等等，不时在子昂山水画中留有痕迹。现存钱选《幽居图》[3]和《右军观鹅图》[4]，也是遵守古法，不求豪放，和子昂一般风格。至于《浮玉山居》[5]，山石嶙峋，而又回环深邃，墨、青层层染渍，几乎不辨笔踪，颇多奇趣，位置奇崛，则源于唐人，比诸安岐所称子昂《溪山仙馆》的"观之骇然"，也许是伯仲之间吧！因此，在元代山水画中，子昂的风格虽有别于黄、倪，但和舜举却比较接近。

至于在中国山水画史上，受赵孟頫的影响的，元代有王蒙、唐棣、盛懋等，明代有文徵明、董其昌等。王蒙是赵孟頫的外孙，"得外氏法"[6]，"从赵文敏风韵中来，故酷如其舅（外祖）……其纵逸多姿，又往往出文敏规格之外，若使叔明（王蒙）专门师文敏，未必不为文敏所掩也。"[7] 叔明的"纵

---

[1] 顾凝远：《画引》。
[2] 吴镇自家面目较少，与黄、王、倪略有不同。
[3] 《中国绘画史图录》上卷，第297—300页。
[4] 詹姆斯·卡希尔：《中国绘画》，里索里国际出版公司，1977年，第102页。有彩色影本。
[5] 上海博物馆藏，有影本。
[6] 王达善：《听雨楼诸贤记》。
[7] 董其昌：《容台集》。

逸多姿",其《青卞隐居图》[1]可充分证明,而文敏似乎望尘莫及了。唐棣也是吴兴人,"学画于松雪公,得其华润森郁之趣"[2],赵画中有李、郭,唐画亦然,从现存《霜浦归渔图》[3]不难看出;同时唐棣兼学高克恭。所以张雨诗云:

> 前朝画品谁第一,房山尚书赵公子。
> ……
> 唐侯本是霅川秀,爱画仿佛董与李。
> ……参以房山势莫比。
> 尚书公子不复见,得见唐侯斯可矣。

唐棣俨然是孟頫的传人了。盛懋山水传世较多,大都布局平稳,笔墨远宗董、巨、李、郭,并学孟頫,关于后一方面,吴其贞曾予指出,如《青绿山水图》"仿松雪",《秋江垂钓图》"仿赵松雪"[4]。这些也有参考价值。

在明代,文徵明的山水,"人称其兼有赵孟頫、倪瓒、黄公望之体。"[5]谢肇淛则说:"文征仲远学郭熙,近学松雪。"[6]陈继儒谓"文待诏"所学,"自元四家以至子昂、伯驹、董、巨及马、夏。"[7]他在子昂《水村图》跋语中更谓"文太史临摹一卷,如出赵手。"吴其贞认为"余今日得见此图,方知文衡山平生仿松雪画,皆祖此"[8],则和陈继儒看法有相同处。董其昌说得尤为明白:"文太史本色画极类赵承旨,但微尖利耳。"[9]我们倘以上列诸说,对照文氏山水,觉得大致上相符合,并且感到他从自运中写出情思意境之作毕竟

---

[1] 上海博物馆藏,有影本。笔墨飞舞,气势雄强,董其昌题"王叔明画,天下第一"。
[2] 李日华:《六研斋笔记》。
[3] 《中国绘画史图录》上卷,第362页。
[4][8] 吴其贞:《书画记》。
[5] 《佩文斋书画谱·文徵明传》,引自《名山藏》。
[6] 谢肇淛:《五杂俎》。
[7] 陈继儒:《妮古录》。
[9] 董其昌:《画禅室随笔》。

不多，而子昂不足之处也正在此。董其昌的山水是继赵孟頫之后崇古主义的突出代表。他远师董、巨，近法黄、倪，参以高、米（小米），这是一般公认的看法。如果细味董氏对自己山水画的评语，就不难看出他以超出子昂而自豪了。他曾说："赵令穰、伯驹、承旨三家合并，虽妍而不甜，董源、米芾、高克恭三家合并，虽纵而有法。两家法门，如鸟双翼，吾将老焉。"[1]意思是子昂只能妍而不甜，自己则兼能纵而有法，事实上不过是片面地谈论笔墨技法罢了。但在明季所存的三赵真迹中，子昂远远多于大年、千里，董氏可以不时看到子昂的作品，因此，上文所引董氏之语"余所学以吴兴为多"，倒是真实情况。不过，对子昂创新技法的精神，董其昌以及文徵明都未继承下来。

到了清代，在摹拟之风极盛时期，"仿松雪翁"、"拟赵承旨"、"学赵魏公"的字样不时见于画题，但子昂的技法或笔墨功夫，并没有学到。例如王翚（石谷）的山水画册中也有《拟赵松雪鹊华秋色》，则只剩原图的布局，并大大简化，其秀润之气不可复得，而子昂在中国画史上的影响也就愈来愈小了。部分原因是由于：赵氏多方面地学习古法，揣摩古意，一幅画中古人的总多于自己的，显不出一个完整的自家面貌，后来的画家也就难以把握。等到石涛、八大、扬州诸家的创新之风畅行之后，子昂的艺术技法更是无人问津，也许只在华嵒部分的秀润作品中看到一点痕迹，但可能是不谋而合，非有意学他。

八

石涛论画尚气势，触及了艺术创作的根本。因为气势是从画家的平生涵养以及较高意境中来，它沟通心手，统摄笔墨，纵横驰骋于创作全过程，而莫可抑制。石涛所说"一画之法，乃自我立"，"吾道一以贯之"，也就是气势的最好注脚。然而子昂独独缺少这个根本，于是乎古意古法进居首位，只好在技法、程式中讨生活了。这里不禁联想到西方现代一些讲求格式、准

---

[1] 董其昌：《画眼》，《美术丛刊》本。

则的艺术理论家,对创作所加的桎梏,其中较为显著的如德国美术史家亨利希·乌尔甫林(1864—1949),在其名著《艺术史诸原理》(1932)中,认为现代艺术风格的发展有个基本概念,它象征着五种纯粹可见度(英译文:pure visibility),即从线条的(linear)到组合画面的(pictorial)或彩绘的(painterly),从平面到凹陷,从紧凑的形式到开扩的形式,从多样到统一。他完全毋视艺术风格决定于艺术家的思想感情,尤其是审美和社会现实的关系。不难看出,乌尔甫林在贩卖形式主义的美学观点。限于篇幅,我们只看他所列的第一种讲些什么。意大利艺术批评家温图里所作解释比较易懂,不妨翻译出来:"'线条的'是指通过触觉而感到事物对象的轮廓与平面,'组合画面的'意味着抛开可以捉摸的构造而代之以纯属可见的现象。前者强调对象形状的准确性,后者追求并无定限的、变化之中的形状。如果从塑造性和轮廓来观察事物,将使事物各自分离;为了组成画面而观察事物,它们便混为一体了。"[1]事实上,画面上个别和整体的结合以及结合的多种方式,也不限于西方艺术,我国的绘画实践也有"经营位置"一条法则,画家运用这条法则时,也会触及乌氏所举的几种方式,不过画家须以"意存笔先"或"丘壑内营"作为总纲,才能使思想领先,避免为结构而结构,为形式而形式。然而乌尔甫林偏偏短少这个总纲,抽掉了思想意境,片面地搬运五种公式,把艺术风格完全架空了。其实,西方关于艺术风格和艺术形式,早有正确的看法,例如法国自然科学家布封(1707—1788)是第一个提出"风格即人"之说,这里的"人"意味着人的情思意境;又如歌德(1744—1832)强调"克服形式的制约,方有创作可言",也就是说作家重视思想的表现,便不会被形式所役使。乌尔甫林是搞艺术理论的,对于这些名言竟然一无所知,这也不足为奇,因为他是彻头彻尾的形式论者。那么,我们不禁要问:赵孟頫落笔之前、落笔之际,是否也舍"人"而先求"风格"?以为风格决定于捕取轮廓、组成画面的某些技法?一味仿效前人名作的某些结构?倘若

---

[1] 温图里:《艺术批评史》,英译本,杜登公司,1964年,第286页。"纯属可见的"即超越触觉,进入视觉领域;"混为一体"搭画面结构全部完成。

我们从他的生平际遇、政治关系进而考察他的绘画作品，便不难看到，由于思想境界比较空虚，难以激发雄浑的气势，胸无"一画"，缺乏真实的感情以主使笔墨的运用，因此虽然多方描绘，锲而不舍，却往往落在古人的线条、色彩、构图等几套程式中，从美学观点看，他和乌尔甫林又何等相似！他的作品，正是由于人的因素少了，风格也就不够鲜明突出。他虽追求士气，主张以书法写竹石，却又是从技艺而非品性出发，所以他对中国文人画发展的贡献，毕竟亚于黄、倪诸家。不仅如此，在由宋而元这段时期，如果说苏轼木石、小米云山墨戏、云林小景等和子昂的山水竹木同属文人画，那么苏、米等尚意而子昂尚法，这个区别也不应忽视吧。本文开端以较多篇幅叙述子昂的整个精神世界，就是为了阐明凡不足于"内"辄侧重于"外"这个不可避免的规律，而它也体现在子昂的绘画中。

然而，我们还应该说，赵孟頫是极有才华和毅力的艺术家，可惜襟怀不够开朗，精神不够奋发，复囿于古人、古法，只能搞些技法革新，作为一位完美的艺术家，是令人深表遗憾的。当然，我国绘画史上入于古而不能出者，又何止子昂一人，我们从事艺术创作的人应注意到这个失败的经验，并牢记毛主席关于"古为今用"的教导啊！

不过，我们也还可以把眼光放大一些。子昂的那些见于著录而未传世的作品，为虞集所描写的"高崖数竹凌风雨"，或安歧所谓"观之骇然"的山水，我们都不可能看到；却以细谨、秀丽作为他的艺术的主要成就，将是不够全面，有欠公允。犹如清末民初许多修养深厚、路子宽广的京剧表演家，今天已不能直接欣赏他们的艺术，倘若只凭他们所灌的几张唱片来进行评价，也是不够恰当啊！

本文提出一些问题，聊供研究中国画史、画论参考，至于错误之处，请读者指正。

本文发表于《文艺研究》1984年第3期

漫谈《文心雕龙》和南朝画论

南朝的文论和画论都很有特色，但和各自的优良理论批评传统分不开，限于篇幅，关于后者暂且不谈。完成于齐代的刘勰《文心雕龙》和宋、齐、梁、陈四代的画论，双方有相通之处，例如物我关系，创作完整概念，风格独创诸问题，值得比较，进行综合研究。现在所写，只好算是简单提纲。至于南朝书论，如宋时羊欣、虞龢，齐时王僧虔，梁时陶弘景、袁昂，武帝萧衍、庾肩吾等，都各有所见，其中和《文心雕龙》亦有类似或一致的地方，当另文论之。

物我关系

《文心雕龙·物色》："诗人感物，联类不穷。"意思是外部世界开拓诗人内心世界；由此推动的形象思维："既随物而宛转，亦与心而徘徊。"说明了从感物到创作，诗人之"我"起着作用。刘勰少年时就曾梦见孔子，"执丹漆之礼器，随仲尼而南行"，醒后十分高兴地说："大哉圣人之难见也⋯⋯自生灵以来，未有如夫子者也。"[1] 但是由于出身士族，须逃避徭役，在定林寺住了十多年，到了梁时才做过东宫通事舍人、步兵校尉兼舍人，地位不高，终于出家，"改名慧地"。[2] 由此看来，他所谓的"我"，反映了亦儒亦佛的思想折光。宋时画家宗炳（少文）《画山水序》提出："圣人含道应物，贤者澄怀味象。"这圣、贤之分相当重。头脑空空，一片白纸，去感受自然形

---

[1][2]《南史·刘勰传》。

象,那就只能是"贤者",即二流画家,用今天的话说,是自然主义者。如果自己有个性,有真实感情,有思想深度,而去接触自然,那就是"含道"以"应物",结果使"山水以形媚道",让自然的丰富形象触发并满足自己的审美感情,从而推动创作,成为"圣者",或第一流画家。于是乎"万趣融其神思",随在都是物为我用,画家的情思意境凝成了艺术形象与艺术作品。这种状物以写心的创作过程,就是序中所谓"山水质有而趋灵",而这样的写心,宗炳名之曰"畅神",指出"神之所畅,孰有先焉?"哪里还有比画山水更能带来抒发审美感情之乐呢!但是宗炳的画中之"我"却不同于刘勰的文中之"我"。宗炳好游山水,无意仕进。宋武帝刘裕"辟为主簿,不起,问其故,答曰:'栖丘饮壑三十余年。'帝善其对而止"。他"入庐山,就释惠远考寻文义"。后来武帝又"召与周续之并为太尉椽,皆不起。"宋文帝刘义隆"元嘉中频征,并不应"。他"西陟荆巫,南登衡岳",因"结宇衡山",学做东汉隐士向长(子平)。[1] 他的《答何衡阳书》与《明佛论》中大谈"有若无,实若虚","处有若无,抚实若虚"。因此,宗炳所说"含道应物"的"道",既糅合释、道二家,尤其是庄周"万物与我为一"的逍遥自得,更含有玄学的"虚无",三者都反映在他的画中之"我"。宋时,还有王微,和宗炳一样,"皆拟迹巢由,放情丘壑。"他也爱画山水,并且"常住门屋一间,寻书玩古,如此者十余年"。[2] 他在《叙画》中更是情不自禁地赞叹:"望秋云,神飞扬,临春风,思浩荡……绿林扬风,白水激涧",认为都是由于"神明降之"。表达了画家"冥于自然"[3]的审美观,而这里的"神""思"。亦即画中之"我",则是而以老庄为主,也不同于刘勰。关于物我为一的审美感情和创作动力,《文心雕龙·神思》也有描写,"登山则情满于山,欢海则意溢于海",所谓"满"、"溢"不妨说是我国古代的,却又相当于西方现代的移情说。但是《文心雕龙·物色》:"情以物迁,辞以情发",这个"迁"字却又意味着情虽为辞主,却处于被动,乃是役于自然,或我为物用,和宗

---

[1]《南史·列传·隐逸上》。
[2]《宋书·王微传》。
[3]《庄子·天地》。

炳、王微相比，是有区别的。

创作完整概念

《文心雕龙·风骨》："深乎风者，述情必显，""练于骨者，析辞必精，"认为"风"属于"意气"，"骨"属于"结言"，阐明"风骨"乃意与辞或内容与形式的统一，提供了文学创作完整概念。篇中还引曹丕《典论·论文》："文以气为主，"进而强调"意气骏发"，也就是"风骨"以"风"为主，克服形式主义偏向。《文心雕龙·知音》："夫缀文者情动而辞发，"并在"沿波讨源"时，"情"为源，"辞"为波，阐明内容决定形式的创作完整概念。齐梁间，谢赫《古画品录·序》所举绘画六法的第一法"气韵、生动是也"和第二法"骨法、用笔是也"，则赋予绘画以创作完整的概念，其余四法乃此二法的补充。"气韵、生动"相当于刘勰所谓"风"，"意气"，"骨法、用笔"相当于刘勰所谓"骨"，"结言"，而二法综合也就构成了"风骨"。谢赫将曹弗兴列第一品，因"观其风骨，名岂虚传？"也就是兼备画意，画笔二者之美。卫协也列第一品，由于"虽不赅备形似，颇得壮气"。意思是造形略差，但能以气胜。这里的"壮气"，犹如刘勰的"意气骏发"，可见六朝时文学和绘画的创作完整概念，是以"意气"和"气韵"，"壮气"为主导的。陈时姚最《续画品》则有所发展，他批评谢赫的人物画："笔路纤弱，不副壮雅之怀。"在他看来，作为主导的"风"，"气"还须讲求节制，一边开拓壮气，一边不忘雅正。姚最这一论点是和他的处世哲学分不开的。姚最为姚僧垣次子[1]，通经史，兼习医学，隋文帝"平陈……（最）自以非谪，让封于察"。他曾任"蜀王秀府司马，秀后阴有异谋，文帝令公卿穷治其事"，他却自承："凡有不法，皆最所为，王实不知也。""竟坐诛"。以上二事足以说明姚最深受儒家"致中和"的思想影响，因此论画综合了壮气与雅正。对刘勰来说，儒家思想的根子很深，上面提到的那场夜梦，颇能说明问题。因此，文章应如"圣人"，"夫子"所教导的无过与不及。《文心

---

[1] 长子姚察。

雕龙·夸饰》："夸而有节，饰而不诬"。《定势》："模经为式者，自入典雅之懿。"刘勰强调"意气"，这里又标举"典雅"，这是和姚最综合壮、雅相一致的。

风格独创

《文心雕龙·比兴·赞曰》："拟容取心，断辞必敢。"用今天的话说，作家凭自己的审美判断，来观察事物，捉取其生命、本质，充实并活跃自己的意象、意蕴，才能使艺术形象的塑造，既表达内心激动，并赋予个性鲜明的语言，从而体现独创的风格。在这段话里，"敢"字有分量，意味着大胆创新，不落窠臼乃风格的重要因素。这种精神，谢赫《古画品录》也触及："第三品张则，意思横逸，动笔新奇。师心独见，鄙于综采。"张则作画，不屑于紧跟现实，什么都入画中。他不随流俗，避免一般化，而寻求那些最能触发个人感情，反映画家个性的题材，加以融会，塑造出物中有我的艺术形象。正是这种大胆解放的精神，产生了纵恣放逸的作品内容，以及与之相适应的笔墨新奇的作品风格。姚最《续画品》把刘绍祖列第五品，地位很低，因为他虽"善于传写"，而"不闹其思"。"传写"就是机械地反映，而"闹"字很有意思，要激发的情思，包括活跃个性，缺少了它，也就无"我"可言。法国布封说得好："风格即人。"那么刘绍祖"有物无我"，又怎能独创风格呢？姚最给他八字评语："述而不作，非画所先。"说明作品风格和作品思想意境一样，都须有独到之处。《文心雕龙·体性》也明确了风格的构成是内而外的："气以实志，志以定言。"所以"吐纳英华，莫非情性"。首须激发其"意气"，亦即"闹其思"。《文心雕龙·情采》说，情人"为情而造文"，辞人"为文而造情"，接着就批判了"言与志反"的"逐文之篇"。后者是重外轻内的，甚至有外无内的，那么它同"述而不作"的"移画"，可谓一丘之貉了。对照之下，姚、刘之说可相互补充。

谈到这里，试作一个小结。物我关系摆正了，创作完整概念建立了，独创风格出来了——这三个环节，南朝的文论，画论都把握住，而且加以发挥，放出光彩，形成南朝的相当健全的文艺观。这和当时社会动荡，政治混乱，统于一尊的儒家思想失去控制，释，道、玄深深地渗入上层建筑，是分不开的吧！

本文发表于《文艺理论研究》1985 年第 1 期

苏珊·朗格的情感形式合一论与中国绘画美学

小　引

现代西方美学著作大都结合艺术的实践与理论，许多作者有丰富的部门艺术知识，熟悉艺术创作的甘苦，特别是艺术形式及其具体运用，包括名家和主要流派的技法特征，从研究多种形式进而评论多种艺术风格。他们把造型艺术的审美判断建立在对形式的感觉、感知的基础上，从而论说绘画、雕刻、建筑中视觉形式的作用、功能等。有时存在着形式主义偏向，则是应予注意的。继克罗齐之后，贝尔、弗莱、柯林伍德、阿恩海姆、贡布利希和苏珊·朗格等都深入钻研艺术形式，对它的本质、创造、运用、效果等在造型艺术发展史上所起的积极作用，进行具体分析，加以综合、条贯，得出若干规律性的东西。其主要的研究方法为格式塔（完形）心理学和符号论。前者将每一心理现象作为"被分离的整体"，主张艺术形式虽从艺术作品中分离出来，但其自身依然是一整体，因此具有独立性和创造性。后者把艺术作为表象符号，认为艺术品的含义就在符号形式本身，此外都是不可言说的。在绝对性的形式的支配下，造型艺术、视觉艺术的中心课题被归纳为情感与形式的关系，尤其是形式、情感的合一。本文试就符号论美学重要代表、格式塔追随者苏珊·朗格的《情感与形式》中有关绘画（附音乐）的部分内容，摘其要点，依原书次序，归纳为若干问题，加以评介，并联系我国传统美学（主要是绘画美学，兼及音乐与书法美学等）作初步比较研究，也许可以对中外美学交流有点滴贡献。对源于新康德主义的符号论应如何评价，则不在本文的范围内。

情感与形式的关系

朗格将艺术分为两个方面：（一）技巧或制作，（二）情感与表现，指出艺术的任务是给双方建立关系。她为了说明这关系，提出一个试验性的艺术定义："艺术是人类情感的种种符号形式的创造。"（文中所引苏珊·朗格语，除注明者外，均译自《情感与形式》，路特列基和格根·保罗公司1959年第二版，以下从略）。她不说以形式表现情感，而说赋予情感以符号，因为她觉得"表现"涵义较广泛，并非艺术所专有。她举出"表现"的一些习惯用法，例如"艺术品时常是情感的自发表现，是艺术家精神状态的征兆"。又如"艺术品表现它所由生发的社会生命，指出风尚、衣着、举止，反映混乱或节制、暴动或安宁，此外，它还必然表现作者无意识的愿欲与梦想。倘若我们高兴去注意这样的艺术表现，那么博物馆和画廊所在皆是"。"以上所谓的'表现'不足以构成艺术的特质和艺术的价值。"倘若艺术有所谓"表现"的话，那么它必须属于符号形式的范畴。她强调指出："当我们说某事物被很好地表现出来，我们未必确信被表现的概念涉及我们当前情况，甚至是真实可靠的，我们只不过认为它明晰地、客观地唤起我们的冥想、凝思（contemplation）罢了，这种表现就是符号所具有的功能：清楚地表达概念，展示概念。"换句话说，艺术品的表现作用即表象符号作用。朗格更结合音乐艺术，指出这符号只表现人类普遍情感，不表现某时、某地、某个人的情感。她复述她的《哲学新解》中那段话："音乐功能不是激发情感，而是表现情感；但又并非征兆性地表现作曲家所被困惑的情感，而是通过符号，表现他所理解的对情感的种种感觉形式（forms of sentience）。""音乐功能所说明的，只是音乐家对情感的想象，亦即对所谓'内在生命'的体验，决非他个人的情感状态。"接着她论说："音乐的含义就是符号的含义，这符号乃是一个可被十分清楚表达出来的感觉对象，它凭借自身的能动结构，表现生命经验的种种形式，关于后者，如果用语言来传达则是最不恰当的。音乐的含义由情感、生命、运动和情绪来构成。"说到这里，她宣称："音乐即'有意义（味）的形式'。"我们从朗格的艺术定义、表现符号化和对音乐的看法，不难发现重点之所在：艺术用符号形式表现普遍经验或对生命的情感，因此艺术的含义就在符号形式自身，而艺术也可以称为有意味的形式；一句话，形式创造了艺术。

"有意义（味）的形式"原是克莱夫·贝尔首先提出的，他在《美的假说》中问道："怎样一种素质是引起我们美感的一切事物所固有的呢？"他答道："答案只有一个，即有意义（味）的形式。"因为"一定的形式和形式间的相互关系，激起我们的审美情感。我把线条与色彩的这种关系和组合——这些在审美上动人心弦的形式，叫做'有意义（味）的形式'，"后者"是一切造型艺术作品所共具的唯一的素质。""评价艺术品时，除了对形状和色彩的感觉以及对三维空间的知识外，其他什么也不需要。"[1]贝尔把艺术形式看作自给自足的，它自身已具备美之创造与欣赏的功能，从而大大贬低艺术形式对客观世界的反映作用，他甚至说："反映标志着艺术家的缺点，而且是太常见了。"贝尔以写生画家处理死刑场面为例，讥笑他竟以"恐惧怜悯的心情"代替了"有意味的形式"，反而"暴露灵魂的贫乏"。[2]朗格虽不完全同意贝尔的观点，但和贝尔同样地强调形式，在她的文章里，有表现力的符号形式和有意味的形式时常是互换的术语。此外，她还引用贝尔《论普鲁斯特》小册子第16页的一段话："伟大的杰作无不具有光辉神奇的力量，但它们并不源于刹那间的真知灼见、人物塑造、对人性的理解，而是来自形式——我使用'形式'这个词时，赋予最丰富的涵义，包括艺术家所创造的一切，后者的表现可称为'有意味的形式'，或者其他他，总之，艺术的最高品质属于形式，举凡结构、安排，层次布列、运动和形状，都是形式之事。"[3]因此，朗格承认贝尔及其后来者和她本人"过去和现在实际上都从事同一哲学研究项目"，也就是新康德主义者继续研究康德的课题：心灵（精神）凭理性的先验范畴，如何赋予物质以形式，而这里的"物质"则指艺术

---

[1][2] 贝尔：《有意味的形式》，孙越生译，《文艺理论研究》，1985年第1期。
[3] 普鲁斯特（1871—1922）是法国小说家，代表作有《追忆逝水年华》共七部，细致地描写法国贵族沙龙生活和主人公的"潜意识"活动。

作品。所以朗格认为艺术作品中形式自身所含有的、所表现的节奏、运动，就是生命的节奏、运动本身，将两者看作一码事。这里更须指出，除贝尔外，朗格还继承符号论创始者之一卡西尔的艺术观，而且这是她的艺术论的主要源泉。卡西尔说："我们应当把人定义为符号的动物。""符号化的思维和符号化的行为是人类生活中最富于代表性的特征。"因此"艺术确实是符号体系"。"艺术的真正主题……应当从感性经验本身的某些基本结构要素中去寻找，在线条、布局，在建筑的、音乐的形式中去寻找。"[1]朗格正是和卡西尔一样，在艺术主题、艺术结构和符号形式之间画上等号，可以说她继卡西尔之后，力图阐明如何表现人类的思想感情就是如何制造符号形式，并且情感与形式的问题基本上是形式的问题。

下面想略引我国美学有关资料，来对照朗格的以上论点，作些初步比较。朗格以音乐为最基本的符号形式，足以表现生命、运动和人类对它的感受与情感，其他他部门艺术则等而次之。在我国也有类似情况，音乐、舞蹈的运动、节奏、韵律体现在后来的书法与绘画艺术的线条中，并发展成中国所特有的艺术形式，产生了足以表达生命情感的大量书画作品。这一基本形式之导源于乐、舞，乃中西艺术所共同，尽管社会的政治的背景不尽同。但另一方面必须指出：西方的书写技法没有发展成艺术，而线条对西方绘画的作用也是较近之事，所以就音乐对部门艺术影响的深度而言，西方似乎不及我国。至于音乐的本质和功用，我国很早就有专著。《荀子·乐论》说："夫乐者……人情之所必不免也。……故人不能不乐，乐则不能无形，形而不为道，则不能无乱。"成书稍后于《荀子》的《乐记·乐本篇》讲得比较具体："凡音者，生人心者也。情动于中，故形于声；声成文，谓之音。""比音而乐之，及干戚羽旄（指武舞），谓之乐。"《乐记·乐本篇》进一步指出，"先王慎所以感之者：故礼以导其志，乐以和其声，政以一其行，刑以防其奸。礼乐刑政，其极一也，所以同民心而出治道也。"朗格所说"人类普遍情感"和我们所说"人情"、"人心"，都是讲音乐的根本；她所说的"符号

---

[1] 卡西尔：《人论》，甘阳译。

（形式）"和我们所说的"形"，皆指音乐的表达。但不同之处在于，她主张"符号"即音乐本身，而我们并不以"形"来概括音乐。至于音乐与道德伦理的关系及礼乐互济以服务于政治的原则，我国美学家讲得相当坦率，尽管含有阶级的局限，但是朗格却只字不提，这倒并非有意回避，而是因为她祖述太老师康德所谓美无关功利，美在于形式——这个信条对她来说，是不可动摇的。

生命情感，符号制作，造型艺术的虚假空间

朗格根据她的艺术定义，将艺术称为情感的符号，阐明符号制作即艺术创造乃是艺术理论的中心问题，所以《情感与形式》的第二卷名曰《符号的制作》，从第五章一直写到第十九章，共300余页。作者首先比校工艺和艺术，认为："手艺人生产商品，算不了创造。……一件人工制品不过是若干原料的结合，或天然物体的修饰……仅仅是已有事物的妥排。一件艺术品远远地不止于此，它从音调或色彩的布列中呈现出前所未有的东西，它不是经过安排的物质，而是感觉（力）、感知（力）的符号。它制造出具有表现力的形式，而这制造本身就含有创造的过程，从征集极度的技术才能，直到技术才能服务于艺术家的极度的构思——想象。"艺术家并非处理已有事物，他创造事物，他凭想象以运用技法，处理音调、色彩，使它们成为符号形式，产生前所未有的、绝不重复的东西——艺术品。其次，她认为符号制作的全程包括以下诸方面：边缘（轮廓）的运动与生命；线条及其运动决定了艺术形式与生命情感的关系；作为活形式的线条产生艺术幻觉，而造型艺术则创造了虚假空间；运动的线形乃生命情感的真正符号。下面试扼要地加以叙述。

朗格借用阿尔道夫·别斯特-曼卡德《创造性构图方法》的一段话："边缘（轮廓）必须向前运动，并在运动中成长。"她加以引申："这种'运动'并非位置的改变，而是节奏、韵律的外在表现，这种'向'则表示构图中重复使用的诸元素密集或紧紧相靠时所采取的方向，尤其是这些元素存在着单一动向的强烈感（a strong feeling of one-way motion）多次重复而自成系列。

系列由于自身的规律而好像在持续、延伸，这也就是韵律或生命的外在表现。……因此艺术中的一切运动意味着生长、发展——它不像画一株树那样地生长，而是若干线条与若干空间的生发。"她解释了线形的运动和动向能够表现对生命的感觉。接着她论说线条运动和生命的符号形式，"'边缘必须向前运动，并在运动中成长。'这句是玄奥的，而且引起幻觉，但这种幻觉、这种假象都是情感的真正符号。在举世承认的、作为'成长'的诸形式中，能用来表现情感的基本模型，则是对生命的感觉（sense of life），也就是最为原始的'愿望满足。'然而，它不反映在物理的线条中，而是反映在艺术所创造出的线条中，在线条所表现的'运动'中。这是一个能动的模型，实际上又是一种幻觉，是对生命的情感形式的翻版。为了表现这情感，边缘必须运动，必须成长。"朗格相当雄辩地概括出运动的线形乃生命情感的真正符号，并交代了艺术品中情感与形式的关系，以及形式是主导的。

我国艺术也存在着线条运动与生命象征，以线条为基本媒介的书法与绘画表现得最为突出，主要是寓形（状）和（动）势于线条运动中。蔡邕《九势》谓作书须造"势"，要做到"势来不可止，势去不可遏"，如生命那样地动静自如。继蔡邕之后有卫恒的《四体书势》，四体即古文、篆、隶、草，有崔瑗的《草书势》、索靖的《草书势》等，都以得势为书法命脉。依托于王羲之的《笔势论》则专论正书之势。不仅如此，势更由字而延绵条贯于行，复从一行以至数行。张怀瓘《书断上·评草书》描述张伯英（芝）的作品："字之体势，一笔而成，偶有不连，而血脉不断，及其连者，气脉通其隔行。……世称一笔书者，起自张伯英。"又评王子敬（献之）云："惟王子敬明其深旨（指一笔书），故行首之字，往往继前行之末。"在我国，书法通于画法，因此又有一笔画。张彦远《历代名画记》之《论顾陆张吴用笔》云："草书……气脉通连，隔行不断……世上谓之一笔书。其后陆探微亦作一笔画，连绵不断……精利润媚，新奇妙绝。"我国书画艺术以线条体现生命的运动与节奏，在2000多年前就已说明朗格所谓边缘、轮廓的律动足以传达生命情感这一命题。至于朗格把制造生命符号的步骤规定为线条的重复、互依，定向的延续，律动的产生，空间的成长，则中国山水画中山石的某些皴法也正是如此。披麻皴是由许多几乎同向而且平行够长线条所组成，它们随笔运转、伸延，而势有徐疾，力有轻重，形成律动，以描写寓于静美的自然。斧劈皴则用许多短线条，笔笔侧锋，迅猛剔出，既嶙峋突兀，复疏密有致，以轻度的互依来造成定向，从而表现含有动美的自然。二者用不同的重复线形组织动向，参与了山水画家对自然生命之静的与动的观照，并表现在作品之中。

朗格接着论说人对生命与运动的情感，乃人的基本情感，是艺术创作的主要对象，并且须凭直觉以造成幻象，方能达到创作目的。"具有生命的事物以经常地保持它的形式为目标，但这并非最终目的（因为终究要失败），然而'保持生命'乃是一个变动不息的过程，假若它停止不动，形式跟着解体——因为持续原属于**若干变动的模式**之一。人们所感到的持续的变动以及二者亲密无间的统一，实在是情感的基本结构。我所谓艺术中的'运动'不一定是空间的变动，它是可以**被察觉的**，可以通过任何途径所能想象的变动。艺术家们由于直觉较多、传统较少，所以将这变动命名为'能动'的元素，而我们则像见到这变动被符号化了。"这段话的意思是：物无定形，形失则物亦失，但形之持续乃为不动之动，毕竟也是一种动的模式，而且唤起人们的基本情感——对生命与运动的情感，艺术家们只有排除传统的模仿与再现，通过直觉，从中想象变动不息的力量，并表现在符号中。朗格还从线条、色彩等的非语言表现出发，指出："一个完整的格式塔所含对一切形式的认识，都是直觉的；一切关联——独特、一致、对应、对比与综合，只能通过直接洞察，也就是直觉，才被领会。"总而言之，变动不居乃生命本质，一定的艺术形式仅仅触及生命外表，因此只能产生幻象。边缘轮廓的运动也非运动本身，而是运动的幻象，但艺术家为了创造幻象，就须尽量摆脱模仿现实与再现现实等传统手法，专凭直觉，进行想象，所以寓动于静的、作为动的假象的线条，实乃生命情感的真正符号。

另一方面，朗格揭示再现、模仿的缺陷就在于不可能取得形式与情感的同一。"模仿并非结构、组织的主要手段。一切造型艺术就是为了取得清晰明确的视觉形式，使它成为唯一的，或至少是卓越的感知对象——尤其是如此直接地、有力地表现人类情感,以致这形式本身充满情感。"谈到这里,朗格在情感与形式这一美学课题上,从形式为主导发展为饱含情感的形式,反映了形式内容不容分割的符号论美学立场。

接着朗格阐明造型艺术即创造虚假空间的艺术。"我们生活、行动于其中的空间,完全不是艺术所要处理的空间。画面上被组织得和谐、协调的空间,并非触觉与听觉所经验的空间,后者不存在自由与抑制的运动,远与近的声响,消失或回荡的嗓音。在那里,一切纯属视觉之事。一块平展着的、相当小的画布,或一堵空白的、淡而无味的墙,对眼睛来说,则是深深地充满形状的空间。这个完全诉诸视觉的空间便是一个幻象,因为它与我们感觉经验的记录不相符。不仅需要色彩(包括黑色和白色以及介于二者之间的全部灰色)来组织绘画空间,而且必须通过形状的组织来创造绘画空间,如果没有这些具有组织力的形状,绘画空间也就不存在了。犹如镜面'背后'的空间,绘画空间就是物理学家所说的'虚假空间'——一个无可捉摸的意象。……虚假空间是一切造型艺术的基本幻象。""作为绘画艺术的本质的虚假空间,乃是创造而非再创造(再现)。一切造型艺术都创造'虚假空间';然而它们只能是在符号存在的场合来制造这个艺术世界。……(就绘画而论)每一笔触自始至终都在构图;构图完成了,'有意味的形式'也真地出现了。"接着,朗格将艺术结构归结为有意味的形式,不胜感慨地说:"有许多大画家,尤其是最勇于背离事物的'实际形状'的画家们,例如芬奇和塞尚,却坚信自己忠于自然的再现。"

朗格以上所讲的一系列问题,我国古代美学也大都涉及,试分别论之。

(一)生命、运动、节奏与情感的唤起

《老子·一章》提出"道",以概括"天地"、"万物",天地之始曰"无"、万物之母曰"有",认为"二者同出(于道)而异名"。"无"指无限,"有"指界限,有、无的统一乃宇宙、生命的整体,也就是"道"。《老子·二十五章》说,道"独立而不改,周行而不殆",指出生命、运动、节奏是客观存在的,是"不改","不殆"(到不了终点),永恒不息的。老子探讨人类对宇宙、生命之本——道的感受、认识,朗格则论说人类对生命的

情感是人类的基本情感。《老子·二十一章》描绘对于道的认识："'道'之为物,惟恍惟惚。惚兮恍兮,其中有象;恍兮惚兮,其中有物。"也就是说生命本质何尝不可捉摸。而朗格则提出一种认识的方式:由艺术赋予符号形式,这就比较具体了。《庄子·天地》有篇寓言:黄帝使人寻求玄珠("道"的象征),都失败了,"乃使象罔"("象罔"是人名),象罔得之(找到了玄珠)。"象"喻有形或真实,"罔喻无形或虚幻""象罔"乃有、无和虚、实的统一,即"道"或生命之本。老子要求认识这个"不改"、"不殆"、"恍兮惚兮"的"道",庄子主张以"象罔""得之",而朗格则认为首先须有对生命、运动、节奏的感知,然后才有对生命的情感,而艺术创作尤须如此。

我国古代关于宇宙的整体观念与辩证统一观点,深深影响诗、文、绘画的理论,其中"虚"、"气"、"韵"、"气韵生动"等审美范畴,更是历代都有论述,不妨举些例子。

在老子看来,"无"与"有"同出于"道",那么以"无"名"道"也未尝不可,而"虚无"亦"道"之所在。因此苏轼《送参寥诗》云:"……欲令诗语妙,无厌空且静。静故了群动,空故纳万境。"在诗人眼里,有、无、动、静并非绝对或各自孤立,须从虚处着眼,方能高屋建瓴,总揽一切;也就是澄怀静观,将群动、万境摄入心田,足以化虚空为充实之美。惠洪《冷斋夜话》引王安石论诗:"前辈诗'风定花犹落',静中动意,'鸟鸣山更幽',动中见静意。"指出动、静统一之妙,而有、无相需亦不言而喻了。正因为辩证统一地、而非片面个别地对待生命的现象——虚、实,动、静,有、无,所以能面向生命整体。朗格也是如此:她所看到的是生命运动全过程,而非其中某一阶段;她在下文将这全过程解释为张力和张力消解之间的统一(详后),表明她也是有整体观念的。

《庄子·田子方》赞美一位"解衣槃礴"的画师,强调须于气盛时落笔,才有充沛的生命力。王充《论衡·谴告篇》则从物质结构来说明:"气不通者,强壮之人死,荣华之物枯。"人的一切活动不可缺少这个生命元素——气。推而至于文学创作,也必须有生气、生意。曹丕《典论·论文》提出:"文以气为主。"刘勰《文心雕龙·体性》说:"气有刚柔",则讲得比较具体,从广泛的生命力转到生命力的组成部分——气质、个性,而加以分析。《文心雕龙·物色》又说:"诗人感物……写气图貌,既随物以宛转。"这里的"气",更指事物的生命力,能"写气"就能把握事物的种种动态。就创作而言,刘勰既论其主体条件,也提到客体、对象的本质。再看朗格,措辞虽不同,实质上也触及"气"的双重涵义,所谓生命运初,是指客体的"气",而对生命运动的直觉,则为主体对"气"的把握。

就画论而言,顾恺之的《论画》提出"生气",谢赫《古画品录》所列"六法"之首是"气韵、生动",这里"气"与"韵"合而为一。按照钱钟书的标点,这第一法的全文应作"一曰气韵,生动是也",意思是"气"为生命本质,"韵"为生命状态,如风神、情致,合而观之,这第一法就是要求绘画作品体现对象的活泼完美的生命形象——如此理解也许离题不远吧!一句话,创作要表现生气、生意。至于如何产生并完成艺术形象,则有第二法"骨法、用笔",它既秉承第一法,又统摄其他四法(从略)。而朗格则强调作品的生命既寓于作品所表现的情感,复紧密结合作品的形式,指出"形式本身充满情感",可以说概括了"六法"整个体系及其主从关系了。朗格还在《艺术问题》里谈道:"你愈是深入地研究艺术品的结构,你愈加清楚地发现艺术结构与生命结构的相似之处……一幅画……看上去像是一种生命的形式……像是创造出来的。"也就是画面的"视觉空间……看上去充满了生命活力"[1]。这里,"生命结构",尤其是"生命活力",可以作为"气韵、生动"的注脚,而"艺术结构"则包括"六法"之三"应物、象形"、之五"经营、位置",因为双方都涉及艺术处理的问题。至于第二法"骨法、用笔"要求精神意境与用笔高度统一,意寓于笔,笔中见意,第三至第六法都贯彻这个要求。这是因为中国艺术有一特色——绘画和书法皆以笔下的线条运用为表达形、神的基本艺术形式,这一特色是西方艺术所没有的。朗格虽谈到线条运动表达生命节奏,但对于我国书画作品中用线条传情以及所需的素养与技法,毕竟陌生;因此她的理论体系就缺乏像"六法"之二的由神而

---

[1] 苏珊·朗格:《艺术问题》,滕守尧译。

形的精义了。

（二）艺术家通过直觉，结合生命情感，创造符号形式

朗格强调艺术家通过直觉，创造符号形式以表现对生命的情感。朗格所谓的直觉，是特指未经思维、推理的直接领会，而创造艺术的独特形式。这是继承克罗齐的观点："艺术品的特质在于是直觉的，而非逻辑的。"在我国，庄子讲过几篇关于艺术直觉的故事。庖丁解牛，刀法熟练，臻于化境，做到"以神遇"，"神欲行"（《庄子·养生主》）。一个名叫倕的工人，善画方、圆，"指与物化而不以心稽"（《庄子·达生》）。梓庆削木为鐻，鲁侯问他："子何术以为焉？"对曰："……齐以静心……不敢怀庆赏爵禄……不敢怀非誉巧拙……辄然忘吾有四肢形体也。"（《庄子·达生》）轮扁斫轮，动中肯綮，七十岁时总结一条经验，"口不能言……臣不能以喻臣之子，臣之子亦不能受之于臣。"（《庄子·天道》）总而言之，最高的艺术水平意味着物我为一，心手两忘，整个创作过程不假思索，有如神遇，也就是以直觉得之。董逌评燕仲穆（肃）所画山水："丘壑成于胸中，既寤则发之于画。故物无留迹……殆以天合天者耶？"好像"李广射石，初则没镞饮羽，既则不胜石矣。彼有石见者，以石为碍。盖神定者，一发而得其妙解"（《广川画跋》卷一《书燕仲穆山水后为赵无作跋》）。画须如一片混成，不见物踪，无斧凿痕，方为上乘，好比射石，须克服"石见"、"石碍"，箭方可入石。画家意蕴丰富，便脱出窠臼，而丘壑内营，落笔时如"以天合天"一般地妙造自如，不容推理、思索，也就直觉地艺术创造了。不过，我们还应看到，以上二例说都以实践经验为前提，同神秘主义不相伴，这正可反证朗格的艺术直觉并非不可知论。

上文举了国画山水以不同皴法形式唤起不同的知觉与情感，这只不过是给朗格的形式情感合一说提供例证，但还可深入。晋代王廙说："画乃吾自画，书乃吾自书。"（张彦远《历代名画记》）书画家的作品当然出于自己的手笔，那么，王廙这话莫非白说？其实不然，他是在强调艺术品必须表现作者自己的情思意境，也就是寓情于形。唐代张璪那句名言"外师造化，中得心源"，阐明了画中抒情与造形的结合，内与外的统一。明李日华说："有酒肠磈块者,堪写石;有节目劲挺者,堪写寒林;文思郁浡者,堪写烟云草树;胸吞云梦八九者,堪写沙水渺迷"(《竹懒画賸》),则指出画家应本于各自的品性、情操,主动地以不同的造形来表现自我,也就是将自然景物人格化于作品之中,而人实为主导。这正如法国左拉所说:"我在一幅绘画中所要探索的,是人而不是画。"我国绘画美学,在李日华之前,就早已强调"形如其人"的观点。米芾说,苏轼"作枯木,枝干虬屈无端,石皴硬,亦怪怪奇奇无端,如其胸中盘郁"(《画史》)。苏轼则赞美文同(与可)的墨竹:

风梢雨箨,上傲冰雹。
霜根雪节,下贯金铁。
谁为此君?与可姓文。
惟其有之,是以好之。

——《戒坛院与可墨竹赞》

与可自己是硬骨头,对竹之凌霜傲雪特别有感情,这感情决定了作品的艺术形式。而李日华更生动地描写与可所画竹的形象:"一筱出枯松之根,深沉如漆,劲利可畏。"指出这一艺术形式竟能唤起观者的畏惧之情了。在西方,法国《当代思想辞典》的著者皮·德·波斯德弗莱(1926—)认为:"'艺术家'一词的真正意义,可以说是形式的创造者。他所关心的并不在于广泛地去解剖形式,而是创造出有生命的、能够表现出思想或梦幻的、在群众中几乎立刻唤起反响的新形式。"(《艺术形式的新语言》)他是主张表情的形式本身也须有所创新。然而形式之新和技巧运用之新不可分,这一点王国维却看到了。他说:"一切之美皆形式之美也",然而"一切形式之美,又不可无他形式以表之",这也就是艺术的形式美,因此他称前者为"第一形式",后者为"第二形式"。"绘画中之布置属于第一形式,而使笔使墨属于第二形式,凡以笔墨见赏于吾人者,实赏其第二形式也。"(《古雅之在美学上之位置》)王氏之论很有启发性:倘若"第二形式"并无个性特征,毫无新的东西,而只是搬运前人、他人的伎俩,那么也不足以见赏于识者。因此我们也就不难理解名画家为何刻苦地探讨艺术形式了。明代徐渭曾题所画水墨牡丹,描出了艺术形式须服从艺术家的情感,技法上允许摆脱设色与写实的传统而自辟途径。"牡丹为富贵花,主光彩夺目。故昔人多以钩染烘托见长。今以泼墨为之,虽有生意,终不是此花真面目。"尤其是:"余本窭人,性与梅竹宜。至荣华富贵,若风马牛弗相似也。"(庞莱臣《虚斋名画录》)这位画家愤世嫉俗,安于贫困,艺术上打破前人格法,滋生"逆反心理",以泄胸中坎坷,用质朴激励的泼墨形式来画牡丹。五代时徐熙以没骨法画花卉,南宋梁楷以泼墨法(即水墨没骨)画人物,而泼墨花卉则始于徐渭。倘若不了解徐渭的为人,是难以领会他的这个新的艺术形式的。这里不妨再引左拉之言:"唯有创新的形式,才能表现所以不同于他人的'自我'",而朗格则说"较少的传统"有利于直觉地把握形式,也确是不易之论啊!

(三)再现与表现

进而言之,朗格主张寓情于形、形情合一,这和我国的"形神兼备"说很相似,不过,她对艺术的再现,看法似乎狭隘些,"通常,人们总以为艺术是再现某种事物的……在我看来,艺术甚至连一种秘密的或隐蔽的再现都不是……一座建筑、一件陶器或一种曲调,并没有有意地在再现任何事物,但它们仍然是美的。"她也许是感到这话过头了,所以接着又说:"如果一件再现性的艺术品想成为美的,它必须……富有表现性(力),……兼有再现和表现两种功能。"(《艺术问题》)实际上,再现与表现原非决然对立、有我无你的。人们常说中国画是表现的艺术,西方画则是再现的艺术,这未免太绝对了。且看中国山水画,凡属佳作总是二者皆备的。元代方回《次韵受益题荆浩太行山洪谷图》:"画闻与画见,巧拙不同科。譬如未入蜀,想象图岷峨。可以欺世人,不可欺东坡。……劈斫开崖壁,巨扁伴斧戈。荆浩家其间,烟霞恣麾呵。亲见胜剽闻,胸次所得多。"此诗很有启发处。画家没有去过峨眉,却有意为之地画峨眉,当然不及家居洪谷的荆浩来描绘洪谷:前者连再现都说不上;后者如"斧戈"开出"崖壁",不仅是再现,而且表现了"胸次所得"。可以说生活现实是再现的基础,再现更是表现的条件,否则的话，再现或表现都是不可想象的，而只剩下虚拟、臆造了。明代王履的画虽平平，论画倒有见地，如"画虽扶形，主乎意，意不足谓之非形可也"（《华山图序》）。"意"乃画家对生活现实的认识与情感，是不可缺少的。至于花卉画科，特别元明以来水墨写意的"四君子"（梅、兰、竹、菊），既未忽略形似，也未失去再现的因素，但更须抒发胸臆，写出画家之我，所以有怒兰、笑竹。至于朗格将塞尚和芬奇并列，认为都是忠于再现的大画家，这也值得商榷。试观芬奇遗作，其造形、设色、明暗等皆忠实于客观具象，他的绘画理论亦复如此：把"在自然与人类之间作翻译的人"和"只会背诵旁人的书本而大肆吹嘘的人"加以比较，指出前者"如同一件对着镜子的东西"，是"实在的东西"，后者不过是这东西"在镜子里所生的印象"，是"空幻的"，虽然"碰巧具有人形"，实际上应"列在畜生一类"。画家只应如实地再现自然形象，不"拿旁人的作品做自己的标准或典范"，否则就将不齿于人类了。于是画家只能将自己的眼睛作为"心灵的窗子"，去"研究普遍的自然"，那么"他的心就会像一面镜子真实地反映面前的一切，就会变成好像是第二自然"（《笔记》，朱光潜译）。这里，"真实地反映"即如实地再现，"第二自然"即自然的翻版，如果表现想象，便是对自然的背叛了。塞尚却大不相同，他并未满足于再现，我们不妨一读他与高更的一次对话。塞尚说："我不想画情感，我把这个任务留给小说家，我只画苹果和风景。"高更说："你不画情感，因为你画不出来，因为你只用眼睛画。"塞尚问："别人用什么画呢？"高更回答："用各种各样的东西。劳特累克，怨恨；梵高，心；修拉，头脑。这和你用眼睛画一样糟糕。而卢梭，则用他的想象。"（见欧文·斯通《梵高传》，引用时略有删节；高更这些看法值得研究，本文限于篇幅，就从略了。）关于梵高所用的"心"，同上书引了梵高自己的解释："表现个人见解的手段"，"不带个人色彩的科学"。不论是塞尚或梵高，都强调运用理性或科学分析来认识自然，丢开情感，不凭主观，单画视觉世界，看来都是再现论者了。然而，塞尚的眼睛却又使他体会到"日光下松林的色蓝而味苦的空气，须和草地的绿色以及遥望中圣维克托山峰岩石的气氛结合起来，这是人们须再现出来的"（《欧洲现代画派画论选》，宗白华译）。因此，塞尚的再现自然，掺杂着他个人的选择，"我"的好恶表现出来了。我们今天观赏芬奇和塞尚的作品，第一印象便是在对待自然形象的态度上有很大差异：芬奇亦步亦趋，惟恐失其形似，塞尚大胆地拆散自然形象，重新组织，由量而质地加以变革，就在人化自然中表现创新，也表现了"我"。这样看来，塞尚不是什么忠于再现的画家。不过，朗格虽只点了芬奇和塞尚的名，实际上是对二十世纪尚未根绝再现的画家表示惋惜。回顾我国画史与画风，写意抒情之与刻画形似，文人画之与院体画，都是前者压倒后者，形神皆备战胜"君形者亡"（《淮南子·说山训》），形失其主宰（神）而元明以来文人画和诗、书、篆刻结合更密，使形神兼备也就是形、情契合，进入更深层次。这和塞尚以后现代西方之追求形式而终于损害形情统一，未可同日而语矣。

（四）虚假空间与有意味的形式

朗格认为表现性的绘画艺术善于创造虚假空间，后者即寓于有意味的形式中。关于绘画空间之必然虚假，我国美学也曾涉及。首先一点，是画中的具象有别于实物的个别具象，后者是真的，前者是假的，但是典型的。宋董逌《书〈百牛图〉后》："以人相见者，知牛为一形，若以牛相观者，其形状差别，更为异相。亦如人面，岂止百耶？……知牛者，不求于此，盖于动静二界中，观种种相，随见得形，为此百状，既已寓之画矣，其为形者特未尽也。"（《广川画跋·卷一》）牛和牛相顾而视，发现彼此形状无一相同，正如人面。但画者则通过视觉，摄取群牛在动、静中所呈现的种种基本形状，画成这幅《百牛图》，然而牛的千姿百态又何尝画得完呢？换而言之，由于《百牛图》画面空间里百牛的形象不能和生活在真实空间里的每条真牛的具象都对上号，所以画面空间必然属于幻象，但却在一定程度上概括了牛的动、静的基本形状，所以不失为牛的形象的典型塑造了。其次，我国美学注意到虚幻与真实的关系。宋沙门德洪《题华光墨梅山水图》："华光老人眼中阁烟雨，胸次有丘壑，故戏笔和墨，即江湖云石之趣便足。"（《石门题跋》）客观烟雨之景，进入记忆，形成山山水水的表象，而落诸缣素，便使画面充满野趣，比较言之，"烟雨"是实，"野趣"是虚，但在创作过程中，二者的因果关系却不容颠倒。虚构画面乃中国写意山水画的一大特征,和西方对实写生的风景画形成鲜明对照,而明代程正揆更是突出。他一生画了许许多多的《江山卧游图卷》,周亮臣《读画录》说他"尝欲作卧游图五百卷,十年前予已见其三百矣"。我们现在还能看到他的许多图卷,它们并不描写实景,其丘壑位置都根据画家记忆中长期累积的丰富的自然表象,通过想象加以组织、塑造典型,正如他自己所说,"佳山好水,曾经寓目者,置之胸臆,五年、十年、千里、万里,偶一触动,状态幻出……当日山水,未必如是……(然而)如是自佳"。做到"状态幻出",也就是创造出虚假空间,抒发了他对客观的"佳山好水"的审美情感。但是,程正揆画过足迹未到、纯出虚拟的《卧游图》若干卷,这方面他的解释是:"所以补足迹之未到,或山河阻隔,或时事乖违,或限于资斧,或具无济胜,势不能游,而恣情于笔墨,不必天下之有是境也。"(《青溪道人遗稿·杂著》)这后一类的卧游图,讲求笔墨的形式美,以纯形式作为画面虚假空间的基本结构,凡足以抒情的纯形式,便是最有意味的形式,从而东方绘画的虚假空间也就增添了新的因素。这一特征对于研究朗格所谓虚假空间与有意味的形式之统一,倒是很有帮助的。

此外,就绘画美学的发展而言,崇尚形式及其趣味,在中国不始于明,在西方也不始于贝尔,而是各有渊源,试分别谈谈。

荀子所谓"形具而神生"(《荀子·天论》),给顾恺之的"以形写神"、"迁想妙得"铺平道路,从而逐渐形成绘画创作的基本规律:心感于物而发生想象,以想象为主导而造形传神;只有精神所贯注的形式,才足以表现自己、感动他人。换言之,画家的审美意识与情趣必须最后凝聚在他的艺术形式中,也唯有这样的形式才足以打动观者。不仅绘画如此,诗也不例外。梁时,钟嵘认为"五言……是众作之有滋味者也",至于"味之者无极,闻之者动心,是诗之至也"(《诗品·序》),也就是说诗的格式与诗味密切相关。而自从文人画与诗、书相结合,画家更须以笔墨中的情感、意趣来打动人了。所以,苏轼主张"画以适吾意"(《书朱象先画后》),倪瓒自称画"写胸中之逸气"(《题为以中画竹》),周圻认为"世人所以不可传者,无他,坐使人无所动耳"（《答黄济叔》，见周亮工《尺牍新钞》）。苏、倪从正面，周从反面，强调文艺的抒情写意；但是，另一方面，我们必须看到，这情或意最后不能不落实到相应的形式上，由一定的笔墨技法来体现。我国画论中，评介画家笔墨特征的愈来愈多，正是因为笔情墨趣构成了动人的形式，后者犹如朗格所说的，有表现力的、有意味的形式。

在西方美学中，柏拉图认为先验的"理式"决定的直线与圆所构成的形式，其本质永远是美的。康德提出"物自体不可知，而美只在于形式"。席勒说："在一件真正的艺术作品中，内容不应起用，形式是一切。"逐渐强调形式的自足性。意大利的德·桑克梯斯（1817—1887）认为"形式如同水一般清澈，让你一直看到水底的东西，而水本身就好像不存在似的"（《骑士及其他》）。强调形式是作者、作品和观众之间的桥梁，其地位十分重要。克罗齐则断然宣称："美学问题全在形式，除形式外，别无其他。""外在之物，不再是艺术品。"（《美学》英译本）形式不因作品而存在，它就是作品本身。于是乎形式睥睨一切，而唯我独尊了。在西方，美学思潮比较密切地影响着艺术，因此我们就不难理解现代艺术大师马蒂斯的一段独白："当我在巴杜看到乔托的壁画时，我并不关心出现在我眼前的基督的某些事迹，而是立即领会到作品所传给我的情感，这情感寓于画面的线条、结构和色彩中。"马蒂斯如此敏锐的形式感，大可作为朗格"表现性的形式"或贝尔的"有意味的形式"的注脚，尤其是贝尔的补充简直像出于马蒂斯之口："凡不能体会纯粹情绪的人，都是根据题材来记忆图画，而善于体会这纯情绪的人则常常记不住画的题材。他们并不注意被反映的是什么，同时谈到了某幅画，只想起形式……线条和色彩以及它们的数量、质地、彼此间的联系，唤起了更加深刻、崇高的情绪。"（孙越生译文，《文艺理论研究》，1985年第一期，本文略予简化）总之，形式本身自具表现力，足以传达情感，产生趣味——这已成了现代西方绘画及其美学的基本观念。朗格的《艺术问题》、《情感与形式》给我们最深的印象也就在此。当然，对朗格来说，符号论哲学则起了更大作用。与此同时，不妨看看西方现代艺术另一大师康定斯基的论说："绘画掌握两个武器：色彩和形式。……色彩和形式是数不尽的，它们的结合和相互影响也会是无止境的。""色彩本身的变化十分丰富，只要与形式结合起来，这变化的可能性更无穷尽。但所有这些，都是内在需要的表现材料。""内在需要"有"三个神秘的因素"，即"个性因素……风格因素……纯艺术性因素"，"只有第三个因素……才会永存。……在作品里充分表现了第三个因素的艺术家，是真正伟大的艺术家"（《论艺术里的精神》）。倘若将朗格和康定斯基的论点加以比较，不难发现它们的相近之处：

生命的节奏、运动、成长唤起人类情感，艺术创造了人类情感的符号形式；内在需要通过色彩、形式的无穷变化而表现，色彩、形式满足了内在需要；线形式本身的节奏、运动，已足以表现生命情感，取得情感、形式的统一，艺术家须在作品中表现这统一；色彩、形式的组织与相互影响，满足了最为永恒的内在需要——纯艺术性，真正伟大的艺术家在作品中表现纯艺术性。

这一家主张生命情感始终寓于线形本身，另一家坚持永久的内在需要即纯艺术性活动。综合两家之说，便看出了现代西方艺术、美学的基本观点：艺术的终的在于创造纯形式。而所谓生命情感也好，内在需要也好，不过是艺术主体性的不同称谓罢了。

现代西方美学思潮有其社会的、政治的、阶级的根源，这方面的分析研究不在本文范围内，但是它们产生的世界影响，特别是对国画传统的冲击，正引起保守与革新两个阵营极为强烈的不同反响。但是对遗产、传统的批判，对外来影响的吸收，已汇成巨大洪流，使新作品与新观点陆续出现，并在实践中接受考验，这不能不说是可喜的现象。因此，从理论上接触和理解像朗格这样的美学家的著作，也是很有意义的。

表现力

朗格将《情感与形式》的第三卷（最后一卷）名为《表现力》，相当详细地阐了艺术形式的表现功能，指出了：形式通过自身的结构规律来塑造形象，以表现虚幻空间的张力及其消解；同时，生命运动的张弛所唤起的普遍情感被赋予符号形式。她的推论大致如下：

"造型艺术如同其他艺术，展示着艺术家所谓张力与张力之间的相互影响，这种影响存在于各个领域。块与块之间的联系，特征的分布，它们的线条动向，实际上结构的全部因素在基本的虚幻空间建立起多种空间—张力。艺术家的每一选择，无论是色彩的深度，技巧的闲和宁静或粗犷险阻，都决定于他们所要唤起的意象（image）之总体组织。后者不是由部分并列，而是由部分相关造成的。部分之间的持续对比，提供了种种空间—张力。"然而，朗格同时指出："将这些部分联合起来的，则是*空间—消解*。这里意味着单纯性，它渗透任何好的作品。""均衡和韵律、结构诸因素的退隐与熔合，都发生得如此自然，如此完美，以致人们不知道是什么力量在构图与背景之间进行抉择，决定每一技法，从而综合视觉，加上提炼，作为空间—张力与空间—消解的创造性的补充。"在这里朗格论述了如何运用技巧，来处理色彩、块、线等，使画面结构能表现空间的张、弛，并寓分歧于统一，从而呈现完整意象。她所举画面空间的结构法则，在国画上则表现为阴与阳、虚与实、主与从、正与奇、深与浅、隐与显、迟与速、利与涩、枯与润，等等之间的关系，而每一关系的矛盾双方并非各半或对等，须有所侧重，甚至有所取舍，而在此一关系与彼一关系之间，更讲求避就、交替、参差。这样多层次的、多关联的结构方式都服从一个基本原则，那就是阴、阳互用，虚、实相生。这一原则乃是生命万物的根本，而"象物"、"取真"是造型艺术的目的（荆浩《笔法记》），所以国画空间的核心结构在于虚实，和朗格所云把握空间—张力、空间—消解相仿佛。那么，国画又是如何处理并完成画面的复杂结构的呢？我觉得石涛《苦瓜和尚画语录·一画章第一》提供了很好的答案。他指出："众有之本，万象之根"在于"一画"；画家为了给"众有"、"万象"塑造形象，就必须提纲挈领，把握画面的基本结构，亦即笔墨中的"一画"。他说"一画"有这样的功能："亿万万笔墨，未有不始于此，而终于此，惟听人之握取之耳。"而创作一开始便是"一画落纸，众画随之"。由此可见，"一画"并非具象，不是指任何具体的笔画、笔触，它意味着画家结构力、表现力的高度概括，它发源于画家思想感情深处，所以能统摄创作全过程的笔墨运行,将画面全部结构因素组织得称心如意,达到了以形写神,借景抒情的目的。一句话,它标志着画家笔墨的动力与动向。所以石涛又说,一画"乃自我立"了。而朗格则提出"单纯性"以统摄画面空间结构诸因素的运用,把握空间张、弛的矛盾。如此看来,"单纯性"具有高度地融合元素、凝练形象的功能,犹之乎"一画"蕴藏着组织力、表现力!

朗格更从符号论的观点,对表现的含义与感受,谈了自己的看法:"人们通常所赋予艺术品的种种情感价值,与其说触及作品的真正实质或含义,毋宁说停留在理性认识阶段,因为艺术品所提供的——感觉、感情、情绪和生命冲动的过程本身,是不可能找到与之相对应的词汇的。……何况同一艺术品可以表现错综含混的情感,一个解释者称之为'愉快的',另一个说它是'愁闷的',甚至'忧郁的'。然而,这件艺术品正是传达了'被感觉的生命'中一个无以名之的细节。"意思是,艺术品所表现的生命情感,是由生命中无法计数、不可名说的细节组成的,其复杂、变化绝非若干词汇所能表示,并作出评价。这话并不过分,相反地,却将造形、表现以及接受等一系列问题推到了更深层次。我国美学、画论也同样注意到这个方面,例如老子所说:"无状之状"(《老子·十四章》),"惟恍惟惚"、"惚兮恍兮"、"恍兮惚兮"(《老子·二十章》);庄子问"知形形者之不形乎?"(你知道不形之形吗?《庄子·知北游》)并且打了个比喻:"筌者所以在鱼,得鱼而忘筌;……言者所以在意,得意而忘言。"(《庄子·外物》)从而导致文学批评的一个准则:"不涉理路、不落言筌者,上也","惟在兴趣,羚羊挂角,无迹可求。"(严羽《沧浪诗话·诗辨》)"惟恍惟惚"、"无状之状"、"不形之形"等,正是属于生命的无名细节这个范畴,"不落言筌"犹如超越理性认识,抛弃对应词汇,因此,中西的观点是都向往象外,使审美与批评更加真实、亲切。在画论方面,南朝山水画家宗炳就主张,如同文章一样,追求"言象之外"的"旨微",方能达到画家"畅神"的目的;认为"神之所畅",没有哪门艺术会"先"于山水画的了(《画山水序》)。换而言之,拘于有形,不见象外,是不会懂得畅神的情趣的。北宋李畋给黄休复《益州名画录》所写序言的头一句,就是"大凡观画而神会者鲜矣,不过视其形似"。此序写于宋真宗景德二年(1005),早于以神似为主的苏轼(1037—1101),可见象外的审美观在北宋初年已相当普遍了。所谓"神会",就是要透过结构、笔墨诸形式,看到画家的意蕴或精神自由,体会作品的象外之趣。这里,不妨以二图为正、反例子(参看《中国绘画史图录》卷上,第285、277页)。宋郑思肖(1239—1316)《墨兰卷》,水墨没骨,结构简单,一花居中而方绽,左右各出三叶,线条的运行交错,墨色的深浅变化,不仅十分自然,而且表现了张弛的合一,产生律动,有音乐般节奏,使画面空间充满生命感。画面的这种感觉形象,观者虽说不出,心里却能领会。再看赵孟坚(1199—1264)的《墨兰图》,构图繁密,花多、叶多、动向多,而且笔笔经意,却只见分歧,而无统一,缺少朗格所说的单纯性,生命之感无从集中到画面空间,使观者徒见形似,而无神可会。相形之下,可以说,郑卷得鱼忘筌,赵卷有筌无鱼。根本问题在于,画家落笔之先有无意境?能否把握生命情感而加以表现?而按照朗格的审美批评,当然郑卷是很可贵的。写到这里,应补引朗格之言:"我们依靠我们的思想和想象,我们不仅有情感,而且有了**情感的生命**,这情感的生命正是张力与张力消解的长流。……在人的有机体内,张力与张力相互作用,由此产生了一切的情绪、情调、心境,把这一概念叫做'内在生命',是十分恰当的。"上文讲到朗格将音乐作品看作对"内在生命"的体验,这里她又将生理上的张弛所引起的情感起伏,称为"内在生命"的过程,都是为了阐明艺术创作的根本动力,首先在于作者亲身感到的生命运动,然后才能获取精神力量以创造艺术形式,来表达他对生命的情感。这也正如宋代绘画美学家邓椿关于"神"的论说:"世徒知人之有神,而不知物之有神……盖只能图其形不能传其神也。故画法以'气韵、生动'为第一。"(《画继·杂说论远》)"神"相当于客观的生命、运动,"人之有神"是说画家主观上对生命的感受,"物之有神"是说作品呈现着对象的生命;从来没有一位画家精神颓唐、意气消沉,而能塑造出活泼生动的艺术形象,以体现"六法"之首的"气韵、生动"的。总之,表现力仍和艺术家的精神及其状态不可分割,这点朗格和邓椿虽是一今一古,一外一中,而所见略同。

有意味的形式与表现的二重性

朗格写到全书最后一卷时,从两个方面阐述了艺术表现或艺术形式的独立性、创造性,我们可以说,这是她的艺术观的核心。表现或形式,一方面忠实于生活经验,另一方面却脱离生活而进行自我创造,因此具有客观与主观二重性。但不论是从主观性或客观性来说,艺术家都时时刻刻回避不了"有意味的形式",须自始至终接受它的指导才能发挥作品的表现力。

关于主观方面,朗格强调忠于生命情感的必要:"艺术是关于情感的展望,并将情感的赋形与表现纳入我所谓的符号中。……但未被赋形和认识的种种情绪,可能给展望带来干扰,影响着(作者)对于其他主观经验的想象。从真正的根源来说,艺术受到歪曲,不够坦率真诚,而沦为坏的艺术,因为它不忠实于公正无偏的展望。坦率是一个准则:方言把它叫作'笔直看'。"说得简单些,情绪万端,哪能全都赋予符号形式?这就不免影响展望与表现的真诚,而真诚与否,更影响创作的成败。而我国画论也强调主观条件,如明代王履认为:"画虽状形,主乎意,意不足谓之非形可也。"(《〈华山图〉序》)首须意足,倘若感情不真,意又如何能"足"?意不足,更说不上形了。李日华说:"绘事不必求奇,不必循格,要在胸中实有吐出。"(《六砚斋笔记》)李、王和朗格都着重一个"诚"字。

关于客观方面,朗格主张:"艺术家无需在实际生活中经历他所能表现的每一情绪。他在运用他所创造的诸元素(按:即创造出的符号形式)时,会发现一些可能产生的新情感,这些奇特的易变心情,浓缩的激情,胜过了他的气质所能产生的,或他的遭遇所已引起的。这是因为艺术品虽然有其主观性,但它本身却是客观的,其目的是外化情感的生命。作为情感生命的抽象形式的艺术品,在处理的时候,就很有可能远离它的源头,产生能动性的,甚至使艺术家感到惊异的若干模式。"

朗格虽然是主客双方并论,实际上侧重客观一方,认为表现情感的符号是客观存在的,可不以艺术家主观意愿为转移而自行创造。她将符号的性能（含义与形式不容分割），应用于造型艺术，得出如下结论："在创造一个产生情感的符号或艺术品时，创造者诚然传达一个重要含义，对他来说，含义的表现必须伴随他的想象，因此在表现这含义前他是不可能了解这含义的。然而推进他工作的思想活动，无论像灵感似地突如其来，或经过乏味而又吃力的一场混乱，都不能不正视在发号施令的形式（有意味的形式），亦即必须加以探索和表现的基本情感。它便是'艺术家头脑里的艺术品'。"讲到这里，朗格举出悲剧作家、抒情诗人以及画家在创作时的上述情况。例如，画家落笔之前，对于作品内容，竟是一片茫然，但是他的画兴来时，脑海里、思想上却又并非空白，一个至高无上的形式盘踞在那里，而且向他发号施令；一般说来，情感、含义和艺术形式原是难解难分，因此这个至上的形式足以使他笔下能够传情达意了。总而言之，形式、情感（含义）、作品之间，被她画上了等号；艺术即形式，即有意味的形式。朗格关于画家的情况，讲得比较详细：如果他有能力去"接受肖像画或壁画的任务，他便坚决相信只须更多地捉摸媒介的表现功能，就会骤然之间洞察到这媒介所表现的情感；于是他运用这媒介，便能从追踪而理解而终于呈现相应的情感了。"作者的全书将近结尾了，却又一次申述她对情感与形式的关系的看法：形式是至上的、决定性的；单单形式本身具有表现力和创造为双重性能。

在西方美学中，克罗齐可以称为形式至上说的集大成者，朗格深受其影响，因此除了宣扬符号论观点，还引用克罗齐的话，例如："在审美实际中，并不是把表现性活动加于具体印象，而是由前者赋予后者以形式，并为形式精心制作。……所以说审美实际在于形式，也只在于形式。"（引克罗齐《作为表现科学和普通语言学的美学》）朗格就是根据这个观点，结合绘画创作，论证了"有意味的形式"足以统一形式与情感。与此同时，作为现代西方抽象派绘画的形式至上说，也很接近朗格的论点。该派创始者康定斯基提出"形式是内在意蕴的外在表现"（《论形式问题》，见《论艺术里的精神》）否定了形式和客观具象的关系，和朗格所谓形式是"内在生命"的表现，一拍即合。康定斯基的"内在意蕴"又名"内在需要"，它有三个"神秘"因素：

个性、风格、纯艺术，在作品中充分表现了纯艺术因素的艺术家是真正伟大的艺术家，而朗格则说仅仅凭借艺术媒介（线、色等）的运用（即形式、技法），足以产生情感，正是给纯艺术作注脚。今天我们观看抽象派作品中线条、色彩等所表现的图形，可以有两种印象：既从这些图形感觉到作者的一定情绪、心境，尽管它也许不是怎样健康、正常；同时又被引向一个严肃的审美问题，那就是绘画是否、曾否单凭形式唤起美感？我们有没有不写具象却能感染的艺术形式？这类问题，对我国由古到今的装饰美术来说，已不复存在，但在我们悠久的理论传统中，这问题又将如何回答，则是值得深入探讨的。

自从张彦远提出"意存笔先，画尽意在"，绘画的创作与欣赏基本上都遵循着意（境）与笔（墨）或情感与形式之间意为主导的原则。为了达意，画家在长期实践中不断加强形式的表现力，讲求笔墨，钻研技法，这些都是很自然的，也是必不可免的，正如张彦远所补充，"本于立意，而归乎用笔"。但搞好笔墨，究非易事，北宋郭若虚就已指出："神采生于用笔，用笔之难，断可言矣。"(《图画见闻志·论用笔得失》) 元明以来积累了相当丰富的经验，单就用笔方面试举数例。倪瓒称赞王蒙说"王侯笔力能扛鼎，五百年来无此君"(《题王蒙〈青卞隐居图〉》），沈宗骞复加按语："昔人谓笔力能扛鼎，言其气之沉着也。"(《芥舟学画编》) 气是指生命，而生命决定笔力，因此郑绩讲到笔与气的关系："气放而收"方见"笔动能静"，"气收而放"则使"笔静能动"，"笔与气运，起伏自然，纤毫不苟"。(《梦幻居画学简明》) 收、放、动、静、起、伏，形成虚实，呈现韵律，它们透过画面景物的结构，而进入用笔这一更深的层次。恽寿平说，"古人用笔极塞处，愈见虚灵"，又说，"用笔时须笔笔实，却笔笔虚"，而归结为："夫笔尽而意无穷，虚之谓也。"(《瓯香馆集》) 于是笔跟意的关系就不仅仅像张彦远所说"画尽"必须"意在"，而是有所发展，画尽不等于意尽，切莫笔笔都写到意上了。唐志契说："写画亦不必写到，若笔笔写到，便俗。"(《绘事微言》) 布颜图更主张："宁使意到而笔不到……意到而笔不到，不到即到也。"(《画学心法问答》) 此外，更有综合笔"力"与笔"气"的观点，如唐志契说："落笔细,虽近于嫩,然有极老笔气……落笔粗,虽近乎老,然有极细笔气……指细笔为嫩,粗笔为老,真有眼之盲也。"(《绘事微言》)由此可见,从象外、言外来体会笔力、笔气,和朗格所谓的形式兼有表现力、创造力是精神一致的。至于朗格反复论说形式的"意味"在于它的"表现力",这一方面对于我国书法美学的深入研究很有帮助,当另文论之,这里就从略了。总之,作为形式之一的笔法,不只是为了再现景物,它还唤起"沉着"、"自然"、"不俗"、"细而老"、"粗而嫩"等审美感觉与趣味;与此同时,深深陶醉于笔情(墨趣)的纯形式中,却也造成积重难返之势。相应地,朗格从符号论出发,作出情感即形式的最后论断,客观上为抽象派艺术提供理论根据,也助长了现代世界艺术的形式主义倾向。至于当前国画美学的种种倾向,朗格本人不可能意识到,但国内批评界则有许多看法:或哀叹国画徒具笔墨,缺乏生命,濒于"最后边缘";或主张拿来主义是救亡灵药;或认为西方现代派是世界性的,国画迟早要被同化,成了它的一部分,但保持其民族特征。这些说法大都言而有理,值得仔细研究。

小　结

本文略述朗格的情感形式合一说,并初步研究我国绘画美学的有关论点,试行分析双方的短长。从朗格所说形式表现力来考察现代派、抽象派理论对国画前景发生的影响,会感到她的合一说值得深入探讨,而不应扣上形式主义的帽子,拒之门外。我们的书法正是表现生命情感的抽象形式的艺术,而今后如何沟通绘画与书法的美学,另行"创造一个产生情感的符号或艺术品"?也将是不应回避的理论问题吧!这里且引朗格之言来结束本文:"新艺术的欣赏有赖于个人热情能量的发展,决不可凭理智、抑精神,抱容忍的态度来对待新奇。容忍是另一码事。只有我们不理解他人的种种表现时,容忍才是正常现象,因为这些表现是崭新的、外来的,或非常个人的。"这话很有启发性。国画前景如何,是我国美学研究一大课题,不妨通过国际间学术交流,各抒所见,相互辩难,共同提高。对于国内以前未有的东西以及在西方尚未普遍认识的相当个别的东西,我们的态度不是容忍,而是正确地理解们它。

限于水平与资料，文中欠当和错误之处，请读者指正。

本文发表于《文艺研究》1987年第4期

略论传统与创新、再现与表现

一

艺术创作的根本法则在于内容决定形式，形式为内容服务，两者的主从关系不容颠倒。艺术家首须致力于发掘主题，其次是运用技法，处理主题，但是他的精力往往消耗在如何创造最有效的形式，加强作品的感染力上。例如北宋山水画曾出现鼎足而三的李成、关同、范宽，关于三家，郭若虚有段名言："夫气象萧森，烟林清旷，毫锋颖脱，墨法精微者，营丘（李成）之制也；石体坚凝，杂木丰茂，台阁古雅，人物幽闲者，关氏之作也；峰峦浑厚，势状雄强，抢笔俱匀，人屋皆质者，范氏之作也。"[1] 所谓"萧森、清旷"，"坚凝、丰茂"，"浑厚、雄强"，分别指出三家对自然形象的体会与审美感情，以及作品的丘壑、结构。至于"毫锋颖脱，墨法精微"，为李成特有的用笔、用墨法；"抢笔"，乃范宽吸取"由蹲而斜上急出"的书家笔法，和"永字八法"的"策"相似；以上诸法连同"关氏之风"，都属于艺术的表现形式，是三家反复实践的结晶，足以代表山水画艺术的不同风格和个性特征，相当生动地反映出三家寄于山水的深情。然而相对地说，如何描绘比描绘什么属于艺术结构的更深层，因此不妨说"鼎足"之势建立在多种艺术形式之间的"匹敌"，而三家花在笔墨技法上的心血，也就不言而喻了。

与此同时，不妨从艺术形式的演变，来考察再现、表现对山水画发展的

---

[1]《图画见闻志》卷一，《论三家山水》。

巨大影响。李、关之作早佚，范宽却留下唯一的真迹《豁（溪）山行旅图轴》[1]倘若拿此图对照范氏以前隋、唐山水（如传为隋代展子虔《游春图》[2]和传为唐代李思训《江帆楼阁图轴》），就会感到展、李运笔细谨，设色浓重，主要是为了描绘景物，摹仿自然，不像范宽这样行笔粗放，以抒发感情，由此可见隋、唐还满足于再现，北宋开始要求表现了。当然这样的论断不免片面，因为吴道子笔下的"树石奇险"[3]已呈现出画家自己的激情，已是有所"表现"了。但严谨先于舒放，纵逸以庄重为基础，这原是国画艺术形式发展的基本规律。然而由再现的写景发展为表现的写意，标志着中国山水画传统的一次变革，而其关键在于笔墨之舍形似而取神似，所以这一变革是和形式创新分不开的。接着，范氏山石的用笔特征——"抢笔俱匀"，被北宋末的李唐和南宋初的马远、夏珪所继承，并发展为斧劈皴、刮铁皴，其皴纹或线条虽仍用"抢笔"，但线条的部署、关联、结构，则打破"俱匀"，代之以参差、对立，甚至相互逆反种种富于动态或生命的形式。一句话，南宋山水画富于内在激情的表现，而表现的比重胜于再现。元代文人画家辈出，山水画讲求蕴藉、含蓄，寓动于静的披麻皴空前发展，他们觉得斧劈皴"动"得太多了，避之唯恐不及。到了明代，吴伟、戴进等恢复斧劈，但吴门派、华亭派、娄东派先后沿用披麻，其势不衰，直到晚清，斧劈仍然少人问津。披麻之所以能成为如此长命的艺术形式，主要是由于文人画尚静的审美意识长期统治画坛；但最继承传统形式而不能有所变革，静之又静，形式的生命枯竭，画面结构成了僵死的框架，山水画的生机也就灭绝了。这样看来，如果撇开山水画的形式特征及其变化，来研究山水画史或鉴定山水画的真伪都将是形而上学的。对于人物画、花鸟画，也不例外。因此形式的变革与创新在绘画传统的结构中所占的重要地位，是不容否定的。

但是另一方面，每一形式诞生之后，便在应用过程中逐渐地趋于稳定，

---

[1] 现藏台北故宫博物院。
[2] 现藏北京故宫博物院。
[3] 唐段成式《京洛寺塔记》："常乐坊赵景公寺……佛殿内壁吴道子画《消灾经事》，材石奇险。"

并由稳定转为僵化、顽梗，从新鲜活泼的感觉领域慢慢地堕入固定概念与模式中。然而到了这时候仍然会有画家依旧凭它去认识世界，组织艺术形象。于是他的脑海里或记忆表象中大量储藏树、石、山头、坡岸、水口等的既定形状以及它们所组合的既成模式，因此他和客观对象完全隔绝了，既不可能从事现实形象的再现，更谈不上表现物我为一的意境了。不仅是描绘山水，连欣赏山水也会模式化，例如董其昌赞美洞庭湖上一处景物，因为它可以纳入"米氏（米芾、米友仁父子）云山"的模式。然而话须说回来，一定程度的模式化连大画家也未能免，董（源）、巨（然）的模式到了赵（孟頫）、黄（公望）、王（蒙）、吴（镇）的笔下，分别蜕化为山水画家的种种不同风貌。这就使我们联想到网布利希的那句话："有出息的画家毕生与既成图式作斗争。"[1]应该说一部画史是由这种"斗争"的胜利者写成的，然而每一胜利者同时又留下自己的图式，由另一胜利者来突破，因此网布利希提出的"图式与修正"的公式，它颇能说明形式的变化、创新在艺术发展史上的积极作用。

如此说来，再现具有广泛的对象，不限于画家所面临的自然、现实，还包括他难以彻底避免的艺术传统的模式、图式，而他的成就则在于反映客观以及再现自然形象与既成图式的同时，能发挥主体精神与能动作用，争取艺术形式的创新，以表现自我。以再现为基础的表现和蜕化于传统的创新是相辅相成的，它们共同谱写出画科、画种的前进曲。

二

因袭和变革、再现和表现这两对矛盾，共同组成艺术传统的整个结构，但它们的作用不相同。因袭与再现导致传统的封闭性，变革与表现产生传统的开拓性，这一分歧的发展，更缔造了传统的生命整体。

总而言之，艺术传统的结构包括了由内而外的若干部分或层次：第一，主体精神与创作动力；第二，对象摄取与主题内容；第三，形式与技法风格。在这些部分中，精神、动力和形式、风格关系到主题的建立和主题的表

---

[1] 网布利希：《艺术与幻觉》，《美术译丛》，1986、1987年选载。

达，因此特别重要，但是由于形式这一层次过去曾列为禁区，所以研究较少。至于中画和西画传统结构的各个部分或层次，含有相当差异的要素，从而动力、对象、形式、风格所连接而成的创作过程，在中画和西画里也经历不同。本文限于篇幅，只想对属于里层的尚意或尚形和凭视觉或凭想象的动力，以及如何分别影响到属于外层的形式结构，加以研究，从而阐释中、西绘画传统结构各自的生命历程和发展。

先谈谈西画。一般说来，西画具有崇尚形似与写实的传统，这是和西方资本主义社会制度下自然科学的发展分不开，透视、明暗、色彩引起画家的兴趣，在形似与美之间画上了等号。文艺复兴、古典主义、浪漫主义时期的绘画都以形似为审美基础，作品的形式都在追求艺术形象和客体形象之相似。但形式所依存的技法则不可避免地决定于主体精神的自由创造，因此在相同的和不同时期里，每位大画家的作品面貌无一相同。画家之"我"不断参与了形式的变革、创新，既赋予形式以一定程度的独立性，也促进了西方绘画的发展。但西画不同于中国画，艺术形式的独立性不断地增强，终于使形式超越具象，不再为长期以来的"相似"目的服务，于是形式抽象化了，抽象主义艺术诞生了。但抽象派并非突然来临，而是经历渐变的过程。由于西方绘画理论也不是孤立的，它和哲学、美学有联系，这里不妨从康德（1724—1802）的形式理论谈起。（当然还可上溯到古希腊）康德提出两种美：希腊的回纹饰或簇叶饰之美，其本身并无意义，因此是自由美，完全不同于男、女、马或建筑物等以某一目的概念为前提，所以后者之美是附庸美。[1] 赫尔巴特（1776—1841）补充了康德的"自由美"的含义，把一切美归结为脱离思想感情的形式。罗伯特·齐麦尔曼（1824—1898）进而认为心理学须研究想象的种种内容，而美学却只管想象的种种形象，分析线、面、体对想象的作用，这种主张导致了以费德勒（1841—1895）和希尔德伯兰（1847—1921）为主要代表的纯可见性原理（theory of pure visibility）。他们认为艺术的本质不涉及感情、情操，完全寓于艺术的形式中，而且纯视觉性的研究对

---

[1]《判断力批判》第十六节。

象，应以绘画、雕刻和建筑的视觉艺术为主，因为这三者都具有自身的规律，即视性规律而非自然规律。于是纯视觉性规律的探索开始成为现代西方艺术美学的中心课题，出现了沃尔夫林（1864—1945）的著名的"五种符号"说：每一符号由两种对立关系组成，即（一）从线描的发展为彩绘的，（二）从平面发展为凹面，（三）从封闭型发展为开拓型，（四）从复杂发展为单一，（五）对象清晰度由绝对的发展为相对的（以上参见温图里：《艺术批评史》，英译本，第十一章）。换而言之，沃氏力图以五个符号来概括绘画艺术造形的发展过程。以上几家关于纯视性和造形模式等论点并非出于主观臆断，而是一定程度上反映了艺术家们的实践经验，这就很有必要听听现代几位大师的自白了。塞尚说："如果要正确地看懂自然，那就必须通过某种解释来看自然，应按照和谐的规律，安排色彩的部位。"他追求色的调和，以获取视觉的审美。晚年喜用热色的雷诺阿说："我的红色必须像钟声一般响亮，倘若表现不出，我就再加上红色或别色，直到取得我要取得的效果。"他为视觉享受而紧抓一种色彩——红。梵高自称："我并不如实地描绘眼能事物的色调，而是强烈地表现我自己，因此就照自己的意思去用色。比方说，有一位艺术同道富于梦想，作画时就像夜莺唱歌一般，那么我给他画像就宜用淡黄的色调。要把我对他的爱，倾注于这幅画像中。我应当尽我所能，忠实地描绘他，然而只在开始时是这样，随后又觉得照此画下去，作品将无法完成。因此我不得不当一位任意用色的画家了。他的头发是淡黄的，我加以夸张，连赤黄色调、铭黄色、淡柠檬色都用上了。他的头发背着墙壁，但我在塞伦的那个住处的墙壁暗淡陈旧，我便换上一片无限的天空。我只用蓝色底子，这是我所能创造的最浓艳、最强烈的蓝色，如此结合虽然简单，那浓浓的蓝色背景却照亮了黄色的头部，使我获得神秘的效果——悠远的碧空悬着一颗金星。"[1] 这位大师高度发挥想象，妙用黄、蓝、融会黄、蓝。可以说三位画家都过着纯视性的艺术生涯，争取色彩刺激视觉，从而刻苦钻研彩绘形式，因此沃氏第一符号中的"彩绘的"，倒是用得上。不过他们的

---

[1] 米尔-格拉弗：《现代艺术的发展》卷一，英译本，第200页。

具体情况并不完全相同。塞尚和梵高不曾忘了线条、轮廓,以保持艺术形象的质感;雷诺阿则因色而废线,不无浮肿或痴肥之憾。这就使我们联想到沃尔夫林第一符号的对立线色,先线后色,未免绝对化了,因为在绘画实践中,既可二者兼施,亦可二者取一,而非局限先线后色。此外,比较而言,有色无线可使视野开阔,以线界色导致视野封闭,而雷诺阿可属开拓型,塞尚、梵高更切合封闭型。这也足以反证沃氏第三符号中的二型是可以同时并存的。如此分析也许繁琐一些,但可从中发现:现代西方绘画传统的中心结构,已凝聚于艺术形式的自由,而理论家们则力图纳自由于必然,作出规律性的说明,因此不免机械化,沃氏之说便是一例。

等到抽象派的兴起使形式绝对自由了,摈弃一切具象,成为抽象形式或纯形式。这派创始人康定斯基(1866—1944)提出:艺术家本于"内在需要"进行创作,而"内在需要"首先是由"纯艺术因素"来满足的。[1]这纯艺术因素,只能由脱离具象的抽象形式或纯形式来构成,因而也只有以纯形式表现内在需要的,才能称为艺术家。[2]西画传统发展到抽象主义阶段,其整体结构中的精神、动力方面,开始由内心世界的表现完全取代了主、客观世界统一的再现,而形式方面,则由抽象的赶走了具象的。

以上就是西方绘画传统的变革与创新以及再现与表现之间的辩证发展的梗概。

下面谈谈中国绘画的有关情况,限于篇幅,想侧重在理论方面,而哲学、美学对画论的影响,和西方相比,有过之,无不及。试简述如下。作为造型艺术,中画也同西画一样,通过视觉,再现物象,但主体精神、创作动力不局限于写实与形似,而是强调在对事物本质的认识、感受而加以表现时,须以借物抒情为主导,因此关键在于把握"象"与"意"的统一。先秦《周易·系辞上》引孔子的话:"圣人立象以尽意",导致了艺术必须从属于思想的原则,从而宣扬儒家的为道德服务的艺术观。另方面,庄子倡为"离形"(《庄子·大宗师》),"神遇而不以目视"(《庄子·养生主》)的道家自由

---

[1][2] 康定斯基:《论艺术的精神性》,四川美术出版社,第73—74页。

创造的艺术观。到了汉代，儒家精神贯注于美学，刘向论画，提出"形"必有"主"，或形式必须服从内容的"君形者"说，要求思想主宰造形，如果内容贫乏，纵有形式之美，那就是"君形者亡矣"(《淮南子·说山训》)。魏晋南北朝士大夫以道解儒而有玄学，魏时王弼用《庄子》注《易传》，得出"言者所以明象，得象而忘言；象者所以存意，得意而忘象。"将庄子的"离形"、"神遇"发展为审美观照中超越概念的象外之趣，预示后来画论的高标准。南朝宋时山水画家宗炳写了一篇《山水序》，阐说山水画的本质与山水画家的任务：画家须"含道暎（应）物"，凭一定的主观去接触自然，谋求物我为一，从而由画家采取主动，来反映自然。山水画家在反映中首须"澄怀味象"，摒除杂念，以接受自然形象的感染。因此宗炳强调先有"圣人"之"含道暎物"，然后才有"贤者"之"澄怀味象"，意思是必先明确建立主体精神表现主观境界这一前提，然后对客观形象的认识与再现才有所从属的产生意义；换而言之，意为形之主。宗炳于是把山水画艺术本质概括为"质有而趣（趋）灵"；通过实在的物质，表现超脱的心灵。所以他又说："山水以形媚道"；道也就是意之所在，意为主宰，形则百般地迎合意，听我抉择；这里，他十分生动地解释了刘向"君形者"说。最后他将山水画的目的归结为"畅神"二字，也就是满足主体精神的需要，并且说："神之所畅，孰有先焉?!"南朝宋时另一位山水画家王微针对画山水时物我交融、借物抒怀的快感，十分尊重"画（中）之情"，并加以赞美："望秋云，神飞扬，临春风，思浩荡。虽有金石之乐，珪璋之琛，岂能仿佛之哉!"(《叙画》)给宗炳的"畅神"作了极好的注脚。如果对照前面，王弼的"象外"观点，那么宗、王是有很大差距的，因为二人虽强调情思、境界，仍然是从象内、形似求之。南朝齐时谢赫评品画家，开始提出"取之象外，方厌膏腴"[1]，扩展审美的客体，也就是唐代司空图所谓"象外之象"[2]、"超以象外，得其环中。"[3]

---

[1]《古画品录·第一品》。

[2]《与极浦书》。

[3]《诗品·雄浑》，"环中"出自《庄子·齐物论》"环中以应无穷"，环的功用在于环中空虚。

司空图指出，对于"象外"，往往是"遇之匪深，即之愈希"[1]。意思是"象外"虽然隐隐约约、或深或浅、或雄浑或冲淡，但它并未脱离、超越审美的主体而绝对独立，所以他又作了重要补充："长于思与境偕，乃诗家之所尚者。"[2]"思"是主体，"境"是客体，"思与境偕"使艺术想象不背离现实，不抛开具象而单独活动，这样才能构成物我为一的意境或主客体辩证统一的艺术观。司空图的"思与境偕"道出了我国艺术创造与欣赏的基本原理，贯彻于我国各部门美学中。在画论方面，唐代张彦远拈出"意"的概念以及"意存笔先，画尽意在"的创作法则。"意"包含画家的整个精神世界及其活动——情思、感动、想象、物我为一，它指导着绘画创作全过程，意始终是笔墨的主人，即使描写象外，仍然不失"意"之所在。到了北宋，山水画家郭熙继宗、王、张诸家之后，将画之"道"、画之"情"、画之"意"归结为"林泉之心"，以此"心"观照自然，培养物我为一的审美感情，来推动创作。他主张"画者当以此意（林泉之心）造，而鉴者又当以意穷之。""意"足以沟通创造和欣赏。郭熙强调创作时要使意或精神高度集中，"必须注精以一之"，倘有"惰气"、"昏气"、"轻心"、"慢心"，都须克服。（《林泉高致·山水训》）郭熙自己便是如此，所以他的儿子郭思写下一段回忆，"思平昔见先子……落笔之日，必明窗净几，焚香左右，精笔妙墨，盥手涤砚，如见大宾。必神闲意定，然后为之，岂所谓不以轻之挑之者乎！"这段话生动地描写画家是怎样做到张氏所谓的"意存笔先"。苏轼则坚立"意"的前提在于物为我化，他以文同画筼筜偃竹为例，主张"必先得成竹于胸中，执笔熟视，乃见其所欲画者。"[3]将存于笔先的"意"说得更具体了，"意"就是偃竹的一个比较完整的记忆表象。我们回顾上文，就不难懂得胸无"成竹"相当于"君形者亡"，不顾内容的形式游戏，一向是画家所切忌的。

总而言之，感物，化物，以至用什么形式把所"化"之"物"表达出来，乃是国画创作基本课题。感物可凭视觉，化物则须有建筑在感觉基础上

---

[1]《诗品·冲淡》。
[2]《与王驾评诗书》。
[3]《筼筜谷偃竹记》。

的感知、感情、情思、颖悟、学问与素养。它们拧成一股力量，可称为诗一般的想象力。凭这力量来把握并运用视觉材料而进行创作。因此国画传统的生命，实质上就寓于历代画家对这力量的获取与致用。尤其是在艺术想象中，意笔结合而不容分割，意主笔从也不容颠倒，相应地，"意"以种种方式和现实联系，"笔"或形式可千变万化，始终在具象范围里活动。正是由于国画的艺术与想象长期以来坚守着这片具象造形的阵地，所以西方抽象派及其理论，就格格不入了。国画虽也有透视、明暗、色彩等，但纯凭想象为之，并不符合客观自然的规律，跟西画相比可以说是太不"科学"了，然而正是这个"不科学"抵挡住形式独立论、抽象造形论的介入。但是另一方面，更须看到我国早就有了以抽象造形为主的一门艺术——那就是书法，而我国绘画随着艺术想象的不断发展，先后与诗和书法相沟通，结成伴侣，于是乎画家（特别是文人画家）在立"意"和用"笔"上多了一项资本，可以分别从其他两门艺术吸收营养，将形神兼备、借物抒情几次推向高峰，使国画以其独特的品质立足于世界艺术之林。这笔资本，特别是书法，对西画来说是不存在的。

相对言之，主体精神在国画与西画中既有尚意与尚形之别，其影响形式的发展也不相同，前者不可能导致抽象主义，后者则否，因而中西绘画的传统和变革也就大不一样了。

三

再现与表现的关系，对中西绘画的传统和变革，也产生不同作用，其原因仍然在于尚意与尚形的区别。

上面说过，对客观形象或前人、他人作品以及画派、画风进行摹仿，都属于再现范畴，但再现、摹仿时无不掺入主观因素，反之亦然，表现自我还须通过客观形象的再现。不过对画家来说，再现与表现相结合的程度可以不同，而二者的比重也不一样。所以我们通常这样看：西画具有侧重描写客观形象以塑造典型形象的再现美学，而国画具有偏于借物写心以抒发情思意境的表现美学，而典型以再现客体为目的，意境以表现主体为目的。这样的看法不是没有道理的。不仅如此，典型再现和意境表现还互相联系，我中有你，你中有我，典型刻画时常带有一定的夸张，主观想象可以在再现的基础上成为大大增强表现力。推而广之，在传统与变革的问题上也是如此：再现有助于传统的继承，而变革传统就非有所表现不可；但是传统与变革，则须赖再现与表现相因为用了。雅可伯·布克哈特的名著《意大利的文艺复兴的文化》说得很中肯："这个文化不仅恢复了古代希腊罗马的文艺，而且把它和意大利人民的天才结合起来，以达到对西方世界的征服。"[1]一种文化运动意味着摹仿（再现）与创造（表现）的统一，更何况作为文化部门之一的绘画呢！

在西方画史上，再现因素发展到了极限而产生了印象派。这派的主将莫奈（1840—1926）于妻子临终时，还有兴趣去观察女性气绝前脸上的色调变化。在这项间，夫妻情给唯形似的再现论压倒了、消灭了，在情感和形式之间，只剩下形式了。印象派之后，画风突变，内心世界忽地翻转身来，把视觉的形似压得气息奄奄。这种剧变始于表现主义，完成于抽象主义。表现派认为内心想象可以看到肉眼所看不到的，外的、感官的转向内的、心灵的、自我的，自我独创、自我表现乃绘画的唯一道路和目的。表现主义代表之一埃米尔·诺尔德（1861—1956）主张"艺术家应从他自身有所发现，这才最有价值。……学习所得永远不是天才的标志"。表现派画家虽然强调主观与感情冲动，但依旧遵循传统，描绘具象，而这些具象都是关于当前事物，不涉及过去或未来，因为他认为只有当前才是真实的存在。表现派的作品的主要内容是人和黑暗作斗争，不过一切斗争被认为是"各人的自我对话"，而自我的唯一希望则在于蒙昧终将取代智慧，以消灭世间的折磨。换言之，这一画派充分反映西方资产阶级知识分子回避现实，陶醉于空虚、绝望的心理，但一定程度上也揭发了当前社会的丑恶。可以说，表现派标志着西方绘画传统在主题思想上的一次大变革。它虽打着表现的旗号，但这表现还是以再现具象为基础的。然而，残存于表现派绘画中的再现因素，终于被抽象派的抽

---

[1] 英译本，纽约：波尼公司，1935年，第175页。

象形式彻底消灭了,因此抽象派是西方绘画传统在形式上的一次大变革,但表现派的消极思想则被继承下来。这派创始人康定斯基原先是表现派,他和马克(1880—1916)曾发表联合声明:"我们一经发现传统的坚硬外壳有条裂缝,就可冲破裂口,见到光明。"所谓"裂缝"意味着再现具象已面临危机了。康定斯基的抽象形式并非从天而降,乃是远绍康德的形式自由说,近承诺尔德的自我发现说,从而作出"内在需要"产生"纯艺术",以及"纯艺术"就是抽象艺术的论断。他宣称真正伟大的艺术家为了自由地表现上述需要,不能不冲破具象再现的形式,运用自给自足的抽象形式,以进行创作。[1]

综合上述,二十世纪西方绘画史的重大转折在于艺术形式由具象的转为抽象的,艺术方法从再现和表现相结合变成单独的表现,对西方绘画传统来说,确是空前的、猛烈的冲击。

这里,回顾中国绘画史,曾有过几次外来影响,给传统一些冲击,其结果或者未能形成气候,或者被传统所溶化,或者换来西方的透视、色彩、明暗,而牺牲了传统的一些精华,例如:南朝梁时张僧繇的"凹凸花",隋唐的佛教故事画,清代焦秉真、冷枚、沈铨等的人物、花鸟画,以及民国以来的岭南派。近二十年来,我们的部分油画家深受西方印象派后期尚色而又尊线的风格影响,并兼事国画创作,又掀起一次艺术形式的创新,那就是泼重彩:将泼墨的传统发展为泼彩,而这"彩"则于金碧青绿的传统中单取其"青"(石青),并增其色度,打破"浅绛"的沉寂,使画面的气氛大为活泼了。在艺术效果上,新国画之蓝(石青),可以说是相当于上述塞尚、雷诺阿之红,梵高之黄。然而像西方绘画传统那样两次大变革,我国却还不曾有过。但是到了本(二十)世纪的八十年代,忽地响起彻底革命的口号:一方面向传统开刀,传统悠久的国画应列为"保留画种",另方面输入西方现代主义血液,可使中国人的绘画获得更生,因为中国人没有必要再以"国画"的名称出现于世界艺坛。然而从理论上看,冈布利希的既成图式与修正那一

---

[1] 康定斯基:《论艺术的精神》,中译本,第73—74页。

公式，对于当前中国人的革命绘画似乎依旧用得上。现代派绘画的纯主观和抽象化一经诞生，其本身便是既成图式了，它随着新血液进入我们的艺术生命，因此打倒传统、谋求创新的过程也不可避免地是修正西方这一既成图式的过程。这个过程目前已在开始，为时多久，无法估计，但绝不是踏一步就成功的。

中西画发展史分别体现了传统与变革、再现与表现之间的相互交织。而在今后的中西美学研究和经验交流中，艺术形式之为具象与抽象，艺术方法之为再现客观与表现主观，仍然将是重要的课题。我们要考察内在的和外在的之间的紧密关系，决不可对立二者，分别研究。黑格尔讲得很中肯：须要"熟悉心灵内在生活通过什么方式才可以表现于实在界，才可以通过实在界的外在形状而显现出来。"[1]这句话很有启发性，可以帮助我们更好地理解西方现代派绘画和中国绘画的前景。因为什么样的内心生活、思想感情，就会要求什么样的外在的艺术形式来表达，此所以西方绘画两千多年的具象形式终于被抽象形式否定了，而形神兼备的、历史悠久的中国画今天也面临"保留画种"的危机了。这一切都非偶然，乃艺术心灵变化所导致的必然结果，而心灵变化更不是主观片面之事，有其客观的、时代的影响。今天为了建设社会主义精神文明，新的艺术（包括绘画）必须走向当前生活的广阔天地，发掘新主题，探索新形式，运用新材料、新工具，如此大量的实验性活动在绘画内部引起空前震荡，笼罩着"自我破坏"的阴影。这一切都是社会意识巨大变化的一个侧面，而且为社会存在所决定，因此也就不使人感到大惊小怪了。

本文发表于《文艺理论研究》1987年第6期

---

[1]《美学》第一卷，朱光潜译，第348页。

寄情笔墨 静水流深——论林曦明的中国画

曦明同志的绘画创作经过长期的反复实践，不断取得艺术升华，画中之我愈加集中、凝聚，那真挚的感情，通过崭新的形式，在和我们对话，直扣我们的心弦。这个成就，来之不易，简而言之，是由于对祖国山河的热爱，对艺术事业的忠诚，和鲜明、严肃的创作态度，探讨艺术形式和艺术真实，能够坚定地站在国画革新的立场，不怕艰难苦辛，寄情于艺术事业。

图1　林曦明《四善图》

这里发表的作品，大都是1965年至1987年的创作，他的画路很广，有人物、山水、花鸟、动物，还有民间美术、现代剪纸，等等。这些作品集中地反映了他的艺术观和鲜明的创作态度。他的创作原则是：路子要正，思想要解放；是辩证的认识论。所谓路子正，是指发展中国民族文化；思想解放,是指坚定地站在中国画必须革新的立场。所以既反对复古、守旧,但又不赞成目前常见的所谓狂、怪、乱、丑的"新",尤其是他很懂得艺术的形式美和空洞的形式主义之间的区别。

从曦明同志的作品看,充分说明,他是彻底批判了关于艺术形式的唯心论和形式主义。这些东西来自西方,却对国画界有一定影响。例如贝尔说:"某种形式或形式的关系,激起我们的审美感情……这些审美地感人的形式,我叫它做'有意味的形式'。"(《各门艺术》)又如弗莱主张:"审美感情只是一种关于形式美的感情。"(《视象与构图》)他俩都避而不谈这种形式究竟为什么内容服务。至于苏珊·朗格从符号学出发,把形式联系感情或生命,认为"作品是一种有表现力的形式或生命力"(《艺术问题》),"艺术创造了象征感情的形式"(《感情与形式》)。而现代派先驱马蒂斯则提出造型抒情合一论:"种种感觉激发感情,一幅画应凝结这些感觉,并赋予永恒生命。"(《一个画家的笔记》)然而画家的感情到底是什么一种感情,他们仍旧是讳莫如深。其实,这也不足为奇:且看我国传统画论,特别是文人画论,又何尝亮出底牌?所谓"意存笔先"(唐代张彦远语)的"意"其内容如何?寄情笔墨,笔墨感人,传之久远,这"情"是什么?以及所感者何?都一概从略。至于王履的"画虽状形主乎意,意不足谓之非形可也"(《华山图序》)。倒是很像西方贝尔的"有意味的形式",但对"意"的内容,依然不提。其实,这些中外古今的"形式"说,都分别打上各自的阶级印记,具有一定的局限性,因此,怎样批判地加以借鉴与继承,就成为国画创新的重要课题了。曦明同志创作历程的任务之一,则正是探讨这一课题,予以解答。据我个人的分析,其主要方式是:用"七五"期间的新认识、新感情,去渗透新形式,给它生命和力量,从而实现情、形的新契合,产生深受人民群众喜爱的艺术效果。关于后者,曦明同志是十分注意的。他不仅对我国的民间艺术有深厚的感情,而且不辞辛劳地长期从事这一实践,他曾创作了不少漆画、泥塑、描金画,而其剪纸创作尤为可观,对这门艺术的发展,起着推动的作用。人们把他的剪纸和法国现代派艺术大师马蒂斯的作品相媲美。

静水流深,笔墨情怀,曦明同志是一位不倦的探索者,在探求形式美和内容美的统一、和谐,已不是短暂的时间了,然而只有默默的追求者,才有可能给艺术的青春带来时代的最强音。

曦明同志从小生长在农村,家境贫寒。他父亲是一位民间画匠,林曦明自少做工、种田,或放牛、砍柴,在他的家乡浙南山区的山山水水之间生活了二十五个春秋,而后来到大城市,又长期地深入生活,积累了数以万计的创作素材,他热爱祖国的壮丽山河,热爱人民,因而他的作品,着重体现了对山河之情,人民生活之情,以此为前提,统帅着他的创作,他有深厚的生活基础和传统功力,有这稳固的基础,再加上学问素养,使之内心世界不断充实。他必须有所感受而后下笔,艺术构思极为严肃;他要求新形式恰当地表达新感情,而处处讲求分寸,防止一发难收,因此在他的画面上,黑与白、线与面、有色与无色之价值相等,点、线、面、块不多不少,而又浓淡相宜,相互作用,泼墨、泼彩不忘惜墨、惜彩,如此,等等,既十分注意为之,复又高速度地落于缣素,心手相应,可叹观止。

曦明同志不仅掌握造型抒情的根本法则:造型不为形用,抒情不役于情,而且使新的形式服从新的法度。石涛提出:法自我立,要能了法、化法,方为"过关"、"透关"、"斩关"之能手。如今我们在曦明的作品中见到了画家之"我"与画家之"法",获得深刻的审美享受,就让我们以石涛之言来祝贺曦明同志那战果辉煌的创作吧!

本文发表于《美术》1988年12月

图2　林曦明《山水》

中国山水画的诞生

一部中国山水画史乃是自然与艺术、物与我、"造化"与"心源"的关系发展史。山水画作者本于他的自然审美观念,用"我"、"心"为主导,进行自然审美活动,创造了山水画的艺术及其形式。这一创造经历着漫长的过程,包括山水画之萌芽、建立、成熟和发展诸阶段。一般说来,萌芽、建立、成熟逐渐赋予山水画以健全的艺术结构,而山水画终于诞生了。本文试图结合现存的有关作品,论说这门艺术所经历的三个阶段。至于在山水画发展史上,"心源"脱离"造化",被艺术形式所俘虏,笔墨技法单独活动,以无本之木、无源之水来控制画坛,这时候山水画艺术便不可避免地趋于衰落,这一方面本文暂不讨论。在山水画的建立与成熟的阶段中,由于儒、道、释、玄的自然审美观以及绘画和诗、书学、书法之间发生有机联系,使山水画艺术增强了美学深度,从而逐渐形成中国所特有而外国所没有的文人(士人)山水画。这种联系和深度使作品的内容与形式高度契合,体现于"笔情墨趣"中,丰富了中国山水画的生命,在世界艺坛上赢得独特地位。因此,对中国山水画来说,这门艺术之诞生和画中士气之诞生,乃是一致的、共同的。下面就谈谈我的一些粗浅的看法吧!

山水画的萌芽

在我国,人与自然关系的审美意识以及相应的审美活动,具有悠久的历史,分别表现在文学、雕刻、绘画几方面。暂且不说《诗经》,汉赋里就有对自然景物的细部描写和整体把握,其中也有高下之分。例如枚乘《七发》,

既写"龙门之桐,高百尺而无枝","根扶疏以分离",也写桐的周围环境:"上有千仞之峰,下临百丈之溪",以及"湍流溯波,又澹淡之。"触及一定自然景物的形状和诗人所感受的情境。又如司马相如《上林赋》之"崇山矗矗,巃嵷崔巍,深林巨木,崭岩参嵯",不过是堆砌许多形容词,告诉读者山高林深,却没有枚乘那样生动的笔墨。再如枚乘《七发》:"游涉乎云林,周驰乎兰泽……掩青蘋,游清风,陶阳气,荡春心。"则从末后两句透出自然审美的感情境界了。然而作为文学体裁之一的汉赋,只能以文字、符号为传达媒介,不如汉代绘画中的自然景物之以线条、色彩组成形象,诉诸视觉感官,显得具体、真实、亲切;倘若对比汉赋与汉画的效果,似乎是"百闻"不如"一见"了。

我们从古代文献中可以找到一些关于自然景物的描绘。例如《汉武帝内传》云:武帝曾见王母巾笈中有《五岳真形图》,画的是泰、恒、嵩、衡、华五岳。事实上,这五图属于符箓一类,佩戴它们以"辟邪",所以并不是艺术品。又如张彦远《历代名画记》引孙畅之《述画记》、张华《博物志》:"刘褒,汉桓帝时人,曾画《云汉图》,人见之觉热,又画《北风图》,人见之觉凉。"刘褒的两图可以算是艺术品了,因为作者复制自然形象,并讲求一定的技法,达到了唤起感觉反应的效果。云想必是用线条勾取,敷以粉白,风则不知如何处理,可以说刘褒开始钻研艺术形式,迈开了重要的一步。再如东晋顾恺之《论画》,称赞几幅人物画把背景的山、树处理得很好,足以衬托人物生活状况和人物情调:"《清游池》……作山形势者……变动多方。""《嵇轻骑(康)诗》作啸人,似人啸……又林木雍容调畅,亦有天趣。"又顾恺之《魏晋胜流画赞》:"竹、木、土,可令墨彩色轻,而松竹叶醲也。"可以说东晋画自然景物比汉代跨进一大步:采取多种角度观察自然;使自然环境配合生活情趣,以相互映发;用墨设色变化多端,以适应自然的面貌;以及将诗入画,等等。然而上面所引的都是书面资料,无法看到这些作品的艺术水平。幸而张彦远《历代名画记·画辨》告诉我们:魏晋以降的山水画"则群峰之势,若钿饰犀栉,或水不容泛,或人大于山。……(树木)列植之状,则若伸臂布指。"可以想见其艺术造型仍旧相当笨拙,罔论笔墨技法,而顾氏所云,或为后代假托,未可尽信。

然而另一方面,本世纪以来我国所发掘古代漆画、木板画、画像砖等,皆魏晋以前的作品,却有不少是描绘自然的个别景物,而造型生动,一点不觉生硬,这就不仅否定张氏的论断,而且说明在中国山水画萌芽阶段,画工的贡献也许远胜于士人画家。下面不妨举些例子。

湖北随县擂鼓墩出土的战国时曾侯乙墓,其漆箱的盖上彩绘图象,画面分列桑树各二株,相对立,树下一人仰射,枝头有若干小圆圈,象征落日。树身树枝俱不作轮廓,而是平涂,树身下粗上细,颇见笔力;树枝先横出,后向上,小干略有交错,更表现了生发之趣。作者已能通过树的几种形状结构,来刻画对象的生命之美。一般说来,树身的处理是先有线条轮廓,后有沿着线条的平涂(染晕),并且现存的卷轴式山水画中宋代米友仁似乎首先平涂树身(见米氏《潇湘白云》、《云山墨戏》等),殊不知战国时无名作者已用此法了。

甘肃省北部额济纳河流域的金关,出土的两汉时居延木板画《人马图》,以墨画一树,树身拴着一马,马侧身嘶鸣,一人持鞭立马旁。树根直上,过了马头始分左右二枝,左枝向上盘,右枝横出而更分两干,干下垂,均不着叶。树之根、枝、干都用宽度相等的细线条,不同于战国漆画之有粗有细的平涂,但运笔遒劲,一样地富于生意。这里,联想到瑞士美学家 H. 沃尔夫林(1864—1945)的《近代艺术风格发展问题》(中译本改为《艺术风格学》)提出十六至十七世纪西欧画风由"线描的"发展为"涂绘的",然而我国从战国至西汉(约前475年至200年)的山水画萌芽阶段,已出现线条和平涂,而且其次序先后恰与西欧相反,这一点很有可能说明此两种艺术形式乃同时发生而又交替使用或同时并用的。

陕西米脂县官庄村出土东汉画像砖《牛耕图》分上下两部分。上一部约占全图三分之一,作麦田的缩影,由十二个单元横列组成,每一单元都描写麦干直立,叶分左右,顶端麦穗下垂,而麦干复又斜上,遂觉摇曳生姿。单元之间保留空隙,好让一根线条贯穿每一单元而又舒展自如,产生运动感,而各单元的造型复大同而小异,又助长节奏感。下一部分占全图三分之二,一人俯身，握犁柄，二牛扛杆拉犁，形象生动。左上角树枝斜出，线条流畅，枝上着圆叶三大片，每片都很丰满，可以想见田畔有树木遮阴，便于休息了。作者似乎懂得边角造景之妙，殆南宋马远的先驱。

四川成都地区出土东汉画像砖《弋射·收获》，由上下两部分组成。上一部分岸上一人跪着，弯腰，张弓仰射天空飞鸟，一人俯身取箭，人物背后两树，无叶，树身直上，枝干左右生发，树的布势和人物的俯仰相呼应，结构上掌握了人和自然的协调。坡岸纯用涂抹而无轮廓，却相当利落，而且预示后来山水画中山石的"斫"笔与"刮铁"皴。下半部分右方二人直立，挥镰割稻，左方三人俯身束稻，镰作钩状的长线条，一镰高举，一镰平落。田间未割和已割的稻，均用直线条，而略向左倾斜。整个画面的许多线条纷呈平落、斜上、向左、向右种种动势，它们交错生发，组成了一幅劳动场景，使镰刀挥舞于田间，如闻其声，可以说是作者对"力"的赞歌，而且情景、诗画合一了。在人与自然，尤其是镰与稻的有机结合中，稻并非陪衬，而后来的山水画家描写到田间种植时，往往对农作物不够重视，敷衍几笔了事，或以其难状而回避了。汉画像砖是先画后刻的，可见汉代画工创作态度很认真，确实是了不起的。

以上几件由战国至汉代的画，对自然审美还限于部分景物，尚未把握较为完整的自然现象与自然美，但笔触之间已流露出对自然的生长活力的赞美，并描写自然以抒发审美感情。我们从画面的线条运转，不难窥见作者内心活动，那就是将画题深入人化自然或物为我用的领域中去。正是这一成就，标志着中国山水画的萌芽。所谓萌芽，不仅意味着画中再现自然景物，而且表现了作者对自然的审美趣味。然而在张彦远所生活的晚唐，这类文物还埋在地下，即使偶有发现，毕竟是众工之作，难登大雅之堂，得不到应有的重视。因此我们今天应大胆宣布：顾恺之名迹摹本里的山水，诚如张氏所云，十分笨拙，但早于顾氏四、五百年的汉代，以及更早的战国，民间艺术家笔下的自然景物形象，则已经克服此病，而今后陆续出土的古文物还将不断丰富萌芽时期中国山水画的内容与形式，要求我们更好地改写中国山水画史。

山水画的建立

当画面的自然景物不再像萌芽时候那样,依附于人物,充当生活的背景,而是成为自足的、独立的艺术结构,于是中国山水画便建立起来。这一过程含有两个主要因素:第一,画家开始作为自然审美的主体而发挥作用,使他热爱山水,产生抑制不住、亟待抒发的感情,推动他描绘所酷爱的自然现象,画出一幅幅的山水画。第二,作画时不满足于萌芽时期对自然的零散、个别的细部之感受,要去把握自然的某一整体,但又不拘于它本身形状,而是加以选择、提炼、重新组织,构成画面空间,塑造出融入主体精神之自然的艺术形象。犹如后来王夫之所说,其中有景也有情,"景以情合,情以景生",呈现了心、物交融的意境,这是萌芽期局部描绘所不可能取得的。主体作用和表达意境,促成了中国山水画的建立。不过,这意境乃山水画家思想认识的产物,并不等于他已具有表达意境的较为完美的艺术形式与技法;后者乃中国山水画成熟阶段的任务。事实告诉我们,南朝宋时,宗炳和王微先后以所写的山水画论宣布中国山水画的建立,而唐代的几位山水画家则以精神修养结合创作实践与技法钻研,迎来了中国山水画的成熟。

山水画中的意境说导源于对自然的认识,它和魏晋、南朝时自然观之由老庄变为玄学以及道、释、玄之合流是分不开的。战国时期老子所云"有无相生",庄子则谓"自本自根",生生不已,含有以自然为基因的唯物观点。到了三国魏时,何晏、王弼侧重"有生于无"、"以无为本",而先验的玄学大兴,遂有沉溺于神秘的内心世界的玄言诗。南朝宋初诗人谢灵运爱好自然,不时出游,所过之处,"寻山陟岭,必造幽峻,岩嶂千重,莫不备尽。登蹑常着木屐,上山则去前齿,下山去其后齿。"(《宋书·本传》)写出了大量山水诗以形容真景,而风韵自然。这种赞美自然与感官享受的山水诗,实际上否定了以先验的玄学取代老庄唯物因素之玄言诗。刘勰《文心雕龙·明诗》说:"老庄告退,山水方滋。"意思是歪曲老庄的玄学反而激起谢灵运面向自然的山水诗。另一方面,也在南朝宋时,人物画家而酷爱自然美的宗炳和王微,先后写出我国最早的山水画论——《画山水序》与《叙画》,触及山水画的本质、创作、艺术效果等问题，给中国山水画的建立奠定理论基础。而且这两篇山水画论和谢灵运的山水诗一样，也具有写实精神。

先谈谈宗炳。他的祖上是做官的，而他却好山水，爱远游，"每游山水，往辄忘归"，曾"西陟荆、巫，南登衡岳，因而结宇衡山"。他"妙善于琴书图画"，"凡所游历，皆图于壁，坐卧向之"。他还"精于言理"，"曾入庐山，就释慧远考寻文义"，并著《明佛论》，宣扬"委诚信佛"，方可"生蒙灵援，死则清升"（《宋书·宗炳传》、《南史·宗炳传》、张彦远《历代名画记》）。张氏一书并载宗炳的画迹，都是人物故实，只有《永嘉邑屋图》，顾名思义，很可能是地图、图经一类东西。再看南齐谢赫《古画品录》：宗炳"明于六法……含毫命素，必有损益，迹非准的，意足师法"。他作画态度认真，值得学习，但作品的质量不高，是一位平庸的画家。因此他虽然对山水画特别感兴趣，但这篇《画山水序》似乎是认识胜于实践了。他提出"圣人含道应物，贤者澄怀味象"。人们在对待自然的问题上，水平不一，因此有圣贤、高下之别。高者领会宇宙、生命的大道，与自然接触而契合无间；下者没有这种修养，须排除杂念，从观察自然现象入手。其次，自然界的山山水水都是一件件的实物，但作为圣人的山水画家看来，却无不皈依宇宙之道，而体现灵机，故曰"至于山水，质有而趋灵"。与此同时，圣人的慧眼更觉察到山山水水以其形象之美，来体现宇宙的规律，故曰"山水以形媚道"。换而言之，山水画家的首要任务在于明理，懂得画山水是为了借助自然之艺术形象，由外而内地体现自然本身之道。这便是宗炳所理解的山水画的本质，《宋书·宗炳传》称他"精于言理"，这个"理"不限于佛学，而是兼及画学了。他先说这番理，然后讲怎样画山水，谈到结构和描绘两个方面。前者是"张绢素以远映，则崐、阆（昆仑山和它的阆风岭）之形，可围于方寸之内"，以及"竖划三寸，当千仞之高；横墨数尺，体百里之回"。既可透过绢素以缩大为小，也可小中见大，保持自然的高、远之势。后者有八个大字"以形写形，以色貌色"。按照对象本身的形状和色彩进行描绘。宗炳自己就是这样地画了一幅幅的记游山水，张贴在墙上，自我欣赏，认为是心情舒畅的无上妙策，因此《画山水序》就这样结束了："畅神而已，神之所畅，孰有先焉！"

总之，宗炳此序有理论的深度和完整的体系，在以前局部再现自然的萌芽时期，是不可能产的。

王微也是官家子弟而不愿做官，"少好学，无不通览，善属文，能书画，兼解音律、医方、阴阳术数"。"常住门屋一间，寻书玩古，如此者十余年。"他"性爱画缋（绘）……兼山水之爱，一往迹求，皆仿像也"（《宋书·王微传》，《南史·王微传》）。王微不同于宗炳之溺于佛学，而是知识广博，有比较广泛的文化修养，他也描画所游的山水，但谢赫《古画品录》说，他和史道硕"并师荀（勖）卫（协）"，这二人都是人物画家，可见王微并非专攻山水。谢氏还批评："王得其细，史传其真，细而论之，景玄（王微字）为劣。"那么他的人物画水平也不高。然而他写的《叙画》则比宗炳的《画山水序》迈进一大步，发现艺术想象的重要性，认为想象乃山水画家的创作动力。王微反对山水画"竟求容势"，不能停留在形容自然的形势布局，还须进一步懂得"本乎形者融灵，而动变者心也。"意思是山川之灵寓于山川之形，画面的丘壑变化，都源于画家内心对山川之灵的深刻体会。他强调了山水画家不仅"含道应物"，更须在应物的同时，发挥自己的主体精神，赋予物所激发的艺术想象以创造力。《叙画》形象地描述了画家心感于物而想象活跃的情况："望秋云，神飞扬，临春风，思浩荡"，从而产生"绿林扬风，白水激涧"一类的饱含宇宙生命的、歌颂自然之美的题材与作品。王微十分珍视在描绘这种画面时的瞬间心态，所以把它叫做"此画之情也"。正是这个"画之情"从理论上促成了中国山水画之建立，并且给"画中有诗"的中国文人山水画及其发展铺平了道路。因此，王微不失为中国山水画史上第一个关键性人物，尽管他的山水画实践和技法未必比宗炳高明。

说到这里，想起一段插曲。西方在文艺复兴或感情焕发的人文主义时期，意大利诗人佩特拉克（1304—1374）曾致友人书云："希望你能理解，我独一个自由自在地徜徉于山、树、河流之间，有多么快乐！"意大利画家、诗人、哲学家、音乐家阿尔伯蒂（1404—1472）在《自传》中写道："麦田和茂盛的森林使我泣下。"而他的友人罗马教皇皮厄斯二世（1458—1464年在位）也以同样心情记叙葡萄园和橡树林如何给他快感。这些由衷之言，给西方风景画中之"情"作了最好的解释。因此，我们不妨再度强调中国山水画之所以建立，是因为艺术家对自然动了感情。

山水画的成熟

到了隋唐，尤其是盛唐，中国山水画里不仅有情，也有诗，而且两者契合，产生多种艺术形式与艺术风格，各自名家，影响后代，从而使山水画进入成熟阶段，结束了诞生这门艺术的全部过程。克罗齐曾说："感情是具有形象的感情，形象是融会了感情的形象。"苏珊·朗格强调艺术家把他对生命的感情，落实到一定的艺术形式中。这些看法十分内行，因为动人的艺术，无不具有情、景合一的艺术形式，而唐代臻于成熟的山水画正是如此。考其原因，是由于唐代文化高潮大大充实审美意识，空前发挥艺术主体作用，丰富形象塑造的途径，形成绘画和诗歌、书法之间的通感与相互渗透，以及山水画之多样的题材、画法（特别是笔法与墨法）、画风，并增强山水画论的深度，终于折射出为我国所特有的"士气"。这也是中国山水画成熟之主要标志。下面试述这许多方面的具体情况。

唐代开始，山水画方面出现多能的作者，他们思想活跃，视野开阔，多方面地观照、领会自然之美，画出多种题材，不断刷新山水画的面貌。例如山水画家而兼诗人和书法家的，有顾况、郑虔，而郑虔还把所见所闻，写成纪事文，以致犯了"私撰国史"罪，坐谪十年。画山水而兼善书法的，有吴道子、卢鸿，吴师草圣张旭，卢工八分书。山水画家兼画论家的，有张璪、顾况，张著《绘境》，提出了"外师造化，中得心源"的创作法则，《李约员外集》有《绘练纪》，详述张璪画意。顾曾著《画评》，可惜以上三书早佚。至于王维，不仅是山水画大家，而且是大诗人，同时工草隶，解音律。只有李思训、李昭道父子，以唐宗室"安分守己"地画青绿山水。

唐代山水画题变化多端，但有一共同点：以画面空间体现主观客观的融合，形象地反映了人化自然，抒发了一定的思想感情。画题大致可以分为以下几个类型。

李氏父子为了迎合宫廷贵族的审美趣味,把结构重深的殿宇楼阁位置在高山峻岭之间,施以金碧青绿的绚烂色彩,称为"青绿山水"。然而与此同时,由庙堂转向山林的士人山水画、水墨山水画正在兴起,并逐渐形成主流,因此青绿山水就显得有点落后、保守了。

文人、士大夫、大地主有财力建造山庄、别业、园林,犹如 K. 格拉克《风景进入艺术》(1949) 所说:"从自然界圈出园林以自愉。"他们对这份家产的种种景物,不仅流连忘返,而且形诸笔下,创造了注情入景的山水画,尤其是水墨为主,一反重彩。例如卢鸿,玄宗开元初征拜谏议大夫,不就,隐居嵩山,筑草堂,有倒景台,樾馆、枕烟庭、云锦淙、期仙磴、涤烦矶等十景,自画《草堂十志图卷》,传世的水墨本可能出于北宋李公麟手,现藏台北故宫博物院,每幅景物清幽,主人公徜徉其间,一定程度上反映了摆脱尘劳、优游林下的精神境界,而钩多皴少,笔力扛鼎,尚可想见唐代山水画的质朴风貌。又如王维,买下了宋之问在蓝田、辋口(今陕西境)的别墅,改建为辋川别业,有山有水,风景绝佳。他在这里住了三十多年,和裴迪咏诗唱和,有《辋川集》,并画了《辋川图》。我们读到他的《辋川闲居赠裴秀才迪》一诗:"寒山转苍翠,秋水日潺湲。倚杖柴门外,临风听暮蝉。渡头余落日,墟里上孤烟。"或《积雨辋川庄作》:"漠漠水田飞白鹭,阴阴夏木啭黄鹂。"确实会有苏轼的感受,"味摩诘之诗,诗中有画。"至于他的《辋川图》,真迹早佚,现在只有石刻本,乃是分段写景的图卷,但朱景玄看见过原作,在《唐朝名画录》中有段记载:"《辋川图》山谷郁郁盘盘,云水飞动,意出尘外,怪生笔端。"也就是说山石水云结构重深,但入而能出,故画境超脱,笔墨清新,不落旧套,至于这"怪"字,下文再作分析。

除了圈出一部分自然加以描绘,如卢、王所为,也还可以集中刻画自然的某个细节,如王陀子之于山头,吴道子之于山脚,同样地塑造了自然形象之美,时称"陀子头、道子脚"。然而王、吴的艺术远不止此,窦蒙评王的山水,善写"绝迹幽居,古今无比"。大概是峰峦迥远,屋宇深藏,引人入胜。吴道子到过嘉陵江,观赏了三百里间水石冲激种种惊人的奇景,胸中蕴蓄丰富,画笔也就愈加豪放,所以张彦远论山水树石时,特别提到他"往往于佛寺画壁，纵以怪石崩滩，若可扪酌"。他的艺术效应不仅在于视觉与触觉交融，而且做到心手相应，了无凝滞，我们对"纵以"二字，更要深深地体会。

自然的画题还从陆地转向天空，一片云彩也成为艺术对象，如岑参《咏郡斋壁画片云》："只怪偏凝壁，回看欲惹衣。"可以想这位无名的山水画家是先有感于"云气动衣裳"，而后形诸笔下，尤其是对云一往情深，非画云不可，绝不像庸手未曾发挥主体作用。

另方面也有为了功利而画"庆云"的。唐代文人须通过考试，方能步步高升，他们到了考场，要观看那里的彩云壁画来讨个吉利，所以有了柳宗元《省试观〈庆云图〉》、李行敏《省试观〈庆云图〉》、李程《观〈庆云图〉》等诗。至于画法，想来总比汉代刘褒来得高明，后来的勾勒、晕染、敷粉之法可能始于唐代。

此外，为了综合水、陆于更为广漠的画面空间，而有"山海"的画题，它不同于"庆云"，没有什么功利可言，而是反映了游息于大化以恢廓襟宇的自然审美观，李白《莹禅师房观〈山海图〉》："杳与真心冥"，"从兹得萧散"，说明了这一画题的创作意图，而张祜《观〈山海图〉二首》："何人笔思狂，一壁尽沧浪。"更点出山海的气势融会于画家奔放的感情和飞舞的笔墨之中了。

然而在山水画题材中，最能表达文人"孤高绝俗"的精神境界的是松石，尤其是松。先谈松石。唐符载《观张员外（张璪）画松石序》指出，张璪能够"意冥玄化，而物在灵府"，所以他的画面"气交冲漠，与神为徒"。符载特别提到张璪的创作过程是"得于心，应于手，孤姿绝状，触毫而出"。而"心"起着主导作用，创造了物我为一的精神境界与相应的艺术形象。换而言之，张璪的松石，是表现的而非再现的，足以标志中国山水画的成熟。

松的题材是多样的，从当时的题画诗中可见一斑，试举以下几首，并引一些史料，来说明山水画成熟期的艺术水平，或为五代两宋以来所不及。杜甫《戏为韦偃〈双松图〉歌》说："天下几人画古松，毕宏已老韦偃少。"画松须画"古"松，乃是画家主体精神所决定，含有一定的自然审美标准，歌颂了老而弥健的生命力。至于这一"老"一"少"而驰名当代的画松专家，却是少不如老，因为老的毕宏具有创造性，正如张彦远《历代名画记》指出："树木（当然包括松树）改步变古，自宏始也。"而且毕宏连对象的细部都不忽略，所以朱景玄《唐朝名画录》引时人语："毕庶子（毕宏曾任左庶子）松根绝妙。"不过杜甫还是赞美韦偃描绘精细：松皮裂处生苔，松枝盘绕，直至顶端（"两株惨裂苔藓皮，屈铁交错回高枝"）；枝繁叶密，一片阴森，好像就要打雷下雨（"黑入太阴雷雨垂"）。杜甫还用生动的语言，道出韦偃画松的艺术效果：刚刚搁笔，便从毫末吹出满堂松风，观者为之动容变色（"绝笔长风起纤末，满堂动色嗟神妙"）。

山水画家、诗人刘商写了《酬（画僧）道芬寄画松》，从诗句中可想见这位和尚的艺术构思："寒枝淅沥叶青青"，树老不凋；"一株将比囊中树"，树中有树；"若个年多有茯苓"，试问有哪位画家会想象出松的腹部长出延年益寿的茯苓，以歌颂松之老而不衰呢？用今天的话说，想象、形象思维起着何等重要的作用啊！

朱湾《题段上人院壁画〈古松〉》告诉我们，一位佚名画家如何描绘年龄赋予松树各个部分的形象特征：松皮——"木纹离披势搓捽"，树身——"中裂空心火烧出"，树身、树皮的苔藓与蛀虫——"莓苔浓淡色不同，一面死皮生蠹虫。"接着指出，上人讲经的场合虽然光线欠佳，然而有了这幅壁画，却平添一番幽静——"阴深方丈间，真趣幽且静。"画古松而能创造一定的气氛，这也是山水画成熟期的标志之一。

元稹《画松》："张璪画古松"，"枯龙戛寒月"，松枝虽枯而气势凌霄，欲与寒月争光；"流传画师辈，顽干空突兀"，后来学张璪的，只晓得以顽硬取胜；"乃悟埃尘心，难状烟霄质"，这才知道俗气未除，是难以处理崇高的艺术对象的；"我去浙阳山，深山看真物"，既然如此，还是去看山中真的松树罢。由此可见，艺术之所以高于自然，是因为艺术形式中既有景更有情，能够借物写心，而庸手病在无"心"耳。

李商隐《李肱所遗画松》描述画中松的气势："孤根邈无倚，直玄撑鸿濛。"松的形体面貌："端如君子身，挺若壮士胸。"松枝偃仰伸屈于广阔天空:"樛枝势夭矫,忽欲蟠拏空。又如惊螭走,默与奔云逢。"

松所处的环境,也入画题,如张璪擅写涧底松,米芾《画史》提到梅泽和高公绘各藏一幅张璪的《涧底松》。除张璪外,吴偓也画此题,吴的生平待考,但晚唐施肩吾却有《观吴偓画松》:"君有绝艺终身宝,方寸巧心通万造。忽然写出涧底松,笔下看看一枝老。"这首诗帮助我们细味这一题材的涵义:怀才而居下位者仍须奋进,犹如生在两山间、水沟边的松树,地虽卑湿,松枝虽老而不死。士大夫歌颂老而带劲或屈而能伸的崇高品格,还影响着后来的画竹艺术,北宋画竹大家文同画过偃竹,苏轼特意写了一篇《文与可画筼筜谷偃竹记》,并引文同的话:"此竹数尺耳,而有万尺之势。"画松反映了既牢骚而又奋勉的复杂心情,形成深层次的情景合一,这更足以说明唐代山水画的成熟了。

上述的种种山水画题,由山、海、云而嘉陵江三百里,而草堂、别业,而山头、山脚,而滩石、松石,以至松和松的环境、松的部分等等,可以归纳为对自然的宏观与微观,而多样题材更相应地产生了处理题材的多样艺术方式、方法。它们分别表现在笔、色、墨的运用,但笔法尤其是笔所产生的线条运转,则是基本因素。这一点在中国山水画特别是唐代成熟期,开始显著。它具有这样的功能:抽取、概括自然美的形象,融入情思意境,塑造艺术美的形象;其本身既是媒介,又是艺术形象的主要组成部分,使情感表现和线条运用契合无间,造就了文人山水画家的个性特征与艺术风格。根据早期史料,这线条是用素色画在众色上或白底上的。《论语·八佾》:"画缋(绘)之事,后素功。"意思是先布众色,后用白色线条界划清楚,显出纹理(参照郑玄注);乃装饰画或图案画一种技法。希腊亚里斯多德《诗学》第六章云:"用最鲜丽的颜色随意涂抹而成的画面,反不如在白色底上勾出来的肖像那样可爱。"(罗念生译文)这意味着进入具象描绘的一种技法。《诗学》写于公元前四世纪,今本《论语》成于公元二世纪,时间上中国大约后于西方600年。以上两者不过是文字记载,如果用划线这一表现媒介、表现方法来衡量,那么,公元七世纪我国唐代山水画成熟之日,正是东方艺术线条发挥功能之时;而在西方,则迟至十四世纪开始的文艺复兴,才重视线条。

达·芬奇《笔记》谈到他对线条本质的体会："太阳照在墙上，映出一个人影，环绕着这个影子的那条线，是世间的第一幅画。"（据麦克兑英文译本）十八世纪英国诗人、画家布莱克在他的《画展·前言》中指出："自然本身原无轮廓，（画家的）想象赋予自然以轮廓。""一位画家如不能通过比肉眼所见更有力、更完美的线条，去想象事物（的形象），那么他根本没有想象过。"布氏肯定了以线造形的本领是和想象力、形象思维分不开的。19世纪中期法国古典主义画家安格尔则宣称："色彩是乌托邦。线条啊，万岁！"总之，西方绘画经历相当长的时间，面和块方始逐渐让位给线。而唐代山水画家则领先一步，正当文化低落的西方中世纪，已赋予线条以饱满的生命力、表现力了。

下面引用张彦远《历代名画记》和朱景玄《唐朝名画录》的一些有关笔力与线条运用的记载："大李将军（思训）画山水松石，笔格遒劲。"他的"笔力""为子（昭道）所不及"。裴旻将军以金帛求吴道子画，吴封还金帛，而请将军舞剑，因为"观其壮气，可助挥毫"。将军舞罢，吴"奋笔（作画）俄顷而成，若有神助"，接着"道子亲为设色"。（吴画时常由他人设色，因为单凭笔墨功力，作品已足够完美了。）张璪"松树特出古今，能用笔法。"王维在"清源寺壁上画'辋川'，笔力雄壮。……破墨山水，笔迹劲爽"。以上所述诸家在笔力、笔迹上的种种成就，都是和笔下的线条形式之美凝为一体而分不开的，其中包括线的形状、组织、运动、动势，以及以线为基础的山水皴法。因此，讲到笔必然讲到线条所赋予的笔的生命。

另一方面，线条过处留下墨痕，它蕴蓄丰富，效应精微，综合了行笔之迅缓、轻重、萦回、交织和落墨之多少、浅深、干湿、焦润。于是乎，线条之中，笔法与墨法掩映生发，使得画面景物有节奏，有动势，既体现自然客体的生命，又活跃着艺术创造者的主体精神，从而反映山水画家的审美感情、个性特征与艺术风格。总之，有笔、有墨、有形、有情的线条，乃唐代山水画成熟时高度的艺术形式，到了五代、北宋，在兼擅诗、书的文人山水画家笔下，这种形式得到进一步发展。

更值得注意的，是唐代山水画墨法的创新，出现了"破墨"和"泼墨"。

所谓破墨，就是使不同程度的浓、淡、干、湿、焦、润之墨，相互渗透，或以浓破淡，即先淡后浓，或以淡破浓，即先浓后淡，余可类推。目的是增强墨彩，使之华滋鲜活，而水分的掌握颇为关键。王维、张璪最擅此法，所以五代荆浩《笔法记》说："水墨晕章，兴吾唐代。"并指出由于使用新法，"王右丞（维）笔墨宛丽……亦动真思"。"张璪员外……笔墨积微，真思卓然。"王维笔下的墨，放出光彩，张璪笔下的墨，层层积累，差距细微，极见精能，但都表达了画家的感情，绝非为墨法而墨法。董其昌补充说："王摩诘（维字摩诘）始用渲淡，一变钩斫之法，其传为张璪。"王维不像以前那样单凭轮廓来造形，他兼用淡墨的种种变化，来烘托对象的阴阳向背，增强了质感、立体感，而张璪能传其妙。正因为王维能破墨法，以水墨渲淡刷新山水画面貌，所以朱景玄称其为"怪生笔端"。王、张二氏实为唐代山水画墨法的变革者。至于泼墨，则是以破墨为基础的进一步发展，不再以笔蘸墨，而是把墨直接泼在缣素或壁上。吴道子开始这样画，"数处图壁，只以墨踪为之，近代莫能加其彩绘。"（《唐朝名画录》）不言"笔踪"，可见不曾用笔。张璪画树石山水，"或以手摸绢素。"（《历代名画记》）也说明在张璪某些作品中，其墨踪并不出于笔端。到了王墨，基本上把笔丢开了。他"常画山水、松石、杂树，先饮，醺酣之后，即以墨泼，或笑或吟，脚蹙手抹，或挥或扫，或淡或浓，随其形状，为山为石，为云为水，应手随意，倏若造化。"（《唐朝名画录》）可见泼墨山水具有偶然得之的天趣，为刻意经营的正规山水画所不及。这一新的艺术形式影响不小，产生了墨色兼泼法。唐段成式《酉阳杂俎》提到范阳山人（待考）曾用此法："掘地为池……日没水满之。候水不耗，具丹青墨砚……乃纵笔毫（于）水上，就视，但见水色浑浑耳。经二日，拓以缣素四幅，食顷，举出观之，古松怪石，人物屋木，无不备也。"此法传到宋代，又从水池转到败墙，画家李迪曾向陈用之建议："汝画信工，但少天趣……汝当先求一败墙，张绢素讫，倚之败墙之上，朝夕观之，既久，隔素见败墙之上，高卑曲折，皆成山水之象，则（在绢上）随意命笔，自然境皆天成，不类人为，谓之活笔。"（沈括《梦溪笔谈》）其实这种刺激艺术想象和形象思维的方法，倒也不限于中国，意大利文艺复兴时期，达·芬奇《笔记》也谈到从败墙的偶然现象中可以想象出完美的图画。但此法之在中国则有特定根源，那就是唐代山水画笔法的变革，尤其是情思的纵逸，而王维、张璪之功不可磨灭。

在唐代山水画成熟期，画题和画法的创新必然带来多样的艺术风格。虽然当时画迹流传太少，画史、画论中却略有涉及，试举要如下。张彦远《历代名画记》讲得比较全面，计有"王右丞之重深，杨仆射（炎）之奇赡，朱审之浓秀，王宰之巧密，刘商之取象"。分别点到了山水画家的自然审美趣味、作品风貌，虽然说得笼统一些。朱景玄《唐朝名画录》则比较具体，从个别山水画家的创作方式和作品内容上来描述他们的艺术风格。例如张璪画松，"手握双管，一时齐下，一为生枝，一为枯枝，气傲烟霞，势凌风雨"，"其山水之状……则石尖欲落，泉喷如吼。"同时指出，画家张璪乃"衣冠文学，时之名流"。我们可以由此想见，对自然美之体会精微以及难工具之操纵自如，是和学问、功力、修养分不开的，而张璪所总结出来的艺术创作基本法则"外师造化，中得心源"，更说明他是一位有思想武装的艺术家。又如朱审的山水壁画"潭色若澄，石文似裂……溪谷幽邃，松篁交加，云雨暗淡"，给他的"浓秀"风格提供具体的艺术形象。对这些山水画家来说，精审和放逸、有法和无法之法，各显其能，而物我为一、寓情于景则是共同的目的。总的看来，唐代山水画之所以成熟，中国山水画之所以终于诞生，其意义也许就在此了。

最后关于唐代山水画的几位大家的贡献，张彦远曾有论述："山水之变，始于吴（道子）成于二李（思训、昭道）。"因为李思训活动时期早于吴道子，所以张说引起争议，孙祖白先生疑此语为"成于吴始于二李"之误（孙祖白《历代名画记·校注》，连载《朵云》）。我的看法是，所谓"变"也就是贡布利希强调的：有成就的艺术家无不修改既有的程式。因此，对山水画建立时宗炳、王微之单线平涂的图经式来说，二李之勾勒填色而具笔致的青绿山水是一次突破，而对于山水画成熟期二李之设色来说，吴道子之水墨，王维、张璪之破墨，又是一次突破。因为这一看法比较符合当时情况，那么是否可以说山水之变始于李而成于吴、王呢？

至于吴、王之间，王的创新也许比吴多一些。他一方面将王微的"画之情"具体化了，开创"画中诗"，另方面擅于"破墨"，既用"渲淡"辅助"钩斫"，复以"草隶"之笔出之。他熔画和诗、书于一炉，在景、形、情的合一中大大提高唐代山水画水平，并影响及于后世的士人山水画风。如此说来，王维不愧为中国山水画史上第二位关键性人物了！

本文发表于《文艺研究》1989年第4期

巴罗克与中国绘画艺术

一

首先,根据《牛津大辞典》,"巴罗克"(baroque)一辞原是西班牙语的名物辞,意思是形状奇特古怪的珍珠,十八世纪作为英语的形容辞,意为放肆的、越轨的、怪僻异常的。

其次,"巴罗克"逐渐成为艺术用语,西方著名的艺术史家、美学家对它的理解大致如下:德国的温克尔曼以指"装饰的";瑞士的布尔克哈特以指文艺复兴高潮之后华而不实的风格,特别在建筑方面,而广义则为颓废的风格;尼采认为,"艺术沦为修辞学,便是巴罗克";克罗齐强调:"艺术绝对不能成为巴罗克的,凡属巴罗克的都非艺术";至于沃尔夫林的《艺术史基本概念》(1915,中译本名《艺术风格学》,1987)则指出:从文艺复兴时期"古典的"到十七世纪"巴罗克的"这一过程,对以后西方艺术发展产生深远影响,体现了五对概念之转变,即:

(一)从线描到图(涂)绘;

(二)从平面到纵深;

(三)从封闭的形式到开放的形式;

(四)从多样性到同一性;

(五)从对象的绝对明晰到相对明晰,从明晰性到模糊性(朦胧性)。

沃氏同时强调每一概念都是相对的而非绝对的,例如侧重线描不等于完全排斥图绘,余可类推。这个辩证统一的观点,乃沃氏细心考察艺术创作实践的结果,引起批评界的注意。到了当代,学者们对"巴罗克"的涵义进行综合性的探讨,例如韦勒克(R. Wellek)教授著名的《文学研究中的巴罗克概念》(载韦氏《批评诸概念》,耶鲁大学出版社,1963年),从艺术风格和思想意识两方面来考察"巴罗克",认为它并非贬辞,而是唯情的、幻想的世界观所导致的艺术风格,而且现代和十七世纪以前都存在。

目前批评界日益广泛地应用"巴罗克"一辞,它也开始进入中国诗论的领域。例如弗罗得善(J. D. Frodsham)根据尼采的看法,把韩愈与孟郊称为中国的巴罗克诗人,又如黄德伟教授批评弗氏停留在表面,只看到孟郊《哀峡》十首的诗笔诡异造作,殊不知正是以下三个特征赋予《哀峡》以巴罗克风格:复杂的形象结构,距离歪曲的艺术手法,抒情与山水之悲剧性熔合(原文为英文,载 Tam kang Review,第3卷,1977年4月第1期)。

本文参考以上诸说,试行探讨中国绘画艺术相当于巴罗克的风格,特别是沃氏所举的若干特征,为何表现在中国古代绘画中,必要时并对照中西绘画作品作比较美学的研究,不当之处,希望读者指正。

二

图1　徐渭《墨花图》(局部)

沃氏论说第一对概念时举了较为突出的例子:丢勒的线描和伦勃朗的图绘。我们知道,从用线勾轮廓到用色涂面块,原是绘画技法发展的一般途径，而代表巴罗克风格的伦勃朗之所以舍线而求面、块，乃是为了冲破前者给造形带来的边界制约，使有限与无限相互作用，既增强画面空间的节奏，复导致作品的象外之趣。当然，线条也并非从此一蹶不振，倾向保守的安格尔就曾在他的画室门上大书特书："色彩是乌托邦。线条啊，万岁！"回顾我国绘画史，也存在由线而面以及两者互济的造形手法。例如仰韶彩陶纯为线描，战国漆画则勾勒和涂染兼施，而《论语·八佾》所谓"绘事后素"正是后者的注脚：用多种颜色涂成彩面之后，再用白色画线，以分清这些彩面之间的界限。至于中国山水画，则先后有唐代李思训的"金碧辉映"与吴道子的"水墨苍劲"，前者水墨轮廓，青绿设色，描金以突出形象，后者亦水墨轮廓，但不设色，以淡墨表现起伏层次，但二者都十分讲求轮廓的笔法、线条的力量，从而克服有色无笔、有墨无笔的偏向，也就是风格浑厚，绝不浮靡。而沃氏所谓线描、涂绘之相须，李、吴二体也可为佐证了。唐代王维和张璪更把吴氏以墨代色的涂绘，加以发展，讲求墨法，使浓淡互破，干湿互破，称为"破墨"，从浅深枯润之层次变化中追求墨彩和韵致。而唐末王默则将水墨泼于绢素，因其痕迹以想象、造形，称为"泼墨"。因此荆浩《笔法记》云："水晕墨章，兴吾唐代，不贵五彩，旷古绝今，未之有也。"而西方的涂绘达到色彩缤纷，便欣然自得，未能再进一步，从"多"色转为"纯"墨，并求墨中之彩。因此，具有墨彩的"涂绘"不失为东方的巴罗克风格，而沃尔夫林先生不曾看到，未免太可惜了。下面试举数例。南宋梁楷《泼墨仙人》的衣纹处理，摒弃线条勾勒，全用水墨泼成面、块，在深深浅浅中显出衣纹折叠层次，而且隐约可见线条运转的起伏顿挫，同样地具有笔法，保持了有墨有笔的优良传统。元代方从义《高高亭》，山峰、岩石和林木全用墨涂，但于山石上略留空白，显出凹凸，复又笔锋下扫，尽头处微露勾、斫、皴、擦的迹象，使得一片片的墨色并不板滞，却在运动，而且有动"力"与动"向"，生气盎然耳。明徐渭《墨花》蕉叶、荷叶以致蟹壳，都不作轮廓，皆泼墨而成，留些空白以反衬浓墨、淡墨，艺术形象就显得格外生动了。

图2 赵令穰《湖庄清夏图》（局部）

三

沃氏论说第二对概念之由平面转为纵深从而表现画面空间的运动，其方法在于前景之外增加后景。沃氏所谓"纵深"，中国绘画叫做"远"。北宋郭熙《林泉高致·山水训》分为高、深、平"三远"，北宋韩拙《山水纯全集》补充了"阔远"，即"山根岸边，水波亘望而远"；"迷远"，即"烟雾暝漠，野水隔而仿佛不见"；"幽远"，即"景物至绝，而微茫缥渺"。以上合称"六远"，而韩氏所说的隐约微茫，却相当接近沃氏的第五对概念中的模糊性，但含有较多的层次。这里也举二例。北宋赵令穰《湖庄清夏图》中部一段，岸上丛林映带于烟雾之中，其势从右下方向左上方生发；溪水萦回，穿过碎石注入湖中，而湖面宽阔，其结构由左上方向右下方展开；如此左右上下地虚实相生，把观者引向深遥，颇得韩氏的幽远、迷远之趣。元黄公望《九峰雪霁》，上端

图3 黄公望《九峰雪霁》

261

山峰又高又远,绵亘起伏,而前前后后有许多层次,其运动节奏是由近及远,别开生面地强化了巴罗克的"纵深",而笔墨却十分简练,清吴升《大欢录》评黄氏此图,"创前人之未造,示后人以难模",诚非虚誉。

四

沃氏的第三对概念使我们联想到:封闭保持平衡,由内向而趋于静止,自足于象内;开放打破平衡,凭外向以扩展运动,着意于象外,但艺术大师则善于融会二者,并无偏执。

先举西画二例。佛兰德斯的鲁本斯《劫夺路西珀斯的女儿》描写希腊神话主神宙斯的双生子劫夺迈锡尼国王路西珀斯的两个女儿。画家突出艺术形象在运动而非静止,这是通过人、马体态多方向的扩展以及男女肤色强烈对照而表现出来的。男劫女,女抗拒,每人的身体没有一部分不带动势;马蹄高举,马身腾越,马头和马尾也不安闲;人和马各自以种种形态向空间外拓;这一切体现了巴罗克的开放形式。然而画面的许多动向既呼应交织,复趋向一个共同轴心,于是又保持了古典的封闭形式。此外,安格尔的名作《泉》也微妙地综合这两种形式,阿恩海姆(R.Arnheim)在他的《艺术与视知觉》中对此图作了精彩的评论:少女全裸,壶口无盖,水流出来——这些是开放的;少女并着双膝,头贴着肩,两手合抱水壶——这些是封闭的;而另一方面,少女肉体裸露但又神态羞怯,则是开放式与封闭式相融合了。由此可见艺术大师之匠心独运。

图4 鲁本斯《劫夺路西珀斯的女儿》

回顾我国绘画,其用笔通于书法,因而也有相当于沃氏所举的两种形式。先看书法:王羲之笔势收敛,内向紧扣,称为"内擫",其子献之笔势放纵,向外舒展,称为"外拓";但历代书论皆强调必先能收而后能放,方免于佻薄。再看绘画,则有"密体"以当书法之"内擫","疏体"以当书法之"外拓"。唐张彦远《历代名画记》作了很好的概括:顾恺之、陆探微"笔迹周密","不可见其盼际",张僧繇、吴道子"笔才一二,像已应焉,离披点画,时见缺落,此虽笔不周而意周也。若知画有疏密二体,方可议乎画"。意思是:观画者须懂得线条和点子的组织可疏可密,其目的都是为了造形以达意,即使"疏"到"离披"、"缺落",也无损于形"完"而意"周"。如果我们互参书画之理,便不难领会"内擫"近于"密","外拓"近于"疏",再联系沃氏观点,则不妨说内擫与密是封闭形式,外拓与疏是开放形式,而由前者转为后者,也就意味着沃氏所云封闭发展为开放。值得注意的是,我国绘画的疏体大致始于六至七世纪,而西方绘画的缺落、离披于二十世纪初,方成气候,比我国迟了一千三百多年。

五

图5 安格尔《泉》

沃氏所举第四对概念,说明古典风格着重局部、细节,甚于整体,其作品偏于多样性,巴罗克风格使部分为整体服务,其作品呈现同一性。如此分析,未免停留在表面,实质上这种差异决定于艺术家能否发挥主体精神的作用,以寓分歧于统一。凡被动地对待客观景物,就容易满足于描绘若干局部之美,而主动地把握对象,使物为我用,则能"以形写神"(顾恺之),在作品中表达完整的精神意境。简而言之,是思想解放决定了巴罗克统摄分歧的同一性风格,或者"意"先于笔,方能艺术地处理万象。我国艺术批评一向是强调立意的，六朝、南齐谢赫《古画品录》主张："皆创新意"、"意思横溢"、"不闲其思"、笔须"逮意"，真是时刻不忘发挥画家的主体精神。由于"我"始终贯穿书画艺术的创作全程，就产生了"一笔书"和"一笔画"的重要法则。张怀瓘《书断》："字之体势，一笔而成，偶有不连，而血脉不断。"张彦远《历代名画记》："草书之势，一笔而成，气脉通连，隔行不断，唯王子敬（献之）明其深旨……世上谓之一笔书，其后陆探微亦作一笔画。"因此，书与画"皆本于立意，而归乎用笔"。接着，张彦远总结出"意存笔发，画尽意在"八个大字，也就是上面所说"意"为主导的基本法则，并提出警告："是知书画之艺，皆须意气而成，亦非懦夫所能作也。"郭若虚《图画见闻志》更作了很好的解释："夫内自足而神闲意定，神闲意定则思不竭而笔不困。"米友仁则宣称："画之为说，亦心画也。"石涛（原济）则本于儒家的"吾道一以贯之"（《论语·里仁》）和道家的"道生一，一生二，二生三，三生万物"；"万物得一以生"（《老子》四十二章，三十九章），作如下论说：由于山水画的艺术美基于自然美，以"万物"为对象，以"一"为根源，而自然万物的整个组织结构寓于"一画"，山水画的创作规律则本于"一画之法"；更因为自然与艺术紧密相关，所以"一画"与"一画之法"之间的对应，给山水画家铺设了统一物我，借物写心，而又心手呼应这么一个完整的创作过程。可以说石涛的山水画论高度概括、重点突出了主体对客体的能动作用。

综合以上诸说，画家必须以饱满旺盛的主体精神去接触事物，产生真切体会，丰富并深化审美感情，以注入艺术形式、笔墨技法之中，方能以"意"使笔，而不为笔使，做到笔中见"意"，产生以"意"贯之的"一笔画"，创造出主观与客观"同一"的艺术风格。然而，物我为一、一以贯之是个艰难的历程，画家须有勇气，有决心，有毅力，而决非"懦夫"了（当然，任何一部画史中总有不少"懦夫"，这也是事实）。这里试举北宋王希孟《千里江山画卷》为例，因此画"非懦夫所能作也"。卷长一一八八厘米，画面空间辽阔而气势宏伟，景物繁多，无数的层次和细节被有机地组织起来，朝揖顾盼，气脉通连；笔墨与青绿设色也相互映发，从而写出整体之美，看上去不觉得散乱破碎，可以说是表现了同一性艺术风格。如果作者既不接触大自然，培养审美感情，又不理解造形艺术"一以贯之"的基本大法，而只是片面地讲求设色的技法，那么他又怎能成功地处理"千里江山"这般雄伟的题材？据蔡京跋语："王希孟年十八"，以如此年龄却体现了"一画之法"和东方式巴罗克的"同一性"，真可谓艺坛的"强者"，而非"懦夫"，这在中国绘画史上也是罕见的。

至于西方的风景画，由于缺少手卷这样的体式，其画面空间限制了画家主体精神的发扬以及心理层次的展开，未免受到很大局限，不可能产生像"千里江山"一般的艺术想象、艺术结构，因此"懦夫"也许就多一些。而西方绘画美学也似乎较少涉及大胆役使自然，化万象于笔端的豪迈风格，对于"强者"钻研锻炼，甘苦备尝的"一笔画"，体会如何？就很难说了。

六

最后，沃尔夫林论述古典风格的明晰性和巴罗克风格的模糊性，分别表现在光、色和内容两方面。关于光、色，古典的针对客观事物的明暗和色彩，要求描绘得清清楚楚，巴罗克的则摆脱客观，避免实写，而以模糊取代清晰，认为色彩不依附客体也能自由地发挥作用，从而实现色彩本身的生命与创造。关于内容，古典风格把母题交代明白，不容半点含糊，巴罗克风格反对开门见山，讲求暗示、引诱、旁敲侧击，认为魅力全在隐约之间。同属客观形象的再现，但巴罗克的不同于古典的，它要求发挥艺术想象亦即主体精神作用。另一方面，沃氏指出模糊的概念如同其他概念，也是相对的，有限度的，并非模糊到什么都看不见了。

我国山水画风也有从明晰向模糊，从质实向空灵的转变。五代、北宋诸大家，层峦叠嶂，千岩万壑，笔笔认真，而北宋中期和以后二米（米芾、米友仁父子）的"水墨云山"，行笔草草，云霭掩映山川林木，画面留些空白或模糊不清处，写出大自然变灭不尽之美。二米一扫作家蹊径，称为"墨戏"。就画家的主体精神而言，前者执住自然现实，偏于被动，后者使自然为己用，能动性强。米友仁曾自述落笔时的心理状况："静室僧趺，忘怀万虑，与碧虚寥廓同其流荡。"也就是打通了虚心接物、物我为一、以我化物这条道路，使画中之景皆从情生，不像北宋诸家斤斤于再现自然了。这种以白当黑、虚中求胜的风格，构成了东方巴罗克的模糊性，并且产生深远影响。因此，同属模糊，中国画似乎比西洋画更深地领会"有生于无"的审美观，而且作了成功的尝试。到了南宋，马远、夏圭继续作水墨云山，夏圭尤擅雾景，所画十二景长卷（清高士奇《江村消夏录》著录）现在仅存四段，其中《渔笛清幽》和《烟堤晚泊》诚如明徐渭所说，观夏圭画"令人舍形而悦影"，盖若灭若没中俨然象外之趣。但是夏圭和二米却有刚、柔之别，这一点董其昌跋夏圭此卷时指出："寓二米墨戏于笔端，他人（二米）破觚（方形酒器）为圆，此则琢圆为觚。"由于二米之"圆"，其笔墨容易浮滑，而夏圭之"方"足以纠正偏向，因此董氏又说："余不学米画，恐流为率易。""有元晖（友仁）之幻去其佻，是在能者。"同为模糊，在中国更须避免"佻"、"率"，以保持健康状态，像这样较深的审美层次，也许是沃尔夫林先生所不曾料到的。

七

我写到这里，想归纳并补充，作为小结。

（一）艺术风格的转变既有普遍性，又有特殊性。由古典的发展为巴罗克的，并存于西方和我国，尽管我们没有"古典"和"巴罗克"两个对待的语辞，却含有比较深刻的内因，体现思想或审美感情的变革，因而具有不同于西方的特殊性。我们对此应由表及里地加以分析，透过作品的笔墨形式进入作品、作家的情思意境。这里试举明王世贞关于山水画风发展的论说："大小李（唐李思训、李昭道父子）一变也，荆、关、董、巨（五代北宋间荆浩、关同、董源、巨然）又一变也，李成、范宽（北宋大家）又一变也，刘、李、马、夏（南宋刘松年、李唐、马远、夏圭）又一变也，大痴、黄崔（元黄公望、王蒙）又一变也。"王氏所谓"变"是指由青绿鲜艳而水墨苍劲，由形象质实而气势浑沦，由惨淡经营而挥洒自如，由形似而神似，犹之乎西方巴罗克兴起后增强了主体精神的发扬，寓表现于再现，以突出画家的个性特征；不过王氏遗漏了唐代王维、张璪、王洽一派的破墨、泼墨，它进一步标志着思想解放、感情奔放的艺术成果。以上所述，展示了由古典而巴罗克之东方式的特殊面貌。此外，董其昌更借用佛教禅宗的南方渐悟与北方顿悟，来论说山水画南北二宗的风格创造："李昭道一派为赵伯驹、伯骕，……五百年而有仇实父（明仇英）……积劫方成菩萨"（如同北渐）；"董、巨、米三家可一超直入如来地"（如同南顿）。所谓"渐"或"顿"，意味着山水画家和自然的关系：接触自然时运用理性或直觉；对待自然时是执住或超越；从自然美以塑造艺术美时凭功力或天资，尽管这些画派的创造者和继承者未必学佛参禅，却无损于董氏的比喻。如此对待自然以及如此描绘自然，乃是中国山水画风格所独具的组成部分，同时产生了中国山水画风转变的特殊性。至于西画风格发展的特殊性，因限于篇幅，就从略了。

（二）艺术风格没有绝对的排他性。沃氏注意到每对概念都非截然对立，而每位画家的风格亦可兼而有之，这样的认识是较为全面。晚唐、五代水墨画兴盛，画风由谨严封闭转为纵逸开放，其趋势犹如从古典的而巴罗克的。然而北宋刘道醇的《宋朝名画评》却能着眼于双方，看到了放中有收、收中有放才是高手，因此提出画家的"六长"，阐明了风格的辩证统一观。下面试就"六长"分别作些解释。"粗卤求笔，一也"；虽然粗放仍须笔法。"僻涩求才，二也"；稀奇古怪，但不可缺少才情。"细巧求力，三也"；精能之中要显出笔力。"狂怪求理，四也"；莫忘无法之"法"。"无墨求染，五也"；实处求虚才是真"虚"。"平画求长，六也"，平淡有味最引人入胜。刘氏所谓的"长"，就在于从相互对待的风格中觅到自家之不足，而补充修改以臻完美，愈是大画家愈是要有这样的风度。大约一千年后，沃尔夫林论说古典的和巴罗克的之相反相成，与刘道醇所见略同。

（三）艺术风格具有后天性，是须要培养的。北宋李公麟画人物，"不使一笔入吴生"（米芾语），摒弃吴道子的疏体，追踪顾恺之的密体，然而我们细察现存李氏的《五马图》，鬃尾仍多纵笔，收中有放，并非一味地敛约，因此线条流动而富有生命力。清原济（石涛）山水笔意恣肆，但仍兼有唐代的质朴与宋代的凝重，亦即放中有收，决非狂乱无旨。曲此可见凡能自创风格以振兴画坛,其关键在于博而能约,入而能出。不断提高,以形成自家独特的艺术才华,而这一切都属后天之事。这里联想到北宋郭熙《林泉高致·山水训》的一段话:"《仁者乐山图》作一叟支颐于峰畔,《智者乐水图》作一叟侧耳于岩前,此不扩充之病也。盖仁者乐山……山居之意裕足,智者乐水……水中之乐饶给也……岂只一夫之形状可见之哉!"画家不仅接物,还须化物以丰富(饶给)自然审美的感情,至于郭氏所引儒家"仁智之乐"的说教,我们倒可以搁在一边,不必理睬。实际上唐代大画家张璪所谓"外师造化,中得心源",早已把这个道理讲得十分清楚了。然而对画家来说,无论是接物、化物或有所师、有所得,都需要毕生的努力,决非不学而能。

(四)艺术风格决定于发挥主体精神,在想象与造形中表现个性特征。苏轼论画,拈出一个"学"字:"心知其所以然而不能然者,内外不一,心手不相应,不学之过也。"(《文与可画筼筜谷偃竹记》)意思是与可画竹,学会了竹我为一、竹为我化、竹中见我这套本领。东坡所谓"学",就是学会在反复实践中摆正并实现物与我的关系,才能把真挚感情落实到艺术形象中,表现独特的个人风格。类似东坡所谓的"学",当代西方美学也触及了,例如贡布利希(1909—)指出画家"倾向于看他所画的东西,而不是画他所看见的东西"(《艺术与幻觉》)。所"看"的对象并不相同,后者偏于客体事物,止于形似,前者寓主体于观照,使笔下传情,画中有神。由此可见,心、神、主体有其能动作用,以决定作品的形象和风格。在这里,想象是关键,意大利人文主义先驱佩特拉克(1304—1374)曾作妙喻:"心灵所把握的相似不同于外在的相似,这种相似造就诗人,其他相似造就猴子。"艺术家而不善于想象、抒发自我,何异于猴儿?比佩氏再早一千年,希腊文艺批评家费罗斯屈拉塔斯(170—245)讲得更生动:"摹仿常常由于惊惧而不知所措,想象却什么都难不倒,它无所惊惧地向自己制定的目标前进。"(《狄阿那的阿波洛尼阿斯传》)想象乃创作主体的生命,有了它,一切对象都可役使,还怕什么?然而,艺术家奋斗一生,以激情、想象推动创作,其唯一大敌便是各种既成的图式、程式,必须不断地冲垮它。元黄公望《写山水诀》:"作画大要去邪、甜、俗、赖。""赖"就是依赖样本,泥古不化。扼杀个性、束缚想象，乃创作之敌，还有什么风格可言！而法国自然科学家布封《风格论》(1753)所谓"风格即人"的这个"人"，也正是要去掉"赖"而突出作家自身作为"人"的性格特征。后来黑格尔也指出："凡属理想的艺术，无有不以人物性格作为表现的真正中心。"(《美学》)罗丹则宣称："只有'性格'的力量能够创造艺术的美。"(《艺术论》)爱默生更指出："尽管我们走遍世界去寻找美，我们也必须随身带着美……那就是艺术品所放射的人之性格光辉。"(《论艺术家》)总而言之，以个性特征来表现作品风格，创造艺术美，这是艺术家的毕生之事！

本文发表于《文艺研究》1990年第2期

张桂铭的艺术

著名国画家张桂铭经过突破而有创新,吸引了广大观众,先后博得这样的评语:"大写的笔墨","画到生时是熟时","融会文人画与民间艺术的崭新风格","在艺术的苦路上踽踽前进,不断寻找新的自己",如此等等,毋庸置疑地给国画带来新生命。最近我细读张桂铭的作品,使我想起东西美学的某些观点,桂铭艺术造诣是当之无愧的,不妨引用几段,加以补充,也许有助于进一步欣赏桂铭的作品。

毕加索曾就看懂绘画,提出一系列问题:"人们都要求了解绘画,但是他们为什么不要求了解鸟儿的歌唱呢?他们为什么满足于对夜与花或周围一切的喜爱,却不想了解这些事物呢?他们为什么偏偏要去了解绘画呢?"毕加索接着说:"他们唯独不懂艺术工作的必然性,因此在解释一幅画时大都走上错误的道路。"那么怎样避免错误呢?一位意大利著名艺术批评家作了很好的回答:"时刻记住艺术作品的特质,它是直觉的而非逻辑的,具体的而非抽象的,个别的而非一般的。"在这方面,明代大艺术家徐渭拈出"我"与"真",讲得更确切,使观者有所适从了:"出于己之所自得,而不窃于人所尝言者。""真者,伪之反也。故五味必淡,食斯真矣;五声必希,听斯真矣;五色不华,视斯真矣。"因此,我们对于桂铭的艺术,应该从其直觉观照、笔墨技法、个性特征来领会每件作品中艺术真实与自我抒怀之契合无间,方能读懂他的绘画。

桂铭作品给我的第一印象,是结构、笔墨十分洗练,然而又正如阿恩海姆所说:"简化并非复杂的对立,而是无限丰富的掌握。"尽管画面上寥寥无几,

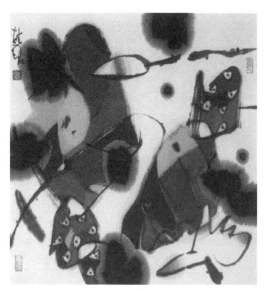

图1 张桂铭作品

图2 张桂铭作品

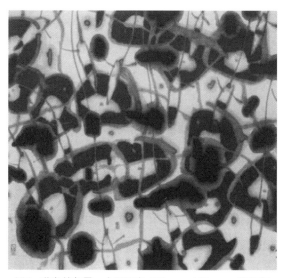

图3 蓝色的朝霞 水墨纸本 100 cm×120 cm 1998年

却有重点，更有组织，涵蕴就很深远。与此同时，桂铭落笔并不急于讲说什么，而是唤起审美享受。贝伦逊提出："图解性作品不能像装饰性作品那样，直接地诉诸色彩、形态、结构的美感，因此我将'图解'一词应用于比较狭隘的领域。"我们不妨说，桂铭融会了"简化"和"美化"，增强装饰性，给国画开辟了一条新路。

但是我们这样理解，还停留在表面，应进入更深层探讨画家的精神境界与内在需要。苏轼曾谓诗歌艺术的虚静："欲令诗语妙，无厌空且静；静故了群动，空故纳万境。"而米友仁论画则云："每静室僧趺，忘怀万虑，与碧虚寥廓同其流荡。"二人都看到了主体精神的被动方面足以提高接物功能，化物以为我用，从而丰富诗画内涵与表现形式。对桂铭来说，正是这种心态使他发现美好事物，创造艺术形象，传达新鲜感情，因此在他的作品中看不到陈旧的东西。明代反对复古的竟陵派代表全锺惺有句名言："诗，清物也：其体好逸，劳则否；其地喜净，秽则否；其境取幽，杂则否；其止贵旷，拘则否。"像"逸"、净"、"幽"、"旷"这样毫无羁绊的精神境界，画中何尝没有，而桂铭可以说是兼而用之，否则的话，他又怎能自然地统一形、意，画中有物又有我呢？

图4　瓶花小鸟　水墨纸本 68 cm×68 cm　1994年

但是我们尤其不能忽视画家的独特造诣。一方面他捉取了旁人未必见的冷僻诡异区分真实,加以再现,犹如王维之"意出尘外,怪生笔端";另一方面给作品保留了无可再少的东西,也就是马蒂斯《笔记》所说:"要做到画面没有无用之物,无用之物有害于感情的表现。"他便在这亦"奇"亦"精"之中,写出了艺术的真与画家的我。

张桂铭作品给予我深而且久的美的享受,想必观众与读者也有同感吧!

本文发表于《美术之友》2006年第4期

第二部分　文学研究

艺术和诗的创造直觉[1]

第一章　诗、人和事物

（1）艺术和诗的涵义。

我把"艺术"解释为人的一种心灵活动，它是创造的，或生产的，是创制作品的。我把"诗"解释为这样，它不是写出一行行诗的那种特殊艺术，而是一种更加广泛和更加原始的活动：即事物的内在存在和人类自我的内在存在之间的相通，这种相通是一种神的启示，（正如古时候人所见到的那样……）诗在这样的意义上是各个艺术和一切艺术的秘密生命。

（2）本书的任务；智性的涵义。

本书的任务在于阐明艺术和诗这两个陌生伴侣之间的区别，及其不可分离的关系。

另一主要任务则是明确智性（intellect）或理性（reason）在艺术和诗上面所担负的任务，尤其是诗起源于智性的前概念活动这一事实……智性，和想象一样，是诗的中心，但是理性或智性，并不仅仅是逻辑思维；它含有更深的——更加隐秘的——生命；这种生命随我们在探究诗的活动这一秘奥上所付的努力程度而比例地揭露给我们看见。换句话说，诗迫使我们从以下两方面来认识智性：智性是人类灵魂的隐秘泉源；智性通过非理性（我并不是说反理性的）或非逻辑的方式而起作用。

---

[1] 本文摘自马里坦所著 *Creative Intuition in Art and Poetry*，Meridian Books，NewYork，1955。

（3）自然和人。

当人感到美的喜悦时，人不仅和自然的事物一同进入意向或精神的合一关系中；这种合一构成了认识——认识就是合于（to become）另一事物，只要这另一事物确是另一事物——；人是受到自然的诱惑（尽管当静观的对象是一件艺术品时，自然可以变形）。在某种程度上，自然闯进了人的血液，共同呼吸着人的欲望。艺术在人类中开始时是否含有一些巫术目的，是一个可疑的假定。但从一种较深的，但不甚适当的意义说来，艺术本身就含有一种巫术，这种巫术经过许多世纪的提炼，就纯洁了，而且当自然对人的侵入完全属于一种直觉的喜悦时，这种巫术就变成纯美的了。

反过来说，联系美感来看的，在某种程度上也存在着人对自然的侵入。

产生美的喜悦的那些事物离开人的冲击最远，例如一个美的抽象构图，一朵耀目的花，一抹残阳，一只热带鸟，大自然所提供的任何伟大的景色……（就这些来说）实际上，到处都隐隐有人，隐隐有一个人的尺度。所有上列的这些与人无关的事物——一个美的或"漂亮"的数学证明，或一个美的抽象构图中所具有的智性的比例的一致性，都把它们所蕴藏的一种人的心灵质地还给人。

最后，大自然的伟大景色又怎样讲呢？这里仍含有人的某些东西——这里，某一种感觉在我们中间被唤起了……我们随着又把这感觉投入事物之中，事物随又把这感觉反映给我们……特别是当人面向着自然的严峻或孤寂的、不可洞察的本来时，会感觉到自然和人之间存在着无限的不相称、不均衡；人不仅感到压力，感到惊骇，而且也受到激动，要去克服这种不均衡……于是产生了兼有惊惧和奋起的印象，从而形成那种崇高感；但是这种崇高感离开美的纯粹知觉还很远，在美的价值上还不够纯粹。

（4）美的感觉和知觉。

上述的那些事例都属于一个范畴，即这些美的知觉对象，虽然和人含有某种固有的关系，却离开人的生命非常之远；而我现在要强调的却是另一个范畴……即当人的生命对自然的冲击愈是深广时，自然的美愈是伟大，我们面向自然所得到的喜悦或知觉愈是纯粹和深刻。

上述情况可以通过想象力而获得。(天空缓缓移动的云,或浩瀚的大海就是这样无穷尽地向人诉说着人的灵魂。)

在实际存在中,这种境界也可以出现。自然的物质和精神实在碰巧受到人的侵入(所谓精神实在,我的意思是指自然的内在意义力量);这一来,它本身的美就最好地揭露出来⋯⋯当你开着汽车沿着赫森河飞驰或者穿过维金尼亚群山时,你暂时设想一下,你凭眺的这些乡野仍旧布满了印第安战士和帐篷:这时自然的美就会觉醒过来,并且突然变得有意义了,原因是自然与人之间的关系重义被建立起来了⋯⋯当你从远洋归来,经过直布罗陀进入地中海时,那些空蒙的海岸和仿佛有生命的大海是怎样的发为歌声,表现着胜利感的呢?康帕尼亚山的那些单纯的线条又是怎样使你充沛着好像无穷无竭的情绪的呢?还不是因为维吉尔(Virgil)和那些希腊英雄(虽则你实际上并不想到他们)以及那片微妙的引起回忆的拂面清风促成的吗?地球上的这些地方都充满了人的智慧和劳动。自然和人的联合是通过历史而达到的。其结果便使自然射出符号和意义的光辉,而使它的美像一朵花放了出来。

从这样的分析,我们可以得出两个结论。第一,自然装了感情之后,就更加美了。情在美的知觉中是主要的。但是哪一种的感情呢?是一种与知识合一的感情:因为它构成或完成一种和意境(Vision)分不开的喜悦。这样的感情超越了简单的主观,引导心灵向往已知的事物,并要求知道更多的事物。这样就使我们做起梦来。

第二,人在大地上游荡,被美的冲击所打动时,至少在这个时候,自然的那些符号和意义是实际存在着或者潜在着的。这些在人的意识里并不表现为特殊的回忆,特殊的观念。然而,尽管如此,这些符号和意义丝毫并不丧失它们在美的经验上的影响⋯⋯未表现的符号,未表现的意义,或多或少地对心灵施加压力,对我们的美感或美的知觉起着重要作用⋯⋯王尔德说的"自然模仿艺术"那句话,拿我们对自然的美的知觉来说,是一个显明的、无可置疑的真理。

(5)事物和创造的自我。

对我们来说,重要的是自然与人的相互缠结——也可以说世界与人的会合——对艺术创造的影响。这样我们就真正进入我们的主题。这以后才不能不谈到诗。

……艺术家是血肉和精神的存在者；我得既表达这个存在者的特性，又要表达他的无限内在深度，然而我只有一个抽象的词可用："自我"。人这个艺术家面对着的是那样一个世界，一个无法通晓的"彼"（other）；这一大堆无完无尽的存在、形态、事件、恐惧与美的肉体和道德的乱丝，我却得表达它的秘奥深渊和不容缓和的进攻；然而我又只能用人类语言中最贫乏、最平凡的一词"事物"（things）来表达这些，说这些是世界的事物。但是我却愿意以原始人观看自然弥漫一切的威力的心情来充实这个空洞的词，或者带着古代爱尼奥派哲学家的心情说，"一切事物都充满诸神"。

（6）自我（self，亦可译作"本真"、"本性"、"个性"）的来临。

……在创造性的行为底根源里，必然存在着十分特殊的智性过程，这一过程并不含有与自己相平行的逻辑的思维。通过这一过程，以及凭借一种经验或认识，"万物"和"自我"被把握在一处，而且这种经验或认识并不含有概念的表现，而只是被表现在艺术家的作品中。那么，我们岂不要想到，这又如何可能呢？这样的经验怎样会有创造性呢？既然"自我"把握了"万物"，"万物"把握了"自我"，那么主观性又怎样会成为一种途径，去隐约地捉取"万物"的内在一面呢？在这一点上，我们是否面向着作为以下讨论核心的诗的认识和诗的直觉这个问题呢？

第三章　智性底前意识的生命

我所争论的就是：一切依附于必须承认柏拉图和古代智者们都已见到的一个精神的无意识或前意识（a spiritual unconscious, or preconscious）的存在，不承认这一点而仅仅赞成弗洛伊德所说的无意识，乃是我们时代的愚昧的一个标志。无意识有两种，心理活动有两个领域，它们都不是意识所能掌握的。一个是精神在它的生命的长流中的前意识，另一个是血与肉、本能、倾向、复合心理、被抑制了的意象（images）和欲望、关于外伤的记忆等的无意识，它们构成了一个自具规律的或能动的整体。我要把前一种无意识叫做精神的无意识,或者为了柏拉图,叫做音乐的无意识或前意识,把后一种叫做自发的无意识**或聋了的无意识**——对智性置若罔闻,并且被构成一个脱离智性的、自己的世界;……

第四章 创造性的直觉和诗的认识

(1)在灵魂的许多力量的唯一根源上。

我们认为重要的事实是:精神的无意识隐藏着灵魂的全部力量底共同根源,因此精神的无意识有一根本性的活动,举凡智性和想象,以及欲望、爱、情绪的力量,都共同参与这活动。灵魂的各个力量相互包蕴,感性知识的世界存在于想象的世界中,而想象的世界则存在于智力(intelligence)的世界中。并且它们又都属于"智性"(intellect)的领域,"而含有高度启发性的智性"(illuminating intellect)则光芒四射,激动它们,使它们活跃起来。……

但是,这处在精神的无意识之中的智性,不仅通过概念和观念的产生过程,酝酿了和滋生了它的理性认识的诸工具,……智性还有另一种的生命,这生命利用其他的资源以及另一个活力的储备,并且它是自由的。我的意思是,对于以下这些方面说来,它是自由的:抽象的概念和观念的滋生,理性认识的作用和逻辑思维的训练,人的节制的行动,人的指导性的生活,科学和枝节性推论所认识到的和承认了的客观实在的法则。……这里,智性的自由生命包含着一个想象的自由生命,并归附到灵魂的各个力量底那个唯一的根源上去,并且,我想,诗就以精神的无意识作为它的源泉。

这样看来,诗的自由,正如柏拉图所指出,似儿童的自由、游戏的自由、梦的自由。然而,实际上诗的自由并非以上所说的任何一种的自由。它是创造性的精神底自由。

(2)诗的直觉。

讲到诗的话,我们必须承认:在智性所具有的精神的无意识中,在灵魂的各个力量的唯一根源里,存在着先于概念或非概念的东西,但是这东西又处于明确的、智性的、激动的状况中:因比,就不是仅仅通向概念的途径，……而是另外一种根芽，……这样一种东西乃是行为中的认识，但又属于无关概念的认识。……

我们所考虑的是这种**固有**的认识，这种认识是诗的内在物，并且和诗是**共存的**（consubstantial），也和诗的本质相一致……

"上帝"具有创造性的"观念"。这"观念"既是创造性的，它就不从万物接受任何东西，因为万物后于这观念而存在。这观念并不被它的能创的**象所形成**，它只是而且纯粹是有其形成性的，并正在形成着万物。……并且"上帝"的"智性"只被他自己的本质所决定或规定。"上帝"乃是在那个作为他的"本质"和"存在"的智性底活动（intellection）中，认识"他自己"和"他的"创作的。这些创作存在于时间里，开始于时间里，但是"上帝"永远自由地创作着它们。

对诗来说，以上的情况有最高度的类似。诗也从事于精神的自由创造。……不过，诗人显然是一位可怜的上帝。他并不认识自己。并且他的创造性的洞察能力很可怜地依靠着外在的世界。……

在这一点上，我们看出诗人的主观性，对诗来说，是如何地重要了。……

……作为主观性的主观性是没有加以概念化的可能的，是一个不可知的深渊。那么，它又怎样能够被启示给诗人呢？……首先，诗人对他自己的主观性应有一种隐约的认识，这是诗的第一要求。这一要求和另一要求——诗人应把握外在的和内在的世界底客观实在——是分不开的。这种把握并不通过概念和概念性的认识，而是通过一种隐约的认识……通过情感契合（affective union）所产生的认识。

所以诗人的处境是很为难的……假如他对现实种种事物有所知觉，假如他在天地万物中所捕取到的多于我们的哲学所梦想到的，那么这并非由于他通过平常所谓的认识而认识这一切，而是因为他的激情底那个暧昧的深处接受了这一切。……

诗人的直觉，创造性的直觉，乃是通过契合或同性，在一种认识领域中，对他自己的"自我"和事物所作的暧昧的把握；这种契合或同性产生于精神的无意识，并且只在诗人的作品中生果结实。

……我们假如直接探究智性在其先于概念的生命中的内在功能，我们便觉察到诗的直觉和诗的认识都是人的精神本质的基本表现之一，觉察到精神的创造性底这一原始的要求浸渍在想象和情绪之中。

（3）作为创造性的诗的直觉。

诗的直觉从一开始就转向着自身旳运行。它一经存在，一经唤起诗人的实质，使它发生作用，并使它感受现实中发出着反响的那个秘奥，它就处在智性底非概念的生命深处，鼓动着创造。这种鼓动能够保持自己的力量。……不仅如此，一个诗的直觉能被长期保持在灵魂中，潜伏着（但决不被忘却），直到某天，它会脱离睡眠状态，非创造不可了。但是，到了这个瞬间，无须任何增加的因素，而只是付诸实践的一个问题了。

……假如我们转到实用艺术，我们会观察出在这类艺术中，诗的认识或直觉的情绪并不成为制造作品的精神根芽。……诗的直觉不是实用艺术中创造性的决定中心。手艺工人的创造性的**观念**无论如何不是一个概念，因为它既不是认识性的：又不是再生表象性的；它只是生殖性的；它无意于使我们的意识符合于事物，而是使一个事物符合于我们的意识。

……诗的直觉（则不然，）它超越了艺术的品性。

另一方面，诗的直觉既不能加以学习，也不能用实习和训练来加以改进，因为它纯靠灵魂固有的自由、想象的能力和智性固有的力量。直觉自身不能被改造，直觉只要求着对它的顺从。

第五章　诗和美

（1）美不是诗的对象，而是诗的"目的以外的目的"。

……在科学和艺术中，精神的创造性服从于一个对象，这个对象发号施令并统治一切。

科学有一个对象，这个对象是无限的：也就是负有征服任务的"存在"。……

艺术也有一个对象，这个对象是有限的，被一个科种所范围着，也就是被制造的作品。

但是诗没有对象。因此在诗中，精神的创造性是**自由**的创造性。

……我的意思是说，在诗的情况中，精神的创造性并不倾向于任何事物，从而使自己被规定，以及**被形成**；也没有任何事物为了这一种创造性，使自己最初就担负起规定化任务，或在形成上的决定性任务；因此，对诗起着命令或统治作用的东西，并不存在。在诗中，只有一种渴求，要去表现出那个仿如诗的直觉的认识，而在这认识中，诗人的主观性和世界的诸实在都在一次的觉醒中，隐约地觉醒过来。

……因此，美不是诗的对象，……美是诗底先验的、超绝的关联物（transcendental correlative）。美纵使具有无限性（如科学中进行征服的"存在"），也并不成为一个对象；美不规定诗，诗也不从属于美。然而对诗来说，美是一个必要的关联物。它就像它所生活于其中的气候和空气，又好像一个赛跑者向着目标跑去的时候所不可缺少的生命和存在——乃是目的以外的一个目的。对诗来说，目标不存在，规定化的目的不存在。但是，却存在着一个彼岸的目的（an end beyond）。美便是诗底必要的关联物和任何目的以外的目的。

另一方面，假如在诗中，精神的创造性没有对象的话，那么这就是说由于这一事实——诗须要为它本身制造或创造一个对象。

我的第一个结论是：诗也和每一被创造的事物一样，有其固有的倾向性运动，诗倾向于美，正如它倾向于它的自然的关联物，从而就倾向于任何目的以外的目的；并且诗的本性使它从事于艺术的运动，为了产生作品而努力。

所以我的第二个结论是：诗是超越艺术的，即使它委身于艺术，像一个想象的、孤零零的智性被用来创造一个世界那样；诗是和美处在同等和同性这个条件上的，所以诗不能离开美而生存。诗之所以不能缺少美，并非由于诗以美为对象而从属于美，而是因为诗爱美，美爱诗。

第七章　诗的经验和诗的感觉

（1）诗超越艺术。

我在书中一贯坚持……在创造性的这一体系中，诗之所以超越艺术，乃是由于以下两件事实。第一，诗主要是精神的自由创造性的一种解放和活动，它本身是没有对象的；作为诗的关联物的美也是如此。相反地，在艺术中，精神的创造性是不自由的，它被束缚在作品的制作上，这作品乃是某一特殊的种类和范畴所限定了的一个对象。诗的直觉一经进入实践活动的领域，它也就进入了艺术的领域，进入作为精神的有限活动的领域，然而诗的直觉却仍保持自由，因为它永远支配着艺术，并且是艺术的原始规则，它不服从这些规则，这些规则却服从它。

第二，诗是认识，这种认识主要是向着表现和实践活动，并不是狭义的实用的知识……诗以自己的方式使自己成为对于存在底精神上的构造，因此诗超越了艺术，而艺术则完全被实用知识所围困，委身于具有严格意义的实用知识、有所制作的知识。

本文作者马里坦，伍蠡甫译

发表于《现代外国哲学社会科学文摘》1961年第1期

文学批评中的神话和原型学派[1]

一、现代对于原始人的符号化问题的兴趣日益增长

文学上象征主义者的发展所导致的一个后果,是愈来愈重视原始人的符号主义[2],特别是重视原始人用来独特地表现自己的那些神话和传说。

在当代的哲学家中,把语言起源以及支配原始宗教仪式和神话发展的规律等研究向前推进了一大步的是恩斯特·卡西尔(Ernst Cassirer)。

卡西尔所作的某些解释,具有很大的启发性。他主张,人的种种需要和目的形成种种符号。符号并非现实的一个表现:它是现实本身。在符号中,主体和客体是完全等同的:

> 我们在名称和事物之间发现一种等同关系,这是"意象"和"客体"之间的完全吻合的关系,而不是一种相当适当的"表现"。

的确,卡西尔坚称,如果我们把符号说成是主体和客体的"会合之处",那么我们就是把问题搞错了,因为自我和非自我的概念是属于语言上比较"晚近的发展"。卡西尔推测,原始人并不知道这样的二元性。认知的自我和被认知的事物之间的区别,须待反省能力和逻辑能力得到发展之后,方始被认

---

[1] 本文摘自威廉·温舍特(Wimsatt)、克利安斯·布鲁克斯(Brooks)所著《文学批评简史》(1963年),第31章。标题为编者所加。——编者

[2] 符号主义(symbolism)亦即象征主义,在本文里译为"符号主义"较妥。——编者

识到。在原始人的头脑里，对神话的一些闪烁的知觉——也就是野蛮人的比较生动的经验中所产生的"瞬间即逝的诸神"——通过文字的媒介，被稳定下来，并被赋予相对的固定性。一个字不仅是代理者。卡西尔指出说，"效验的真正根源好像时常是神的**名称**，而不是神的本身。"

在卡西尔看来，一个本地住所和一个名称[1]，即便是在今天，都具有极其重要的意义；缺少一个名称，人的经验不可能被"储存和稳定"起来。只有通过一个名称所提供的住所，心理的力量才能转变为一种类似实体的东西——才能积累成一种意义，才能在以后被察看到，并和这样积累起来的其他意义连接起来，从而发生关系。人之所以成为人，正是由于有了制造和使用这种符号的能力：人是制造符号的动物——是唯一的这种动物。

二、卡西尔对于诗所表现的以及它和科学语言的关系的看法——厄尔本（Urban）的《语言和现实》：形而上学作为一个符号语言，介于其他符号语言（如科学和艺术）之间

但是由于逻辑和推论的发展，语言丧失了它的感情内容；它的具体属性削弱了；它接近了科学语言的状态。整个的过程是一个剥夺的过程：语言沦为"只是一副骨架"了。然而，还剩下一个领域，在这领域内，即使是对矫揉造作的现代人来说，语言又"恢复了丰富的生命"。这便是"艺术表现"的领域，在那里语言独特的创造力不仅"保存着"，而且"更新"了。卡西尔写道：

> 诗所表现的，既不是关于诸神和诸魔的神话的文字画，也不是属于抽象决定和关系的逻辑真理。……诗的世界处于这两者之外，而作为一个幻觉的和狂想的世界——然而纯情感的领域正是在这种幻觉的方式中才能有所表达，并因此取得它自身的充分而又具体的实现。

---

[1] 原文"a local habitation and a name"，引自莎士比亚的《仲夏夜之梦》。

卡西尔说得很清楚：艺术所表现的"纯粹"情感，并不仅仅是诗人自己的一些情绪。他告诉我们，抒情诗人并不"就是耽于炫耀情感的人"。这种纯粹情感的领域的本身就称得上具有客观性。由于我们只能通过符号形式而认识现实，艺术便构成了用来观看现实的一个角度。艺术不只是娱乐、消遣、游戏的行为，它是我们生命的真正面目的一个揭示。

> 倘若没有大画家和雕刻家们的作品，我们对于事物的景象中那些不可胜数的细微差异，又会知道什么呢？同样，诗是关于我们的个人生活的揭示。我们对于种种无限的可能性，只能有些模糊的预感，而抒情诗人、小说家和剧作家则使之显现出来。这种艺术并不只是摹仿或者复制，而是真正表明我们的内在生命。

卡西尔似乎是在某种意义上，认为艺术和科学是对称的。艺术给予我们以我们"内在"生命的特殊知识，犹如科学可被假定为给予我们以我们"外在"生命的特殊知识。艺术恢复情绪的内容和情绪的反应，从而抵消科学所必需的冲淡和抽象的作用。卡西尔还告诉我们，由于我们只能通过符号形式来认识现实，因此离开这种形式来探讨什么是现实，是不得要领的。他在他的《语言和神话》中说到，基本的哲学问题必须研究神话、艺术、宗教和科学的"相互限制和相互补充"——就是说，要研究多种语言对现实的多种记录之间的相互调和的问题。

整个说来，我们应该同意不久以前一位批评家所写的一段话：

> 虽然卡西尔把诗描写为语言所具的创造力的再生……他最后还是忠于理性的。真理是"概念的符号"的领域，而诗则是"一个幻觉和狂想的世界"，不论诗具有怎样的价值。

威尔伯尔·厄尔本同意卡西尔的许多基本看法，他很谨慎地否认艺术和宗教比科学和哲学运用更"原始"语言的含义。他在他的《语言和现实》中指出，这三者都和人、现代人有关。他关心的是把这三者说成不但是有意义的，而且是真的。那就是说，他所关心的是把这几种语言所"说"的东西都和一个基本的现实联系起来。厄尔本要解决卡西尔提出的"相互限制和相互补充"的问题，而他所用的方法是将形而上学当作一门特殊的学问，其功用在于解释艺术、宗教和科学关于现实所要"说"的东西，并调和它们所作的不同的"论述"。

厄尔本由于忠实于符号形式的学说，不得不放弃我们"剥削经验的语言之后"能够发现"假设的"纯粹经验的希望。但是他认为，通过对"语言的符号形式"的理解，以及"较多地意识到这类结构所体现的形成原则"，便可以接近某些最后的真理和现实。厄尔本最大的困难是，一方面要充分摸透一个"符号的"语言，另一方面又要尊重它确是符号性的这一事实。在他关于艺术问题的论述中，这一困难显得特别突出。他和克罗齐一样，主张一首诗严格地说来是不可能翻译的。然而，假如我们要把艺术所要告诉我们关于现实的话，联系到科学或宗教所要告诉我们关于现实的话，那么我们就显然逼得要从事某种翻译：

> 我们显然面向一个困境。如果我们要解释符号的"涵义"，我们必须发挥它，这就不能不使用切实的句子。另一方面，如果我这样地发挥它，我们又丧失了符号作为符号的"涵义"或价值。照我看来，这个矛盾的解决，在于对符号有一个充分的解释理论。这将不是用**切实的**句子代替符号的句子，不是用"直率的"真理代替符号的真理，而是加深和丰富符号的意义。

厄尔本大胆地提出这种解决办法，这一事实对我们所讨论的这个普遍问题是有启发的。符号形式学说授予诗以自主性，然而倘若这个学说使诗的自主领域完全和其他的（如科学的）自主领域隔绝，那么诗的自主性就是以高代价取得的。然而厄尔本的解决办法是存在着真正困难的；所以另一位符号形式的哲学家苏珊·朗格夫人（Mrs.Susanne Langer）就不得不否定厄尔本

"解释"艺术符号的企图，认为不仅不能满意，而且跟厄尔本对这问题的一般立场也是不相容的。

三、朗格夫人的《哲学新解》和她的《感情和形式》：艺术的"内在含义"作为一个"感觉性的模型"，她关于抒情诗和较为复杂的诗篇的解释——符号形式说的力量和局限

朗格夫人的看法，最初出现在《哲学新解》（1942）中。她为了符号变化的概念，给予卡西尔以特殊的评价，并且认为这个概念给哲学奏出一种新调，而我们时代的一切重大问题现在都须转到这个新调中来了。

朗格夫人说，"随着哲学时代中动机概念的枯竭"，一个哲学时代也就完结了。如今是"哲学思想"的泉源又一次"趋于枯竭了"。在我们自己的，否则就会干燥无味的风景线上，符号变化的原则代表着一个新鲜的源泉，一个原动力，它正在为我们提供许多新的动机和问题。我们今天的符号逻辑和弗洛伊德心理学的活动，虽然这样纷然杂陈，如果想一想它们都是以各自的方式发现这种符号化能力的重要性，就会发现事实上它们是相互联系的。

朗格夫人和卡西尔一样，把神话看作"玄学思想的原始阶段，**普遍观念的第一个体现**"。按照一定程序，当推论的语言发展起来时，神话的概念便退让了。于是文明进入一个唯理主义的阶段，但是朗格夫人认为这样的一天还会到来，即种种观念"已被用尽，将会出现另一种幻象境界，一个新的神话学"。但是朗格夫人虽然好像将诗和艺术，一般地联系到神话的思维上去，却不愿承认在人的心灵史上，艺术只是一种过渡阶段。相反地，艺术是一个"新的符号形式"，它能够"与哲学、科学以及一切较高的思维形式并存"。这里，朗格夫人诚然沿用了卡西尔的陈述，即诗将一个"幻觉世界"呈现给我们，在这里"纯粹情感的领域能够得到吐露"。在《哲学新解》中，她举的主要例子是音乐。她说，音乐是"我们内在生命的神话——是一个年青的、有生命而又有意义的神话，它源于晚近的灵感并且正在成长"。在《情感和形式》（1953）中，她把她的符号变化说详细地应用于其他的艺术上去。

一切艺术都具有意义，或者表现得更确切些，都具有被称为"内在含义"

的东西。例如音乐就有

> **内在含义**，这种含义是感受性的图案——当生命被感受、被直接地认识时，这内在含义又是生命本身的图案。因此我们不妨把音乐的旨趣叫做音乐的"有生命的内在含义"，而不叫做"意义"，这里所谓"有生命的"并不是当做一个含糊的赞美词来使用，而是当做这样的一个形容词来使用，它将"内在含义"的关系局限在主观经验的动力论中。

一个花瓶，一幅绘画，甚至一张抽象的构图都有它的内在含义。这类作品所呈现给我们的，不是实际的情感，而是"诸种情感的观念"，使我们通过艺术去认识"具有感受性的生命"。

但是朗格夫人提醒我们，不要把这种情感生命的幻觉和情感的直接复制那样极其粗糙的东西混淆起来。的确，由于艺术家并不给予我们一个直接的复制，所以他也不须在实际生活中经验到他的作品所表现的情感。他在明白表现自己作品时，甚至还会发现情感上的新的可能。"因为，虽然一件艺术品显示主观性的特征，它本身却是客观的；它的目的是使情感的生命客观化。"

总的看来，朗格夫人的论点给符号论者的艺术观作了一个敏锐的和富于诡辩的说明。她给予诗的最高赞美是诗应该"全然是表现的"。她在《情感与形式》中对若干诗篇作了详细的分析。她对短篇抒情诗的分析，比她对较为复杂的诗篇的分析更有说服力。

从消极方面看，朗格夫人关于符号形式的学说的阐述是值得钦佩的。她令人信服地警告我们，既不要将先入之见加在一首诗上；也不要离开上下文把原来可能安放在诗中的任何"陈述"揪出来；更不要要求一首诗应该是一个政治的或哲学的文献，符合于我们自己的政治的或哲学的见解。然而，朗格夫人所发展的符号形式说，即便是作为另一种"对于科学的解答"，毕竟还是冒了要求过低同时又要求过高的风险。

这个学说在强调"感受性的生命"是诗的主要图案时，就冒了要求过低的风险。朗格夫人小心地区别了诗中所说出的情感图案和诗人自己的情绪倾吐，她避免造成诗人仅仅突出主观经验的概念。

与此同时，符号形式说也冒了要求过高的风险。朗格夫人主张，华兹华斯所具有的"伟大思想"只有在为华兹华斯的一首诗产生情绪时，才成为必需的，犹如牡蛎里面的一粒沙子只有在产生一颗珠子时，才成为必需的。但是思想用以引起诗人的敬畏的力量，很难区别于它用以诱导读者的敬畏的能力。因为假定诗人凭着他所感受的**任何**一个观念，都能写出很好的作品，就会引向这样的结论：这些观念都没有重大关系——或者是在结果相同的情况下作出假定：诗人是一种神，能够从整块布上制造出他的种种意义。

四、卡西尔和朗格关于诗和神话的区别的主张：今天新"神话"批评家所从事的将诗溶入于神话——弗莱（Northrop Frye）与文学批评上升为一门社会科学——切斯（Richard Chase）与诗和神话的等同——斐德勒（Leslie Fiedler）与回到诗人的传记

虽然卡西尔和朗格夫人都对诗和神话的关系很感兴趣，虽然两人都借神话来表明符号形式的理论，但是两人又都非常细心地区别神话和诗。而我们时代的许多批评家却更加勇敢地……抓住神话和文学的关系，给批评提供一个新的门径。

现在要讨论的这些新的"神话"批评家，似乎对心理学上比哲学懂得更多。他们还受到过去五十年间人类学研究的重大影响。每一文化的起源都含有神话、宗教仪式和诗——这个发现或再发现给予他们以深刻的印象。他们讲得娓娓动听：人所特有的地位和生活状况以人的这些表现形式开始，并在这些形式的影响下发展。现代的神话批评家似乎更加不能忘记以下一个明证：原始人仍然潜伏在我们每一个人的内心里；二十世纪的公民每天早晨开汽车出去工作，和三千里外一家商号用电话做交易，而且每晚在睡梦中再度创造古代神话的那些原始符号。从这些情况来看，神话就好像给诗提供了在敌对的科学入侵时的一个不可侵犯的避难所。

神话暗示着一个新途径，来研究"想象的规律"。朗格夫人自己乐于同

意下面的看法——由于这些规律是"符号化的真正正确的法则",因此可以公正地说,"弗洛伊德是第一个从事于""这些法则的系统研究"的人。那些希望在神话里找到艺术创造的秘诀的批评家,援用了大量的诗和梦的共同特征。被弗洛伊德称为"梦的作品"的过程,显示和"诗的作品"有着种种惊人的相似。两者都具有"凝聚"(综合若干形象为一个形象),"移置"(将整体所蕴含的基本意义灌入某个显然无关重要的部分),和"广泛限定"(将若干很不相同的意义集中于同一部分,使它不仅具有一个意义)。在诗和神话中,常以若干形象的并列,避开或超越逻辑的关系。不仅弗洛伊德,还有其他许多的心理学家,如卡尔·荣格,以及一些文化人类学家,对于诗的研究都已提供若干积极的和特殊的方向。

在诺斯罗伯·弗莱看来,这种发现第一次指出了文学批评可能成为一门真正科学。他认为,真正的科学决不能满足于停留在它所研究的对象的结构分析上。诗人只不过是诗篇中的**活动**原因(efficient cause),然而诗篇既有它的形式,也就有了一个须待探索的形式原因。弗莱经过考察,发现这个形式原因就是原型。

弗莱所谓的"整部的"文学史,是从原始的走向矫饰的过程,因此弗莱隐约窥见这么一种可能,即把文学看作在一个原始文化中能加以研究的那群相当简单的公式的复杂化。这一可能,使种种原型的探索,成为一种"文学的人类学,这门学问是要研究如宗教仪式、神话和传统故事等前文学范畴,如何向文学提供消息"。

弗莱不仅直接领悟到,"在其他部门的社会科学中"有文学批评的地位。他还作出一些建议,要通过一个相当于生产的技术过程进行批评工作。在处理一篇须待研究的文字时,有关的文学专家们须作如下的安排:首先是校勘("把文字给我们整理清楚"),跟着是修辞学家和语言学家,文学的心理学家,文学的社会历史学家,哲学家和思想史家,最后在这过程的末尾,是文学的人类学家。弗莱在论及艺术作品时,很有理由地把它看作一个"产品",一个有机的商品,它能够被选择、区别、分类、分等级——弗莱关于诗如何产生所提的意见,多少支持了上述的看法:

修改是可能的，但诗人所以要修改，不是因为他喜欢这些改动之处，而是由于它们本身是较好的——这桩事实意味着诗篇，如同诗人，是生出来的而非制造出来的。诗人的工作就在于尽可能不加损坏地把诗篇生出来，而且倘若一首诗是有生命的话，那么它也同样地急于要摆脱诗人，并且尖声叫喊，要求摆脱他的个人记忆和联想、他的自我表现的愿望、他的自我的一切其他的脐带和喂乳管。批评家就是要接手诗人丢下来的事情。

在这个生动的比喻里，诗篇显然是婴儿，诗人是母亲，批评家是接生者和护士，她告诉母亲这婴儿是男的还是女的，把它洗干净，让它出现在世界上，并且也许还给它进行一个人类学的分类和记录身体各部的尺寸。从某种意义上说，批评一直关心的主要问题是：诗篇是"活的"呢？或者只是一个文献，僵死而无生命，只是一次"陈列"，而毫无文学价值呢？通过上述的途径，批评就有希望置身于其他种种社会科学之中，而这一希望也使进一步探讨弗莱的比喻所提出的问题，成为正当的事情了。因为批评既然成了一门社会科学，它是否将小心谨慎地作出评价和促成规范性的判断，便成为一桩关系重大的事情。简言之，批评的目的难道就是纯粹地描写、不作评价的社会科学吗？可以看出，这样的结论只是旧的历史主义的一个新变种。

依照理查·切斯在《神话探讨》中所发展的论点，"神话"显然是一个价值名词。一首具有颤动活力的诗，是神话性的，反之亦然；因为切斯绝对地把诗和神话等同起来。他写道："神话只是艺术。"他认为，诗和神话起源于相同的人类需要，代表同类的符号结构，赋予经验以同类的敬畏和不可思议的奇迹，产生相同的净化功能。不过严格说来，这最后的名称是被误用了。这里，切斯以自己关于驯服野兽的比喻，代替亚里斯多德关于净化的隐喻。他说，"那些非人性的强大力量，曾被禁闭，并为基督教的工具所驯服"，而我们则被迫成为这些力量的保管者，不管我们愿意与否。那用来禁闭它们的笼子，已被打破，笼里的野兽已经逃跑，如今正潜伏在人的无意识的深处。

艺术家显然是猎犬，他使野兽受惊，走出丛林；他的艺术则是笼子，将捕获的野兽关在里面。并且也有人设想，艺术又是台座和鞭子，而驯狮的艺术家用来迫使狮子在座上站立和安然坐着，服从驯狮者的意志。然而切斯所用的复杂形象，并不会使他所确定的诗的功能变得完全模糊不清。诗的力量并不建筑在教条上，因此能于打破教条之后而继续存在。假如神话曾一度驯服了那些藏在人们内心的破坏力量，假如神话只是艺术，那么今天艺术也应该能够为我们驯服那些力量。

切斯非常反对神话本来含有信仰这一命题。切斯好像在说，信仰与神话（诗）之间从未存在任何真实的关系。这个主张几乎是英勇地不顾一切地说出的。然而不难看出，为什么切斯要坚持这个主张。如果这一论点能被证实，那么它就能回答今天许多人必然会提出的一个问题，那就是：倘若具有高度理智的现代人事实上不再相信神话了，那么他从神话所固有的力量中又能得到什么好处呢？可是，倘若神话"只是艺术"，那么问题就解决了。

对列斯雷·斐德勒来说，神话所提供的远景引导我们一直回到内情研究上去，结果就是回到传记研究上去。斐德勒十分反对近来批评上的"形式主义"趋势：侧重一个"与个人无关的艺术"，侧重诗篇本身而不侧重关于诗篇背景的研究。他要重新肯定诗人性格的重要性，以及诗人的"意愿"的相对意义。

与此同时，研究诗人的反应——研究他的表现方法，以及如何通过表现，把个人"签名"印在原型上——将迫使批评家充分利用诗人的传记。按照斐德勒的想法，一首诗不是一个认识的对象，而是一条线索，引向诗人心灵上的一个事件。我们的诗人也许不善言辞，也许忙于他的内心的斗争，来不及停止下来而在纸上写点东西，这种情况有时会危害，有时也不会危害他作为真正诗人的地位。

在（诗人的）生命的面具下，在他的作品的种种面具下，诗人给整个社会表现出它的种种无声自我所具有的宗教仪式的意义；艺术家的活动，不是"为他的种族再度创造意识"，而是挽救种族的无意识。我们已不能回到那些未曾堕落的原型的原始乐园中去，但是我们却能驰情于那些意味着乐园复得的梦境和意象中。

斐德勒在同一篇文章里写到，诗人能够将我们带回"他的无意识的核心，在那里，他和我们在我们古代诸神的面前，合而为一，因而我们就以为自己不再相信那些寓言中的主角了。"……然而，我们到底是相信还是不相信呢？

五、其他的应用神话研究于文学：鲍德金（Maude Bodkin）

斐德勒和一般神话批评家们所提出的、较多属于文学性的问题，可以用下面的话来表明：他们有否在他们关于神话和梦的心理研究中，找到了一个解释诗歌的权威性的线索呢？诚然，他们带着人们找到这个线索时的兴奋写文章。但是他们的主张并不连贯，并在某些论点上是相互矛盾的。

我们考察某些晚近的"神话"批评，已经看到它们所强调的多么不同：弗莱认为诗篇几乎可以说是有一个丑陋的"自身生命"；另一方面，斐德勒则以为诗篇的重要，在于它是诗人生命中的一个事件；切斯更侧重读者所受到诗篇的医疗作用。然而，神话研究的文学作用，却能够被坚定地集中在诗的本身结构上。莫德·鲍德金的《诗中的原始模型》出色地论证了这种可能性。她关于原型的概念是：由于种种意象被赋予如此普遍的意义，被如此深刻地植根于人的内心中，所以它们必然将它们许多的意义给予了过去的诗人和读者。那留给现代心理学家的工作，只能是用一种特殊方法，来说明较早的读者从某种意义上已经直觉到的东西。

鲍德金小姐不愿意让"作家的意愿"压制作品的意义，承认意义有可能在一部作品的组成因素中成长起来，因此作品本身的意义就有发展的可能性。但是她尽量避免暗示，一种新的"原型"批评现在将代替我们所知的批评。关于原型的知识可以看作新的艺术材料的获得，或者旧的艺术资料的丰富：它扩大了诗人的（和读者的）潜藏着的资源；然而它不是一个"新的"组织或解释的方法。

六、荣格对现代文学批评的影响：他关于"有目的的"神话和梦的概念，他的应用"认识"批评于神话和梦

卡尔·荣格对晚近"神话"批评的贡献，比任何人都要多。他对待神话在我们内心生活中的功能的严肃表现之一，在于他坚持必须细心区别各种神话，甚至各种的梦。他并不说"巧练地"做梦，或者"雄辩地"做梦，但是他的确肯定一个人有时候能够"有意义地"做梦。假若无意识在梦和神话中的活动，不仅是心理错乱的一个征兆，而且"有时候"至少是一个有理智的和有目的的安排，那么所有的神话和梦就不是一样的；某些显然比另一些更有目的和意义。上述的这一判断，含有对神话和梦进行一种认识性的批评和解释。荣格还认为，"有目的"的神话和梦所具的功能，不仅是，或者主要是为了净化；它也给予人知识：梦给予我们关于我们自己的知识。

荣格这样强调也许说明一件事实：在晚近的文学批评上，他比弗洛伊德产生了更直接的影响。荣格（和弗洛伊德及其对诗所作的"精神病的"分析对照起来），使认识批评用在梦上更为恰当。

"显明的"梦中图画就是梦的本身，并包含"潜在的"意义。如果我在小便中发现糖，它就是糖，而不是一个隐藏着蛋白质的东西的表面。当弗洛伊德说到"梦的表面"时，他实际上不是指梦的本身，而是指梦的隐蔽性。……我们所以说梦有一个伪装的表面，只是由于我不能透视这个表面。我们还不如说，我们面临着的事物就好像一篇读不懂的文字，这不是因为它是一个表面，而是因为我们还不能读它。

他所描写的某些梦，是很精细的符号结构。它们的各部分是按照一个"想象的逻辑"来安排的，因此在一个真正的解释者看来，是有连贯的、可理解的。从某种意义上说，它们就像若干诗篇，解释者的任务——假如我们就荣格在他自己已经发表的分析中所运用的步骤来判断——就类似文学批评家的任务。例如，关于一个特别细致的梦，荣格将会写到，它"谈到宗教，

而且它的本意就是要这样做的。……"还有，解释无需什么秘诀：梦所使用的种种符号，显然是"公共性质的"和有传统的——并不像人们所想的那样地隐蔽。荣格解释梦时的种种的凝缩、并置和符号的含混，都非常类似现代文学批评中所遇到的。

荣格写道："一个伟大的艺术作品就像一个梦。"他举出两方面来说明艺术作品确是如此："尽管外表上都一切了然，它本身并不能进行说明，也决不是毫无歧义的。"这就是说，诗篇不作任何的规定；诗篇或梦决不说，"你应该"或"这就是真理"。诗篇犹如梦，要求我们作出自己的解释，因为诗篇拿出一个意象，"很像自然听任一个植物生长起来，而我们必须得出自己的结论。"

七、荣格关于梦和艺术作品的区别——他关于心理学家所能贡献于文学研究的叙述

荣格对诗篇的看法上，在几个重要的方面和符号主义理论家是一致的。一首诗是有机的，充满了含蓄的意义，它的各个部分之间的关系会超出理性安排的关系——会包括若干显著矛盾的调和。假如我们将他在梦上面所强调的那种紧张也加诸诗的话，那么他和现代诗论在矛盾调和上的一致就更加明显了。他告诉我们，心灵的力量，包括"对立物的活动"。心灵的健康成长，包括通过"对立物活动所具有的紧张"，来粉碎意识中的种种狭隘状态，以及由此而建立起来的一种"较广、较高的意识"状态。

到目前为止我们强调的是诗和梦的类似。事实上，荣格对两者作了严格的区别。梦是由无意识形成的，而诗尽管可以出自人的内心深处，却"显然具有意图，是有意识地形成的"。此外，荣格还细心区别心理学家对诗人的研究和他对诗篇的研究：

> 真实的情况是，（弗洛伊德的艺术观）使我们离开对艺术品的心理学研究，而面向诗人本身的心灵气质。我们固然不能否认后者提供一个重要问题，但是艺术品本身有它的存在理由，不是随便可以否定的。

因此，心理学家（假如愿意的话）也能够研究诗篇，而不仅仅研究诗人的心灵。

荣格首先为我们作出两大类文学的区别。一种是他称为"心理学的"文学，它

> 总是取材于人的有意识的经验的广大领域——我们不妨说是取材于生命的当前生动景色。我把这一种艺术创造方式叫做心理学的，因为它的活动没有一处超越了心理学理解的范围。……
>
> 在研究艺术创造中心理学的方式时，我们决不需要问自己，它的材料是由什么组成的，或者材料的意义是什么。

但是，当我们接触到梦幻的创造方式时，上述的问题便压到我们头上来了。

> 我们吃惊，茫然失措，戒备，甚至感到厌恶——于是我们要求阐述和解释。我们被提醒的，不是人的日常生活，而是梦、夜间的恐怖以及精神的阴暗的秘奥，它们有时候使我们感到疑惧。

显然，梦幻式的文学需要心理学家为它服务。首先，依照荣格的意见，心理学家能够指出，"我们必须至少同样严肃地对待（梦幻）和作为艺术创造中心理学方式的基础的经验"，亦即"既真实又严肃的"经验。

其次，心理学家能够指出，梦幻的艺术家所处理的"夜世界"尽管可以是"阴暗的"，但"它并不是完全陌生的"。后面这段话值得强调一下。倘若梦幻的艺术家所处理的对象**完全**是陌生的，亦即真正是私人的和怪异的，那么它的表现也许对艺术家自己有价值，也许为心理学家提供一个有趣的症状研究，但是它将不会成为一件艺术作品。而事实却是，夜世界在某种意义上是我们所有人的世界，而且心理学家能帮助我们看到这一点。

心理学家的工作因此与其说是解释，毋宁说是辩护。有人指责艺术家所

看见的只是某种个人心理失调的症状，指责他的一些符号只是主观地歪曲荣格所谓"理性贩子们"所制造的世界；应该为他们洗刷掉这些指责。荣格的后期著作很少讲到关于解释工作的详细"方法"。他的明显含意是反对心理学家有可能从文学批评家那里取得任何特殊的"方法"，或者由自己来代替批评家。荣格讲得很明白，"梦幻的"文学包括我们所有的某些重要文学——《白鲸记》[1]和《神曲》。

早些时候有人问，新"神话"批评是否拥有解释文学的特殊秘诀，荣格对这个问题的回答似乎是一个坚决的否定。文学批评家能够知道人们是什么，人们如何行动，特别是人们的精神如何工作。他显然可以从这些方面得到启发。他如能获得关于人们用以表现自己的种种语言的任何知识，那么他也会感到它们是有价值的——这并不限于拉丁语、法兰西语或古代北欧语，也包括现代人类学家、或深度心理学家、或比较文学的学生使我们注意到的符号主义中所时常出现的那些图案。他由于学习这些符号的语言，将会重新懂得人是怎样地相互不同，却又怎样地始终是一样的。荣格在这个知识领域里提供了使人鼓舞的——甚至兴奋的——各种观察，但是据他自己供认的，他的贡献似乎增加了关于人进行符号化的过程以及人往往用来表现自己的那些伟大的、远古的符号——那些原型等方面的知识。

本文作者威廉·温舍特、克利安斯·布鲁克斯，伍蠡甫译
发表于《现代外国哲学社会科学文摘》1961年第1期

---

[1] 美国Herman Melville所著。

现代西方文论漫谈

现代或二十世纪的西方文学诸流派及其批评理论，都和一定的社会历史背景以及哲学思潮相联系，关于这方面，我国已有不少文章作了分析和介绍。本文对于二十世纪初到六十年代左右若干重要的文论流派，只拉拉杂杂地谈些感想。由于个人可以借阅的有关外文书刊实在不多，所涉及的也很不全面，有的甚至过时了，加上个人水平所限，错误之处，希望读者指正。

现代派和现代西方文学

对现代西方文论的研究有助于深入了解现代西方文学。但在概念上似乎须要明确现代派和广义的现代西方文学是否一回事？现代派的范围如何？有何主要特征？它始于何时？现在是否还继续存在？关于这些问题，西方批评界的看法也存在分歧，这可能是以下一些原因所造成：在外（英）语里，"近代"和"现代"同属一词，而相差可以是几个世纪；现代某些新的流派历史不长，它所从属的"现代派"便被认为已经消亡；"现代"和"当代"界限较明，而从当代来看现代某派，也会感到"现代派"在消亡。下面举些例子，以供参考。

第一，哈·列文（1921— ）的《什么是现代派？》，写于一九六〇年，题目里的"是"为过去候动词，因此给人的印象是，现代派大概已消亡了二十多年了。

第二，另有一篇论著，主张中世纪以后五六百年的文学都可称为现代派，理由是根据美国诗人 E. 庞德（1885—1972）所提出的标准"有所创新"

（make it new），认为如果以此来衡量，那么二十世纪西方文学还是在走这条道路，因此文艺复兴以来的文学都可称为现代派。

第三，也有以作家、作品所含的"青春、朝气或生命力"为现代派文学的标志，这"生命力"或者来自过去，却能持续于新时代，或者为作家本人所固有。艾伦·摩尔斯的《残存者：活在二十世纪里》就是根据这个标准把现代派分为两个类型。一个类型以托马斯·曼、叶芝、瓦莱利、乔伊斯、里尔克、萧伯纳等为代表，认为他们是从十九世纪末颓废主义文学中演变出来的一个世代的作家，"将过去了的时代转化为复得的时代"。另一类型以德莱塞（1871—1945）为代表，企图探讨思想和意志、个人爱好和行为之间的关系，结果则是内在的、无法摆脱的生命力形成了他的主要特性，要求绝对地维护自我。因此，他于1920年在给他的《美国的悲剧》所写的小结中说："我所爱的，就是这部作品本身。……说得坦率些，我不想和任何作家竞赛。我的事业不是争夺，而是一项工作，一项不折不扣的自我表现的工作。"同一类型的另一个代表为普鲁斯特（1871—1922），他是一位柏格森的信徒，探索着意识和时间、记忆和自我之间的关系，而以本能为最可依靠的认识力（见后）。他曾写道："艺术家应服从他自己的本能。正是这个'人的'本能，使艺术成为最真实的事物，人生最严肃的一课，最确实可靠的最后审判。"这两个类型的作家属于老一辈的现代派，其高潮在二十世纪的二十年代。摩尔斯根据以上看法，把德莱塞和普鲁斯特并列为早期现代派。他对德莱塞的认识，和我们太不同了。

第四，美国费城的恭伯尔大学出版的《现代文学杂志》主编莫莱斯·比伯在《什么是现代派？》（该杂志1974年6月，题目中的"是"亦为过去候动词）中认为，倘若不谈存在的年代，而单看内容，则现代派包含两个极端和一条中间路线。一个极端是意在重建宗教信仰的现代文学，另一个极端是给个人主义、无政府主义的文化进行辩解的现代文学，而中间路线则摇摆于信仰和困惑、确信和怀疑之间。如果就作品的语言和表现方式而论，上述三方面的现代文学都有共同特征，即冲破传统以丰富形象塑造，犹如立体派绘画以多方面的观察和表现代替传统的二度空间的局限，从而赋予错综复杂的对象以同时性，使之同时发生、同时存在，大大地增强描写的效果。作者特别介绍约瑟夫·佛朗克的《现代文学中的空间形式》，认为这是一本理解现代派的"美学革命"的必读书。书中强调整个现代派运动的一个特点，就是力图避免个别的、单独的形式所造成的局限，进而超越艺术本有的短暂性、非永恒性（指空间艺术而言），最后做到在可塑性、成形性上表达出错觉或幻觉。关于后者，阿诺尔德·豪泽尔在其四卷本的《艺术的社会史》的最后一章中说：二十世纪以来最有特色的艺术形式就是把叙述的、视觉的效果以及音乐配合这三者联系在一起，使空间和时间打成一片，全神贯注在形式上，乃现代派最为主要的显著特征。比伯本人更在《〈尤利西斯〉和现代派时代》一书中介绍了《尤利西斯》作者乔伊斯关于现代派所举的四个要点，认为这四点很值得研究，并且可以从这四点给现代派下一定义：一个流行于国际间的敏感性（sensibility）；它支配着从十九世纪最后二十五年到一九四五年左右的艺术和文学，或者说从一八七〇年印象派绘画的发展和亨利·詹姆斯的小说开始，直到二次世界大战的艺术和文学。那么照比伯之说，现代派在四十年代也已结束了。

至于乔伊斯所举现代派的四特点则为：（一）着重文学作品的构成形式，因此"一首诗的本质应该不在涵义，而在构成（be）"成了现代派的名言。（二）坚持超乎一切之上，不承担任何义务。（三）不再像以前那样，为了信仰或与神沟通而运用神话，而是当作艺术手段，使虚构发展为任意所之、一切武断，以增强文艺对观众、读者的控制。（四）犹如印象派所坚持的，观察者比观察对象更重要，文学作品须通往大千世界中的唯我的世界。今天我们看来，乔伊斯所举四点似乎可以归结为唯我论和形式主义。

第五，还有人认为唯我论在现代派的发展过程中愈来愈突出，并导致现代派的消亡；抱着这一观点的为理查德·华森。他在《漫谈新感受性》中认为后期现代派作家如艾里斯·麦铎克、托马斯·品琴、罗伯-葛利叶等都主张为了表达自我，无需使用像乔伊斯所谓任意的、武断的艺术形式，而应该恢复语言原有的功能，只有这样，才能使文学"精确地处理以下的主题：人或我在充满偶然性的世界中所处的地位，那就是人有完全自由并且出于本能，去对抗一切经历和遭遇"。华森进而指出，自我对现实的斗争被描写得越全面，现代派的时代也就更快地走到它的尽头。他认为美籍苏联作家诺卜科甫（1899—　）专事缀合小说、诗、神话和猜谜，这样的作品虽被称为创作的自由和自主，其实就是整个现代派的时代终结的标志。

第六，诺门·勃多列兹[1]在《文学的永恒之火》中谈到现代派无异文学的死亡，以及向往新宗教与想象的文学。他说，五十多年前艾略特（1888—1965）就曾讲过小说已经死亡，（二十世纪）三十年代威尔逊[2]宣称，诗成了"即将死亡的技巧"；目前则流行一种看法：印刷的效用赶不上电视，书本将愈来愈陈旧，好像羊皮纸上的手写稿了。有些"先知"们竟希望文学死亡。批评家波里尔就对现代派小说十分反感，他说："假如我不曾答应给这种小说写评论的话，我是不愿把它看完的。"不过，勃多列兹认为也还须看另一方面：现代主义运动的作家们都是仇恨"资产阶级社会"（原文有引号）的，正因为他们是被异化了的，所以时常能看到一个超然独立的远景，从而感到自己目前是与世隔绝了。但是，再过几十年，资产阶级社会的反对者将和现代派联合起来，逐渐在文学领域中形成共同的宗教信仰，而且就在这里想象的文学有复兴的希望，因为很难相信世界上不会再有使人愉快的语言文字，也不会再有故事的描绘。勃多列兹总的意思是现代派虽受谴责和诅咒，但未被骂倒，今天仍旧存在，希望几十年后将有什么"想象的文学"取而代之。

第七，此外，还有从社会学角度来解释现代派的，例如美国社会学家丹尼尔·贝尔，"认为西方的主要对立是文化价值观念与发挥技术、经济效率的必要性之间的对立，这是西方将来不得不经受的一场考验"，而"促使文化思想发生这种新变化的是独立的反资产阶级艺术，即所谓的现代派艺术"。[3]按照这个论点，现代派可以说是现、当代西方文学艺术的主要倾向或主流，并正在发展中，它不是过去了的，而是有其未来的。

---

［1］　美国文评家，《评论》报编辑，著有《五十年代及以后的美国作品》。
［2］　威尔逊（1985—　），英国文评家，宣扬象征主义和精神分析学在文学中的重要作用，代表作有《阿克塞尔的城堡》(1931)。
［3］　库特·宗特海默尔：《西方文明的未来》，《国外社会科学》，1980年第3期。

从以上很少的资料，我们知道西方评论界关于现代派文学和文论的时期和范围，还没有完全一致的看法，或者说它开始于文艺复兴，或者分为前后二期，而后期也已过去，或者认为现代派在消逝之中，或者说它将来大有文章。按照这些意见，在广义的西方现代文学和现代派之间，似乎没有完全画上等号。我们研究西方现代文学时，西方评论界的有关看法也还是值得参考的。至于西方现代资产阶级文学的一个总的轮廓——逃避现实，宣扬意志自由，并强调下意识，从而追求自我表现，此路走不通了，或者皈依上帝，或者搞些语义分析与结构研究，或者流为荒诞，而自我和形式主义则可以说是最为本质的东西——这样一个轮廓，也许是现代西方文论诸流派所共有的吧！

文论的思想渊源和思想会合

现代西方资产阶级文学和理论批评，流派虽多，但其思想主要导源于唯心主义哲学，这个根子远一点可上溯到康德（当然还可再远些），近一点则是十九世纪唯心主义哲学、心理学的若干流派，这里想举出实证论、经验批判主义，以及唯意志论、生命哲学、精神分析学（当然不限于以上这些），其中有主张内心体验的、主观自生的经验论，有强调意志、本能、直觉、无意识的非理性主义，而它们之间也有相通之处。

康德把世界割裂为现象和本体，后者又称物自体、意志自由，或上帝的自由创造，它不以人的意愿为转移，而且是不可知的；于是人只能认识现象，而且须凭先天的理性的知识，亦即先验的感性形式和逻辑范畴，从而理性低于意志，并给上帝的存在和宗教信仰留下地盘。康德的这些观点和思想，可以分别在现代西方某些文学批评流派中找到深浅不同的影响。例如他把意志自由、上帝的自由创造称为"自然"（不是我们所说的客观事物及其规律），认为"自然美是一种美的事物，艺术美则是对这种事物的再现"（《判断力批判》第43节），进而强调艺术天才所含的自由与非理性因素（他另一方面又肯定天才的理性因素，因而自相矛盾），这样就给十九世纪末开始的颓废主义主张随心所欲地自由创造，提供了理论根据。再如"一个美的判断,只要夹杂着极少的利害感在里面,就会有所偏私而不是纯粹的欣赏判断"(《判断力批判》第2节),则特别有利于唯美主义的"为艺术而艺术"的批评。同时,"美,它的判定只是以一单纯形式的合目的性,即一无目的的合目的性为根据的"(同上,第15节),更预示着唯美主义向形式主义的必然发展。此外,康德谋求沟通"现象"和"本体"而陷入二元论或唯心的一元论,相应的情况则出现于象征主义批评,它力图为诗人的心灵从永恒世界获取感觉印象,并用以象征这个世界的神秘,进行辩解,因而实际上它也就必然倒向神秘主义,充当了文艺批评中唯心的一元论者。十九世纪末唯美主义、形式主义、象征主义、神秘主义等颓废派文论,无异于在给康德唯心主义哲学作宣传。同时,它们更为二十世纪以来西方现代资产阶级文论开辟道路,因此后者又是如何受到西方现代继续发展的唯心主义哲学的影响,也有探讨的必要。下面试从唯心论哲学中的实证主义和非理性主义及其发展,来分析西方现代文论若干流派的观点,以及二者的会合所带来的若干流派之间的相通或相似之处。

实证论的创始人孔德只承认主观的经验,称其为"实证的"、"确实的"事实,而对事物的本质、客观世界的规律,则认为不可能,也无必要去认识,把从事这方面的研究称为"形而上学",实际上是鼓吹不可知论或主观唯心主义。实证论继续发展,到马赫和阿芬那留斯的经验批判主义,则进一步批判经验的客观内容,而把客观事物称为"感受复合"或"要素",乃宇宙的唯一"实在",从而将感觉经验变成纯粹主观的;此外又提出"原则同格",否认离开主体而存在的客体。因此列宁指出:"'实证论者'、马赫主义者……等等,就是这样一种讨厌的烂泥"(《唯物主义和经验批判主义》,第六章)。这种从主观出发,强调经验,也存在于十九世纪末唯美主义和"为艺术而艺术"的理论批评中。例如法国的波德莱尔(1821—1867)提倡艺术欣赏中的感官效能,尤其是诸感觉器官之间的相互作用。又如英国的佩特(1839—1894)鼓吹人生的意义就在于尽量充实每刹那间对美的感觉或感受。英国的王尔德(1856—1900)更认为感觉先于感觉对象,说什么艺术创造了雾,雾方始存在,以及感觉所予的美的"形式就是一切,它是生命的秘奥"。而波德莱尔更进一步论说，宇宙万物互相呼应，互相象征，整个宇宙成为一座象征神秘与奥义的森林，这样就给象征主义的诗论开辟了道路。象征主义诗人马拉美（1824—1898）曾说："诗写出来原是叫人一点一点地去猜想，这也就是暗示，亦即梦幻或神秘性的完美的应用，而象征正是由这种神秘性构成的。"马拉美的弟子瓦莱利（1871—1945）更坦率地写道："诗人传达他所接受而未必了解的东西，因为这东西乃神秘的声音所赐予。"于是乎诗完全变成真宰、上帝的"象征"的结果，使诗成为非理性主义的俘虏。照瓦莱利看来，诗的要求竟然是"悦耳而无意义"、"清楚而无用处"、"朦胧而令人愉快"。他还提出："诗人的任务在于创造出与实际事物无关的一个世界、一种秩序、一种体制。"实际上是宣扬纯诗："纯诗的概念是一个达不到的类型，然而诗人的愿望、努力和力量都以此为理想的边界。"[1]于是象征主义不仅同神秘主义而且也同形式主义携手了。由此可见，在西方现代文论中，导源于实证论的所谓纯粹主观感觉经验是大有市场的，象征主义、神秘主义、形式主义三者及其结合，便是很好的例证，同时也表明实证主义和非理性主义也并非互相排斥。这里不妨看看象征主义、神秘主义、形式主义兼而有之的叶芝的诗论。他认为"感情在找到它的表现形式之前，是并不存在的"。至于表现形式，则为诉诸感觉的声音、颜色、形状三者的统一，而在这统一中，"象征达到了完美的、力量饱和的境地，犹如见了上帝一般"。在这里，声、色、形不再像佩特那样，仅仅满足感官享乐，而是被纳入象征派诗人的主观世界之中，借以象征真宰，赞美"上帝"的光辉，使诗人的灵魂能登"彼岸"，于是乎象征主义与神秘主义完全糅合了。再进一步看，神秘主义批评的代表梅特林克从"虚静"、"寂灭"之感来窥探人生的真谛，而反对理智的柏格森则以"无"为绘画艺术的目的（见后），这一对照说明所谓主观感觉经验和非理性主义又一次碰在一块儿了。此外，当崇尚感觉发展为马赫主义的"感觉复合"时，还产生了以"现代感觉"为文艺主题的未来主

---

[1] 瓦莱利：《纯诗》，丹尼斯的英译本《瓦莱利选集》第7卷，《诗的艺术》，伦敦：路特列基和格根·保罗公司，1958年。

义及其理论。马里奈蒂在他的《未来主义宣言》中提出，现代机械文明所表现的速度、激烈运动、吵闹声音和四度空间相互交错等，一齐诉诸艺术家的感觉，为了描写这样复合的感受，迫使艺术去探索未来的"崭新"的艺术形象，并且认为复合感受要求艺术家须具有"心境的并发性"，才能塑造这种形象。在戏剧方面，则提出了摧毁传统手法、"违背真实、离奇古怪和反戏剧"。至于未来主义的诗论，其中由马雅可夫斯基所代表的，则和最后投向法西斯主义、军国主义的马里奈蒂所代表的有本质区别，前者正如马雅可夫斯基所说，是"语言革命家对革命的赞歌"。由于崇尚感觉以及象征主义的影响，二十年代在诗方面还出现了意象派运动，其组织者为 E.庞德，主持者为女诗人 A.洛维尔，他们认为诗主要描写意象，即人们"在刹那间表现出来的理性和感情的集合体"；它是一种精细的心理活动，所以须善于运用感觉印象丰富的词汇，方能直接而又准确地描写或表达出来，因此每个字眼都力求精当，至于诗的形式，可用自由体或接近散文，但须强调音节性，以增强感染力。这一派从感觉、感觉印象以及听觉出发，着重于形式而非内容。再推而广之，实用主义者杜威（1859—1952）提出经验即艺术，认为艺术体现了日常经验——包括过去回忆与将来期望——的全部涵义，从而恢复人和环境之间的平衡，以实现理想的美。这套理论显然是主张艺术可以缓和矛盾，维持现存制度，同时也说明实用主义对经验的看法是和实证论、经验批判主义一脉相承的。

  这里，连带谈谈新小说派，它的理论根本上也是"感觉复合"论的产物。它的代表罗伯-葛利叶主张人的思想应离开作品，只剩下感觉所给予的人的"姿态"、"动作"以及事物的"外形"、"式样"，此外再加上这样的"人"和"物"在生活中所构成的"情境现场"。在新小说派作家看来，"世界既不是有意义的，也不是荒谬的。它只是存在着，而别无其他了"。"我们对于周围世界的认识，只是片断的、暂时的，文学也只能是为了探索，但又不知道探索什么。"新小说派的思想基础也是非理性主义，其作品也像柏格森所谓的绘画那样，以"无"为最终目的。尽管新小说派也提到凭感觉以占有事物、引起内心回响的艺术手法，但这回响却是"无"而非其他。

二十世纪初，还有一群艺术家和作家，开始在感觉、感觉刺激决定一切的前提下，主张夸张并歪曲形体、色彩和形象，以满足官能的要求，尤其是宣称不应像印象主义那样把感觉只看作被动接受印象的器官，而忽视了它和内心世界或诗人的灵魂的结合，以表现诗人的自我。他们于一九一一年提出表现主义的理论，主张以内心指挥感觉，肉眼则是外界与内心的中介：使视觉的印象诉诸心灵，而化为意象，通过艺术家的个性，方能塑造艺术形象，从而产生拯救心灵的艺术，也就是把心灵还给艺术。表现主义艺术家认为肉眼所看不到的，内心的想象可以看到，并表现出来。它标志着由外的、感官的转向内的、心灵的、自我的，因而强调主观独创。埃米尔·诺尔德（1561—1956）说："一位艺术家的艺术必须是他自己的艺术。我相信，从艺术史的外部说，从来只有一连串的小小的创新，例如画家本人在技巧上的点滴发现，本人如何同工具、素材以及色彩打交道，等等，艺术家从这些方面所学习到的实际上都无关紧要。艺术家在他自身能有所发现，这才是最有价值的，因为赋予他以必要的创作动力。倘若这种创造性的力量停止活动，如果不再有须待解决的困难与问题，无论是外在的或内在的，那么艺术的生命之火就很快被熄灭了。……学习的能力永远不是天才的标志。"马克（1880—1916）和康定斯基（1866—1944）曾发表联合声明："我们捧着探寻矿脉的神杖，巡视了过去和现在的艺术。我们只给那没有沾染传统、不为传统束缚的艺术，进行辩护。所有的艺术表现，只要是自己生长出来，具有自己的是非标准，走起路来无需拄着习惯的拐杖，我们便向它们表示热爱。我们一经发现传统的坚硬外壳有条裂缝，我们立刻加以注意，渴望有股力量将冲破缺口，而见到光明。"他们都以自我的表现为艺术的唯一目的。在文学方面，表现主义作家们大声疾呼："首先须要入神，须要着迷。"随后就接触这个最重要的课题：人只有处于疾迅的、激动的热情中，才能全部把握生命或存在。这很近于柏格森的观点：时间持续、意识绵延的本身就是永恒的实在（见下文）。他们要求自己的生命中有一颗充满炽热而濒于爆炸的心，并在作品中将这样的主观世界表现为：神秘在紧急地呼号，崭新的、猛烈的、年轻而绝不尊严庄重的思想像潮水般地涌出，这一切来得如此猖獗，因而冲撞以至于亵渎美的形式也在所不惜了。他们的描写方式不是安详宁静的，而是暴躁动乱的。他们认为只有这样，作品方能丢开事物的外形，而抓住事物的容易被感觉的本质，尖锐地突出其种种特征。下面试举一些表现主义作家的作品主题。第一，远离现实，更远离人的心理，后者和人体解剖学一样，并不能揭示人的本质，因为人乃"永恒的上帝之声的反映或投影"、现实终不免于错误，心灵着迷才显现真理（P. 库恩菲尔德，1889—　）。第二，时间的范围是不可知的，而时间所紧握着的是命运，只有命运永恒存在，因此以为过去能转向将来乃是错误的观点，只有认识了现在是一不可分翻的时间整体，现在才真正存在着（H. H. 查恩，1894—　）。第三，人生的目的是向黑暗作斗争，但战斗的双方与其在论辩、谴责和反驳，毋宁表现为人和他的内在的自我进行对话（E. 巴拉黑，1870—1938）。第四，世界上一切折磨人类的事物——不同的国家、民族、劳作、疾病、死亡——不复存在了，人已征服了一切，却并未解决人的自身问题，对人来说，一方是文明、文化的荒芜，另一方是莽林和沙漠中的绿洲，双方依然对立着，而来自莽林的能劳动的人战败了有智力的人，人在荒芜的世界里，纵然没有知识，单凭体力还是能够活下去，但是翻转来就不行了（F. 魏菲尔，1890—1945）。总的看来，在表现主义作家们的脑海里，有神秘主义、柏格森主义、弗洛伊德主义以及存在主义等非理性主义因素。至于他们运用的方式、方法，也不妨略举一些例子。第一，把角色、人物从舞台上撵走，好让非人的、非现世的，亦即神圣的心灵可以出台。第二，台上如有人物，他也只能代表某一类型，不应有姓有名，可称为父、子、第一水手、第二水手、秘书，等等，因为人物是当作象征或符号来使用的。第三，为了最集中、最突出地表现疯狂状态的喜怒哀乐，人物的语言须带有握紧拳头那样的力量，因此没有什么语法结构，连接词、冠词一概省略，从句、分句截短，句子中略，几个动词挤在一起；这一切是为了捕取那一闪而过的神迷、狂乱、激动，后者犹如一颗发出飕飕之声而击中靶子的子弹。换言之，须凭借"爆破音的词汇"，才能体现疯狂的表现主义精神。第四，一群旅客大清早从火车站蜂拥而出，可表现为"通过一个弯形的瓶颈而倾泻出来"；街道拥挤，可表现为"像似大便带有血痢"。[1]

  由此看来，表现主义在现代西方文论发展史上的地位是相当重要的，它既剧化感觉经验的主观因素，又强调内心、自我以及人神契合，就这样，实证主义和非理性主义在文艺思想上会师了，而且非理性主义还继续扩大阵地，给后来的文论流派以更大的影响。可以说，表现主义文论起了承前启后的作用。

  关于非理性主义和西方现代文艺创作、文艺批评之间的思想联系，不妨从影响较为深远的柏格森开始。他继叔本华的"生的意志"和尼采的"权力意志"而提出"生命的冲动"，宣扬"生命哲学"，他说，真正的实在是"生命的冲动"的过程，也就是"意识的绵延"或"意识的流动"，就本质而言则为时间之不断前进、变化、创造，因而"生命"在"永恒的创化"之中，物质乃是绵延的停顿或减弱的结果。对于真正的实在—生命冲动、意识绵延、创造的进化，则不能凭科学和理智而只能通过直觉来认识，至于直觉则是一种脱离社会实践、排斥感性认识与理性认识、不受客观世界的检验、不可言喻的"内心体验"。其结论是：世界或真正的"实在"，不是理性的，而是非理性的。他从生命、意识、绵延、创化来阐明他的文艺观。他在《创化论》(1907)中说：艺术家犹如"生命和意识，不断有所创造"，但是"画家（或艺术家）在他的创作过程中不可能预见自己的作品将会是怎样的"，于是"艺术作品中的一切"，被归结为这不可预测的"无"。进而言之，排除任何实际便是艺术的特性，因此"毫无利害感的艺术，却予人以巨大的享受"。柏格森的《心力》(1917)也谈艺术，不妨再引几段："自然、宇宙的创造本身，就是一件伟大的艺术作品，不断表现未可预测的新奇。"然而"被表现在艺术中的自然，其形式是固定的，也是静止的，已不参与生命的前进运动。"艺术只能针对自然被固定化的形式，加以模仿，因此艺术家的观点并非决定性的。"(《心力》英译本，第31页)"艺术家（作家、戏剧家、音乐

---

[1] 关于表现主义，主要参考并引用 J. 毕塞尔：《现代德国文学，1880—1950》第三版，伦敦：麦修恩公司，1959年，第6、第8章；H. 里德：《今日之艺术》伦敦：费伯与费伯公司，1936年新版，第3章。

家、诗人）创作时所首先具有的思想，是某些抽象的、简单的东西，而非物质的东西。他的创作过程是从抽象到具体，从整体到部分，从蓝图到形象。"（同上书，第221页）"诗人、小说家在描写人物时，对后者的思想感情不断产生影响，而其影响如何，非他所能预料。"也就是说，艺术形象塑造反转来影响原来的计划。结果，"在最后完成的形象中，原始规划已不存在了。"（同上书，第231页）言外之意，在作品中思想主题起不了什么作用，表现了非理性主义的艺术观。我们不难看出，柏格森继承康德的无关利害的美感说，同时和唯美派的"纯艺术"以及象征派的"纯诗"、"无意义"、"无用处"等观点相呼应。至于他所谓的生命与意识绵延，则成为意识流小说派的理论根据。这里还应补充一点：最早提出"意识之流"的是美国哲学家、心理学家威廉·詹姆斯（1824—1910），又称"原始的感觉混沌"，认为人可以主动地从中选择自己所注意的部分，从而构成自己的世界；实际上是否定不以人的意志为转移的客观世界及其规律。意识流小说派的代表伍尔夫在其散文集《普通读者》第一辑中说："生命犹如日、月的晕圈，放出的光辉却是半透明的天幕，包围着我们，与意识相终始。小说家的任务，就是在表达这个不可知的、没有边际的精神时，无论它呈现出怎样的变化和复杂性，也应尽可能避免和异己的外在事物相混合。"不言而喻，她所以要避开"异己的外在事物"，就是绝不容许描写"意识之流"以外的一切。谈到这里，想再提一提表现主义，它还强调有所谓"经久不衰、包容一切的巨大激情"，认为这激情所构成的"世界形象都在我们自身"，对艺术而言，也是"幻象、事物的更深一层的形象，事物的纯粹的真实"。从这些论点看，表现主义也和意识流小说派一样，是反对文学描写"异己的外在事物"的。这里又一次说明这面的"感觉复合"和那面的"意识绵延"，在表现主义和意识流小说的理论中找到了共同语言。柏格森讲到意识绵延时，强调记忆的作用、记忆的职责，是积累并保存往事，因此人所创造的人格便以一个不可分割的连续体作为全部生活了。一般认为是意识流小说派的另一作家的普鲁斯特（1817—1922），在谈到他对"现实"的看法时，也受到了柏格森这一论点的影响："现实就是那同时存在于周围的感觉和记忆之间的一种关系。"作家把握这种关系,便不会满足于仅仅描写"事物的轮廓和表面现象"了(《多得的时间》英译本)。可以说,普鲁斯特对"记忆"在"意识流动"中的作用,是深有领会的。

二十世纪初,除尼采的"权力意志"和柏格森的"生命的冲动"、"意识之流"等说外,还有精神分析学派或心理分析学派,也是以非理性主义来影响西方现代文论的。精神分析学派的创始人弗洛伊德认为,人的心理活动包含意识的和无意识的(无意识或称潜意识、下意识),一切心理活动受后者的支配,人具有本能欲望、本能冲动,但是它与现实发生矛盾、冲突而被压抑在无意识领域,不能得到满足,引起梦或精神病的产生;而文艺创作则为被压抑的情欲的升华或一种补偿。具体说来,文艺是无意识、潜意识的象征表现,作品的内容或涵义则是对梦境的象征。文艺的功用犹如"白日梦",在虚无缥缈的创造中满足了人的情欲要求,因而这白日梦的主人便是自我,白日梦的内容环绕着自我的满足这一主题。弗洛伊德写到,小说"以自我为中心",自我乃"每一场白日梦和每一篇故事的主角";"小说里的'好人',都有助于自我,成为故事的主角,而'坏人',则是这'自我'的敌人或对手"。这个心理深处的秘奥——"自我中心"——构成了文学作品主角的典型特征。[1]换而言之,在柏格森看来,由于不能预见的、无法控制的创化,"无"成为艺术的一切,到了弗洛伊德,则因为创作是梦境的象征,更把艺术引入"无意识"的领域中。值得注意的是:无论是绵延、意识、创化或下意识的自我,都使艺术家的灵魂远离现实,但是还未登上"彼岸",投入"上帝"的怀抱;在这方面再加上一把劲,从而把主观唯心主义变为客观唯心主义,或者说促使文艺同"上帝"挂钩的,则有新托马斯主义者马利坦(1882—1973)、奥尔逊等,他们将西方现代文论推进了宗教麻醉的深渊。马利坦在中世纪经院哲学、托马斯·阿奎那的神学基础上,拾取柏格森的直觉主义和弗洛伊德的无意识,提出他的诗论:诗导源于"精神的无意识",也就是"天主";诗既是"天主"对人的启示,又是人对"天主"的直觉的途

---

[1]《创作家与白日梦》,英译本,《弗洛伊德论文选》。

径之一;在诗或艺术创造中,这种直觉可称为神秘的、创造性的直觉;由于"天主"乃"精神的无意识",对"天主"直觉的诗和艺术也像"天主"一般地"无意识",因而犹如"天主"那样超越一切,不囿于任何的对象和目的;最后,诗中的"创造性直觉"使诗终于成为无对象、无目的,而"只有任何目的以外的目的了"。[1] 就这样,非理性主义的集中产物——宗教信仰,被塞进现代西方文论中,并扯起了新托马斯主义的文学批评这面旗帜。

对于西方现代文论的发展,柏格森、弗洛伊德和马利坦的影响之大,并不亚于马赫、阿芬那留斯,因此把生命哲学、精神分析派和新托马斯主义作为现代西方非理性主义的巨大支柱,进而分析西方现代若干文论观点和它们之间的联系,也是很有必要的。

下面就分别谈谈柏格森提倡直觉、排除理智,弗洛伊德强调无意识,马利坦宣扬"天主"、上帝,如何影响现代西方某些文论流派。我们不妨把话分作两头,一头是超现实主义、存在主义、荒诞派(表现主义前面已提到,这里不重复了),另一头是新批评派宣扬宗教的部分。现在就从超现实主义开始。

布勒东(1896—1966)在他的《何谓超现实主义?》一文中写道:"文学就是无意识写作和梦境的记录。""做梦和无意识是心灵的产物。"而文艺的目的就在于表现这个"无意识"世界,发挥"心灵自动性",从而解放"心灵"。"我的主要目的是在艺术中增强纯粹的心灵自动性,排除理智的一切控制,脱离一切美学和道德的成见。"他还强调意识的写作和无意识的写作的区别:"文章的第一句,产生于下意识的思想活动,因此是容易的,但接下来的一句就比较难写了,因为它无疑地会受到我们的意识活动的影响和干扰。"他还解释:这第一句乃"自我"的表现,也就是"不知道要讲什么却讲了出来的话"。接着又说,这超现实的"自我",使生命获得了"通往未来世界的途径",那是一道"看不见的光线",然而"生命永恒却在彼岸"。一

---

[1] 以上引自马利坦:《艺术和诗中的创造性直觉》英译本,《麦里底恩丛书》,纽约版,1955年。

句话，超现实主义文学最后是为了对上帝的直觉与皈依。可以说这一流派的理论融汇了柏格森、弗洛伊德和马利坦三人的部分思想。布勒东更不惮其烦地为"彼岸"宣传一番，提出所谓"人格统一"。他说："心灵的要害（按：即心灵自动性的表现）在于消除生与死、真实与想象、过去与未来、可表达与不可表达、高度与深度之间的对立——心灵本身并不感觉任何对立。"对立消除，意味着"人格统一"。而超现实主义文学"已经推倒了一堵墙（按：指沟通了此岸和彼岸），使感觉力能朝着墙外的人格统一，迈步前进了"[1]。那么，布勒东的超现实主义作品又是怎样体现这"人格统一"呢？他的代表诗作《纳蒂亚》（1928）便是一例。诗中描写自己和名叫纳蒂亚的女子的性爱：什么在后者的浴室"偶然"碰面，什么这次碰面竟成"生命的绝妙的刹那"，等等，原来是糜烂透顶的货色！此外，法国进步诗人艾吕雅（1895—1952）早年曾接近达达主义和超现实主义，1936年在伦敦新伯林顿画廊作《以诗为证》的讲演，支持这个流派的理论，这里不妨引其中的一段话："长期以来，画家们已沦为抄写员的身份，习惯于摹仿苹果（按：指静物写生），变成了古董收藏家。然而正是这个极大的空虚，迫使他们永远静心地坐在一处风景、一件事物、一个形象以及一个主题的面前，犹如面壁那样，把它们复制下来。他们从来不曾渴望表现自己。然而超现实主义画家们却不然，他们同时是诗人，所以常常能别有所思。他们意识到世间种种事物一经建立（按：指既成的事实），它们之间的相互关系就像逃亡犯似的开始消失，而让位于另一些关系了。他们懂得不存在恰当的、确切的描写，也不可能如实地再现一桩事物。然而他们却为了完成以下的目标而变得生气勃勃：解放思想力，把想象和自然结合起来；将一切的可能性看作唯一的现实，并向我们证明：想象与现实之间不存在二元论，人类的精神所能够认识并创造的一切事物，共有一根主脉，像肉和血似的为同一原料所构成，并产生于他们周围的世界。他们懂得艺术的传达或感染乃是一个链环，联系着知与被知、力图理

---

[1] 引自T.S.艾略特主编的《标准丛刊》第43种，《何谓超现主义？》，D.甘斯柯恩英译，1936年第二版，伦敦：费伯与费伯公司。

解与力图表达，以及规划与创造。知就是彻悟、判断、破相与损形、忘乎一切或忘我、存在或不存在。"[1]用通俗的话说，就是讽刺印象派因无"我"而成了自然的奴隶，力主艺术正因为有"我"而后有其生命，但是由于"我"须适应并捉取每刹那间的现实，尤其是尚未被发现的现实，艺术便不得不处于无休止的变动中，终于导致"忘我"或"不存在"了。艾吕雅特别讲到破相、损形，则显然是为这一流派的非理性的表现方式和手法进行辩解。艾吕雅的主要论点，继承了柏格森的"艺术的一切归结为'无'"，同时也响应布勒东的号召：拆了墙使"自我"通往"彼岸"。由此可见，信仰主义或非理性主义乃是超现实主义理论的核心。

下面谈谈特别强调"自我"并赋予极端孤立的地位和悲惨的境界的存在主义的文论，并以萨特（1905—1980）为代表。所谓"存在"，指非客体的"自我"，而所谓"存在先于本质"，则用来论证"自我"的绝对性："人首先存在着，遇到他自身，涌现在世界上，然后他才给自己定性。"因此"人是自由的，人即自由"。尤其是必须通过自由选择的行动，方能产生人的意义，而与此同时，"他人即是我的地狱"。他在《什么是文学》（1949）（据B.弗伦契门的英译本）中指出：作家之"介入"写作，也同样是一种选择，所以创作也是"某种要求自由的方式"。萨特提倡"境遇剧"，主张剧作家"必须简单扼要地表明剧中人物的境遇和他在这些境遇中选择的自由"。此外，萨特强调文学领域包括作家和读者两个方面，而读者也有他的自由选择，作者不仅要加以尊重，而且应向读者提出"吁求"，在双方合作下文学才有完整生命。他对西方文论关于欣赏作为再创造的观点，有所补充；值得注意的是，他的那句"他人即是我的地狱"的名言，这里却用不上了。萨特显然是自相矛盾的，但也不足为奇，因为在别人的文论中有时也是难免的。最后，想提一下，萨特在《言语》[2]中以口头想象来否定写作。大意是：他幼年时认识到通过自己的言语，又叫口头的想象，使生命变得比原来更真实；那时他还不

---

［1］引自H.里德主编的《超现实主义论文集》中艾吕雅对此文的英译本，伦敦：费伯与费伯公司，1963年初版。

［2］英译名为 Words，为《自传》的第一部分，发表于1963年。

会写作，他的言语乃是对自己的生命的象征，而非客观事物的反映与描述，然而生命的象征却比生命本身更真实；因此他虽在幼年，却预言写成文字的作品将因为放弃想象和象征而变得不真实，成为无用的东西了；如今感到自己成人以后的写作只不过是一种习惯，不可能理解写作究竟有什么意义，因为它以不真实的描述代替了真实的想象与象征。这反映了存在主义文论的一个特点：由于强调作家的自我和主观作用，把想象与象征放在反映客观的描述之上，甚至把后者也放弃了。

接着不妨谈谈在西方现代文学中起重大影响的卡夫卡（1883—1924）。一般认为他的文艺思想里既有表现主义，也有存在主义，因为他的作品意味着以极其孤独的自我来对抗周围的现实。本文在这里提到他，也许是比较适当的。他的名作《审判》通过种种非理性的、荒唐的情节，反映出偌多的不合理现象在折磨、摧毁自我及其尊严，从而质问以至于抨击资本主义社会的法制和法庭。他十分愤慨地说："服从不合理的法律，只是为了在不合理的社会中能活得下去，但是法庭本身既然没有是非公正，那么欺骗法庭就不是真正欺骗。"[1]这番话说明《审判》的创作动机。卡夫卡还告诉我们他所受的思想影响："《审判》这篇故事，我写了一整夜……我写的时候……将会从弗洛伊德的思想中获取某些美的事物。"[2]"今天我弄到一部《恺尔克卡德选集》……在这世界上，他和我站在同一方面。他同我犹如朋友一般。"[3]关于他自己，也有一段自白："我尽可能抛开理性而生活。……我不让旁人推我一把，我也不知道哪一条是'正确的道路'。那么后果将会如何？我会不会最后以一庞然大物而被困在浅水中？倘若如此，我至少仍能感到自豪。无论如何，我就是这样干的。"[4]由此可见，卡夫卡不满现实，是和"自我"的绝对尊严感分不开的，因此不说"世界和我"，而说"我即世界"的存在主义，是对他的思想起了重大作用的。

---

[1][2][3][4]《卡夫卡日记》，《企鹅丛书》英译本，1975年。恺尔克卡德（1813—1855），丹麦哲学家，存在主义创始人。他在晚年的《日记》中写道："一千个人的价值高过一个人的价值，这样说是错误的。'1'是最高单位'1000'算不了什么。""我在辩论时把矛头主要指向群众。"

至于存在主义对西方现代文学影响之深,迄今还未衰退的荒诞派戏剧和剧论倒可作为一个例子。这一流派将"自我"和世界的敌对更加深化,把人看作荒诞的"存在",同时吸取表现主义所谓"心灵拯救"而从事于"寻找自我"(按:荒诞派也被称为"寻找自我"的文学),并把表现主义的奇特、变形诸手法更加恶化,于是创作成为以荒诞的手法表现荒诞的存在,而荒诞派戏剧无异乎非理性世界的挂图了。超现实主义、存在主义、荒诞派的文论——这一头就谈到这里。

现在看看另一头:新批评派宣扬宗教的一面(另一面是"有机形式主义",留待分析形式主义这一重要因素时再谈)。现代西方文论中,最后皈依真宰的也非个别现象,例如象征主义和神秘主义就比较突出,然而都并非宗教狂,未必从教会立场出发,但也确有赤裸裸的信仰主义的文评家,那就是 T. S. 艾略特,因此他被称为新托马斯主义者。一九一六年他在牛津讲演法国文学时说:"二十世纪开始出现一次古典主义的一些理想的复活(按指白璧德的新人文主义),大概有以下特征:艺术上的讲求形式和严谨,宗教上的戒律和真诚,政治上的中央集权。……古典主义者的观点,主要被解释为相信人类犯罪的本性或原罪——因此严格的戒律就有必要。"1928 年艾略特正式加入英国天主教,接着就宣称:"基督教的规划、方案似乎是唯一的规划、方案,能赋予价值以应有的地位,而我则为这价值而存在,或为它而牺牲。"

1929 年他更就"人之所以是人"的问题发表意见:"是因为人认识超自然的种种真实,而不是因为他能发明它们"。同时公开承认,他在创作实践中,不能"把自己的诗的欣赏和自己的个人信仰割裂开来"。"世界正在作一试验,要建立有文明而无基督教的一种精神。这场试验将来必然失败,但是我们必须非常耐心地等候它的崩溃,目前则应该为这段试验时间赎罪。"他在《宗教与文学》(见《艾略特散文选集》)中亮出了新托马斯主义的文学观:"文学批评为了完成任务,应当有一个明确的伦理和神学立场。任何时代里,文学批评都由于伦理和神学的统一而存在。在我们的时代里,却没有这种统一,这就愈加须要崇奉基督教的读者们以明确的伦理和神学标准,来仔细检查自己的读物，特别是那些充满想象的作品。"艾略特还分析三百年来英国小说如何逐渐丧失了宗教意义。"在第一阶段，小说按照那时的理解，以上帝为当然，但在人生的描写中避而不谈（斐尔丁，狄更斯）。第二阶段，它对上帝表示怀疑，引起烦恼或争议（乔治·艾略特，梅瑞狄斯）。第三阶段，所有当代小说家（除了詹姆斯·乔伊斯）已不知道基督教信仰为何物，除了是个不合时宜的东西。"于是他无可奈何地主张基督教文学和世俗文学并存，但是希望"文学批评有必要同时注意两桩事：'我们爱好什么'和'我们应当爱好什么'。……基督教徒和文学读者们：懂得应该爱好什么。忠诚老实的人们：不要假定我们之所好就是我所应好。虔诚的基督教徒们：不要以为我们必须喜爱我们所不应喜爱的。最后我希望这两种文学并存。"艾略特贯彻了自己的主张，写过颂扬真宰、上帝的诗篇，如《圣灰星期三》，提供了一条方案以恢复"真正的教会"；《石》，表示自己效忠于英国天主教。

上面简单叙述了实证论、经验批判主义、生命哲学和精神分析学在一定程度上对现代西方文论诸流派的影响。现在则想谈谈在这影响之下，文论中的形式主义倾向的不断发展。本来，康德关于美无利害感以及美的判断与单纯形式不可分等论点，已给这种批评倾向开辟了道路，而在康德以后，客观因素继续被排除于感觉经验之外，这就导致脱离客观现实，无视思想内容，而片面强调诉诸感觉的艺术形式的倾向。由唯美主义而形式主义的王尔德曾说："真正的艺术家不是从感情到形式，而是从形式到思想和激情。""他从形式，纯粹从形式获得他的灵感。""形式乃事物的开端。""形式既诞生激情，也消灭苦痛。"(《意想集》) 瓦莱利则复述象征主义前辈马拉美的名言："人们并不用思想而用语言来写作。"他自己也承认："我的心情最舒畅的时候，会让内容去服从形式，总喜欢为了形式而牺牲内容。"至于意象派将艺术效果完全归于字眼和韵律，也可以说是和瓦莱利有同感的。如果结合乔伊斯所举现代派的第一特点："一首诗的本质应该不在涵义，而在构成"，那么所谓"构成"在这里就意味着脱离思想内容的单纯形式。到了 T. S. 艾略特，则主张文学为特殊的语言形式，一部文学作品乃独立的、与外部世界并无接触的有机体，而文学批评的任务就是对作品进行语义分析，这样，他的新批评派也就必然地以"有机形式主义"为号召了。我们还应补充：艾略特提出"非个人（人格）化"，即诗人必须"不断牺牲自己"，才能通过"客观对应物"亦即事物情景，间接地暗示非个人化情绪；然而，与此同时他又站在新托马斯主义的立场上，认为这种情绪应该与神化或皈依宗教相一致。因此不难看出，形式主义的理论实际上并非主张全无内容，而是仍然以一定的形式反映了一定的思想感情。至于同新批评派的有机形式主义相呼应的，则有瑞恰兹（1893—1980）的语义学派的文艺批评。瑞恰兹全部否定二十世纪二十年代以来的批评理论，认为它们不过是由下面这些东西所组成："几点猜想、提供训诫、许多敏锐却又孤立的观察、若干出色的臆测、过分讲求修辞，以及谈诗而局限于实用、无了无休的诅咒、充满武断、储藏了不少偏见、奇想和编造、全部是神秘主义、一点儿坦率的沉思、形形色色的不由正道的灵感、在'须知'和'概述'中放进不少想象，等等。"（《文学批评原理》）那么瑞恰兹自己又有什么高见呢？他说，诗的价值和批评的任务就在于"使大家牢记，诗标志着语言的最高效用，是人的主要的协调工具，为最完整的人生目的服务；要充分探讨语言在表达思想活动时所具有的错综复杂的程式。"（《柯勒律治论想象》）至于"最完整的人生目的"又是什么？他在《科学与诗》（1926）中有所阐说。他认为"'无'（nil）是诗的将来"这一看法，当前很流行，因此只有科学地对待诗，方能挽救诗的灭亡，那就是通过文学批评，使诗被正确地理解为经验的记录，使诗获得正确的使用和评价。经验包括两部门：一为感情的，出于兴趣的推动，是主要的；一为理智的，是次要的，前一部门通过后一部门而表现为心理上的平衡，或完全均衡。然而"人根本上不是理智的，而是具有一种情趣系统。理智帮助他，但不能有所运转，产生倾向"，而"诗中的言词则以声音和质地（body）首先作用于情趣。……几乎在所有的诗中，言词的声音和它给予的感受，也就是通常所谓的形式，是同诗的内容相对立的，并且首先活动着，它十分细微地、难以捉摸地影响着言辞词的涵义。……我们理解一首诗所凭的主要因素，并非陈述所含的严格逻辑，而是一定时机下的声音的调与质。"读者常常从合乎"自己的情趣的方式以及声音的音调",进而发现思想。所以,强调诗的思想,便难以理解诗所记录的经验。"对于诗的错误理解和评价不足,主要由于过分重视思想。……经验本身,意味着种种冲动的浪潮扫过人的心灵,这才是批准或认可言辞的根源。"概括起来,就是诗记录以情趣为主、理智为次的经验,以表现完整的人生,取得心理平衡、精神协调,其方法则是用一定的语言表达的程式以及言词的声调,首先打动情趣,因此诗"标志语言的最高效用",至于思想内容如何,却存而不论。瑞恰兹指责柏格森所谓的艺术之"无"是不科学的,而自称已经寻找到的诗的科学,则以经验冲淡思想内容,只顾语言的表达方式,不问语言表达什么,实际上仍然是不科学的,是搞形式主义的诗论罢了。接着更有威廉·燕卜荪(1906—),把新批评派和语义学派批评中的形式主义加以耦合,发表《七个含混形态:对英国诗歌效果的研究》(1930),认为"含混"乃"凝缩、简括的一种现象",它构成"诗的真正的根源之一"。"'含混'本身可以理解为你表达意思时犹豫不决,同一陈述或声明具有若干意思。"燕卜荪认为每种含混足以引起快感,称其为"美",但"这种美是无法解释的,它刺激着我,使我感到有痒处可搔,我相信,诗所以给予快感的原因,也正是任何其他事物引起快感的原因。"换而言之,他把诗的欣赏等同于诗中词义的猜测,猜测愈深,快感愈强。

在现代西方文论中,形式主义的影响继扩大,最为突出的是六十年代以来的派别较多的结构主义。它先出现在语言学中,把语言作为一个系统而分析其结构,进而影响文学理论,主张作品的结构等于一切,其代表之一为H. N. 弗拉亥(1921—)。他在《批评的解剖》(1957)中,从绘画的结构分析谈到文学的结构分析。"我们看画时,可以站在近处,分析其笔法和调色刀的刀法的许多细节。……我们站得稍许远一点,对画面的设计才比较看清楚了,可以进而研究画面所表现的内容:观赏那着重写实的荷兰绘画(按指文艺复兴时期尼德兰画家凡·爱克兄弟等)时,宜于采取这样的距离。……我们站得愈远,我们愈能领会这幅绘画的组织或结构。假若和一幅圣母画像保持相当大的距离,我们将什么都看不见了,除了圣母的原型,也就是一个朝着四面八方放射的、巨大的蓝色总体,而其中心便形成注意的焦点。在文学批评里，我们面对一首诗也时常要'向后站'，方能欣赏全诗的基本组织。……我们读《哈姆雷特》第五幕，在开始的时候倘若能'向后站'，那么我们不难看见舞台上敞开一个墓穴，剧中的男主角、他的仇人和女主角走进墓穴，而地面上生死斗争仍在进行。"在弗拉亥看来，作品的意义决定于作品本身的结构形式，而和社会历史以及作者思想都毫无关系。弗拉亥在圣母像的蓝色光圈中看到了艺术品的统一性，他说："艺术品的统一性，是进行结构分析的基础，但是单靠艺术家的自由意志，并不能产生这统一性。……艺术家从事修改，诗人也多所改动，他们并不因为喜欢这样改，而是由于事实上改了比以前好。"但改来改去并不影响作品的总体或结构本身的完整，后者是不以艺术家的意志为转移的。因此，"诗篇犹如人，由于先天生成，而非后天努力。诗人的任务只是发表那尽可能未遭损坏的诗篇，如果诗是有生命的，它也同样会迫不及待地把诗人丢得一干二净，大声疾呼要摆脱什么个人记忆、联想、急于表现自我，以及联系'自我'的脐带与给养管道的其他一切。"形式主义这面旗帜传到了结构主义者手中，其敌视思想内容的态度愈加坚决了，就连现代西方文论几乎奉为最后堡垒的"自我"也要捣毁。然而我们也不能把形式主义和艺术表现形式混为一谈，还须看到，凡是成功的作家都深深懂得形式是有生命的，只要它是真实地、生动地、深刻地反映了思想感情，并对表达作家个性和作品风格有帮助的话。例如在王尔德、瓦莱利等人之前，雨果就曾说过："对表现来说，形式永远是主人，思想成了手段而非目的。"意思是要充分发挥形式反映内容的效能。而在这两人之后，也还有谈形式的效能以及它和内容的关系的，例如克罗齐（1866—1952）要求"永远承认这一事实——内容因形式而组成，形式由内容来充实，感觉是具有形象的感觉，形象是能被感觉的形象"。即便是瑞恰兹，有时候也还懂得"形式和内涵紧密合作，是构成诗的风格的主要秘奥"。而对我们来说，则更须具体分析形式所表达的内容究竟是什么货色。

最后，想对现代西方文学和理论的前途作些设想，也许太大胆了。结构主义和荒诞派剧论目前仍占重要地位，这说明它俩所宣扬的形式主义和非理性主义仍将成为现代西方文论的基本因素。结构主义要捣毁作家的"自我"，以保持纯粹的形式，荒诞派剧论则困惑于荒谬、怪诞之中，仍图"寻找自我"。一个不要"自我"，一个还要"自我"，看来互相矛盾，其实不然。就现代西方文论的发展趋向说，作家可以变化多端地表达"自我"将是一个普遍认可的创作原则，如果没有这个"自我"，那么创作都不存在，又何必再搞形式主义呢？换句话说，这个"自我"愈是受到压抑，走投无路，即便是皈依"上帝"，也非最后解脱，于是乎形式主义也就搞得愈是厉害。总之，"自我"的阴魂未散，也许就决定着西方现代文论以至于当代文论的命运了。我们试回顾布勒东的完全被动状态，罗伯-葛利叶的实物直接表现，以及艾略特的非个人化，似乎有一共同论点：让物多多占领艺术，足以增强艺术真实；由于物的占领，思想、概念少了，艺术真实就多了；等到物自动地表现出形象与运动，艺术方有自己的生命。其实这是一套诡辩，因为所谓艺术的生命是假，"自我"好在幕后策划是真。这里，不妨对照一下无"我"的文论和无"我"的画论，或先锋派的艺术创作纲领，便可以把问题说得更清楚些。这一派和结构主义之大声叫嚷"把诗人丢得一干二净"，是息息相通的。先锋派的代表R.罗兴堡写道："我不让一幅画看上去不像画，要它看上去真是画。我想，一幅画比较像真实的事物，只有从真实的事物中把它制造出来。"又说："我反对先有思想，再用画把它表达出来。我的方法接近于和素材协作的方法。"[1] 这方法又称"抹掉"（erasing）法，也就是从作品中抹掉"人的控制、自我表现、艺术家的感情、记忆、偏见等"。罗兴堡曾把细绳球压扁，中置一物，摇之有声，当众表演，这也算是一件"艺术作品"，定名为《隐约有声》，他还解释道：艺术的目的就是追求无意义。"尽可能的无意义。无意义却也不容易，因为要把无意义转化为有意义。"另一代表杜强姆则有所谓"现成"的艺术：买一个瓶子，在瓶上签了自己的名字，便可送去参加展出。他还把自行车的前轮卸下，和它的支架一并倒置在厨房里的凳子上，在展出时他自己用手拨动车轮，车轮转了，即当众宣称："这种转动产生艺术快感。"我们看看先锋派"艺术作品"的非理性反对从概念到制作的

---

[1] C.汤姆金斯：《先锋派五大家》，《企鹅丛书》，1975年。

观点色彩之浓，可谓空前，它和荒诞派戏剧相比，可算难兄难弟，而和"撵走诗人"而后快的结构主义，堪称一丘之貉。但是，艺术家的丑恶"自我"却并未离去，而那些非理性的、荒唐怪诞的表演，也正是这种"自我"的写照。因为非"人"的"艺术品"毕竟是不存在的，问题在于这"人"是否还算艺术家，他搞出来的东西是否还算艺术品。倘若这种倾向持续下去，愈是无"我"而"我"愈丑，那西方资产阶级文学和文论的前途就未免太可哀了！

批判和借鉴

我们接触现代西方文论的形形色色流派，目的是为了扩大视域，增添知识，锻炼加强识别能力，有助于这一方面的研究工作。在这些汗牛充栋的文论论点中，有的一望而知其谬误，有的瑕瑜互见，有的瑜不掩瑕，有的乍看不很对头，细想也许倒有一些见地，有的也许看到了我们所未看到的，所有这些，我们都应该认真地分别对待，针对其社会背景、思想渊源，进行分析、批判，其中也许有些还可资借鉴。下面试摘录若干原文，不按时代排列，也不注明出于哪一作家、批评家、哲学家、心理学家以及属于哪一流派，这样有利于思考、展开讨论并作出正确评价，同时也可说明现代西方文论这么一个十分复杂的理论库藏，还是很值得我们探入研究的。

第一，假如你（作家）觉得自己的日常生活很贫乏，不要去指责生活，应该指责自己。应当指责自己还缺乏诗人气质，因而不能利用生活中的瑰宝。

第二，无论在生活里还是在文学里，都须有一种媒介来沟通女主人公和不相识的客人或作家和不相识的读者。女主人公可抓住天气的话题。因为世世代代的女主人公已经公认天气是人人都感兴趣的话题。……她一上来就说今年的五月糟透了，这样在跟不相识的客人找到交叉点以后，她就可进而谈起更重要的问题了。在文学中也是这样。作者必须把读者熟知的东西摆在他面前以建立交叉点，激起他的想象并使他在更加困难的彼此默契的事情上肯与作家合作。

第三，对立冲动的平衡，依照我们猜想，就是最有价值的审美反映的基础。它比起一些明确的感觉经验来，更能使我们的人格起作用。我们不是被引向一特定的方向；我们的头脑有更多的面被暴露，也就是说，事物有更多的方面能够影响我们。不是通过一条狭小的胡同或狭隘的兴趣来对事物作出反应，而是经过许多道路，同时地、有连贯地对事物作出反应也就是我们所谓的"排除利害观念"的唯一真诠。

第四，如果一件艺术作品的吸引力是有**漏洞**的，那就没有比这更可悲的事了，而粗俗的形式正是吸引力上最大的漏洞。与此相反，由于精心探索而**找到**的形式则是吸引力上万无一失的城堡和神堂。

第五，常常有人指责我的作品"故事性"不强。……天呀，这家伙经常对结构注意不足。但是，我想我宁愿少一点结构，也不愿太多——因为后一情况将会破坏我衡量真理的尺度。

第六，艺术所处理的，并非真的事情，而是可以想象的事情，至于批评，虽然最终也必须具有仅供想象的理论，但是它既不能对真实事物的发展有所推动，也不能作出任何假设。

第七，最根本的诗歌艺术，就是用一种技巧克服我们心中的厌恶感。这种厌恶感无疑地是与每一单个自我和许多其他自我之间的屏障相关联。

第八，在思想最容易集中的地方坐定之后，叫人把文具拿来。尽量使自己的心情处于被动的、接纳的状态，不要去想自己的和别人的天资、才华。一遍又一遍地对自己说，文学确实是通向四面八方的最不足道的一条路。事先不去选择任何主题，要提笔疾书，速度之快应使自己无暇细想，无暇重看写下来的文字。只有这样，文章开头的第一句才会自动地跃到纸上。

第九，由于真实的世界只在行动中才能展现，又由于人们只在为改变这个世界而超越它时才感到自己置身于这个世界，因此小说家的领域如果不是在一种超越这个世界的运动中展示出来，那么就会显得十分浅薄了。

第十，真正有腐蚀力的是那些只供读者以观点或幻想的人（按：指文艺批评家）；柯勒律治并不是无罪的——他的《哈姆雷特》是根据资料认真写出来的研究文章呢？还是只不过借此把柯勒律治本人穿上一身漂亮的衣服介绍给读者？

第十一，在塑造英雄人物时要考虑到英雄人物有时也会做出别人意想不到的行为。在塑造胆小鬼时也要考虑到他有时也挺勇敢。用"是英雄"或"是胆小鬼"几个字来概括人物性格，是很危险的。

第十二，唯有形式才具有内容，并且占有内容，保留得住内容。

第十三，直觉，不管它的构成是多么单薄与不可捉摸，不管它的形式又是多么不可思议，唯独它才是判断真理的标准。……凡不是我们被迫用自己的努力去揭示与阐明的事物，凡是早已解释明白的事物，都不是属于我们的。只有我们从自身内部的黑暗之中取得的、而不为别人知道的事物，才是真正来自我们自己的。

第十四，博物馆、图书馆和学院都是耗费精力的墓地，消灭理想的十字架，使尝试终于失败的坟台。这对于艺术家来说，就像父母把自己的聪明孩子无休止地养育庇护，而这些孩子却都具有才智和雄心壮志。

第十五，认为任何时代都能出现同一性质的模式的看法，实在过于简单化了。

每个作家都把自己看作孤独的局外人，与世隔绝，待在自己的小天地中。每个人都有他自己对待主题和形式的独特态度；有他自己的根本、源泉和背景。

第十六，审美欣赏的"对象"是一个问题，审美欣赏的原因却另是一个问题。美的事物的感性形状当然是审美欣赏的对象，但也当然不是审美欣赏的原因。毋宁说，审美欣赏的原因就在我自己，或自我，也就是"看到"了"对立的"对象从而感到欢乐或愉快的那个自我。

第十七，"那时正是航海人回想而心的时候……"

"假使她们仅是为了金钱才爱我们，那么，我们就只爱她们这一刻吧。"

这些词非常简练；但具有很强烈的感情，这是准确的思想所望尘莫及的。

第十八，一小时不仅是一小时，它是一个插满了芳香、音响、意图、气氛的花瓶。我们所说的现实，就是同时存在于周围的那些感觉和记忆之间的一种关系。……一种文学如果只满足于"描写事物",满足于事物的轮廓和表面现象所提供的低劣梗概,那么尽管它妄自称为现实主义,其实离现实最远。

本文发表于《文艺研究》1981 年第 6 期

西方文论中的非理性主义

原始社会里存在神是世界的创造者的唯心主义观点。人们凭着信仰，不凭理性思维能力，便认为物质以外有超自然的神控制一切事物。就西方而论，进入奴隶社会之后，这个"非理性的"的直觉形成神话的渊源，并且经过唯心主义哲学的渲染，很早反映在文艺理论领域。

到了十九世纪末，西方资本主义开始进入帝国主义阶段，资产阶级和无产阶级的对立愈来愈尖锐，资产阶级的思想意识日趋没落和反动，唯心主义哲学泛滥成灾，同时出现了形形色色的颓废派文学，在西方文论中非理性主义开始形成一股逆流。它主要有四个方面，即象征主义、神秘主义、唯意志论和直觉主义，其各自代表为法国的马拉美、比利时的梅特林克、德国的尼采和法国的柏格森，他们的影响深远，渗透到二十世纪的西方文论。下面试对这四个流派作简单介绍和分析批判。

一

史蒂芬·马拉美（1842—1898）是象征主义诗人和理论家。他在法国一个高等专科学校教授英语，靠微薄的收入维持生活。有一段时期，每逢星期二晚间在家中举行座谈会，漫谈诗和艺术的问题，参加者大都是已崭露头角的青年作家如海塞门斯、瓦勒里、纪德、王尔德、叶芝，画家约翰·穆尔、惠斯勒、德加，评论家阿瑟·西门斯等，逐渐扩大自己的艺术思想影响。他的有关谈话和论文收编为《彷徨集》（1897）。

他最为崇拜的有两人：法国唯美派诗人波德莱尔（1821—1867）和美

国神秘派诗人爱伦·坡(1808—1840)。波德莱尔把瑞典哲学家史威登堡(1688—1772)的"对应论"应用于诗中的美、丑对应,美、丑一致,或者说丑即美的观点。他在以《对应》为题的十四行诗中,把整个大自然描写为一座神殿,它以树木为支柱,叫做"象征的丛林",风吹过的时候发出一阵阵杂乱无章的"语言",而诗人却由于他的特殊禀赋,能会其中之意。马拉美正是从这种美丑对应、美丑混乱之中看到了生命的真实并发现了诗的对象,而诗的使命就是"表达生之秘奥,赋予我们的存在以真实,从而完成我们唯一的精神业绩。"[1]换而言之,马拉美给诗规定了颓废、阴暗和神秘的主题。同时,马拉美也十分赞许爱伦·坡论说"音乐使心灵达到超凡美的创造"时所持的诗、乐契合的观点,认为坡在诗的形式上取得的成就,如组织精细,以及"具有高度准确性和数学演算一般的严格",都是与这一观点分不开的。因此,马拉美主张诗的形式还须"恢复语言的基本韵律。"[2]马拉美沿着波、坡二人的道路,继续探索,逐渐强调诗的本质在于主观性和音乐性的统一,也可以说观念和形式的一致,给他所理想的诗的面貌画出一个轮廓。1886年9月15日,巴黎《费加罗报》发表了诗人莫拉(1856—1910)的一篇文章,提出"象征主义的诗赋予观念以感性外衣","具体现象乃感情的外表,而且与观念相联系",主张诗中是有思想感情的,但只能通过象征才能表达出来。到这时候,"象征主义"一词才在西方文艺理论史上首次出现。而马拉美则在记者访问时,通过批评巴那司派而转弯抹角地讲了诗的主观性、音乐性、象征性之不可分,并突出象征性的重要性,为象征派诗歌理论打下基础。[3]他说"巴那司派的诗人们虽然看到物的整体,却只能直接地描绘,因而缺少揭发秘奥的功能,他们剥夺了诗人的心灵的创造,他们既然在这方面失去信心,也就感觉不到诗的美妙和乐趣。应该知道:直接表现对象,等于把诗的乐趣丢掉了四分之三,而诗的乐趣则来自一点一滴的猜

---

[1][2]《象征主义诗的使命》卷二,第321页。

[3] 这篇访问记题目叫《关于文学的发展》,由记者于勒·禹来(1864—1915)发表在1891年《巴黎回声报》,后来收入《七星丛书》版的《马拉美全集》(1945),有王道乾的中译本,见《西方文论选》下卷,第259—266页。

想：也就是暗示，也就是幻想的引起。只有当完全掌握了神秘性，方能构成象征：或者一点一滴地引出一个事物（也称对象），借以表明某种心灵状态，或者相反地挑选一个事物（也称对象），并通过一系列的解谜，把某种心灵状态从它身上分解出来。"[1]因此，就诗而论，象征的主旨归根结底就在于对神秘的暗示，而诗人首须排除科学，抛弃理智，才能接受这种暗示。这个道理，马拉美只是吞吞吐吐地说了出来。他认为当前有个不容忽视的思想，使诗人搁笔，文学停滞，根源则在于："社会组织如今并未完成，还在不停地发展，造成了精神的不稳定性，而人的心灵、个性则又迫切地需要自我解释，这一需要正直接地反映在当前的文学中。"[2]也就是说，诗或文学乃是心灵、个性的自我解释，纯属个人之事，因为在当前的社会里，诗人处境则十分不妙，犹如"一个为自己凿墓穴的孤独者"；尽管如此，这孤独感是抑制不了的，于是诗人便"抛弃陈腐的方法"，"把心灵状态、心灵的闪光加以歌唱，使之放出光辉……这里面有象征，也就有创造性"，这样，诗人才能"为着一种已经完成的社会的华丽仪式和庄严仪式而创作"，这样方始"恢复诗的神秘性"，"诗这样才取得它的意义"[3]。我们从这番话里不难看出：为完成了的社会而创作，意味着诗人须百般地维护和歌颂这个已经腐朽糜烂的旧社会。而尚未完成、正在发展的社会则是变革，是革命，它使诗人无法保持孤独感或精神稳定，不利于他的"心灵"的"自由"创造。至于抛弃陈法，不过是在描绘阴暗的精神世界时，避免直截了当地和盘托出，而改用暗示、象征的手法。这就无怪乎象征主义的诗从内容到形式，大都晦涩别扭，难以捉摸了。

我们对象征主义者马拉美的诗的概念，有了一个轮廓之后，便容易懂得他的一些"名言"以及他的同道——诗人或批评家——所发的议论了。例如马拉美曾说"诗把语言带到一个紧要关头上去了。"阿瑟·西门斯为之下一转语："马拉美写诗，就是要通过语言抓住那即将消逝的、出神入迷的心灵

---

[1]《西方文论选》下卷，第262页。
[2] 同上书，第259页。
[3]《西方文论选》下卷，第263、264页。

状态。"[1] 又如马拉美说："诗不是用观念而是用若干单词来写的。""素材不再是形式的造因，而是形式的效果。"这说明专事刻画孤独苦闷的象征派，已不可避免地沦为背离现实的形式主义了，而马拉美所谓的形式创新，最后甚至取消了诗中的标点符号。但另一位象征主义诗人兰波（1854—1891）却站出来为他辩护，美其名曰突出有限、臻于无限；"马拉美的性格，不愿接受作为一个人所有的局限，总是力图无限度地延伸自己的意识领域，满怀信心地以为自己具有挫败对方的力量，从而蔑视人生。"所谓挫败对方，是指对抗社会发展规律、社会革命及其在文艺中的必然反映；所谓自己的力量，则是由象征神秘、歌颂幻灭所组成；而所谓幻灭，也就包括标点符号的消亡了。到了二十世纪，马拉美的入室弟子瓦勒里（1871—1945）更变本加厉，公开宣称："诗人的任务是创造与实际事物无关的一个世界或一种秩序、一种体制"[2]，而这样创造出来的美，则是"悦耳而毫无意义……清楚而无用……模糊而令人愉快"[3]。瓦勒里把象征派诗论的虚无主义和非理性主义大大加以剧化了。

但是象征主义的诗论，也非一蹴而就，十九世纪前半期西方文论中已有萌芽。例如马拉美主张在无限的个人意识领域中进行象征活动，而英国的卡莱尔（1795—1881）则有所谓象征融合有限与无限之说，马拉美向往孤独者的"心灵"的"自由"创造，而英国的柯勒律治（1772—1834）则宣扬诗的内在本性与自我的活动。就其对后来影响说，象征主义的神秘观点，更演化为比利时神秘主义剧作家、诗人梅特林克（1862—1949）的诗论，例如，所谓"深刻的内在真理……不可得见的灵魂……支持着诗"，或者"灵魂向着它本身的美和真作了不可思议的、无声无息而又永无休止的努力。而诗也就因此更加接近了真正的生命"[4]。此外，象征派诗论的非理性主义或者说信仰主义更为二十世纪以来新托马斯主义文艺观开辟道路。新托马斯主义创始人

---

[1] 阿瑟·西门斯：《文学中的象征主义》，伦敦版，1908年。

[2][3] 丹尼斯英译本：《瓦勒里选集》第七卷，《纯诗：一次讲演的札记》，《诗与抽象思维》，伦敦：路特列基和格根·保罗公司，1958年。

[4] 梅特林克：《卑微者的财富》，《西方文论选》下卷，第482—483页。

马利坦（1882—1973）鼓吹诗中美学决定于上帝，体现为对"创造精神"（按即上帝）的象征，于是乎"对诗来说……存在着一个彼岸的目的"[1]，硬把诗学拉回到神学中去，重演中世纪经院哲学的伎俩，使艺术文学给天主教会及其依附的帝国主义充当奴仆罢了。

二

梅特林克（1862—1949）是戏剧作家、诗人，神秘主义的重要代表。他和法国象征派诗人很接近，用法语写剧本，大多取材于中世纪或出于自己的幻想，逐渐突出神秘主义色彩。前期所作称为"静剧"，剧中人物处于灵魂的探索、与神明（上帝）冥合的状态中，人物的动作和时间、空间毫无联系，来去无踪，没有什么情节，人物的语言半吞半吐，而且重复，沉闷，整个剧本表现了宿命论观点。西方评论界却称赞他"以迷蒙、惨白和平淡的形象，为象征主义创造了小小的讲坛。"[2]

他发表过几部散文集，阐说他的神秘主义诸论点，主要有《卑微者的财富》（1896，也译《卑微者的秘藏》）、《智慧与命运》、《死》等。《卑微者的财富》收了《寂静》、《灵魂的觉醒》、《日常生活中的悲剧性》、《神秘的道德》等篇。《日常生活中的悲剧性》集中表现他的神秘主义文艺观。他写道："我们大多数人的生命之流是远远离开浴血伤戮，听不见震天杀声，看不见刀光剑影的。""更深的心弦颤动，并不由于白刀子进红刀子出……为出鞘之剑所追逼……以至于死亡。"然而"在日常生活中却有一种悲剧因素，它比伟大的冒险事业中的悲剧因素真实得多，深刻得多，也更能引起人们内在的真实自我的共鸣。"但人们不容易感觉到，因为不懂得真正的悲剧因素并不局限于肉体或心理，它超出人与人、欲望与欲望之间的斗争。只有当"理性和感情的对话沉默下来……方能听到人和他的命运之间严肃的悄声对谈——不停地谈。于是悲剧便履行它的职责，向人们指出生命在接

---

[1] 拙译马利坦：《艺术和诗中的创造性直觉》，第五章《诗和美》，《现代外国哲学社会科学文摘》，1961年第1期。

[2] 爱德华·威尔逊：《艾克塞尔的城堡》，1932年，第42页。

近或背离真、美、神明或上帝时,其步伐是多么摇晃不定,心情多么忧虑无穷。"梅特林克认为必须在"卑微的日常生活中,……看到一直和我同处一室、应该为我所知的存在、力量或上帝",而这种感受属于"更高级的生活","但是还来不及觉察,就倏忽地消逝了。"因此,他说:"生活中真正的悲剧因素,只有在所谓冒险、悲痛和危险消失时,才开始存在。"在西方文艺批评史上,悲剧曾具有以下一些含义:净化怜悯和恐惧的感情(亚里斯多德);导致"永恒正义"的胜利(黑格尔);对人生的否定(叔本华);权力意志的发挥(尼采);而到了神秘主义者梅特林克,悲剧则纯属宗教的诱饵了。

与此同时,梅特林克为了宣扬与神冥合,特别强调静态、静境,鼓吹"静态的戏剧……事实上早已存在了。埃斯库罗斯[1]的大部分悲剧是没有运动的悲剧。"他说:必须看到"生活的本源和它的神秘性",方能认识"真正的悲剧之所以美而伟大,并不在于动作,而全靠那些看来好像无用、似乎多余的对话,其实这正是灵魂可以听取秘奥的唯一对话,只有在这里,灵魂才被(上帝)呼唤着。"换言之,向往"真宰"、与神冥合的道路,"只在包围我们的""真正的寂静"之中。因此,他在《寂静》一文中,大谈静的秘奥和无限:"真正的寂静……从各个方面包围我们,形成我们的生命潜流的源泉,我们中间任何人试以战栗的手指去弹深渊之门,这门便在同样的寂静中,同时又在殷切的关注下,被打开了。因为寂静没有任何疆界,是无限的,在它面前,人人平等。我们无法设想,不解寂寞的人将是怎样的人。……我要高度评价一个人,这人在给我的一封信中只写了一句话:'我们之间相知不深,因为我不曾和你同在寂静之中。'"换句话说,人们不仅须要在寂静中冥求通往神明之路,而且只有在这条路上,人们才能相互理解。梅特林克早年提倡和写过的静剧,便是为了探索这条道路的。

总之,梅特林克的神秘主义批评理论摒除一切理性思维,只剩下非理性的直觉而已。

---

[1] 埃斯库罗斯(约前525—前456),希腊悲剧作家,被称为"悲剧之父"。

三

弗里德里希·威廉·尼采（1844—1900）宣扬唯意志论，鼓吹"超人"哲学。他的祖父和父亲都是牧师，他曾在波恩大学学习神学和古典语言学，后来放弃神学，专攻语言学，业余从事音乐艺术，思想上受叔本华和德国作曲家、音乐家瓦格纳（1831—1883）的影响较深。叔本华主张盲目的生存意志为世界的本质和核心，而意志是永不满足的冲动，只能给人类带来挣扎和痛苦；瓦格纳的部分歌剧和剧本含有宗教色彩和"超人"思想。尼采则把生存意志发展为权力意志，并环绕这个中心写了《悲剧的诞生》(1872)、《查拉斯图拉如是说》(1883)、《超于善恶之外》(1886)、《权力意志》等，最后一书未写完，大约有1052条格言，于1895年出版。他主张"认识是随着权力的增长而增长的。对意志的认识达到什么程度，取决于某类生物的权力意志增长到什么程度"，进而"宰制实在，役使实在"。因此"各种有机功能都可归结为一根本意志、权力意志"。人生所谓的快乐，就在于冲破对权力意志的一切障碍，"使权力感因而高涨。所以一切的快乐都包含着痛苦。——如果要使快乐变得很大，那就**必定**要使痛快变得很长久，生活的折磨变得很厉害。"[1]尼采认为上述的矛盾和痛苦构成"世界的永恒核心"、"物自体"、"真实的和原始的存在"。在他看来，生活与道德的最高原则是以意志去统治一切，因此必须发挥权力，增强对意志的认识，以促使人类进化；世界属于最强的人，即超人，而超人的政治就是贵族的政治。他把人民群众看作"奴隶"或"畜群"，反对民主、社会主义和妇女解放，最后宣称战争即道德。尼采的这套理论成为德国军国主义和法西斯主义的思想灵魂。他还赋予这矛盾、痛苦以人格，称其为"世界的天才"，或"世界的原始艺术家"，并通过对希腊艺术和希腊悲剧的研究，描绘这位"原始艺术家"的形象，同时用快感寓于苦痛这一美学观点来阐明古代希腊悲剧的诞生，以及悲剧对现实、特

---

[1] 王复译：《权力意志》，第275、286页。《西方现代资产阶级哲论学著选辑》，商务印书馆，1964年，第16、17页。

别是当时德国的意义。后面这些论点集中表现在他的《悲剧的诞生》[1]中，它们对二十世纪以来西方颓废艺术思潮产生深远影响。下面试作一些初步分析。

尼采认为，希腊艺术的两个神灵——日神阿波罗和酒神狄奥尼修斯分别代表**两个**艺术境界，其内在本质和最高目的都是不相同的。如梦的日神"可以看作'个性原则'所化身的天才，只有依赖这原则才能获得假象的救济"，但在如醉的酒神的"神秘的欢呼之下，这种个性化的魔力被破灭，因而敞开了一条通向'万有之母'、通向意志核心的道路。"这两种境界的"巨大对立，就像一道鸿沟分隔梦神的造形艺术与酒神的音乐艺术。"尼采认为这一点唯有叔本华看得如此清楚，所以找到了"在各种艺术中唯独音乐具有特殊的性质和古远的根源"，指出了"音乐不像其他艺术，它不是现象的复制，而是意志本身的直接写照。所以音乐对**宇宙间一切自然物而言，是超自然的**，对一切现象而言是物自体。"叔本华所说的"是最重要的美学见解，严格地说，真正的美学从此开始。"此外，"瓦格纳曾肯定这一永恒真理，并在他的《贝多芬论》中断言，音乐的价值必须依照不同于一切造形艺术原理的审美原则。"[2]以上是全书中比较重要的一段话，试图说明艺术的使命在于对意志的直觉，并加以表现。梦神或梦境的艺术，因为具有个性原则，只能见到意志或万有本体的现象，作出形式上的复制，从而产生造形艺术——雕刻与绘画，结果仅仅满足于形式美的快感，却还未能到达超自然的境界。酒神或醉境的艺术则不同，由于破除个性原则，打通了艺术和意志之间的隔阂，而直入自然的核心，表现为对意志的直觉，结果产生了与意志、万有为一的音乐艺术，臻于超自然的境界。而这一境界，才是真正的审美对象。

其次，尼采论说希腊悲剧如何产生于上述的音乐精神。"我们只有从音乐精神才能真正理解个人毁灭时的快乐。因为唯有依据个人毁灭的特殊事例，

---

[1] 全称为《悲剧从音乐精神诞生》，缪灵珠遗译，中国人民大学油印本，1965年。下面引文都根据这小译本。

[2]《悲剧的诞生》第十六章。

我们才能明白醉境艺术的永恒现象：这种艺术表现了那仿佛隐藏在个性原则后面的万能的意志，那在现象彼岸的历万劫而长存的永生。悲壮所引起的超脱的快感，乃是本能的、无意识的酒神智慧的舞台术语罢了。"尼采之所以对比梦境和醉境，是为了论证这二境的艺术区别。醉境艺术能启发我们，相信生存的永恒快乐不在现象，而在现象的背后，这样就于登上彼岸、直觉意志本身的同时，必然消灭个性原则，本能地、无意识地转为"万有之源"的本身，赢得了超脱的快感；虽然万有的现象不可避免地毁灭了，一切都须准备悲惨的没落，这些会带来痛苦，但它终于消失在超脱的快感之中了。至于梦境艺术在描写意志或予以形式的表现时，也经受个性原则消亡之苦，但是梦境艺术的美的对象毕竟不同于醉境艺术的美的对象，只局限于意志的现象、而非意志本身，也就是说仍然停留在此岸，而未登彼岸，无超脱境界可言。因此，比较下来，音乐艺术的境界高于造形艺术的境界了。尼采论说到此，便把话头一转：认为与意志、万有为一的艺术，虽然陶醉在这"合一"之中，仍不免"深感这痛苦的锋芒的猛刺。因此希腊的悲剧确实是从音乐精神诞生的"。我们面对希腊悲剧，"纵有恐惧与怜悯之情，但我们毕竟是快乐的生灵，不是作为个人，而是作为众生一体。"于是"我们就同大我的创造欢欣息息相通了"。[1]这"大我的创造欢欣"之情，实质上和直觉意志本体所与的醉境是分不开的，这里可以看出尼采是如何强调希腊悲剧的神秘意义了。

值得注意的是，对于醉境和梦境，尼采侧重醉境。"音乐与悲剧神话同是一个民族的醉境能力之表现，而且彼此不可分离。两者都发源于梦境领域之外的一个艺术领域，"[2]两者都美化了一个境界，那儿，在快乐的和谐中，一切不和谐的因素和恐怖的世界面影都动人地[3]消逝了，两者都信赖自己的极其强大的魔力。因此，尼采认为"酒神比起梦神来，就显然有所不同，它

---

[1]《悲剧的诞生》第十七章。
[2] 按：指醉境领域。
[3] 即经过痛苦的挣扎，而克服个性化。

是永恒的本源[1]的艺术力量"。[2]尼采把这不可分离的、音乐和悲剧神话的两结合，称为"欢乐悲剧"，赞美它"凭借音乐的帮助，目击意志的沸腾，动机的斗争，激情的澎湃，潜入下意识情绪最微妙的秘奥之处。"[3]这里不难看出，尼采衡量二境的标准就在于：较多的"能力"或更大的"魔力"寓于动境，而非静境。至于后者，则是"以美的面纱罩住了个性化世界与不和谐[4]的容貌，这也就是梦境艺术[5]的真正目的"。[6]换而言之，后者之所以不及前者，是因为它处于静境之中。

再次，尼采更从"个性化"和"合一"的对立，进而提出悲剧甦醒的论点，以深化悲剧的秘奥。他根据柏拉图对理念与形象的区别和评价及其论点在希腊人心中的深刻影响，来说明酒神"不以任何个人身份出现于悲剧舞台上"，而是"以各种姿态"，来表现"经历个性化之痛苦的神"，或者说因个性化而"被解体之神"，所以"语言行为都好像一个错误、挣扎、受苦的人"。这样的英雄，才是希腊悲剧中通过神秘的仪式所崇拜的酒神。不仅如此，"秘仪信徒们总希望酒神再获得新生"，而"这次再生是个性化的终结"。因此"悲剧的神秘教义"在于"打破个性的隔阂以期恢复原始的统一"，其中具有"万物一体这个基本认识"。[7]由此可见尼采所谓悲剧的苏醒的论点，实际上是宣传悲剧的神秘教义罢了。

尼采由于强调个性化不利于对意志的直觉，所以把诗人凭个人想象去领会自然，看作十分可笑之事。他曾写道："所有诗人都相信，谁要是躺在荒草里或人迹罕至的山坡上，侧耳倾听，谁就能知道天地间的种种事情。""诗人假如受到一些温存，总以为自然本身钟情于他：如果自然向他耳边谈点情话，他便在凡人面前自夸自傲。""啊！只有诗人们是向往于虚构天地之间的种种事情的。""啊！我对诗人是多么感到厌烦！""老的或新的诗人都使我厌

---

[1] 指意志。
[2][6]《悲剧的诞生》第二十五章。
[3]《悲剧的诞生》第二十二章。
[4] 指个性化阻碍了对意志的直觉、与意志的合一。
[5] 即绘画、雕刻或造形艺术。
[7]《悲剧的诞生》第十章。

烦：我觉得他们太肤浅了，就像水浅的海。他们的思想没有足够的深度，他们的感情也就没有渗透到海底。""他们也不够纯洁；他们把水搅浑，像似深一点儿罢了。"[1]一句话，诗人之"可厌"，就是"个性"太强了。尼采还根据同一论点，说明个性化足以导致悲剧的衰亡。他认为，到了希腊第三位悲剧作家欧里庇得斯（公元前408—前406），悲剧主角成为"一个普通人的化身，……以最灵敏的诡辩去观察、辩论，以取得结论"，雅典的"平凡市民成为欧里庇得斯的一切政治希望的寄托者，并已有了发言权，但是以前却是由悲剧中的神人，……来决定语言的性质"。[2]依照上述尼采的观点，这是由于理智取代直觉的结果。因此，尼采讽刺地说："在某种意义上，欧里庇得斯也不过是一个伪装人物，通过他来发言的那位神，不是醉神，也不是梦神，而是一个崭新的灵物，名唤苏格拉底[3]。这是一个新的对立，亦即酒神倾向与苏格拉底倾向的对立，希腊悲剧艺术作品就在这一对立上碰得粉碎了。"[4]换而言之，当论辩、知识或理性妨碍人们对意志、万有之本的直觉时，悲剧也就不复存在了。

综观尼采的以上论点，意在解释悲剧的兴、亡两个方面：它诞生于音乐精神，从克服个性化的痛苦中去直觉（用作及物动词）意志或万有之本，与之"合一"，而有"醉境"之美；但是这痛苦的挣扎终于失败，个性化无法克服，直觉遭受理智、思辨的阻挠，"合一"与"醉境"也跟着消失，悲剧就趋于衰亡。

但是尼采的悲剧理论除了形而上学、神秘性这一方面，还反映了他对当时德意志的文化和民族前途的一些看法。他认为酒神狄奥尼修斯痛苦挣扎所含的精神秘奥以及与酒神倾向相反的苏格拉底对真知的理性探索，对当时德国来说，都具有现实意义。他首先不满于德国的文化教育，而加以讽刺：

---

[1]《扎拉图斯拉如是说》第2部分，第39章《诗人们》；据美国《现代丛书》英译本，第138、139页。
[2]《悲剧的诞生》第十一章。
[3] 苏格拉底自称"爱智者"，强调"美德即知识"。
[4]《悲剧的诞生》第十二章。

"我们高等教育机关的实在教育功能再没有比今日更低落更薄弱，……纸张奴隶的'新闻记者们'在一切有关文化方面战胜了教授们，而教授们……在自己的范围内还是那样风流潇洒。"[1]他严厉批评德国知识分子在民族斗争方面意志低落，漠不关心，悠然自得。其次，他对艺术也感到失望："从来未有过一个艺术的时代，像今日那样使我们目击所谓文化与真正艺术那么彼此疏远，而且互相对立。"今日"有教养的人们……对于悲剧复兴的现象"之所以"感到痛苦的惶惑"，是由于未能"体会希腊天才的深奥原理"[2]。也就是说，为发挥意志而奋斗的希腊悲剧精神，乃文化和艺术所必然具备的基本原则，但是如今忽视这个原则，必然迷失方向。尼采因此表现了他的渴望："我们的文化如此衰落，一片荒凉景象，触目惊心，一旦接触到酒神的魔力，将突然发生变化！一阵狂飙扫荡着一切衰老、腐朽、残破、凋零的东西，把它们……卷到云霄。我们彷徨四顾，……只见下界突然升起入金色的光辉里，这样丰茂青翠，这样生机勃勃，这样依依不舍。悲剧就端坐在生机蓬勃、**苦乐兼并**的情景中间，庄严肃穆，悠然神往，她在倾听一支遥远的哀歌，歌中唱到'万有之母'，她们的名字是幻想，意志，痛苦。"尼采接着呼吁："是的，朋友，同我一起信仰酒神的生涯，信仰悲剧的再生吧！"[3]尼采从上述的"苦乐"相兼的境界中，更进一步吐露他的内心，尤其是政治目的。"我们只能从古希腊人（那里）知道，悲剧的突然而神奇的苏醒对于一个民族的内部生活表示什么意义"。同波斯作战的希腊人[4]，是一个信奉悲剧秘仪的民族，这个敢于作战的民族，就需要"悲剧精神作为不可缺少的灵药"[5]。换而言之，德意志民族的前途，也就全靠这副"灵药"了。于是尼采又高呼："现在，就放胆做个悲剧英雄吧。因为您必将得救，您得要追随酒神信徒的行列，从印度走到希腊！武装起来，准备作艰苦的斗

---

[1][2][3]《悲剧的诞生》第二十章。

[4] 指公元前四世纪初，希腊和波斯因经济与政治的矛盾所引起的希波战争，尤其是希腊在马拉松和萨拉米两次战役（前490年、前480年）中获得的重大胜利。

[5]《悲剧的诞生》第二十一章。

争,但是您要信赖您的神灵的奇迹。"[1]我们不难理解,尼采所谓的"敢于作战"、"艰苦奋斗",预示了德国的军国主义和纳粹德国的法西斯主义所作的垂死挣扎。

从文艺方面看,尼采的悲剧理论反复强调的意志、直觉、下意识情绪等,是与柏格森的生命哲学和直觉主义,以及弗洛伊德所谓潜意识的永恒力量等息息相通,深深影响着二十世纪西方现代派文艺中形形色色的反理性倾向与形而上学观点。

四

亨利·柏格森(1859—1941)是生命哲学和非理性主义的主要代表。他曾在法兰西学院等高等学校任教,后专事研究工作,1928年获得诺贝尔文学奖。他主张宇宙中存在着向上的、创造的"生命冲动"、"生命之流",又称内在的"绵延"或"真正的时间",认为这是唯一的"实在";世界乃"创造进化"(也译"创化")的过程,或意识的绵延而不可分割的过程,当绵延停滞、创化中断或削弱,于是才有所谓物质。在他看来,意识在不断创造和增殖,物质在不断破坏和消耗。为了认识这世界本质的"实在"或"绵延",科学、逻辑、概念思维等都无能为力,只有依靠直觉,而排斥理智。至于直觉,则是一种能力,它不经科学分析而本能地、直接地把握生命或宇宙精神,进入意识深处。柏格森的这种理论也称为"直觉主义"。实际上,所谓"生命的冲动"是和叔本华的"生的意志"以及尼采的"权力意志"一脉相承的。他的主要著作有《试论意识的直接材料》(1889)[2]、《物质与记忆》(1896)、《形而上学引论》(1903)、《谈笑》(也译《笑之研究》)(1900)、《创造进化论》(1907)[3]等。他不时涉及艺术、美学、诗、绘画、戏剧等,来帮助解释他的生命哲学,而《笑之研究》则为讨论喜剧的专著。二十世纪以来非理性主义在西方发展迅速,并深入文艺创作和批评的领域,因此柏格森的

---

[1]《悲剧的诞生》第二十章。
[2] 英译本改名《时间与自由意志》。
[3] 也译《创化论》。

有关论点今天还在产生很大的影响。

为了说明他的文艺观，不妨先引一段他对直觉的解释。"无数的直觉在迅速地飞逝，它们只在时间的很大间隔中映出它们的对象[1]，哲学应抓住它们，首先予以印证，然后让它们扩展，终而趋于统一。哲学把这项工作愈向前推进，便愈能理解直觉就是心灵本身，在某种意义上即是生命本身。"[2]意思就是以直觉来对抗理性和科学分析，从而建立主观唯心主义的认识论。其次，他更从反对科学进而曲解功利，并在反功利的前提下给直觉主义的艺术观进行辩解。他认为"生活要求我们只接受外物功利方面的印象"，"因此，无论是绘画或雕刻，更无论是诗或音乐，艺术的总目的都在于清除功利主义这一象征符号……清除把我们从'实在'隔离开来的一切东西，从而使我们可以直接面对实在本身。"于是艺术并不反映现实，而是"把灵魂提高起来，超脱于生活的上面"，方能在作品中体现"实在"或"绵延"，"如果这种超脱是完全的……那么这灵魂一定是世界上从来未见的艺术家的灵魂。在每一门艺术中也将是出类拔萃的。"[3]柏格森把艺术看作绵延、创化的组成部分，而绵延又是不息的、不断的创造，因此艺术也就无预期目的之可言了。"即使画家也不能精确地预见到这幅肖像画将会画成什么样儿，因为预言就等于在画成之前要将它画好，这是一种荒谬的假设。"由于"我们生活的许多瞬间也不例外。每一瞬间都是一种创造，而我们则是创造这些瞬间的艺术家"[4]。不仅如此，艺术乃绵延的方式之一，无论是在创作或欣赏中，其本身都属于直觉，与分析无关，同时也是有机整体而非无数个别、孤立的东西。柏格森还特意描写艺术或绵延的中断情况，来反证自己的论点。"当一个诗人向我朗诵他的作品时，我能对他感到足够的兴趣，从而进入他的思想领域，把我自己融会在他的感情中……跟着我就在绵延的运动中为他的灵感所同化，而这一运动正如灵感本身，是不可分割的整体或行动。"然而"当我放松注意，

---

[1]"绵延"或"实在"。
[2]《创化论》英译本，《进化的意义》，1910年，第268页。
[3]《笑之研究》，《西方文论选》下卷，蒋孔阳译，第275、278、277页。
[4]《创化论》，《绵延》，第7页。

这同情或共鸣便消失了，于是诗中那些短语重又出现，而分裂为语词，语词更分裂为音节。"[1]因为这种"再现"和"分裂"乃是分析取代了直觉的必然结果。柏格森生怕读者不明此理，又补充了一段。"当我们考虑某种字母系统中的某些字在组成我们所书写的一切时，我们不会设想新的字生长出来并和其他的字相联合，从而形成一首新诗。同时我们也不难明白：诗人创作诗歌以丰富人的思想，他的这种创造必然是思想上的一种绝对的、无条件的活动，这活动也必然是一发即收，而紧接着的便是创造本身的终结，以及自行分化为若干字，这些字也不过是对世间已有的字作量的增加而已。"[2]总之，艺术或诗的创造，在柏格森看来，只是直觉到精神的本质，而不是去分析物质，甚至发现什么新的物质。

格森更进而论说艺术欣赏的特征在于它的被动性，只有当灵魂对于绵延、实在，从能动的反抗转为被动的接受时，灵魂方能感到"实在"所与的暗示，从而享受艺术之美。"我们不容易给美感下定义，大致是由于我们把自然美看作先于艺术美；因此艺术的过程被假定为仅仅是艺术家表现美的一种手段，而美的本质则依然没有得到解释。"殊不知，"艺术的目的就在于麻醉我们个性中的能动力甚至反抗力，使我们处于完全响应性[3]的状态中，以便认识那被暗示给我们的观念[4]，并和作品中被表现出来的感情产生共鸣。"[5]因此，作者给这段文字加上一个小标题："美感：艺术将我们的能动的、反抗力量趋入睡眠的状态，让我们对暗示作出反应。"这种的"睡眠状态"，柏格森有时又称为"自我遗忘"或"超脱"，而诗之可贵就在于能产生这样的效果。"诗的魅力究竟从何而来呢？对诗人来说，他的感情发展的形象，形象本身又发展为辞句，辞句更遵循韵律的法则将形象表达出来。我们看到这些形象掠过我们眼前时，我们所体验的乃是这些形象所包含的感情的相等物：倘

---

[1]《创化论》，《几何级数》，第209页。
[2]《创化论》，《虚构的物质起源》，第239—240页。
[3] 响应性，英译为"responsiveness"。
[4] 指"生命冲动"、"生命之流"、"绵延"或"实在"。
[5]《时间与自由意志》，《美感》，英译本，1910年，第14页。

若不是由于韵律所具有的规则运动把我们的灵魂引入自我遗忘的境界,并且如在梦中一般,想诗人之所想,见诗人之所见,那么我们决不能如此深刻地领会诗中这些形象的。"[1]这个"自我遗忘"或忘我之境就是上文所说的"超脱",它"不是来自反省的哲学的那种有意识的、逻辑的、系统的超脱,而毋宁是一种自然的超脱。"[2]这里,柏格森把问题仍旧归结到刹那的直觉,不容有丝毫的理性认识和分析。柏格森还把同一观点应用于小说方面。他虽承认小说家描写主人公时可凭分析的方法,但读者则只能在刹那间的直觉中对这位主人公有完整的领会。"小说可以堆砌种种性格特点,可以尽量让他的主人公说话和行动。但这一切根本不能与我在刹那间同这个人物打成一片时所得到的那种直截了当、不可分割的感受相提并论。""由此可见,这种绝对的境界只能在直觉里给予我们,其余的一切则落入分析的范围。"[3]换言之,读小说和读诗一样,只能任直觉以进入不落言诠的绝对的领域。

柏格森的直觉主义艺术观终于导致"无"乃是艺术目的的谬论。[4]"小孩玩拼块图画的游戏,把多种形状和色彩的块块拼成一幅画,他对这项玩意儿练习的次数愈多,便能愈快地甚至在刹那之间就拼成一个画面了。"因为每次拼出的画总不外乎那么几个样种,没有更多的改动或变化。但是画家就不同了。"画家创造一幅作品,是从灵魂深处进行描绘的,因此时间不是什么附带的东西,时间的放长或减退,都将影响作品内容的变化。……因为创新[5]须花时间,而这时间和创新本身原是一回事。"接着柏格森把话头一转:既然艺术创新和创化、绵延具有同一性,而绵延就无限度的,所以绘画艺术也就相应地成为不可预测的了。"画家站在画布前,把调色板上的各种颜色都配齐,模特儿也坐定了——我们从这一切可以知道画的风格将是如何,那么,这是否等于我们已能预料画布将出现什么。我们应掌握问题的若干要

---

[1]《时间与自由意志》,《美感》,第14—15页。
[2]《笑之研究》,《西方文论选》,第277页。
[3]《形而上学引论》,《西方现代资产阶级哲学论著选辑》,王复译,商务印书馆,1964年,第153、137页。
[4] 无,英译文为"nothing"。
[5] 创新,英译文为"invention"。

素，但对问题的解答却只能是抽象的，例如肖像画必然和模特儿相似，也和画家的意图相合，但是，倘若要具体地回答问题，那就必然导致不可预见的'无'正是艺术创作中的一切。"其理由是："正是这'无'摈弃'物质'，而没有'时间'"，时间既然在创造进化，所以"这'无'便以创造其自身为'形式'。这形式的萌芽和发育在永不减缩的绵延中展开了，并与绵延合而为一"[1]。柏格森经过一番诡辩，就将艺术创作归结为"无"了。

同时，柏格森把艺术创新等同于绵延中的一个刹那，而每个刹那都不可再，所以"诗人歌唱的总是他自己、仅仅他自己的某种独特心境，一种一去不复返的心境"，而画家所画的也总是某时、某地之所见，"他所用的色彩也是我们永远不会再次看得到的。"柏格森强调刹那的特征在于不重复，在于独特，在于个别，所以"艺术的目的总是为了个别性的事物的"[2]。于是进而断言，"每出悲剧的英雄人物是独一无偶的性格"，至于喜剧作家则描写类型，亦即"可以重复的性格"，缺少个别性，并且"经常向外界观察"，犹如"自然科学家……给类概念下定义"，其方法又"与归纳科学具有同样性质。""在这一点上，喜剧背离了艺术。"因为在柏格森看来，"艺术是要和社会决裂，并回到纯粹自然之中去的"[3]。换句话说，柏格森加于喜剧以莫须有的罪名：缺少刹那、不可再、个别性，抛弃对主观的、内在的世界的直觉，联系社会，进行观察与分析。总之喜剧是在艺术领域以外之事，结果只好被开除了。可以说，在逃避社会现实这一点上，柏格森和马拉美没有什么两样。

马拉美看到了社会发展和变革不可避免，认为像他这样的诗人是孤独者，只好借助心灵、个性的自我描写或解释，来保卫孤独感，维持精神的稳定，于是诗的任务也就不能不从反映客观现实转为暗示、象征那阴暗抑郁的内心世界。他还幻想扩展内心领域，没入无限境界，从而超越现实，逃避变革，使孤独者活得下去。而这无限境界就给梅特林克的神秘主义诗论开辟了

---

[1] 以上所引，均见《创化论》，《现代科学》，第314页。
[2]《笑之研究》，《西方文论选》下卷，第280—281页。
[3] 同上书，第283、285、286页。

道路。

梅特林克强调的生命秘奥，惟有在寂静中，而不在动作中才能领会，因此他要求首先对存在、力量、上帝有所认识，结果将文艺引入宗教神秘中去。他认为悲剧是秉承上帝意旨，向人们启示神性的，因此无须通过人物的动作，只在一片沉静中与神明对话，使心灵感受上帝的召唤。

如果说马拉美将诗引向宗教边缘，那么梅特林克就用它来宣传宗教迷信。到了尼采和柏格森，经过不同方式的非理性诡辩，连诗和艺术都被否定。尼采说人生的意义在于直觉（作及物动词用）意志，与万有合一，而个性、理智恰巧是直觉与合一的莫大障碍；特别是诗，由于强调个性，遭到他的严厉谴责，因而诗也就没有存在的必要了。柏格森则说，人生的价值在于直觉绵延，参与创化；创化意味着一切不可预见，亦即进入不可预知的"无"的境界，因而直觉绵延、参与创化的艺术，也就被送进"无"的领域，无异乎艺术的消亡。

总之，十九世纪末西方非理性主义的文艺批评实际上不是把宗教神秘塞入文艺，便是将文艺引向虚无。

在诗或艺术的个别个问题，例如悲剧及其含义上，他们虽各有看法，但殊途同归，一齐投入上帝怀抱。梅特林克说，悲剧是冥冥之中人的心灵和真宰的对话；尼采说，悲剧者乃克服个性、理智与万有合一时的苦中之乐，这里的"真宰"和"万有"，不过是上帝的代称。柏格森强调悲剧英雄的独特个性，尼采否定这种个性，两说似乎矛盾，其实不然。前者幻想个性不仅可作为抗衡社会现实的孤注，还能导致艺术与现实决裂，为艺术即"无"的谬说辩护；后者妄图抛开个性、理智，来发扬那无视客观规律的意志及其威力，而在这威力之下，抒发个性的诗也必然终止其生命。在他们的口中，对个别的、独特的东西，既可肯定又可否定，实际上都是妄图反理性、反科学、反社会发展规律。不仅如此，柏格森为了与社会决裂而强调个别，马拉美满足于已经完成而不再向前的发展的社会，从而保住孤独者或诗人的稳定精神，表面看来好像对于社会的态度有所不同，其实想法一样，以为龟缩在极其狭隘的小天地里便可逃避革命的冲击。

这些非理性主义的诗论、艺术论迂回曲折地玩弄概念、名词、术语，故为玄虚，戳穿之后不过是皈依上帝以挽救内心贫困的一类破烂罢了。

本文发表于《外国文学研究》1982 年 7 月

现代西方文论简评

二十世纪初到六十年代的现代西方资产阶级文学诸流派及其理论批评，是和相应的社会历史以及哲学思潮分不开的。就后者来说，主要有十九世纪以来形形色色的唯心主义诸流派，如实证论、经验批判主义、唯意志论、生命哲学、精神分析学、存在主义等，其中后四者更露骨地宣扬非理性主义。本文限于篇幅，只简单评介以下几种文学派别的理论：与实证论、经验批判主义相契合的、注重主观经验、"感觉复合"的未来主义、意象派、新小说派；崇尚意志、发挥自我的表现主义；体现生命之流、意识绵延的意识流小说派；以精神分析学所强调的无意识为主题的超现实主义。至于非理性主义方面，则以皈依上帝的新托马斯主义诗论、含有宗教色彩的新批评派以及存在主义文论可以作为代表。我们一方面分析各派文论的特征，另一方面阐明各派之间的相通之处。

一

我们试从实证论的影响谈起。实证论产生于十九世纪三十至四十年代的法、英两国。当时，资产阶级已战胜封建复辟势力，确立新的剥削统治，但是对于无产阶级的反抗，除了高压之外，还施用欺骗、软化的手法。为了满足后一需要，实证论哲学诞生了。它针对科学技术的日趋重要，打起强调感觉、提倡科学实证的旗号，而实质上贩卖反科学的宗教唯心主义。它的创始人孔德只承认主观感觉和主观经验，称其为"实证的"、"确实的"事实，而关于事物本质及客观世界规律，则认为是不可知的，实际上肯定"神"的存在。作为实证论的继续,马赫和阿芬那留斯的经验批判主义进一步"批判"感觉经验的客观性,提出纯属主观的"感觉复合"或"要素"乃宇宙的唯一"实在"。唯感觉论和"感觉复合"的观点反映在文艺上,有意大利马里奈蒂(1878—1944)的未来主义和他所作的《宣言》。他认为,现代机械文明所带来的高速度、激烈运动、嘈音和四度空间相互交错,一齐诉诸艺术家的感觉。为了描写这种"复合感受",必须探索未来的"崭新"的艺术形象,尤其是艺术家自己首先必须具有"心境的并发性",才能进行形象塑造。

由于崇尚感觉并强调感受的象征作用,二十年代的诗坛更出现了以美国庞德(1885—1927)为代表的意象派。庞德以浓缩、凝练、突出意象的手法来刻画心理。他认为诗的主要描写对象是意象,即人们"在刹那间表现出来的理性和感情的集合体"[1]。因为它是一种精细的心理活动,所以诗人必须善于运用充满感觉印象的词汇,表现手法力求直接准确,表现形式则可用近于散文的自由体,而诗的感染力主要依靠诗中的音乐性。庞德说,艺术能为我们提供最好的材料:心理的材料,人的思想与感情契合的材料,概括起来,是"关于人的内心的材料",艺术享受也须由此入门。他说:"只有傻瓜才故步自封,不渴望享受某种他可以享受但又不知如何享受的东西"[2]。不难看出意象派和实证论相一致,是强调主观经验的。

二战后兴起的以法国的罗伯-葛利叶(1922—)为代表的新小说派的理论,基本上则是经验批判主义"感觉复合"说的产物。在这派作家看来,世界是一个漠然的存在,小说仅仅"记录物与我的脱离,确认物是客观存在,物就是物"[3]。而人们对外界的认识,"只是片段的、暂时的,文学也只能是为了探索,但又不知道探索什么"。因此,文学作品的思想内容,也就不在考虑之列了。新小说派的一大特征是"否定物我交流":"人看着世界,而世界并不回敬他一眼。"[4]作品的描写对象是:感觉所给予人物的"姿态"、"动作",事物的"外形"、"式样",以及"人"和"物"在生活中所构成的

---

[1][2] 庞德:《严肃的艺术家》,《现代英美资产阶级文艺理论文选》,作家出版社,1962年。

[3][4] 罗伯-葛利叶:《自然、人道主义、悲剧》,《文艺理论译丛》,1965年第2期。

"情景现场"。说新小说派的理论含有非理性主义的色彩,所谓"不知探索什么",也正如柏格森以"无"作为艺术的最终目的(详下)。

二十世纪初,在感觉、感觉刺激决定一切的观点影响下,出现了表现主义的文艺及其理论。这一流派以视觉为外界与内心的中介,主张还内心指挥感觉,使视觉印象诉诸心灵,形成幻象,从而创造"拯救心灵"的艺术。心灵为什么要拯救呢?因为它处于困郁、彷徨之中。表现主义者德国的埃德施米特(1890—1966)认为,艺术家的整个用武之地就在幻象中。这是由于"存在是一巨大幻象,其中既有感情,也有人。"因此埃氏提出表现主义的创作论:艺术家"并不看,他观察;他并不描写,他经历;他不再现,他塑造;他不拾取,他探索"[1]。埃氏通过"观察"、"经历"、"拾取",似乎在追求人和事物内在的本质,其实是主张主观独创,塑造彷徨中的自我形象,企图表现所谓"经久不衰的激情"。

奥地利的里尔克(1875—1926)的诗歌创作兼有象征主义、神秘主义和表现主义等倾向。与其他表现主义作家一样,他从表说一般的思想观念转而摸索诗人头脑中的幻象。他要求诗人不受人世喧嚣器的干扰,在"最沉静的时刻,在内心最深处的强烈感情中"[2]寻找创作的源泉。于是,诗人的语言便从日常用语中分离出来,诗中的词汇,甚至像"和"(and)、"这个"(the)一类极普通的小词,"也有了独特的含义"[3]。一方面,他重视主观感受和内心体验,另一方面又谋求与外在事物相一致,认为死亡应作为诗歌的重要主题。但里尔克对现代诗歌的发展却很有影响。表现主义剧作家还宣称"须要入神,须要着迷",人物形象可让位于非人的、非现世的、神圣的心灵。即使台上有人,也只能是某一类型的代表,不必有什么姓名;台词也不需要语法结构,几个动词挤在一起,便可组成句子,因为非如此不足以捉取那一闪而

---

[1] 埃德施米特:《创作中的表现主义》,《德国文选》第4辑,费舍尔袖珍本出版社,1972年。

[2] 里尔克:《致一位青年诗人的信》,见沃尔特·艾伦编:《作家论写作》,伦敦:凤凰出版公司1958年。

[3] 里尔克:《书信选》,《现代传统》,纽约:牛津大学出版社,1965年。

过的神迷、疯狂。表现主义的理论充满了感觉经验的主观因素，以及内心、自我与神的契合。它在造型艺术方面则主张用夸张的形式和色彩来歪曲形体与形象，以满足主观自我的要求。可以说，在表现主义的创作思想中，实证主义和非理性主义会师了。

非理性主义继续扩大阵地并给后来文论流派以更大影响，表现主义则起了承先启后作用。

二

十九世纪末、二十世纪初，西方资本主义进入帝国主义阶段，生产力和生产关系的矛盾开始加剧，资产阶级的政治、经济、文化等方面危机四伏，资产阶级生活苦闷，精神空虚，因此理性主义哲学愈加活跃。它对现代西方文论产生巨大影响，首先是法国的柏格森（1859—1941）的生命哲学。

柏格森吸收叔本华"生的意志"和尼采"权力意志"的观点，提出非理性的"生命冲动"与"生命哲学"，而他的全部艺术理论，就是以此为基础的。他主张生命是一个不断创造的过程，而创造的动力则为盲目的"生命冲动"或"生命之流"，也就是"意识"或"意识绵延"，它乃唯一的"实在"，亦即宇宙的本质。柏格森反对科学与理性的分析，宣称只有通过直觉，才能认识"本质"或"绵延"，从而本能地、直接地、整体地把握宇宙的精神。在柏格森看来，艺术也包含在绵延之中，而绵延本身便是永无止息的创造，因此艺术不可能有预期目的，"无或不存在乃每件艺术品的一切"[1]。

柏格森所谓的生命之流与意识绵延，成为意识流小说派主要的理论根据。"意识流"一词源于美国威廉·詹姆斯（1842—1910）的实用主义心理学威廉之弟亨利·詹姆斯（1843—1916）把意识的基础——感觉经验，当作小说创作的重要课题，十分着重描写这些感觉经验，并讲求特殊的形式和技巧，成为意识流小说派的先驱。在他看来，"唯有形式才具有内容"，而托

---

［1］ 柏格森：《创化论》第四章，根据阿瑟·密契尔英译本，纽约：亨利·霍尔特公司，1928年。

尔斯泰和陀思妥耶夫斯基的小说在形式上"缺少精心构思","无视紧凑和结构",其结果就如同"稀软的布丁"[1],陷入一片混乱;这显然是形式主义的偏见。詹姆斯进而指出,小说应对特殊环境中的人和事展开心理方面的描写,像戏剧那样逐层铺开情节。意识流小说派的代表者英国的弗吉尼亚·伍尔夫(1882—1941)受詹姆斯,尤其是柏格森的影响,以意识的流动状态代替客观现实,强调"意识之流"的变幻莫测,主张小说家的任务就在于表达这个不可知的、没有边际的意识之流,"无论它呈现出怎样的变化和复杂性",也应"尽可能避免和异己的外在事物相混合"[2]。不言而喻,这"异己的外在事物",就是广阔的客观世界,对于它小说家应避而远之。联系上文,不难看出,这一派和主张"与世隔绝,转入内心世界"的表现主义一样,都不敢正视现实,因而"感觉复合"和"意识绵延"它俩的共同就成了创作对象了。

二十世纪初出现了精神分析学和新托马斯主义。精神分析学的创始人、奥地利的弗洛伊德(1856—1939)认为,人的本能冲动、人的情欲常常和社会道德相矛盾,而被压抑在心灵的无意识的深处,形成"情结",只能在梦中得到满足;文艺创作则为被压抑的情欲的一种升华或补偿。因此文艺是无意识、潜意识的象征表现,作品的内容或含义不过是梦境的象征。如果"将小说家和白日梦者、诗歌创作和白日梦进行比较",便不难发现,"作家通过改变和伪装来减弱白日梦性质,从而表达他的幻想,给予读者以美的享受或乐趣",这种乐趣意味着对读者提供"刺激品",但都"来自更深的精神源泉"[3]。至于新托马斯主义的首创者、法国的马利坦(1882—1973)则在中世纪托马斯·阿奎那的神学基础上,吸取柏格森的直觉主义和弗洛伊德的无意识说,在《艺术和诗中的创造性直觉》一书里提出他的诗论:诗导源于"精神的无意识",即超越现实的"天主";诗,既是"天主"对人进行神秘启示的产物,又是人创造性地对"天主"的直觉的途径之一。马利坦集中突出地

---

[1] H.詹姆斯:《给休·沃尔波尔的信》,见沃尔特·艾伦所编的《作家论写作》。
[2] 见伍尔夫:《普通读者》第一辑。
[3] 弗洛伊德:《创作家与白日梦》,见 E.琼斯主编:《弗洛伊德论文选》英译本,第 4 卷第 9 章。

把宗教信仰塞进了文艺理论。这样，精神分析学和新托马斯主义就成为非理性主义的巨大支柱，深刻地影响了现代西方文论，例如超现实主义、新批评派以及存在主义的文艺理论等。

法国的布勒东（1896—1966）在他的《何谓超现实主义？》一文中下了这样一个定义："超现实主义，名词。纯粹的、精神的无意识活动。人们凭借它，用口头、书面或其他方式来表达思想的真实过程。"他进而解释："只有在不受理性的任何控制，又没有任何美学或道德的成见时，思想才有自由活动的可能。……因此，超现实主义认为，过去被忽视的某些联想形式具有很大的真实性，相信梦幻无所不能，相信纯粹的思想活动可避免偏见。超现实主义要最终废除一切其他的心理机械论，并取而代之，以解决生活中的主要问题。"布勒东断言：文学就是无意识写作和梦境的记录，而梦和无意识都是心灵的产物，因此，作家必须尽量"使自己的心情处于被动地接纳的状态"，事先不必选择任何主题，只需精神集中，提起笔来，文思就会自动跃到纸上，表达出下意识的活动，从而完成文艺的使命，亦即表现这个"无意识世界"，发挥"心灵自动性"，使"自我"超越现实而得到解放，走上"通往未来世界的道路"，终于体现那"属于彼岸的永恒生命"。相反地，"如果转而从事所谓'无产阶级'的诗歌和艺术的创作：我们不同意。"这一流派融合柏格森、弗洛伊德和马利坦的部分论点，而以信仰主义或非理性主义为核心，不仅逃避现实，并且把矛头指向马克思主义了。

新批评派的代表、英国的艾略特（1888—1965）早年曾提出文学创作和批评的"非人格化"的观点，认为诗人必须排斥自我、牺牲主见，才能通过"客观对应物"、即"事物情景"，使个人的情绪转变为宇宙性情绪。换言之，艾略特企图运用事物和背景，进行间接暗示，也就是假借象征手段，以造成特定的气氛，有利于表达主观境界，最后实现人神的契合。新批评派理论包含有机形式主义和宗教宣传两个方面。就前者而言，艾略特把文学看作特殊的语言形式，一部文学作品终于成为独立的、与外界毫无接触的有机体，而文学批评的任务就只能是对作品进行语义分析。然而艾略特并非主张全无内容，而是通过一定的形式反映宗教感情："文学批评为了完成任务，应该有一个明确的伦理和神学立场。"[1]任何时代的文论都是由于这两者的统一而存在的,但当前却失去了这种统一,因此基督教的读者应以明确的伦理和神学标准来检查自己的读物。艾略特还宣称,他本人便是"不惜为基督教的存在而献身的"。在这里,新托马斯主义就成为新批评派的重要内容。不过,艾略特也还有些可取的论点:"批评家必须克服个人的偏见和癖好,才能和同人们一起追求正确的判断。"至于作家,"为了产生真正的作品,也须能够运用自己的批评才能"。[2]

法国的萨特(1905—1980)所代表的存在主义,宣传必须肯定"自我"的"存在"及其极端孤立的地位与悲惨的境遇,同时强调"自我"更应为其自由而挣扎斗争。他把"存在"等同于"我自己的存在",而整个世界都是后者的产物。他解释"存在先于本质"的含义时,认为人首先存在,露面,出场,然后才能说明自身,而人和其他事物的区别就在于,人一经存在便任意选择并造就自己的本质。因此萨特断言,"作家——作为一个对自由的人们讲话的自由人——只有一个题材,那就是自由。"萨特强调人是自由的,写作也是一种要求自由的方式,从而阐明"存在先于本质"这一基本原则在文学创作中的体现。在他看来,作家写作时所更多地意识到的,乃是自己的创作活动,而这活动所接触到的只是**他的知识**,**他的意志**,**他的计划**,而这一切都环绕着**他自己**,并构成了**他的自由**的创作活动。这些才是本质的,而作品则是次要的。

关于自由的创作,萨特又分别予以论说。其一,艺术家的自由决定于幻觉,而非自然的、客观的外界事物,他说:"我们的自由决不是由自然美召来的,倒不如说,是……幻觉在召唤。"而"自然的现实只不过成了沉思默想的借口"[3]。其二,艺术创作是一种信任自由的行为,而这种对自由的信任须凭想象予以实现,因此创作亦可称为"通过想象显示自己,表现世界"[4]。

---

[1] 艾略特:《宗教与文学》,《艾略特散文选集》。
[2] 艾略特:《批评的功能》,《现代英美资产阶级文艺理论文选》。
[3] 萨特:《为何写作?》,《文艺理论研究》,1980年第2期,江西人民出版社。
[4] 埃斯林:《荒诞派之荒诞性》,见《外国戏剧》,1980年第1期。

此外，萨特还提到作家和读者的关系：作家之"我"及其作品和读者的认识领会不可分；作品必须经过阅读之后才具有完整的生命。这对西方文论中以欣赏为再创造的论点，有所补充。

存在主义对西方现代文论的影响较大，这方面而以荒诞派剧论最为突出。荒诞派剧论把"自我"和周围世界看作敌对的，宣称人乃荒诞的存在，对人生的一切探索都属徒劳，因为人与人、个人与社会之间都有着无法消除的隔膜。这派理论代表之一英国埃斯林（1918—　）断言："人脱离了宗教的、形而上学的、先验论的根源，就不知所措，他的一切行为变得毫无意义，人变得荒诞而无用了。"[1]这一流派的另一代表法国尤奈斯库（1912—　）吸收表现主义所谓"心灵拯救"，而从事"自我"的寻找，进一步发展了表现主义的奇特、变形诸手法；主张戏剧仅提供见证，避免说教，剧中无需连贯的情节，只要注入"一种情绪"、"一种冲动"[2]，以断片式的和荒诞的舞台艺术形象代替"矛盾—冲突—解决"的传统戏剧公式，于是乎戏剧创作竟被说成是以荒诞的手法表现荒诞的存在了。

三

（二十世纪）六十年代以来，还有影响较大的结构主义文学理论。文学创作为了认识复杂、骚乱的社会现象，首先须把握现象的结构，文学批评须脱离社会历史和作家生平，去探寻文学的原型、模式系统、内在的完整的体系。其结果，无视作品的思想和艺术，强调所谓客观的、绝对的结构，认为内在的框架决定一切作品。这派的代表加拿大的弗里亥（1925—　）主张"形象的个别和普遍的形式是同一的"，像大海的形象不可能为某一诗人所独有，因此批评应诉诸"文学中的原型及其象征"，并"确立中心原型"，而不能"从文学批评退回到心理学、历史学或其他"。他还把欧洲一千几百的小说归纳为五种模式，而无视小说的史的发展。另一代表法国的巴尔特

---

[1] 尤奈斯库：《起点》，《外国文艺》，1979年第3期。
[2] 弗拉亥：《文学的若干原型》，见《同一的寓言》，1951年。

（1915— ）侧重符号论的研究，主张小说作品为种种的符号所构成，"无中心系统"，"没有内核，没有隐秘，……唯有穷层的包膜"，从而论证作品没有永恒固定的结构。

  总的看来，上述诸流派提供了现代西方资产阶级文论的一个总轮廓。这些批评家一定程度上看到了资本主义社会的丑恶，但又害怕革命，只有逃避现实，而把文艺创作视为发挥个人意志、陶醉于自我表现、沉溺在无意识中，寻求彼岸，皈依上帝，以至于丢掉内容、讲求形式与结构，实际上否定文学，如此等等。其中结构主义和荒诞派至今仍占重要地位，是更加值得注意的流派。结构主义和荒诞派似乎矛盾，前者以文学原型取代作家的自我，后者困惑于荒谬怪诞，但仍试图"寻找自我"，其实不然。因为追求"自我"而路不通之日，正是倒向形式主义之时。它们所宣扬的形式主义和非理性主义仍在继续影响现代西方文论的发展。我们面对现代西方形形色色的文论，有的一望而知其谬，有的涉及我们前所未见的问题，应该结合其社会背景、思想渊源，进行分析，最后作出比较恰当的评价。有些流派内容十分复杂，有待我们深入研究。由于资料和水平的局限，本文存在缺点和错误，请读者批评指正。

本文作者伍蠡甫、程介未
发表于《外国文学研究》1984年第1期

评马蒂斯《笔记》

亨利·马蒂斯（1869—1954）为创始人的法国野兽派，和德意志、奥地利的表现主义有一些相通之处。野兽派以大色块、粗线条及其装饰效果，来塑造艺术形象，反映画家的主观世界。表现主义以感觉为外界与内心的中介，主张由内心指挥感觉，让感觉印象诉诸心灵，构成幻想，从而创造所谓"拯救心灵"的艺术；认为这样的作品"既有感情也有人"，因此以主观意象来达到自我表现，乃绘画的目的。表现主义虽和野兽派一样，仍然保持事物形象，但不同于后者，大肆夸张与歪曲，以丑恶的画面发泄资产阶级的内心苦闷。但在排除被动的摹仿、如实的再现上，而力求画中有我，它俩是一致的，只不过这个"我"在野兽派作品中，还没有颓废以至荒诞的色彩。因此，马蒂斯倡导的野兽派和作为现代派艺术之一的表现主义，是不宜等量齐观的。

马蒂斯于1908年12月25日在巴黎《大评论》上发表了《一个画家的日记》，谈到自己对绘画艺术的许多看法，同时也是他青年时期的创作经验总结，今天来说仍有若干现实意义。下面根据一九五一年斯科拉利的英译本，摘要译出，分为若干问题，并结合我国画论和中西方美学的若干观点，谈谈自己的随想。

表现的几个方面

首先是艺术的表现与创造。马蒂斯所说的艺术"表现"，并不意味着无视社会现实，违反广大人民利益的"自我"和极端个人主义。"假如我提到这一位和那一位画家的名字,我意在指出我和他们之间的不同,甚至表示我并不欣赏他们的作品。""我之所以用他们作例子,并不想把自己高置于他们之上,而是企图通过他们已做之事,来表明自己正在努力去做之事罢了。"意思是画家的创作贵有独创性,应该表现自己的特有的面貌与风格,与其他画家不相同,而且有所超越,也就是画中须有"我"在。我们读到这里,不妨联系原济(石涛)的一段话:画者,"借笔墨以写天地万物,而陶泳乎我也。今人不明乎此,动辄曰:'某家皴、点可以立脚,非似某家山水不能传久;某家清澹可以立品,非似某家(则)工巧只足娱人。'是我为某家役,非某家为我用也,纵逼似某家,亦食某家残羹矣,于我何有哉?我之为我,自有我在,古之须眉不能生在我之面目,古之肺腑不能安入我之肠腹,我自发我之肺腑,揭我之须眉……我于古何师而不化之有"[1]。马蒂斯以自我创新与诸家抗衡,石涛强调以我化古,他们都是为了作品的人格化,在中西画论史上可谓今古相同,互为辉映。

其次是思想意图与表现形式,或感情与感情的表现。马蒂斯把双方看作是对立的统一:"我深深感到自己的旧作和近作是彼此联结的。虽然我今天所想不同于昨天所想,但我的思想却是一贯的、发展着的,并且始终在指导我的表现方式与方法。不过,倘若重画同一主题,我却不愿运用和以往相同的方法。"因为,"表现方法必须由于思想深化而日趋完善(我不是指日趋复杂),从而在我的作品中,难以区别对生命的感情和感情的表现。"换句话说,如何感受,就如何画,而且表现的形式愈洗练,感情的表现愈集中;意和笔高度统一,犹如金农画竹所题:"新篁一枝,出之灵府,清风满林,惟许白练雀飞来相对。"[2] 艺术表现既赖笔墨,笔墨又写出我来,于是飞鸟所寻的伴侣,是我而不是竹了。马蒂斯要求形式和内容相一致,做到画中有情、有我,也就是物我为一。关于这个道理,石涛讲得相当深刻。"画受墨,墨受笔,笔受腕,腕受心。"如果"得其受而不尊,自弃也;得其画而不化,自

---

[1]《苦瓜和尚画语录·变化章第三》。
[2]《画竹题记》。

缚也。夫受，画者必尊而守之，强而用之，无间于外，无息于内"[1]。心和笔之间有无数往复，但离不开感受和忠于感受，这一过程简称"尊受"。画家的感受，源于客观事物，而感受之道，一部分却在绘画遗产中，对这双方都须尊重，倘若轻视对事物的感受，势必切断物、我联系，是"间于外"了，假如死守前人窠臼，亦将窒息自我创造，是"息于内"了。

再次，是表现和装饰，或表现和表现的成功。马蒂斯说："照我看来，把人物面部所反映的，或人体紧张姿势所代表的激烈感情，都描绘出来，这并没有全部发挥表现的功能。"还须将范围扩大些。"我在整个画面的安排上，都强调表现性，人或物所占的部位；环绕着他（它）们的、未被使用的空间，实和虚的相互比例——所有这些都关系到表现的功用。画家为了表现自己的种种感情，须善于控制以上几方面或不同元素，通过它们之间相互作用，以突出装饰效果，这便是构图艺术了。……要做到画面没有无用之物，无用之物有害于感情的表现。"照他看来，装饰性（感）关系着艺术表现的成功，所以他很注意自己画室的装饰。"我定要把画室装饰好。那是一座三层楼建筑。我一直想象着从外面走进来的客人的心情：一楼出现在他的眼前……应给他以轻松的感觉，因此我在一楼的画版上表现了人们环绕丘陵跳圆舞；登上二楼，也就是到了家庭内部，客人的心情趋于安静，于是我把他注意力集中在富于音乐境界的画面；最后来到三楼，这里，他应感到全然寂静，我便描绘休息的场面——人们横卧草地上，在絮语，在梦想。画家应把一切内心世界全部适当地表现出来。"[2]这段话对于理解马蒂斯寓装饰于表现，是很有帮助的。

这里，我们也应看到在马蒂斯之前，装饰性（感）已经是西方美学的课题。十九世纪末 W. G. 柯林乌德在其《装饰哲学》(1888) 中写道："人们把装饰（性）误解为一个可以分离出去的外加物，好像古罗马圣餐杯上便于摘下的宝石，或南印度神殿上可以搬走的偶像。对于艺术制作者来说，凡是割

---

[1]《苦瓜和尚画语录·尊受章第四》。
[2] 田岛纪夫：《剪币——马提斯》，冷兆凯译，《美术》，1981年2月，第84页，本文略作修饰。

去而无损于主要意图、目的的部分，便意味着奢侈以至于颓废，在感情表现和作品风格上缺乏和谐、统一与恬静。"意思是装饰非可有可无，乃造形艺术所不可缺少的组织力量，它寓纷歧于统一，使运动趋于稳健，从而将静穆的境界诉诸审美感情，而马蒂斯则把这种境界的形成视为艺术的"终的"（见下）。二十世纪三十年代，B.贝伦逊在其名著《文艺复兴时期意大利绘画》（1930）中，则把装饰性绝对化了，认为绘画艺术可以分为说明（illustration）和装饰（decoration），而前者远远不及后者重要。书中《说明和装饰》一章有这样几段话。"我所说的装饰，是指一件艺术品中或者直接诉诸感觉的全部因素，如色和色调的感觉，或者直接激起概念化的感觉，如形状的运动。诚然，装饰一词从来未被赋予如此广泛的涵义。那么，说明的定义当然就是：艺术品中非装饰的部分了。"因为"色、形、结构乃艺术品本身固有的特质，它和外在世界的，以至于作家思想的价值毫无关系。"贝氏因此断言：装饰是永恒的、长在的，而说明是暂时的、必将消逝的。装饰因素的价值犹如心理过程本身，虽然在不同时期会有程度之差，但却永远存在。贝氏的看法，乃本于永恒人性、普遍人性的观点。至于说明，则是"伴随着思想内容及其形象的艺术再现之变化而变化，这一历史时代有别于另一历史时代，正像每个民族和每一个人的各自变化所造成的悬殊"。说明因素不得不随作品再现的内容的消逝而消逝，而"同一作品的装饰因素则并不由于我们对它缺乏认识而会消逝，相反地却依然存在着。""如果人们对于装饰因素毫不留意，那么总有一天，作品所体现的人生侧面以及感情思想会使我们感到厌倦了。"实质上，贝伦逊之重装饰而轻说明，就是切断作品形式（色、形、结构）和它所服务的作品内容之间的有机联系，从而高置艺术性于思想性之上。然而，与此同时，他也触及一个问题：画家可以批判吸取前人或它人作品的美的形式，进而创造具有个性的风格特征。我们回转来看看马蒂斯的作品，却正是为了风格的创新，才把装饰性作为重要的表现形式啊！

再进一步说，艺术结构上寓纷歧于统一，意味着疏密互用、虚实相生，但这种辩证关系不一定是客观物像的反映，而是可以出自画家追求装饰的审美感情。回顾我国的画论中，虽不曾出现"装饰"字样，但讲的确是这个道理。例如恽格（南田）便曾指出："今世所存北苑（董源）横卷有三，一为《潇湘图》，一为《夏景待渡》（全名为《夏景山口待渡》），一为《夏山卷》[1]，皆丈余，景塞实无空虚之趣。"[2] 我们试看后面二图，确是山水树木密密层层，布满画面，看去会感到闷塞，而且单调，倘若这位大画家落笔时稍须有点以虚带实的装饰感，也许就画得比较空灵生动了。此外，关于设色、敷彩，也不忘装饰效果，不能单讲有色处，还须看到无色处，方得虚实互用之妙，所以笪重光强调："当知无色处之虚灵。"[3] 当时恽格和王翚（石谷）读到此句，大为赞赏，评曰："论及无色处，精微之理几乎入道。"其实，这个"道"不过是色、色调和画底空相互衬托、生发所给予的装饰感而已。

谈到这里，不妨再看看现代西方美学有关艺术的装饰性的部分论点，如装饰性仅仅涉及作品的构成形式（苏里奥），或装饰性图案并不含有现实性因素（鲍桑葵）等，则倾向于排除事物形象的再现，而代之以抽象纹式，把艺术装饰看作绝对独立的纯形式了。但是马蒂斯所说的装饰却并非如此，他只要求以装饰效果增加艺术表现力，而他所表现的尚未丢开具象，走向抽象。

总之，马蒂斯将绘画艺术概括为三个环节：结构、装饰、表情，从色彩、造形、运动（动势）加以阐说，而重点则放在色彩上。

色 彩

马蒂斯对色彩的探讨比较全面，大致可分为色彩规律、设色与造形、色调与审美享受、刹那间的色感与永恒的色感、色中之动与色中之静，等等。下面试作综合论述。

首先关于色彩。马蒂斯说："我对色彩的选择，不以任何科学理论为依据，而是全凭亲身的观察、自己的感情以及每次感受的特质。"他进而讲求色调的配合和配合所表现的运动。"色调的相称、对比、均衡，构成一种动

---

[1] 均见徐邦达编：《中国绘画史图录》上卷，上海人民美术出版社，1981年。
[2] 《瓯香馆题跋》。
[3] 《画筌》。

力和动势,足以导致画面物象的变形,从而活跃了我的构图。我便这样地画下去,直到色调的比例能体现在构图的所有部分。最后,这样的一个时刻到来了:部分与整体的关系被明确地建立起来,使我无须再添一笔,否则的话,就该全图再画一次。"他要求从色调关系中追求色的运动以及在这运动中色的造形功能,终于使色、形、势紧密协作,取得了表现画家情感的成功。不过,他还补上一句:"为了做到这一步,我须组织我的思想。"他并未忘了色感背后的主人,犹如我国画论强调"意存笔先"。他在一篇随笔中也提道:"如果色彩是属于感觉的,那么(运用色彩来)描绘是属于心灵的。"[1]可以说,马蒂斯是反对形式主义的。

其次,关于马蒂斯让设色也参与造形,我国古代美学早就注意到了。汉代刘安指出"宋画吴冶"[2],唐代张彦远引申为"宋人善画,吴人善冶"[3]。画指刻画形状,冶指敷彩加色。但张彦远更进而论说:以墨画线、造形,乃是基本的,同时强调笔墨、笔踪、笔意,因此主张以墨线勾云,反对"吹云",理由是:"沾湿绢素,点缀轻粉,纵口吹之,谓之吹云,虽曰妙解,不见笔踪,故不谓之画。"[4]吹云之所以不及勾云,正是因为它不可能以笔踪来表达笔意,而只有笔意方能体现思想对造形的主导作用。再看马蒂斯以色造形,复以色感从属于心灵,也是以"意"为先的,尽管他和张彦运相隔一千多年。

再次,关于色感和思想境界,以及色感的由动而静的审美观。马蒂斯认为:"娇媚、浅淡、鲜嫩——对感觉来说,是一览便了的。我创作一幅油画,趁颜色未干,不断加工,直到调子由鲜嫩变成凝厚、坚实、沉着,这时候我的思想境界得到提高,尽管色调却不那么悦目了。""我宁愿放弃刹那间的、稍纵即逝的感觉,而要求自己能认识每幅画乃思想、感情的产物,……我尝试把宁静、安详的气氛放到我的每幅画中,我每次作画都是如此,为了要使自己感到是成功而非失败。"马蒂斯就是这样表述了他的由动而静的色的审

---

[1] 引马提斯语。R. 阿恩海姆:《色彩论》,常又明译,云南人民出版社,1981年。
[2] 《淮南子·修务训》。
[3][4] 《历代名画记》引《淮南子》。

美观。他对印象派作品追求色彩的跳动,颇有微词。"印象派画家,特别是莫奈(1840—1926)、西斯莱(1839—1899),都喜欢无微不至的跳动感,他们的作品面貌相同。'印象主义'一词充分刻画了他们的特殊意图就在记录转瞬即逝的印象,然而近来的画家们(指印象派以后的)认识到顷刻间的感觉是虚假的,不可靠的,于是'印象主义'一词对他们就不适用了,避之唯恐不及。"马蒂斯还结合风景画创作,反对"捉取瞬间的表面现象,迅速地完成一幅作品。我宁愿只抓住自然的某些东西,从而发掘较为永恒不变的本质与内容,甚至牺牲那些乍看非常悦目的特征。"我国画史也有舍动尚静的色彩观。王原祁便认为"浮"、"佻"、"躁"乃设色的大病,色和色调"不入绢素之骨,惟见红绿火气,可憎可厌而已"。他说:"色由气发,不浮不滞,自然成文,非可以躁心从事也。"主张"全论火候,不在取色,而在取气"[1]。王氏所谓"入骨",也就是马氏主张的"沉着";王氏不喜红红绿绿,犹如马氏厌恶"娇"、"浅"。至于王氏所说"色由气发",他的门人唐岱曾作补充:"着色之法,非为暄目,亦取气也。"[2] "气"这个词涵义本广,可指画家的气质、禀赋、生命力,特别是饱满的创作精神,如庄子所谓"画史解衣盘礴",或荆浩强调的"气",在于"心随笔转,取象不惑"[3],是指落笔之际,心手贯通,了无隔阂,一气呵成。而郭熙主张"养得胸中宽广"[4],则属于学问、德行、气宇之事了。色中求气,使赋彩表现画家的精神面貌,这和马蒂斯以色调为思想感情的产物,其观点可以说是一致的。至于他用色不求"悦目",须在厚重中体现高尚风格,则颇似国画色尚古雅、有金石气、火候恰到好处。有朝一日,浮、佻、躁等都已去尽,自有宁静澹泊之感,这更是马蒂斯和国画在设色上的共同风尚啊!

此外,马蒂斯把设色和取象相结合,而取象在于揭示本质,则近于石涛的观点:着重"山川之质",包括"山川之气象"、"山川之节奏"、"山川之

---

[1]《麓台题画稿》和《雨窗漫笔》。
[2]《绘事发微》。
[3]《笔法记》。
[4]《林泉高致》。

凝神",要求"尺幅管天地山川万物"[1]，也就是抓住对象菁华。

最后，在马蒂斯的艺术语言中，本质的、永恒的常和宁静、安详之境不可分，这样就导致了以"安乐椅"作为绘画艺术的微妙定义。

安乐椅

马蒂斯将一幅成功的绘画比作一把质量很好的安乐椅。"我所梦寐以求的，是一种具有均衡、纯化、宁静的艺术，其题材不会使人感到烦恼或沮丧；是脑力工作——商人或作家所需要的艺术，可以从它得到感染与精神安慰，因而消除疲劳，犹如一把使他浑身舒适的安乐椅。艺术是针对每一个人的，（要给他安慰），此外别无任何法则了。"这段话反映了资本主义社会里艺术商品化的一面，但是如果认为对于舒爽、安静的要求，是逃避斗争，安于故常，那也未免皮相之见。且看我国山水画美学也是强调涤烦爽心的。早在六朝、宋时，山水画家宗炳就用这末两句话结束他的那篇《画山水序》；"余复何为哉？畅神而已。神之所畅，孰有先焉？"意思是没有比画山水更能使精神舒畅了。马蒂斯的"消除疲劳"和宗炳的"畅神"，辞虽大异而义实相近。与此同时，我们倘若从这"安乐椅"中的"静"回溯到他关于用色尚"静"、装饰求"静"等论点，就不难理解他的审美感情，并作些初步探讨。

宋代欧阳修说过："萧条澹泊，此难画之意，画者得之，览者未必识也。故飞走迟速、意浅之物易见，而闲和严静、趣远之心难形。若乃高、下、向、背、远、近、重复，此画工之艺耳。"[2]动的东西，显而易见，内蕴的、宁静的意境，此较深远，倘无审美修养，难以把握。明代董其昌评论米友仁的《雪山图》时，则从画家本人的静观、冥想，来阐明"静"首先是艺术美创造者必须具备的审美能力。画家面对"江上诸山所凭空阔，四天无遮"，所以"得穷其朝朝暮暮之变态耳。此非静者何由深解。故论书者曰：'一须人品高'，岂非品高，则闲静无他好萦故耶？"[3]董先生比欧阳先生讲得深一

---

[1]《苦瓜和尚画语录·山川章第八》。
[2]《试笔》。
[3]《画旨》。

层，将"静观"归结到人的学识、品性，但求表面、追逐浮华的浅尝主义者，是无从领会的。

在西方，德国启蒙运动时期的温克尔曼（1717—1768）评论古代希腊雕刻，也涉及"静"的问题。"希腊杰作有一种普遍的突出的标志，这就是无论在姿态上和表情上，都显出一种高尚的简朴（亦译高贵的质朴）和静穆的伟大。正如海水表面波涛汹涌，但深处总是静止的一样，希腊艺术家所塑造的形象，在一切激烈情感中都表现出一种伟大而镇静的心灵。"他又说："身体的状态愈平静，则愈能巧妙地塑造心灵的真实特征。"换而言之，静比动是更为本质的。他接着批评："今天的、特别是刚刚出庐的艺术家们，赞许……一种狂烈火焰的姿态和表现方法"，而丧失了对艺术真实的追求；他还引古罗马诗人贺拉斯的诗句："正如热病患者的幻想一样，产生了虚幻的作品。"以为佐证。[1] 十九世纪末，鲍桑葵结合温氏的观点，论说了"心灵的静默富于意味，而且善于雄辩，以求表现"，并追溯到"古希腊柏拉图的看法：静是属于最不容易、却有可能的表现形式"。[2]

以上所举中西美学家的有关论点，虽然很不全面，却有助于说明静中见动乃是一种宏观，而宁静的艺术境界足以导致深入本质、充满生命的艺术真实的创造。他们以不同方式，阐明这条真理。欧阳修和柏拉图、温克尔曼是讲静的创造和欣赏，都非易事。对此能有所领会的画家或评论家，董其昌称他为"静者"。为了从反面来论证，贺拉斯举出"热"、"幻"，欧阳修举出"飞走迟速"、"高下……重复"。至于马蒂斯，则在他的创作实践中悟出"静"之难能可贵。

本文谈些感想，存在缺点错误，请读者批评指正。

本文发表于《文艺理论研究》1984年第2期

---

[1] 杨德友译自《温克尔曼文集》，《世界艺术与美学》第一辑，文化艺术出版社，1983年，第217、219、236页。

[2] 鲍桑葵：《美学史》，伦敦版，1934年，第247页。

《伍蠡甫先生120周年诞辰纪念文集》(下)

第一部分　伍蠡甫先生作品及思想评论

伍蠡甫的《欧洲文论简史》

在西方，文学批评理论内容丰富，历史悠久。因此，对它进行总体把握和深入研究，是外国文学研究中一个迫切需要而又任务艰巨的课题。伍蠡甫先生的《欧洲文论简史》(以下简称《简史》)，在这方面的研究很有特色。

作为简史，既要起到启蒙作用，使人增加知识，打开思路，并有独到见解，使读者从较高的层次去理解，掌握各派理论的现象和实质；而作为史论，更需高屋建瓴，从各个发展阶段进行客观的综合与分析。《简史》一书可以说基本上做到了。全书以时代背景为经，批评家与批评流派为纬，结合每一时期的政治概况、哲学与美学思潮，列举较有代表性的文学批评理论和中心论点，并阐述若干主要论点的源流发展，从而揭示批评流派之间的联系。

《简史》引用大量第一手资料，特别是文论著作的根本立论，分析其要旨，作出中肯的评论。例如关于英国柯勒律治的浪漫主义诗论，着重介绍了他所强调的"意志—热情—思想—想象—形象化"这一创作过程，指出柯氏的想象说对后来形象思维的理论研究有一定贡献。

关于德国启蒙时期主要文艺理论家歌德，《简史》提到，法国圣·佩韦和英国阿诺德誉其为"最伟大的"、"至高无上的批评家"，而在海涅眼里，歌德却是"对于每一个独立的、奇拔的作家都抱有戒心，而反赞誉庸碌浅薄的作家"。对这样一位毁誉并存、颇有争议的人物，《简史》在搜集并阐述歌德的大量文论、随笔、箴言之后，作了如下评语：歌德在探讨文艺理论时，感性经验、知解力和超验理性、主观想象时常在彼此打架，导致了其在文艺与自然的关系这一根本问题上的重重矛盾。他一方面把自然理解为现实生活、社会环境,主张艺术既反映现实,又胜于现实,并起道德感染作用,表现为唯物论的反映论;另一方面他却把自然看作超验理性,是不可知的,主张艺术纯为超验理性的体现,否定任何外在效果,于是又成为唯心论的表现论了。与此同时,《简史》把矛盾的根源,溯诸德国启蒙主义运动的特定肯景与历史。这样,既肯定了歌德的成就,同时指出他的局限,关于后者国内向来很少论及。

《简史》的客观性还表现在不因噎废食上。英国前浪漫主义者布莱克的创作观国内几乎完全忽视,《简史》却给予应有的地位,使他的精辟理论放出光彩。对十九世纪末的唯美主义,《简史》作了重点剖析,揭示同为美的概念,其内涵却因人而异:戈狄埃将美与痛苦相连,波德莱尔认为美与邪恶不可分,裴特主张充实刹那的美感享受,王尔德鼓吹高于生活的艺术纯美;但他们的终的则又是共同的:为艺术而艺术。

早期的西方文论反映了摹仿说与天才说并存的创作观点,而希腊后期文论则有想象说的萌芽,并对西方文论的发展具有深刻影响。《简史》针对创作的这个主要动因——文艺想象,结合不同时期加以阐述,使之贯穿全书,起到轴线作用。而为了前后呼应,作者花了很大精力,使书中的每一重要观点,都作为一个支流,纳入文论史的长河。例如古罗马时期普罗提诺的"太一"说继承柏拉图关于艺术摹仿事物、事物摹仿理念的论点;以回归"太一"为美和艺术作品的最终目的,则给中世纪奥古斯丁与阿奎那的神学文艺观开辟道路,并成为近现代西方形形色色的非理性主义文论的先驱之一。又如康德的先验范畴说及艺术创造之内在理想等观点,可溯源于普罗提诺以致柏拉图,而他的天才论则影响了德国狂飙突进运动,他的"第二自然"说与柯勒律治诗论中的"第二性想象"有相通之处,他所坚持的"不夹杂利害感的美"则给唯美主义以至形式主义文论提供了理论基础。类似这种理论之间的纵横继承影响,《简史》力图勾出一幅幅画面。

《简史》有一定思想深度,因为没有切断文论与哲学之间的关系,从而更加深刻地揭示文论论点的实质。这表现在两个方面。第一,从实证主义及其变种经验批判主义之片面强调感觉,来探讨左拉的自然主义,波德莱尔、裴特、王尔德的唯美主义，和法朗士的印象主义等文艺批评；从非理性主义的有神论，来分析尼采的唯意志论、马拉美的象征主义、梅特林克的神秘主义、柏格森的直觉主义等文艺批评。第二，对于哲学家康德和黑格尔，则不从其美学，而从其评论文学方面选择若干重要论点，并结合其哲学加以评介，这在我国也许是前所未有的。

作为一部尝试之作，《简史》也存在一些问题。例如，体系安排有待改进，如果在目次中列出每一流派的代表人物，能使标题醒目，便于读者检查。又如，全书似嫌过于简略，希望将来能够加以补充，涉及更多方面。至于资料的选用，评论的角度以至方法等，既有客观条件的限制，有时也不免出于个人的好恶，然而见智见仁，也不必强求一致了。

本文作者介未

本文发表于《文艺研究》1985 年第 6 期

艺术:《伍蠡甫艺术美学文集》

本书是著名学者、复旦大学教授伍蠡甫近40多年来所写的关于绘画艺术和绘画美学的文章精选汇编而成,反映了作者的治学成果。收入这本文集的37篇文章,论述了绘画艺术和美学的一些重要问题,例如:绘画艺术的本质与艺术想象,艺术想象的途径与表现——表现媒介与艺术形式美,绘画美学中自然、艺术或物、我关系,等等。本书重点论述中国传统的绘画与绘画美学,提出了许多深刻的见解,一方面阐述画论,另一方面评说艺术技巧,使画史、画论、画艺三者有机地结合,全书的各篇文章相互联系,构成作者论画的一个总体轮廓。另外,作者还择要论述西方绘画及其美学,并且环绕艺术想象与艺术形式美等问题,作中西画论的比较研究,这是作者多年来悉心从事东西方文学、艺术、美学领域比较与鉴别的探索成绩。本书是到目前为止国内出版的画论研究中具有突出水平的专著之一,出版后引起了学术界的重视。

本文作者骧华

发表于《中国出版年鉴》1987年

伍蠡甫先生的绘画艺术

一

提起伍蠡甫先生,学术界都知道他是西方文论专家、美学家。其实伍先生的学术成就是由三部分构成的,除西方文论和美学外,便是他的国画艺术。可他在这方面的成就,学术界知之者不多。伍先生的绘画艺术与他的美学研究是密切相关的,二者相互益助,互为生发。

在谈伍先生的绘画之前,有必要先将他作一介绍,费巩[1]1933年主笔《复旦同学会会刊》时作游戏文章云"伍蠡诺夫,界于老爷与少爷之间,或可称兼有老爷与少爷之名者,伍范伍蠡甫君也。伍君肄业母校时,人即皆以伍老爷称之。自任教文学系后,学生以其为前辈伍光建先生之公子,锡以伍大少爷之名。伍君著作等身,蜚声文坛,名著如《西洋文学鉴赏》、《福地》、《短篇名著选》等,均黎明书店出版,传诵一时。去冬严寒,伍君披厚大衣,戴俄罗斯式高帽,犹缩其颈,镶其袖,若新自西伯利亚来,不胜其冷者。伍本魁梧,髭须满面,今若此,益如'罗宋人'。同事逐戏其尊姓名之中间插一'诺'字,而改'甫'为同音之'夫',则俨然俄国人名矣。至于伍老爷为白俄抑赤俄,则不得而知矣。"据说伍先生见文,曾笑谓:"香曾笔好毒哦。然文虽谑,亦尚称传神矣。"阅此,读者的脑屏上或已显现出三十年代的活脱脱的伍蠡甫来了。

---

[1] 费巩(1905—1945)字香曾,号薇公,江苏吴县人。1927年复旦大学文科毕业,留学牛津大学,曾任复旦大学、浙江大学教授。

对于绘画，伍先生自己言自小就有所好。在中学念书时，他对图画课发生浓厚的兴趣，老师发下的画稿，必定细心地临摹，反复地练习线条。后嫌课堂教科书内容单薄简易，就自己四处去寻觅范本，见书店有画册，不管中画西画，见啥买啥，真有饥不择食之状。后逐渐专爱国画，陆续买全了邓秋枚所编的《神州国画集》，狄平子主编的《中国名画集》。观摩比较，临池挥毫，以至于如醉似痴。经寒暑几度苦习，得窥中国绘画门径。后经黄宾虹老人指点，重点遂转向于山水，画艺亦日精矣。

伍先生的绘画，大致可分为三个时期，二十年代初至三十年代末为第一时期，以师法传统，积累功力为主。四十年代初至"文革"结束为第二时期，这时的画呈现两种风格，一为继承传统一路，二为摸索创新，把现代事物放进山水画的一路。改革开放至晚年为第三时期，此时的绘画已不再表现时髦而追求朴拙内美，平淡天真的境界。下文按时期分别介绍。

二

伍先生早年的画作，留存者甚少，今能见到的最早画作是辛酉岁（1921）临唐寅《虚阁临溪图》。唐寅画初学周臣，故有浙派的影响，但用笔已全然不似浙派。他改用圆劲而极为糯性的长线条代替短削劲利的斧劈、乱柴皴，化躁硬为柔和，显现出南方地域植被的风貌特质。如《山路松声图》、《落霞孤鹜图》即是其代表作。唐寅的可贵处在于不机械地抄袭照搬前人笔墨，而是根据自己的审美情绪，化用前人技法为我法。这种学而思变的思想，是后之绘画者可资借鉴的。伍先生在临摹中，不仅掌握了唐氏长线条运行的特点，于点苔撇草等细微处尤其注意原作笔意。对中景部分的茅屋，屋后杂树的墨韵及前后线条的盘曲、交错、浓淡、干湿，领悟尤深，故所临神形兼备，十分肖似。观临作可知他对传统绘画学习的认真和虔诚。

1923年，他从复旦大学文科毕业，后北上游历。适逢冯玉祥将军逐清逊帝出故宫后博物院成立之盛，得以观摩皇室秘藏历代字画名迹。这些珍藏对他的吸引之大，所获之巨，非同寻常。后来伍先生追忆此情此景说："第一次去故宫博物院，我几咋舌不下，不敢相信目之所见为真。因为一些名迹是五代北宋时的，还有唐代的名画呢！元明清的不少名画皆是我梦寐所一欲见的，我曾在画册中见过，真正是大开了眼界。此后我便一次又一次地去，有闲暇即去泡博物院。"

面对如许名绘剧迹，伍先生感觉神妙无可名状。这些字画的艺术魅力究竟在哪里？其美学原理是什么？如何深入理解与欣赏并产生共鸣，使自己与古人进行交流呢？他苦苦思索着这些问题。学然后知，他开始大量阅读中外画论画史，研读文艺理论书籍及美学专著，并以理论指导自己的绘画实践。

1928年，伍先生回南，受恩师复旦大学校长李登辉[1]之邀，到母校执教，同时兼暨南、中国公学等校外文教授。授课之余，一面稽古探幽，一面染翰丹青。此时他的绘画，依然沿着传统方向探求，自明清而上溯宋元，追根五代。于董、巨、李、范、郭熙及元明诸家画迹，无不潜心研读。对清初画僧石涛，更是无任心契，不仅潜心摹写其画作，于其《画语录》曾实实地下了细嚼慢咽，逐字逐句领会揣摩的苦功，并对"一画之法"、"尊受"、"资任"作出了精湛的诠释，发人之未发。又以《尊受章》中"易曰天行健，君子以自强不息，此乃所以尊受之也"句之意，取斋名为"尊受斋"。石涛对他的影响可说是终生的，我们在他晚年的画作中仍可见到石涛的影子。伍先生认为，若不善于继承和学习前人的文化遗产，文化必定会出现断层，发展便是空话，他自己愿意努力做继承和发展工作。

1936年，伍先生赴英留学，入伦敦大学攻西洋文学。暇中游览英、法、德、意诸国，考察西方艺术，得以尽睹文艺复兴以来名家如达·芬奇、提香、米开朗基罗、高更等的绘画、雕塑。西方文艺论著，美学论著的阅读，使他对西方绘画有了更深刻的认识，中西比较美学，中西比较绘画的研究课题已在他脑中酝酿。

第二年，他的个人画展由中国驻英大使郭泰祺主持，于伦敦中国驻英使馆开幕。画展受到英国文化界的关注，不少英国民众虽然是第一次接触现代

---

[1] 李登辉（1873—1947），字腾飞，祖籍福建。印度尼西亚华侨。美国耶鲁大学文学士。1906年到复旦大学，任教务长，1913年至1936年任复旦大学校长。

中国画，但对它独特的表现形式和内在美，给予了好评，画展非常成功。伍先生因而受邀到英国皇家学会和牛津大学作《中国绘画流派》专题讲演，这促进了他中西比较绘画研究的实施。

在比较绘画研究中，他指出中西画家对线条在绘画中功用的认识不一致。线条在中国画中具有造形（勾勒轮廓）及抒情达意的重要能功。中国画历来讲究线条在运动中的变化与画家情感、所要表现对象有直接关系。而西画基本上是对照着实物摹写，作画对光线、场所要求前后一致，期望绘画逼真实物，追求形似效果。从自然而言，实物原本无轮廓线，只存在块、面、体和色彩，以及光对它的影响——产生的明暗关系。画家把握住块面、明暗色调即可画出他想要表达的物体形象。因此以形似为准则的西画中，能勾勒轮廓，能抒情达意的线条是无足轻重的，是可有可无的。

伍先生注重比较画中之我。所谓画中之我，是指画家主观意境在画中的体现，即谓"有我"，亦即画由我心出，而非我为画所役。纵观中西早期绘画，都曾有这种现象，即画家技法上的独特性或笔下人物达到传神效果者，便算是画中之我了。其实此远不是真正意义上的"有我"。中国画论记录了较早的"有我"说，如南朝山水画家宗炳"澄怀观道"、"畅神"说，唐王维的"望秋云，神飞扬，临春风，思浩荡"说，这里的"神""思"便是指画家的"我"了。及至清代石涛的"画从心而障自远"，"我自发我之肺腑，揭我之须眉"论出，画中之我的地位则日益突现了。近代西方绘画表现派之"我"，同样是画家的"有我"了。

伍先生很重视比较绘画中讽刺社会丑恶部分。因为中西画家都曾有过此类画作。如中国宋代画家石格"多为古僻人物，诡形殊状以蔑辱豪台"。清代画家罗聘"尤工画鬼，尝多次作《鬼趣图》，借以讽刺当世"。西方画家如彼得·布鲁埃格尔，画讽懒汉之懒，饮食就在身边却不愿伸手取食，竟至活活饿死。如贺诺、杜米埃，画一"政治机器"，一端吞进贿赂，一端吐出委任状、奖状，以讽刺法王路易、菲力普。这一类画，在中国现已演变为讽刺与幽默的漫画。

比较绘画研究的展开，使人了解到中西绘画于形式、创作立意，审美情趣和美学等方面的相异相同处，可知道东西方民族在文化习俗、艺术审美上的差异。它有利于双方文化交流时减少陌生隔阂，有利于建立交流基础。遗憾的是伍先生没有始终坚持下去，当然这与后来国内政治环境有着很大关系的。待到解冻开放，则其精神与体力已不逮矣。

三

抗战初年，伍先生于四川报界发表《画室闲谈》，向外界透露他改革山水画的始末时说："在抗战前数年，就有人向我建议把现代事物纳入山水画中去，如汽车、洋房、军舰等。后去欧洲留学，花了近两年的时间，对西方绘画作考察研究，并与中国画作比较，深感国画必须变革，否则难以发展，甚或将失去生命活力"，并提出他自己的观点："本来现代的题材是没有不可入画的道理。唐宋画中所表现的衣、食、住、行，在唐宋时难道不是'现代'的吗？""我们如果一味学习唐宋的画法，我们的眼前心上，便很可能地只有一些皴、擦、渲、染的形式，伏在形式后面的东西——内容反都消灭了。于是乎形式一代一代留下来，直到现代的中国，它还是紧紧捉住画人之手，非得用它不可，但是用了它，它便能蒙蔽人的心眼，使人想不起或看不见当前的生命的内涵。"伍先生如此言，并不是武断地一概排斥传统绘画的笔墨技法，也不是要全部否定传统题材入画，这在他的画作中可得到证实。他是担忧"古法易于隔断了我们的感觉和那完成这感觉的大周围——生命。"在这观念支配下，他的画风开始嬗变。在中国画坛，他第一人于山水画中尝试把洋房、工厂、飞机、军舰乃至枪炮等现代事物搬进画面，这在当时的中国画坛是非得有大勇气大毅力者才能做到的。

1941年，伍先生在重庆举行抗战献机个人画展，首次公开了他的革新后的山水画。观众中有欣然赞叹的，有沉默不语的，也有摇头非议的，这不足为怪，因为这时传统山水画还深深植根人们心中。中国画界的门户之见，原本就深，因师承关系，流派之争，常常引起画坛风波。改革创新被目为离经叛道，被讥为野狐禅。可见要争得一份"自我"，取得社会承认，不是易事。即便是享有大名的石涛，在身后三百年的今天，也还有人评论其画粗野狂躁，难以入目呢。现代画家吴湖帆，集传统而大成，在绘画上无离经叛道之举，尚担心诉病者之讥而每于画上钤盖"待五百年后人论定"的印章。伍先生的画毕竟还是有许多理解者、赞赏者的。

陈子展参观后说"蠡甫先生的山水画中有现代的人物，有现代的建筑，有现代的武器。这在国画传统成见太深的人也许觉得惊奇。其实唐宋元人的山水画中，人物建筑等等都是当时景物，当时风光，何以今人作画就不能用眼前景物，本地风光呢？唐宋元的画家有创造精神，何以今日的画家只能步趋前人的创造陈迹，而不能自己有所创造呢？""我以为今人的国画要能成为反映现代的国画，不是抄袭唐宋元人乃至明清人的国画，就非有创造的精神不可。再换一句话说，非有革命的精神不可。蠡甫先生的画恰能表现这一精神。至于他表现得充分与否，因为这是一时的大胆的尝试，在他主观的意见容有谦词，在别人的批判容有出入。但他抱定这种精神，朝着这一趋向走去，我想总不能不说是对的了。"

陈子展这一评论不失为较客观、公正的，他毫无偏袒之意，直率地亮出了自己的观点，举证立论亦令人信服。有言云："闻言如见其人。"此老一生之处世为人诚如斯言也。

陈望道参观后认为，战时的文化，是一个空前未有的大融合的时代，无论国内或是整个世界都如此。伍蠡甫先生在国画上无论其画论或画艺，都是极能代表这一倾向的，"这在国画，实是一种革新，一种缔造，它在文化上的价值极其高，不能与寻常的国画等量齐观。""蠡甫教授对于国画达到这个融合的倾向，据我看来，是由于他画论的精研形成的。我们看他的画，过去好像还有些拘守成法的模样，对于山水，对于人物，还只敢画前贤所已画的。近来才觉随笔挥洒，无所不宜，画寇机击落或画我机侦敌，乃至画工厂，画洋房，以及画其他一切，都觉妙合自然，不失国画的神韵。他的画艺上显出的融合倾向，完全是内发的，并非外感的。"

陈望道的评论或颇有溢美，但无论如何，伍先生那种敢于革新，敢冒天下之大不韪的精神是极令人钦佩的。这次画展的作品，完全用传统题材的也还不少。那些反映自然风光，表现山野幽远静谧的画作，颇得观众喜爱。残酷的战争，动荡污浊的社会，使人们渴望和平，追念远去的虽清贫但不必时时提心吊胆，担忧生命朝不保夕的田园生活。这也许就是美学上所称的移情吧。画展很成功，参观者络绎不绝，在渝的文化界名流如于右任、陈树人、老舍、顾颉刚、徐悲鸿、郭沫若等都有贺词赠诗。郭沫若为其《山田图》赋长句云："乐园随地是，莫用天外求。薄田三两顷，衣食足无忧。种树可成荫，通泉以作流。碧箬胜荷叶，大木藐崇楼。春来百鸟鸣，翠盖何清幽。寒生叶尽落，解脱万木愁。繁华与寂灭，自我为春秋。静中有生意，动中有静休。亦内即亦外，亦刚即亦柔。万物备于我，谁谓等浮鸥。"[1]

伍先生的画，自1941年起至1949年初，始终保持着两种风格，一是纯传统的，二是经他革新的。在传统修养上，他没有因为革新而从此松懈，他总是抓住机会，尽量多地研读名家经典。1942年，他受聘任故宫博物院顾问，同年应邀随博物院院长马衡赴贵州安顺洪亮吉读书山洞，观摩故宫西迁历代字画[2]，其间为鉴定古字画数百件。与古迹名画朝暮相亲阅数月。抚缣展卷，感慨不已。如此际遇，亦常人所欲求而不可得者也。伍先生终日陶冶其中，目识默记，心手怎能不高，眼鉴岂能不精。与当年在北平观摩时相较，已不可以道里计矣。回渝后，作《故宫读画记》，追述所见。

此后，伍先生先后去成都、合川、贵阳、昆明、香港、上海等地向国人展示其两种风格的国画。1948年举办个展于羊城，岭南派创始人高剑父著文投《广东日报》为之誉扬云："伍先生的画除了其笔墨近寻往古而外，自有其自己面目。此即其创作力显露处，峰峦浑厚，草木华滋。时而千峦万壑，时而水净林空，一望而饶有古人意，而却是自己的画。用自己的色调，用自己的构图，自我作古，盖有石师'我之为我，自有我在'之意，且不泥古不离古，可谓'不为法缚，不为法脱'。""胸次有万卷书而画之气象益博，此之谓充实之美。此乃中国艺术精神，非徒从浮面而描写者也。"

高剑父本为现代中国画革新健将，他引西画中光影技法入国画，使之融

---

[1] 见《新蜀报》1941年11月29日。
[2] 抗战爆发前，北平故宫博物院受命将院藏文物装箱，拨专列南运。后因战事扩大，遂分批西迁，一部分藏贵州安顺，一部分藏四川峨眉，1949年前被运往台湾地区。

洽结合而无中西嫁接之嫌，与后来的林风眠、刘海粟、朱屺瞻等亦不相类。这可从其代表作《猿月图》《鹭》等证之。在评伍先生画时，他赞其意境、胸次及师承，论其对传统之尊重及活用古法，如数家珍。然于其革新之作却未及一语，实不可思也。

1949年后，伍先生一头钻进西方文论和美学研究，学术重心作了调整。他虽被聘为上海画院画师，可作画的环境与时间并不般配。但既是画师，笔墨还需弄，这叫做推不开，躲不过。1949年初社会的舆论，对过去的东西似都抱有怀疑打倒的态度，这使得属意识形态的文学艺术步履维艰，动辄得咎。中国画被视作封建贵族、地主阶级涂脂抹粉，粉饰太平的工具，尤其是山水、花鸟画，被称为纯粹为有闲阶级服务的消遣物，提出必须取消。因此，许多美术院校中断了国画教学，国画停止招生，教师改教其他画种。一度又将中国画改名，称彩墨画。

中国画是否要保存下去，如何保存，如何发展？要生存，为无产阶级政治服务，为工农兵服务，这是政治方向。要表现工农兵，反映伟大的社会主义建设事业。如何表现？如何反映？古老的画种想一下子从形式到内容完全改造过来，又不丧失国画的艺术特质，谈何容易。文化艺术有它自身发展的规律，况且中国画有着悠远的历史沉淀及独特的审美要求，它不像旧瓶儿，冲洗一下立即可拿去装新酒。这可难住国画家了，特别是山水画，如何画才能反映伟大的社会主义建设事业呢？

1949年不久的某一天，毛泽东站在天安门城楼上，凝视远方，浮想联翩，回头对同事们说：将来从这里望过去，要看到处处都是烟囱[1]。据说梁思成听到传言后，吓了一大跳。作为国家的首都，全国的政治中心、文化中心，又是元明清三朝古都，有数百年历史的古典建筑群布全城的北京，一旦烟囱林立，城市将会是什么样呢？读一下林徽因1937年的诗作《古城春景》吧："时代把握不住时代自己的烦恼——/轻率的不满，就不叫它这时代牢骚——/偏又流成愤怨，聚一堆黑色的浓烟／喷出烟囱，那矗立的新观念／在

---

[1] 见林洙:《困惑的大匠·梁思成》，山东画报出版社，1997年，第235、237页。

古城对面！"这烟囱，现代工业的产物，与自然，与古城多不协调。而画家们却抓住了它，画进画里，用以反映社会主义建设。烟囱入画，其实这已不能算创新，早在四十年代初，伍先生已把它画入山水中了。有的山水画上画一支高举红旗的队伍行进于崇山峻岭中，算是表现山水画为无产阶级政治服务。这种近似贴标签，呼口号的方式改造出来的中国画，能成？其画面和谐性统一性如何？艺术性又如何？在当时的环境，大约是不宜考虑的吧。

  伍先生这时的画怎样呢，想他是无法冲破这大气候大环境去独辟蹊径的，何况现代事物入国画他原是开山祖呀。试看1958年他与人合作的巨幅山水，画中水库、发电厂、烟囱、工厂齐备。中景画工人忙碌地干着活，四周红旗招展，一派热火朝天的景象，谁能说这画没反映出社会主义建设事业呢。1965年所作《江上新居》，绘写浙江新安江水库景色。画中密布火柴盒式民居，山体多裸露，呈梯田状，其间点缀耕作者。为突出民居的稠密，他一反南方派山水好作秀木茂林的习惯，树木画得低矮而疏散。树叶或双勾，或圈点，或横抹斜撇，着色红紫黄绿墨尽有，远处白帆点点，近水一游轮红旗展招，劈波斩浪而去，画面显得满而热闹。同年又作《西湖新貌》，写杭州西泠一带景致。近景画湖畔林木，葱郁苍翠，居中稍左中一大屋顶式建筑半隐树丛，左下数处民居，粉墙青瓦，错落有致。水面所占空间不大，却画着岸树与石桥倒影，因布局疏密得当，虽满而不拥挤。右上中景却塞着三幢五层长方体公房，几与其后之山高，给人以突兀极不协调的感觉。这恐怕是画家特意安排的点题之笔吧。笔者认为这恰恰是败笔（从整体布局及笔调的和谐而言），其实不画这三幢公房，西湖新貌亦已显现出来了。

  1949年到"文革"这段时期，伍先生的绘画作品不多。平日练笔，主要用于松弛一下紧张的脑，聊以休息。他始终没有放弃传统画论与运笔用墨的研究，对四十年代以来在山水画上的创新之举，恐怕也是作了反思的，这在他晚年的作品中可得到解答。

四

  "文革"结束，伍先生的画笔活跃起来了，他借昆明、贵阳、西安之行，访古探幽，体悟自然之壮美博大，感受古代艺术之崇高、古朴之美。一路勾图写生，积稿盈尺。归后作《乾陵一角图》，布局取高远法，鸵鸟、翼乌、蹲狮、碣碑依势斜上，将画面切成右下左上两个三角形。中景的石狮及身后山峦为画面重心所在，故用笔厚重，林木华滋。后景则渐远渐淡，虚入云天。近景以双勾圈点杂树起手，借山岚雾气掩隔，推远中景。从整体看，浑然一体，很难确分近景、中景、远景。画之境界深远静穆，实先生暮年精心之作。

庚申六月作《黔南道中》，写贵州都匀山水。画中一道山溪自左上下泻，湍急的水流撞击石脚，他用战笔淡墨，写出波涛涌浪，再用白粉勾出水纹，水活如闻声响。山水画用粉染雪勾云，古已有之。用以撇草、点苔，则首见于吴湖帆山水画中。用之勾水，则伍先生创造也。

辛酉岁作《墨池与影壁图》，图上款书三百余言长跋，举中外画坛三件逸事，以证现代审美原理：借外物触发想象，役使记忆表象终成艺术美。三例中，除唐范阳山人之事不可信外，郭熙手掌抢泥于墙，干后以墨随形晕染成山水；达·芬奇凝视污斑渍迹的墙面后，画出河流丘陵平原纵横的风景画之说，是可资信的。此尤观夏云变化，想象为苍狗、白驹、神女一样。伍先生此图，取三例触发想象之意，以淡墨泼洒皮纸，然后视其自然渗化晕发所呈形迹，乘将干未干时以浓墨勾勒，点染成就一幅佳作。画面近景两巨岩，山体相向揖立，有接有离，有实有虚。下留窈罅灵眼，泉自中出。岩顶云雾飘荡，草木迷离。遥岑虚渺，似有似无，人工与天成恰到好处。这一时期先生作画精勤，他自己说要抢时间，不肯稍闲片刻，直至九十三岁他生命终止都没放下画笔。就最后这一年，还作画十余幅呢。他这时的画作，个性突现，用笔凝练厚重，遒劲老辣。构图布局，化境迭现，如《车过渭河》、《少陵诗意》、《松溪》、《云贵高原》等作，皆可证之。于题材，则一反早年所为，不再画时髦之物。"笔墨当随时代"，乃时代精神风貌在笔墨上的反映，非仅斤斤于现代事物入画也，先生晚年已深悟之矣。

现代事物可否入画？笔者认为完全可以，且也能画好，关键在于如何表达而达和谐美的境界。窃谓现代事物可作为国画中一个新画科研究，不必与山水画掺和。曾见国画《上海新貌》，画面写杨浦大桥、东方明珠、高架公路。新式建筑，新型材料，全新的题材，画面处理得浑成自然，效果不错。又如《金茂大厦》，以纯水墨法将大厦的建筑风格，摩天大楼的气势，表达得十分真切，金属质感也表达出来了。可见国画是可以表现社会发展的新题材的。

1983年春，伍先生1949年后第一次个展于国画院举办，这也是他生前最后一次个人画展。画作展示了他"文革"结束这几年的写生创作成果，其《幽谷清泉》、《黔南风光》、《乾陵一角》等作，意境郁勃，笔墨拙重，以"自我"出之。同道评为："气息浑厚，笔墨朴拙圆湛。"刘海粟称赏说"画笔老拙遒辣，实践理论相呼应"，诚是的评。王个簃有赠诗云："理论书图并二难，穷年累月勇登攀。今朝展出高标在，光彩盈盈闪艺坛。"可谓赋者出自肺腑，受者得自甘苦了。

伍先生的晚年之作，神安气闲，寓纯美于平淡之中，一如其后半生潜渊息波，澹然无争。他有题画云"六法所云，随类赋彩。文人画存而勿论，余试拈出一澹字，过关者知之。"此可作夫子处世自道耳。先生一生学养，除发之文字外，皆浓缩于笔墨树石间矣。

伍先生之所以在学问、画艺上取得如许的成就，这与他严谨的治学作风，刻苦求实，探索创新，勇于攀登的学人精神是密不可分的。他的一生，始终珍惜寸阴，勤奋好学。如抗战时，他任北碚复旦大学文学院院长，每日清晨必于王家花园内朗诵英文或挥毫作画[1]。这时的他已是国内颇有名望的学者和国画家了，尚且仍如此努力。八十年代初，先生已入耄耋之年，尚借去昆明、贵阳、西安会议时，抓时间探访古迹，写生作画。又如晚年他接待记者采访，将所要谈要回答的问题了结后，一分钟也不拖拉地对采访者说："我上去了（他的工作室在楼上），你们自己走。"于是撂下记者便上楼了。九十余岁的老先生，仍然不肯松劲，抓住那分分秒秒。学问靠勤奋，蔡尚思

---

[1] 王家花园是北碚夏坝一王姓大户的私家花园。1938年初，西迁四川的复旦大学择定北碚夏坝为校址，王氏将该园租让复旦大学作教授宿舍。

先生曾对笔者说："治学，需有天圆地方的精神，要耐得寂寞。"不坐冷板凳，不下扎实的基本功，好高骛远，靠吹靠捧，终将是镜花水月。伍先生这种治学作风和刻苦精神，实在是我等后生辈所应当学习，应当具备的啊！

今年是伍先生百年诞辰，闻其女公子尚中君为纪念其父已精选先生画作百幅，届时将公开展览。近闻校出版社不日亦将推出先生八十万字文集，以资纪念。笔者此文，意亦在此耳。

本文作者杨家润

发表于《复旦学报（社会科学版）》1999年第6期

伍蠡甫佚札（六通）

伍蠡甫字敬庵，广东新会人。译作家伍光建哲嗣。留学英国伦教大学，国际笔会中国分会会员。1937年赴伦敦皇家学会，讲演中国绘画。次年任复旦大学文学院长，撰《谈艺录》。先生擅国画，继承石涛传统，旁参西洋画法，任故宫博物院顾问时，和院长马衡共同鉴定院藏书画名迹数百件，胸罗万卷，一发之于山水画。80年代，任复旦大学博士生导师，在比较文艺学、中西画论、美学理论比较方面，撰写大量专著，纷载国内外学刊，为朱光潜所激赏，敦促在北大出版《中国画论研究》宏著。

笔者与伍老书札往还甚多，兹选其六。

一

左高学兄惠鉴：多时不晤，念念。昨检出石章二方，拟乞代恳令兄赐刻朱文（大者刻敬庵临古，小者刻蠡甫），未知可否。冒昧干渎，感惶奚似。长夏无聊，偶成山水数幅，何时过舍一观，并选赠令兄，以结翰墨姻缘，盼甚盼甚。诸多费神，容复趋谢。

匆颂

著安

弟伍蠡甫谨启 7.17

（按）此札作于1947年，函恳代恳金石名家陈巨来，治印二方。愿以画件馈赠，藉结翰墨缘。

二

左高学长：前日冒暑驾临，畅谈至快，招待未周，殊为歉然。笔记之学，大有前途，从中可以生出不少专题及小品文章，特别关于清末民初遗闻轶事，读者最感兴趣，此系晚报长篇连载小说或占重要地位之短文，大半属于此类。不识高明谓何耳？

愚一生庸碌，乃蒙撰文吹捧，能无惶愧。兹试附上资料一束，除照片（添印须五天后才有，容后附奉）、郭诗抄本、广东日报外，其余均为"孤本"，用毕仍请掷还。鄙意高文、郭诗及题画介者较有分量，高文似可酌引原句；胡经之一文可作次要，因比较文艺学与中西画论不妨结合起来；而朱老一函，两次劝辑专集，亦可见学术界权威之见。总之一切俱赖"妙手回春"矣。

专此，并颂

撰安！

伍蠡甫 81.7.25

又今接港方友人函，谓八月在彼举行之上海画展，有拙作在内，大文倘能在八月中发表于港，则更有意义矣。

（按）1981年，笔者撰《融会中西画论的伍蠡甫》一文，拟付港报。事前，伍老提供大量资料，如于右任、王一亭、沈尹默、老舍、徐悲鸿、林庚白、顾颉刚等十数家题诗题词，及岭南高剑父画评。尤其是郭沫若为其《山田图》赋百字长歌，既勾勒图中山居胜概，又赞许画作妙处。可能还是郭老佚诗，录供参考。"乐园随地是，莫用天外求。薄田三两顷，衣食足无忧。种树可成荫，通泉以作流。碧箬胜荷叶，大木蔽崇楼。春来百鸟鸣，翠盖何清幽。寒生叶尽落，解脱万木愁。繁华与寂灭，自我为春秋。静中有生意，动中有静休。亦内即亦外，亦刚即亦柔。万物备于我，谁谓等浮沤。"

三

左高学长：顷晤甚快，命文尤感。唯忆及高奇峰评拙画，应改为高剑父评拙画，奇峰与剑父乃兄弟，均为岭南派主将；但兄过世较早，且与愚从未相见也。又关于王蛟一节，似可加"介绍其画，是为了增进中美友谊"，并写明"美国女画家王蛟"。专此，即颂

撰安

伍蠡甫 81.7.31

（按）1981年伍老画作在港参展，笔者撰稿付中国新闻社上海分社，事先稿经伍老寓目，函嘱稍作改易。

四

左高同志：目前枉顾，失迓多罪。承赐尊编日记二种，读之不忍释手，序、注极见功力，佩甚。孙宝瑄所记先严一则，将伍昭扆误为伍昭裔，日后如能再版，亦可更正否耳。

不久前，在上海人美获识贞馥同志，言谈风度，毫无俗气，殊为难得也。

风便时锡雅言，是所至祷。耑此，并颂

撰安

伍蠡甫 82.10.5

（按）笔者将新出版之《古代日记选注》，《清代日记汇抄》寄赠伍公，嗣即见覆。提及贞馥，笔者侄女，人美编辑，能绘宋元花鸟画，陈佩秋之弟子，现已逝世。

五

左高学长：忽奉九日大函，欣悉能者多劳，钦慰何如。昨在一会议中接得《中国画学丛书》编辑计划，或即尊函所谓《中国画论文库》，拜读之后，觉得搜罗甚广，远胜俞剑华之《画论汇编》，至盼早日上马，为宣扬祖国优秀艺术传统，作出巨大贡献也。承蒙不弃，聘为顾问，深感荣幸。自当于适

当期间略陈愚见，以供参考，廷福学长一专多能，素所佩仰，倘有机会，聆其教益，则尤所盼祷。风便常赐德音。即颂

撰祺！

伍蠡甫 84.1.12

（按）80年代，上海人美拟出大型画学丛书，卷帙浩繁。笔者将初订书目，寄请伍老审阅，并承增添要目廿余种。嗣后，因缺乏大量投资，事遂中辍。

六

左高同志：顷赐近著《中国日记史略》，多谢。给余填补知识空白，尤深感幸。P.14引陆游《入蜀记》川峡奇景一段，激发自然审美，有助画思，大可分绘许多横、直幅也。P.109提到苏继卿，谅指商务印书馆总编辑苏寄庼，他号继卿，余以前却不知道。大著文笔亦佳，读之不忍释手也。专复，顺颂

撰祺

伍蠡甫 90.10.9

（按）1990年，拙著《中国日记史略》面世，承伍老垂爱，通读一遍，认为放翁日记称引数则，均可入画，致函奉告。

本文作者陈左高
发表于《文教资料》2001年第3期

浅谈中国绘画的意境
——读伍蠡甫《论中国绘画的意境》有感

意境是中国传统美学思想的重要范畴,在传统绘画中是作品通过时空境象的描绘,在情与景高度融汇后所体现出来的艺术境界。体现的是人与自然、生命与宇宙之间的关系。其本质特征是一种生命的律动。从宗教方面讲,它是一种意识神的高级思维活动。

伍蠡甫先生是中国美学界和画坛的老前辈,主编和撰写了大量有关中西绘画及其理论的文章。更重要的是对中国古代的绘画美学理论,作了持久深入的研究(蒋孔阳语,见《中国画论》序言)。在《中国画论研究》一书中,伍老系统而又缜密地阐释了"中国绘画的意境"、"气韵生动"、"骨法用笔"、"文人画风格"、"艺术形式美"等个人观点。伍老站在唯物主义审美原则的立场,指出意境必须从现实中来。其阐述有一定新意,但也觉得有些许偏颇处。

一、意、情、心、神的概念问题

在《论中国绘画的意境》一文中,伍老并未对"意境"一词提出明确的定义,只是简单的概括为"是客观存在的审美对象对艺术家、文学家的思想、感情所唤起的能动反应。""艺术意境的产生及其体现的过程是内容指导形式,形式为内容服务的过程。"(见《中国画论研究》)这种论证似乎过于笼统,并无根本性建树。更为遗憾的是伍老将中国意识形态方面的"心、神、情、意"的概念混为一谈。他说,"画家为了提捉对象的神或意,而首先没有凭自己的意或思想头脑,去接触对象。"又说,"这意或神,也就由对象客体转到画家。"在文章中伍老没有具体阐释心、神、情、意的区别，只是将其概括为一种思想头脑。实际上，在中国古代心、神、情、意的概念是不同的。王夫之在《姜斋诗话》中说"夫情以景合，情以景生，初不相离，唯意所造。截分两橛，则情不足兴，而景非其景。"王昌龄在《诗格》中提出诗有三境，"物境、情境、意境"。说明是意造就了情跟景的相容，同时意也超出了情的层次。古人说情景交融，情是景派生出的感情，喜怒爱好也是感情。顾恺之提出"以形写神"，我们平时说的万物的生机，自然的生机，这种生机便是我们要写的"神"。神是形的灵魂。心的概念多见于佛教，如自性清净心、妄心、贪嗔痴心等（请参阅《佛学大词典》）。因为"心"有好坏之分，我们可以将其理解为思想。意在佛教中被认为是一种识，而在道教中被认为是由神（写形的灵魂）发出的思维活动。

二、意境在不同社会层面上的理解问题

伍老站在唯物主义的审美原则上，提出意境从现实中来，来源于社会实践。如果意境来源于社会实践，那为什么西方没有意境的概念呢？英国评论家贡布里希写过一本书《艺术与幻觉》，这种幻觉与想象的概念大抵有点像中国意境的意思。实际上，以西方的实证科学很难来解释中国的意境。著名美术理论家高名潞先生也在当下提出"意派"的理论，旨在"意"上融合中西。他提出意派在中国有三个阶段：意象、意理、意场，场是意的存在。高名潞这样阐述意派，"意派在语言上不让你饱满，不说清楚，留有余地，给你一个复杂性的解读空间"（见高名潞《意派论》）。也有人这样解释意境，是指抒情性作品中呈现的那种情景交融、虚实相生、活跃着生命律动的韵味无穷的诗意空间（百度搜索定义，无考证）。无论如何，将意境理解为一种空间存在可能更具形象性，无论是自然空间还是心理空间。

三、从古代玄学阐释意境

对意的理解必须要结合中国人的宇宙观。意是中国艺术和美学理论中的最高目标。早在《周易·系辞》便有"言不尽意"，北宋诗人梅尧臣有诗：

"状难写之景如在眼前,含不尽之意见于言外。"都说明意是很难用语言说清的。意境并非等同于佛家讲的境界,但是二者也有某种联系。意境分两部分,实之境与虚之境,非常合乎易经中的阴阳学说。阴阳说承认人是由阴跟阳两部分组成的,也就是人体中有阴阳存在。中医也是根据这一理论来治病的。一虚一实,一阴一阳。虚跟实是互为存在的。那么我们可以引申的理解为人由两部分组成,一个实我,一个虚我。人跟宇宙自然的统一正是实我的存在与虚我的游弋。王夫之在论书法时说,"墨气所射,四表无穷,无字处皆其意也。"(王夫之《薑斋诗话》)也说明空白处是一种虚我的存在。以白当黑和无象也是虚境入画的重要运用。因此,某种程度上说学会用虚和对实的刻画是同等重要的。明代艺术批评家李日华说:"山水画有三次第:一曰身之所容,二曰目之所瞩,三曰意之所游。"(李日华《紫桃轩杂缀》)春秋时孔子见老子,观老子半天未动,问其原因,老子言其在神游。庄子著有《逍遥游》,庄子梦蝶实际也是一种意游。同样的,古希腊的苏格拉底也喜欢"沉思"。孔子的神思、庄子的意游、苏格拉底的沉思都是虚我在意的虚境中思索或游弋。

代表意的虚我不同于佛教中思维、认识、判断等精神活动的主体——识,也不能牵强地理解为弗洛伊德在《精神分析法引论》中关于人的结构论述中的"本我"。它的概念很抽象,不妨理解为太极中的"气"。四两拨千斤正是虚我的功劳。因此我们可以这样理解意境,它是虚我或者说气在特殊空间里的状态存在。那么这种存在就是一种"生命律动",或者说它在展示生命本身的美。因为人本身与宇宙是同化的。宇宙本身就是一种生命形式,对宇宙境界的体验就是对生命律动的体验。因此意境来源于内心生命律动与宇宙的通达。而非伍老说的来源于社会实践。可能社会实践会影响到对意境的感受。这也说明为什么"老笔"在对意境的交代上比那些年轻的更有力度。当然,随着时间的推移,"老笔"对生命的感受也会更深。

四、意境与创新

伍老在对其他地方的解读也有误。如他在释祝允明的"天地间物物皆有一种生意"时说:"意思是绘画能创意便是有生意。永远创新,使生命常在,实为意境的标志。"笔者认为祝允明的生意实际是生机的意思。也就是物的生命律动。祝允明的意思可能是"天地万物都自有一种生命律动存在"。伍老说永远创新才能使生命常在,才能更好地体现意境。(《中国画论研究》)言外之意是没有创新就没有意境了。这种创意可能仅体现在绘画之法的改变与观念的变化上。因为意境的本质在于挖掘生命的律动,生命不可能去创新。那么对于意境而言就没有创新一说。我们都知道,在中国古代绘画史上,元最尚意。赵孟頫在艺术主张上标榜"古意",谓"若无古意,虽工无益"。那么这种"古意"是不是也是创新得来的呢?陈丹青不承认"创新"这个词的存在也是有其道理的(陈对创新的批判见《新周刊》陈丹青专访)。

总之,意境是形而上的对宇宙生命的认识。是个人与宇宙同化,对生命参悟的结果。

本文作者曹延潼

发表于《剑南文学(经典教苑)》2011年第5期

伍蠡甫的古典画论研究及其启示——以《董源论》为例

一、耄耋新作献画坛

伍蠡甫先生（1900—1992）是我国著名文艺理论家、画家和翻译家。他生前是复旦大学外文系教授，主要从事西方文学理论与文艺批评方面的教学与研究工作。由他主编的《西方文论选》（上、下卷）和《欧洲文论简史》是二十世纪八十年代以来我国外国文学教学与理论研究领域的重要参考书目。令人敬佩的是，他在国画创作和画论研究方面也取得了令人瞩目的成就。伍蠡甫在中学读书时就爱好国画山水，曾在近代著名国画大师黄宾虹的指导下学习国画。大学毕业后到入职复旦大学之前（1923—1928），曾在北京故宫博物院从事书画鉴定工作。1936—1937年留学期间，他遍访欧洲各国博物馆观摩世界名画真迹，还曾在英国皇家学会、牛津大学举办有关"中国各派绘画"的讲演。二十世纪四十年代他曾担任故宫博物院顾问，专门鉴定历代名人字画。抗战期间，他曾在贵阳、昆明等地举办个人画展。新中国成立后到"文革"期间，他在兼顾国画创作之外，还致力于传统画论研究。1956年他受聘为上海中国画院画师。十一届三中全会之后，已近耄耋之年的伍蠡甫笔耕不辍、勤于创作，凭借坚韧的毅力造就了学术与艺术生涯新的勃发期。由他撰写和主编的多部理论著作、辞书和文选是在他80岁之后出版的。在他身上体现的文学艺术涵养和执着的艺术追求，为后辈学人树立了高尚的学术典范。

二十世纪八十年代是我国现代学术的复苏时期，伍蠡甫在对中国传统画论的研究过程中，有感于古代画家的资料散见各书、不易查询的现实困难，于是提出对历代画家资料予以搜集、汇编的想法。他决定先从几位重要画家做起，写出几部画家研究专论，以利于学术传承和艺术普及。1988年出版的《名画家论》就是上述研究构想的成果。这部著作被收录在"中国学术丛书"中，与该书同时出版的还有熊十力、吕思勉、柳诒徵等著名哲学家、历史学家的著作，可见伍蠡甫这部《名画家论》在当时艺术研究领域所具有的学术代表性。

《名画家论》收录了伍蠡甫写于二十世纪八十年代的七篇中国画家专论，其中有重要流派的开创者董源、石涛，讲求创新而力所未逮的渐江，提倡复古而影响深远、且历代评价不一的赵孟頫和董其昌，以及画名虽高而真才平淡的王翚和吴历。伍蠡甫在该书《序言》中首先概述了我国古代文献中有关画家资料的撰著情况，大致分为"通史式的画家传"和"断代式的画家传"两类。由于古代撰著的侧重点不同，有的着重记述画家生平事迹而略于艺术思想和技法特征；有的只是搬用画论概念，缺少具体的实例分析，对画家的创作观念与其生平际遇之间的关联缺乏具体的分析论述，造成理论研究与实践性指导的脱节。所幸有大量的画论、画跋、随笔和画迹著录流传下来弥补了上述不足，共同形成了反映我国历代著名画家生平、创作、思想、风格的珍贵历史文献。五代南唐的董源（画史称其为"董北苑"）是我国山水画史上一位承前启后、开创新风、形成传统而影响深远的大艺术家。伍蠡甫非常欣赏董源的绘画技艺和成就，年轻时曾长时间临摹董源的画作。他结合董源的画作真迹、历代记载与批评，通过文献与画作互证、画家比较研究、画作艺术分析等方法撰写了《董源论》，较为客观、全面地总结出董源山水画艺术的主要特征、突出贡献和历史影响。

二、比较视野中的董源画风

《董源论》由两部分组成，第一部分主要论述董源绘画艺术的主要成就及其历史影响，第二部分是对董源画作的艺术分析。为了突显董源的绘画艺术特色，明确其在中国山水画史上的贡献和历史地位，伍蠡甫通过前人有关记载以及现存作品真迹和摹本，运用比较分析的方法立论辨析。他将地处江南的董源和他的同辈画家、地处北方的荆浩、关仝进行比较分析，指出荆浩的画作"高峻雄浑，结合平川杳邈之境，追求高、深、远的统一"，荆浩的弟子关仝则不同于老师的一味严峻，表现出"刚柔相济、寓软于硬"的艺术风格和生活气息，二人的笔墨技法正适合描写北地山川及其气象；而董源"多写江南真山"，其山水画的艺术特征与其所处的地域特征有着密切联系。因此，地域差别在一定程度上影响着山水画家作品中的意境、构图、笔墨技法与艺术风格。

我国山水画艺术在盛唐时期成为绘画专科，分为设色和水墨二体。五代时期，水墨山水比设色山水更为流行。董源兼擅二体，但在当时以设色山水而得名。但伍蠡甫认为若以艺术创新而论，董源的贡献在水墨而不在设色。伍蠡甫细致比较了北宋中期沈括、米芾有关董源的记述，分析了董源的艺术特色。沈括在《梦溪笔谈》中说董源"尤工秋岚远景，多写江南真山，不为奇削之笔"，将董源及其传人巨然并举，称其二人为"淡墨轻岚为一体"。米芾的《画史》对"淡墨轻岚"的江南山水做了相当详细的描写，赞美董源的"雾景横披全幅：山骨隐显，林梢出没，意趣高古"，同时指出董画的不足之处并不掩其所长："董源山顶不工，绝涧危径，幽壑荒迥，率多真意。"伍蠡甫对沈括、米芾的评论详加对比分析后指出：二人都看到了董源山水画艺术的现实基础是江南的"造化"，米芾称赞其"雾景"，沈括偏爱其"轻岚"，二者都认同董源的画意以"虚""淡"取胜；沈括所谓"不为奇削"正是米芾所谓"不装巧饰"，而米芾更强调"天真""真意"。伍蠡甫继而又将董源与荆浩、关仝比较，指出荆浩、关仝的画作抓住了北地山川的本色，也能得其"天真"，但行笔"凶险"，"干而不圆"；而董源的行笔"舒缓温穆"，更显"平淡"艺境。伍蠡甫认为尽管行笔"凶险"或"平淡"都不失为"天真"的写照，二者之间未可轩轾，但荆浩、关仝、李成、郭熙的绘画风格有伤"平淡"，与士大夫的审美准则——"虚澹温穆"距离较远。因此，伍蠡甫认同文人画论的早期代表米芾所论，"多巧少真意"不及"平淡天真多"，进而指出董源能于荆浩、关仝、李成之外，另辟蹊径，改革技法，取得极高的艺术造诣。伍蠡甫进一步指出,"平淡天真多"并不意味着董源的全貌,他还有雄壮的一面也需顾及。这样,伍蠡甫通过扎实细致的文献佐证,辅以对画作的细腻分析,运用比较研究的方法,小心求证,大胆立论,做出了令人信服的鉴赏和评论。

图1　《溪岸图》（局部）

图2　《夏山图》（局部）

图3　《寒林重汀图》（局部）

三、董源的历史影响

伍蠡甫在提炼出董源山水画"平淡天真"风格的基础上，继续考察董源对山水画传统的传承、影响和接受过程。伍蠡甫指出："董源的'平淡天真'标志着文人山水画风的萌芽，而北宋画家巨然的培育和二米（米芾、米友仁）的发展，使'平淡天真'越过南宋李唐、马远、夏珪的奇险刻削，形成元代的闲和宁静，幽然意远，士气盎然，而经久未衰。董源开拓创新之功不可低估。"[1]寥寥数语勾勒出五代至元代期间董源的历史影响，显示出伍蠡甫对芜杂历史文献以及众多艺术风格的熟稔掌握和精细研判。伍蠡甫首先通过北宋刘道醇的《圣朝名画评》、米芾的《画史》、郭若虚的《图画见闻志》和《宣和画谱》等古籍的记载，总结出北宋画家巨然在描绘山峰脉络、树林幽境、江南山势等方面对董源的继承和超越；然后结合史料分析董源和巨然的画史地位出现"先抑后扬"的历史原因。伍蠡甫认为，郭若虚的《图画见闻志》特重人物画，虽也评论山水画，却只尊李成、关仝、范宽三家，不重视董源和巨然。其原因在于：赵宋王朝的建立者在接受文化艺术影响上，重北方多于南方。李成、关仝、范宽三家都是北方人，受先入为主之见，三家的风格迎合了王室趣味，影响自然较大；而钟陵的董源、江宁的巨然都在南方，因而未能引起充分注意。郭若虚出身贵族，担任过财政与外交官职，因此他的审美观点带有"庙堂气息"，与诗人、书画家米芾的审美观点截然相反，所以才会产生贬抑董源和巨然的态度。直到北宋末期，以徽宗赵佶为首的一代观者欣赏水平有所发展，《宣和画谱》著录御府所藏董源的作品多至78件，巨然的作品竟达136件。伍蠡甫由此得出结论：董源和巨然的画史地位，奠定于从米芾到赵佶这段时期。这种通过分析历史文献、追索趣味变迁而得出的研究论断是谨慎严密、言之有理的。

伍蠡甫强调米芾在传承董源艺术传统所起的作用，认为米芾不仅深得董源的艺术精髓，而且和他的儿子米友仁共同开创的"米氏云山"艺术形式，将董源的"平淡天真"和笔墨气势推进了一步，传扬并影响于后代。伍蠡甫

---

[1] 伍蠡甫：《名画家论》，东方出版中心，1988年。

通过比较分析米芾的《画史》、元代汤垕的《画鉴》、元代董其昌的《画禅室随笔》等历史著述，配合分析小米（米友仁）画作真迹中的笔墨技法，指出米氏父子在树、石画法上对董源既有继承又有创新。米氏画树叶时形如"落茄"的横点，其前身就是董源所创的小树点缀法。"米氏云山"虚中取胜、虚中见实的风格，是董源、巨然尚未着意的艺术创新。伍蠡甫也论及了董源、巨然与二米的影响在南宋一度衰歇，至元、明而复盛的过程及缘由。受南宋的政治偏安局势和"残山剩水"的审美观点影响，南宋画院待诏李唐、马远、夏珪等人以劈斧皴法和险胜的布局，成为一个半世纪的画坛主题。他们的作品气氛冷寂萧条，与董源、巨然温穆舒缓的披麻笔法和深稳浑朴格格不入。元朝以异族入住中华，为了巩固政权，对汉族知识分子采取怀柔政策，书画家赵孟頫作为赵宋王孙，以新朝大官身份寄兴丹青，传承了董、巨的传统。由于达官贵人的提倡，董源、巨然与二米在元代产生巨大影响，波及元代四大家（黄公望、王蒙、吴镇、倪瓒）。米氏创新的横点叶画法，在元代山水画中由黄公望用得较多，由于明、清两代因袭，成为山水画的重要艺术形式，而追根溯源还在于继承了董源的创新。

四、董源的技法创新与艺术特色

对古代画家的研究与评价，是对绘画传统的辨识与确证，其中自然蕴含着今人对传统的理解和体认，而由此展开的艺术评论正是当代评论家与艺术传统的交流对话中，激发创造出的新的美学建构。因为"对一个艺术品的完整全面的说明需要两条线索，即艺术构成的规则分析和本质分析：规则分析说明了一个艺术品在特定风格、类型和技术方面的合理性；本质分析则说明一个艺术品的艺术性质量，即一个艺术品所力图解决的感性形式的问题在艺术文明自身的运动中的地位和重要性；并且，这个艺术品解决这个感性形式的问题的质量程度和完满性"[1]。为了总结董源绘画技艺的表现手法和艺术特色，伍蠡甫选取现存的七幅董源山水画作，依时间先后对其创作技艺的发展

---

[1] 赵汀阳：《美学和未来美学：批评与展望》，中国社会科学出版社，1990年。

变化进行更加细致具体的分析。

他对董源山水画创作的品评主要通过以下途径和方式：1.直观细察画作本身，全息式审视并细致揣摩；2.参考历代有关董源作品的著录和描述，结合画作，对照辨析；3.与其他相关画家作品进行比较分析，品评技法、结构、意境之高下；4.比较董源不同时期画作，追踪其表现手法和审美趣味的发展变化。

"操千曲而后晓声，观千剑而后识器。"由于伍蠡甫对董源现存画作的笔墨技法、布局结构、景致意趣等细部非常了解，因此他总是能够非常精准地指出某种画法在某个画作中首次出现、继续沿用或者变化创新之处，同时还能分辨出不同时期、不同景致艺术处理的异同。《溪岸图》是董源的早期作品，经过与董源后期作品以及五代、南宋相关画家画作的分析比较，伍蠡甫认为，董源的《溪岸图》在水、树、叶的画法上继承古法，在山坡、树节方面有所创新。人物、屋宇的笔法熟练，但全图结构稍显松散、笔墨拘谨而刻露，缺少情致蕴藉。晚于《溪岸图》的《龙宿郊民图》，尽管在苍浑古朴、情感真实方面不同于之后的《夏山图》和《寒林重汀图》，但该作品中广泛运用的长披麻皴、主峰山脉挟小石的结构形式、横点叶树等画法，在日后逐渐成为元、明、清山水画中的基本造型程式。董源在之后的《潇湘图》中运用的横点小树正是点叶小树的发展，也是元代大量使用的横点的滥觞，成为文人山水画中点叶丛林的主要形式。

中国画强调立意的统帅作用，"意存笔先"即是意境指挥笔墨，作品是作者审美意识的体现。所谓"意"不是简单地再现自然，而是实现"物我为一"的艺术创造。伍蠡甫认为董源的《夏山图》正是"画中有我"之作。他在鉴赏此画时，主动融入画面并细致揣摩画家的心理活动。他指出，董源深切感受到夏日里漫山草木葱郁，遍地生机使画家精神焕发、想象活跃，但是溽暑炎蒸，一股湿气充满空间，几乎闷得喘不过气来。"沉闷与活跃"统一于画家的精神世界中，不吐不快，非挥笔宣泄无以释怀。于是董源的《夏山图》克服矜持拘泥，落笔沉着，直抒胸臆。这种沉浸于画作和画家之间、悉心揣摩画家心理活动和创作意图的体验式研究，是进行艺术鉴赏和艺术评论的绝佳途径。

《寒林重汀图》被明代画家董其昌誉为"董北苑画天下第一",但在二十世纪八十年代,国内书画界对该画作者、笔墨技法、历史地位和艺术价值存有争议。伍蠡甫认为消除争议的最好方法是认真把握董源山水画的基本特征,把该画与董源其他作品进行分析和比较之后再下断语。通过对《寒林重汀图》进行逐行扫描般的细察和比较,伍蠡甫对董源在笔墨、结构、意境创新方面给予了有理有据的研判:

> (《寒林重汀图》的)下半幅近处,沙汀芦苇,比《潇湘图》下端左方所写,愈加熟练、苍劲,苇草运笔如飞,无数线条含着无数动向,其摇落萧瑟之感,在古典山水画中尚属罕见。
>
> 至于树根,多作枯枝四出,老硬偃寒,则是把树的高年画出来了。我们看过不少题为宋人的寒林图,大抵只在线条枯劲上花功夫,而北苑(董源)则通过先、点、面等笔法参合互用之妙,写出了一股抗寒的力量,确非易事。
>
> 综观上半幅中山、水、林木、村舍的位置,可以说做到了上、下、左、右、前、后彼此呼应,而笔墨运用则使刚、柔,缓、急,疏、密,浓、淡,干、湿相互补充,形成了十分精美的艺术结构,不仅在北苑画中首屈一指,五代、北宋以来亦罕见其俦。
>
> 《寒林重汀》所具的艺术特色,大都和现存北苑诸图相关联,是就原有的形式加以简化、发展,或有所创新。至于平淡天真,不为巧饰,笔墨浑厚、意境深远,此图亦不在北苑它图之下,而且容或过之。……此所以董其昌评定为"董源画天下第一",张丑惊呼"绝笔"。[1]

伍蠡甫对画作的描述,语言准确而精练,富于艺术韵致,对笔墨技法的点评,细致入微、深中肯綮。倘若没有这样细致沉潜的"文本细读"和"画

---

[1] 伍蠡甫:《名画家论》,东方出版中心,1988年。

作细研",怎能体会画家的苦心孤诣与精湛技艺?

五、伍蠡甫画论研究的启示

伍蠡甫先生曾担任故宫博物院顾问,观赏过大量院藏名画,拥有丰富的古画鉴赏经验。同时,伍先生热衷于国画创作,对创作过程中的观念和技法有着切身体会。美学家蒋孔阳先生曾赞赏伍老画论研究的突出特点是有坚实的"创作和鉴赏的实践作基础",因此其画论成果不仅"言之有物",而且"言之有味"。

《董源论》以董源艺术风格的形成、传承、发展和创新为主线,综合历代文献记载、画作真迹,系统分析了董源山水画艺术技法特点、风格特征和历史贡献。同时,通过比较董源及其影响下的后代画家创作,梳理出董源艺术风格的传播史,以及五代至元代的山水画技法风格的演进历程。伍蠡甫在《董源论》的开篇坦言,写作此篇画家专论"绝非易事","如果写得好,也可作为五代、宋、元山水画史的部分缩影"[1]。今天,重温这部老一辈学人的研究论著,笔者认为,《董源论》是一部资料翔实、论述精当的画家专论,也可以视作我国山水画艺术的断代史论著。它是当代学人重返艺术传统,洞察古代艺术家创作心理的思想巡游,也为当代中国画创作提供了汲取养分、催生创意的美学源泉。

1988年,针对当时国内画坛已然出现的中国画创新性探索实践,伍蠡甫曾在一次讲演中说:"古老的中国画正掀起一个新浪潮,新的创作形成一股力量,声势相当雄壮。这股新潮是受西方现代主义文艺的影响,其中西方形形色色的现代哲学与美学流派分别起着重大作用。我们还须看到另一个方面,那就是任何国家的艺术与美学研究,不可能撇开它自身的民族文化优良传统。如果割断历史,在一个真空的世界里对待并迎接任何新流派,将是不可想象的。因此我们不妨将现代西方美学和中国古典美学的若干重要论点做些比较,从而探讨这样一些问题:受现代派影响的新中国绘画和中国古典绘

---

[1] 伍蠡甫:《名画家论》,东方出版中心,1988年。

画，究竟是不是决然对立、水火不相容呢？双方是否可以彼此交流、相互补充呢？甚至现代派将会是新中国绘画的发展方向呢？"[1]这番语重心长的提醒与追问，对当代中国画的创作与评论仍有适切的启示意义。

本文作者王新

发表于《美术大观》2017年第1期

---

[1] 伍蠡甫：《虚假空间与有意味的形式》，《江苏画刊》，1988年。

伍蠡甫的"世界文学"观念与实践

回顾我国二十世纪文学艺术发展史，有这样一位特别的"世纪老人"，他见证了从新文化运动到改革开放的历史进程。他毕生执着耕耘在汇通中西、学贯古今的学术园地里，在外国文学翻译、文艺理论研究等方面都取得了丰硕成果。他就是我国著名文艺理论家和翻译家伍蠡甫先生。

一、创办黎明书局与外国文学译介

伍蠡甫（1900—1992）早年从事的主要工作以及他一生的主要成就都与外文翻译有关。外文翻译既是伍先生人生事业的起点，也是其学术成就的重要基石。他的翻译功底与他所受的家庭启蒙直接相关。其父伍光建是我国近代翻译史上著名的翻译家，是晚清民国从事白话翻译的开拓者之一，在当时与严复和林纾齐名。伍蠡甫从小学到高中的教育都是在美国在华开办的教会学校中完成的，这使他从小就接受了东西方文化共同的教育和影响。1919年，19岁的伍蠡甫进入复旦大学就读文科。持续高涨的新文化运动，给这位刚刚步入大学校园的文学青年以深刻的思想启蒙。

1923年大学毕业后，他先到北京故宫博物院从事书画鉴定工作。1928年受聘为复旦大学外文系教师。身为大学教员的他，在教书育人之余，思考更多的是如何为国民的启蒙和社会的进步发挥自己的作用。1929年，29岁的伍蠡甫与复旦大学孙寒冰、章益等教授在上海创办了黎明书局，由孙寒冰担任总编辑，伍蠡甫任副总编辑。发起人还有上海《国际贸易导报》主编侯厚培、南京中央政治学校王世颖教授。擅长事务工作的侯厚培任总经理，他原来手下的一位工友徐毓源担任实职工作,如联系印刷事物、包扎书、送书和寄书等。伍蠡甫负责文学方面的书稿,孙寒冰负责比较重要的稿件,他的学生冯和法担任出版部主任,负责农业经济和农业科学方面的内容。[1]

黎明书局出版发行的图书范围较广,涉及文学、历史、法律、经济、政治、社会、商业及自然科学等多学科门类,既有我国学者编著的学术专著,又有外国学者专著的译本。黎明书局出版小学、中学、大学的教材和教学研究专著,还出版或代理发行期刊,如《世界文学》、《经济学季刊》《外交评论》和《中国农村》等。黎明书局在普及人文与科学知识、译介外国学术著作、传播思想文化、服务教育发展与社会进步等方面发挥了积极的作用。

作为黎明书局的副总编辑和文学类书籍出版负责人,伍蠡甫在书局出版的"英汉对照西洋文学名著译丛",以及《西洋文学名著选》、《西洋文学鉴赏》等译丛著作中担任主编工作。在"英汉对照西洋文学名著译丛"出版的第一批12部译著中,伍蠡甫翻译了卢梭的《新哀绿绮思》、歌德的《威廉的修业时代》,还与刘麟生合译《两个罗曼司》、与鲍思信合译卢梭的《忏悔录》和托尔斯泰的《忏悔录》。这套译丛还包括雨果、屠格涅夫、哈代、高尔基、莫泊桑、莎士比亚等名家名作,由伍光建、蒯斯曛、顾仲彝、洪深等知名译者翻译。尽管译丛采用的译作底本大多是英译本而非作家作品母语,但编者以英汉对照的方式译介西方文学名著,一方面满足了普通读者通过阅读汉译本欣赏外国文学名著的需求,另一方面也为英语学习者对照英译本研究外国文学提供了良好的途径。

二、伍蠡甫的"世界文学"观念

1934年10月,伍蠡甫在黎明书局创办《世界文学》杂志并担任主编。这份文学杂志就像播撒文明种子的园地。《世界文学》的诞生,承载着而立之年的伍蠡甫太多的文学梦想和饱满的社会责任感。伍蠡甫在《发刊词》的

---

[1] 邹振环:《赛珍珠作品最早的译评者伍蠡甫》,《中国翻译》,2003年3月。

开头,先以三句单行排列的有力话语置于正文之前,给读者以充满活力与希望的青春意象:

> 新生曙光射在二十世纪四十年代的世界。
> 浸渍于新情绪中的新文学亟待催生助手。
> 作为一个不仅表现当代而且计议未来的刊物要向亲爱的读者商取有效的方法。[1]

简短有力的开场白道出伍蠡甫关于新刊定位的三个关键词:新文学,助手,读者。《世界文学》决计要做推动新文学发展的得力助手;心怀高远,眼界宽广,致力于反映当代生活,且前瞻未来走向;文学革命的成效,端赖于作家与广大读者的共同努力。

相较于新文化运动期间个别倡导者全面否定传统文化与文学的片面激进观点,伍蠡甫抱持辩证中和的态度。他指出,"历史上没有纯新的东西。在每一个阶段里,新旧常是并存着。新的不能灭尽旧的成色,正如过去须作现在的前身,现在决定将来的一切"。当代"五光十色互相歧异的作品",是新文学"可向资取的富藏"。他认为在新文学的建设过程中,确立新文学的内涵准则、指导塑造新文学的内容与意识固然重要,但更为重要的是,如何处理好旧有文学与当代文学的关系,如何利用文学遗产建设新生的任务。新文化运动将重新估定一切价值作为评判的基本态度。既然是价值重估,就不是简单地否定;对待传统当然要有否定和批判,但也必须有所肯定和继承。文学革命的目的是提倡和建设新文学。对传统文学的价值重估,不仅可以为建设新文学提供借鉴,对于文学革命本身而言也是必须进行的工作。他提出,"其实新文学所不应扬弃的,与其说是旧的或当代的文学,不如说是这种文学的读者。……探寻当代文学的特征和当代文学的阵容,乃是新文学前进的

---

[1] 伍蠡甫:《发刊词》,《世界文学》,1934 年第 3 期。

首要工作"[1]。他在分析了二十世纪三十年代文坛出现的不同思想意识和作品风格的作家类型之后，对推动新文学发展所应持有的意识、态度和方法，分别发表了自己的见解：

> 在意识上，新文学应该是世界的。它如果不以整个世界作对象，便无从扩展读者的视域，提高他们的理解，而所谓个人在全人社会中得到充分发展的最高理想更无从宣扬了。换句话说，世界的意识最足强化他们对于动的历史的感应，扬弃他们所株守着的相当的残废文学。并且唯其有了世界意识，新文学乃能适应当代读者主要的、最新最强的思想动向，扶持当代一切最为前进的趋势。新文学须推展历史，才不失为极端有用的东西。[2]

伍蠡甫将"个人在全人社会中得到充分发展"作为新文学的最高理想，这与胡适、鲁迅、沈雁冰、周作人等新文学运动倡导者的理念是一脉相承的。胡适提倡"人"的觉醒和解放；鲁迅说"最初，文学革命的要求是人性的解放"；沈雁冰在革新后的《小说月报》上讨论文学问题，首先提出"文学和人的关系"；周作人提倡"人的文学"：他们都将"国民的觉醒和解放"作为注意的焦点。

伍蠡甫将新文学及其广大读者的文学场域从"一国之文学"语境，引入世界文学的广阔疆域。一方面期待新文学能够拓展世界的意识，以表现整个世界为对象，以一切最为前进的趋势推展历史；另一方面期待世界文学能够拓展读者的视域，提高他们的文学理解力，强化他们的历史感，以利于实现个人在全体社会的充分发展。

那么，新文学如何对待旧有文学和当代文学？他谈道：

> 在态度上，新文学应该用十分温情主义去对待当代的、甚至以往的

---

[1][2] 伍蠡甫：《发刊词》，《世界文学》，1934年第3期。

文学。因为进步须放在退步面前,才格外使人认识,使人同情。对于落后以及打在过去中的一切,只有不加绝对排斥,不褫剥那改辙前进的机会,才可以引起退步在进步途中的作用,更何况退步的存在,对于进步本有相反相成的益处!所以进一步讲,新文学须别有一种方法,不过所谓方法者,并不是指一般艺术表现的方法,而是作为一种如何可使文学致用的方法。[1]

伍蠡甫主张以温情主义的态度包容当代的和以往的文学,希望由此产生相反相成的益处。这固然是一种具有理性批判意识的文化策略,但伍蠡甫在此没有具体解释何为进步的和退步的文学,无形中表露出文学进化论的思想痕迹。新文学如何实现文学致用?伍蠡甫提出新文学的发展主张:"通过艺术的根本性,来实现健全的政治主张"。首先,从艺术价值论的角度,新文学作为一种推动社会进步的潜在动力,要与现代社会健全的政治理想相一致,要有助于"增进人与人之间的合理关系",所以"新文学不能没有确定的政治主张"。第二,从艺术本体论而言,"新文学不仅须有健全的政治主张,更应尽量发挥它和一般艺术所共有的根本性",亦即"必须具备美的形式以及真挚情思的暗示而非明说"。伍蠡甫在此强调了新文学追求形式美的重要性,指出在文学的表达方式上要力求含蓄暗示,切忌直白明说,避免沦为大吹大擂的政治论文和传单式的文字。这对提高新文学的艺术品质具有指导和警示的作用。

伍蠡甫进一步提出他所期待的新文学的使命,以及世界文学应有的作为:新文学的使命是在帮助创造全人社会的一个世界,所以新文学又可名为世界文学。于是从各国文学的立场看去,这世界文学确是准备要凭它的意识、态度和方法三个特点(当然还不曾在文字上),向各国文学采取大包围。各国文学中前进的和退后的因素,将来如果感受到这些特点的作用,自会蒸发而成一个整体的。[2]

伍蠡甫追溯了世界文学概念的起源和演变。他认为,歌德所谓的世界文学并非指在世界各地发展着的文学或许多国民文字的总和。它并非形式的整

---

[1][2] 伍蠡甫:《发刊词》,《世界文学》,1934年第3期。

体,而是意识的、内容的整体,歌德要从世界文学的灿烂中总揽灵魂的真美。但之后的学者对于世界文学内容的理解,还是离不了若干国民文学的概观和历史,只作量的堆积,欠缺质的融合,没有检讨或提倡各国文学内容中的世界意识。他回顾西方自现代以来,尽管逐渐有学者注意到这个问题的研究,比如莫尔顿提出"与部分的总和完全不同的整体",但莫尔顿只侧重于寻找一个原则或一种可能来综合探究若干国民文学的形式体系,而这个原则也不能作为通过全人社会来观照文学的一个契机。伍蠡甫批评"这种研究毕竟没有发现文学所用以批判人生的准则,若从今后的立场去解说,便是忽视了文学的政治作用"。由此可见,伍蠡甫主张的[1]世界文学是具有世界意识的文学,是负有批判人生和政治作用的文学。

伍蠡甫寄希望于作为新文学的世界文学能够萌芽、滋长,各国文学对它都会生出新的问题。那么,中国的新文学应该如何建设?他认为当时的中国文学固然具有崭新的元素和前进的动力,但囿于偏狭而呈露出非常麻木的状态。那种毁旧成新的文学当然也未必有成长的可能。他一针见血地指出:

在现代中国文学里,形式的、文字的一般化是一个大问题。此外,把内容纳入世界文学的领土去确立中国文学的面向,深化情思,泽润外貌,这也是一个大问题。尤其是从内容上讲,中国文学也正如中国其他若干问题,都须卷入世界的澎湃巨浪,才有相当的解决。[2]

他呼吁中国的文学作家和批评家肩负起文学对于有意义的生存的使命,努力践行以下五个方面的内容:第一,文学创作和文学批评须就文学本身起到增进社会认识的作用;第二,文学固然有其政治的价值,但在实现这个价值的时候,要发挥文学所具有的艺术根本性,通过艺术传达获取共鸣;第三,作家要具备净化的人生理解和社会认识,避免自相矛盾的思想认识;第四,对于国内反映个人与社会现实关系的文学观念,应抱有挽回后退、推助前进的态度;第五,对于一般被视为中国文学的国粹以及外国的新旧作品,凡有背个人的社会存在的,都应予以排除。[3]

---

[1][2][3] 伍蠡甫:《发刊词》,《世界文学》,1934年第3期。

二十世纪三十年代，中国革命的发展历程已逐渐由五四时期的思想革命转向社会革命。如果说二十年代是个性解放的时代，三十年代则是逐步迈向社会解放的时代。文学艺术的价值追求也从对个人价值、人生意义的思考转向对社会性质、出路、发展趋向的思考和探求。伍蠡甫在当时提出文学创作和文学批评须就文学本身起到增进社会认识的作用是适应时代需要的。尽管他提出文学家同时也是社会科学家这样的观点，但绝非将文学简单视为服务政治的工具和机械反映社会的镜子，而是以发挥文学的艺术根本性为前提的。

三、《世界文学》的历史贡献

《世界文学》创刊于1934年，距1917年胡适、陈独秀在《新青年》倡导新文学运动已近二十年。在文学革命的精神洗礼下，当时的中国文学正处在新旧文学交汇激荡，新文学锐意探索、大胆革新的关键时刻。"这二十年时间，比起我国过去四千年的文化过程来，当然短促不值得一提，可是他对于未来中国文化史上的使命，正像欧洲的文艺复兴一样，是一切新的开始"。[1]文学固然是作家个体思想情志的表达，但一个国家的文学样貌更是展现这个国家人文生态、审美意趣的主要艺术形式。新文学不仅要重视形式的创新，还要将文学的思想立意、题材内容、艺术表达放置于世界文学的高度去创造和探索。伍蠡甫在《世界文学》创刊之际，再次重申中国现代文学的形式和内容问题，这显示出他对新文学艺术水准和思想境界的崇高期许。《世界文学》的诞生，正是"要勉尽新文学建树途中的千百万分之一的责任。介绍各国文学，估量它对于世界文学抑即新文学的价值；登载形式或内容可以取资的作品；用绝对客观态度，探寻中国文学走向世界文学的途径。无时不是希望着这种旨趣在中国能够形成新的文学观，引起国人对于新文学的注意"。[2]

文学革命改变了中国文化界对待外来文化的态度，逐渐形成了大规模翻译外国文学作品和文艺思潮理论的热潮。据统计，1921年到1923年，全国

---

[1] 刘运峰：《1917—1927中国新文学大系导言集》，天津人民出版社，2009年。
[2] 伍蠡甫：《发刊词》，《世界文学》，1934年第3期。

出现大小文学社团 40 余个，出版文艺刊物 50 多种。而到 1925 年，文学社团和相应刊物激增到 100 多个[1]。许多刊物都大量刊载翻译作品或报道西方文艺动态。"五四"后短短几年内，西方文艺复兴以来的各种文学思潮及相关的哲学思潮都先后涌入中国，促成了中西文化的交汇撞击，促进了思想解放和文艺创作。在西洋文学史的译介方面，1922 年文学研究会主要成员之一谢六逸撰写的《西洋小说发达史》在茅盾主编的《小说月报》开始连载；1922 年美国出版的《世界文学导论》一书，翌年就由郑振铎在《文学旬刊》第 73 期予以介绍，1924 年由吴宓在《学衡》杂志第 28~30 期连载部分译文；1930 年北新书局翻译出版由日本东京新潮社聘请全国各大学文科教授及文学家合作完成的《世界文学讲座》一书。相较于上述个别世界文学史专著的译介出版，伍蠡甫主编的《世界文学》，作为专门刊载外国文学作品和外国文坛动态及文艺思潮理论的期刊，正如当时书界评价所言"尚属罕见"。[2]《世界文学》在译介和传播外国文艺方面，与同期其他刊物相比，在以下方面具有较为突出的特色和优势。

第一，涉及国别地区广泛。从国别地区来看，包括欧洲、亚洲和美国等地区，其中欧洲以西欧和苏俄为主，有少量丹麦、瑞典、挪威等北欧国家的作者；亚洲除日本外，还有印度作家作品。

第二，作品体裁形式多样，包括小说、戏剧、诗歌、散文、作家作品评论、文艺思潮理论等。

第三，选译作品精良。从选译作品的产生年代来看，主要以二十世纪二三十年代世界文坛的名家新作为主，兼有十九世纪世界名著的翻译和评论、著名艺术家评传和评论等。较有影响的连载作品，如《歌德谈话录》、《一个陌生女人的来信》和美国第一位诺贝尔文学奖获得者辛克莱·刘易斯的获奖作品《白壁德》(Babbitt，又译作《巴比特》，1930 年)等。

第四，译者水平上乘。作为专门刊载外国文艺作品的期刊，《世界文学》

---

[1] 钱理群、温儒敏、吴福辉：《中国现代文学三十年》，北京大学出版社，1998 年，第 13 页。

[2] 华安编辑部：《新刊介绍》，《华安》，1934 年第 2 期。

有着以复旦大学师生为主体的充足稳定的译者队伍，译者大多是当时国内大学的学者、教授。由于作品涉及多个国家，因此译者中有擅长英语、俄语、法语、德语、日语等不同语种的专业译者。其中较为著名的有伍光建、伍蠡甫、孙寒冰、傅东华、顾仲彝、席涤尘、蒯斯曛、胡锡年等。

1935年8月，《世界文学》因故停刊。尽管其作为双月刊仅出版了6期，但6期合计1000余页，平均每期168页。这样一本体裁多样、选译精良、内容丰富的期刊，承载着众多译者辛劳的翻译工作和主编伍蠡甫繁杂的编校工作，为传播外国文学作品和文艺理论、开阔文学欣赏视野、提高文学鉴赏能力做出了一定贡献。

本文作者王新

发表于《语文建设》2017年第5期

浅谈伍蠡甫画论研究与山水画创作中的传统与创新

伍蠡甫（1900—1992），广东新会人，又名伍范，画名敬庵，室名尊受斋。现代著名的西方文论家、美学理论家、国画家、翻译家，与其父伍光健被称为"中国译坛双子星"。新中国成立前曾任复旦大学文学院院长、北平故宫博物院顾问。新中国成立后任复旦大学外文系教授，上海画院兼职画师，《辞海》编委及美术学科主编，中华全国美术学会、全国外国文学学会顾问，上海社联、上海文联委员，《中国大百科全书》中国文学、外国文学卷编委，著有《谈艺录》（1942）、《中国画论研究》（1983）、《名画家论》（1988）、《欧洲文论简史》（1985）等书。

伍蠡甫的艺术成就由其画论研究和山水画创作两方面构成。伍蠡甫出生于上海，从小在父亲的书房里养成对绘画的兴趣。他先是学习西洋画，后来转为国画，曾受教于近代著名国画大师黄宾虹。1923年伍蠡甫从复旦大学毕业后北上工作，适逢故宫博物院成立，他一有闲暇即去泡博物院，浸淫于皇室秘藏历代字画之中，这为其艺术创作和画论研究打下了深厚的传统基础。

在西方文化冲击下，二十世纪的中国美术开始跳出文人画的视域进入大美术的广阔空间，开始以"西方"这一他者的角度和眼光来反观自身，发展自身。在"西学东渐"的浪潮中，中国进入了"无一画家不参加论争"的国画改良运动活跃时期。伍蠡甫在这一个大时代背景下，开始了他的艺术创作和画论研究。

总体来看，伍蠡甫的创作和研究可分为三个阶段。第一阶段是二十世纪二三十年代，以师法传统、积累功底为主。第二个阶段是四十年代至"文革"结束,伍蠡甫试图以西方的概念和体系创造出国画的哲学,以现代事物入画反映时代精神,实现国画创新。他此时的画作呈现两种风格,一为继承传统一路,一为摸索创新一路。"文革"结束至晚年为第三阶段,此时的绘画不再表现时髦事物,而是追求平淡写心、朴拙内在美的境界,他对国画创新的思考也复归传统。

1928年,伍蠡甫回到上海,在复旦大学执教,同时兼任暨南、中国公学等校外文教授,授课之余,沉浸绘事。这一时期为其创作的第一阶段,他的作品沿着传统方向探寻,自明清而上溯宋元,追踪石涛、董源诸家,积累了深厚的传统功底,画风古朴稳健。

1936年,伍蠡甫赴伦敦大学攻读西洋文学。1937年在英国举办中国画展,受邀到英国皇家学会和牛津大学做《中国绘画流派》的专题演讲。留学闲暇之余遍览大量西方名画和外流中国名画,从而两相比较,不断借鉴、提升创作理念和技巧。

1937年,伍蠡甫中断学业回国。1938年任复旦大学文学院院长,又被聘为北平故宫博物院顾问,同院长马衡一同到贵州安顺鉴定故宫寄存的名画,揣摩院藏大量真迹,著有《故宫读画记》追述所见。全民族抗日期间,他在重庆、成都、香港等地举办个人画展,将所得展款捐献抗日圣战,被誉为"艺人楷模"。

在其勤奋不倦的一生中,伍蠡甫"对中国古代绘画的美学理论做了持久深入研究"(蒋孔阳语),尤其是尝试解决传统与创新的关系问题,以及如何达成中国画第一要义"意境"。他第二阶段的创作和画论研究,受西方话语体系影响较大。他认为,当下"国画家大都墨守成法,不很愿意兼通艺术的一般

图1 《新江安水电站》

理论","国画研究者太过囿于历代权威的意见，充其量只不过是这些意见的零星重述，抑即旧材料的累积，不能使读者从中看出什么系统的解释"。他把改革矛头直指"气韵生动""笔致高古"等传统艺术内涵，试图引入西方的思维方式解构传统，创建一门科学的国画哲学体系，以使创作者和读者能够掌握国画的发展规律，预测、指导国画的发展未来。为了实现这一目标，首先要求国画反映当下中国社会的时代精神、中国社会的发展。当然，拿来主义常常导致格而不化，伍蠡甫未能建成系统的国画哲学。

在绘画实践上，伍蠡甫开始了大胆创新。为了反映时代精神，他成为了国画家中将当代事物搬入山水画作的第一人。1941年，伍蠡甫在重庆举行抗战献机个人画展，首次公开了他革新后的山水画。洋房、工厂、军舰、枪炮，寇机被击落或我机侦察等场景都成为其笔下的创作对象，以此实现国画的变革。他的观点是："本来现代的题材是没有不可入画的道理。唐宋画中所表现的衣、食、住、行，在唐宋时难道不是'现代'的吗？""我们如果一味学习唐宋的画法，我们的眼前心上，便很可能地只有一些皴、擦、渲、染的形式，伏在形式后面的东西——内容反都消灭了。于是乎形式一代一代留下来……它便能蒙蔽人的心

图2 《秋收图》

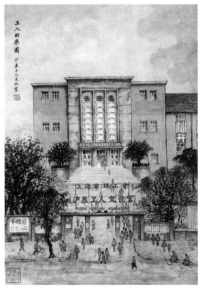

图3 工人的乐园

图4 番瓜弄

眼，使人想不起或看不见当前的生命内涵。"

伍蠡甫并不反对师古，但是反对仅是搬运前人的一丘一壑、一山一水到自己的结构之中，零乱地堆砌画面。这种绘画方式并不能表达出完整的意境。他梳理了意境、内容（山、石、水等真实存在之物）与形式（笔法）的关系，认为文人山水画与诗歌和音乐一样，都是儒家治世的工具。中国山水画所表现的种种"意境"，是象征治道下的某一标准人品，所谓"幽淡""浑厚""古朴""清雅"等意境，都是从为人之道观照自然所得的结果。而为了实现完满的意境，内容具有率先的决定性，其次才是形式。

1948年在广州举办画展后，岭南派创始人高剑父赞其云："伍先生的画除了其笔墨近寻往古而外，自有其自己面目。""胸次有万卷书而画之气象益博，此之谓充实之美。此乃中国艺术精神，非徒从浮面而描写者也。"当然，对于他这种革新后的山水画和创作理论，并非全部观众都能认可，他甚至被推上"离经叛道"的高台，但是伍蠡甫仍然"抱定这种精神，朝着这一取向走去"（陈子展语）。

一直到新中国成立初期，伍蠡甫的绘画始终保持两种风格，即传统的和革新的。新中国成立后，为无产阶级和工农兵服务这种政治方向成为中国画一种新的尝试。作为上海画院的画师，伍蠡甫创作了《新安江水电站》、《上海炼油厂》、《工人的乐园》、《南汇县三灶李桥公社秋收的一个画面》等作品。水库、烟囱、发电厂、拉木材的火车、忙碌的工人以及秋收的农民，都成为描绘的内容，塑造出新中国一派热火朝天、欣欣向荣的景象。

这些画作中不乏新事物与山水融合的佳作，如设色山水画《新安江水电站》(1966)。新安江水电站建于1957年,是1949年后中国自行设计、自制设备、自主建设的第一座大型水力发电站,位于杭州建德市新安江镇的桐宫峡中。水电站气势宏伟,大坝之西,因拦截江水而形成了现在著名的旅游景观千岛湖。这幅图画构思精巧,并没有刻画水电站的正面,而是立足北岸,侧面构图。水电站大坝从画面右侧开始,向上延伸,触及桐宫峡南山之后依势转折向左从山体中穿过。庞大的水电站占据了画面的主体,画面上段是桐宫峡南侧的群山,中段右侧是大坝的部分主结构,左侧是大坝围体及其截断的山脉,下段是从大坝中泄出的江水和桐宫峡北侧山岭峦头的一角。新安江大坝稳坐画面中央,伸出宽厚阔大的手臂将湍急的江流和南北山纳入怀中,形成环抱之势。山夹坝,坝环山,画面布局雄伟壮观,实中有虚,颇可把玩。画面中段,一列运载木材的火车从山上盘旋而下,车头蒸汽缭绕,同银色的水面衔接,缓解了山石水泥的迫塞,上段与中段的南侧山脉似断实连,形成了从水电站内景到远处山石的自然过渡。水电站宛如嵌入自然山水之中,毫无挂碍。山石树木着花青、赭石、石绿和朱砂色,浑厚庄重,从形式到内容都恰到好处地反映了作品的主题。

新中国成立至"文革"期间,伍蠡甫的绘画创作和理论著述不多。"文革"结束后,伍蠡甫的画笔开始活跃起来,进入了他绘画创作与理论研究的第三个阶段。后来,他对自己的创作历程进行了反思,重新审视了关于传统与革新的问题。借昆明、贵阳、西安之行,仿古探幽,创作有《黔南道中》《墨池与影壁图》《幽谷清泉》《车过渭河》等作,意境郁勃,笔墨拙重,"自我"出之。此时的伍蠡甫一反早年所为,不再画时髦的题材,

图5 山水

图6 江流有声

"笔墨当随时代",乃时代精神风貌在笔墨上的反映,而非斤斤于现代事物入画。

他不再用西方的话语体系创建中国画论,而是重新进入传统的宝库,总结历史上中国画发展的经验,思考传统与创新的问题。他指出历代名画家中,董源和石涛等人艺术成就的取得就在于既能够师有所古、外师造化,又可以创新,做到画中有我,借物写心;渐江虽有创新,但又时时不忘云林"家宝",无法摆脱古人窠臼;他批评清初复古派王鉴"以临古、摹古为起步,以学古为生活,在漫长的岁月中并没有消化遗产,给自己寻出一条新路……没有什么崇高的旨趣",认为声望不如王鉴的吴历具有脱去古人窠臼的意图和实践,画作更能表达真意。

图7 春山骀荡

图8　杭州屏风山休养所

因此，决定画家艺术成就的不仅对传统的继承，更是在突破传统之上的创新，这种创新非有真实之"自我"不能达到。画家要有真性情、真感情，也就是"画家之我"，然后才能在绘画创作中表现出意境，这个意境是画家内心的真实写照。为了达成这种意境，石涛的"一画"，是很好的方式。"一画明而画可以从心。"所谓的"一画"就是心与手、造型与达意之间，了无隔阂，遂觉一管在握，可熔铸千变万化的自然形象，成为画中山水，以表现作者的创造精神、创作动力和创作想象。绘画既要师有所古，又要外师造化，重要的是对传统与造化了然于胸，以心导之，实现情与景的高度融合，人与自然之间的相互呼应，并能落诸笔端，实现物我为一。形式与内容不再是隔阂与主次的关系，意境也不仅是儒家的"执中之用"，每一位画家的天性禀赋、人生经历、时代背景不同，其创作精神、创作动力和想象也千差万别，画家能够借物抒情，直写其心，便达成了绘画的意境，实现对传统的突破和时代的创新。

如果说画家克服重重困难，终于以最美的艺术形式表达了自己的情思意境谓之"过关"的话，伍蠡甫自认其晚年已经步入"解脱"之门。其1980年题画云："六法所云，随类赋彩。文人画存而勿论，余试拈出一澹字，过关者知之。"此画浅绛设色，气势笔法类似石涛，追求酣厚拙朴的境界，淡而不薄。画面正中以折带皴法绘制一山石，位于崖边溪旁。石身突出，石势向左探向溪水，石脚纤细而筋脉有力，牢牢抓住石岸，写出了饱经风雨冲洗而又充满张力的老石之态。此石以浓墨勾取轮廓，着淡石青及赭石色，石质厚重，纹理清晰，层次变化富有节奏。深浅不一的大小圆点落于石隙、石脚及石后，间杂黄色夹叶，深景是两座淡色没骨的远山，笔触清晰，意态朦胧，更突出前景老石的筋脉层次。此图着色似淡实绚，山石骨立，气脉不衰，正是伍蠡甫坚忍的个性、丰富的精神世界的真实写照，也是他对自己终生坚持绘画理论研究和创作成绩的认可。

图9　上海炼油厂一角

图10　晓耕图

本文作者孙琪

发表于《书画世界》2017年第7期

论贯中西，艺通古今：伍蠡甫的艺术研究之路

伍蠡甫（1900—1992），原籍广东新会（现属广东省江门市），生于上海，少时就读于汇文附小、圣约翰附中，1923年毕业于复旦大学文科，获学士学位，1936年远渡英伦，入伦敦大学深造；曾任复旦大学文学院院长、复旦大学外文系英美文学专业博士研究生导师；作为著名美学家，伍蠡甫先生开西方文论系统研究之先河，在中西美术比较研究方面用功尤深，曾主编《西方文论选》，撰写《欧洲文论简史》（与翁义钦合著），出版了《谈艺录》、《中国画论研究》、《伍蠡甫艺术美学文集》、《名家画论》、《山水与美学》等专著。而在美学家的盛名之下，伍蠡甫还有着另一重身份——国画家。伍蠡甫自幼喜爱绘画，后专好国画，尤其山水画：1937年，尚在欧洲游学之时，他就在中国驻英国大使馆举办个人画展。归国后，他亦在重庆、成都、广州等地举办画展。新中国成立后，被聘为上海画院画师。

艺术研究和国画创作贯穿伍蠡甫的一生，无论是"修业时代"、抗战时期，还是新中国成立后，都未曾停止，且相互促进，密不可分：美术实践中的困境和突破成为其学术研究的出发点；他的学术研究也为美术实践，尤其是战时的"山水画改革"提供理论依据和思想源泉。这两方面的实绩共同成就了伍蠡甫独特的学者气象和艺术家气度。

"修业时代"的漫游

伍蠡甫对于美术的爱好，最初是在父亲的书房里养成的，幼时，伍蠡甫跟随父亲伍光建辗转于北京和上海。伍光建是一位博学且爱好广泛的文人，

早年考入北洋水师学堂，学习国语和英语，后赴英留学，初入皇家海军学院研习军事，后转到伦敦大学，学习数学、物理、化学，自修文学和历史。伍光建还是一名艺术爱好者，对美术史兴趣浓厚，收藏了大量与绘画相关的书籍。伍蠡甫通过阅读父亲的藏书，对绘画产生了兴趣。这一兴趣到中学时代更是一发不可收拾。伍蠡甫在图画课上总是拿着老师发下的画稿自信临摹，反复练习，课后还自己寻觅范本，几将当时书店的中西画册搜罗详尽。稍长，伍蠡甫将兴趣集中到中国画，陆续买全了黄宾虹、邓秋枚所编的《神州国光集》，狄平子所编的《中国名画集》等画册，后受前辈大师黄宾虹指点，专攻山水画。1919年，伍蠡甫考入复旦大学预科和文科后，担任复旦大学年刊的美术编辑。

1923年，伍蠡甫从复旦大学文科毕业，前往北京，直到1928年，受当时复旦大学校长李登辉之邀，才返回上海，回母校任教。青年时期在北京故宫博物院"看"画的经历让伍蠡甫受益终身。其时，适逢冯玉祥将军逐清帝出故宫，故宫博物院刚刚成立，素来仅供皇室贵族收藏、玩赏的历代字画首次公开展出，藏品之珍奇、规模之鸿巨，深深震撼了青年伍蠡甫，同时激发了他的创作与钻研之心。一方面，他继续沿着传统路径，潜心研究对历代名家画作，苦心临摹，追随李成、董源诸家，师承董其昌、石涛；另一方面，他开始大量阅读中外画论、艺术史、文艺理论专著，其中石涛的《画语录》对他的影响尤其深刻。他更以《画语录》中"易曰天行健，君子以自强不息，此乃所以尊受之也"一句自勉，取斋名为"尊受斋"。

1936年，伍蠡甫前往欧洲留学。虽然伍蠡甫在任职复旦大学期间，翻译了大量外国文学作品，其中不乏卢梭的《新哀绿绮思》(今译《新爱洛伊斯》)、歌德的《威廉的修业年代》(今译《威廉·麦斯特的学习时代》)等名篇，但前往欧洲后，伍蠡甫的学术重心向西方文艺理论转移。就读于伦敦大学期间，伍蠡甫接触到罗杰·弗莱和克莱夫·贝尔等人的艺术形式主义批评著作，形式主义批评方法对他之后的艺术研究工作产生了深远影响。求学之余，伍蠡甫还先后前往英、法、德、意等国的博物馆，与文艺复兴以来的西方名家作品面对面。这段考察经历冲击了他对艺术尤其是绘画的认识。与此同时，伍蠡甫的国画技巧经过十几年的磨砺，日臻成熟。1937年，伍蠡甫在中国驻英国大使馆举办个人画展。这是英国本土民众第一次看到现代画家的中国画，伍蠡甫也因此受到英国皇家学会和牛津大学的邀请，做了《中国绘画流派》专题讲演。这次讲演是伍蠡甫的第一次比较美术研究实践。

改革山水画

1937年，抗战爆发，伍蠡甫中断留学生涯回到当时的陪都重庆，次年，担任复旦大学文学院院长。战时的紧张状态和在欧洲的修习，让伍蠡甫意识到改革山水画的必要。伍蠡甫认为现代山水画不排斥中国传统山水画的绘画技巧和题材，但反对为了遵从"古法"，阻隔画家的"心眼"与当前生命、周遭世界的联系。他主张画家在技法上吸收西方绘画的技巧，在题材上不回避现代事物抗战初期，他曾在报纸上发表《画室闲谈》一文："在抗战前数年，就有人向我建议把现代事物纳入山水画中去，如汽车、洋房、军舰等。后去欧洲留学，花了近两年的时间，对西方绘画作考察研究，并与中国画作比较，深感国画必须变革，否则难以发展，甚或将失去生命活力。""本来现代的题材是没有不可入画的道理：唐宋画中表现的衣、食、住、行在唐宋时难道不是'现代'的吗。""我们如果一味学习唐宋的画法，我们的眼前心上便很可能地只有一些皴、擦、渲、染的形式，伏在形式后面的东西——内容反都消灭了。于是乎形式一代一代留下来，直到现代的中国，它还是紧紧捉住画人之手，非得用它不可，但是用了它，它便能蒙蔽人的心眼，使人想不起或看不见当前的生命的内涵。"

很快，伍蠡甫就将这些主张落实在个人的创作中。1941年，他在重庆举行个人画展，首次公开了革新后的山水画，成为中国画坛第一位将洋房、工厂、飞机、军舰乃至枪炮等现代事物纳入画面的国画家。伍蠡甫的大胆举措在当时引起极大争议，但其改革山水画的精神获得一众文人的支持。陈子展在观展后评论道："今人的国画要能成为反映现代的国画，不是抄袭唐宋元人乃至明清人的国画，就非有创造的精神不可。再换一句话说，非有革命的精神不可，伍蠡甫先生的画恰能表现这一精神。"

在伍蠡甫看来，改革山水画的思想并非无源之水。首先，中国画素来有反映社会现实的传统。宋代画家石恪"多为古僻人物，诡形殊状以蔑辱豪台"，清代画家罗聘"尤工画鬼，尝多次作《鬼趣图》，借以讽刺当世"。清初画家石涛更有"笔墨当随时代"，"搜尽奇峰打草稿"的主张。其二，中国画追求内容与形式的统一，主张"内得心源"与"外师造化"相结合。在战时，画家的心绪往往为国家危亡所牵动，应通过作品将内心感受表达出来。这一思想也得到陈望道教授的认同。陈望道在看过伍蠡甫的改革山水画后曾评论道："蠡甫教授对于国画达到这个融合的倾向，据我看来，是由于他画论的精研形成的。我们看他的画，过去好像还有些拘守成法的模样，对于山水、人物，还只敢画前贤所已画的。近来才觉随笔挥洒，无所不宜，画飞机击落或画我机侦敌，乃至画工厂、画洋房，以及画其他一切，都觉妙合自然，不失国画的神韵。他的画艺上显出的融合倾向，完全是内发的，并非外感的。"直到新中国成立初期，伍蠡甫的绘画还保持着"传统"和"改良"两种风格。1948年，伍蠡甫在广州举办个人画展，岭南派创始人高剑父著文赞其"盖有石师'我之为我，自有我在'之意，且不泥古不离古，可谓'不为法缚，不为法脱'"，"胸次有万卷书而画之气象益博"。

新时代的沉潜

新中国成立后，国画一度被视作封建统治阶级的附属品受到猛烈批判。新的政权对文艺提出了新的要求，要求文艺为无产阶级服务，为工农兵服务，表现工农兵的生活，呈现社会主义建设的风貌。在激进的改革口号之中，一度走在主张山水画改革前沿的伍蠡甫却选择"沉潜"，埋首于文献之中。早年留学英国时的艺术形式主义批评训练和多年来的绘画经验，成就了伍蠡甫美学研究的圆融之境。一方面，他从艺术的形式美出发，寻求中西方绘画的共通之处；另一方面，他还试图引入现代西方美学的观点，以阐明中国古代画论中的传统范畴和概念，对中国的文人画艺术风格、中国绘画艺术的特征做出了精彩且细致的论述。

伍蠡甫肯定西方唯美主义艺术批评中对"感受力"和"人的气质"的强

调，认为"对批评家来说，重要之点并非凭智力以取得一个准确而抽象的定义，而在于他本人须具有某种气质，始能面向美的事物时深受感动。而且他还须永远记住，美存在于多种形式中"，反对批评的概念化或教条化。他认为："艺术批评家有必要通晓各门艺术所特有的表现技巧和手法，要有丰富的感性认识的基础。"

在评论具体的画家及作品时，伍蠡甫亦从艺术形式美出发，强调艺术形式美具有相对独立性。1963年，伍蠡甫发表《艺术形式美的一些问题》，文章写道："艺术形式美是构成艺术形象时所凭的方式，它不等于艺术形象本身，艺术形式美的构成因素为线条、颜色等；艺术形式美具有比例、平衡、对称、虚实、奇正、节奏、多样统一、不齐之齐等规律，这些规律本身并不含有阶级性。"他反对以简单的政治尺度评判艺术创作。1979年版《辞海》修订本征求意见中，有人提出，赵孟頫"以其人品论节操有亏，失民族气节，众多贬责，宜说出"，只写"入元……官至翰林学士承旨"不妥。担任《辞海》编委、美术学科主编的伍蠡甫明确反对这一意见。他强调，艺术研究者固然要看重史书中对于前代画家生平及人品的记录，但绘画艺术的辞典与史书的编纂标准不同，"艺术审美并不完全等同于道德判断，美与善并不永远一致"。他更以蔡京为例，指出"其人无品，然其行楷劲秀，神采洒脱，功力甚深"，强调艺术研究宜体现艺重于人的原则。关于艺术的传统与变革的思考，贯穿了伍蠡甫学术生涯的始终。1987年，已是耄耋之年的伍蠡甫在《文艺理论研究》上发表了题为《略论传统与创新，再现与表现》的长文。文章从艺术形式出发，以中国山水画和西方抽象艺术思潮为例，结合英国美术史家贡布里希的"图式与修正"公式，探讨了中西美术的发展规律。伍蠡甫指出："因袭和变革、再现和表现这两对矛盾，共同组成艺术传统的整个结构。""因袭与再现导致传统的封闭性，变革与表现产生传统的开拓性。"共同缔造了"传统的生命整体"。而艺术家"再现"的对象，不限于自然、现实，还包括他难以彻底避免的艺术传统的模式、图式。艺术家的成就在于"反映客观以及再现自然形象与既成图式的同时，能发挥主体精神与能动作用，争取艺术形式的创新，以表现自我"。

1992年，伍蠡甫先生辞世，复旦大学同辈学人、美学家蒋孔阳教授曾送上一副挽联，上联是"中国画论西方文论论贯中西"，下联是"西蜀谈艺海上授艺艺通古今"。转眼，这位有着"论贯中西、艺通古今"嘉誉的老先生去世已经二十余年。翻开伍蠡甫在二十世纪三十年代翻译的文学名著《威廉的修业时代》，我们可以读到那个著名的结尾：费雷德里克对小说主角威廉说："我看你很像基士的儿子扫罗。基士派他出去寻找他父亲的一些驴子，他却找到了一个王国。"小说中，威廉怀抱艺术的理想出发，经历漫长的修业时代，最终获得了人生的艺术。许多年前，刚刚开始人生壮游的青年伍蠡甫在翻译这本书时，或许曾在爱艺术、爱智慧的威廉身上看到自己的影子。如今，我们读到伍先生的文章，欣赏他的画作，也能看见一个爱艺术、爱智慧的身影。这个身影，属于伍蠡甫先生。

本文作者刘媛
发表于《美术观察》2016年第8期

第二部分 伍蠡甫先生大师风采

伍蠡甫与西方文论

伍蠡甫先生生前长期任教于复旦大学，他擅画山水，精于国画理论，对西方文论也有很深的造诣。

提起西方文论，应该说，在我国，这门学科的研究起步较晚。二十世纪上半叶，它虽已登陆中国文坛，但翻译过来的完整或比较完整的著作却是屈指可数。研究工作此时已经展开。继王国维用西方文论阐释我国古典文学名著之后，朱光潜的《诗论》以西方诗论解释我国古典诗歌，探讨中国诗走上"律"的路的原因，钱锺书的《谈艺录》包含着对中西诗论的辨析比照，从中都可见出这些学贯中西的学者对西方文论的独到理解。傅东华、梁实秋、周扬等人还就亚里斯多德的《诗学》、王尔德的唯美主义、车尔尼雪夫斯基的《艺术与现实的美学关系》等文论流派、著作进行评析。这些无疑都是引人瞩目的研究成果。不过，他们数量有限；而且作为一门学科，西方文论研究还缺乏系统。

就在这起步阶段，伍蠡甫也已涉足这一领域。他在大学里开设西洋文艺批评课程，并且翻译雪莱的《诗辩》（商务印书馆，1937年），还在其专著《谈艺录》（商务印书馆，1947年）中，把西方文论、艺术理论融入中国文论、画论的研究之中。

五十年代至六十年代中期，西方文论研究进入新的时期。"文艺理论译丛"、"古典文艺理论译丛"、"现代文艺理论译丛"以及"外国文艺理论丛书"中的一部分译著陆续面世，有关的学术论文也以译后记等的形式出现，较为全面地评介了西方一些重要的文论著作。

这时，伍蠡甫仍在大学讲授西方文艺批评，并且继续译介一些文论。考虑到缺乏教材给教学带来的不便，他起意编写讲义，并且开始系统地梳理材料。适逢其时，文科教材会议召开。会议决定把西方文论选本列入教材编写规划，并指定伍蠡甫担任主编。他接受这项任务后，即约请一些学者参加编选工作，并且提出编选的若干原则。选本主要作为高等学校文科有关课程的教材，亦可供文学理论工作者参考。选收从古希腊至十九世纪西方文学理论、文学批评、创作经验，以及涉及文学理论的美学、哲学等代表性较大、影响较深远的论著，要有较大的包容性而又不流于庞杂。选文次序按时代、思潮、流派、国别和作者生年编排，尽量体现史的发展脉络。每一位作者选文前有小序，简要介绍作者思想、选文论点及其渊源与影响。选文采用已发表的译文或新译选文均予以校订，以保证译文质量。在此基础上，又拟出选目。为了编好选本，有关方面的领导邀请了朱光潜、钱锺书、缪朗山、郭斌龢等专家来沪，共同探讨西方文论的编选事宜。在一周的时间里，大家就编选该书的原则和选目等问题展开了热烈的讨论，提出了很多宝贵的意见。伍蠡甫吸收了大家的意见，经过全盘考虑，对西方十九世纪以前的著名文论做了精选，汇集成两卷本《西方文论选》，于1964年由人民文学出版社上海分社印行。这是我国第一部比较完整的西方古代和近代文论选集，不仅适应了文科教材建设和进一步研究西方文论的需要，而且对当代我国文艺学和文学批评也有借鉴作用，问世后受到了欢迎。

这以后，伍蠡甫着手筹划下一步工作。可是，时隔不久，中国就陷入十年浩劫的厄难之中，他所从事的这项工作也被迫中断了。

七十年代末，特别是八十年代以来，西方文论的译介呈现出多维度的局面。古代和近代文论译著继续出版，近百年来流行于欧美的精神分析、新批评、形式主义、结构主义、阐释学、接受美学等流派的文论更是蜂拥而来，西方文论的研究领域也随之扩大。

这一时期，伍蠡甫精神矍铄。为了培养学科高层次人才，他招收了攻读西方文论的硕士生和博士生。他主持修订《西方文论选》，1979年由上海译文出版社出版，后来再一次修订。因需要量大，该书重印多次。他又先后主编《现代西方文论选》(上海译文出版社，1983年)、《西方古今文论选》(复旦大学出版社，1984年)，还与胡经之共同主编三卷本《西方文艺理论名著选编》(北京大学出版社，1985—1987年)，把西方文论的编选从古代近代延伸到现代，从而使西方文论的介绍更见系统。这一时期出版的《伍蠡甫艺术美学文集》(复旦大学出版社，1986年)等专著以及他发表在其他书刊的许多论文，或对西方文论进行评价，或将中西文论、艺术理论对比参照，提出了一些精辟的见解。他还倾注多年心血，撰写《欧洲文论简史》，于1985年由人民文学出版社印行。这部我国首次出版的西方文论史著作，提供了比较合理的专业知识框架，以时代背景为经，批评家和批评流派为纬，扼要叙述欧洲自古希腊到十九世纪末文艺批评理论发展的概貌，不仅有对西方文论变化的历史描述，而且有对西方文论在不同时期如何拓展、创新的剖析。该书问世后，很快被定为高等学校文科教材，后来又进行修订，于1991年出了新一版，多次重印。

伍蠡甫所从事的西方文论研究工作在许多方面都给笔者留下了很深的印象。

他在西方文论的园地上辛勤地耕耘了数十个春秋，即使到了晚年，他依然孜孜矻矻，埋首书案，除了涂绘丹青，就是读书写作。当他收到《欧洲文论简史》新一版样书时，他还说，他近来对本世纪西方文论中的一些问题有些新的思考，很想把这些思考写出来。说这话时，他已经年逾九旬。尽管由于年迈体弱，随后又住进医院，他的这个愿望未能得以实现，但这种精神却是十分可贵的。

他从学科发展和实际需要出发，把从古迄今的西方文论作为一个整体进行研究，注意其系统性，他开了西方文论系统研究的先河。

他十分重视对西方文论采取分析的态度。无论是他为文论选写的小序、他的一系列论文，或是文论史等专著，都明显地体现出这个特点。他对形式、形式美问题的分析就是一例。他把古希腊德谟克利特、柏拉图直至本世纪文论家有关这一问题的论述作了详细的介绍，并一一予以具体的评说，褒贬兼有，然后概括地指出：西方文论中有关形式、形式美的论述，"有的可以引为教训,有的足资借鉴"。这就避免了研究工作中那种简单化的偏颇。

他还把对我国文论、艺术理论的思考于西方文论的研究交融起来,互相印证,并在比较中把握不同文论、艺术理论的特点,努力使外来的文论、艺术理论为我所用。

伍蠡甫先生为西方文论学科建设所做的工作,他那不断开拓的进取精神,及其所取得的实绩,对我们这些晚辈后学无疑是很有启示意义的。

本文作者翁义钦
1999年发表于《文汇读书周报》

赛珍珠作品最早的译评者伍蠡甫

二十世纪三十至四十年代和八十至九十年代，赛珍珠（Pearl S. Buck，1892—1973）在中国两度出现过翻译传播其作品的热潮，但是人们很少注意，或几乎完全不关注：谁是赛珍珠作品最早的翻译者和评论者。本文所揭示的就是这位杰出的美国作家在中国最早的作品翻译者和评论者伍蠡甫。

一、早年在画坛尽显风流

伍蠡甫（1900—1992）是我国著名的艺术理论家、画家和翻译家，广东新会人，出生在上海。幼年时代随父亲、著名的翻译家伍光建辗转于北京和上海[1]，在北京的汇文附小和上海的圣约翰大学附中受到了良好的学校教育。他很早就对绘画产生了特殊的兴趣，在中学时代每次上图画课，他总是细心临摹，特别追求形似。先是学西洋画，后来渐渐对国画产生兴趣，于是疯狂地买书，像黄宾虹、邓秋枚编的《神州国光集》、狄平子编的《中国名画集》等许多画册，几乎搜罗殆尽。后来他在近代著名国画大师黄宾虹的指导下学习国画，他的绘画风格是追踪石涛、董源诸家，又特别注意写生。19岁那年他考入复旦大学预科和文科，从此与这所大学结下了不解之缘。在学期间他当过复旦大学年刊的美术编辑，1923年文科毕业获得了文学士学位。以后到北京求职，在溥仪迁出故宫后，他常常泡在故宫博物院里研究历代名画真

---

[1] 有关伍光建的生平和翻译成就可参见伍蠡甫编：《伍光建翻译遗稿》，人民文学出版社，1980年；邹振环：《中国近代翻译史上的严复与伍光建》，《中国文化与世界》第三辑，上海外语教育出版社，1995年。

迹。1928年春返沪，受聘任母校复旦大学、暨南大学、中国公学教授。

1936年伍蠡甫在父亲的鼓励下也到了伍光建当年留学过的英国伦敦大学攻读西洋文学。同时他在绘画上已日趋成熟，卓然成家。1937年1月他在中国驻英国使馆举办了个人画展，郭泰祺大使主持了开幕式。并应邀在英国皇家学会及牛津大学作了"中国各派绘画"的讲演。他前后游历英、法、德、意等国，参观了许多著名的博物馆，观摩了大量的西方名画。1937年抗战爆发，伍蠡甫中断了留学生涯回到了战时的首都重庆。1938年他应邀出任迁到陪都的复旦大学文学院院长，由于他的关系，老友宗白华、胡小石、谢冰莹、老舍、余上沉都分别来到了位于嘉陵江畔北碚黄桷树镇的文学院，作过诗歌和艺术专题的讲座，他还在重庆多次举办个人画展。邱立新的"伍蠡甫"一文称，其画展誉满山城，《新华日报》曾为之报道，郭沫若为他的《山田图》《峡船图》题长诗，徐悲鸿特引杜甫诗句"元气淋漓障犹湿"相赞许。他把画展所得的万元巨款捐献给了政府以支持抗日战争，他说这是自己以这种独特的方式参加了神圣的抗战。此事《大公报》上曾以"艺人楷模"为题作过报道。1941年他出任教育部美术委员会委员，1943年他受马衡院长之聘，担任北平故宫博物院顾问，赴贵州安顺藏宝山洞，鉴定、观摩故宫博物院南迁的历代字画。1944年他在贵阳、昆明等地多次举办个人画展。[1]

丰厚的学养使他的绘画中融入了深远的意境和浓郁的书卷气，岭南派的大师高剑父这样评价他的绘画："雅得石涛之旨，而有新意。""峰峦浑厚，草木华滋，时而千峦万壑，时而水净林空，一望饶有古人意，而却是自己的画。"他的国画别具一格还在于他深得石涛"笔墨当随时代"、"搜尽奇峰打草稿"名言的深意，主张东西方艺术相互借鉴，取长补短，他指出："本来现代的题材是没有不可入画的道理，唐宋画中所表现的衣、食、住、行，在唐宋时难道不是'现代'吗？我们如果一味学习唐宋的画法，我们的眼前心上，便很可能地只有一些披、擦、渲、染的形式，伏在那些后面的东西——内容，反而消失了。于是乎形式一代一代留下来，直到现代的中国，它还是紧紧地

---

[1] 穆纪光主编：《中国当代美学家》，河北教育出版社，1989年。

捉住画人之手,非得用它不可。但是用了它,它便能蒙蔽人的心眼,使人想不起或看不见当前的生命的内涵。"[1]伍蠡甫的绘画成就已经受到了世人的瞩目,但他在翻译方面的业绩,特别是他对翻译赛珍珠作品方面的地位,却至今少有人道及。

二、最早出版赛珍珠作品的黎明书局

1932年是赛珍珠在中国传播史上一个重要的年代,这一年的1月1日元旦,中国最有影响的综合性杂志《东方杂志》第29卷第1号刊出了宜闲(胡仲持)翻译的《大地》(*The Good Earth*),这一长篇小说在该刊上整整连载了近一年,直到12月16日的第29卷第8号才告完成。在《大地》尚未连载完成时,上海一家由复旦大学教授为主体创办的黎明书局就在1932年先后出版了赛珍珠的《福地述评》和《儿子们》(*Sons*)的中译本,成为在中国最早出版赛珍珠作品的出版社。尽管《东方杂志》刊载《大地》早于黎明书局,但1932年7月黎明书局出版《福地述评》时,宜闲的译本尚未及连载完毕,因此我们仍然可以说,由黎明书局初版的《福地述评》是最早译出的赛珍珠的作品。《福地述评》初目,赛珍珠作品最早的译评者伍蠡甫版2册,同年12月即再版至4000册,销路颇好。12月《儿子们》也由该书局出版。1933年,黎明书局还推出过伍蠡甫的妹妹伍季真译出的赛珍珠的《东风西风》(*The East Wind and the West Wind*)。

黎明书局究竟是怎样一个出版机构呢?至今尚无专文论及。冯和法在《回忆孙寒冰教授》一文中称黎明书局创办于1930年底,1931年初,显然是错误的。据笔者查对该局出版的第一本书是1929年10月初版的孙寒冰主编的《社会科学大纲》,可见黎明书局是1929年就由复旦大学的孙寒冰、伍蠡甫、章益等教授一起发起创办的,旨在及时介绍当时最新的世界名著。当时流行采用股份制,黎明书局股票每股50元,一般每人只认二三股,开办时资金不足千元。由孙寒冰担任总编辑,伍蠡甫担任副总编辑。发起人中还

---

[1] 参见杨家润:《伍蠡甫先生传略》,手稿由伍蠡甫之女伍尚中提供,特此鸣谢。

有上海《国际贸易导报》主编侯厚培和南京中央政治学校教授王世颖。由擅长事务工作的侯厚培任总经理,由他原来手下的一位工友徐毓源担任实职工作,如联系印刷事务,包扎书、送书和寄书等。书局初设在成都南路桃源坊9号,经过一年多惨淡经营,书局初具规模,于是在福州路254号有了坐北朝南的单开间的门面。伍蠡甫负责文学方面的书稿,孙寒冰负责比较重要的稿件,他的学生冯和法担任出版部主任,负责农业经济和农业科学方面的内容,伍蠡甫和孙寒冰都是博学多才的知识分子,侯厚培是个实干家,王世颖是官场中人,这四人的旨趣不尽相同。[1]

黎明书局最早出版的译作是伍蠡甫译出的卢梭书信体描写爱情的名著《新哀绿绮思》,该书英汉对照,1930年8月出版,1933年印出了三版。这是他们策划的由伍蠡甫主编的"英汉对照西洋文学名著译丛"的第1种。此套丛书精选西洋文学名著,由海内名译家分别担任译述。1930年至1935年该译丛陆续出版的还有伍蠡甫译出的歌德《威廉的修业年代》以及与刘麟生合译的《两个罗曼司》;顾仲彝译哈代《富有想象的妇人》;蒯斯曛、席涤尘译出屠格涅夫的《阿霞姑娘》;洪深译出的苏联罗曼诺夫的《恋爱的权利》;樊仲云译出的莫泊《橄榄园》;俞楠秋、王淑瑛译出的莎士比亚的《暴风雨》,吴剑岚选译的波斯诗人莪默的《鲁拜集》等,该译丛还收录有伍光建译的雨果《悲惨世界》等文学名著。除英汉对照外,该丛书将重要习语、奥词,逐条注释,并对作家思想、时代背景、全书的涵义等撰为长序,做深刻的剖析。早期重要的出版物还有1931年伍蠡甫和孙寒冰选编的《西洋文学鉴赏》和《西洋文学名著选》,前者以文学史的立场,精选西洋历代文学名家的代表作的英文原文,从荷马一直到罗曼·罗兰,凡古典主义、浪漫主义、自然主义、唯美主义无不毕具;每篇都有序文予以介绍。后者所选有欧美的论文、小说、童话、书札等名著三十余篇,如雪莱的《论爱情》、基茨的《黄莺歌》、新俄小说等,每篇亦有序文略述作者的生平与背景,并有详细的译释。该书在一年内出了5版,有三十多所学校将其选为英文教材。

---

[1] 冯和法:《回忆孙寒冰教授》,《文史资料选辑》第八十七辑,文史资料出版社,1983年。

1933年出版的谢六逸编的《模范小说选》，选录鲁迅、茅盾、叶绍钧、冰心、郁达夫五人的作品，谢六逸对每篇作品还作了讲评。其他还有"黎明师范教本"6种、"黎明乡村教育丛书"13种和"黎明乡村小学丛书"14种等。1937年伍蠡甫与曹允怀译出了苏联高尔基等著的《苏联文学诸问题》，作为"黎明文化丛书"的第1种由黎明书店出版，内收高尔基的《苏俄文学》、拉狄克的《当代的世界文学和普罗艺术的任务》及布哈林的《诗，诗学和苏俄之诗的问题》等三篇论文，附录有对于高尔基的报告等的决议案和对于拉狄克的国际文学之报告的决议案。还有重要的译丛是孙寒冰主编的"社会科学名著译丛"等。

　　黎明书局还先后代人出版发行过《经济学》季刊、《外交评论》和《中国农村》。自己出版发行的重要杂志是伍蠡甫主编过的《世界文学》月刊。尽管有孙寒冰的全力支持，由于没有基本的作者队伍，依靠伍蠡甫单枪匹马来独撑一个杂志，毕竟难以持久，于是办了六期的《世界文学》最终是停刊了。1937年他们推出了模仿美国《读者文摘》的杂志《文摘》月刊，伍蠡甫也是编辑委员之一。《文摘》选载国内外各报刊上名文，曾风行一时，其第2卷第2期首先发表过《西行漫记》的部分译文，题为《毛泽东自传》。于是立即引起轰动，销量急剧上升，供不应求，一再加印，每期印数高达五六万份之多，据当时任黎明书局经理徐毓源的回忆，以"文摘社"名义出版的《毛泽东自传》除在上海大量发行外，还发往南京、广州、成都、济南、北京、保定、西安、南宁、天津、开封、重庆、武汉等大中城市，共约售出六七十万册。[1] 当年黎明书局出书的效率极高，伍蠡甫《福地述评》完稿于1932年6月7日，7月1日出版付印；而《儿子们》完稿于同年12月3日，12月20日出版付印。1937年秋日军占领大场，《文摘》被迫停刊。1939年迁至重庆的黎明书局已无力继续出版书刊，于是在重庆北碚成立了"复旦大学文摘出版社"，恢复出版《文摘》战时旬刊，黎明书局因为主办人

---

[1] 孙一德、郑兰荪：《孙寒冰与中文版〈毛泽东自传〉》，《复旦》，2002年6月25日，新编第541期。

在办社方针上的分歧，孙寒冰被迫离去而奄奄一息。但黎明书局为出版赛珍珠作品所作出的重要贡献，是我们今天研究赛珍珠的学者所应该记取的。

三、伍蠡甫译评的《福地述评》与《儿子们》

绘画艺论早期只是伍蠡甫的副业，他的正业应该是西洋文学的翻译与评论。最早注意赛珍珠并且对其作品进行评论的中国学者有叶公超和陈衡哲，可惜他们在1931年发表的英文文章都是刊载于英文刊物上的。[1]但最早用中文译刊赛珍珠作品，并进行了系统评论的是伍蠡甫。

1931年美国著名作家赛珍珠用英文完成了取材于中国的《大地》，该书描写了中国农民的命运，反映了中国农村的生活，由纽约约翰·戴公司出版，顿时引起轰动，被推荐到美国《每月新书俱乐部》，成为最优秀的书籍。对西洋文学有着深刻造诣的伍蠡甫很快意识到此书的巨大价值，1932年他将此书编译成《福地述评》，这是中国《大地》一书的第一个节译本。该书前为"述福地"，译述了《大地》；后为《评福地》，对该作品进行了评价。伍蠡甫在述评中从社会学的角度，讨论了中国的土地问题、财产问题、妇女问题等，指出该书"描写了中国七成以上的民众意识，又是出自外人的手笔，于1931年出版，单在英国一家书店里，已重印了七次，在美国，因为得了1931年度的布耳泽文学奖金（Pulitzer Prize，今译普利策奖金）一千金元，一年之中再版十多次，所以，它所介绍的中国，影响外人之深，着实有些可惊的。"他认为"《福地》的背景是自然力所支配着的时空，他的结构是以劫掠为人生转型的枢纽，它的主要人物是映出父系家长制下的一切——荒灾的频仍，农民知识的浅陋，男子的贪鄙吝啬，女子的卑抑，兵匪等的威胁，以及不可胜数的水深火热"。他认为《福地》最大的优点触及了中国多面的事态，用一种自然主义的冷静态度，揭示出中国人的系统观念是"中

---

[1] 叶公超：《反映中国农民生活的史诗》，刊载于1931年10月北京英文版《中国社会政治科学评论》（The Chinese Social and Political Science Review）第3期，第448—453页。陈衡哲的《合情合理地看待中国》一文刊载于1931年英文版《太平洋时事》（Pacific Affairs）第4卷第10期。

国一大部分人的麻木"。尽管赛珍珠有着自己的主观见解,但因为小说是从中国的基本问题和事实出发的,因此还是"非常精确地道出了中国若干的社会状况"。

他指出《福地》一书触及了中国社会最深刻的财产——土地——私有制度的问题。主人翁王龙是个自耕农,尽管曾经获得果品土地,专心耕地,但穷困还是回复而被迫离开土地。是一批城市贫民的暴动使他在一家富人的宅院中得到了一笔钱财,这成了他回归土地的资本。土地给王龙带来了生机,也带来了无穷的烦恼。王龙由自耕农成为地主,儿子则成了米店的老板,儿子经商父亲业农的结合,是中国千百年来社会的常态。但儿子逃不了时代的影响——帝国主义资本正在中国的发展,他要大宗地收买米粮,要借助铁路运输,去寻找更大的市场和利润,于是王龙和儿子就土地问题发生了不可调和的矛盾。他是紧紧握着一手的土,在儿子的欺骗声中,从书上消失的。

他认为赛珍珠的可贵之处,还在于她能够不抱着一种优越的心理,考察父系家长制下的土地占有欲,和女性的绝对服从心。指出王龙是通过土地,确定自己和妻、妾、儿、女,以及老父的道德关系的。比较中国那些"车载斗量的民众文学家",赛珍珠没有被"都市的麻醉,亭子间的幻想"而收缩了自己的"视域",因而她能作为一个"异国作者","深深捉着隽永的趣味"而在中国文学的园地中"一显身手"。[1] 黎明书局在介绍伍蠡甫《福地述评》时,将赛珍珠的《大地》与雷马克《西线无战事》、斯陀夫人《黑奴吁天录》相提并论,甚至认为后两书只不过揭示西方的人间世,而赛珍珠的这部小说"则客观地描绘现代中国成为唯一问题的地狱式的农村,其感人之深,自然远在两书之上。"[2]

当时有人批评他的《福地》译文节略得太多,不能使读者欣赏原书中"那些小中现大的关节",评述写得过于深奥。1932 年 12 月由黎明书局推出的赛珍珠的《大地》的续编《儿子们》,也是由伍蠡甫译评的。该书叙述了

---

[1] 伍蠡甫译评:《福地述评》,第二部分《评福地》,黎明书局,1932 年。第 1—28 页。
[2] 所附黎明书局新书广告。见伍蠡甫译评:《福地述评》,黎明书局,1932 年。

王龙的四代——王龙和王大、王二、王三及他们的孙子。书中的主人翁是王龙的三子王老虎,他区别于过着好游怡乐少爷生活的王大,也不同于长于理财的米商王二,他从小离家出走,过着当兵的生活,后来在哥哥们的帮助下,做了小地方的小军阀,全书刻画了王龙的儿子三代中儿子对老子的行径,老子对儿子的手腕。伍蠡甫称自己译评《儿子们》一书的新态度是"少删原文;少用术语;少说学者们头巾气味的话;少使读者思想超离现实太远"。他仍然对《儿子们》有着超乎同代评论家的高度评价,认为该书虽然比不上《水浒传》、《红楼梦》的伟大,但"它确把捉了现代中国的几个剖面,描写之而又渲染之,在错综里表现中心的问题,是值得我们思辨的"。

伍蠡甫认为《儿子们》最突出的是提出了中国社会里的威权意识问题。小说作者"运用非常的气力,描写中国老子怎样管儿子,儿子怎样管孙子,丈夫怎样管妻子,姨太太怎样掉过头来又能管丈夫","管是制约,听管是受制约;没有主制,便无被制,没有被制,便也没有主制。威权似的作用是成立在这相对的二极上。羽毛不丰满,不可以高飞,只得被制于在上的威权;羽毛丰满了,一飞就想从被制飞到主制上。王氏四代写真里,这一脉相承的威权——老子的威权,亦即因为自己有了儿子,儿子总有一天不能不升格做老子,自己的儿子再有了儿子,自己的儿子更不能不立刻升格做老子,而自己便须退为太上老子——这依次递传于三代间的老子威权,可算交织《儿子们》的主干。而威权总是独占一时的势力,所以父辈、子辈以及子辈、孙辈间,在格的降升上,对于故日的依恋,和对于当前的希冀、把持,适足形成两种对立的意识,其势遂不能不冲突。历史的车轮,常被冲突、矛盾所推动,于是一部王家史,也便以威权传递与冲突,为中心表演了。"这种威权意识还作用于男女关系上,女子的美德是以受制于男子的威权为主相的,这种美德的代价对于女性来说,就是以抹杀女性的一切自我为代价的。"孝——孝之存在、孝之提倡,促进对于威权的顺从。"例如王龙的儿子老虎自小背叛父亲的意志,蔑视王龙的威权,但衣锦还乡后,竟然强把自己儿子的头按倒在王龙的坟上,因为他这时"孝"的意识是希望儿子对威权的服从。

伍蠡甫还认为赛珍珠的《大地》和《儿子们》所写出的王氏及其王氏

四代的核心问题还是：生存是一切的基础，"老命和维持老命的金钱，是一切的基础。"他认为赛珍珠的作品"实在未必真能囊括中国一个时代的实在"，但她"对于这个的生存自然已具有某种的觉察"。"她只希望中国人不忘自己根本的善性，采用优柔温良的方策，渐渐地改良自己的生存，形成某种路向。"从这种意义上，伍蠡甫实际上认为赛珍珠的作品的贡献就是提示了"中国路向上的问题"，[1]换言之，《大地》和《儿子们》实际上可以视为是一部"问题剧"。黎明书局在新书广告中称："巴克夫人以外国眼光，观照现代中国农村经济的崩溃，和生长在这崩溃中的军阀主义，笔尖过处，入木三分，真属难能。译者以美妙绝伦的文字，保持作者全部精神，更撰万言长序，解释原作的重要性，并剖明作者的意识形态，足使二十世纪中国青年，认清时代所属望于他的使命。"[2]

郭英剑在《赛珍珠研究在中国》一文中指出，三十年代关于赛珍珠的评论明显的特点，一是对赛珍珠的评论非常注重文本分析；二是由于注重文本研究，使得这一时期的文章开掘深入，具有很高学术价值。两者他都以伍蠡甫的评论为例，指出伍蠡甫独辟蹊径，从威权意识、孝以及爱，进而探讨了中国传统家庭以及社会的统治秩序。[3]给伍蠡甫的译评以高度的评价。我们注意到，1938年赛珍珠出人意料地以"丰富地描写中国农民的生活，称得上是真实的叙事诗和传记"的理由，获得了诺贝尔文学奖，这是该奖历史上唯一的一次给以中国农村生活为题材的作品授奖。尽管当时很多中外评论家都对赛珍珠获得这一殊荣表示不屑，当半个世纪以后，中国绝大多数的文学评论家还是认识到了《大地》获奖并非纯属偶然，不少文学评论在评价的标尺上又重新回到了伍蠡甫的水准。我们至今重读伍蠡甫的译评，会发现我们今天很多对赛珍珠作品的认识，甚至还没有超过70年前伍先生的分析水平。

---

[1] 伍蠡甫译：《儿子们·译者序》，黎明书局，1932年，第1—36页。
[2] 所附黎明书局新书广告，见伍蠡甫译：《儿子们》，黎明书局，1932年。
[3] 郭英剑编：《赛珍珠评论集》，漓江出版社，1999年，第6页。

四、伍蠡甫的其他译述的业绩

1934年伍蠡甫为上海新生命书局编译了《浮士德》，这是叙述歌德的诗剧《浮士德》的故事梗概，收录樊仲云主编的"新生命大众文库·世界文学故事4"；1935年9月商务印书馆出版了伍蠡甫选译的柏格曼等著的《瑞典短篇小说集》，内收《裘蒂丝》、《医生你能医得好我吗》、《新袍子》、《只有一只手》等；1936年还有其选译的泰戈尔等著的《印度短篇小说集》，9月由商务印书馆初版，两书都编入"万有文库"第2集，1939年12月又各出简编版；1937年3月商务印书馆的"万有文库"第1集收录有伍蠡甫译的欧·亨利的短篇小说集《四百万》，收入《菜单上的春天》、《一个未结束的故事》、《黄狗自述》等19篇小说，书前有伍蠡甫写的《关于O.Henry及其〈四百万〉》一文。1943年1月大时代书局出版了伍蠡甫据英译本转译的高尔基著的《文化与人民》，收录了高尔基在十月革命后写的杂文、书信《十年间》、《论白种侨民的文学》、《市侩主义》、《假如敌人不投降，那就应该消灭他》、《人民必须知道他们自己的历史》、《答复一个知识分子》、《人文主义与文化》等18篇，书末附有高尔基年谱。

新中国成立后伍蠡甫的主要的著述集中在文论艺论方面，他主编的《西方文论选》（上册上海文艺出版社1963年出版，下册人民文学出版社1964年出版）和撰写的《欧洲文论简史》（人民文学出版社1985年出版）开创了国内西方文论研究的先河，填补了国内这一领域研究的空白。他主编的《山水和美学》（上海文艺出版社1983年出版）、《中国美术辞典》和《中国名画欣赏辞典》（两书均由上海辞书出版社出版）在美术界享有很高的声誉。他的艺论名著《谈艺录》（商务印书馆1947年出版）、《中国画论研究》（北京大学出版社1984年出版）、《名画家论》（中国大百科全书出版社）在艺术批评界至今为人称道。

有意思的是，2002年是赛珍珠诞生110周年纪念，也是伍蠡甫逝世10周年纪念。更值得一提的是，2002年也是伍蠡甫与黎明书局译刊《福地述评》和《儿子们》70周年的纪念。值此特殊的机缘，当我们纪念赛珍珠这位曾经影响了近代中国社会的美国作家的同时,[1]也让我们共同来缅怀伍蠡甫这位赛珍珠作品最早的译评者,希望后人能永远不要忘记他在中西文化交流过程中所留下的丰厚遗产。

本文作者邹振环
发表于《中国翻译》2003年第3期

---

[1] 邹振环:《影响中国近代社会的一百种译作》,中国对外翻译出版公司,1996年,第372—377页。

著名画家伍蠡甫情系辞书

著名美学家、国画家、复旦大学教授、国家首批博士生导师伍蠡甫先哲离开我们，一晃近二十年。晚辈我时常忆念，每每梦绕魂牵见伍老那立如松、坐如钟、魁梧敦厚的丰采。著名美学家蒋孔阳为龙华大厅伍蠡甫追悼会送一挽联：中国画论西方文论论贯中西，西蜀谈艺海上授艺艺通古今。这概括得多么精彩，是对伍老光辉的一生作最真实、最深切、最精辟的写照！

不错，伍老生前学贯中西，治学严谨，造诣极深，既是中国美术理论家，又是西方文艺理论研究家。他原籍广东新会，生于上海，艺名敬庵。早年攻读于名校北京汇文附小、上海圣约翰附中。1923年毕业于私立复旦大学文科，获学士学位。1936年留学英国，入其父伍光建母校伦敦大学深造。翌年赴巴黎参加1937年国际笔会年会。留学期间，还考察了欧洲艺术。回国后，曾任重庆及上海复旦大学文学院院长，上海暨南大学、圣约翰大学教授，上海黎明书局总编辑，《世界文学》、《西洋文学名著丛书》主编。新中国成立后，伍老加入中国农工民主党，历任复旦大学外文系英美语言文学博士研究生导师，中华全国美学会顾问，全国外国文学会顾问，上海文联委员、作协副主席、顾问等职。

今年正是伍老诞辰一百一十周年纪念日，笔者生也晚，比伍老足足小三十四岁，但我俩是忘年交。在二十世纪六十年代初浦江饭店集中修订《辞海》时，我俩就相识了，我永远忘不了伍老那孜孜不倦查核资料、订正谬误、审改条文时咬文嚼字顶真的神态！当年，他与丰子恺、沈柔坚都是《辞海》编委、美术学科主编，还兼任外国文学学科主编；生前三十多年中，他对辞书出版事业作出了巨大贡献。我迄今保存有伍老对"辞海"美术学科和"中国美典"等词目条文审改的万字意见稿,及写给我的数十封信件。从中可看出伍老一贯讲真话的学者风范!现摘要如下:

伍老指出:(一)旧辞海条文中"文言成分较多,若干封建用语,如称帝王多用'上'字,什么'上见之',什么卑职'顿首曰'等,或其他封建尊称,今天一般读者不易接受。凡不必要引原文的,均宜改"。(二)由于过去评介画家、作品的文字,不少写得很绝对,也存在不少俗套或教条,似宜避而不用,否则会千篇一律,个个都成为大画家。如说赵光辅画"无一毛之失",朱瞻基画"无不精妙",岳正"无所不读"、"方法尤伟"等。(三)绘画强调"笔墨要随时代",条文亦应注意时代性。如日本大塚巧艺社昔日出《支那名画宝鉴》,"美典"中引此书最多且用"支那"曰书名,从时代变迁和正确角度考量,早该改了,何况今已出版新本正名《中国名画宝鉴》。……

打倒"四人帮"后,拨乱反正,但极左余毒未清;1979年版《辞海》修订本征求意见中,有人提出:赵孟頫"以其人品论节操有亏,失民族气节众多贬责,宜说出",只写"入元,……官至翰林学士承旨",似颇欠妥。用阶级观点看待民族气节,赵孟頫当时参与元朝统治集团,不但为一般士大夫所不齿,更为广大劳动人民所愤慨。因此可否再加改"后又受拉拢参加了元朝统治集团,官至翰林学士承旨"。又说什么绘画上赵有"不良影响","宜点出是以唯心论的先验论的观点,来看待、指导绘画艺术活动;书法上也有不良的一面,如强调用笔为第一,不重视结构"。关于"董其昌"条文,也有人提出:"1962年在北京中国历史博物馆看到一个明代贵族、官僚霸占土地的统计表,其中除了帝王及地主,董其昌是唯一占地最多的官僚,五万顷!上海有民谣云:'若要柴米强(上海话便宜),先杀董其昌!'可知其民愤之大。董氏还武断地把山水画划分为南北二宗,并崇南贬北,条文中只说这'形成偏见',太轻描淡写!"

当将上述意见转请主编伍老审定时,他认真细阅后却微笑着问我:"作为责编的你怎么看?"伍老这样"不耻下问"、兼听则明的治学风度,实令晚辈感佩不已,这是对笔者的尊重与信任、鼓励与培养!我就毫无顾忌地放开说:"中国是多民族的国家,历史上民族之间摩擦、纠葛,有多种因素,辞典如过细过分强调大家庭间民族气节问题,似不尽妥当吧。在封建社会里,大地主、大官僚乃至皇帝,他们剥削人民,无'善'可言,然而这并不能排斥他们对于艺术之'美'的创造和鉴赏能力。"伍老喜形于色地点点头:"说得很不错,但还有重要的一点,我们别忘了是在编绘画艺术的,如应实事求是地看待书学史上其人无品而其书不恶的现象。"伍老接着举出实例:"如蔡京,其人无品,然其行楷劲秀,神采洒脱,功力甚深。故我们'美典'收词和释文皆宜体现艺重于人的原则。"伍老又具体阐明立论依据:"艺术审美并不完全等同于道德判断,美与善并不永远一致。"我大受启迪,也说:"唐太宗李世民《笔法诀》、《指意》,提倡骨力,强调神气,这体现于其《晋祠铭》、《温泉铭》,即成了圆劲流利的行楷吧?"伍老颔首赞成,又补充说:"宋徽宗赵佶创'瘦金体'法书,不是比南唐后主李煜的'金错刀'体,对后代的影响要大些么!"伍老始终遵循这个原则,很注意和讲究区分人品与书(画)品的评析。

因此,当伍老看到有人在《美术研究》上撰文:否定《辞海》"赵佶"条关于瘦金体所本之薛曜的立论,武断说薛曜此人"从来名不见于经传",从而否认赵佶的瘦金体!伍老就在第一时间里给我写来了信,可归纳成四条论据,予以有力地纠正:(一)薛曜为唐武后时人,见《旧唐书·艺文志》。宋赵明诚《金石录》:"伪周(武后)封祀坛碑,登封元年(公元696年)武三思撰,薛曜正书。"(二)现存薛曜所书之碑,尚有三种:《封祀坛碑》,在河南登封县;《夏日游石淙诗并序》、《秋日宴石淙序》,在登封石淙山之南崖与北崖。(三)近人杨守敬《平碑记》云:"曜书法瘦劲奇伟,郭兰若(郭尚先)谓为宋徽宗瘦金之祖,良是。"(四)杨震方《碑帖叙录》称《夏日游石淙诗并序》谓:"字体瘦劲,而顿挫之处有如肿节。"以上皆不失为赵佶瘦金体艺术特征之佐证。充分彰显了伍老在学术上一丝不苟、是非分明的风范,和对《辞海》品牌的爱护、负责精神。信末伍老还关照我要"请教一下柔坚、洛羊"(洛羊当时还不是《辞海》美术学科主编),又充分看出伍老虚怀若谷的高贵品性。

笔者作为美术学科的责编与主编伍老三十多年工作交往中，深感伍老始终情系辞书业的。从伍老最后主编《中国名画鉴赏辞典》某些不为人知的细节亦可证之：《中国名画鉴赏辞典》可谓是伍老呕心沥血实践"艺重于人原则"的绝唱，但好事多磨，此典1990年年初就编好了，因插图较多，排印费大，成本过高而搁浅；伍老得悉后就像编辑同人一样，也在积极想办法，当年5月中就交给我一封他亲笔写奉呈徐俊西副部长的信，恳请启用学术著作基金资助出版。正在此时，江苏方面获悉即派许祖良（也是伍老朋友）赶来游说由他们保证出版，伍老虽心动然仍对辞书社情有独钟，就征求我意见。我马上向社里汇报，巢峰社长很有魄力，当场拍板："伍老主编的书，就是亏本也要出！"我高兴地告诉了伍老，伍老即于1991年2月末写信给我：首先关怀我身体欠安，语重心长地说："据弟所知，饮食之功不亚于药"，劝我"多吃素菜水果，多喝水，经常轻微劳动"等。并深表："名画鉴赏辞典，亏本仍可出，不胜感慰。""江苏美术出版社许祖良同志处，当函告之。"事后才得知伍老这信是在长海医院病榻上写的，我一直珍藏着。我手中的信虽只薄薄的一张纸，却觉得沉甸甸的重，两眼泪花，心潮澎湃！透过字里行间仍依稀望见伍老带着病体却专心关爱、呵护晚辈的崇高伟仪。这部《名画鉴赏辞典》出版后就被评为最受读者喜爱的十本书之一，前后共重印了五次，不亏本，还赚了大钱。可惜伍老未能看到，永远离开我们走了！

伍老还是位学者型名画家，早年得到国画大师黄宾虹的指授，专攻山水，并追踪石涛、董源笔墨，更注重写生、"外师造化"。1937年1月就在中国驻英使馆举办过个人画展，并在伦敦皇家学会讲演"中国画艺术"。抗战期间，还先后在重庆、成都、昆明、贵阳等地举办了画展，将所得展款捐献抗日圣战，于是伍老被多家媒体誉为"艺人楷模"。伍老的山水画，徐悲鸿曾赞之曰："元气淋漓障犹湿。"（杜甫诗句）高剑父尤誉之谓："雅得石涛之旨，而有新意。"早在伍老大学毕业去北京工作时，正值溥仪迁出故宫，成立故宫博物院；伍老就经常整天泡在里面翻阅、研究历代名画真迹。抗战中期又有机会去贵州安顺，在山洞里再一次观赏了故宫寄存的全部名画。后在留学期间，还抽空参观了西欧各著名博物馆，精览大量西方名画和部分外流中国名画。从而两相比较研究，不断借鉴、提升创作理念和技巧，不断丰富、加深欣赏和鉴定的学养。为此，伍老曾荣任故宫博物院顾问，鉴定过历代字画。伍老将画室命名为"尊受斋"，窃以为其深意在：伍老表示自己的艺术是尊受于鲜活的自然和优秀的传统。

这里先略说伍老八十二岁画于尊受斋的一幅《幽谷清泉》图轴：右侧绘挺拔粗壮双松，顶天立地，松叶分披两边，疏密相间。画面大片层峦叠嶂，密中见疏，浓墨点苔，错落有致，使岩层分明，岩石浑厚圆润，草木华滋，衬托出山脉开窍灵动。而画面空白处即幽谷间一泓清泉，观者似可听见潺潺的流水声。整幅图犹如合奏出一曲人的意志（坚如石）、精神（旺如草）、品格（高如松）、生命（活如泉）的交响乐。伍老特爱画松，"画中有我"，那高昂挺拔的青松，不正是伍老自我写照？

本文作者陈炳

发表于《出版史料》2011年第4期

伍蠡甫学案

伍蠡甫（1900—1992年），名范，字蠡甫，以字行，号敬庵，晚年另号尊受斋。1900年9月出生于上海，祖籍广东新会县，父亲伍光建是有"翻译界圣手"之称的著名翻译家。有兄弟姊妹五人，伍蠡甫排行第三。长兄伍庄，字周甫；次兄伍荀，字况甫；长妹伍莹，字孟纯；幼妹伍璞，字季真。在父亲的教育和熏陶下，兄弟姊妹皆娴熟外语，周甫、况甫有译著存世，孟纯、季真有童话翻译和创作发表于报刊。这是一个文化氛围浓厚的大家庭。伍蠡甫幼年，随父亲辗转于北京和上海，曾就读于汇文附小、圣约翰附中。从中学开始就喜欢绘画，曾得到黄宾虹的指点。1919年考入复旦大学预科，后升文科，并担任复旦大学年刊的美术编辑。大学期间，伍蠡甫就已在《民国日报》副刊发表译文和论文，从此开始了他的学术生涯。他的学问方向是美学和艺术学。伍蠡甫于1992年10月去世，享年92岁。伍蠡甫去世时，著名美学家蒋孔阳通过挽词对他一生学术作这样的评价，可谓允当：

中国画论西方文论论贯中西，
西蜀谈艺海上授艺艺通古今。[1]

伍蠡甫是一位勤奋多产的学者，著述和翻译合起来约有四五百万字的文献，可惜至今都未得到系统整理，大部分文字都还沉睡在故纸堆里。本文根

---

[1] 陈炳：《高山仰止深忆伍蠡甫》，《上海采风》，2011年第5期。

据所收集到的资料,略述其经历与学术要义于下。

一

1922年,22岁的伍蠡甫大学还未毕业,就在当时的《民国日报》副刊"平民"上发表了一篇论艺短文《艺术之创造与艺术之享乐》,表达对于艺术的见解。这可以视作其美学思考的开始、学术生涯的肇端。他此篇论艺处女作,文章不长,全引如下:

> 吾人理想中,莫不望艺术能具相对之功能,一方面可供通俗之享乐,而一方面复不失神秘之赏玩。然以两者俱属特称,互相掣肘,终为实际所不容。故欲求全称普通之功,势不得不求诸艺术之主观创造矣。盖艺术本具主客两观之意义。曰:艺术之创造,其快感由理想而实际,故属主观。曰:艺术之鉴赏,其方法由实际而感觉,故属客观。从来论艺术者,大都只注意艺术之赏玩,而忽视艺术之制造,以为艺术家之天职,不过谋人类生活之慰安;其创造之旨,乃为人类之赏玩,而非为己身谋快感也。故其所以博人类之享乐者,仍不过属于特称,而未可以云普遍也。夫艺术之享乐人生,其发展精神生活向上之功能,岂仅区区艺术之赏玩哉!彼艺术家于其创造之时,固早已获其个人精神之修养,而其所得之愉快,则更非彼只能鉴赏艺术之辈,所可同日语矣。盖创造艺术之快感,乃由自动以入于主观,而赏玩艺术之快感,乃由被动而始成。前者得自由创进,而其精神之发展,复不似后者之以被动而自羁;是其相较程度之差别,可概见矣。由此观之,吾人苟欲谋情志之慰安,而图精神向上之发展者,则绝非区区赏玩艺术之快感所能奏效,而必有待于个人之有创造艺术之机能也明矣。今后艺术界当以个人为个人,而非以个人为大众。夫然后吾人己身所各具之艺术,无论其为雕刻、为诗歌、为绘画、为文学,其所以自晋于精神向上之径途者,决不再因鉴赏能力之差别,而尽失艺术之使命与功能矣。[1]

---

[1] 伍蠡甫:《艺术之创造与艺术之享受》,《民国日报·平民》,1922年第11期。

此乃雏凤试啼之声。这篇关于艺术的短论所表达的基本意思，表面看好像是在比较艺术创造与艺术鉴赏孰高孰低，而其实是在说艺术创造的立足点问题：是为大众的趣味（赏玩）而创作，还是因自己之"精神向上发展"而创造？对于艺术的功能，肤浅者把它当作"通俗的享乐"，而深奥一点的也无非是将其视作"神秘之赏玩"。无论浅深，这种立于鉴赏的艺术观，都是片面的、被动消极的，无助于人类真正的精神之发展。"从来论艺术者，大多只注意艺术之赏玩，而忽视艺术之制造，以为艺术家之天职，不过谋人类生活之慰安；其创造之旨，乃为人类之赏玩，而非为己身谋快感也。"此意义是说，立足于鉴赏，仅仅是大众满足于"生活之慰安"的艺术制作，但往往每个人趣味不同、要求不同，艺术如果投其所好，是很难普遍顾及到的。艺术应该立足于创造。"故欲求全称普通之功，势不得不求诸艺术之主观创造矣。""艺术之创造，其快感由理想而实际，故属主观。"艺术之创造是为表达理想的，而非简单的娱乐。若欲通过艺术真正地"享乐人生"，则艺术必须有"其发展精神生活向上之功能"，故真正的艺术不是"博人类之享乐者""非以个人为大众"，而是"当以个人为个人"。艺术不应该考虑如何去娱乐大众，讨大众的欢心，而应该表现自己真切的感受，应该是自我生命的体现。唯如此，"彼艺术家于其创造之时，固早已获其个人精神之修养，而其所得之愉快，则更非彼只能鉴赏艺术之辈，所可同日语矣。"艺术家只有真诚地面对"自我"，"有待于个人之有创造艺术之机能"，有创造的生命冲动，然后去创造艺术，"无论其为雕刻、为诗歌、为绘画、为文学，其所以自晋于精神向上之径途者，决不再因鉴赏能力之差别，而尽失艺术之使命与功能矣"。

这篇至今看来仍值得玩味的短小文章，充满了时代气息。而我们知道，当时的中国正值五四时期，全国正在掀起一场轰轰烈烈的新文化运动，人们的思想正经历着一场"欧风美雨"的洗礼，反对封建文化，反对保守、陈旧、没落的审美趣味（如八股文、缺乏创新的文人画之类）成为普遍的共识。而在当时的创作实绩上，已出现了郭沫若《女神》那样张扬个性、充满激情的诗歌。这篇短文的思想可谓应和了思想解放的潮流，呼吁艺术创造要表现个性，要充满生命的激情，要给人精神向上的力。由此可见，当时年轻的伍蠡甫，如一棵新苗在汲取养料，对于新思想、新观念、新事物，正敞开胸怀拥抱着它们。对于新时代、新文化的到来，他是多么的欢欣鼓舞，他愿为之而摇旗呐喊。

不过可以注意的是，这篇论艺短文，从字里行间我们其实不难体味出融化于其中的柏格森思想的回声。这可以看作年轻的伍蠡甫对于柏格森"生命冲动"的"创造进化"思想的领悟或心得。总而言之，在年轻的伍蠡甫的观念中，艺术创造是一种"自由创进"，是"自晋于精神向上之径途者"。也就是说，艺术创造只关乎艺术家自我的"生命冲动"的直觉创进活动，而与大众的鉴赏趣味无关。伍蠡甫晚年曾回忆说："哲学老师陈定谟教授（新中国成立初在厦门大学）课余指导我读了几部柏格森直观哲学著作，使我开始想到一个问题：怎样才能直接而又亲切地领会（也就是直觉）某一画家或某一幅画的构思、表现与风格，而与之共鸣。"[1]而这篇文章，正是这个时期受柏格森思想影响的一个记录。

柏格森的思想影响了伍蠡甫，但似乎还并未在他心里扎下深根。雏凤试啼一两声之后，伍蠡甫很快就又复归于沉寂。大学毕业之后很长一段时间，伍蠡甫没有发表文章，他似乎成为一个修行者，身心完全沉浸到绘画、观画中去了，投入到读书、思考中去了。他在晚年的一份《伍蠡甫自述》中说："大学毕业后去北京工作，恰巧碰上溥仪迁出故宫，北洋政府成立了故宫博物院，陈列故宫所藏历代名画真迹，我经常去看，眼界大开。""这时期我个人所藏画册也逐渐增多，成了我主要的精神食粮。我对中西名画的感性认识不断丰富，自觉地要求加深理解与欣赏。我开始阅读中外画史、画片和美学著作。父亲光建先生所藏有关国画的书籍相当齐备，给我的精神食粮添了新内容。我探寻并力图把握中西画论中比较本质的东西，而所凭的武器却是大学读书时所接触到的西方哲学与逻辑给我的那点儿可怜的思维方法。"[2]由此可见，画画、赏画、读书，占去了他全部业余时间。这样，经过了五六年，伍蠡甫正式以学者的身份崭露头角的时候，已经快要进入二十世纪三十

---

[1][2] 穆纪光主编：《中国当代美学家》，河北教育出版社，1989年，第249页。

年代了。1928年,受校长李登辉的邀请,伍蠡甫受聘复旦大学教授,同时还兼任暨南大学、中国公学教授。这期间,他与孙寒冰等一起创建了上海黎明书局,出任黎明书局副总编辑,负责编辑出版《世界文学》杂志和《西洋文学名著丛书》等。这个时期,他翻译了大量外国文学作品,如卢梭的《新哀绿绮斯》(1930年)、歌德的《威廉的修业年代》(1933年)和《浮士德》(1934年),特别是他所编译的美国女作家赛珍珠的两部作品《福地》和《儿子们》,引起很大反响,非常畅销。伍蠡甫译书有一个很大的特点,他总是将译述和评论结合起来,所以他不单纯是一个译者,他还是一位西洋文学的评论家。不仅他自己翻译的作品几乎前面都有一个译者序,亲朋好友翻译的,也往往有他写的序。他的序有时写得很长,像一篇文学批评的论文,他在这些序里发表自己的意见,提出自己的观点,颇有"激扬文字,挥斥方遒"的风采。最具代表性的恐怕要算为赛珍珠的《福地》和《儿子们》所写的译序了。在出版时,他甚至干脆将《福地》的书名名副其实地修改成《福地述评》,而《儿子们》的"序"比《福地述评》的"评"还要长些。不过,值得注意的是,这个时期伍蠡甫写的大量的"序"和"评"以及其他文章,都体现了一个一致的原则性的基本观点,旗帜鲜明地表明自己的思想和方法论。然而,这个原则性的基本观点不再是柏格森主义的"生命冲动"的创进,而是马克思主义的唯物史观。其实,这也好理解,因为在二十世纪三十年代的中国,唯物史观早已是一个流行的思想。出身各异的人们都在谈论、传播唯物史观:李大钊、李达在宣传唯物史观,戴季陶、胡汉民也在谈论唯物史观,郭沫若用唯物史观的观点写了《中国古代社会研究》,"第三种人"胡秋原则写了一部《唯物史观艺术论》。在当时,唯物史观,只是作为一种时尚的学说在流行。传播甚至信奉唯物史观,与是不是马克思主义者似乎没有必然关系。不过,五四运动过后,唯物史观确实征服了许多人,伍蠡甫就是其中之一。在《怎样研究西洋文学?》中,伍蠡甫说:"在新方法之下,学生必须先通晓辩证法,再及辩证法与唯物论结合所合成的有机的体系,用辩证法的方法与唯物论的观点来研究整部西洋文学史,随后涉及作家与作品若干个别对象。"[1]在《关于西洋文学名著选答方重先生》中,他与孙寒冰说得更加明确:"我们是从社会史的物质基础上认识自来人生观念的变迁;我们以文学作物(疑应为"品"字)为此认识的素材,以物观为认识的方法;我们捉住过去的必然性——就是说,在社会某一阶段下的文学,因为支配于那一阶段的物质基础,所以必然地不是如此而是如彼了。有了这必然之知识,我们乃得进一步地确立进展着的人生的自由途径,庶几不致辜负文学读物在必然方面赐予我们的一切。这是唯物史观文学论的理论,我们只恨在这本书上未能切实地应用它,所以最希望海内对此理论肯虚怀领悟的君子来和我们共同研究,却不甚欢迎站在这个立场以外,而又不甘懂得这个立场之究竟的人来评论我们本此基准而写的长序。"[2]唯物史观的一个最基本的观点是社会存在决定社会意识,经济基础决定上层建筑。在伍蠡甫的大量"序""评"中这些观点可以说是无处不在的。比如,他在序其父伍光建编译的《悲惨世界》中,针对冉·阿让的偷窃行为,他评说道:"人的历史是动的,生存方式也跟着起变化。生存工具既能在由石到铁的期间,给祖先造成若干野心的份子,当然也能在蒸汽机应用之后,生产一些不再袖手旁观的人,要打破野心者的垄断。新历史的曙光正照着现世纪的人,使前此伦理或法律的意识不得不随那已在动摇的生存方式而渐渐消灭了。所以,一朝没有私产制,偷取便非必要,也不再是人间的罪恶;它永属历史的一个名称了。"[3]在《怎样研究西洋文学?》中,他还说:"文学反映人生而又指导人生,抑即反映社会而又指导社会,所以无论是创造或是批评,我们总须就文学本身来看出'社会关系的存在'。我们把文学的范围看得更大些,在弄文学的时候,还得兼理社会科学。'纯文学'这一名词如同支解了文学,它隔离文学的社会使命和文学用以实现这个使命的手段。它乃大大的梦呓。"[4]这样的观点,与他22岁时

---

[1][4] 伍蠡甫:《怎样研究西洋文学(上)》,《商务印书馆出版周刊》,1936年,新第188期。

[2] 伍蠡甫、孙寒冰:《关于西洋文学名著选答方重先生》,《图书评论》第1卷,1933年第7期。

[3] 伍蠡甫:《关于悲惨世界——序》,《悲惨世界》,伍光建译,黎明书局,1933年。

写《艺术之创造与艺术之享乐》鼓吹个性解放、表现自我，是大大的不一样了。然而，难能可贵的是，从此以往，终其一生的学术生涯，就没有再改弦更张，唯物史观成了他学术始终坚持的基本原则和方法论，并不断地去完善它、丰富它。唯物史观不仅是他长期坚持的基本思想，也是他理解艺术、分析艺术、构建美学思想所遵循的方法论利器。通观其著述，在不同的历史时期，他对唯物史观的理解是有差异的，但总体来看，有一个逐步由浅入深、由表面而内化的过程。只不过，受时代和阅历的限制，在他写"序""评"的时期，伍蠡甫所接受和理解的唯物史观，还停留在比较粗略、浅显的认识水平上，基本是一种被简单化了的唯物史观，片面地强调社会存在、经济基础的决定作用，甚至直接从经济现象推导出某种社会现象。比如《福地书评》和《儿子们·序》就比较明显地带有这种倾向，相对来说比较忽视社会现象的复杂性，尤其是对人的意识的主观能动性的"反作用力原理"认识还不够。但是，他接受和选择唯物史观作为他思想的基础，在当时条件下无疑是非常先进和有远见的。但也正如冯天瑜在《唯物史观在中国的早期传播及其遭遇》中所指出的那样：

> 综览五四新文化运动，唯物史观的传播是当年新思潮的一个重要组成部分，而一些初习唯物史观的学者，立即运用略有所悟的唯物史观的理论与方法，解剖中国历史、中国社会及中国革命诸问题，昭示出此一理论鲜明的实践性格。仅就历史学而言，唯物史观的科学价值已被先觉者所认识，李大钊说："自有马氏的唯物史观，才把历史学提到与自然科学同等的地位。此等功绩，实为史学界开一新纪元。自时厥后，历史的学问，日益隆盛。"[1]

而对于中国的美学、艺术学来说，唯物史观的进入，不也同样打开了一个新纪元吗？

---

[1] 冯天瑜：《唯物史观在中国的早期传播及其遭遇》，《中国社会科学》，2008年第1期。

1936年，伍蠡甫翻译完英国诗人雪莱的《诗辩》，当然也没有忘记要写一篇他的译者序。《诗辩》是雪莱跟其好友皮可克争辩诗之价值问题的一篇论著，因为之前皮可克依据当时震撼世界的达尔文进化论观点，先写了一篇《诗之四阶段》，将诗的演变史分为四个时代，即铁的时代、黄金时代、白银时代和铜的时代，皮可克认为当时的英国诗即属于铜的时代，并指出：当时诗人之醉心真朴，不啻文明社会中"半野蛮的人"，但社会既已文明了，所以也就视诗和诗人为无用物了。在铜的时代，诗走到了尽头，今后应该由科学取而代之。雪莱看到这样一篇挽歌式的论诗文章，当然要奋起而反驳，为诗作庄严的辩护，于是便有了这篇著名的《诗辩》。然而雪莱并不从客观世界出发，而是将诗收藏在"灵魂"里，弄得满纸只剩下对诗的抽象颂词，并不能在现实社会的某一确定准则下，说出诗的神圣来。伍蠡甫对于皮可克和雪莱两人不同的观点，都不能有所赞同。他在译序中说："我们不能因为做了诗人，就忽视科学，也不能因为看到了科学对于人生的作用，便以为诗或诗人是'实用之附庸'。我们从辩证法的指示，科学与诗或艺术都有作用于生命，而且同为一个统一体中的两极。"并且指出："至于能使一位诗人或英雄最最科学地理解现实的那个利器，在目前，当然要算唯物史观，因为它最为健全了。"[1]唯物史观，的确也成了伍蠡甫理解现实的一个利器，成为他理解诗与艺术的一个利器。

最后，必须指出的是：伍蠡甫对于唯物史观，不是那种猎奇式的浅尝辄止，唯物史观作为一种基本原则和研究方法，可谓是贯彻于伍蠡甫学术生涯的始终，并坚持不断深化发展的。唯物史观是伍蠡甫学术思想的根基。不理解这一点，就很难把握伍蠡甫学术的真正面貌。由此而言，唯物史观是理解伍蠡甫学术思想（美学、艺术学）和艺术创造（绘画）的一把钥匙。

二

1936年，伍蠡甫赴英留学，进入伦敦大学攻读西洋文学。同时，他还大

---

[1] 伍蠡甫:《诗辩·译者序》，商务印书馆，1937年。

量研读西方艺术理论和美学。暇时则常游览英、法、德、意、比诸国，参观博物馆，考察西方艺术，尽睹文艺复兴以来著名艺术家如达·芬奇、米开朗基罗、提香乃至后印象派等现代大师的作品。1937年1月他还在中国驻英使馆举办了个人画展，这是英国本土民众第一次看到现代画家的中国画，受到英国文化界的关注，伍蠡甫也因此受到英国皇家和牛津大学的邀请，用英文作了两次"中国山水绘画"的讲演，讲稿发表于那年冬季的上海《亚洲文学学报》上。而随后，他又用英文撰写了《中国绘画的想象》一文，刊于美国著名刊物《亚细亚月刊》1940年第11、12期。此文后经邹抚民译成中文，伍蠡甫亲自校阅并略事补充后，发表于1943年第1卷第1期的重庆《风云》杂志上。

1937年抗日战争爆发，伍蠡甫中断了留学生涯而迅速回国，重新回到当时已迁至陪都重庆的复旦大学。次年，他出任复旦大学文学院院长，并积极开展文化教育活动，举办各种报告会和讲座，他先后邀请宗白华、胡小石、曹禺、老舍、赵太侔、余上沅等学者和作家到文学院举办诗歌、艺术讲座，还多次举办个人画展，为抗战募资捐款，在重庆颇为轰动，赢得一片赞誉。后来，媒体报道称"国立复旦大学文学院院长伍蠡甫，治学之余，潜心六法，抗战后入川，至漫游黔滇，名山胜景，尽收笔底，迭于渝昆蓉诸地，举行画展，中外鉴藏家交相赞誉"。[1] 1941年他出任教育部美术委员会委员，1943年担任北平故宫博物院顾问，这使他"有机会去贵州安顺，在山洞里再次观赏该院寄存的全部名画"。由此可以看出，伍蠡甫自从出国留学开始，他的兴趣已完全从文学转到了绘画艺术。除在大学教学外，他一方面从事绘画创作和绘画鉴赏；另一方面，则是从事学术研究，把多年来绘画实践的体验和对于艺术的思考，付诸笔端。在1938年到1946年的8年间，他在报刊发表了近20篇专业的艺术研究论文，成为他学术成果的一个丰收期，所完成发表的代表性论文有：《文艺的倾向性》《故宫读画记》《试论距离、歪曲、线条》《笔法论》《中国绘画的意境问题》《中国的绘画》《中国艺术的想象》《中国绘画的线条》《再论中国绘画的意境》《中国的古画在日

---

[1] 伍蠡甫：《明日预展》，《新民晚报》，1946年9月2日。

本》等。1947年，他从众多文章中选取了10篇，裒辑成书出版，名之为《谈艺录》。在《谈艺录》的小序中，他写道："论艺之文，最须写得细致。"细读其论艺之文，真可称得上"细致"二字。这"细致"二字似乎提示我们，《谈艺录》虽是由诸多论文选辑而成，但也不是随意的论文汇编。然而，他选了一篇关于达·芬奇的译文，却没有选与中国绘画艺术主旨更相近的论文，比如发表于《文化先锋》、分3期刊登的《中国的绘画》；发表在《风云》上的《中国艺术的想象》和《画室闲谈》，伍蠡甫都未将它们收入《谈艺录》中。这确实是需要"细致"推敲的问题。也许，这说明，他在选编《谈艺录》时是有某种特别考量的。他所考虑的是什么呢？他所说的"细致"又指什么呢？如果细致地按照文章编排的顺序寻绎各篇之间的联系，的确不难体会到各篇之间或各概念之间有一种相互照应的关系，似有一条草蛇灰线般的脉络相连。按编排顺序逐篇阅读，跟跳跃地把各篇文章孤立地看，所获得的意义是不一样的。也许，这就是所谓的内在联系吧。伍蠡甫通过对文章的挑选和编排，尝试在《谈艺录》中构建某种更有序的表达，希望通过这样的方式清晰地呈现他的关于中国绘画艺术的思想。

我们不妨讨论一下书中"倾向性"与"意境"两个概念之间的关系，以证明它们之间隐在的逻辑联系。"倾向性"是放在首篇的《文艺的倾向性》的核心概念。表面看来，这篇文章并没有太多专门讨论中国绘画的问题。"倾向性"是一切艺术所不可避免的普遍性问题："历代艺术名作无不以深澈的形象来表出倾向。倾向所趋是内容问题，如何表出倾向，以致别人见了，懂得它不朝东走，而一定是往西去，则属技巧问题。于是艺术家顶大的困难，便在指示我们，他们传出的倾向，乃是无论何人，可以同一素养处此同一情势所必走的路。"[1] 但是，"我们必先肯定：艺术所表出的意识倾向，是有其物质的基础耳"。这里，我们又清晰地看出对于唯物史观基本原理的具体运用。社会意识决定于社会存在。"世上只有基于物质而后可以影响物质的精神，只有源于客观而后再去左右客观的主观。人就在这无数的影响和左右之中，

---

[1] 伍蠡甫：《谈艺录》，商务印书馆，1947年，第5、1页。

表出他逐次递变的倾向。"[1]简而言之,倾向性的背后是有客观存在作基础的。解决了"倾向性"问题,实质上,就既为一般艺术问题的思索打下了唯物史观的基础,也为意境问题的阐释找到了一条合乎逻辑的解释路径。"意境"是什么?它无非就是倾向性的一种美学表现,即所谓"中国社会史决定中国绘画的意境"。中国文人绘画所追求的一系列意境诸形态,由简而雅而古而拙,最后达至偶然,在伍蠡甫看来都源于中国长期封建制度的决定,是由封建制度这个客观存在所形成的一种必然的倾向性选择。其实,《谈艺录》所探讨的所有概念,如"歪曲""笔法""线条"等无不都与"倾向性"问题相关,也无不与决定"倾向性"的客观存在相关。于是,我们不难看出,"倾向性"是伍蠡甫美学的一个基础性概念,而"意境"则可以说是核心概念。从逻辑上说,欲通达核心概念,一般必须由基础概念出发才有可能。所以,伍蠡甫将《文艺的倾向性》编排在第一篇,就因为它是通向意境"殿堂"的第一级台阶。因此把握住"倾向性"也就成为理解《谈艺录》内在理路的关键。"倾向性",可以说是他理解、消化了唯物史观之后,所形成的具有个人特点的一个概念。中国艺术意境的形成,以及意境构成所倚重的线条,都从"倾向性"这一概念得到比较合理的解析。

《文艺的倾向性》一文,最初发表于宗白华主编的《时事新报》副刊《学灯》。发表时,宗白华为其写了一篇"编辑后语"。这篇"编辑后语"是最先对伍蠡甫的"倾向性"学说作出评价的文献。宗白华的评价客观而准确,并且一语中地揭示了伍蠡甫"倾向性"理论的唯物史观属性:

> 唯物史观一派则由社会经济的阶级性,摹绘各阶层的意识形态,更以此窥探各派文艺的底蕴。文艺变成"生命情调"和"意识形态"的标示、映影。伍先生这篇文章是探讨文艺倾向性的一般的问题,立论严谨,颇不缺少独自的见解。[2]

---

[1] 伍蠡甫:《谈艺录》,商务印书馆,1947年,第5、1页。
[2] 林同华主编:《宗白华全集》第2卷,安徽教育出版社,第186页。

既然言及宗白华，这里就顺便说点题外话。我们知道，"意境"问题，是近代以来直至今天中国美学和艺术学研究异常热门的话题。凡说意境者，言必称王国维、宗白华、朱光潜、李泽厚等的思想观点，却几乎无人关注或涉及伍蠡甫的思想，可见伍蠡甫的美学被忽视到了何种程度。殊不知研究宗白华而不比照伍蠡甫，宗白华的意境理论恐怕难获全面认识。伍蠡甫关于意境的研究成果基本是经过宗白华之手发表于由他主编的《学灯》上的，可见两人之间的友谊，他们之间的交往也从未被宗白华的研究者们所关注。伍蠡甫曾偶然记录下一件与宗白华交往的小事，却可见出宗、伍之间情趣的投合与学术上的相互启发、切磋。某次，伍蠡甫与宗白华一起观赏吴仲圭的《中山图》，都深深被画面排比得宜的线条趋向和浅深墨色所表现出的一气呵成的律动所感动。伍蠡甫写读画记时，还不忘写上一笔："宗白华先生与予同观，誉为一段音乐，信然。"[1]情趣相投，必有共同话题，伍蠡甫在1941年前后发表了《中国绘画的意境问题》、《再论中国绘画的意境》等论文，而宗白华则在1943年发表了《中国艺术意境之诞生》，他们在相近的时间里，发表题旨相近的论文，有一种前呼后喁的唱和感。对他们的观点的异同或成因作一些细致入微的探讨，不是也很有意义吗？其实从宗白华那里也同样可以读到一些细节，同样能够感受到他们之间的相互赏识所传递的幽香。而所谓学问，难道只是孤立的沉思或冥想？更多情况难道不是在"如切如磋，如琢如磨"的一学一问中形成的吗？伍蠡甫的"最须细致"之说，恐怕不唯限于谈艺论道，一切学问都当如此。以读书而言，所谓细致，往往一个不起眼的小注，也能有所触动，这才叫细致。在《宗白华全集》中，收录了一篇《古代画论大意》的笔记，其中有这样一段："石涛云：'画立于一画。'谓'意'率领众笔一气到底，表出作者自己的意，意境。千笔万笔，只是一笔。一笔贯穿全体，即意表现于全体，主观化为客观。"在这段话的第一句"画立于一画"下，宗白华有一个注，曰："见《画语录》及伍蠡甫《谈艺录》第84页。"宗白华这篇笔记写于1956—1957年，距离伍蠡甫《谈艺录》出版已经

---

[1] 伍蠡甫：《谈艺录》，第101页。

整整 10 年了，而且以后也无再版，沧海桑田，在那个年代似乎也再无人提及伍蠡甫的这本书。但宗白华还记得它，还拿出来翻阅，把与心相契的地方，郑重地标记在笔记上。可以想见，宗白华是多么珍视这本书啊！里面的大部分文章都是经过他的手发表的，他曾是这些论文的第一个读者。岁月如歌。读其书，想见其为人。"德不孤，必有邻。"

最后可以指出的是，到《谈艺录》时期，伍蠡甫的美学思想有了重大发展。唯物史观依然是其所坚持的基本原则与方法，但与之前的文学研究时期（主要是西洋文学）所不同的是，总体方面已经从比较单一的内容的研究转换到内容与形式相统一的研究。而且，原则与方法的运用也更趋成熟，原则、方法与研究对象的结合也更圆融，而非如前期，留有比较明显的、简单套用唯物史观的原则、概念和方法的痕迹。此时，唯物史观的原则还在，但原则正内化为他美学思想中活的灵魂。

三

1949 年中华人民共和国成立之后，伍蠡甫继续留任复旦大学外文系教授，并被聘为上海画院画师。20 世纪 50 年代初，上海作家协会成立了一个外国文学小组，命伍蠡甫任组长，组织成员（都是一些翻译家）学习苏联文学和文学理论，还组织成员翻译出版了一本《苏联最近短篇小说选》。由此可见当时的一般状况。五十年代末，伍蠡甫接受高教部委托，主编大学教材《西方文论选》。这时期，他的精力主要都投入到这项工作中去了。在戚叔含、林同济、蒋孔阳等的协助下，《西方文论选》终于竣事，于 1964 年正式出版。在这个时期（1949—1966 年），经过新中国成立初一段时间的厚积薄发，从 1956 年开始，他又开始在报刊上发表大量文章：有短小清新的谈艺随笔，如《雪舟的艺术成就》、《画家对于自然美的看法》、《关于野禽的"无人态"》等；有研究性学术论文，如《试论我国古代山水画对自然美的处理》(《学术月刊》1962 年第 3 期)、《艺术形式美的一些问题》(《学术月刊》1963 年第 8 期) 等；此外还有不少西方文艺理论的译文，如《绘画与实在》（吉尔桑作）、《艺术和诗的创造直觉》（马里坦作）等。

二十世纪八十年代以后，伍蠡甫的人生已步入耄耋之年，但是他的学术研究却进入了多产的高峰期。1983年《中国画论研究》出版；1985年《欧洲文论简史》出版；1986年《伍蠡甫艺术美学文集》出版；1988年《名画家论》出版。

《中国画论研究》，朱光潜称其"都是根据亲身创作经验的深中肯綮之语"。从某种意义上，可以将《中国画论研究》视为《谈艺录》的续篇，对同一主题的内容从不同角度进行了再探讨，但也开拓了许多新课题。比如关于艺术形式问题，就成为这个时期反复讨论的一个主题。这方面的论文，计有《艺术形式美的一些问题》、《再谈艺术的形式美》、《艺术形式美与西方唯美派批评》、《关于艺术形式美的讨论》、《试论艺术抽象和艺术形式美》、《漫谈"抽象"与艺术》、《抽象艺术》、《苏珊·朗格的情感形式合一论与中国绘画美学》、《虚假空间与有意味的形式——中西美学比较》等。对于形式，伍蠡甫始终坚持一个基本观念，即"艺术创作的根本法则在于内容决定形式，形式为内容服务，两者的主从关系不容颠倒"。[1] 早在1936年，伍蠡甫就写过一篇《文学的形式与文学的策略》，明确地反对"从内容上割下形式"，他赞同并引用了英国诗人柯勒律治（Coleridge）的观点："机械的规律和有机的形式是不能混作一起的。我们如果使用预先制定而非产于某种材料的形式，像似在湿泥上随手打个印子，造成坚硬形式，那么这个印子就是机械的。至于有机的形式必须是生成的；它从材料的内里生长而发展，这里面发展得圆满，便完成了外面的形式。"那时，伍蠡甫就认为形式与内容是统一的，"形式不是机械的，是有机的，它表现着现实，更与现实密切地联结，它既决定于内容，而又作用于内容"。[2] 这样的观点，他始终没有改变过。比如在《中国画论研究》中，他依然坚持："认为艺术形式美有所谓绝对独立性，毕竟是错误的。"从中国山水画来说，对于形式美，他提出一个"桥梁"说，则颇见新意。他说："就其本质与功能而论，山水画的艺术形式美不妨

---

[1] 伍蠡甫：《略论传统与创新、再现与表现》，《文艺理论研究》，1987年第6期。
[2] 伍蠡甫：《文学的形式与文学的策略》，《华年周刊》第5卷，1936年第6期。

说是在一定的思想意识和审美观点的影响下,画家从自然美通向艺术美的一座桥梁。"[1]

那么,什么是艺术的形式美呢?伍蠡甫说,主要是线条和颜色。他还说:"颜色是客观存在着的,线条却不是;客观物象本身有体和面,而没有轮廓线,后者乃画家从对象抽取出来,概括出来的,是基于现实进行想象的产物,尽管画面上的线条本身还是物质的。"中国绘画因为与高度线条化的书法关系密切,因此,中国画线条重于颜色。所以,作为艺术形式美的线条,在具体领会与欣赏艺术风格时是必不可缺少的。因此,对线条的感觉和线条的感染力,就很值得研究了。在论述石涛"一画之法"时,伍蠡甫根据自己的理解说:"在石涛看来,山水画创作过程始于我与物接,经过物由我观,终于物为我化,中间贯彻着一个根本的东西——画家的主观能动力量或活力。他把这力量及其运用看成画学的中心问题,《一画章第一》就是谈的这个问题。"[2]而这个问题也正是伍蠡甫艺术美学所关注的核心问题。伍蠡甫绘画美学的核心问题可以概括为两个基本概念,一个是"借物写心",再一个是"以意使法"。伍蠡甫的美学思想,通过对石涛《画语录》的解读而得到进一步的完善。伍蠡甫晚年将其斋号命名为"尊受斋",亦可看出,晚年的伍蠡甫对于石涛美学思想的关系,有一种见之"于吾心有戚戚焉"的相契无间的高度认同感。他说:"画家的主观能动力量或活力,就表现在他自己的胸臆。从主动性方面来看,画家既立此'一画之法',也灵活运用此法,中间包含着'了法'、'用法'、'化法'。这也就是我们今天所说的艺术家掌握了规律,由必然进入自由。"[3]伍蠡甫认为,中国绘画从写物到"借物写心","这一转变或发展,便是以抒发自我来代替反映客观,突出了艺术必须有所创造的要求,标志着中国美学发展史上的一次飞跃"。可见"借物写心"概念地位之重要。"借物写心"的概念,已由伍蠡甫的关于艺术创造的"三途径"理论得到了系统阐述。而"以意使法"则由他提出的"两种线"理论

---

[1] 伍蠡甫:《中国画论研究》,北京大学出版社,1983年,第248页。
[2][3] 伍蠡甫:《画语录札记》,《文汇报》,1961年10月7日。

来揭示。伍蠡甫把线条区分为"具体的线条"和"抽象的线条",这是他美学中最有价值的思想之一。他说:"同属线条,有具体的和抽象之分的。画中形象的轮廓线,是具体存在的。至于贯穿着或组织起画中细节、从而构成全局,则有赖于另一种线条,它足以引导或左右观者视线,可称之为抽象的线条,即西方术语所谓'倾向线''假象线'。这种线条对于画家可以说是预为虚拟,亦即'意存笔先'的'意',对于观者则是在他的不知不觉中起了作用。"这样,所谓"以意使法"的"意"就有了具体的所指,不再是凌虚蹈空的任意想法了。"意"就是画家心中"抽象的线条",也即石涛所谓的"一画",也即画家"精神或意识的倾向性"。有时,伍蠡甫还赋予"抽象的线"以形而上的意味。由此更可见,"抽象的线"在伍蠡甫美学中的崇高地位。伍蠡甫说:

> "线条"的概念已远远超越了艺术媒介的范围,一方面体现意境的发展和艺术构思的绵延,另一方面连贯起艺术构思和运笔造形,汇成一种动力以及动力所含的趋向。所谓"线条"意味着"形而上"的"道"或表现途径,自始至终缀合意、笔,董理心、物,统一主观与客观,从而概括出艺术形象。[1]

接下来,有必要再探究一下伍蠡甫的"三途径"说。关于艺术创作和学术研究,伍蠡甫都曾提出过所谓的"三途径"说。在《中西绘画美学的"画中诗"理论》一文中,他说:"艺术史上有关画中意境、画中诗的建立或艺术典型的塑造,大致有三个途径:由客观出发,由主观出发,以及主观与客观相契合,而不同的途径对形象思维的运用也不尽同。"[2] 第一途径即由客观出发,就是向自然、向客观世界学习,就绘画说,就像北宋范宽的"对景造意",是由外而内的过程:"见物—起兴—下笔,一环勾一环"。但反映外界

---

[1] 伍蠡甫:《中国画论研究》,第45—46页。
[2] 伍蠡甫:《中西绘画美学的"画中诗"理论》,蒋冰海、林同华编,《美学与艺术讲演录续编》,上海人民出版社,1989年,第53、61页。

并不就等于能够表现内心世界,那些无意境、无诗、无我的绘画,都因为止于为形象而形象。所以,从客观出发,虽不失为一种创作途径,但如果止于为形象而形象,而没有创造性的想象指挥形象思维,化外为内,就不可能成为一幅成功或好的作品。所以,即使从客观出发,也要化客观为主观,化外为内,而达到客观与主观的统一,外与内的契合,才有可能通向一条成功的创作途径,而这样,这第一途径也就导向第三途径,即主客观相契合的途径。第二途径即由主观出发,"这条路子是和范宽的'对景造意'、即景生情、寄情于画完全对立,是以读诗代替学习自然、观察现实,以间接经验代替直接经验,也就是脱离现实,自行堵塞艺术想象的源泉,削弱形象思维的能力。""走第二条路、从主观出发的画家,不过是复制他记忆表象中那些定形化、程式化了的树木罢了;对他来说,凡超出程式、为他所意想不到的树木的丰富的'形'和'势',便成为偶然的东西,然而正是这些东西提供了探求必然的无可限量的素材"。[1]伍蠡甫说,走这第二途径的,在我国画学史上相当普遍,特别是元、明以来。第三途径即主观与客观相契合,伍蠡甫说:"这第三途径是由外而内、因物动情,进而由内而外、寄情于物,是以形写神,是现实主义与浪漫主义的统一,克服了主观臆造或役于自然的偏向,使源于现实的想象能指挥形象思维全过程。"他以石涛的"搜尽奇峰打草稿"为例分析说,"这草稿中的奇峰,已非客观的奇峰,乃对景造意的产物,它经过想象——形象思维而成为物之我化、客观之主观化了,因此才可以说它脱胎于石涛,并为石涛所特有;并且正因为有'我'在其中,诗和风格、个性也表现出来了"。[2]

伍蠡甫这个关于艺术创造的"三途径"说,其形成和来源,可能有多重因素。首先是他在画史画论研究中的独特发现;其次也可能与他自己绘画创作实践的感悟有关;再次,就是还可能包含了他对唯物史观的某种理解和运

---

[1] 伍蠡甫:《中西绘画美学的"画中诗"理论》,蒋冰海、林同华编,《美学与艺术讲演录续编》,上海人民出版社,1989年,第53、61页。

[2] 伍蠡甫:《中西绘画美学的"画中诗"理论》,蒋冰海、林同华编,《美学与艺术讲演录续编》,第56页。

用。梳理伍蠡甫文献,可以发现,"三途径"说在伍蠡甫的观念中由来已久。可以看出,它的雏形形成于伍蠡甫早年有关西洋文学研究方法的"四途径说",也即他最初接受唯物史观时期。在《怎样研究西洋文学?》一文中,伍蠡甫曾总结了四种"流行的研究法",即(1)"形式或语文之偏重",(2)主观形态之偏重,(3)客观形态之偏重,(4)主客观之统一。在这四种"流行的研究法"中,第一种方法,即所谓"形式或语文的偏重",伍蠡甫认为,这种方法"把文学和文字混作一处",看不到文字与文学意识之间的有机联系,只是把形式从内容上截下来作单独研究,是缺乏目的的研究,所以可以排除在问题讨论之外。实际上,在他看来文学研究也就三种方法或途径:主观形态的研究法注重文学与观念的相互关系,客观形态的研究法则注重文学和现实的相互关系,但是从所谓的研究目的看,它们都还没有把与研究目的的联系彻底地揭示出来,看不出有何等明确的目的,不能抓住事象的全面。唯有最后一种方法和途径,调和了主观与客观,但这种调和又不是妥协,而是加强了我们走向明确目的的手段,它既对准着全面,因而也成为最可实现我们明确目的的途径。由此可以看出,"三途径"说,其实具有方法论的意义。而从方法论说,由主观出发(比如黑格尔、雪莱)或由客观出发(比如丹纳、皮可克),在伍蠡甫看来都具有片面性,而他服膺于唯物史观,因为"最最科学地理解现实的那个利器,在目前,当然要算唯物史观,因为它最为健全了"。[1]

所以,从这种历史的演变判断,我们不妨认为在伍蠡甫看来,创作与研究,二者从方法、途径上说是相通的、一致的。而且,无论创作或研究,他本人都倾向于主客观相契合的方法或途径,并且进一步说,这种切合是以主观为主导的切合。因此,我们从这种途径的选择中,可以看出伍蠡甫对研究者、创作者主观能动性的重视。所以,他的许多研究命题和研究结论,比如"借物写心""以意使法"等,它们的基本内涵都是强调主观主导的主客观契合。

---

[1] 伍蠡甫:《诗辩·译者序》。

在《谈艺录》阶段，对于意境的探索，伍蠡甫更多的是遵循唯物史观的存在决定意识（特别是经济决定论）的一般原理，着重于对意境的历史形成过程的分析。而在《中国画论研究》时期，唯物史观依然是他所坚持的基本原则，但不同的是，在坚持唯物史观的基础上，他更自觉地突出、强调了意识的主观能动性。这是他美学思想的一个重要发展。比如他说："在这里想特别提一下古代画家创意时的主观能动精神，这种精神须经过不断实践，逐渐培养起来。画家面对自然或事物的形象时，并非消极地、被动地接受，须抱着自己的审美原则，积极地、主动地深入对象，丰富自己的审美感受，活跃审美想象，其方式变化多端，不拘一格。就山水画言，早期的山水画家在自然形象面前一般显得被动多于主动，形似终于神似，状物高于达意，也就是并不强调突出画中之'我'。"[1]而且，他还特别强调了画家这种主观能动性的形成是建立在实践基础上的。"实践"概念的引入比之前《谈艺录》中的"倾向性"更具有将主客观契合一体的意义。从实践的角度理解和运用唯物史观，无疑是伍蠡甫认识的一个飞跃。伍蠡甫指出："山水画家从客观形象塑造艺术形象并借以抒写情思，须要一个较长的锻炼过程，其中大都首先注意和讲求艺术造形的技法，而源于客观的主观想象力，即通过艺术造形表现画家意境的本领，只能在反复的实践中培养出来。"[2]

《欧洲文论简史》是伍蠡甫晚年的一部重要著述，也许是因为投于其中的时间和精力最多，他本人也非常看重。伍蠡甫之于西方文论研究，在我国具有开创之功，他在二十世纪三十年代主编《世界文学》时，就有过部分译介，还翻译出版了雪莱的《诗辩》，但真正对于这个领域有全面系统的了解并掌握大量第一手资料，是在编选《西方文论选》的过程中。因为有这个机缘，才有了《欧洲文论简史》的问世。《欧洲文论简史》出版于1985年，此时，他已经是位垂垂老者。西方文论曾给他的思想提供了丰富的滋养，在晚年，他还记得上大学时陈定谟教授指导他读柏格森的情景，并曾尝试用柏格森的思想写出了第一篇美学论文。其实，在他六十余年的学术生涯里所撰

---

[1][2] 伍蠡甫：《中国画论研究》，第9页。

写许许多多论文中，都可见到西方文论的踪影，西方文论常常成为他思想表达的一个坐标，或引述，或参照，或比较，或作证，或融化，成为他组织思想、表达观点的一个特色。《欧洲文论简史》是一部开拓性的著作。在这部著作中，唯物史观的运用已不再仅仅是一种停留在观念上的教条式的原则，而真正转化为了一种方法论，转化为对"史"的规律的探索和科学把握。虽然字面上看不见"唯物史观"这几个字，但是它的精神却贯穿全书始终，可谓"不着一字，尽得风流"。这主要体现在这么几个方面：（1）注重系统性把握。《欧洲文论简史》没有简单机械地罗列各种客观材料，而是充分地注意到文论家思想观念的继承和发展关系，并依据发轫、渊源、演变、发展的历程来构建系统的历史。（2）突出核心概念的把握。对能够反映西方文论特点的一些核心概念，如模仿、形式、反映、再现等，进行历史性的贯穿研究，从而确定各种思潮、流派的发展线索。（3）考量复杂性，而非简单化。充分注意意识形态间各因素的相互影响，特别是哲学思想对文论的影响。（4）注意灵活把握，避免绝对化，对不同批评流派之间的区别，不搞一刀切；具体情况具体分析，区别对待。《欧洲文论简史》以其丰富的材料，简约的语言，缜密的条理，严谨的结构，构建了一部有机的、关于西方文论的发展历史。

也许，在伍蠡甫看来，历史本身即是一种方法。这样，对历史线索的梳理自然就显现出一种方法论的意义。伍蠡甫与徐宗铎曾经合译了卡尔登·海士、汤姆·蒙的《世界上古史》一书，在此书的导言中开宗明义就有这样一段话："记忆之于个人，就同历史之于人类。历史解释我们做的什么事，我们为什么要这样做，以及我们如何才会这样做。"这话可能给伍蠡甫留下很深的印象。所以他研究一个问题或面对一个研究对象时，往往首先会去寻找它的历史，做一番追本溯源的工作，这种"从头说起"，是他最常用的一种方式，他相信，当梳理出一个简明的发展线索，很多问题自身就已获得解释。比如关于中国画的线条，他就从原始艺术的彩陶开始考察："在我国，绘画上的线条运用，可溯源于彩陶文化，这一点是相当明确的。"再比如收在《中国画论研究》中的《中国画竹艺术》和《中国画马艺术》，其实完全可以视作简明的"中国画竹史"和"中国画马史"，按照历史顺序的叙述，其自身就具有解释作用，使人们从历史中看见或发现中国人对于"画竹"或"画马"的技术与审美趣味的演变。因此，在伍蠡甫的著作中，所体现的"历史即方法"的方法论特点是十分鲜明的。《欧洲文论简史》就是一个典范，《名画家论》也是。

本文作者陈勇

发表于《上海文化》2018年第4期

外文系的第一位博士生导师
——回忆伍蠡甫教授

二十世纪八十年代初,国家教委决定在全国重点高校的重点学科设立博士点,评选一批学有专长的教授开始招收、培养博士研究生。这一重大举措是我国研究生教育发展中的一块里程碑,标志着我国高等教育的学制建设已趋完善,被评选上的学科和导师有水平、有能力培养博士学位的高级人才。

那时候,我已经被借调到学校的研究生处工作。记得那年,作为工作人员,我带着复旦大学各学科准备上报博导的材料,到北京去参加各学科专家评审组的会议。外国语言文学的学科评审组由各主要语种的专家教授组成。我记得英语方面有北大的杨周翰、李赋宁,北外的王佐良,南大的陈嘉,德语方面有北大的冯至,俄语方面有社科院的叶水夫、上外的胡孟浩,等等。我因工作和专业的关系,和这些老前辈们有些相识。

在会前会外的接触中,听到大家意见,都认为复旦大学的英语语言文学专业是有实力的,理应成为培养博士生的学科点。我们上报的导师伍蠡甫教授,学术造诣深,著作等身。评审会上大家毫无异议,一致通过。这样,我们外文系就有了第一个博士点"英语语言文学",第一位博士生导师——伍蠡甫教授。

当时,我作为复旦大学外文系的一员,又是伍先生同一教研室相随二十多年的晚辈,获此喜讯,十分兴奋。此情此景至今难忘。回到学校以后,我年年配合伍先生,协助他做好招收博士生的工作。他的博士生有徐贲(现为美国加州圣玛利学院英文系教授），汪跃进（现为美国哈佛大学东亚艺术学院教授），韦遨宇等，如今也都已是学者教授了。

三四十年代饮誉海内外

回顾五十年代初我入学复旦，伍蠡甫先生是复旦大学文学院院长，而先生的大名，我在上大学以前就早已久仰。伍先生在三四十年代已是国内学贯中西的著名学者。他出身书香门第，有深厚的国学基础，早年留学英国，钻研西方文学，又曾奔赴西欧各国，考察西方文化艺术。故对中西文化、文学、文艺理论诸领域都具有广博的知识，高深的造诣。伍先生曾出席国际笔会巴黎年会，是中国分会的会员兼秘书。伍先生又是国内书画界的权威，他对中国历代书画从理论到作品都深有研究。

四十年代初，伍蠡甫先生任复旦大学文学院院长，还受聘为教育部美术委员会委员，又受故宫博物院特聘为顾问，并应院长之邀曾同赴贵州观摩藏书藏画，鉴定古书画数百件。伍先生的个人画作不仅在国内四川、云南、上海、广州、香港等地举办过画展，还在伦敦的中国驻英使馆举办过个人画展，并曾应邀赴英国王家学会和牛津大学作关于中国绘画流派的专题讲座，成为当时交流中西文化的使者。伍蠡甫的名字饮誉海内外。

我进复旦时，学术界有这样的说法："北有朱光潜，南有伍蠡甫。"朱是北大教授，他们两位都被认为是美学界的权威，泰斗。可见伍先生在当时学界的威望之高。复旦大学原校长陈望道教授在论及伍先生的画时曾说："蠡甫教授对于国画达到这个融合（我理解为意、神、情、景的融合）的倾向，据我看来是由于他画技的精湛以及对画论的精研形成的。"又说："蠡甫教授对于国画，无论他的画论，他的画艺，都是极能代表这个倾向的。这在国画，实是种革新，一种缔造，它在文化上的价值极高，不能与寻常的国画等量齐观！"

五六十年代主编《西方文论选》

新中国成立后，文教事业纳入中央统一部署。五十年代中期，中央宣传部领导文教工作的周扬同志召集部分高校的专家学者进京，商讨编写全国文科教材的工作。那时候我正在北京大学进修，前往宾馆探望前来与会的系主任畅岂深先生，以及徐燕谋、伍蠡甫两位教授。正是在那次会议上，中央决定要集中力量，组织编写1949年后第一批全国统一的文科共用教材、伍先生被委任主编《西方文论选》。

这是一项十分艰巨复杂的工作。它需要囊括西方从古希腊罗马到十九世纪末所有重要的思想家、哲学家、文艺理论家的论著精粹。单就选目这项工作而言，若没有对西方各国历代重要作家、主要论著有广博全面的了解和研究，就根本无从在浩的经典中摘选出最重要、最有代表性的论段。伍先生以他博学之才，认真严谨的治学之道，承担起这项工作，并在六十年代完成了《西方文论选》的编写，七十年代末又出版了修订本上、下两卷。在编写过程中，部分选材有现成的质量较高的译文，但也有大量材料是还没有译成中文的。

为了保证质量，伍先生约请了学术界不少知名学者专家参加摘译工作，如朱光潜、林同济、蒋孔阳等。再有，选材取自各种语种，而某些中译文是由英文转译的，在这类情况下，伍先生又请精通原语种的专家根据原文校译，最后再由他亲自校对定稿。由此可见，这项主编工作是非常繁重的。而最重要的是，这部文论选填补了我国这一学术领域的空白，是我国第一部比在较系统介绍欧美各国两千多年文学与思想文化发展脉络，以及各主要流派导的论述和主要代表人物的著作。

在二十世纪六十年代，只有少数高校的研究生有这门课程。直到八十年代初，中国人民大学才率先在本科设立了"西方文论"课，与"中国文论"、"马列主义文艺理论"并列，构成文论课程系列。当时授课的张秉贞老师正是原来由复旦大学调出的。据她回忆，伍先生主编的这部教材是他们当时最主要的参考书，也可以说是唯一一部如此系统、全面介绍西方文论的著作。它引导学生对西方文论有了一个概括、扼要的了解，开阔了视野，启发了思路，对授课有很大的帮助。至今道来，张秉贞教授对伍老的感激之情仍溢于言表。

二十世纪五六十年代间，伍先生在编写文论选的同时，还担任着不少教学、科研以及教研室的工作。然而，突如其来的"文革"打断了一切。和所有旧社会过来的知识分子一样，伍先生也未能逃脱被打成"牛鬼蛇神"、"反动学术权威"的厄运。

八十年代后硕果累累留后人

"文革"结束，伍先生已年近八十。但是在百废待兴，文教界万象复苏的大气候鼓舞下，他异常振奋，精神倍增。他不顾年老体弱，又立刻投入到著书立说的工作中去。先生一心要把毕生在西方文论和国画理论方面研究探讨的心得体会整理成文，完整地留给后代。

因此，在八十年代初短短几年中，伍先生连续编写出版了《欧洲文论简史》、《中国画论研究》、《伍蠡甫艺术美学文集》等专著。他感到在西方文论方面，完成了《文论选》和《简史》的工作，两者配套，可以了却自己的心愿。但是在国画方面几乎中断了二十年。先生是国画界集理论研究与创作实践于一身的少有画师。从八十年代开始，他又提起久封的画笔，每天伏案作画。画源于生活，他以耄耋之年又随画院前赴广西、陕西等地采风择材，带回样本作画。伍先生的山水国画自成一格，极具特色。他是当时国家海关规定其作品不准携出海外的著名国画家之一。1983年，上海国画院举办了伍甫先生山水画近作观摩，展出他八十岁以后的创作。其《幽谷清泉》、《乾陵石刻群》、《黔南风光》等佳作深受好评。同行专家评述伍先生的画"气息浑厚，笔墨朴拙圆湛"。刘海粟称赏说："理论书图并二难，穷年累月勇登攀。今朝展出高标在，光彩盈盈闪艺坛。"

应该说，八十年代上半叶是伍先生学术生涯的又一个巅峰时期。也正是在这个时候，伍甫先生理所当然地被评选为复旦大学外文系的第一位博士生导师。

先生毕生著作等身，名扬中外，先后出版专著、编著数十部。先生集学者画家于一身，以文学涵养丹青，以丹青滋润心智。授业解惑、著书立说、瀚墨丹青三位一体，构成伍蠡甫先生的全部人生。

贡献永载史册

我有幸和伍先生都从嘉陵村（复旦二舍）搬到庐山村（复旦一舍），前后做了二十多年的邻居。1956年我从北大读研回到复旦以后，又是伍先生外国文学教研室的一员，有几年和伍先生共同教中文系、新闻系的"外国文学"课程，他讲欧美文学史部分，我接着讲俄苏文学部分。伍先生是我们的教研室主任，他的敬业精神，他那认真仔细、兢兢业业、一丝不苟的工作作风给我留下深刻的印象。

伍先生在家工作，每天从早到晚伏案八小时以上，毫不懈怠。因此，当时是青年教师的我，就成了他的"通讯联络员"，三天两头我要上伍先生家去送个通知，报个信，问个话。日子久了，先生和师母都视我如自家的小辈，没有拘束，关怀备至。有新的著作出版，伍先生总是亲自署名相赠。八十年代，他又送我他的山水国画一幅，至今挂在我书房中。先生和我聊起家常时，才告诉我他在圣约翰大学念书的时候，曾经看过我父亲足球（家父比他高二班，曾是校足球队的健将）。伍先生还给我看过他当年出席世界笔会的照片证书。伍先生的父亲伍光建是清末民初赫赫有名的政要和翻译家，弟弟伍况甫也是复旦的英语教师，妹妹是师大的教师，实属难得。

伍先生十分推崇艺术形式美。在他家庭日常生活细微处，也可觉察他对美的追求。复旦老宿舍的居室都很小，但是先生家的客厅布置，书房摆设都古朴典雅，井然有序。有时候我前去他府上拜访时穿了新衣服，先生会马上觉察到并说："喔哟，今朝袁先生漂亮来！"倒叫我很不好意思。但是我听得出他确是好意欣赏的口吻，毫无讽刺揶揄之意。每逢农历大年初一，我们去伍先生家中拜年，古色古香的大瓷瓶中天竺蜡梅是不会缺的，八仙桌上的果盘，每位来客的桂圆莲子汤也是必定有的。这个时候，伍先生摆脱了在公众场合下的拘谨，显示出他亲切、和善的本性。

进入九十年代，伍先生已渐感体力不支。他很少下楼，只让我们少数熟识的教师上楼去探望。他告诉我，晚年他最大的兴趣爱好是听京剧。我理解，京剧艺术和他的国画艺术一脉相通。他晚年从京剧的表演艺术中得到了真正美的享受。一代宗师伍蠡甫先生离开我们已整整二十年，他为我国文化教育事业所作贡献将永载史册。

（本文引用杨家润先生《伍蠡甫先生传略》部分文字，特此致谢。）

本文作者袁晚禾

发表于《复旦名师剪影》

伍蠡甫先生的学术思想

从大学时代发表学术文章和外国文学名著译作起,伍蠡甫先生从事学术工作整整七十年。在世时,国内学术界向来称"北有朱光潜,南有伍蠡甫"。伍蠡甫先生在学术上建树甚多,尤其是在西方文论研究和中国画论研究这两大领域,其成就直至今日无人能比。

以下分别识之。

一

伍蠡甫先生是著名画家,他的作品在文人画一脉中继承传统,大胆创新。他在画论领域的学术成就处于领先地位,在绘画美学方面也有许多创新的见解。由于根基深厚,知识渊博,兼善创作实践和理论探索,视野拓展到中国绘画创作与评论、西洋绘画创作与评论、外国文学作品翻译与理论研究,更着眼于深层次的领悟和比较研究的方法,所以他的深邃眼光和独到见解令很少有人能望其项背。

在伍蠡甫先生的画论代表作《谈艺录》和《中国画论研究》所收的一系列重要文章中,他的画论思想和著述大体上可以分为以下几个方面:

(1)一般艺术观。大致表述在《中国山水画艺术——兼谈自然美和艺术美文艺的倾向性》、《故宫读画记》、《在日本的中国古画》等文章中。

(2)中国画主题研究。大致表述在《中国绘画的意境》、《再论中国绘画的意境》、《中国画竹艺术》、《中国画马艺术》、《文人画艺术风格初探》、《试论画中有诗》、《艺术形式美的一些问题》、《再论艺术形式美》、《西方唯美主义的艺术批评》等文章中。

（3）中国画技法研究。大致表述在《试论距离、歪曲、线条》《笔法论》《中国绘画的线条》、《漫谈"气韵、生动"与"骨法、用笔"》、《论国画线条和"一笔画""一画"》等文章中。

（4）著名画家及其理论研究。可见于《关于顾恺之〈画云台山记〉》、《董其昌论》等文章。以及后于1984年发表的《赵孟頫论》和1986年发表的《再论董其昌》。

伍蠡甫先生在他的画论研究中展现的学术思想与方法有以下几种特点：

（1）遍览中国绘画史上无数画家、作品、理论观点、创作经验谈，凭自己的学识和经验，识别出重要的艺术现象和核心观点，加以爬罗梳理，再从这些现象与观点中精细剔抉，确定要点，然后通过精确介绍，深入分析，最终形成系统，进而提炼出自己的创新观点。

（2）早在二十世纪三十年代和四十年代，就运用历史唯物主义思想和辩证统一的思路来研究中国画论，娴熟地将中国古代画论、欧美艺术史论、马克思主义哲学这三种理论体系融贯打通，创立了与众不同的新理论体系。也可以说，他的学术观点、文学翻译、主编刊物，实际上是当时左翼文化运动的组成部分。

（3）将文论与画论打通，使比较研究方法得到极大的发展。他对外国文学作品的翻译，不仅译笔流畅，更看重的是作品的主题。同样，在画论研究中，他重视技法，更重视意境。因此在他的文章里，一面是倾向于纯美的鉴赏，另一面透露对艺术与社会历史生活的真知灼见。例如，他认为，由于以"意"命"笔"，借"笔"达"意"，所以既可防止被动地描写自然的自然主义，也可杜绝片面强调笔墨的形式主义，这确实是一个基本原则，体现在一切向前发展的艺术之中。这样的想法，就不是空谈"全面"，而是从有机联系中看到事物的相互联系。

（4）用凝练的归纳方法，设专题，汇总、比较、分析历代画论观点，同时在夹叙夹议中阐述自己的研究心得，寻找更高的标准。他对画论史的研究，不是"述而不作"，而是立足创新，无论是关于题材的主张还是属于价值判断的见解，时时言论精妙。由此对学术贡献甚巨，甚至也有助于今人读古画。

在一般艺术观方面，伍蠡甫先生指出，一切艺术活动及其作品都是有思想倾向的，因为人在一生中，不论思想还是行为，都必然表现出某一种倾向。人以无数不同的倾向来构成他的一生，而在此无数倾向中，又常常表现出主要的几种。人生活在现实里，既须反映现实，更须大家协同构造现实。于是，他的倾向就渗入现实，并且追求更高的现实，推动社会的持续发展。既然艺术与文学占人类精神发展史的重要部分，当然也曾替人类表现各种倾向。人有时不顾现实的巨大力量，以为自己的意志是万能的，他就成了浪漫主义者。他如果知道现实的力量难以抗拒，转而去反映这种现实，他便是写实主义者。但是现代思想还昭示我们，人固然不能不顾现实，但也不能降服于现实，他只有懂得如何识别现实的倾向，才能把握现实，超越现实，以谋大家的福利。这时候，人就是革命的写实主义者了。

伍蠡甫先生指出，黑格尔的艺术观和唯物史观的艺术观的不同之处，在于前者论艺术以什么法则表现倾向，后者论艺术表现过几种不同的倾向，而今后的倾向应该具有怎样的内容。前者偏重方法，后者偏重内容。但是社会上的大部分人身处现实，却自己并未懂得，于是就主张艺术无须倾向，而且还怕听别人谈到艺术倾向，以为一谈到倾向就是污蔑艺术的尊严。他们不懂得：艺术所表现出的意识倾向，是有其物质基础的。归根结蒂，艺术过程就是凭想象去求典型。艺术家和作家在共性中又切实体味到活生生的某一种个性，于是，才创作出一幅画、一首诗，或一篇小说。艺术家创造典型以达倾向之时，固须凭自己的个人想象，但是未用想象前，他不能不充分认识共性的社会基础，否则他的想象容易陷入幻想，他最后所得到的倾向也许是违背现实的。想象有主观的和客观的两面从那些提供想象的素材来说，想象必然有其客观依据。而从如何使用素材来说，想象又是主观的，它是源于客观的主观。精神活动的自由足以培植想象，但是想象本身若无学识基础，则反而会受自由之害。

在伍蠡甫先生看来，每当社会有新的倾向，艺术随着也有新的对象。而作者首先必须有充分的学识，才能认知时代，认知倾向。为了在新的时代里认识和表现新的艺术对象，作者想要表现出广阔的时空，就必须摆脱形式、手段或工具的限制。在这个过程中，树立新的时空观念是十分重要的。各个门类的艺术家们为了避免停滞不前，就绝不能只表现目前所见的对象，还要连过去的残痕和将来的暗示，必须使三者相衔接，艺术才能够真正体现宇宙的运动，才能够表现其中的一种倾向。自古以来伟大作品的功力，都依靠这种综合与贯穿。另一方面，在艺术创作中，应当明白的是，艺术作品表现艺术家对生命的感悟，然而这种表现不应该是生硬的、直线型的，因为生命（或生命的倾向）是沿着曲线前进的，而我们所能够把握住的任何一种变化，其方式也是曲线型的。曲线的作用造就了"美"，而对曲线的要求同时也是人类生理和心理上的要求。然而有很多鉴赏者，尤其是物观论（机械唯物论）者，一经察觉这作为内容的倾向，并且揭示出它和社会的关联后，便已满足，不想再进一步去回溯创作时的手法，这未免有负于艺术家创作时的苦心。那种只能顾及技法的艺术批评，则虽然可臻深刻，却不免失之片面。而在《利奥那多·达·文西的〈最后的晚餐（附译后记）〉》一文中，伍先生还借题发挥，主张文艺的积极使命，提倡弘扬大无畏精神，用文艺作品来描绘和表现"作为抗战基本力量的大众"，充分表明，文艺家的家国情怀与艺术修养不可分割。

伍蠡甫先生说："中国人谈到诗、文、书、画等，常以意境之高下为一个最具体的批判标准。意境是主观之具体表现，有其特殊的形象，凡轮鲜明的意识形态之表现，都含着一个完整的而绝非支离破碎的意义。"关于"意境"，《辞海》（第六版）将这一概念定义为"文艺作品中所描绘的客观图景与所表现的思想感情融合致而形成的艺术境界"。（详见《辞海》第六版，第263页）伍蠡甫先生认为，具体表现在中国绘画方面，意境之说是画论史上一大突破。意境从现实中来，这条审美原则毕竟是最根本的。美感以现实为基础这条重要的审美原则，规定了诗与画的美感都源于生活实践。石涛所强调的"尊受"，就是强调画家必须用现实来丰富自己对美的感受。因此，伍蠡甫先生将"意境"释为画家表现在作品中的"mood"和作品中呈现的

"atmosphere"两者的融合。(参见拙文《学者痕迹——忆林同济先生》,载《复旦名师剪影(文理卷)》,复旦大学出版社,2013年,第212页)他认为意境的内容来自现实社会。"特别可以注意的几点:(1)国画意境之完成与一般意识形态之完成相同,是受现实与社会的决定,但如此被决定的意境,后来也未尝不可反转来影响现实与社会,尤其是当它获得充分的力量时。(2)国画意境之表出与一般艺术相同,产自内容和形式间之相反相成,而内容常具更多决定的力量。(3)完成的意境与表出的意境需属同一体:表出的意境与内容并非同一体,因为在画家的精神运用的过程中,必先完成意境,始得有所表出,而他感受于自然的必全部存在于他所表出的。至于内容更须与形式合作,始可映出意境。"

伍蠡甫先生认为,意境之说与儒家思想传统密切相关。中国绘画发展史是不宜严格划分成若干时期的,它始终浸淫在儒家政治的意味之中。中国文化既然长久地被儒家思想支配,那么画家的意境必然与儒家的思想十分吻合。绘画支配的造意,含有一个共同的趋向。在那不同的面貌的背后,隐伏着一个一贯的相同的使命。需要进一步认识的是,画家的意境逃不出儒家的范畴,中国画学在方法论上主要受着儒学的支配。事实上中国古代绘画主要是反映儒家哲学所附的治人者的意识,其次是反映佛学、道学所表现的僧侣贵族或半僧侣贵族的意识。国画的意境主要地也无非就是达官贵人或依傍他们而生存的文人雅士的意境。中国历代著名画家几乎不是官僚便是士人,而论者更常常勉励学画的人,不能有半点寒伧气,这就是说,画乃文人之事。中国的画学的确属于文人学问的部门,但是它在保守、单调的支配思想中滋长。中国山水画在儒家的中庸的教训中滋长,而以物我调和为其最后目的。所表现的,与其说是"自然",不如说是通过"自然"而表现的"人"。山水画的种种意境,都是象征治道之下的某一种标准人品,不过,与此同时,画家对于所遇到的某些自然的形象,也必须能够使其配合得上人的某些品德,而谋取自然与人的契合。所谓"淡""浑厚""古朴""清雅"等意境,都是从为人之道出发,观照自然所得到的结果。中国山水画家必须学着如何站在人与自然的关系下,去调节自然现象与主观现象。看一幅山水画,必须从人的方面看，它兼有自然的成分；而从自然方面看，它又兼有人的成分；或者说，人天俱备，而且是位于人天中间。最后目的都是着重在意境与气的，法度与笔墨毕竟退居从属地位。意境之外还有"法"，但也是为了表达意境。当然，文人画也并非单剩意境。意境终究也还需要通过一种特殊的形式（即"法"）才能表现，和一般艺术的法则并无什么两样。中国画学的"法"不是通常所谓方法或技巧，而是统理这方法或技巧的一个基本原则。文人所用的技巧实际上是遵循固定的法则，以表现意境的某些符号。在此之中，中国文人所有的对自然的印象，不是零碎的、片段的残景，而是配得上文人情绪的一种完整的精神之涌现。文人通常属笔为文时所憧憬的典雅、远奥、精约、壮丽、新奇等意境，都可以借"点"和"皴"的运用，而被表现在画中。于是"以意使法"的核心原则便浮现了出来。历代的卓然名家，无不以意使法，无不预先能够确立一件作品的意境，然后才能使法就意，以意运法。法之为用，原在造意。

　　伍蠡甫先生说，我国山水画在六朝的萌芽阶段，理论上已明确了由外而内、再由内而外的创作道路。中国画论史上有一条主要线索，那就是从尚形逐渐过渡到尚意，进而主张意与形的统一，其中包含着"创立意境""表达意境和表达的方式方法""意与法的关系"这几个方面或课题。文人画竹、画梅、画山水，是为了表达意境，不斤斤计较地复制对象。他们赋予线条、墨、色这些媒介的任务，不是再现自然之形，而是造形（创造艺术形象）写心，以形写神，力求从物质对象中解放出来，取得抒发意境的审美效果。中国绘画表达意境的特殊方式，即画家的意境可于象外"写"之，观者亦可于象外"得"之。对此，诗文称"无言之境"，音乐叫"弦外之音"，而在画中，则称"象外之象"。即使在空白处也大有文章可做。所谓"飞白"，"飞"是指飞舞的笔触，"白"是指由这种笔触而相应产生的笔画中的空白。然而，哪怕是空白，也还可作为无形之形而起作用，它虽然虚空而无行迹，仍不失为意境之所寄托。总而言之，以客观丰富主观，更以此主观为主导，统一主观与客观，课求与情的合一，形成"意境"以及"意、法关系"的根本法则。意境一经把握之后，便成为人从自然所能寻到的价值，而艺术创作的最后使命，即在此价值之探讨。不过，正因为自然是如此错综复杂，而我们每一次的创作，却单受从中表现出某一个独特的意境。这一意境所需的形象，也绝非只限于自然原来的形象，于是，艺术与现实之间，便有参差或距离了。造形艺术原是基于现实，乃得修正现实，而终于超过现实。所谓"超现实主义"，不仅与现实距离得太远而且也失尽现实的基础。作家的想象即变成了一个横行太虚的、不可捉摸的东西，那么他所修改的是什么？所予的价值是什么？也都无从解答了。艺术至此，无异乎否定了自己。

伍蠡甫先生从中国绘画的题材入手研究中国画史，别具一格，而其深入于细的研究和透的分析，体现出深厚的学术功底、敏锐的感受能力和史实钩沉的熟技巧。他说，例如画竹和画马，都是中国绘画所特有的专科。竹之所以会被画家们感到"美"，乃是由于他们对竹的看法取决于从竹所联想到的他们自己生活中的美学理想。在中国士大夫画家的笔下，竹被人格化了，他们画竹、画马就是为了画人，是借物兴怀，讲气节，敦品德，赞扬崇高的品德，为了写出自己种种"美"的思想感情，反映自己的审美意识。这是中国画竹、画马艺术的审美观。文人画借画竹来抒发胸臆；而由于国防和政治上的需要，促进了马政、马艺以及画马一科的发展。画家注意学习自然的客观形象，而加以掌握。为了真实地反映客观，通过艺术的反映来表现自己的主观。这个过程仍然是"意存笔先"，即思想性决定艺术性，艺术性为思想性服务。即使他们在画纤竹或雪竹的时候，也还是在欣赏竹处于逆境或严寒之中为了自己生命所做的挣扎，并没有忘记个人"生命的自由"。对画家来说，贵能唤起而又控制读者的同样想象和审美意识。从题材的创新来看，"中国绘画的题材跟着中国社会的发展逐渐补充，今日汽车、洋房、摩登女子之可入画，原无异于牛车、茅舍、僧衣、官装在过去之可入画，甚而有些还成为独立的部门。……题材随着时代走，每一时代都有它自己新生的题材，某一时代的画家应用这一时代的新题材，并不算是恶俗。……题材最初原无雅俗之别，但求用得时地之宜。"读到这样的画论见解，就像是在作深度的知识行走。

中国历代绘画艺术都具有一定的审美意识，而历代有成就的画家在作品中表现这种意识时,也有规律可循,那就是:力求意与法、内容与形式的统一,物与我、景与情的交融;通过笔墨的运用,融合作品的意境和形象,终于产生艺术美审美意识既有个性差异,也有共同标准。大致说来文人画的艺术风格有"简"雅"拙""淡""偶然""纵恣""奇端"等。对"简"的推崇,是以减削迹象来增强意境表达的审美原则。国画的一个最高境界,便是"简远",或笔墨简当,而寓意深远。文人画中的"偶然"风格的源头是很久远的,先后经过接触自然、创立意境、钻研自然、掌握自然形象的规律、锤炼艺术造形的种种技法。画家通过这么许多环节,做到意、笔契合,心、手两忘,物我为一,尤其是物为我化,终于有了偶然得之、天成、天地之趣。这些环节,一个扣着一个,相互关联,其中存在着规律性、必然性。因此,文人画的无意为之的"偶然",实际上是以有意为之的"必然"为基础的。文人的画风、画论本身也在发展,贵在创新。而玩弄技法则流为形式主义也就无风格可言。相比之下,西洋风景写生画这一画科的创立,是在资本主义经济的发展阶段,它强调感觉经验,主张通过视觉,钻研自然的形象,讲求形似,提倡写实风格,以致自然美几乎成为艺术美的同义词,作品中也就很少见到画家的意境情思。另外值得注意的是,"风格即人"的"人",就当时的论人标准来说,未必都是指正面的,未必都具有高尚的品德,画史上就有过不少例子。赵孟頫原是宋朝宗室,宋亡仕元;董其昌纵子行凶,迫害农民;但他们的画仍各有风格。书法史上则有蔡京,他结交童贯,做了四回宰相,被称为"六贼之首",而书法不恶。文艺理论上的若干问题——画或诗中的意境的建立、形象的塑造、情思的表达;形象思维的运用;想象所起的作用,等等,这些最基本的问题,在今天的文艺创作以及批评中反而变得陌生了。艺术家的想象代表他的思想水平和精神境界,关系到创造艺术形象、表现艺术真实的问题。艺术形象的特质和功能,就是写形—达意—表情;艺术形象的产生和运用,包含表象—记忆—想象等心理活动,而想象统摄一切,占有重要地位;而通过对艺术形象的特质、功能的探讨,可以明确想象和创作的密切关系。中国山水画中,房屋、人物、山水是三种主要的物景。就其本质与功能而论,山水画的艺术形式美不妨说是在一定的思想意识和审美观点的影响下，画家从自然美通向艺术美的一座桥梁。

在绘画技法研究方面，"笔法""线条"是伍蠡甫先生关注的重点。他认为，物造形似，心主意趣，以心使物，故意在笔先，为不易之则。笔墨成为主观化了的客观。山水画自魏晋始渐盛，渐渐消失实用目的，但写实精神继续存在。单是观察自然，记录观察结果，还不是艺术。对自然的形象能起感情的激动，从而把这激动提高到情操的完成，选择那宜于（或最有效地）传达这情操的形象，并运用熟练的技巧来表现主观化了的客观，于是才有产生绘画艺术的可能。而历代独特的风格，不起于意境，而始于意境之如何表现，以及这表现之如何胜过前人。画家注重"气韵、生动"与"骨法、用笔"，他们如有度物取真的认识能力或审美水平，它便随着笔墨的运使而指导着创作全程——这个贯彻始终的"心"力或精神力量，称之为"气"。通过如此途径而取得的艺术效果，就叫做"的"，即有"风韵"，有"的致"的意思，"的"并不脱离本质的"气"。

伍蠡甫先生非常重视"线条"在绘画中的作用，认为画线造形也是一种生命的运动。线条这一艺术媒介和艺术形式，关系着一般绘画作品的审美感受，而对中国绘画来说，这一艺术形式的运用对造形、抒情具有重大意义，并且产生特别显著的审美效果。线条并非物体所本有的，不是客观存在的，乃是发源于儿童画家、原始民族画家对自然、现实的感受、领会、抽象、想象，而被加于客观事物。因此线条的作用具有主观性和能动性，它包括对自然形象的摄取和画家思想感情的注入，可以说是造形艺术或艺术美中使主观和客观趋于统一的主要凭借。线条、轮廓线，在现实的物体上是找不到的。对国画来说，线条乃画家凭以抽取、概括自然形象、融入情思意境，从而创造艺术形式美的基本手段。所谓"一笔画""一画"，乃绘画艺术普遍应用的原则，不是什么具体的一笔、一画。再者，不是说单凭一笔，就能画尽一件作品的全部形象，它意味着画家以情思、意境为主导，来运笔、用墨，沟通了笔法和墨法，使亦笔亦墨的无数线条，先后落在缣素上，却都为意境所统摄，因而它们连绵相属，气势一贯。绘画非小事，实与天地周旋，功参造化。线条的每一运动和动向，都紧扣着每刹那间心境的活动。画家必须打通心、手、笔、线四个环节。一笔画的理论是尚意的产物，不是纯属技巧的问题。所以要继续维护意、笔统一的创作方法，防止脱离现实，玩弄笔墨，抛弃内容，追求线条的形式美，而坠入唯美主义、形式主义的泥坑。如果研究文人画而无视画家对自然的感受和作品的情思意境，割裂游目骋怀与笔情墨趣、写意与造形之间的联系，破坏内容和形式的统一，终于摧毁画中之"诗"，如此等等，那么就很难接触文人画的精神实质。

伍蠡甫先生以全面而且独到的见解来研究画家、画论的个案，例如董其昌和石涛和尚。他认为，董其昌本人的国画创作成就很高，但是在画论方面，董其昌的文人习气和门户之见相当严重，有时故弄玄虚，有时自相矛盾，有时为了争购或出售某家的画迹，所作评价不是真心话。关于石涛的画论，"尊受"乃是伍蠡甫先生心目中的重点（伍先生的书房命名是"尊受斋"），因尊受乃尊我所受于"一画之法"者，并且进而化法以为我用。

统而言之，伍蠡甫先生善于用今日话语的方式，明白而准确地解说古代画论，强调从环境中创新，熟读古人画论，又熟知今人论画和研究的文章，故能居高临下，透析众家学说，而自成一家之言。老一辈理论家达到的文艺思想成就，在今天来看仍有指导意义。惜乎如今这种有价值的理论往往被漠视。文艺批评要么失声，要么走样；创作方面更是"三俗"成风。再有时下对著名作家、艺术家、学者的"研究"兴趣，充斥书刊报纸的文章只着眼于生平项事、细碎、鸡毛蒜皮、家累明明，却很少有人肯下苦功夫研究他们的学术思想和理论成果。

二

《欧洲文论简史》是一部开拓性的著作，将西方文学理论的发轫、渊源、演变、发展的历程构建成一部系统的历史，梳理了有代表性的文学批评理论和主要文论家的主要论点，提出一系列实质性的问题，并且抓住文学理论的一系列核心概念，理清各种文学观，以及从古希腊时代到十九世纪末两千五百年里欧洲文学史上这些概念和文学观的继承和发展线索，包括各种批评流派、文学思潮之间的关系。

《欧洲文论简史》在伍蠡甫先生八十三岁时成稿，所以文笔尤显纯熟老到。其学术功力源自伍先生从年轻时起，研习欧美文学，翻译过大量的外国文学名著，主编过世界文学刊物，（当然也包括他的父亲、杰出的翻译家伍光建先生的学术成就对他的熏陶）并且在二十世纪六十年代初主编《西方文论选》时，掌握了大量第一手材料，全面熟悉西方文学理论。可以说，《欧洲文论简史》这一著作的酝酿过程长达六十年。

《欧洲文论简史》的撰写，以及在1985年的出版，在中国学术界属首次，因此在对西方文论史发展过程的全面把握、体例安排、重要理论问题的探讨、承前启后的线索、对重要流派和论点的评价、资料搜集和运用等方面都具有开创性的学术意义。其中最突出的一点，是伍先生此书始终强调继承、影响、批评的渊源发展关系，乃是一部真正的"史"，它与那些以摆摊方式展示孤立的、零散的理论现象的"假史"完全不同。

概括地说，《欧洲文论简史》有以下特点：（一）自始至终贯穿了马克思主义文艺思想体系而不带任何教条气息，这是一件很不容易做到的学术工作；（二）客观、准确地理解和扼要介绍西方文论现象，引用观点时不片面，不曲解，不断章取义（伍先生曾不止一次对笔者说：对于西方文论家的观点，在研究时，他们的每一句话都是要有出处的）；（三）追布全书各处的、见解深刻的分析与评论。其具体的学术表现是：（1）准确地抓住文论家的思想和理论要点；（2）按照"史"的脉络，着眼点在"发展"上，并且作出有效的比较；（3）不盲从西方学术界的权威性定论，不亦步亦趋地"卖"理论思想，而是娴熟地作出批评式的分析和客观的价值判断；（4）突出文学理论的核心概念（例如：想象、仿、形式、反映象征、虚构、真实、表现、感受、崇高、纯美、生命、独创、非理性，等等），并对之作历史性的贯穿研究，确定各种思潮、流派的发展线索；（5）糅合文学理论与艺术理论，并在恰当之处嵌入中国文艺理论与欧洲文艺理论的对照。综合上述方法，伍先生的《欧洲文论简史》以概念准确、比较异同、脉络清晰、深度分析、判断价值等经典的学术方法，构筑成了严密的学术思路。

伍蠡甫先生指出，古希腊罗马的丰厚文艺沃土中孕育和培养了原初但又经典的文艺理论思想和观点。早在柏拉图之前，在荷马和赫西俄德的诗歌创作中已经出现了属于文学观层面的"神灵说""谎言说""真理说"等理论的萌芽，以及苏格拉底的"功利说"，涉及文学创作的缘起、创作中的想象、文学语言等重大问题。然后出现了赫拉克利特和亚里斯多德的"仿说"和"创造性的想象说"，品达的"天才说"，柏拉图的"神附灵感说"和"理念说"，古罗马时期贺拉斯的"寓教于乐说"和朗加纳斯的"崇高说"。这些文学观涉及美与真、美感与快感、艺术形式美、艺术规律等方面，同时也标志着欧洲美学史的开端，并以确立的文学观影响欧美此后的文学创作和理论，直至二十世纪。从古希腊罗马时代以降，中世纪的圣·奥古斯丁、阿伯拉、圣·托马斯·阿奎那等人的重要文学理论和美学观点被纳入文论史的视野，不仅是因为他们的神学思想对欧美后世文学理论与创作的影响，也是因为他们丰富了文学理论的核心观念，并且因为他们对晚至十九世纪和二十世纪一些文学思潮和流派而言乃是先驱。文艺复兴时期涌现的文艺理论家以人文主义为标志，赓续但反拨中世纪的神学理念，而确立人在文学世界和精神世界里的地位。代表性的人物有但丁、达·芬奇、明屠尔诺、钦提奥、卡斯特尔维屈罗、瓜里尼、塔素、马佐尼、塞万提斯、锡德尼、培根、莎士比亚，这些在今天被读者和学者熟悉或不熟悉的名字，他们在文论史上的理论和思想贡献，都写进了《欧洲文论简史》。十七世纪和十八世纪的古典主义文论和反古典主义思潮，通过对布瓦洛、圣·艾弗蒙、蒲伯、约翰生等人开启继承、完善、批判的道路之观点的确认，而得到了简明扼要但又不失详尽的阐述。十八世纪和十九世纪在西方文论史上无疑是极其重要的时期，康德和黑格尔的横空出世，使文艺理论与美学思想的发达到了能与古希腊罗马相媲美的第二个高峰。精神理念与艺术形式这对文学的核心要素空前地凸显出来，或隐或显地引领十八世纪到二十世纪的文艺美学，于是有了启蒙运动的文艺思想，有了浪漫主义思潮与方法，有了伏尔泰、狄德罗、艾生、菲尔丁、布莱克、莱辛、赫尔德、歌德、席勒、维柯，也有了华兹华斯、柯勒律治、雪莱、济慈、史达尔夫人、夏多布里昂、司汤达、雨果、史勒格尔兄弟、海涅，他们的观点各成风采，互为补充，互为启发，在论述和阐发的过程中，形成了群星璀璨的文学理论天空。在十九世纪的现实主义（包括批判现实主义）方面，伍先生列出巴尔扎克、福楼拜（一译弗洛贝尔）、莫泊桑等文学大师基于文学创作而获得的理论观点。而实证主义和自然主义的文学思想和创作实践则通过对阿诺德、圣·佩韦、秦纳、勃兰兑斯、左拉等人观点的阐述，准确地展现出来。在十九世纪的社会主义文艺思潮一章里，论述了卡莱尔的非理性的文学批评思想，罗斯金的封建社会主义艺术观点，戈蒂埃和波德莱尔的颓废主义（逃避主义）倾向，裴特的唯美主义宣言，法明士的印象主义主张。再往后，就是非理性主义——叔本华的唯意志论，德·桑克梯斯的"艺术的自发性和自主性"，马拉美的象征主义，梅特林克的神秘主义，尼采对意志、直觉、下意识情绪的强调，柏格森的生命论和创造进化论——驰骋文学界的时代了。这一切，在伍蠡甫先生笔下串起了一部有机结构的历史。

伍蠡甫先生将西方文论的研究对象分成四类：（1）文论思想家（例如康德、黑格尔、尼采、柏格森、克罗齐）；（2）富有哲学思想的作家（例如柯勒律治、施莱格尔、济慈、歌德、爱伦·坡）；（3）作家的创作经验（例如莎士比亚、菲尔丁）（4）纯粹批评家（例如英国的阿诺德）。如此确定的研究范畴，其高明之处在于，首先将文学理论看作文学，而不是将文学研究材料看作是为了说明政治问题、社会问题、宗教问题、种族问题、环境保护问题等而提供的例证，结果失去文学性在文学研究中的主体地位，更不应成为所谓"方法论"的附庸，像最近二十多年来成为时髦显学的五花八门途径。

在《欧洲文论简史》中，处处可见伍先生在准确援引文论要点之后，必定对文论观点和文论家作出精到的归纳和分析、评价。例如，他追踪西方文艺中从古到今的非理性主义传统，指出"在欧洲文学史上，非理性的因素是源远流长的"。他指出柏拉图、亚里斯多德、康德、黑格尔对后世文论家、文学批评流派和文论观点的影响（例如丹纳的主要观点来自黑格尔）；而对诸如实证主义（孔德）和人本主义（费尔巴哈）思潮的积极意义和严重局限性则作出了实事求是的分析。

伍先生在这部《欧洲文论简史》的各章论述中，处处显示出真知灼见。

以下略举艺术史确定的对象和理论研究的对象都由于批评性的思考才得以成立。以下略举一二：

艺术史确定的对象和理论研究的对象都由于批评性的思考才得以成立。

黑格尔认为"美是理念的感性显现"，但是黑格尔的美学思想的缺陷在于"倒置'心''物'的关系"。

即便是唯美主义的"为艺术而艺术"，实质上所谓只要艺术、不要政治的本身，也还是一种政治。艺术既然接触主题，那么艺术除为本身以外显然另有目的，不可能仅为艺术本身了。应该将巴尔扎克、雨果等人尊重艺术同福楼拜、王尔德、爱伦·坡等人主张的"为艺术而艺术"区分开来。对同一个概念，不同时代、不同的文论家有各自不同的理解和解释。

现实主义和浪漫主义并非绝对独立和对立的，浪漫主义的文学主张常常同现实主义的创作融合在一起。作为创作方法，现实主义和浪漫主义原是一对孪生兄弟，互相补充，而自然主义和现实主义的界限，倒是不容混淆。

伍蠡甫先生否定"掉书袋"式的批评方法。他赞同"文学批评乃是人生的批评"，要"创造力和批判力并列"，推崇"人的尊严"。他主张文学批评不应该有先入之见，应该防止批评的教条化、公式化。

在《欧洲文论简史》中，在伍蠡甫先生一生对西方文学理论的研究中可以看到，他的学术长处表现在：（1）系统感很强，由于渊博而熟知每一种观点的来龙去脉，借此构建完整的文论史体系；（2）悟性很高，善于从理论现象中抓住本质，并确认现象之间的可靠联系，上升到规律性的认识；（3）善于组织思维与表达，偶尔思维有所发散，旋即收回，使行文逻辑十分严谨；（4）善于捕捉关键概念，排列精辟论述，在参照和比较之中，研究渊源与价值，实质上属于"比较思想史"范畴，远胜于一般所见"比较文学"对细节或主题的比较。这些学术素质和优势，是获得学术成果的可靠依据。

三

重新整理出版伍蠡甫先生的三部代表作，并写下这篇整理伍先生学术思想的文章，不禁想起先生辞世竟然已有二十五年了。前辈的学术思想和成果如何才能不致湮没？多年来一直念兹在兹，终于还是有机会使伍先生的学术作为份遗产，借"复旦百年经典文库"的出版得到保存与流传。

反顾今日，学风浮夸，只见文学理论与艺术理论领域多见热衷于肤浅的时髦，而抛弃优秀的学术思想、方法、成果。感叹之余，甚是替后人担忧。

本文作者林骧华

发表于《谈艺录：中国画论研究 欧洲文论简史》

纪念伍蠡甫先生

今岁庚子年，乃伍先生诞辰百二十年也，甲子成双。复旦诸校友相约以文字，书画篆刻纪念之，实为必要。一则，伍先生乃复旦前辈，不仅身为文艺理论与批评教授，著作等身，桃李满天下，而且亦为画坛大师，故宫博物院顾问，常有佳作，理论实践，炉火纯青，为今世少见。二则，放眼今日高等学府，楼则高矣，大师巨擘却成稀缺资源，濒危物种，能不忧乎。故，整理先生遗稿遗作，为先生编纂年谱画册，既有纪念缅怀先人之功，亦有启迪后进，绵延学术之效，善莫大焉。

先生治学，甚为严谨，有《谈艺录》为证，自不待言。其主编之《西方文论选》，内容之精，质之上乘，于今未有出其右者。伍先生尝力邀国内学术界泰斗共襄盛举，一时间群贤毕至，大师满堂。先生尝云，莫小觑文论选中钱锺书先生仅译之意大利精神分析学家德·桑克蒂斯（Sante de Sanctis）之短文，此文不仅内容精彩莫名，有未闻之灼见，更得钱先生传神之译，可谓珠联璧合。彼时国内学术界与外界隔膜，将精神分析学亦视为伪科学，而伍先生与钱先生却能力排众议，将德·桑克蒂斯选入文论选中，实属深谋远虑。故美学界有南伍北朱之誉。伍先生贵为学界元老，却具伯乐慧眼，于国内年轻学者中发现奖掖专攻意大利语文学之吕同六先生，对其独特学术贡献，赞不绝口。可见老先生对年轻学者并无居高临下，讲究辈分门户之见，却唯才是举。多年后于中国社科院工作时，余曾向吕先生转达伍先生之语，令吕先生唏嘘感动不已。

先生指导余博士论文时，已望九秩，然对国内外文艺理论动态有着实时追踪。彼时国内文化学高热不退,各种新理论新方法新学说纷至沓来,琳琅满目,目不暇接。尝有同道或新锐赠书先生,热望能得到先生指点一二,亦属常情。每接新书,先生先观书末参考文献书目,一看作者所引用之材料是否为著者掌握之一手资料,检视其是否源自外文原文,或是译文,或是自译文字;二看其所引原文或译文之出版年月,问余有无新版增订本问世,据此判断该著之学术参考价值。余至今仍以为此法于众多书蠹或藏书家,仍不失为新书鉴赏之捷径。

先生为画,亦见出理论实践水乳交融之高远境界。余鲜闻先生臧否前辈同辈或晚辈画家,足见先生之虚怀若谷与治学之谨慎。然而先生对己却一丝不苟。一者,先生对古代画论了然于心,犹重董其昌之隽语:山水乃真山水,山水画乃伪山水也。二者,对古今中外绘画作品不仅从理论上融会贯通,理解诠释,往往见解有独辟蹊径之妙。三者,每于作画之前,沐浴焚香,斋戒三日,待灵魂净化,与自然合一,方铺纸设砚。先生不仅讲求灵感,亦讲究理性,常于一笔一触微妙细节之处化灵感于笔端。读先生山水画作,不仅文人书卷气馥郁浓厚,清淡脱俗,且能够将中西绘画理论实践之精要融于无痕。一日,余陪同先生出席刘海粟先生画展,先生对海粟老晚年抽象艺术作品以"彩墨双泼"四字冠之,不仅与老友相视会心,而且亦能从此四字中见出先生毕生对中西绘画理论实践之精髓之超然象外得其寰中之彻悟。

愚钝如我,尝跟随先生左右近四年,耳提面命,春风化雨。先生仙逝已近三十载,然音容笑貌,谆谆教诲,竟难以忘怀。谨以此寥寥数语,与同道好友共同纪念先生,以期抛砖引玉,对先生学术与艺术建树之研究与传承,有绵薄之用。

本文作者韦遴宇

2020 年 5 月末于巴黎

图书在版编目(CIP)数据

伍蠡甫先生120周年诞辰纪念文集/复旦大学外国语言文学学院编. —上海：复旦大学出版社，2020.9
(复旦大学外国语言文学学院致敬大师系列)
ISBN 978-7-309-15217-3

Ⅰ.①伍… Ⅱ.①复… Ⅲ.①文艺理论-文集 Ⅳ.①I0-53

中国版本图书馆 CIP 数据核字(2020)第 134756 号

伍蠡甫先生120周年诞辰纪念文集
复旦大学外国语言文学学院　编
责任编辑/谷　雨

复旦大学出版社有限公司出版发行
上海市国权路579号　邮编：200433
网址：fupnet@fudanpress.com　http://www.fudanpress.com
门市零售：86-21-65102580　团体订购：86-21-65104505
外埠邮购：86-21-65642846　出版部电话：86-21-65642845
上海盛通时代印刷有限公司

开本 787×1092　1/16　印张 31.75　字数 469 千
2020 年 9 月第 1 版第 1 次印刷

ISBN 978-7-309-15217-3/I·1240
定价：150.00 元

如有印装质量问题,请向复旦大学出版社有限公司出版部调换。
版权所有　侵权必究